# 新锐的力量

## 《当代作家评论》青年评论家作品集

韩春燕　主　编

李桂玲　副主编

辽宁美术出版社

**图书在版编目（ＣＩＰ）数据**

新锐的力量：《当代作家评论》青年评论家作品集/
韩春燕主编. —沈阳:辽宁美术出版社，2020.12
ISBN 978-7-5314-8712-8

Ⅰ.①新… Ⅱ.①韩… Ⅲ.①中国文学—当代文学—
文学评论—文集 Ⅳ.①I206.7-53
中国版本图书馆CIP数据核字（2020）第242305号

出 版 者：辽宁美术出版社
地　　　址：沈阳市和平区民族北街29号　邮编：110001
发 行 者：辽宁美术出版社
印 刷 者：辽宁星海彩色印刷有限公司
开　　　本：720mm×1000mm　1/16
印　　　张：26.25
字　　　数：460千字
出版时间：2020年12月第1版
印刷时间：2020年12月第1次印刷
责任编辑：时祥选
美术编辑：张　畅　张　玥
责任校对：郝　刚
书　　　号：ISBN 978-7-5314-8712-8
定　　　价：168.00元

邮购部电话：024-83833008
E-mail：lnmscbs@163.com
http://www.lnmscbs.cn
图书如有印装质量问题请与出版部联系调换
出版部电话：024-23835227

# 序　言

　　近年来，青年作家的创作成果斐然，在当代文坛形成一股不容小视的力量。在学术批评方面，"70后"和"80后"，甚至一批"90后"青年评论者队伍中，已经产生一批具有学术影响力且开始形成自身批评风格的青年评论家。《当代作家评论》是同这些青年作家和评论家一同成长与成熟的，他们每一次的进步与突破，《当代作家评论》都投注了关切的目光。徐则臣、张悦然、葛亮、鲁敏、石一枫、笛安、双雪涛、班宇、郑执、张慧雯……这些熟悉的名字带着年轻的锋芒深耕着自己的文学园地。杨庆祥、张丛皞、方岩、丛治辰、傅逸尘、程旸、杨丹丹、李振、陈培浩、张维阳等一批青年学者也以其广阔的视野、鲜活的观念发出批评的新强音。

　　《当代作家评论》立足于密切关注中国当代文学重大创作及现象的出发点，对这些青年作家、评论家的关注和支持成为办刊宗旨的内在要求。一直以来，《当代作家评论》通过开设青年作家作品的评论小辑、刊发青年学者前沿的学术文章等形式，推介这些新锐作家、评论家走进当代文学的第一现场。尤其自2017年第2期以来，《当代作家评论》特别开设"聚焦新锐力量"栏目，以作品评论专辑的形式实现了对青年作家的关注，也给予青年评论家以学术交流的平台。

本次评论集旨在将近些年来在《当代作家评论》已经刊发的优秀青年作家及评论家的论文进行择选和再出版。这些论文体现着新锐作家、评论家广袤的学识与精锐的学术眼光，代表着文坛未来的发展趋势。通过此次论文集的出版，希望为文坛的青年作家、评论家提供学术交流的平台，促进作家、评论家、学术期刊之间的对话联系，同时也希望通过本评论集展示出在当代文学经典化进程中青年学者的成长轨迹，为社会主义文化事业贡献力量。

编　者

2020 年 10 月

# 目　录

# 再造"人民之子"
## ——从抒情的角度看张承志前期小说

岳 雯

　　1978 年第 10 期的《人民文学》杂志发表了张承志的短篇小说《骑手为什么歌唱母亲》，宣告了一个作家的诞生。三十一年后，文学批评家李敬泽在他所编选的《中国新文学大系 1976—2000·短篇小说卷》"导言"中打破一般文学史将刘心武的《班主任》、卢新华的《伤痕》作为"新时期文学"肇始的"成见"，将张承志的《骑手为什么歌唱母亲》作为叙述的起点。李敬泽是这样陈述他的理由的："但《班主任》和《伤痕》作为政治文本的意义远超过它们作为文学文本的价值，在文学上，它们并未开辟未来，而仍然停留在过去。'文革'式的文学逻辑支配着伤痕累累的写作者们，政治指向已经调转，戏剧中的角色已经更换，但小说家所操持的语言、他与语言的关系、他与世界的关系，仍然处于'作者已死'的状态——法国的后现代'革命'理想在中国的前现代'革命'中得到了完美和绝对的实现……小说中真正的解冻始于张承志的《骑手为什么歌唱母亲》。……它的主题是'我'与'我的人民'。'人民'不再是一个先验范畴，它是个人，一个'我'在经验中、在思想和情感中体认和选择的结果。由此，张承志确证'我'在——我思故我在，一种笛卡尔式的命题成为文学的解冻剂，'我'的声音从宏大历史和人群中区别出来，它不仅是一个人称、一只书写的手，它成为主体，文学由此与生命、与世界和语言重新建立直接的关系。如果上帝在的话，那么他也有待于个人的独自寻求，这在 1978 年无疑是一次革命，虽然当时的人们并未领会此事的革命性。张承志从此成为一个特例，《大坂》《九座宫殿》《辉煌的波马》，他在两个方向上与同时代的作家们拉开了距离：他坚持'我'的个人性，但这个强大、外向的'我'又是在它的公共性中确立的，他以'我'的行动和书写见证和拓展对公共生活的意识。"[①] 李敬泽是在"个人"的意义上确认《骑手为什么歌唱母亲》的"先锋性"。这无疑使我们注意到，在这篇小说中出现了更为新鲜的素质，这素质在决定构成一位作家的基本核心的同时也暗暗支配着"新时期文学"的内在逻辑。这一"新鲜的素质"在当时即为人们所直观体验和感受到，《骑手为什么歌唱母亲》迅速受到广泛注意和欢迎正因为此，并随即获得了 1978 年全国短篇小说奖，意味着它被主流意识形态认定为这一时期文学的圭臬。很多人将此确立为张承志创作的开端，很少有人注意到，在张承志的小说年表上，1978 年赫然写的是"在研究生考试后写作蒙文诗《Arat-un hu boln-a》（做人民之子）及短篇小说《骑手为什么歌唱母亲》"。对于张承志个人而言，最初的原点是蒙文诗《做人民之子》而不是后者。这一开端确实意味深长。事实上，张承志前期所有的小说创作都是围绕"做人民之子"这一主题而展开，强大的抒情主体经由思想的反省和语词的历练终于成长为"人民之子"。

《骑手为什么歌唱母亲》是在第一人称叙事中展开故事的。小说一开始，我们即意识到，叙述者或者说抒情者"我"是乌珠穆沁草原的外来者。小说是这样写的："来到乌珠穆沁草原以后，我深深地爱上了那些朴实无华的蒙古族长调歌子。刚穿上牧民的袍子，我就用汉字把蒙语歌词拼写在小本上，一天到

---

①李敬泽：《1976年后的短篇小说：脉络辨——〈中国新文学大系1976—2000·短篇小说卷〉导言》，《南方文坛》2009年第5期。

晚'啊嘀哝'地唱。"①显然,"我"和乌珠穆沁草原也好,和生活在草原上的牧人们也好,都并不是融洽无间的,此时的"我",不理解草原上的人们为什么总是歌唱母亲,其实也就是不理解牧人生活的本质,不理解"母亲"究竟意味着什么。抒情主体"我"处于蒙昧之中,亟待被启蒙。这体现了支配"新时期"的历史意识,将"文革"乃至从新中国成立起的十七年社会主义实践指认为"封建主义复辟",由此召唤五四式的启蒙话语之回归。不妨重温李泽厚的著名论断——"一切都令人想起五四时代。人的启蒙,人的觉醒,人道主义,人性复归……,都围绕着感性血肉的个体作为理性异化的神的践踏蹂躏下要求解放出来的主题旋转。'人啊,人'的呐喊遍及了各个领域各个方面。这是什么意思呢?相当朦胧;但有一点又异常清楚明白:一个造神造英雄来统治自己的时代过去了,回到五四时期的感伤、憧憬、迷茫、叹息和欢乐。但这已是经历了六十年之后的惨痛复归。"②如何才能完成"启蒙"?当时的知识界开出了不同的"药方"。显然,与随后知识界对话语的严重依赖不同,张承志独辟蹊径,认为只有经过自身的体认、实践才能达至这一状态,也就是小说中所说的"这答案是我亲身经历了草原上严冬酷暑、风云变幻的艰苦斗争才找到的。"而且,这答案"不知道能不能讲清楚"。从这个角度看,这似乎构成了"十七年文学"时期盛行的成长叙事的"重述"——通过叙事让小说主人公随着年龄的增长形成完整自足的人格结构。处于"前启蒙"阶段的"我"无论是语言、举止都与儿童无异,虽然"已经是十九岁的小伙子"了,但在额吉眼里,"简直和三岁的巴特尔一样,什么时候,才能成个像样的牧人呢?"这固然表现了知识青年对即将展开的乌珠穆沁草原上的农牧生活之陌生,验证了知识青年"上

---

①张承志:《骑手为什么歌唱母亲》,《人民文学》1978年第10期。以下关于此篇小说的引文均来源于此,不再一一列出。

②李泽厚:《二十世纪中国文艺之一瞥》,《中国思想史论(下)·中国现代思想史论》,第1080页,合肥:安徽文艺出版社,1999。

山下乡"运动是知识青年完成革命化的必经之路，更重要的是，文本由此形成召唤结构，呼唤主体成长所必需的"范导者"形象的出现。在这样的语境下，作为范导者的额吉出现了。小说先是概述了"我"在草原上的艰辛而不乏温暖的生活，如小说所说的，"在乌珠穆沁辽阔的草原上，在母亲——额吉的身旁，我就像三岁马驹上鞍子一样，一眨眼，在流矢般的岁月中成长起来了"。与"十七年文学"一脉相承的是，仅有日常生活是不够的，主人公必须经历严峻的考验才能真正完成"成长"。在《骑手为什么歌唱母亲》中，抒情主人公所遭遇的考验来自大自然——春天的白毛风，在肆虐的暴风雪中，纵马将羊群赶到石头圈里。比严厉的风雪更为震撼人心的是，额吉由于把白毛风中的温暖让给我而瘫痪。待到额吉治病回来，"我一头扎在额吉的怀里"[1]意味着成长的完成。评论者都注意到了张承志将类似这样的情境视为再生的仪式。张承志也有类似的表述："在乌珠穆沁母亲的宽大胸怀中，真正的我诞生了。"[2]经由这一仪式，"我"和草原不再是隔膜的，实现了精神上的融合，之所以如此，当然全赖处于底层的额吉强大的精神感召力和包容性。从以上分析可以发现，这篇小说与其说是叙事的，不如说是抒情的。叙事的段落无不是服务于情感的抒发，而分割一个个叙事单元的，正是抒情主体的独白。

　　一种崭新的意识在我心里萌芽了。好像，探求了多年的真理，这时，在我的脑海里逐渐清晰起来……牛车在草浪上颠簸，山峦、溪水、蒙古包、

---

①其中，赵园在《张承志的自由长旅》一文中提及"用了如此浩大的气势与篇幅，正是为了写'创生'，写一个生命的锻造。"薛毅在《张承志论》中认为"这是主体再生的仪式"。黄发有在《诗性的燃烧——张承志论》一书中说，"张承志把自己插队的内蒙古乌珠穆沁草原看成自己的'再生'之地"。见赵园《张承志的自由长旅》，《当代作家评论》1991年第4期。薛毅：《张承志论》，《上海文学》1995年第2期。黄发有：《诗性的燃烧——张承志论》，第55页，南昌，百花洲文艺出版社，2002。

②张承志：《绿风土》，第105页，北京：作家出版社，1992。

畜群，慢慢地向后移去，可是我的眼睛里，却仿佛只看到一个奔驰在烈火中的骑手，他高声地喊着："额吉——"

人民的命运、人民的利益，还有人民的团结，就像草原上冬尽春来时的鲜花一样，我们要珍惜她，保护她，让她到秋天结下累累的果实，而决不能让偷袭而来的暴风雪把她摧残……

骑手究竟为什么歌唱母亲？我想你也找到了答案吧。母亲，养育我们的母亲——亲爱的人民，是我们代代歌颂的永恒的主题；你可能从没到过我们的草原，但你是生活在母亲一样的人民中间。

每当我在高高的山岗上放声唱起这首歌的时候，我觉得自己唱出了那么多的内容：酷暑、严寒、草原和山河；团结、友谊、民族和人民。在"额吉——母亲"这个普通的单词中，含有那么动人的、深邃的意义。母亲——人民，这是我们生命中的永恒主题！

从以上所引的抒情段落中可以读解出如下意思：

第一，将活生生的人的形象——额吉升华为草原母亲的形象，然后将草原母亲这一形象象征为已经获得本质力量的"人民"。经过两度"升华"，实现了从具体的个人到历史主体的抽象化转移。也就是说，额吉是抽象的人民的感性显现。这一抒情化的修辞形式在经过"十七年文学"和"文革文学"洗礼之后的读者那里并不陌生。李杨在《抗争宿命之路》一书中分析毛泽东的抒情话语时指出："中国的抒情即是在这个基础上出现的。从此以后，出现在中国文学中的每一个人、每一个'自我'已经不再是处于自然状态中的个体，而是已经获得了共同本质之后的'国家'的象征。因此，对人的颂歌实际上是对这种共同国家本质的颂歌。"[1] "我们将面对的抒情，将是一种观念——'人民性'

---

① 李杨：《抗争宿命之路》，第160页，北京：时代文艺出版社，1993。

的抒情，一个文学上的抒情时代即是在这个基础上产生出来的。"① 到了"文革"时期，仅被允许存在的艺术形式更是高度抽象化。根据李杨的说法，"象征的任务是将已经明确的、抽象的、先验的本质具体化，通过活生生的现实展现这一过程……象征总是毫不犹豫地为了求证抽象本质而牺牲可见的'真实'而寻求更高的'真实性'。"②

可以说，"文革"时期的文学艺术正因为极度抽象化而丧失了具体可感性。"十七年文学"与"文革文学"的分野正在于此。现在，张承志将原本"抽象化"的"人民"形象还原为有着生动言行举止的额吉的形象，某种程度上是对"十七年文学"而不是美学家所说的"五四文学"的复归。

第二，倘若将额吉替换为"人民"，将骑手替换为"个人"，再重新回到文本，这篇小说的潜在意义则进一步彰显出来。小说的叙事单元是这样的：

1. 个人在人民中实现成长；

2. 当个人遭遇困境时，是人民将其从困厄中拯救出来；

3. 人民陷入创伤性体验；

4. 在经历风雨之后，个人在日常生活实践中重新体会了人民的意义；

5. 阶级话语被重新审视和消解，人民内部实现"共同体"的重新聚合；

6. 人民从创伤中恢复过来。

如果从这一角度看，《骑手为什么歌唱母亲》简直是中华人民共和国成立以来"民族国家"的寓言文本。詹明信的著名论断——"第三世界的文本，甚至那些看起来好像是关于个人和力比多趋力的文本，总是以民族寓言的形式来投射一种政治：关于个人命运的故事包含着第三世界大众文化和社会受到冲击的寓言"③，在张承志的这篇小说里得到了奇妙的印证。从这个意义上说，无

---

① ② 李杨：《抗争宿命之路》，第166、291页。

③ [美]詹明信：《晚期资本主义的文化逻辑：詹明信批评理论文选》，第523页，张旭东编，陈清侨等译，北京：生活·读书·新知三联书店，1997。

怪乎同时代的批评家对这篇小说的评价并不如主流意识形态的评价那么高,比如,赵园就认为:"张承志的顽梗也表现在他不顾时尚对其表达方式的坚守上,比如'草原——母亲'(以至'人民——母亲')一类被认为过于古典、旧式,或过于意识形态化的表达。那一代作者(或者不如说整个当代文坛)再没有谁如此频繁地提到'母亲',在一个传统之极的题目上这样重复不已不厌其烦的了。有关的话语在他较早的作品中的确使人感到意识形态化,而且正以此标志了一时知青文学中不无普遍性的倾向:感恩,无论是感具体人物的,还是感作为复数的'人民'、乡民的。彼时文坛正流行这类感恩仪式,作为漫长的回顾仪式中的一项内容。《骑手为什么歌唱母亲》(1978)命题方式就不免'老套'。"① 这一评价就透露出了知识分子话语同意识形态话语之间微妙的"间隔"。

第三,在"骑手——母亲"这一二元结构中,小说的落脚点显然是在"母亲"这一端。骑手为什么歌唱母亲,理由是母亲的可亲可敬,母亲有着强大的精神包容力,至于骑手本人,仅仅给文学史留下了一个奔驰在烈火中高声呼喊的形象。彼时的抒情主体,是乐观的,带有一股天真之气,具有某种整一性,骑手和母亲的关系从隔膜到融为一体,似乎只要经历过草原生活,不需要任何主体性的反思就能抵达。从这里,张承志迈出了塑造抒情主体的第一步,在他日后的创作中,他反复重申的是"母亲——人民"这一概念的神圣性和不可改变,他说,"我非但不后悔,而且将永远恪守我从第一次拿起笔时就信奉的'为人民'的原则。这根本不是一种空洞的概念或说教"②,但是,抒情主体自身已然在悄悄发生变化。

变化是在《阿勒克足球》③里露出端倪的。这篇小说现在已不大为研究者所看重,但它所包含的作家的思索、矛盾和纠结,不能不在文本里留下或深或浅的印迹。小说依然是通过儿童视角展开的,这是"新时期文学"的一个很重要的现

---

① 赵园:《张承志的自由长旅》。
② 张承志:《我的桥》,《老桥》,第304页,北京:北京十月文艺出版社,1984。
③ 张承志:《阿勒克足球》,《十月》1980年第5期。

象，许多作家的创作最初都是通过孩子或者准孩子的眼睛看世界，比如王安忆的《雨，沙沙沙》，张洁的《从森林里来的孩子》《爱，是不能忘记的》。一方面，孩子的纯洁与无邪允许外部世界的"涌入"，人们常说的"一张白纸可以画最新最美的图画"就是这个意思；另一方面，孩子是蒙昧的，亟待通过叙事来完成成长。与张承志以往自传式的小说不同，小说以一个"生长在荒僻的、骑一个月马也走不出去的广漠草原上的儿童"的视角，发现了知青与牧人之间某种更为真实的生存状况。在小说的叙述中，"独自走过山坳"的"骑手"依然以孤独的形象示人，"他的姿势属于最散漫的牧人那一种。歪歪的，半个屁股斜压在鞍上。他深深地把头埋在怀里，身体向前弯成弓形，仿佛熟睡在马背上。我想，那样骑马心里一定憋闷得难受"①。这是外视，也是内视，可以说，是作者借用"他者"的眼光打量自己。这样一个孤独的骑手，很快就陷入了和牧民的冲突中。

> 我们慌慌张张地跑到剪秋毛的黄石头圈。在一大堆人中间，阿爸正和一个穿着黑布袍子的大个青年扭作一团。阿爸显然是喝醉了酒，他歪斜着身子朝对手乱踢，可是踢不准地方。那个黑衣青年抡起拳头，咚咚地擂着阿爸的后背，像一头顶架的牡牛，喘着粗气，瞪着充血的红眼睛。
>
> 牧人们扯开了阿爸。另一边——一群知识青年拉开了黑衣青年。这里已经是两个营垒，敌视的、隔阂的两个营垒。知识青年那一边，有人怪声怪气地吹着口哨，引起一阵粗野嘲弄的嘎声大笑。②

这有可能是知识青年和牧人的真实关系状况的写照。知青作为一个整体来到农村、牧场，即使插包入户，化整为零，他们与农民、牧人之间无论是在思想观念、价值立场以及情感取向上，都存在不小的差异。就是在最基本的生存

---

① ②张承志：《阿勒克足球》。

方面，也面临着竞争。在后来的《金牧场》里，张承志直接指出了问题实质所在："插包入户接受贫下中牧的再教育同时也在和贫下中牧抢劳动抢工分。"从这个意义上说，上文所引的"打架"，是牧人和知识青年矛盾的公开化和表面化，充分显现了两个营垒之间不可调和的矛盾。那么，在牧民营垒和知识青年营垒之间，"我"这个孩子该何去何从呢？显然，在孩子眼里，知识青年意味着掌握了"打开一切奥秘宝库的金钥匙"。对于知识所代表的现代文明，小说一段诗意化的描写："唉！老师——对于我们这些七八岁时已经过早地投入了劳动、十多岁还没有产生过读书奢望的牧民孩子来说，这简直是和阳光、春天、幻梦一样词汇。喊了这么一声，我们就变了，变成了文明和知识的朋友，并有了能与草原上白发老人媲美的荣誉和地位。"知识可以给人加冕，把一个人带到文明、现代社会。知识、文化具有超越一切的优先权，这显然属于 20 世纪80 年代初期的历史意识。当时，启蒙作为一种话语获得了不证自明的真理性，似乎知识阶层在欢呼知识重新回到社会舞台的中心的时候，很少有人去探讨，启蒙者是谁？他何以证明自身的合法性、怎样启蒙、被启蒙者又是谁？民族主义与文化启蒙之间存在怎样的复杂关系，这一系列的问题。作为一个对底层人民天生具有亲缘关系的知识分子，张承志朦胧地注意到了这些问题的存在。这篇小说对于知识青年的形象塑造也非常有意思，一方面，知识青年因为握有知识而具备了某种力量感；另一方面，小说不断渲染作为一个孤儿的他忍受着难言的痛苦。软弱和力量，以这样一种奇妙的方式扭合在一个人身上，显示出作者的某种矛盾。这种矛盾还体现在如何看待草原——母亲上。小说开篇写道："人们说乌珠穆沁是世间的一颗明珠，我却认为世界就是乌珠穆沁草原本身。"待到知青要离开草原的时候，"我之所以感到这样巨大的痛苦，还因为我意识到，我们的乌珠穆沁母亲在他们心目中原来是那么低贱和疏远。我懂了：住在我们的草原，这本身就是他们的痛苦"。这意味着，这个时候的张承志，在启蒙主义和民粹主义之间，还有一定程度的摇摆。巴哈西最终葬身火海，是否预示着张承志将会告别盛行于知识界的启蒙话语，最终走向民粹主义呢？恐怕根据这篇小说下这个结论还过于简单，但至少张承志显示了某种犹豫。

关于"骑手"与"母亲"复杂关系的思考保存得最完好的是在《黑骏马》里，文本之间的"裂缝"体现了作家思考的深度。在这篇小说中，作家一洗《骑手为什么歌唱母亲》和《阿勒克足球》里的天真明快，出现了忧伤的调子。请注意，在这篇小说中，抒情主体"我"是以养子的身份出现的，而额吉则化身为白头发的奶奶。"养子"这一身份颇值得考究。在一篇研究张承志学术思想的文章里，研究者提出："张承志以一个儿子的身份直接参与其中，区别在于，他既深入其中，也相对地保持着一种距离，也就是说，兼具情感和理智。儿子，这不只是一个关于血缘或血亲的概念，对一个学者来说，它蕴含着至深的意义。在《人文地理概念之下的方法论思考》一文中，张承志提到了摩尔根，他说，为恩格斯《家庭、私有制及国家的起源》启蒙的民族学大师摩尔根，曾被美洲原住民的部落接纳为养子，'必须指出，养子，这个概念的含义绝非仅仅是形式而已。这是一位真正的知识分子对自己地位的"纠正"。这是一个解决代言人资格问题的动人例证'……因此，'儿子'概念的引入，既是实质性的，也是象征性的，是作家、学者或文明代言人要走向的一个基本步骤。"[1] 儿子，意味着用认同、臣属、归附的姿态对待草原——母亲——人民，但养子还意味着血缘上的隔膜。这一点为日后的张承志所意识到，在散文《二十八年的额吉》里，他说："至少从《黑骏马》的写作开始，我警觉到自己的纸笔之外，还存在着一种严峻的禁忌。我不是蒙古人，这是一个血统的缘起。我是一个被蒙古游牧文明改造了的人，这是一个力量的缘起……喊她额吉，是风俗也是历史，但更是浪漫和愿望……从来文化之中就有一种闯入者。这种人会向两极分化。一些或者严谨地

---

[1]李有智：《张承志学术思想初探》，《张承志研究》，第91页，杨怀中编，银川：宁夏人民出版社，2011。

或者狂妄地以代言人自居；他们解释着概括着，要不就吮吸着榨取着沉默的文明乳房，在发达的外界功成名就。另一种人大多不为世间知晓，他们大都皈依了或者遵从了沉默的法则。他们在爱得至深的同时也尝到了浓烈的苦味。不仅在双语的边界上，他们在分裂的立场上痛苦。血统就是发言权么？难道有了血统就可以无忌地发言么？我们即便不是闯入者，也是被掷入者；是被60年代的时代狂潮，卷裹掷抛到千里草原的一群青少年，至于我，则早在插队以前，就闯入到阿巴哈纳尔旗，品尝过异域的美味。额吉和我的关系并非偶然形成。但我毕竟不是她的亲生儿子，我不愿僭越。"①从这番颇有自省精神的独白中，我们可以发现，与当下盛行的"底层文学"不同的是，张承志并不认为知识分子自动具备了替人代言的资格，但显然，这并不是一个可以从写作伦理上轻松解决的问题。所谓"修辞立其诚"，但这个"诚不诚"的问题，具有内在性，无法建立一个指认标准。另外，在"养子"的问题上，张承志承认不同文明之间存在差异，但并不认为血统就能决定一切。如果将这番话语同《心灵史》中对血缘归属的极端强调进行对比，认为自己之所以坚持理想来自体内的异族血液，就显出了几分悖谬。事实上，《黑骏马》这篇小说的核心恰恰来自不同观念、理念的冲突，来自"骑手"与"母亲"在价值观念上的差异。"我"所追求的是"真正的牧业科学"，即现代性尺度上的"科学""文明"话语，正是在"我"学习期间，索米娅被黄毛希拉所玷污，并怀上了他的孩子。作者是这样描述冲突发生的情景的：

> 我颓然坐下，猛地看见白发蓬松的奶奶正在一旁神色冷峻地注视着我。原来她早就坐在一旁。我想喊她一声"奶奶"，但是喊不出来。她那

---

① 张承志：《二十八年的额吉》，《风土与山河》，第132页，北京：作家出版社，2005。

样隔膜地看着我，使我感到很不是滋味。一种真正可怕的念头破天荒地出现了：我突然想到自己原来并不是这老人亲生的骨肉。

奶奶慢条斯理地开口了。她讲了很多，但我没有听进去，也不愿听进去。那无非是古老草原上比比皆是的一些过程，是我们久已耳闻并决心在我们这一代结束它的丑恶。这些丑恶的东西就像黑夜追逐着太阳一样，到处追逐着、玷污着、甚至扼杀着过于脆弱的美好的东西。所以，索米娅也无法逃避在打水路上遇见黄毛希拉时的那种厄运。"唉，自从你去学习以后，那个希拉闹腾得叫我们一秋天都不得安宁，"奶奶感慨地说，"这狗东西。"听她的口气，显然也没有觉得事情有多严重。

……也许是因为几年来读书的习惯渐渐陶冶了我的另一种素质吧，也许就因为我从根子上讲毕竟不是土生土长的牧人，我发现了自己和这里的差异，我不能容忍奶奶习惯了的那草原的习性和它的自然法律，尽管我爱它爱得是那样一往情深。我在黑暗中搂着钢嘎·哈拉的脖颈，忍受着内心的可怕的煎熬。不管我怎样拼命地阻止自己，不管我怎样用滚滚的往事之河淹没那一点诱惑的火星，但一种新鲜的渴望已经在痛苦中诞生了。这种渴望在召唤我，驱使我去追求更纯洁、更文明、更尊重人的美好，也更富有事业魅力的人生。[1]

关于这篇小说的核心冲突，同时代的批评家将之解读为"整个悲剧的焦点与其说在于第三者造成的索米娅的失去贞操上，不如说在于白音宝力格未能跨过贞操观念的门槛，致使爱情的鲜花凋谢在了这个观念的门槛下"[2]，用贞操观念来统摄一切未免失之表浅。这实际上体现了主流意识形态的运作机制，在将"文革"

---

[1] 张承志：《黑骏马》，《十月》1982年第6期。
[2] 李劼：《观念—文学，自然—人——〈黑骏马〉〈北方的河〉之我见》，《小说评论》1985年第8期。

指认为封建之后使之丧失社会主义合法性的存在，进而可以绕过这一历史时段重新回到所谓社会主义建设的轨道上来。无法否认的是，在这篇小说里，张承志迎头碰上了任何一个新时期初期作家都不得不面对的重要命题，即如何处理"现代"与"传统"、"启蒙"话语与"人民"话语缠绕的问题。在"启蒙"话语中，"个人"是一个价值主体，被赋予了绝对的自由。身体被视为个人的构成，个人具有对身体的主宰权，有确保不被他人侵犯的权利。如果说，在此之前，张承志认为以贫穷和道德为核心的"人民"是完美神圣的主体，是可以通过个人的身体力行实现主客体无间融合的话，那么，现在他意识到了这一话语的建构性，觉察到了"人民"话语与"启蒙"话语之间有所抵牾。"人民"话语中有神圣的一面，也有"民间"的一面，这意味着它可能既是藏污纳垢的，同时又是具有极大包容性的，而这一点恰恰是被启蒙过了的"个人"所无法接受的。抒情主体在对于"人民"的认同上出现了困难。在这一境况下，白音宝力格的走似乎是必然的了。但仍然是要回归的，就像白音宝力格必然要寻找他的索米娅一样，他终于意识到："哦，如果我们能早些懂得人生的真谛；如果我们能读一本书，可以从中知晓一切哲理而避开那些必须步步实践的泥泞的逆旅和必须口口亲尝的酸涩苦果，也许我们会及时地抓住幸福，而不至和她失之交臂。"① 现在的回归，是更高层次上的回归，是重新对"人民"认同的过程，是认同已经由少女成长为母亲的索米娅，也是认同奶奶的宽容乃"人生的真谛"。这个过程是怎么发生的？换言之，在白音宝力格身上究竟发生了什么？是对知识分子和现代城市文明的厌弃，还是发现离开了"人民"的"个人"将空虚得不堪忍受？对此，小说并没有详细叙述，只是留下空白供读者动用不同的思想资源予以"填空"。这始终是一个谜。

论者大多认为，张承志在安顿好了"骑手——母亲"的关系后，转身奔赴"北方的河"，去寻找消失已久的父亲。得出这一结论大概源于《北方的河》

① 张承志：《黑骏马》。

一开始的序言，"因为这个母体里会有一种血统，一种水土，一种创造的力量使活泼健壮的新生婴儿降生于世"①，充分显现出了作者活泼的乐观主义的精神。但我以为，与其说"安顿"，不如说"搁置"。正因为在认同上出现了裂隙，张承志才需要在《北方的河》中梳理"骑手"与"父亲"的关系。与革命话语中将黄河视为"母亲河"不同的是，"黄河"在小说中甫一出场就充满了阳刚之气。"他看见在那巨大的峡谷之底，一条微微闪着白亮的浩浩荡荡的大河正从天尽头蜿蜒而来。蓝青色的山西省的崇山如一道迷蒙的石壁，正在彼岸静静肃峙，仿佛注视着这里不顾一切地倾泻而下的黄土梁峁的波涛。大河深在谷底，但又朦胧辽阔，威风凛凛地巡视着为它折腰膜拜的大自然。"这一段对黄河的描述以其强烈的抒情意味为同时代的批评者赞颂不已。王一川在分析"黄河"形象时认为："《北方的河》创造了一条崇高而神圣的黄河……呈现为康德所谓力量和数量上的'崇高'……不仅如此，黄河又似乎是人的燃烧的激情的表征。""在上述描绘中，黄河是交织着单纯、和谐、崇高、燃烧的激情和永恒生命力等多重审美意味的典型形象。实际上，从这一黄河形象与现代性传统在80年代前期文化语境中的演进关系看，这一内涵正可以视为重新高涨的中国文化复兴期待的集中的形象表征。"②在文本中，黄河作为"中国"的象征是不言自明的。在"黄河"这一强大意象的照亮下，湟水、额尔齐斯河、永定河，包括主人公一直向往的黑龙江，纷纷被召唤而来，汇聚于一起，构成了现代民族国家想象。那么，抒情主体是如何实现从"北方的河"到现代民族国家的转换的呢？在显性层面，通过抒情主人公将黄河指认为"父亲"，实现话语转移。"'我觉得——这黄河像是我的父亲！'他突然低声说道。他的嗓音浊重沙哑，而且在颤抖，'父亲。'他说。"对于血缘关系上的父亲，"他"

---

①张承志：《北方的河》，《十月》1984年第1期。

②王一川：《回到现代性的日常生活基础——从'黄河'形象看后现代性的建设意义》，《天津社会科学》1997年第4期。

是不认同的，也恰恰是因为"父亲"这一角色的缺席，他迫切需要给自己找一个精神上的"父亲"。黄河以其丰沛的文化内涵承担了这一功能。于是，横渡这条北方最伟大的河就具有了多种象征意义：当他轻松地游过黄河的时候，这是父亲"在暗暗地保护着他的小儿子"；而当他迎接激浪的挑战的时候，这是父亲严峻地磨炼着他的小儿子。民族——国家所具有的不同面向，通过泅渡黄河这一有着强烈画面感的意象充分体现出来了。这样一种父与子的关系的建立意味深长，作为父亲的儿子，"他"自然而然地继承和分享了"父亲"的力量感，从而拥有无可争辩的光明的前途。"主体确认黄河为父亲，则把主体作为一代人的杰出代表放置到整个中华文明历史的长河中去了。黄河经由中华民族起源至今的历史，饱经沧桑而奔腾不息，同样，主体经受从红卫兵到知青到现在的历史考验而仍然充满激情和力量。主体跳入黄河的怀抱，父子间的血脉完全相通了，一个有限的个体生命也就进入到横贯古今历史的永恒之物中去了，二者都勇敢地奔向未来。如此，主体不仅是一代人优秀品质的集中代表，也体现出中华历史生生不息的伟大力量了。"[1]

在隐性层面，人文地理学这一学科建制充当了桥梁。"他选择的是'水土'——一种地域观念、'血统'关系、一种文化关系来重构一个中国的概念。民族国家想象开始依托于一种文化地理学式的现代化理论，以新的面目被建构起来。""这不过仍是沿袭政治意义上的民族国家认同，因为，额尔齐斯河与黄河，他们其实只在一个意义上有共同点，那就是他们同处于中国国家领土范围内，他们的存在是一种国家政治主权的象征。实际上，政治体制意义上的民族国家仍统率着所谓的传统民族观，只不过，民族国家的意识通过'文化''传统'的手段在进行建构，而政治意义上的国家，归根结底还是一种现代形式。"[2]

---

① 薛毅：《张承志论》，《上海文学》1995年第2期。
② 张凡姗：《认同重建于"山川"中——试析张承志〈北方的河〉》，《当代作家评论》2007年第8期。

事实上，这也是"新时期文学"比较通行的一种修辞形式，即个人对民族国家的认同建立在经典民族文化符号基础上。比如作为自然景色的长江、黄河，取代了之前个人对以革命、政党和阶级为核心的国家政权的直接认同。盖因为经典民族文化符号作为历史积淀物更容易唤起共同体的认同感。这也是《北方的河》一经问世便获得知识分子高度肯定的原因。

"文革"的结束意味着以阶级斗争为纲的社会主义实践告一段落，随之而来的是戴锦华所说的"结构性断裂"，即"政权的延续、意识形态的断裂与社会体制的变迁"[①]。人们迫切需要重新确立个人在社会结构中的关系。作为一种公共话语的文学，无疑承担了重构个人与社会关系的重任。张承志通过文学想象，依次完成了抒情主人公对"草原——母亲——人民"的认同，对启蒙话语的认同和对民族国家的认同，抒情主人公的主体性由此得以建立起来。相对于后期夹缠不清的宗教话语认同，前期张承志的思想脉络相对单一清晰。某种程度上，抒情主体可以看作作家本人的自况，抒情话语的建构与作家的身份认同有一定的关联。众所周知，作为一名知青作家，张承志在内蒙古大草原上的生活经历在新时期前期构成了他写作资源的主要来源。在知青生涯中，他体验到了底层人民的朴实、善良，在与底层人民的融洽相处中，他为自己找到了归属感，实现了对"人民"的认同。但是，知识分子的时代话语又促使他不断内省，最终，"人民"话语和"启蒙"话语共同填充了新的民族国家想象，在此基础上，作为"人民之子"的抒情主体也得以形成。

（2014年第1期）

---

① 戴锦华：《隐形书写——90年代中国文化研究》，第44页，南京：江苏人民出版社，1999。

# 出梁庄，见中国

杨庆祥

一

梁鸿的新作《出梁庄记》毫无疑问是《中国在梁庄》的自然延伸。2010 年，梁鸿将目光和笔触聚焦于她的家乡——河南省穰县梁庄，用口述实录和田野调查的方式完成了一组对中国农民生存现状的描述，这就是《中国在梁庄》。2013 年，梁鸿将视野延展开来，追踪采访走出乡村的梁庄人，记录他们在现代城市中的挣扎与困惑，以及身份的转换与重塑，这便是《出梁庄记》。这一创作路径基本上是一个必选之题：对于梁庄的乡愁式的描写只是中国这一巨大"现代神话"的半张脸，而另外半张，则在梁庄之外。在那里，无数的人群和无数的故事构成了奇怪的沉默之脸，高悬在"盛世中国"的城楼上，可远观而不可亵玩。至少在意识形态的探照灯下，我们默认了这张脸的表面性的存在，而把可怜的疑问，转化为酒足饭饱后的谈资。

但梁鸿与众不同。作为她的朋友，早在《中国在梁庄》还没有出版之前，我在一次餐后的交流中，听她偶然提到她正在书写的梁庄，语气与神态别有一种关切和凝重。我当时意识到，这会是一部特殊的作品，甚至不仅仅是一部作品，而更是一种特殊的关于我们时代的存在方式的追问。《出梁庄记》再次证明了这一点，证明了梁鸿有一种特别的坚韧和勇气。她走得比我们都要远，远离高谈阔论的知识分子腔，远离不痛不痒的所谓学术和讲台。她走得远是为了走得近，她一步步走近一种更真实的、有血有肉的世界。在这个世界里，她看到了她的兄弟姐妹，她的亲人们——也是我们的兄弟姐妹和亲人们——在他们巨大的沉默和失语中，有一种东西在击打着我们的心。

《出梁庄记》的版图浩渺广阔，梁庄人"西到阿克苏、阿勒泰，西南到日喀则、曲靖、中越边界，南达广州、深圳，北到内蒙古锡林浩特。"梁鸿前后历时两年，走访十余个省市，采访了三百多人。梁鸿的叙述具体而开阔，几乎每个被记录的故事都关联着广泛的现实社会问题：身份歧视、户籍管控、留守儿童、非法传销、环境污染等。比如，全书以梁庄流浪汉梁军溺亡，而他的家人却迟迟不愿意认领尸体开篇。由这个有悖人之常情的故事，梁鸿引出了"南水北调工程"与农民之间的利益博弈，这种博弈的深层隐喻，正是现代化的巨大工程与渺小失败的个体之间的冲突和矛盾。需要强调的是，梁鸿没有像中国当下一些肤浅的知识分子那样，停留在简单的同情和批评的表层，在中国当下最流行的批评方式就是，以一种先在的理念为标准，不符合这些标准的，则被判定为非法或者是邪恶。梁鸿的优势恰好在于，她始终立足于本土的经验，而不是盲从于那些所谓的普遍真理，比如自由、民主、公平和正义。毫无疑问，和所有有良知的知识分子一样，对于这些真理的追求构成了我们生命价值的一部分，但这并不意味着我们可以罔顾现实的复杂，以一种非历史化的普遍性来书写和解释中国的当下。事实是，中国的问题远比这些概念复杂生动，梁鸿意识到了这种困难和可能性，她在《出梁庄记》的后记中说："如何能够真正呈现出'农民工'的生活，如何能够呈现出这一生活背后所蕴含的我们这一国度的制度逻辑、文明冲突和性格特征，却是一件非常困难的事情。并非因为没有人描述过或关注过他们，恰恰相反，而是因为被谈论过多。大量的新闻、图片和电视不断强化，要么是呼天抢地的悲剧、灰尘满面的麻木，要么是挣到钱的幸福、满意和感恩，还有那不断在中国历史中闪现的'下跪'风景，仿佛这便是他们存在形象的全部。'农民工'，已经成为一个包含着诸多社会问题，歧视、不平等、对立等复杂含义的词语，它包含着一种社会成规和认知惯性，会阻碍我们去理解这一词语背后更复杂的社会结构和生命存在。"出于对这种既有成规和想象的规避，梁鸿的着力之处在于"做好对生命本身的一种叙事，这种叙事具有无限的开放性，它不是结论，每个人都会以不同的角度去思考"。这恰好是梁鸿叙述的独特之处，她写的并非是一部社会学的著作，指向某种解决的方案或者现实的答案，比如上文提到的"南水北调工程"与农民之间的矛盾，显然没有一个"合理"的解决问题的方式。在另外一个故事中，大学生梁磊既不能在深圳找到满意的工作和奋斗的目标，又不能回到梁庄重新做一个农民。梁磊找不到摆脱困境的方法，梁鸿也找不到，在这些结构性的社会矛盾面前，梁鸿和梁磊其实是完全平等的，他们同样困惑，同样无能为力。因此，她停留在叙事的本身，至于"叙事"将带来何种阅读的效果，那是另外一回事。在这个意义上，即使梁鸿的著作被很多读者作为调查报告甚至是社会学著作来阅读，但在本质上，它是文学的，它展示的是一幅广阔生动的生命图景。正如李敬泽所指出的："《出梁庄记》具有'人间'气象。众生离家，大军般、大战般向'人间'而去，迁徙、流散、悲欢离合，构成了中国经验的浩大画卷。在小说力竭的边界之外，这部非虚构作品展现了'史诗'般的精神品质。"（《出梁庄记》一书推荐语）

梁庄是这一生命史诗的起源。中国大地上有多少个这样的梁庄，有多少这样的梁庄人，他们从一个个微如细点，在地图上无法标志的小村庄涌入城市，改变着自己同时改变着中国甚至世界。可以找到一个词来形容这人类史上都少见的大流动和大迁徙吗？"漫游"显然已不合适，它太过于浪漫主义的诗情画意；"盲流"更不合适，它带有奇怪的偏见和有产者的自高自大。也许只能这么说，他们遵循着让人惊讶的强大的生命本能去完成自我和历史，即使被冰冷的历史搅拌机搅成一堆肉末，即使在我们的理论词典里找不到一个词来予以命名。

## 二

梁庄不过是一个小小的范本，但正是在这个小小的范本中，我们得以窥见一个"看不见的阶层"。如果要用一个字来形容今日的中国——我想这个字应该是"围"。今天的中国是一个"被围起来的中国"。这里的"围"有多层的含义，它可以是政治意识形态方面的，我们面对世界，坚持着某种独特的政治实践；它可以是经济发展方面的，我们拘囿于简单的经济 GDP 的观念，以巨大的破坏换来短暂的繁荣；它可以是一种景观意义上，在中国的景观世界中，遍布着高楼大厦，CBD 购物中心，灯红酒绿、车水马龙，我们看不见那些具体的劳动和具体的劳动者，他们为这些景观所包围。这造成的后果是，我们生活在一种并不真实的生活世界中，这个世界以高度的现代化为其形式，却罔顾其肌理的血肉内容。从这最后一点来看，《出梁庄记》是一种反景观式的写作，也是一种突围式的写作。不仅要突破景观之围，更重要的是，要突破一种人心之"围"。在这一"人心之围"中，我们出于安全的考虑——安全的生活和安全的意识形态——而拒绝去看见"景观"之内的东西，去看见真实的世界和真实的生存。而我们这个时代最基本的写作伦理，恰好是应该去看那些"他者"，那些在我们的日常生活中缺席者的存在。从这一点看来，《出梁庄记》中的"出"有一种"反包围"的意义。仅仅从字面意义上看，这很容易让我们想起伟大的《出埃及记》，摩西带领以色列人走出异教徒的包围，寻找真理和幸福。但是从《出梁庄记》的内容来看，它显然不是一个圣经式的拯救故事，甚至可以说它恰好是《出埃及记》的"反故事"，因为摩西缺席了，只有藐视人类的历史本身在引导这一切。除此之外，更有意思的也许是来自中国现代史的启示，早在 20 世纪 30 年代，中国革命的领导者们就提出了农村包围城市的革命战略，并通过这一战略获得了革命的成功，在这一历史过程中，农民作为一个阶级获得了前所未有的文化主体地位。这是中国极其独特的历史语境，这一语境恰好构成了《中国在梁庄》《出梁庄记》等一系列以农民为书写对象的作品的潜在背景。正是因为农民阶级一度在中国当代史上的主体地位，当历史在 20 世纪 90 年代发生逆转之时，当城市开始包围农村之时，当现代化不停地以牺牲农民和农村的利益而向前推进之时，农村和农民的命运尤其显得富有戏剧性和悲剧感。我特别需要提醒的是，从中国现代历史的脉络来看，我们的社会曾是一个不断背叛的社会，背叛农民，背叛工人，背叛知识分子。与此同时，这些群体之间，这些群体的内部，也在不停地发生着背叛。这种背叛导致的最严重后果之一，就是阶层与阶层之间，群体和群体之间，甚至是个人与个人之间产生巨大的隔阂。这是另外一种意义上的"围"，我们彼此自动区隔，拒绝去观察、记录、对话，最终拒绝理解彼此。

像身处那些伟大而残酷的时代一样，比如 19 世纪，对于今日中国的观察也同样要求我们有一种摄像机般的冷静和客观，去记录和呈现那些看不见的阶层和那些被过滤掉了的生活。他们毫无疑问是这个时代庞大的失语症患者群，但恰好是这群失语者的背后，有着丰富而庞杂的故事空间。当镜头打开时，哪怕是像梁鸿这样一种朴素的采访式的扫视，单一的历史也变得丰富和生动起来。在此时刻，梁鸿不仅仅是一个记录员，她更是一个倾听者，她要放弃自己的成见和经验，不仅要以一种全新的方式去看，更要以一种全新的方式去听。德国哲学家瓦尔特·本雅明在论及现代之时，特别强调"讲故事的人"，但本雅明却没有意识到，在现代之后，在今日的中国，"听故事的人"和"讲故事的人"同样重要。只有在这种平等的"讲"与"听"之间，历史才不会被知识、观念、理论所阻隔。历史原来就是我们的父母先人，历史原来就是我们的兄弟姐妹，历史原来就是亲人啊。只要我们放弃了姿态，他们就变得清晰可见，他们就变成了真正的人，在我们身边发出虽微弱却温暖的呼吸。原来他们并非失语了，他们只是被一种语言所阉割——那种所谓现代的、文明的语言，他们一直在以自己的语言，同时也是以自己的血肉之躯在创造并讲述着历史。

《出梁庄记》在叙述上的最大特色就是多种叙述声音的并置交错，这里面，首先有一个典型的叙述者，这个叙述者既是梁鸿，又高于梁鸿，也就是说，通过《出梁庄记》中的叙述，梁鸿实现了其自我的一种超越。更多的叙述者由此纷至沓来，讲述其个人故事，这里面既有像梁军这样开场就陷入永恒沉默的亡灵，也有像梁磊这样接受过高等教育能够叙述并反思自我的个体。更多的人，如大哥、二哥，他们凭借某种语言的本能来勾勒自我的生活。他们意识到他们的失败和屈辱了吗？更进一步，这种失败和屈辱是否是一种语言的强盗般的指认，根源不过在于知识分子冷冰冰的启蒙逻辑？在《中国在梁庄》出版之后，就有评论指出梁鸿的叙述视角过于知识分子化，但是如果没有这种知识分子的视角，梁庄这一"风景"会被自动呈现出来吗？显然不会，梁鸿不可能活在现代的"身份政治"之外，即使她万般克制，她依然不得不服从于与其身份相一致的生理性反应。在《出梁庄记》的开篇有两个细节值得一提。一是她在农民工聚集的城中村德仁寨看到的生活环境："挨着二哥房间左边，是一个公用厕所……房间约有十五平米大小，地面是灰得发黑的老水泥地。进门左首是一张下面带橱的黝黑的旧桌子，橱门已经掉了，能够看到里面的碗、筷子、炒锅、干面条、蒜头、佐料等零散东西。桌面上放着一个木头案板，案板上放着一大块红白相间的五花猪肉。"一是对其下榻的"如意旅社"的叙述："'如意旅社'不如意：房间积尘满地，鞋子走过，能劈开地上的灰尘。床上可疑的物品、拉不上的窗帘不说，到卫生间，那水池里的污垢让人气馁。小心翼翼上完厕所，一拉水箱的绳子，绳子断了。转而庆幸，幸亏还有个热水器，虽然面目可疑，但总算还可以洗澡。"如果梁鸿没有一种先在的生活经验，她能感觉到这环境的肮脏和不洁吗？或者将主体置换一下，在那些农民工，那些梁鸿所采访的对象中，他们会觉得他们的生活环境肮脏或者不洁吗？或许也有，但他们肯定没有梁鸿这么敏感，因为对于他们来说，这就是他们的日常生活最结实的一部分。这里出现了一种典型的断裂，一种生活和另一种生活的断裂，一种经验和另一种经验的断裂。毛泽东在《在延安文艺座谈会上的讲话》中曾说过一段非常著名的话：

> 拿未曾改造的知识分子与工人农民比较，就觉得知识分子不干净了，最干净的还是工人农民，尽管他们手是黑的，脚上有牛屎，还是比资产阶级和小资产阶级知识分子都干净。

这一段话曾被奉为经典，并成为农民和工人确认自我主体的重要法理依据。但现在似乎又回到了这段历史之前，农民和工人再次被降格为"不干净"的群体，而资产阶级和小资产阶级（当然包括可怜的知识分子）则沐猴而冠，窃取了所有优美词语——文明、礼貌、谦让、高雅、干净——来为自己涂脂抹粉。梁鸿应该是对此保持有一定程度的警惕，在《出梁庄记》中，她尽量克制对其采访对象生活的厌恶和反感。她知道如果不首先克制这种生理性的反应，她就无法在精神的层面和他们进行有效的勾连。因此在我看来，以《出梁庄记》为代表的这种非虚构写作，在更大的层面上应该是实践性的。它暗示了当下中国因为匮乏而尤其需要倡导的一种实践态度，一种生活和工作的方式：一个人不仅应该写，还应该像他写的那样去生活。或许没有人能真正做到这后一点，但即使我们不能像我们写的那样去生活，那么至少，我们应该在情感的层面上和我们的对象保持必要的血肉相连吧。从这个角度看，《出梁庄记》有某种"和解"的意味。城市和农村之间的和解，知识分子和农民之间的和解，更具体一点，一个农民出身的知识分子与她背叛了的阶层之间的和解，或者更大一点，我们和他们之间的和解——归根结底，也是人与人之间的和解。和解需要一个契机，一个节点，一个合适的舞台和故事，这是和解的密道。梁鸿找到这个密道了吗？我不知道。就在我读到《出梁庄记》的一个下午，我办公所在地有座大楼正在进行维修，我在大楼前的工地上遭遇了一个男孩，他大约十六七岁，正光着上身，坐在一架小型挖掘机的驾驶窗里，非常娴熟地操控着机器。当我走过他前面时，他突然停止，目光直直地盯着我，带有某种挑衅的色彩。那一刻我们四目相对，我觉得我不能理解他，就好像他也不能理解我一样。那一刻我强烈感受到了一种割裂，虽然我们近在咫尺。我想起福斯特《印度之行》中的一句话："因为走了不同的路，要和解，还不是此时，也不是此地。"

《出梁庄记》究竟想要表达什么？是法国社会学家孟德拉斯所谓的"农民的终结"，带有那么一点迟疑和审慎？是重新看见那"看不见的阶层"和看不见的资本的"手"，批评原始积累的恶贯满盈？是中国现代化的寓言，带着我们爱憎交织的情结？全部都是，也全部都不是。梁鸿或许会被这些概念和理论绑架，并被胁迫进各种社会学、历史学的微言大义中，但是好在她有一个作家的敏感，她以一种直接性——他者的语言和他者的故事——突破了这种种的桎梏，在这个意义上，她不过是在写人——这亘古不变的，不服从于任何观念的动物——普遍的求生的欲望和意志。在《出梁庄记》中有一幅"他们在西安"的照片，照片中的九个男性建筑工人笑容灿烂地面对镜头，他们背后，是高大的脚手架和尚未完成的景观楼体——是的，他们在笑。这笑容感动了我，历史在此刻依然残忍，生活在此刻依然艰难，但是我们——这些活在历史和此时此刻的人——可以笑！这笑，似乎有一丝嘲弄和反讽；这笑，却又有更多的生生不息；这笑，如寓言一般蕴含着中国当下的种种复杂和神秘。

二〇一三年八月二十八日终稿

（2014年第1期）

# "八〇后"文学的限度及走向

胡 哲

"八〇后"作家及其文学写作已经成为当代社会的一种文化现象，围绕着"八〇后"作家和作品的文学批评从未停歇，但也从未达成一致，始终处于争论和争吵之中，而在这巨大的纷争旋涡中，关于"八〇后"作家群体及其文学写作本身所具有的审美特性、文化特质、叙事方式等关乎文学本身的因素却往往被忽略和遗漏。"八〇后"作家与其他代际作家的差异是什么？20世纪80年代作为中国社会特殊的群体对历史、社会、现实理解的逻辑方式和写作视角是什么？"八〇后"文学的文学观念、叙事方式、写作手法等审美细节呈现出何种特征？同时，又存在哪些局限？如何来弥补和消除这些局限，从而使"八〇后"文学展现出强劲的生命力和持久力？这些问题的澄清和确认无论是对"八〇后"写作还是对与其相关的文学批评，都具有现实与未来的双重意义。

## 一、"小我"、自恋与封闭

在"大时代"的社会语境中，"八〇后"文学的写作视域比较狭窄，缺乏广阔的现实主义精神和"社会意识"，将表现"小我"作为恒定的核心内容和主体，在不断的幻想和幻象中营造只属于自我的"小时代"，从而使文学写作成为一种纯粹标榜自我的行为，文学作品成为漂浮在时代、社会和现实生活上的文字游戏和自娱自乐的载体。"小我"意识使得"八〇后"的作品在某种层面上脱离了社会、脱离了现实，这表现在由"八〇后"开创的网络文学，包括那些网络小说、博文和微信中。

> 这是个相当无聊的年代，而我没有办法回避我无知和被动的前二十年，我们也在毫无知觉的状态下被温水煮了青蛙，还需要我解释什么，你还问我那些做什么，这不都是你们造成的后果吗？我说不明白，你们自己理解去吧！
>
> ——木子伟：《陡峭的悬崖》

"八〇后"是孤独的，在"八〇后"的作品中我们可以阅读到他们的挣扎与纠结，从他们的幻想中捕捉到他们内心的畅想和盼望，也能够从他们的字里行间找到他们对另外一种价值的追逐，那些充斥在作品中的厌倦情绪，悲情的、伤感的，甚至是无厘头的内容都是他们宣泄的焦点，都是他们寻求慰藉的方式。他们渴望被关注，又害怕暴露自己的弱点；他们不自信却并不缺乏欲望；他们是矛盾体，是社会转型期的试验品。在这样的大环境下，形成了"小我"的思想境界并不奇怪，就像林静宜的《葬蝶》，不论是穿越还是奇幻，不论是现代还是民国，都无法逃离现实；不论是林曦媛，高崎舞，还是石瑶，曼莎，都无法超越作者自己。你身处大世界，看到了小小的我。

在不断塑造"小我"的过程中，对个体生活的迷恋和偏执逐渐走向肉体和精神的自恋，失去了对历史、时代、社会、生活本质的思考，丧失了通过个体视角去重建世界的努力和功效，文学写作最终沦落为"自恋"的镜像，道德、信仰、精神、普世价值在"八〇后"文学中逐渐隐退。实际上，这些精神的隐退的方式体现在"八〇后"的文学中是很现实的表现，因为这些价值观念本身在"八〇后"所处的这个社会时期正在逐渐被隐退、被重构，实际上伤痕文学的产生就足以说明20世纪70年代已经开始的，在思想领域内的探索无疾而终后，被"八〇后"以另外一种方式继承了。自恋，让我们看到了萨特、波伏娃等人的身影。那些最终抑郁而终的灵魂大师，难道不是在自恋中失去方向的吗？这种自恋可能代表着对这个世界的爱，成长中的"八〇后"也需要付出成长的代价。我们看到了"八〇后"文学作品中的"不懂事""不知事"，同时也看到了在自恋背后那些海阔天空与天高云淡。任何思想都是有价值的思想，任何自恋的方式都代表着另外一种博爱——我们这样认识"八〇后"，这样认识"八〇后"的文学作品。在整个叙述的过程中，那些阴沉的、骄傲的、放肆的语言不应该招来嘲笑和批判，反而应该在莞尔一笑后，默默地关注他们的成长。正如李海洋的《乱世之殇》中那些白发飘飘、桀骜不驯的辅佐之臣，让公子明翊于乱世中崛起的情节。北大著名教授曹文轩这样评价："李海洋的小说就是李海洋的小说，它成就了他，也只属于他。"[1] 同时认为李海洋的势头不错，并期待着他的明天。

不断膨胀的"小我"与"自恋"使"八〇后"文学成为一个封闭的文学空间，在"八〇后"文学中寻找不到文学的传承："五〇后"作家的"感时忧国"、"六〇后"作家的反思精神、"七〇后"作家的现实情怀被"八〇后"作家以断裂的方式抹杀。用一个形象的方式来形容"八〇后"的这种特点，把自己一个人关闭在黑暗的屋子里，躲藏在角落里，学着成年人不成熟地吸着劣质的烟草，眼中充满了迷茫，浑身瑟瑟发抖地无病呻吟，心有不甘却又无可奈何地进行心理安慰。

　　到现在也没明白他到底吸引我的那一点是什么，也许什么也没有，但

---

①李海洋：《乱世之殇》，南宁：接力出版社，2006。

我每天生活在迷幻里。

——春树：《春树四年文集》

"'主观'取代'客观'是'八〇后'文本的重要特征。独生子女的童年寂寞、父母朋友的过高期望、升学就业的精神压力、经济大潮的物欲迷惑等，使得'八〇后'们有太多的无奈和迷惘、痛苦和纠结，他们需要自我表达、自我呐喊、自我消解，他们需要尽情宣泄和释放自己的青春感受。因此，'八〇后'文本敏感地抓住个人的感情波折进行无限放大。"①《被绑在树上的男孩》作者金瑞峰就是这样一个具有封闭情结的人。正如他在前言里就很明确地提出，他的小说是少数人的盛典，试图展现的是极少数人的心灵：这些心灵都饱受折磨，在常人的眼里，他们都成了"疯子"一类的心灵，多疑、忧郁、不安，有时还会显得很暴躁。在这些心灵里，孤独既是毒药，也是安慰；恐惧一直追逐着他们，使得他们遍体鳞伤；死亡是强壮的血滴，在他们的眼里滴滴答答，时刻诱惑着他们，就像脖子上挂着一个收紧的箍圈一样无法摆脱；梦幻是他们在苦难中的慰藉，但也成了麻醉自我的精神药剂。

## 二、平面、碎片与浅显

"八〇后"被这个时代的娱乐精神和物质精神制约，不得不面对前所未有的挑战，那种惆怅和哀怨早就不是父母辈可以理解和沟通的，他们必须靠自己，才能走向彼岸。这种"八〇后"群体所独有的精神特性和思想状态不断侵入和掌控他们的文学叙事，并形成了叙事结构的平面化、人物的碎片化和主题思想浅显化的特性。

---

① 朱爱莲：《论"80后"文学的想象世界》，《湖南社会科学》2012年第3期。

小说的叙事结构缺乏逻辑性、连贯性、起伏性和立体性。小说对日常生活的讲述仍然停留在简单的复制和拼贴阶段，"八〇后"的爱情、工作、生活等各种情节平铺直叙地放置在小说中，不能全面地反映现实生活的复杂性和丰富性，"八〇后"作家仿佛失去了讲故事的能力和企图，而"讲述"和"虚构"才是小说的根本所在。"八〇后"的文字要么平铺直叙，要么多愁善感，甚至不需要结构，文字往往可以天马行空，事件组织可以杂乱无序。所以，"八〇后"的小说是写个体的生命感受，在某种程度上说他们不需要别人看，不需要别人的评价，他们仅仅需要在文字的标签说明上注上一个"如有雷同、纯属巧合"就可以了，"像韩寒的《三重门》和《一座城池》、春树的《北京娃娃》、李傻傻的《红X》、孙睿的《草样年华》、小饭的《我的秃头老师》、张悦然的《葵花走失在1890》等等"[1]。以甫跃辉的《核舟记》为例：

> 从那以后，家里人总用异样的眼光看着我。我跟他们讲那天晚上看到的，他们总是不相信我，他们一口咬定我在说谎，他们的理由跟两年后哥哥的理由一样：你躺在屋里的床上，怎么可能看到屋外的竹林里有什么。我无言以对，我陷入了孤立无援的深渊。
>
> ——甫跃辉：《核舟记》

浅显平实，易于表达和理解，抒情性极强。这种结构特征与他们的文学经验有关，与他们的市场追求有关，更与他们文学上追求本色表达有关。"平面"这个词的关键意义不在于语言的平涩无奇，相反，"八〇后"的文学作品在语言上往往能够别出心裁；"平面"这个词的关键意义也不在于结构的无条理、无逻辑，比如我们在《核舟记》中看到无言以对后，就陷入了孤立无援的深渊。

---

[1]朱爱莲：《"80后"文学自由混搭的表现手法》，《时代文学》2012年第3期。

这种现象显然是"八〇后"的特征。相反，"八〇后"追求一种秩序的建构，追求在文章中创建属于自身的秩序准则，看上去属于无厘头，实际上都有一定的创新痕迹在其中，而且运用的是"众声喧哗的多元化语言风格"①。当然，这个前提是对"八〇后"文学这个概念的把握，不能把所有的"八〇后"作者的作品都算作是"八〇后"文学，思考"八〇后"写作，最重要的应该是思考其写作的文化语境的变化，也就是说，延续上面所说的观点，"'八〇后'写作的种种形态，包括他们的出场方式、写作方式、传播方式、写作资源的来源方式、对审美惯例的突破方式其实都与这个时代密切相关"②。

小说人物缺乏整体性和丰富性。"八〇后"文学对自我一代成长史的叙述已经成为一种常态，但对"八〇后"人物形象的塑造却十分模糊和暧昧，往往采用平行叙述和对层次的碎片讲述，在作品中存在的只是"八〇后"的某个侧面和剪影：狂傲、放荡、极端、不恭、堕落、颓废、奢靡，缺乏对人物的精神探索，读者无法在文本中找寻到一个类似《人生》中高加林这样代表一代人的完整形象，停留在读者记忆中的似乎只有豪车、名贵服饰等时尚符号。

　　手指叠上手指，温度散去又重新聚拢。你在我身边，画出从未见过的晴天。音容笑貌渐强渐弱，声色逐步渲染。于是你就停在我五步之外，不曾走远，也不会靠近。未散的大雾永远都是一场谜。

　　　　　　　　　　　　　　　　　　　　——郭敬明：《幻城》

《幻城》可能是最碎片的典型，整个书的内容简直可以用不知所谓来形容，碎到极点，看上去似乎"层次"很高。碎片化不仅仅是"八〇后"文学的特点，

---

①朱爱莲：《"80后"文学文本的语言特色》，《中州学刊》2012年第4期。
②江冰、田忠辉：《"80后"文学综论：文化视野中的合法性突破》，《南方论坛》2010年第3期。

更是当前中国社会的主要特征——整个社会的碎片化。如果仅仅从文学作品的角度来评价"八○后"文学，显然是不公平的，应该从文学作品中看待整个社会。既然社会的发展是碎片化的，那么"八○后"的作品显然更符合这个时代的特征，显然不是无的放矢的"涂鸦"。"八○后"文学作品可能没有《人生》中的高加林，却有《三重门》中的林雨翔、马德保、Susan、钱荣。一个人代表不了一个时代，那么"八○后"就用一个群体代表一个时代。就像这个时代的文学作品被冠以"八○后"文学一样，碎片中残破不堪的各种身影，正是无法看清的自己和无法理解的社会现实。但是那些碎片中或多或少都能找到自己的影子，形成了种种的共鸣，像水韵涟漪般荡漾开来。

## 三、现实、反思与坚守

如果"八○后"文学想突破自身局限，拓展自我写作空间，不断延续自己的生命力，并寻找新的增长点和未来，那么，重返现实批判精神，反思自我思想主体，坚守文学的本真和社会责任是"八○后"文学未来发展的维度和路径。

在当下文坛，写作的多样化和多元化已经成为一种常态和必然发展趋向，"八○后"的文学写作规则也必然呈现出多种样态，现实主义、现代主义、浪漫主义等多种写作方式被移植在"八○后"作家的文本中。但现实批判精神却从中消散，"八○后"文学似乎有意躲避现实和隐藏起批判的锋芒。当下社会现实的弊端、人性的丑陋、道德的滑落、信仰的缺失、阶层的分化、底层的苦难等社会现实问题及其批判被搁置和悬置起来，使其文学失去内在的阔达、雄浑、悲悯的气质。因此，"八○后"文学想要突破单一的自娱自乐性，寻找更为旷阔的写作空间和写作意图，必然要重新确认自身的"精神之父"——现实批判精神。"八○后"文学需要现实批判精神的支撑和引领，需要面对纷繁复杂的社会现实时发出属于自己的批判的声音，并在这种批判中注入勇气、正直和崇高，挣脱"八〇后"群体的自怨自艾、自言自语的话语特性，成为国家、社会、民族和民众的代言人，从而使"八〇后"文学成为有现实感、独立性和批判性的文学，真正为"八〇后"文学浇筑内在的精神力量和思想深度，让"八〇后"文学充满现实的诗意和伦理的自觉，对受众的个体生活和社会现实发生有效的影响，以此拥有人类意识和历史眼光。

"'八〇后'作家中很多已经步入而立之年，很多也即将步入而立之年，'八〇后'文学行走当代文学的版图上，这些已经三十而立的'八〇后'作家，在心智和文学才智上的成熟是当代文学最为期待的。"[①]"八〇后"的文学作品处于一个发展时期，需要的是宽容，需要是理解，需要的是引导他们走向真正的平凡之路，从虚幻的、魔幻的回归现实的、人文的世界，真正地触及这个世界的灵魂，意识到自身的责任，强化自我的使命感，将文笔当作改变世界的工具，真正地形成一套更加完善和独立的文学体系。在这个即将到来或者已经到来的大时代中开创一片新的天地，在"小我"与"大时代"中找到契合点。南辕北辙也好，殊途同归也罢，自由的和个体的追逐终将回归理性主义的思考，因为主宰这个世界的根本精神就是理性。比如李傻傻的《被当作鬼的人》，那种朴实的、乡村的、经历的内容并不次于任何时代的一个写实作品，这是值得进一步关注的，那种现实的态度和趋势，以"八〇后"的姿态展示出来。

同时，"八〇后"文学应该放弃固守自我群体的生活观念、价值取向和道德准则的封闭姿态，对"八〇后"群体的存在境遇、生存状态和精神指向进行理性反思和重建。因此，"八〇后"文学必须剔除物质、金钱、权利、名誉、欲望等功利性因素，及其这些因素所导致的人生荒谬、价值颠倒和思想混乱；推倒"八〇后"文学宣扬的低沉、灰暗、堕落、放纵，毫无敬畏和崇高的生

---

①叶建斌：《论"80后"文学起源，发展，未来》，《福建师大福清分校学报》2012年第1期。

活观念、价值取向和道德准则，对受众群体肆无忌惮挥霍自我人生所提供的文学依据；切断"八〇后"文学与商业市场的低俗性、媚俗性、功利性之间的关联和异化，以文学自身的审美性、艺术性、崇高性收获自我在当代文学中的存在位置和认同，从而为受众群体在纷杂迷乱的时代境遇中提供一种长久的精神慰藉、一份文学想象中的美好和无法替代的存在勇气，而非剥掉物质、金钱、权利、名誉、欲望的外衣只剩下无法站立的孱弱和贫瘠。真正让人们能够清晰和坚定地确认生活在这个时代的人们、当下中国社会和中华民族需要"八〇后"文学，需要"八〇后"文学中的尖锐、率真、真挚、自然和自由，而非"八〇后"文学的内容虚假、主题空洞、思想乏味和精神无聊。

　　"青春"在春树、李傻傻的小说中则是以"残酷"的面孔呈现的，韩寒的《我想跟这个世界谈谈》正是发出这种音色的一个个例。幻想如同泡沫，一碰就碎，头破血流之后，他们最终能够认清他们的改变不是妥协，而是一种进步，他们从来都不需要真正地放弃文学，反而是在受伤之后有感而发地感激文学，并进行再创造，用自己的经历和人生感悟诠释时代，诠释世界。幻想的另一面就是理性的世界，捅破它或者藐视它，都可以自由选择。"八〇后"文学的倾向必会将整个时代的文学带入一个新的反思时期，正如《三重门》引发的种种思考，一个孩子写的书，为什么能够卖到二百万册，为什么能够产生共鸣？需要反思的不仅仅是"八〇后"的作家们，这个世界更需要认真地反思自己，"我想跟这个世界谈谈"本身就是一种反思，也是"八〇后"发自内心的一种呼唤。我想跟你谈谈，你能听我说吗？

　　在重拾现实批判精神和重新反思自我价值观念的基础上，"八〇后"文学必须勇于承担自己的社会职责，坚守文学的道义和责任，放弃将文学作为沽名钓誉的工具，以文学的力量来纠正社会的偏颇和时代的病象，重新重视文学的叙事技巧、价值意义、语言形式等内在审美因素，以纯熟的文学经验表现现实生活，不断提升"八〇后"作家的责任感和使命感。"历史上任何一种文化、文学现象的形成和发展其实都是不可以简单地做线形的界定和划分的……而各个不同的年代总是有着区别于相近年代的独立性特征，处于这个年代的人们，特别是有着精神文化敏感的文学家更会有着属于自己年代的情绪记忆和书写方式。"[1]这个世界有太多东西需要坚守，比如那些优秀的传统文化和革命年代的价值取向。在文学的领域里，除了基本的良心和道德需要坚守外，更需要对文学精神和使命的坚守，在那些虚幻的内容中找到他们逃避的现实真理。真正地做到坚守"八〇后"文学的价值理念，坚守自由价值观念；真正地在理解了这个社会后，又能够锲而不舍地坚守对这个世界的责任。这个时代的文学特征也将最终脱胎于上下求索当中，不再是违和的文字情节，也不再是愤青的代言，而是真正地屹立于这个世界的"八〇后"，真正地拿出更加具有影响力的作品引导时代进步。坚守是为了下一步更大的跨越，坚守是为了理想的隐忍。不必责难任何人，因为这个时代需要付出的仅仅就是那种坚守——对真理的执着。

第一次见她是一星期前，她按照他在五八同城上的合租帖，按图索骥赶了过来。当时她站在房间里四处瞥了几眼，只说了一句，"这房子户型好奇怪"。他问怎么了，她眯着眼笑说，"像把手枪"。他探头探脑观察了一番，表示佩服她的观察力。她没说一定要租，也没说不租。她说这离上班倒很近。那天她穿的高跟鞋，不紧不慢的，下楼的时候叮咚声尾随了一路。他惊愕，她怎么长得这么像刘若英，特别是笑起来的时候。他一手拎起一只编织袋往楼梯口走。东西比他想象的要沉一些。她几次提出来帮忙，但是他拒绝了。女孩跟在后头，他尽量做出轻松的样子，一口气爬上了六楼。"看你瘦，力气可真够大的。"她撩了一下耳际的发丝，

---

①王涛、何希凡：《跨年代文化交叉中的自我彰显——关于80后写作的独特性存在的思考》，《当代文坛》2006年第1期。

微笑着道了谢。他脸顿时有些发烫。

——郑小驴：《赞美诗》

　　选取《赞美诗》的这个片段实际上并非最为经典的，却是最有代表性的。因为整个描述的语言是那样的朴实，那样的简洁，但又那样具有画面感，让人能够直观地感受到这个女孩的美丽青春，非常具有带入性。这是我们在郑小驴的作品中经常能够体察到的，语言与语言的使用能够具有如此的带入感和现实感非常不容易，体现了"八〇后"作家写实一派的具体作风。在郑小驴看来，为写作注入深层的思考与作者对社会的责任感相通，都是自然而然的事，年少并不是回避意义与责任的理由。现实、反思、坚守并不是被迫的，而是自然而然产生的。不能否认二十多岁的青年，也具有能够透析现实的文笔，也会有直接挖掘现实内涵的作品，比如乡土文学中，也会有直接参照传统文学形式产生的作品。比如郑小驴的文学创作方法，看上去非常的不"八〇后"，让人难以相信这样的作品是"八〇后"的创作；看上去除了青春气息以外，更像是上个时代的作品。反思的过程对于"八〇后"来说，不是一个认错的过程，因为他们从未错过，反思只发生在"八〇后"视阈，让人无法参照去评价、去品评。从中我们也看到了"八〇后"的坚守，那份独有的时代情怀，那些被贴上的种种标签，他们从不避讳，依然我行我素。

　　"八〇后"的时代是一个新的时代，所有的社会价值观念和社会发展背景都有了一个较大的改变，他们是新的人类，是新的时代产物，不可否认的是他们在遵循传统的同时，也冲击着时尚、冲击着新鲜事物。这体现在"八〇后"的文学作品中，我们既能够看到充斥幻觉的网络文学，也能够看到言之无物的碎片小说，更能够看到具有文学精神的真实作品。从郑小驴、甫跃辉、张悦然、春树等人的小说特点来看，尽管他们在"八〇后"的文学作品中独树一帜（包括李傻傻的作品），但是"八〇后"的作品还可以分为两个派别，从本质上说，郭敬明和韩寒的作品是一样的，韩寒并不具有独特的概念标签，相反，他和郭敬明的作品一样存在非常大的争议。再一种就是网络文学，一种以"八〇后"为主干延伸到"九〇后"的文学形式，也是不容忽视的文学作品内容。如果真的谈限度，"八〇后"文学的限度是要建立在这三个主要象限中的，其走向并非一路高歌，却依然将会成为未来"八〇后"文学的主流。我们在关于网络文学的调查中看到了玄幻类作品的大势所趋，也看到了青春校园、绝世重生、网络游戏等构成的新的文学题材，这都是非常值得关注的发展趋势。所以，"八〇后"文学不可限量，这句话的含义是，"八〇后"文学是新时代的产物，是开启新事物的起点，"九〇后""〇〇后"将延续这种风格和内容，直到时代发生根本性的变迁或者技术革命带来新的文学体验，直接抹杀文学形式。这就是限度，这就是未来，尽管不可预测，但是充满了期待与挑战。

"八〇后"的文学是一场青春的饕餮盛宴，里面的内容十分丰富且复杂，那些精致的、混搭的、跨界的、伟大的和渺小的事务都掺杂其中。宴会的场面有时候很清淡，似乎每个人都在自言自语，或者两两清谈；有的时候却很喧闹，似乎每个人都毫无顾忌，或者愤怒或者呐喊。精心地品味这场盛宴，却无从下口，需要评判的地方很多，有争议；需要解释的内容很多，有瑕疵。但是无法否认，在这场文学盛宴当中，需要静下心来体会的内容有太多太多，有思想才有争议，在面红耳赤地争吵"八〇后"的文学限度的时候，在对"八〇后"文学发表着未来宣言的时候，"八〇后"的文学作品却依然我行我素，似乎他们不需要评价，也没有人能够评价。"如日东升的'八〇后'文坛和文学，不仅在挑战而且也在讽刺当今的批评家们。文学批评不只是有点滞后，简直已有迟暮和腐朽之态了——20世纪80年代以来，批评还从未有过如此迟暮之态。这大概是真正预示了历史性的文学'换代'的开始。"[①] "对'八〇后'文学的

----

①吴俊：《"80后"的挑战，或批评的迟暮》，《南方文坛》2004第5期。

漠视或武断贬斥无疑是'掩耳盗铃',需要在一个更加宽广的视野中对其进行诊断式的批评,深入解析其社会语境、意识形态上的意义及其在复杂的社会冲突中所发挥的功能。"①因为在这些作品中,只有属于他们的青葱岁月才能够理解,只有某一段历史大家才能够讨论。宴会终将散场,青春散落一地。

（2015年第1期）

---

①石培龙：《80后文学——第二媒介时代的文学景观》,《兰州大学学报（社会科学版）》2010年第1期。

# 城乡变迁中的漂泊童年
## ——以《山羊不吃天堂草》《余宝的世界》为例

何家欢

三十多年来，改革开放给中国带来了巨大的变化，无论国家的经济总量还是人民的生活，都提升到一个相当高的水准。然而，在解决相对困窘的经济问题时，并不意味着人们在时代的伴生性成长中出现的精神性忧虑会得到很好的缓解。事实上，在一定程度来说，不同状态的精神性忧虑依然在困扰着这个时代的人们，而且，相对物质的实体性变化，对于精神性问题的解决会有更大的难度。因为精神是飘忽不定，而又无限存在的，这正如被无数次宣告死亡了的文学，隐秘在人们的情感和潜意识中，也表达在或单纯、或复杂的语言中。在这个时代对文学本义的不断衡量中，我们通过儿童文学作品，发现了这个巨变时代隐藏的新特征：它是漂泊而又分裂的精神，是改变而又被动的人生。

## 一、进城：身份的焦虑与成长阵痛

中国的经济改革是从农村开始的，但实现经济总量跨越式发展还是在城市。城市的现代化建设需要大量的普通劳动者，这为农民进入城市提供了机遇。然而，由于我国长期实行城乡二元结构的户籍制度，这为农民进城设置了制度障碍。很多农民工在城市生活中感受到的各种不平等，其原因也就在此。曹文轩的《山羊不吃天堂草》（1991）就是这样一部展现 20 世纪 80 年代末 90 年代初，农村少年进城务工的小说。主人公明子是一个在小豆村土生土长的乡下少年，为了赚钱帮家里偿还债务，十五岁的明子随着木匠师父三和尚和师兄黑罐踏上了进城务工之路。穷苦乡下人的出身使明子的自尊心变得格外敏感，伴之而来的是一种强烈的身份焦虑。对于刚进城的明子而言，五光十色的城市散放着无穷魅力，但是那种可望而不可即的诱惑感却让他感到莫名的自卑和压抑。其中，最让他感受到切肤之痛的是城市对每个人身份角色的区分，以及人与人之间三六九等的差异。明子进城后和师父、师兄三人栖身在一个矮小的窝棚中，靠帮人做木工活维持生计。在这个三人小组中，明子常常要忍受师父三和尚的指使和盘剥，这时常让他感受到委屈和愤怒，但他也敏锐地察觉到，在那些城市人眼中，他们三人之间并没有本质上的差别，他们都是在城市底层摸爬滚打的外来务工者。他清楚地认识到自己这伙人和城市人之间有着一条不可逾越的鸿沟，城市人是选择者，而他们是被选择者，这种关系注定了他们永远也无法拥有城市人那种高傲的神态，这便是城市对他们这群人的角色和身份的设定。明子意识到自己和城里人身份的差异，并将这种差异和自己在城市所遭受的待遇联系起来，更加清楚地认识到自己和城市之间永远无法消弭的隔膜。来自农村的"身份"成了明子的隐痛，为了维护他在这个城市中仅有的一点存在感和尊严感，他小心翼翼地呵护着自己和患有腿疾的城市女孩紫薇之间的友情，然而，随着紫薇的康复，以及城市男孩徐达的出现，让明子这仅存的美好也转化为了低人一等的自卑。明子无力改变自己的身份，这也让他对城市产生了一种抵触和抗拒，并对回乡充满了渴望。

比之身份的苦楚，更令明子感到痛心的是城市中人的金钱观念对他人格尊严的践踏。明子目睹了师兄黑罐在利益的驱使下，一步步走向深渊的过程，他固执地坚守着自己的道德原则，试图通过对不劳而获的拒斥来维护自己做人的底线。然而，在金钱与道德的角逐中，明子内心的道德防线却在不断溃退。在见证了一系列蝇营狗苟的事件后，他终于走上了为金钱所奴役的道路。与其说他心甘情愿地臣服于金钱的魔力，不如说他是在宣泄自己心中的"气"。自从进城后，明子的心中一直有一股气，这既是一种谋生的志气，也是一种对处境愤愤不平的怨气。这股气在明子心中渐渐滋生出一种和城市对抗的情绪，并在自卑心理的作用下走向了偏狭。它激发出了明子对金钱前所未有的渴望，以及对城里人莫名的仇视。明子在欲望和仇恨的泥潭中挣扎、堕落，直到滑向犯罪的边缘。在最关键的时刻，一个埋藏在潜意识里的梦境将他从悬崖边上拉了回来，他想起了草滩上那些宁愿饿死也不肯吃天堂草的羊群，父亲的声音犹在耳畔："不该自己吃的东西，自然就不能吃，也不肯吃……"① 明子猛然惊醒，终于抛下怨念，回归正途。

明子在灵与肉的抉择和挣扎中完成了自身的精神成长，实现了由少年到成年的蜕变。这个过程也是所处这个时代中的每个进城者所面临的"成长"阵痛。小说在第二十四章，借助明子的回忆与梦境讲述了山羊不吃天堂草的故事：明子的父亲为了改善贫穷的家境借钱买了一百只山羊，在村子里的草被啃吃光了的情况下，这些山羊被送往草滩，最终却因不肯吃草滩上的天堂草而全部饿死。作者以"山羊不吃天堂草"作为小说题目，不只是以此影射明子进城后的心路历程，更是对整个20世纪80年代末90年代初农民离乡进城致富这一重大历史趋势的隐喻。工业文明改变了乡村的面貌，也消解着乡村的家园属性，率先感应到城市文明召唤的农民将农村的各类资源抢占一空，而后来者则只能背井离乡，到城市去另觅谋生的土壤。城市化进程所造成的城乡差异，既是欲望萌生的缝隙，也是怨恨丛生的渊薮。明子进城后的痛苦、挣扎和陷落，所展现出的正是这一代农民对城市"怨羡交织"的情结。一方面，他们远离故土，又遭

---

① 曹文轩：《山羊不吃天堂草·根鸟》，第472页，北京：作家出版社，2003。

到城市的拒斥，却依然难以消解心中对积累经济资本的焦虑和渴求；另一方面，面对城市富足的物质生活，联想到贫穷的家乡和自己在城市的境遇，又让他们深深地体会到人与人之间的不平等，以及对改变个人现状的乏力。对于这一代进城者而言，乡村已不再是可以寻求心灵庇护的家园，而城市却仍然是他者的城市。然而，面对滚滚向前的现代文明，和被其所改变的乡村，回头已经绝无可能，唯有破釜沉舟，才能在逆境低谷中寻觅新的生机。这种怨羡交织的情节生成了明子心中的那股气，也生成了这一代进城者求变的动力。

## 二、在城：底层身份的代际传递

如今距离高加林、孙少平进城的时代已经过去了三十余年，在这三十多年中，踏着他们当年的脚印奔赴进城之路的人群有增无减。如果说曹文轩的《山羊不吃天堂草》表现了1990年代初进城农民对故土家园依依不舍的精神诀别，那么二十多年后的今天，这些曾经的城市闯入者是否已经融入城市之中？他们的家庭和子女又面对着怎样的境遇？这依然值得今天的文学去关注和书写。

20世纪90年代以来，我国农村流动人口在不断扩大规模的同时，也在实现着"从流动趋向移民"[1]的整体变迁。越来越多的农民工以家庭的形式进入城市，大批学龄儿童跟随父母在城市生活，成为"流动儿童"[2]。他们大多是在城市出生，或是在学龄前就进入了城市生活，相较于他们的父辈，他们的乡土记忆较少，对城市拥有更多的认同感和归属感。但是，由于社会体制改革的缓慢，他们在经济、户籍和生活方式上仍和真正的城市人有较大的差别，这使

---

①王春光：《新生代农民工城市融入进程及问题的社会学分析》，《青年探索》2010年第3期。

②2000年全国第五次人口普查资料将流动儿童定义为"居住在本乡镇街道半年以上，户口在外乡镇街道"或者"在本乡镇街道居住不满半年，离开户口登记地半年以上"的18周岁以下的人口。

得他们在融入城市的过程中继续遭受着重重阻碍。进入 21 世纪后，由社会转型所造成的城市流动儿童问题和农村留守儿童问题已经引起政府和社会的广泛关注，而文学作为社会现实的一面镜子，也将作家们的创作视野引向了这个曾经被忽视的群体。

近年来，一些展现城市底层儿童生活的文学作品陆续涌现出来，黄蓓佳的《余宝的世界》（2012）是其中一部不可多得的佳作。小说以十一岁男孩余宝为聚焦者和叙述者，讲述了他在 2012 年暑假中遭遇的一段令他终生难忘的经历。不同于《山羊不吃天堂草》中对进城者内心冲撞的书写，《余宝的世界》进入到人物的生存层面，为读者铺展开一幅较为开阔的底层景象。故事围绕着一个叫"天使街"的地方展开，这里是城乡接合部，也是外来务工者聚集区。现实中的天使街并没有它的名字那样美丽动听，肮脏不平的街道，陈旧破败的房舍，还有操着天南海北各色口音的打工者，构成了一派不为城市人所熟知的城市底层景观，也构成了余宝童年生活的全部底色。故事起因于一起交通肇事逃逸案，长途货运归来的余宝和爸爸作为目击者目睹了这次车祸发生的经过。爸爸认出那个肇事车辆正是自己所在货运公司老板温总的座驾，为了保住工作，他没有报警，而是带着余宝驾车飞快地逃离现场。在爸爸的调查下，事情的真相渐渐明晰，那天夜里是温总的朋友驾驶温总的车外出，撞死了公路上的一个流浪汉，事后，温总找了同公司的一名司机去顶包。余宝的爸爸虽然对隐瞒真相深感不安，但他还是答应温总将永远保守这个秘密。而在这个时候，余宝的家里也是一波未平，一波又起。余宝的爸爸为余宝转学和亲属生病的事弄得焦头烂额，最后在留下一笔巨款后突然神秘失踪。半个月后，爸爸再次出现，随着他的投案自首，这桩肇事逃逸案，以及其后发生的失踪谜团终于水落石出。

在曲折离奇的故事情节背后，掩映着挣扎在城市边缘的底层人群的苦辣辛酸。余宝的父母和大姐三人用微薄的收入支撑起这个五口之家的日常开销，任何一笔巨额支出对于这个家庭来说都是一次沉重的打击。在大是大非面前，余宝和他的家人并非没有清醒的认知和判断，然而迫于对权势的畏惧和谋生的艰难，他们又不得不做出趋利避害、明哲保身的选择。他们的身上既有农民式的善良和质朴，也有弱势群体在长期的社会挤压中滋生出的懦弱和狡黠。余宝一家的生活处境和精神状态，正是城市底层千千万万外来务工者家庭的一个缩影。

在贫穷的困境中，天使街上的童年也呈现出另外一副模样。和余宝一样，孟小伟、成泰和罗天宇都是农民工子弟，因为没有城市户口，他们在城里只能上师资差、各种硬件均不达标的民工子弟小学。对于城市，他们并没有体会到明子进城时那种隔膜甚深的体验，但是经济的拮据依然让他们感受到金钱带来的焦虑。为了赚钱请朋友们看一场 3D 电影，孟小伟想要捕捉粉蝶，孵化菜青虫卖给菜贩，结果却在外出时遇到大雨，被坍塌的砖墙夺去了生命。我们无意去苛责一个十一岁男孩为实现梦想而付出的行动，但是，面对悲剧的发生，我们不由得发出追问：是什么促使这样一个年轻生命陨落？是贫穷，是道德失范，还是价值观的扭曲？如果一定要从中揪出罪魁祸首，底层的贫穷和家庭教育的缺失应该是促使这一悲剧发生的根源。对于挣扎在贫困线上的底层家庭来说，生存仍然是亟待解决的首要问题，儿童的心灵成长往往被家长忽视。是贫穷加剧了儿童对物质需求的渴望，而缺少正确的价值观引导则导致他们在实现梦想的过程中误入歧途。

孟小伟的死犹如底层儿童对社会所发出的一场无声的控诉。然而，比底层童年的苦难更令人感到悲哀的，是在这个阶层固化的时代，进城者已经丧失了冲出底层的渴望和诉求。在高加林的身上，我们能够看到一种"不达目的不罢休的'狠劲'"[1]。在明子的身上，我们也能感受到一股怨羡纠结的不平之"气"。然而，在余宝和他的父母、家人，以及其他外来务工者身上，我们却只能读出他们对底层身份的认可和承受。小说中，余宝的妈妈言谈之中一再强调"我们

---

[1]孟繁华：《建构时期的中国城市文学》，《文艺报》2014年5月7日。

这种身份的人", 正是对这种底层身份的确证。而当余朵问爸爸觉得这个社会是否公平时, 爸爸的回答是: "鸡吃鸡的米, 鸭吃鸭的草, 有什么不公平?"①他们对于自己糟糕的处境并不加以质疑, 反而以身份的差异性对其进行解释。可以看出, 在天使街混乱、嘈杂的表象下, 实际上暗含着一种稳定的深层秩序, 每个人都安分地接受着这个城市分配给自己的位置和角色, 借此获得一种居于底层的安稳。他们从未将贫穷的处境归咎于社会分配的不公, 反而感恩于城市的施舍, 让他们脱离了面朝黄土背朝天的农耕生活, 而对于拮据的生活, 他们自有一套"鹅吃草鸭吃谷, 个人自享个人福"的底层人生哲学来面对。这种对底层身份的认可态度也经由父辈之手传递到余宝那一代人身上。小说中, 余香、余朵、余宝三姐弟对于底层身份有着不同程度的认同表现, 相较于余香的逆来顺受和余朵的怨声载道, 余宝的沉默流露出一种与年龄不相符的成熟。作为家里唯一的男孩, 他肩负着整个家族的希望——读书上大学, 可是民办学校的教学状况却让他清楚地认识到自己和大学、公务员之间遥不可及的距离。同时, 他也在父亲的身上看到了自己未来的影子: "我爸爸就是我的镜面, 从他的身上我能够看到二十年后的我自己。""我也许会像爸爸一样开卡车, 呼呼啦啦奔波在南来北往的高速公路上, 超载, 罚款, 为了付罚款更多地超载; 也许连卡车都开不上, 只能上建筑工地做小工, 砌砖扛大料。"②在余宝这一代人的身上, 我们看到了底层身份和围绕这种身份所产生的人生观、价值观的代际传递。这种传递并非借助学校教育或是家庭教育, 而是通过社会现实, 以及大人们的言行举止直接映射在儿童的心灵之中, 对儿童的精神成长, 特别是身份认同起着潜移默化的作用。余宝的早熟折射着城市底层的苦难现实和童年的凄凉处境。童年, 本应是个充满幻想的年纪, 然而, 天使街上的孩子们却在城市底层的镜像中过早地完成了对自我身份的确认。糟糕的现实处境,

①②黄蓓佳:《余宝的世界》, 第42、37页, 南京: 江苏少年儿童出版社, 2012。

加之对未来的无望，让底层儿童消解了追逐梦想的渴望，也丧失了改变个人命运的动力。

## 三、漂泊者的身份与命运

相对于大量漂泊在各大中城市的农村青少年，以及暂被固定在乡村的留守儿童，现在的儿童文学作品对他们的关注显然还是不多。当下的儿童文学多服务于城市中的儿童，其内容也多以仙侠奇幻，或是反映城市儿童家庭校园生活为主。出版社对这些题材的关注，固然考虑到购买力的因素，但儿童文学对底层儿童的关注度不高的确是一个不争的事实。这一方面有作家体验的问题，另一方面也是因为底层生活者，无论是儿童，还是他们的父母，本来就是缺乏话语权的沉默的大多数。当然，他们的沉默，并不意味着他们对城市没有自己的认知，而是因为他们缺少表达的媒介和途径。

从《山羊不吃天堂草》到《余宝的世界》，我们看到的是进城务工者和农民工子女在城市生活中的不同遭遇。它们之间的共同处在于，无论时代怎样变化，来自社会底层和边缘群体的人，他们的生存压力和未来的人生走向，都将迥异于城市职工、中产阶级家庭的生活和工作预期。正常来讲，一个良性发展的社会应该是有利于个人实现自身价值、人生梦想的社会。但在现实中，对于不同群体中的人，这种成长的道路显然又有很大的差别。我们在这里关注城乡变迁中的儿童文学，其实也就等于对这种尚处于萌芽期的社会问题进行相应的文学反思，以此来推进以文学为道义的社会变革。城市流动儿童的出现，是农村社会解体、城市急剧扩张时期的产物，他们跟随着不断转换工作地点的父母，为了生存而奔波在祖国的大地上。相对于拥有稳定生活和充足教育资源的城市儿童，流动儿童更像是城市的陌生人，伴随他们成长过程的，也必将是在各种不同起跑线下的群体歧视，而这也正是黄蓓佳在《余宝的世界》中所关注的问题。

上海世界博览会的主题是"城市让生活更美好",然而,发展着的"城市"和进步着的"生活"并不会公平地给予城市里的每一个人。来自边远乡村的明子,和来自城市底层的余宝,显然不同于中产阶级家庭出身的孩子对城市生活的感受。就《余宝的世界》中的人物来说,余宝在心目中所认同的自己,其实就是如其父亲一样的底层劳动者。余宝的未来,也许正如鲁迅《故乡》中的闰土,在既定的社会规则中,他们的成长只是指向一个模式化的结果,而这也才更可能是他们永远的命运。当然,"'现代性'有问题,但也有它不可阻挡的巨大魅力"①。虽然进城者在由乡入城的流动中遭遇到种种问题和困境,但现代化的洪流已经不允许他们再回到乡村,而对于从小就跟随父母进入到城市的儿童来说,乡村中也再没有他们可以容身的位置。无论是在生活体验上,还是在情感归属上,这些孩子都对乡村缺少足够的心理认同。融入城市,获得城市身份,才是他们的必然命运和人生方向。

(2015年第2期)

---

①孟繁华:《建构时期的中国城市文学》。

# 重建中国当代文学批评的价值维度和趣味维度

沈杏培

当前的文学创作可谓日臻丰富和多元，文学批评的生态却并不令人乐观，充斥着种种不良风气和病象，比如批评主体的缺失、批评标准和价值立场的浮泛、文学批评文体的呆板和缺少生气、学院化的八股式批评文风和范式的流行、文学批评的利益化和工具化，等等。因而，当代文学批评一方面随着文学的繁荣而充满了"活力"和"生机"："批评家其实很努力，他们忙碌的身影频频出现于各种研讨会现场，大块文章屡见于报纸杂志。批评也不可谓不繁荣，无论是成果数量，还是从业人员规模，都已超越历史上任何时期"①；另一方面，对当代文学批评的批评之声不绝于耳，在学术界内部和外部，都充满了对文学批评的不满和希冀革新之声。客观地说，当代文学批评在从业人员规模、批评主体的理论素养等方面较之过往有着巨大的历史进步，但文学批评的功能、性质、价值、标准以及文学批评的文风、文体等诸多要素所构成的文学批评生态和批评秩序，尚没有真正走向规范和良性。因而，重建当代文学的批评生态，是一个既重要又非常必要的时代命题。在我看来，文学批评生态固然有文学体制和社会文化语境等外部因素，但同时，文学批评主体的价值重建和文风重建

---

①张江、程光炜、方方等：《批评为什么备受批评》，《人民日报》2014年7月15日。

是当前文学批评生态重建的两个重要的维度。因而，对文学批评自身进行必要的自我清理首先不妨从批评主体的价值立场和批评文风的重建开始。

一

在文学批评的学理性、深刻性等严肃与"主流"特性面前，趣味性似乎是很少被人提及的一个特性。那么，现时代我们的文学批评要不要趣味性，一种活泼、机智、生动的趣味对于这个"无名"时代的"无序"甚或失范的文学批评是不是可以带来崭新的批评之风？先反过来看这个问题：一个批评家假如缺少了趣味将会怎样？龚古尔兄弟在他们的《日记》中记载了别人说给他们的一段话：比喻很不高雅，但是先生们，请允许我把泰勒比作我的一头猎犬。它会搜寻，会盯住猎物不放，猎犬的一整套本事它都演习得令人赞叹，只是它没有鼻子，我不得不把它卖掉。[1] 敏锐而活跃的趣味的缺失，过于雄辩和所谓深刻大概是泰勒被诟病的原因。在我看来，对于中国当代文学批评，趣味性非但不是多余的，相反是很稀缺的一种品性，在充满了冬烘学究气、布满了太多戈蒂耶所讥讽的"文学太监"式批评家、充斥了无数在重重理论雾障中佯装深刻隔靴搔痒式的批评文字的文学界，太需要来一场文学批评的"瘦身"和话语方式的"转身"了，清理掉那些迂腐气和说教气，提倡一种明快、灵动而充满智性和趣味性的文学批评。

趣味的文学批评与严肃高深的说理并不矛盾，相反，趣味生动的话语、修辞与文风，不仅有助于闳深理论的阐释，更有利于受众的接受。朱光潜认为，大师笔下，高度的幽默和高度的严肃常常化成一片，不但可以耐人寻思，还可

---

①[法]蒂博代：《六说文学批评》，第19页，赵坚译，北京：生活·读书·新知三联书店，2009。

以激动情感，笑中有泪，讥讽中有同情。当前，从专业学术刊物到个人专著与各式研讨会，再到媒体网络，到处有文学批评的声音与文字，文学批评看似繁荣丰富，然而，这些批评从内容到形式呈现出令人窒息的衰腐之气：高头讲章多，精辟短论少，文章不写上万儿八千字便显得不够磅礴，不够气势逼人；死板生硬说教多，生动有趣的精彩论说少，不摆出一副占尽天下大道并表万世之理的架势决不罢休；理论堆砌多，现实指向少，为着说明一个浅显的道理，恨不得将西方的种种主义与理论贩卖殆尽，恨不能将书袋从柏拉图、康德掉到本雅明、德里达，而结果只顾了理论上绕圈子，把简单的问题阐释得无比的复杂，把明朗的问题搞得无比的玄虚。读这些批评，总觉得暮气沉沉，呆板枯燥，了然无趣。这些所谓批评文字已经沦落为学者教授们借以捞取功名和学术资本的工具而已，文学批评被绑架，批评的尊严已不在，批评的力量已不在，更遑论批评的趣味？

倡导一种趣味的文学批评首先就是要批评人放下过重的理论包袱并从过于"学术化"的话语体系中突围出来。当下的文学批评有着过重的"理论崇拜"，而这种理论又多以西方理论作为参照，一篇论文如果没有涉及几位西方各式理论家及其理论，似乎便不厚重敦实或不足以代表学术前沿。因而，不管解决实际问题是否需要这些理论，批评者总是千方百计地在行文中嵌入一种或数种理论，兜售各种理论知识与学术话语，其结果并没有使文学研究本身简单而有力，相反，走向繁复而无力。同时，随着学院批评的崛起和阵容的壮大，教授和研究人员的所谓"职业批评"越来越强调文学研究的学理化和学术化，于是，文学批评在一整套学术规范和体例下写得越来越学术化，批评的力度和趣味却在减少。过重的理论和所谓学术化造成的结果便是，文学批评越来越玄化，文学批评看似高深和丰满，实则是走向形式主义。这种喜用新词和大量术语的文学批评造成了鲁迅所说的学术"酱缸"，只会伤害真正的学术。从文化心态的角度看，这种过重的理论崇拜反映的是学术和文化心态的自卑和不自信，总想靠西方的理论装潢门面，似乎这样就与国际接轨了，占得了理论与话语的至高峰，因而，总要借助于西方花哨的方法和繁复的理论来阐释中国的文学问题。这种看似时髦而国际化的路线由于丧失了解决现实问题的针对性，而难以真正与中国的文化现实以及作家的创作形成交流与交锋。我们应警惕这种散发着浓重的冬烘学究气和沉沉的暮气，专事卖弄西方学术话语和理论知识的批评，认真清理这种学术障碍，化繁为简、化浊为清，积极倡导一种简单但犀利的、单刀直入而不需绕圈子的文学批评，倡导一种充满作者个性、意趣盎然的文学批评。

趣味的批评标准有好多，趣味的批评是语言上有幽默，内容上有理趣；趣味的批评是结构上有逻辑，环环相扣，引人入胜；趣味的批评是在指向上有现实与问题，而绝不做凌空蹈虚的杂耍。朱自清在《鲁迅先生的杂感》一文中毫不吝啬地用"百读不厌"[①]盛赞了鲁迅的杂感文字，他的理由便是这些批评文字的"幽默"和"理趣"吸引了他。确实，尽管鲁迅的杂文充满了论战和笔仗气味，超出了一般文学批评意义而更多作为社会批评存在，但鲁迅杂文语言上的幽默、风趣而又犀利老辣，以及独特的比喻与象征系统（如叭儿狗、纸老虎、猫、鼠）所带来的批评的诙谐、生动和趣味是值得后世批评家效仿的。另一方面，趣味的文学批评也是中国文学的一个传统，比如以闲适心态和笔调，强调理趣和韵味的艺术杂谈和文学闲谈是现代文学中重要的一支传统。如阿英的《小说闲谈》、朱湘的《文学闲谈》。再往前追溯，诗话与中国古代的"词话""曲话"都是这种随感式、闲谈式的充满学识又不失趣味的各种文体的批评文字，钱钟书就曾称赞这种文字不是严肃正经的鸿篇大论，而是充满了闲适之气、对话之气的亲切交谈，充满了"坐在软椅里聊天"[②]的趣味。而这种趣味后来随

---

① 朱自清：《论雅俗共赏》，第111页，北京：生活·读书·新知三联书店，1998。
② 谢珊珊：《"闲评"式文学批评的产生及其历史价值》，《学术研究》2011年第8期。

着历史变迁逐渐减少，"软椅里的聊天"变成了高高在上的说教。可见，趣味既是批评的风格特征也是批评的构成要素，影响着批评的传播和接受。

在当前文化语境下，强调文学批评的趣味性显得尤为必要。随着中国社会市场经济的高速发展和大众文化、消费文化的快速崛起，中国进入到一个文化开放和价值多元的时期。知识分子及其文学都从社会中心走向了边缘。在电视、电影、网络等大众传媒与文化娱乐势不可当地收编了观众的眼球时，所谓纯文学及其文学批评面临着越来越少人问津的现状，不可避免地走向了"小众化"。与 20 世纪七八十年代那种作者真诚写作、读者热情参与、批评家用心追踪的良好局面相比，今日的文学界难觅当年的盛况。当然这种文学及其批评失去轰动效应的现实既是文学自身的问题，也是社会演变带来的必然。但是，如今的文学批评越来越成为圈子中人的"作坊行为"，更多的人不愿意染指甚至阅读当今的文学批评，除了大众文化和消费文化对文学大众的分流外，恐怕与文学批评自身的生态有关。当下的文学批评是远离大众的，不与大众甚至不与作家对话，批评者各自为阵、自说自话、自娱自乐，加上学霸的"判官批评"、碍于情面的"人情批评"、出于利益的"红包批评"，等等，以及前面提到的文学批评写得过于玄奥、学究、恢宏，因而，普通人要么不愿蹚这趟浑水，要么没有信心来经营这种新式八股，或者有才情有思想的人纷纷转行他业。如此，文学批评怎么会生气勃勃，怎能不越来越"小众化"？

因而，在这样的语境下，我们应警惕文学批评由于小众化而愈加失去大众的土壤。在这个大众还需要文学和文学批评的时代，我们应该在经由职业批评家通过考证、学理建造的"纪念碑"和"宫殿式"的文学研究旁，建几座老百姓能够出入的充满乐趣的"园林"或"院落"，不能总是让高头讲章流布于市，我们应倡导充满趣味和个性的文学批评。文学批评有趣味才会有更多的人去染指和争论，趣味的批评才有利于在读者（普通读者、专家）和作家间建立起有效的关系，有趣味的文学批评才更具生命力并行之久远。

# 二

批评者在批评实践中，执持何种价值立场、何种评判尺度，无疑影响着这种文学批评的品质和功效。当前文学批评者数量之众、批评文字之多和批评类型之齐备而发达（媒体批评、网络批评和专业批评）都足以让人误以为这是一个文学批评无限风光和文学回春的时代。仔细辨析"繁荣"和"兴盛"的批评实践会发现其中充斥着太多言之无物的空心批评、廉价附和的犬儒批评、征用烦冗理论或固守学院规范而弃绝价值判断的无立场批评——这些病症的共同点都指向批评主体价值立场的消隐或浮泛。鲜明的价值标准，独立的评判立场，这是文学批评的内在灵魂，缺少了批评主体评判的勇气和核心价值观指引的批评实践无疑是乏力、空心而无益的。基于此，重申文学批评的价值立场，强调文学批评主体的价值判断，使文学批评在丰富的文学现实和芜杂的文化局面中发出理性、独立的声音，以理性的价值判断和鲜明的人文立场参与文学之私域与社会公共空间之"公域"，这是使当前文学批评走出困境的重要手段，也是重建文学批评生态的重要内容。

何谓批评家？文学批评何为？这是萨特式的两个重要命题，值得我们重新思考和叩问。"批评"一词源自古希腊文 krites（判断者）和 krinein（判断），因而文学批评天然含有判断之意。[①] 文学批评一般是指对文学进行鉴赏、描述并进行理性分析和价值判断的综合活动，它可以是一种充满了愉悦感和肯定性的欣赏和评价，但高明和理想的文学批评，更应保持着对文学现象的诸多残缺和病症的敏感和必要的反对。因而，真正的文学批评更应是一种"求疵"并承受敌意的实践活动。真正的批评家不是信口雌黄的莽夫或拍马溜须的奉承者，

---

① 王一川：《文学批评新编》，第27页，北京：北京师范大学出版社，2011。

而是有着坚定价值立场的"善意的怀疑论者"，有着鲜明批判意识的"不屈的反对者"，他捍卫的是文学的尊严和写作的真相。当前文学批评充满了太多的乱象和迷津：有的批评者热衷于说大话、空话、假话，对文学病象缺少应有的质疑和反对；有的批评遍布冗杂的知识和花哨的理论，唯独不见批评主体及其独立的批评立场；有的批评充斥着拍马和抬轿式的肉麻语汇，而少有坦率真诚、犯颜直陈的"恶声"批评。

在 20 世纪 80 年代，启蒙意识和精英意识大行其道时，作家和批评家的主体意识异常活跃和自觉，在文学批评，乃至更为宽泛的政治批评、文化批评等诸多实践中，批评家有着浓郁的现实关怀和主动介入社会的热情，因而，在 20 世纪 80 年代，文学批评是人文知识分子介入重大历史事件、批判社会和启蒙大众的重要手段。90 年代以降，市场秩序和商品经济的冲击，加上后现代主义价值观的侵入，文学批评和文学创作走向社会边缘。在文学批评的社会功能急剧退化的同时，批评家的主体意识和价值立场也急剧萎缩，批评家将批评的热情由丰沛的社会现实和文化语境转向了文学的内部研究和专业性的纯学术研究。形式主义、结构主义的文学批评成为此时很多批评家喜欢的批评路数。21 世纪以来，文学批评价值隐退的倾向有增无减，一方面 20 世纪 80 年代兴起的学院批评，随着高校学术体制的完善和批评队伍的壮大而逐渐成为中国文学批评的重镇，学院批评有着重学术轻思想、重学理轻判断的传统，这一倾向在近些年愈加明显。高校的学术体制和研究范式逐渐弱化了批评主体的激进锋芒和批判气质，而使保守习气和纯学术特点趋于明显。当前大量博士、硕士研究生以及学院派研究者形成的有着复杂理论引述、固定研究范式而批评主体缺失、立场中立的学术"遗产"，无疑是学院派的学术生产机制和研究范型的结果。另一方面，21 世纪以来，随着改革进程的推进和经济本位的社会发展模式，金钱和利益继 20 世纪 80 年代后期政治神话式微后成为新的意识形态，金钱和利益作为一种强大的意识形态改造和收编了很多批评主体，所谓"红包批评"

"人情批评"和"有偿研讨会"便是金钱和利益改造批评家批评立场的具体例证。

社会语境的变迁和学院派研究路数的渗透造成了近三十年文学批评家批评立场的弱化和价值体系的缺失。除此,还有一些具体社会伦理和现实条件左右着批评家的批评实践。一方面,人情社会和熟人伦理一定程度上制约了批评者的独立判断。中国社会如费孝通先生所说是典型的"熟人社会",在这种社会中,人们注重情感的建立和交流,人与人之间崇奉与人为善和不发恶声的交往原则。人情社会和熟人伦理的特性使一些批评家在从事批评实践时首先考量的是批评者与批评对象之间的人情关系,是否是朋辈,是否是长幼,是否是上下级?人情文化和熟人伦理使批评者难以对文学现象进行客观公正的评价,更不要说发出质疑和否定的声音了。另一方面,现实利益和金钱意识形态影响甚至左右了作家的批评立场。文学批评本是在作家创作和文学现象之外的一种独立的审美和阐释过程。然而,市场经济语境下,作家和作品口碑的好坏直接影响了作品的发行、评奖。因而,批评家的观点和意见对于作家知名度的传播、作品的销售和参与评奖,以及走向文学史的"经典"行列,都有着不可或缺的作用和影响。这样,在出版策划方、出版机构甚或作家之间,形成了一个"利益群落"。于是,某些有影响力或所谓权威文学批评家受邀成为某些作家作品的代言人,他们的"史诗巨著"的赞誉和"伟大作家"的命名会出现在研讨会的发言或书的扉页上。批评家放弃独立的立场,甘愿不加辨析地充当作家和文学的鼓吹手和轿夫,使文学批评弥漫着浓厚的市侩气息和金钱铜臭,试想,这种被利益和金钱绑架的批评怎能做到公正而犀利?

面对当前文学批评价值模糊、立场缺失的困局,我们该如何重建文学批评的价值立场,应该提倡建构怎样的批评立场?我认为,批评家除了要加强自我的专业修养,拓宽自我的知识积累,锻造敏感而准确的艺术感知能力和判断能力外,更应提升自我的精神气质和明确批评的价值立场,具体来说包括:

第一,坚持"不虚美,不隐恶"的求真立场,捍卫文学批评的尊严。有担当、正直的批评家，应该敢于坚持说真话，敢于质疑和否定一切文学现象的病症或局限，不虚美，不夸饰，对作家作品表现出的不良道德情感和审美偏差要敢于秉笔直书。美国诗人叶芝将文艺批评家视为作家的"保护人"和"解释者"，不管是替作家辩护，还是对之质疑和否定，真相和真理是批评家必须坚守的立场和底线。批评家进行批评实践时，有时是求疵者，有时是欣赏者或寻美者，有时甚至是作家及其作品的辩护人——正如艾略特所说："那些作家有时被人遗忘了，有时被不恰当地贬低了。他使我们关注这些作家，引领我们去发现那些曾被忽略的精彩之笔。"① 但是，无论是"寻美""求疵"，还是辩护，无论是肯定还是批判，都应该立足于文学本身和创作的真相，只有这样，文学批评才是真的批评。

第二，秉持知识分子的独立批判立场。文学批评家从身份上属于人文知识分子。萨特赋予知识分子的使命是"主动介入"社会，萨义德则将与权力的"不合作"视为知识分子的重要使命。在他们的命名中，独立批判是知识分子必须具备的品性。对于批评家来说，能否坚守知识分子独立批判的立场决定了批评家的精神气质走向。我们的批评界有着太多唯唯诺诺的好好先生，他们不敢独立判断，不敢痛陈流弊，习惯于美言赞誉与和气温吞的批评风格，而真正的批评家是正直勇敢的谔谔之士，敢于向谬误宣战，敢于与"盛名"作家或"权威"人士犯颜动怒。我想，如果我们的批评界和研究界多了这样的正气和风骨，犬儒主义之风和诸种乖戾之气定会消减不少。

第三，坚守批评主体的介入立场。文学批评既是一种专业性的学术实践，更应由此引向更为广阔的社会现实，批评家应以一种清醒的批判立场介入到文学所置身的文化语境和社会空间。如果文学批评仅仅作为少数人捞取利益和码

①[英]艾略特：《批评批评家：艾略特文集·论文》，第3页，李赋宁等译，上海：上海译文出版社，2012。

洋的手段或是凌空蹈虚的知识堆积，而不能转化为面对现实的价值评判和人文省思，这种文学批评已经委顿，最终会蜕变为少数人把玩的游戏，或是成为萨义德所称作的"有组织的教条"。这种介入，往小了说是介入当下文学现场和作家创作世界，往大了说是介入中国社会现实。文学批评是一种学术活动，更是一种人文实践，面对变动不居的社会现实，批评家应该主动思索作家笔下的中国现实和中国问题，比如莫言、余华、苏童、贾平凹，他们近些年都以自己的小说（《蛙》《第七天》《黄雀记》《带灯》）对变动中的中国现实进行了文学化的思考和回应。那么，作家笔下的中国与现实是否准确？是否遮蔽或扭曲了某些真实？变化中的中国还有哪些典型的困境或症结被作家简化或回避了？哈佛大学著名学者麦西逊曾打过一个很好的比喻，认为批评不应成为一个"封闭的花园"①，批评家必须走出围墙，更新自己与花园与土地的关系。这番话无疑在提醒我们应该重视文学批评与社会现实之间的关联，谨防批评成为"封闭的花园"。

## 三

重建中国当代文学的批评生态是一个系统工程，并非一日之功，而是需要从构成文学批评生态的每一个环节和要素进行必要的清理和革新。尽管在不同时期有不同的批评观念和批评范式，但批评主体的人格独立和智性而趣味的文风都不会过时。在文学批评生态中，批评主体是一个具有主观意志，容易受到权力、利益和外部因素干扰的要素。而批评主体意志的独立与否、介入立场的明晰与否、自由评判胆识的有无，影响甚至决定了文学批评的文

---

①[美]萨义德：《世界·文本·批评家》，第8页，李自修译，北京：生活·读书·新知三联书店，2009。

风、功能、标准等其他环节。因而，我认为重建文学批评生态首先是要建立文学批评主体的独立人格和自由意志。有学者指出，当代文学批评主体呈现出价值立场弱化和退守的倾向，表现为三个方面："依附于体制的势力来控制批评的话语权，颐指气使地对文学创作进行着指鹿为马的所谓批评"；"拜倒在金钱的足下，把批评作为商品进行交易，做了'资本的乏走狗'"；"既要体制的话语权利，又要金钱的'双料掮客'，他们成为了'权力寻租者'。[①]由此可见，权力和市场作为当下两种强大的"意识形态"影响着作家的独立批评。面对权力、市场、利益甚至人情世故这些现实因素的掣肘或诱惑，批评主体很容易丧失应有的人格和立场。批评主体一旦失守，文学批评生态的基石便失去了。反之，如果文学批评者都能坚持独立、客观的批评立场，始终"掺和一些批判精神"，"执持一种反对的态度，一种高明的怀疑态度"，[②]那就是文学批评之幸了。

从当前文学批评的文风来看，过多的理论堆砌，学院式的重学理、轻判断，重问题、轻思想，重规范、轻才情的批评传统造就了一大批会学术而不会批评的"学人"，他们会写文章不会思想，会操持各式理论而不能有效介入文学现场深度辨析文坛症结。同时，他们的批评文风是枯燥的、缠绕的、晦涩的、冗长的，缺少趣味，没有可读性的。如此文风，文学批评怎能不日渐趋于小众化和圈子化？因而，我们应该重新提倡清新、充满趣味的批评文风，让文学批评生动有趣、短小而隽永。法国文艺批评家蒂博代这样说过："批评当代作品特别需要一种活跃的、敏捷的、生气勃勃的趣味。"[③]中国传统文学批评和近现代文化学人都很看重批评的趣味和智性。进入新时期以来，由于学

---

① 丁帆：《新世纪文学中价值立场的退却与乱象的形成》，《当代作家评论》2010年第5期。

② 李建军：《批评家的精神气质与责任伦理》，方宁主编：《批评的力量》，第26页，北京：人民出版社，重庆：西南师范大学出版社，2009。

③ [法]蒂博代：《六说文学批评》，第19页。

术研究的国际借鉴尤其是西方学术评价评估体系的引入，加上学院派批评的崛起，文学批评的趣味性逐渐减弱，工具性、严肃性增多。趣味性的弱化或丧失是文学批评的一项重要属性的流失，它影响着文学批评的传播和接受。在另一方面，重申趣味而智性的文风和批评格调，并非取消文学批评的缜密和严谨，从而提倡批评的油腔滑调和随意性，以过于戏谑的方式肆意宣泄或哗众取宠。而是说，对于文学现象，尤其是文学创作中的乱象、真相，批评家要能以敏锐的职业嗅觉、独立的价值判断和严谨科学的论证，客观公允地"求疵"或"寻美"，批判或辩护，而批评的过程和学术表述的方式尽量生动活泼一些，幽默趣味一些。

总之，趣味维度和价值维度是重建当前文学批评生态的两个重要方面。趣味维度涉及的是批评文风和文学批评的传播和接受的问题。趣味的有无并不必然影响学术见解的表达和交流，但会影响文学批评的传播和阅读者的接受情况。朱光潜曾说，"大约在第一流作品中，高度的幽默和高度的严肃常化成一片，一讥一笑，除掉助兴和打动风趣以外，还有一点深刻隽永的意味，不但可耐人寻思，还可激动情感"[1]。文学作品是如此，文学批评更是如此。话题可以很严肃，文风可以生动幽默，学理可以很谨严，论证可以充满理趣。而价值维度则关乎批评主体的精神立场和文学批评的功能问题，更不容轻视。从批评主体的角度看，我愿意重申我理想的批评主体的形象：真正优秀的批评家是一些坚持独立的批判立场，抓住时代的核心价值，真诚而坦荡、甘做文学和作家"敌人"的人。与作家为敌，意味着善意而理性地质疑作家写作中的问题和创作症结，不是简单认同甚至廉价吹捧作家，而是以批判立场和反思精神与作家及其创作展开平等对话。真正的批评家拒绝被利益所诱，被人情所缚，为权力所挟，总是不屈不挠地追问写作的真相，敏感而犀利地揭

---

①朱光潜：《谈美·谈文学》，第158页，北京：人民文学出版社，1988。

示创作中的不良倾向或困境。他们抵制自我精神气质上的没有立场、一味逢迎的犬儒哲学，科学而准确地对文学活动作出价值估衡与评定，并自觉以热情而严肃的批评实践参与社会公共空间的言说。在这些批评家的实践中，文学批评不是一种取消是非、随意草率的文字活动，而是一种爱憎分明、散发诗性正义和思想光辉的事业。

（2015年第3期）

# 从"研究"到"生产"

## ——市场、现实主义文学与《活着之上》

杨丹丹

阎真对"知识分子叙事"有着其他作家难以企及的耐心和韧性，《曾在天涯》《因为女人》《沧浪之水》《活着之上》四部长篇小说清晰地标注了阎真的"知识分子写作"路线图，并且这幅路线图一直呈现出不断突入当代知识分子生活迷局、生存困局，逐步破解当代知识分子精神困境的态势，并最终在《活着之上》中将这种写作惯性推向了顶峰，获得读者、批评家和作家的一致认同。[1]

《活着之上》仍然是典型的阎真式的"知识分子叙事"[2]，但也呈现出明显的差异性和拓展性。这次阎真将叙述空间从"海外""官场"和"情场"转移到"大学"，将叙述焦点集中到学院知识分子身上，对学院知识分子与市场之间的复杂关系进行集中描写和深入思考："在我的理解中，市场的力量太强

①2014年12月3日，阎真的《活着之上》获得评委认同，从叶兆言的《很久以来》、刘庆邦的《黄泥地》、贾平凹的《老生》等众多优秀作品中脱颖而出，获得首届"路遥文学奖"。

②阎真的"知识分子叙事"始终能够超越现实生活表象，挖掘掩藏于琐碎日常生活中的让个体感受到生活尖锐和精神刺痛的内容，并将其原生态地呈现出来，同时，以此为叙事核心探寻这种"知识分子之痛"的现实语境、历史逻辑和文化线索，延伸至作家对知识分子存在价值和意义的终极追问，从而使"知识分子叙事"呈现出思想的深度、精神的光辉和朴拙的力量。

大了，权力的力量太强大了，功利主义的力量太强大了，因此，一个人，哪怕他是一个知识分子，他跟随着功利主义的召唤选择人生方向，那不但是可以理解的，同时也是别无选择的。市场经济是我们生活的大环境，它不但是一种生产方式，而且是一种价值系统和意识形态。这是一种水银泻地的力量。市场经济的合理性，决定了功利主义的合理性。"①按照阎真的逻辑线索推演，如果想要真正地透视"学院知识分子"这一群体，我们必须清醒地意识到，无论是市场对学院知识分子的学术生活、社会生活、精神生活的主导性支配，还是市场对学院知识分子欲望的唤询和引诱，抑或是学院知识分子在面对市场时的谄媚和屈膝，以及在市场生态中学院知识分子主体精神重建等一系列话题本身，或者是对话题的书写和阐释，都必须放置和还原到20世纪90年代以来市场化历史进程中进行公证、客观、真实的解读，"虽然需要在'终极意义'上将'文学'放入'社会历史'语境之中，但'文学文本'与'社会历史语境'之间却是繁复多样、灵活开放的'多重决定'的关系：一方面，社会历史不单只在内容层面上进入文学文本，更重要的是它必须转化为文学文本的内在肌理，成为'形式化'了的'内容'；另一方面，文学在文本层面上对'巨大的社会历史内容'的把握，同样不能是'反映论'式的，而是想象性地建构新的社会历史图景，把文本外的世界转化为文本内的'有意味'的'形式'。因此，'写什么'和'怎么写'的辩证法应该统一在'文本'上，也就是社会历史语境需要以'文本化'的方式进入'文学'，同时'文学'对'社会历史内容'的呈现，端赖于对新的文本形式的创造"②。

因此，本文将《活着之上》文本本身，或者阎真创作《活着之上》的行

---

①阎真：《从〈沧浪之水〉到〈活着之上〉》，《当代·长篇小说选刊》2015年第1期。

②罗岗：《"读什么"与"怎么读"——试论"重返80年代"与"中国当代文学60年"之一》，《文艺争鸣》2009年第8期。

为本身看作一个开放性文本和敞开性的写作行为，在 20 世纪 90 年代以来市场经济历史进程中解读《活着之上》：分析学术与市场之间的复杂关系；探索学院知识分子如何在市场语境中重建主体精神；反思现实主义文学如何面对和讲述市场。

## 一、市场：从"研究"到"生产"

市场与学术之间的关系是阎真在《活着之上》中设置的一个核心叙事，阎真对这一核心叙事铺展的关键点是客观地呈现出在市场经济语境中学院知识分子的学术是如何从个人化、审美化、非功利化的"研究"被替换为大众化、空洞化、功利化的"生产"过程，[①] 更为关键的是，阎真在对从"研究"到"生产"过程的叙述中隐藏了自己的情感态度，搁置了自己的道德指认和是非评判，悄无声息地将这一无可辩驳的事实和过程原生态地还原出来，并将其原封不动地堆砌到读者面前，让我们在惊讶之余感到精神的刺痛，以及阎真对小说叙事掌控的高超技巧，"将道德判断延期，这并非小说的不道德，而正是它的道德。小说是道德审判被延期的领地"[②]，这种"延期的领地"正是《活着之上》的叙述起点和原点。

阎真在小说开端对主人公聂致远的学术动机进行了这样的叙述：

---

① "学术生产"是1990年代以来市场精神和商品意识对学术研究进行渗透的典型观念之一，几乎是当下学术研究的核心认同观念。一方面，"学术生产"抽空学术研究所蕴藉的知识分子的理想主义心态、道德诉求和生命体验，及其通过学术研究进行启蒙的社会实践功效；另一方面，将"学术"嵌入到市场经济所编制的生产、分配、交换、消费环节中，"学术"成为单纯意义上的商品，"学术"所附带的经济价值、物质利益、社会地位等原本从属性要素成为"学术"的本源，"学术"进入到了工业文明的机械复制和大规模生产时代。

② [捷]米兰·昆德拉：《被背叛的遗嘱》，第6页，孟湄译，上海：上海人民出版社，1995。

　　我觉得历史中藏着世界上几乎所有的秘密，关于时间，关于人生，关于价值和意义。这样，在九年前，我考上了麓城师范大学的历史学院。

　　我想要的就是成为一个历史学家，把前人的事迹和思想整理得清清楚楚，告诉后来的人。这是我的使命，别人越是不做，我就越是要做。①

聂致远的学术动机是为了实现自己的"使命"，在学术研究中探寻关于"时间""人生""价值""意义"等宏大话语和终极命题，并对现实中的个体进行思想启蒙。学术在聂致远的视域中本质上是一种先验的、单向度的、精神式的"研究"行为，与市场之间不存在必然联系，学术被排除在市场经济结构之外。"研究"对个体的意义在于拒绝对学术进行资本化处理，排斥以学术来换取社会地位、身份认同、物质利益的行为，以此来实现人生的"从容、淡定、优雅、自信"②。但阎真并没有让聂致远偏执地沿着自己的"研究"理想进行精神漫游，而是直面学术与市场之间的复杂纠葛，把学术研究推向了市场，嵌入到市场经济结构中进行捶打和拷问，为聂致远编织了一张无法逃遁的市场之网：从聂致远考取博士研究生，学位论文开题、答辩，寻找就业机会，发表学术论文，参加学术会议，申报学术课题，争取学术奖项，评审职称，争夺学院领导岗位；到高校学生干部竞选，助学金、奖学金、保研名额分配，考试分数确定，优秀学生选拔等一系列事件，都无法回避"行政化""经济化""商品化"等市场行为的挑战和冲击，"文字产品一旦成为商品，它就要服从生意上的考虑，这种情况既给作者带来诱惑，也给他造成许多焦虑。市场使他独立于庇护人，也给他带来屈从于市场自身规律的危险"③。

---

①②阎真：《活着之上》，《当代·长篇小说选刊》2015年第1期。

③[美]刘易斯·科塞：《理念人：一项社会学的考察》，第7页，郭方等译，北京：中央编译出版社，2001。

在这种情境下，学术被市场所统治、操控和奴役，学术对市场产生强烈依赖性，学术行为的特点、规律和效应被强制整合到市场框架中，市场的运行机制和体系规则成为学术的内驱力，对物质利益、社会效益的追逐成为学术的深层动因，并表现出强烈的实用理性主义倾向。学术成为一种在众多利益对比后的理性选择，并时刻遵循着利益最大化原则，根据市场发出的经济信号不断调整自己的学术行为；学术沦为赤裸裸的商品，学术从专业"研究"走向了商品"生产"；学术失去了内在的审美性、精神性和非功利性，"市场在社会中的重要性已经远远超过学院和传媒，并且权力和资本的力量也不断渗透到知识的生产和传播领域，使得其无法保持应有的自主性"[1]。所以，聂致远被强迫性地卷入到市场所构筑的巨大漩涡中，为庸俗商人写自传，为电视广告推销产品而研究"绿豆文化"，从而换取经济利益。"数清楚曹雪芹有几根头发有什么用？在知识经济时代，最要紧的就是把知识变成生产力。"[2] 如果说聂致远的学术从"研究"转向"生产"是特殊时间的、短暂的、被迫性行为，那么蒙天舒的学术则是长久性的、主动的、策略性的"生产"行为，利益最大化成为蒙天舒衡量"学术"的唯一标准。因此，蒙天舒将学术看作是市场中的一种商品，并使自己的学术产品表现出极强的主动性、竞争性和效率性。蒙天舒在考博，选导师，参加学术会议，发表学术文章，参评优博论文，建构学术关系网等方面，完全依照市场法则来运作：一方面，在学术与金钱、权利、地位之间建立一条通道，通过学术与金钱、权利、地位的交换来压榨学术的价值和意义；另一方面，在通过学术捞取利益的前提下，通过交换来实现自身价值，以此来体现自己的能力和存在意义，同时，在实现学术与自身价值的双重肯定下，产生普遍性示范意义，以此获得他者

---

①许纪霖：《"断裂社会"中的近代知识人》，《光明日报》2005年3月22日。
②阎真：《活着之上》。

认同①：

> 过了三个月我听到消息，蒙天舒的优博评上了……优博论文作者教育
> 部给了二十五万研究资助，学校配套二十五万，破格评他为副教授，还补
> 给他一个按教授指标集资建房的名额，这个名额也值几十万。听到这个消
> 息我一夜没有睡着，实在是太震撼了。②

但阎真的本意并不在于对市场进行质疑、批判和否定，而是遵循"真实"
的写作原则，将学院知识分子的真实生活状态和心态客观呈现出来，"我必须
在生活源头上，就做到极度的真实，只有这样才能真实表达高校生活的真实状
态和这些知识分子真实的心态"③，将这种资本逻辑和市场机制对学术的奴役
这一客观现实表述出来，"物化的结构逐步地、越来越深入地、更加致命地、
更加明确地沉浸到人的意识当中"④。

更为重要的是，阎真在呈现学术与市场的复杂关系同时，也对学术如何在
市场机制和资本逻辑中保持纯洁性和独立性进行了反思和找寻，并极力叙述这
种反思和找寻的艰难性和矛盾性：一方面，知识分子如果完全将学术与市场进
行隔离，将学术完全封闭起来，就无法寻找到学术的社会支点和现实意义，这

---

①社会学学者王金红曾经在2007年七八月间，对某省的十多所高校知识分子的价值取
向进行问卷调查，结果显示：87.1%的高校教师对自己的经济收入、行政地位、技术职称高
度关注，而只有12.1%的教师关切自己的学术自由。在某种意义上，高校知识分子对通过
"学术"来实现经济利益、物质利益和社会地位的认同观念，已经成为一种普遍现象。见
王金红：《高校知识分子公共意识的实证分析》，《唯实》2009年第6期。

②阎真：《活着之上》。

③傅小平：《阎真：在生活源头探究"活着之上"的价值》，《文学报》2015年1月
15日。

④[匈牙利]乔治·卢卡奇：《历史和阶级意识》，第104页，张西平译，重庆：重庆出
版社，1989。

不仅证明了知识分子的智慧贫乏，也最终使学术失去存在的生命力；另一方面，如果将学术与市场相互契合在一起，那么学术终将沦为市场的奴隶，知识分子也将陷入功利主义泥潭无法自拔。我们如何处理这看似无解的难题和困境？阎真最终发现了"良知"这一心性结构的重要意义和平衡作用，"我就是抱着这样的想法写作《活着之上》的。我这时的心情，与写《沧浪之水》已有所不同。我理解功利主义，人要活着，不可能没有功利主义。但我又不能承认功利主义的无限合法性。总要有一种力量来平衡，这就是良知"[①]。

## 二、良知：重构个体与坚守学术

理解"良知"需要回到阎真对知识分子在市场经济中如何存在的思考上：

> 也许凡俗就是这一代人的宿命。我不是文化英雄。我敬仰他们，可我没有力量走进他们。我只是不愿在活着的名义下，把他们指为虚幻，而是在他们的感召下，坚守那条做人的底线。
>
> ……………
>
> 毕竟，在自我的活着之上，还有着先行者用自己的血泪人生昭示的价值和意义。否定了这种意义，一个人就成为了弃儿，再也找不到心灵的家园。[②]

从阎真的叙述中我们发现学院知识分子在面对市场时应具有的两种文化心态：一种心态是"顺应"，市场对学术的全面入侵是客观存在的现实，任何个

---

① 阎真：《从〈沧浪之水〉到〈活着之上〉》。
② 阎真：《活着之上》。

体都无法挣脱市场所构筑的无形网络，或者说，我们必须遵守由市场所主导的文化形态、生活方式和社会逻辑，这是一种宿命；一种是"反弹"，市场在对学术形成凌驾于一切外部客观事实的同时，也在知识分子主体中注入了一种重新认识自我和重新理解学术的精神力量，以此来扭转学术对市场的依附和被奴役的状态，"降低或磨蚀，逃逸或抗拒，体现了力图保持个人的独立和个性的努力和要求"①。换句话说，如果知识分子对市场支配下的社会生态及其逻辑的"顺应"构成了其生存的必要外部条件，那么，精神力量作为对市场及其逻辑的反弹和反抗则构成了知识分子的内在灵魂。因此，阎真在《活着之上》中为知识分子面对市场时构筑了一道精神底线，而这道精神底线正是维持"顺应"与"反弹"保持必要张力的中介和通道。事实上，这条精神底线在小说中就是"良知"及其所表征的生命哲学，"生存是绝对命令，良知也是绝对命令，当这两个绝对碰撞在一起，你就必须回答哪个绝对更加绝对"②。阎真显然十分看重"良知"的意义，并且为其设置了两种面向：重构个体与坚守学术。

"良知"是市场经济时代知识分子存在的先决性条件。无论市场的解构力量多么强大，并确定了存在于其中的一切个体无法更改的宿命，"良知"只要被根植于知识分子的内心，并成为一种恒定的精神形态，就会按照自身的逻辑展开，从而使知识分子保持独立性，在接纳市场的同时，保持精神的质感。并且这种被"良知"包裹的精神质感是一个不断增值的过程，在对市场的"顺应——反弹"过程中不断返回自我、审视自我和重构自我，"不再让社会的、道德的、审美的、生态的考虑从属于经济利益"③，引导个体精神走向完善，为个体如何实现自我价值和意义标示路径，从而重新构筑一个理想的自我形

---

①阎真：《活着之上》。

②[德]齐奥尔格·西美尔：《时尚的哲学》，第186页，费勇、吴菕译，北京：文化艺术出版社，2001。

③[美]大卫·雷·格里芬：《后现代精神》，第3页，王成兵译，北京：中央编译出版社，1997。

象，并通过这一形象产生示范性功效。因此，我们不难理解阎真为什么始终在自己的文学书写中不断复现屈原、曹雪芹、王明阳、司马迁等古代知识分子形象①，一方面，来源于现实生活的真切感受，"在我身边，在日常的生活中，我都能看到不少保持淡定和从容的高校老师，我有愿望，也有责任把这些更为真实的面貌写出来"②，现实生活中的个体与古典知识分子之间保持一种内在的精神传承，复现历史是为了指认现实；另一方面，在这些古典知识分子的人生经历、命运际遇和学术行为中，暗含着一条恒定的"良知"血脉：

在一个晴朗而凉爽深秋的下午，我拿着那本《宋明理学史》到麓山去读，不知不觉爬到了山顶。我随意地翻开书，正好瞟见了张载的千古名言："为天地立心，为生民立命，为往圣继绝学，为万世开太平。"那一瞬间我激动不已，比中学时读到范仲淹心忧天下的名句还要激动。这是我的使命，我的道路，我的信仰，我的毕生追求。那时太阳正在落山，麓江上泛着金色的波光，在麓江对岸，麓城的高楼一望无垠，色彩缤纷，笼罩在落日的余晖之中。看着夕阳徐徐降落，我感到有一轮红日在心中缓缓升起。③

阎真通过在小说中对古典知识分子形象及其作品的复现，打捞出"良知"及其所表征的一整套价值系统——感时忧国的使命感、启蒙民众的情怀、重义轻利的处事原则、淡泊名利的人生观念、远离世俗的生活方式——并且这套价

---

①在阎真的小说中追忆与复现古典知识分子形象已经成为一种固定的叙述模式。《沧浪之水》中主人公池大为从其父亲手中继承的《中国现代文化名人素描》中收藏了孟子、屈原、司马迁、嵇康、陶渊明、李白、杜甫、苏东坡、文天祥、曹雪芹、谭嗣同等知识分子形象；《活着之上》中屈原、曹雪芹、苏东坡等形象再次出现；《曾在天涯》中虽然没有明确的知识分子形象，但主人公高力伟对中国传统文化的向往和坚守背后隐藏的仍然是古典知识分子的身影。

②傅小平：《阎真：在生活源头探究"活着之上"的价值》。

③阎真：《活着之上》。

值系统中的情感、道德、伦理、体验能够不断地繁殖、延伸和拓展，与当下没有明显的边界，作为一种话语方式和精神姿态投射到学术与市场的复杂关系中，成为当下知识分子的行为参照和精神导师。"拿前人的行为和作品来印证今日的复现"①，以此在学术与市场之间设置一条无法逾越的精神底线，让知识分子获得更为独立性的话语空间和文化关怀，对市场经济中庸俗的文化心态、失范的道德伦理、越轨的行为方式进行指正。"知识分子在他们的活动中显示出一种对社会核心价值的显著关心。他们是寻求提供道德标准和维护有意义的一般象征的人……他们认为自己是像理性、正义和真理这样的抽象观念的专门看护人，是常常在市场与权力场所遭到忽视的道德标准的谨慎的保护人"②，从而使知识分子能够从容、淡定地面对市场，破解学术与市场之间的相互冲突、挤压和挣扎，纠正知识分子内心世界的失衡状态。

阎真在指明"良知"对知识分子重构个体的价值和意义同时，也为知识分子如何践行"良知"指明了路径：坚守学术，"它把生命变成一种命运，把记忆变成一种有用的行为，把延续变成一种有向度的和有意义的时间。但是这种转变过程只有在社会的注视下才能完成"③，或者说，"良知"是学术的精神底色，学术是"良知"的现实表征，二者是一个不可分割的整体，例如，小说对聂致远拒绝缴纳版面费的描写：

　　我的这篇论文讲的就是做人不能屈从功利冲动和内心欲望，人心有病，须是剥落，即得清明。做人要做素心人，不能做杂心人。可现在我又

————————

①[美]宇文所安：《追忆：中国古典文学中的往事再现》，第6页，郑学勤译，北京：生活·读书·新知三联书店，2007。

②张汝伦：《思考与批判》，第551—552页，上海：上海三联书店，1999。

③[法]罗兰·巴尔特：《写作的零度》，第26页，李幼蒸译，北京：中国人民大学出版社，2008。

要找人又是交钱，我不是抽自己的嘴巴？ ①

阎真显然在《活着之上》中对有"良知"的学术进行认同，他认为这种学术能够为知识分子摆脱市场奴役提供有效的路径，能够把已经被市场肢解的知识分子精神重新整合起来，在学术中维护知识分子身份和主体性。同时，如果知识分子将学术作为一种真诚信仰，那么学术就会隐含一种与知识分子情怀相契合的强烈道德感召力，在满足自我精神需求同时，向外投射出一道迷人的光芒，"有助于变革能够变革世界的男女们的意识和倾向"②，从而使社会获得一种内在的聚合力。这样，有良知的学术和学术的良知就能够使存在于市场体制内的知识分子保留其传统精神，避免成为边缘人和被市场彻底整合的命运。更为重要的是，阎真的这种思索和写作策略为"现实主义文学"如何处理与市场的关系提供了一种可能性。

## 三、《活着之上》与现实主义文学

对《活着之上》的理解有一个重要维度，就是重新思索一直存在但始终悬而未决的一个命题：文学如何讲述时代，更具体而言是，文学如何讲述市场③，这是 20 世纪 90 年代以来横亘在文学内部的一个核心话题。20 世纪 90 年代以来，文学对市场的讲述呈现出三种面相：第一种是"谄媚"，文学对市场及其文化逻辑表现出极强的适应性，没经过任何观望、徘徊和犹疑，直接与

---

①阎真：《活着之上》。

②[美]赫·马尔库塞等：《现代美学析疑》，第23页，绿原译，北京：文化艺术出版社，1987。

③1980年代后期"去政治化""去革命化"成为社会主流意识形态。随着1990年代社会主义市场经济的全面铺展，"市场"成为时代的中心话语，当代文学也从清理"文革"历史遗产和讲述现代想象，转向了对"市场"的全方位叙述。

市场实现无缝对接，庸常、琐碎的日常生活、非理性的欲望宣泄、物质化的精神诉求、享乐主义式的堕落等市场时代的剩余价值和排泄物，毫无遗漏地进入到文学叙述中，"美女文学""身体写作""小资文学""中产阶级文学""下半身写作"等文学样态与市场共同演绎了一场狂欢盛宴，拒绝思想、解构深度、排斥经典成为一种病态的炫耀，最终文学跌落进机械和庸俗现实主义的窠臼中。"现代人已不再有思考和实现一切进步理想的压力。他已对现实做出了广泛的妥协和过分顺从……他实际上已不再相信仍然是文化本质的个人和人类的精神和伦理的进步。"① 第二种是"断裂"②，文学完全漠视市场的存在，"文学反映现实"的经典规律失去了时代效用，或者说完全摒弃了现实主义创作原则和方法，国家、历史、社会、时代、政治等宏大话语和命题被放逐在文学之外，"个人生活"成为文学唯一的合法内容，以此来凸显自我存在感，"我觉得'断裂'出于一种基本保存的本能，这种自我保存就是坚持你文学的初衷"③。它强调生活的感性、身体的感觉、独特的精神体验，重视自然的、非意识形态化的情绪和情感，一切违背个体意愿的事物都被看作是对人的束缚和异化，并以游戏、戏谑的精神姿态标榜自我的独特性。但这种"断裂"最致命的缺陷是使文学失去了现实依据、历史逻辑和时代线索，文学始终悬浮在空中失去了根基和与时代对话的机会，最终滑向历史虚无主义的陷阱。第三种是"逃遁"，与"断裂"使文学直接漠视市场不同，"逃遁"使文学躲避市场，因为，始终在

---

① [法]阿尔贝特·史怀泽：《敬畏生命》，第50页，陈泽环泽，上海：上海社会科学出版社，1995。

② 1994年，诗人欧阳江河在《花城》杂志发表《89后国内诗歌写作——本土气质、中年特征与知识分子身份》，文章透露出鲜明的"代际"意识和"划分"心态；1998年作家朱文、韩东等人在《北京文学》发表《断裂：一份问卷和五十六份答卷》，对文学体制、文学奖项、文学期刊、文学生产机制进行挑战。尤其是朱文、韩东等人的行为成为1990年代一次标志性的文学事件。

③ 汪继芳：《"断裂"：世纪末的文学事故——自由作家访谈录》，南京：江苏文艺出版社，2000。

讲述革命、政治、国家、人民的文学,在 20 世纪 90 年代没有经过任何训练和准备的情况下,被直接推到市场面前,作家、读者、生产机制、各种事物发生了颠覆式的不可逆转的变化,文学在面对市场时有一种无力感,寻找不到如何讲述市场的路径和方法,只能在市场空间之外重新构筑一个非现实的"历史"空间,在对"历史"的讲述中躲避市场对文学的考验,以"新历史主义文学"为代表的文学样态应运而生。但我们发现这种"历史"讲述似乎与市场无关,讲述的仍然是革命、政治、阶级等 20 世纪 90 年代以前的文学主题,只不过换了一副解构、再造、重塑的面孔,从历史的一面走向了另一面,然而"人们自己创造自己的历史,但是他们并不是随心所欲地创造,并不是在他们自己选定的条件下创造,而是在直接碰到的、既定的、从过去承继下来的条件下创造"①,这种文学一直与市场进行捉迷藏的游戏。

在某种意义上,文学对市场讲述的这三种方式和面相掩藏了市场的真相。市场与国家意识形态之间的关系,市场所引起的经济结构变革、政治形态重组、文化生态更迭、日常生活变迁、精神诉求转向,市场给个体带来的前所未有的生命体验等一系列复杂的、多样的、丰富的内容并没有真正改造我们的文学想象和文学写作。实际上,文学在市场面前处于一种虚假繁荣和失声状态。但我们并不能以此来否定 20 世纪 90 年代以来的现实主义文学。贾平凹的《废都》、路遥的《平凡的世界》、陈忠实的《白鹿原》等经典现实主义文本,以及"人文精神大讨论"等文化事件,为 20 世纪 90 年代文学标示了一个清晰的发展路径。但这种文学传统却没能进一步延伸和拓展,《废都》被误读为"当代金瓶梅"遭到查禁,《平凡的世界》在批评界受到冷遇,"人文精神大讨论"更像是知识分子内部的一次争吵,20 世纪 90 年代以来的文学依然缺少曹雪芹、雨果、

---

① 《马克思恩格斯文集》第 2 卷,第 471 页,中共中央马克思恩格斯列宁斯大林著作编译局,北京:人民出版社,2009。

巴尔扎克、狄更斯式的现实主义文学家，以及《巴黎圣母院》《悲惨世界》《人间喜剧》《雾都孤儿》式的经典现实主义作品。

因此，当下作家的一个重要任务就是对 20 世纪 90 年代以来的文学写作进行必要的清理和反思，对文学如何反映时代、文学如何讲述市场、文学如何表现生活进行集中处理。而《活着之上》在一定意义上是阎真针对上述问题的一次尝试和努力：一、直面市场真相，讲述市场的复杂性和矛盾性。《活着之上》可以说是对市场的一次集中检阅，"作为一个作家，我是一个绝对的现实主义者。写出生活的真相是我的最高原则，其他的考虑都必须让位于这个原则"[1]。但阎真的现实主义原则并不是对市场的直接复制和单向拼接，而是原生态地呈现市场真相同时，写出市场的丰富性和复杂性。知识分子在面对市场时的排斥与接纳、困惑与漠然、痛苦与愉悦等复杂情感被鲜活地呈现出来，更为关键的是，这种情感的复杂性来源于文学与市场的不断碰撞。市场奴役了文学，但文学始终没有脱离市场，文学在市场中找到了自己的使命、价值和意义，并主动将自己融入市场内部，成为市场的讲述者、监视者和窥探者。现实主义文学精神在《活着之上》中进行了一次完美重归，"以绝对的真实书写中国大学精神全面崩塌的事实，展现强大的批判现实主义文学精神"[2]。二、重建个体与时代的联系。《活着之上》以学院知识分子聂致远在市场时代的人生际遇为叙述核心，但小说并不是聂致远的个人叙事，小说在本质上没有将个人与时代、微观与宏观、日常生活与市场生活、现实与传统对立起来，而是努力找寻它们之间的复杂辩证关系。我们在聂致远个体命运中触摸到的是复杂的市场语境，在宏大的市场语境中我们倾听到聂致远的个人声音。个体与市场、个人与时代有着清晰的历

[1] 阎真、赵树勤、龙其林：《还原知识分子的精神原生态——阎真长篇小说创作访谈》，《南方文坛》2009年第4期。

[2] 在某种意义上，《活着之上》之所以能够获得首届"路遥文学奖"是因为小说所展现出来的现实主义文学精神接续了路遥小说的现实主义传统。

史脉络和逻辑线索，个体不再是无根的、孤独的"自己"，市场也不再是空洞的、虚无的"背影"，个体与时代、文学与市场、文本与读者之间形成持续的对话和呼应，"经典的形成必须要有反复和重复的阐释过程，没有这个过程就很难成为经典"①。

阎真的《活着之上》启示我们：文学应该如何讲述市场，或者说在市场时代文学应该以何种方式和面相存在，并不断制造重返起点的命题。

（2015年第6期）

---

① 张福贵：《鲁迅研究的三种范式与当下的价值选择》，《中国社会科学》2013年第11期。

# 在批评前沿的发现、批判与守护
## ——关于孟繁华的"新世纪文学"研究

张维阳

　　新的世纪已经走过了十五个年头，关于"新世纪文学"的争论和研究也悄然间经历了十年的时间。一直站在批评最前沿的孟繁华先生，十余年来始终致力于与"新世纪文学"相关的研究。他投身于新世纪文学现场，关注具体的作家作品、文学想象和思潮的研究与评价。迄今为止，他的研究成果集中体现在他三本关于"新世纪文学"的论著中，它们分别是《坚韧的叙事——新世纪文学真相》《文学革命终结之后——新世纪文学论稿》和最近出版的《新世纪文学论稿——文学思潮》。通过他的研究，我们可以明确孟繁华先生对于"新世纪文学"的基本态度，也可以了解"新世纪文学"的重要成果和发展走向。

　　对于"新世纪文学"这个正在生发中的概念，学界对其的讨论和阐述远没有做到充分，学者对它的内涵和特征还没有形成共识，它的边界尚不清晰。关于这个概念，尚存在着很多的不确定性。但有关"新世纪文学"的一些方面是可以肯定的，首先这一概念是针对过去的，它是对新文学启蒙传统的反思与超越，是对"新时期文学"这个模糊概念的清理和确认，是对"20世纪中国文学"的接续与呼应，是对政治意识形态的规避和对文学性的张扬。更重要的是，这一概念是直面当下和面向未来的，这一概念是在中国逐步融入资本主义世界体系的历史语境中被提出的，面对势不可当的全球化浪潮，这一概念要处理的是中国文学与世界文学的关系问题、中国文化和西方文化的关系问题，以及中国文学和本土文化资源的关系问题。作为现代性的根本性后果之一，全球化是西方世界主导的一次"单边行动"，它不仅带来了西方经济体制的全球性散布，也意味着西方强势文化的世界性蔓延。被这种强势文化扫荡过后，地方的文化被所谓的世界性的文化所淹没和覆盖。这种强势文化的覆盖不会带来地方文化的进步与繁荣，只会在世界范围内留下一片片的文化焦土。吉登斯曾对此有过论述："全球化是一个发展不平衡的过程，它既在碎化也在整合，它引入了世界相互依赖的新形式，在这些新形式中，'他人'又一次不存在了。"[①] 而且，在文化渗透的背后还隐含着西方世界对于经济和政治的诉求，生活方式与价值观输出的背后必然伴随其对市场和资源的觊觎。葛兰西于20世纪30年代提出"文化霸权"理论，创建性地提出了文化的政治功能。他认为文化霸权是一种独特的统治形式，统治阶级统治市民社会，必然借助知识分子与文化机构传播和宣导其伦理观念和文化价值，使之成为被社会普遍接受和认同的行为方式，使被统治者"自由"和"自愿"地服从统治阶级者的意愿，统治者的宣导和被统治者的认同共同构成葛兰西的"文化霸权"。葛兰西揭示了文化的政治属性，为当代西方学界的文化批判思潮奠定了基础。萨义德继承了葛兰西的对文化政治的思考，将这种思考延伸至国际领域。一开始他借助福柯的方法，从话语的角度揭示政治与"东方主义"的密切关系，将"东方主义"作为一种文化力量来描述和分析，后来他将研究的范围由中东扩展到了世界，关注文化和帝国主义之间的关系。他认为，强势文化的传播是帝国主义延伸其统治疆域的一个重要部分，他明确指出："在我们这个时代，直接的控制已经基本结束；我们将

---

①[英]安东尼·吉登斯：《现代性的后果》，第152页，田禾译，南京：译林出版社，2011。

要看到，帝国主义像过去一样，在具体的政治、意识形态、经济和社会活动中，也在一般的文化领域中继续存在。"[1]孟繁华先生敏感于西方强势文化对本土文化的压迫和渗透，他深知西方文化霸权对中国文化造成的破坏和冲击，他承袭了葛兰西和萨义德的文化批判理路，站在本土的立场，以激情洋溢的笔触给西方文化霸权的弥漫以最有力的回击。面对中国当下的文化语境，他认为全球化带来的中产阶级趣味的蔓延是当前中国遭遇的严重的文化危机，他对于中产阶级趣味的批判，可视为他对新世纪文学"文学场"的清理。

中国改革开放之后，经济生活的合法性随之确立。随着社会经济日新月异的进步，一种新的消费主义的意识形态出现了。这种意识形态将"人民"和"群众"置换成了"消费者"，市场以诱惑的方式对消费者和民众进行驯化。在这种意识形态的影响下，人与政治的关系被人和物的关系替代，公平正义的政治愿景被舒适体面的中产阶级生活理想替代，人从大历史中出走，步入了自己的小生活。孟繁华先生认为，媒体对这一新的意识形态的形成，起到了至关重要的作用。在《中产阶级话语空间的扩张》[2]和《媒体与文学的时尚化——在中国社会科学院研究生院的演讲》[3]这两篇文章中，他详述了媒体诱发和散布这种新的意识形态的运作机制，以及这种新的意识形态对当代中国文化和文学的影响。他认为，中国在20世纪90年代经历了一场巨大的"日常生活的世俗化运动"，这之后出现了时尚化的杂志，这些杂志表达和制造着中产阶级的趣味，构成了中产阶级的话语空间。这种中产阶级趣味的魅力和导向作用是明显的，它所代表的生活方式和文化趣味在短时间内被大面积传播，并得到了受众的广泛认同。这种趋势直到今天仍在持续，因此他判断："这些中产阶级杂志在中

---

①[美]萨义德：《文化与帝国主义》，第10页，李琨译，北京：生活·读书·新知三联书店，2003。

②③孟繁华：《新世纪文学论稿——文学思潮》，第358—369、370—379页，北京：现代出版社，2015。

国建立起来的中产阶级生活方式，可能是我们这个时代最具支配力的一种意识形态。"①互联网的兴起更是对这种意识形态的传播起到了推波助澜的作用，目前，它不仅扫荡了网络文学，严肃文学也受到了它的冲击和侵蚀，不仅出现了严肃作家向时尚文化的献媚，甚至出现了文学思潮向时尚话语的转向。面对这种危险的趋势，孟繁华先生大声疾呼："文学关心的不是市场，文学关心的是人类的精神生活领域、人的心灵领域，现在这个领域已经不大被关注。社会发展到一定程度时，人的内心总要遇到危机，总要寻找心灵安放的地方，这就是心灵家园。心灵不能总在流浪。文学恰恰是能够提供心灵、理想安放的家园的。"②孟繁华先生意在痛斥文学的时尚化与市场化倾向，对当下的文学创作正本清源，明确文学的方向，守护文学的尊严。为了抗拒这种中产阶级化或者时尚化的写作倾向，孟繁华先生力倡"新人民性"文学，他在《新人民性的文学——当代中国文学经验的一个视角》③中对"新人民性"作了如下的解释："文学不仅应该表达底层人民的生存状态，表达他们的思想、情感和愿望，同时也要真实地表达或反映底层人民存在的问题。在揭示底层生活真相的同时，也要展开理性的社会批判。"显然，孟繁华先生在提倡文学介入性的同时也强调警惕"人民性"概念中的民粹意识，从而他强调文学的批判作用。"新人民性"的命名表明了其在继承中国"社会问题小说"传统和来自俄国文学的"人民性"传统的同时，也继承了五四文学的批判传统，是对不断建构和丰富的中国文学经验的继承和发扬。这之后被命名为"底层文学"的创作思潮俨然受到了"新人民性"这一概念的影响，其突出的对于公共生活的介入意识使文学又一次与当下生活建立起了联系，从而备受公众的瞩目。

很多人将西方文化视作是18世纪以来所推进的广泛的现代化进程的结果，因此将其视作某种具有普遍性的文化模式加以推崇甚至膜拜，然而亨廷顿明确

①②③孟繁华：《新世纪文学论稿——文学思潮》，第372、377、176—182页。

地指出："现代化不一定意味着西方化。"① 也就是说，亨廷顿认为完全可以在保留民族文化自足性的基础上实现现代化。吉登斯在谈论全球化时指出："现代性，就其全球化倾向而论，是一种特别的西化之物吗？非也。他不可能是西化的，因为我们在这里所谈论的，是世界相互依赖的形式和全球性意识。"②但是，如何在避免西方强势文化的侵蚀、保存本土文化的根脉的基础上实现传统社会的现代性文化转型，就成了摆在第三世界知识分子面前的严峻的问题。早在 20 世纪 90 年代初，孟繁华先生就曾提到过这个问题，他说："在讨论目前国际文化处境的时候，我们深感第三世界文化受到了外来文化异化的威胁……对我们来说，多年来由于文化发展的不均衡，大量真空地带需要填补，无论是理论还是娱乐的，第一世界文化的涌入是不可阻挡的，重要的是我们如何经过自己的整合、吸收、批判之后用于发展建构自己的本土文化，以新的、开放的、自由的创造精神焕发出本土的光彩并赋予其现代意义，使其重新获得生命力提供给整个世界。"③ 当时他只提出了问题，并没有提供解决问题的方案，然而，孟繁华先生始终没有间断对这一问题的思考，来到新的世纪，就这一问题，孟繁华先生给出了具体的方案，那就是：守护"民族性"。关于什么是"民族性"，他是这样定性的："只有与传统联系在一起，才能够确定我们的文化身份，这就是民族性。在过去的理论表达中，只有民族的才是大众喜闻乐见的，才是中国作风和中国气派的；在当下全球化的语境中，只有民族的才是世界的，也只有民族的，才能够保证国家文化安全而抵制强势文化的覆盖和同化。"④孟繁华先生认为，只有守护我们的"民族性"才能确证我们的文化身份，才能突出中华文明相对西方文明的异质性和独特性。他站在中国本土的立场，以激

---

① [美]塞缪尔·亨廷顿：《文明的冲突与世界秩序的重建》，第170页，周琪等译，北京：新华出版社，1998。
② [英]安东尼·吉登斯：《现代性的后果》，第153页。
③ 孟繁华：《第三世界文化理论的提出与面临的困惑》，《文艺争鸣》1990年第6期。
④ 孟繁华：《新世纪文学论稿——文学思潮》。

情洋溢的声音批判西方的文化霸权主义，力图让中国和西方形成对话关系，而不是从属关系。具体到批评实践当中，要采用怎样的方式才能守护我们的"民族性"？孟繁华先生的做法是深入作品文本，发现其中的"中国经验"。对"中国经验"的提取、归纳和积累就是对"民族性"的物质确证，对"中国经验"的开掘和发现是孟繁华先生采用的批判西方强势文化的批评策略。

对"中国经验"的重视是对于新时期以来的推崇西方趣味倾向的矫正，是对中国社会历史和现实的关注。改革开放以来，中国社会发展严重不平衡。当中国的几个超大规模的城市已经发展到可以和发达国家的城市比肩的同时，中国还有广大的农村地区依然滞留在缓慢而安静的前现代的乡村秩序当中。自五四文学就开始关注的那个中国传统的乡村世界并没有消失。即使是那些走出乡村，生活在都市中的人们，源自乡土社会的文化在很多情况下依然支配着他们的思维和行动。所以乡村，无论在社会的意义上还是文化的意义上，都应该是文学研究者和文化学者持续关注的对象。孟繁华先生深谙乡村对于中国文化的重要性，他密切关注那些描写乡村生活、表达乡土经验的作品，注视着其变异与动向，从中发现了不少属于中国的、属于这个时代的文学经验。在《乡土文学传统的当代变迁——"农村题材"转向"新乡土文学"之后》[1]一文中，孟繁华先生先是厘清了"乡土文学""农村题材"和"新乡土文学"这三个概念，之后归纳了在"农村题材"转向"新乡土文学"后，中国作家在书写农村时，其文学观念和塑造人物性格等方面的变化，以此来探寻新世纪文学农村书写的特征和走向。通过大量的文本细读，孟繁华先生认为"新乡土文学"割去了"农村题材"僵硬的政治意识形态属性，打破了民粹主义的乌托邦，在文学精神上接续"乡土文学"，继续深挖国民性，剖视国民的深层文化结构，揭示了国民

---

[1]孟繁华：《文学革命终结之后——新世纪文学论稿》，第20—34页，北京：现代出版社，2012。

内心深处对权力的痴迷和对暴力的热衷，呈现了革命未能改变的人的冷漠、孤独和无助的现实境况。在《重新发现的乡村历史——世纪初长篇小说中乡村文化的多重性》①一文中，孟繁华先生通过对新世纪长篇小说的解读发现了乡村文明的危机，他认为中国社会发展的失衡造成了乡村与城市文化时间的割裂，作品中呈现的城乡之间的冲突，其实是"前现代"与现代冲突的表征。而乡村文明的危机又是现代社会发展进程的整体危机的一个侧面，文学对这种合目的性的现代性发展路径与中国特殊的传统文化心理的抵牾的表现，隐含了中国社会发展的复杂和曲折的历程，从而具有了民族精神史和文化史的意义。在《怎样讲述当下中国的乡村故事——新世纪长篇小说中的乡村变革》②中，孟繁华先生归纳了新世纪文学讲述乡村故事的叙事方式。首先他发现了对乡村中国的"整体性"叙事的瓦解已成为普遍态势，这之后，作家讲述乡村的故事多采用碎片化的书写方式，在这样的讲述中，日常的叙事取代了宏大叙事，对生活片段的书写取代了对整体性与目的性的历史的呈现，琐碎无聊的庸常生活取代了总体性的历史进程。通过这样的讲述，作家呈现了乡村文化和现代文化的尖锐对立，表达了其对当下乡村现代性发展的反思和困惑。除此之外，孟繁华先生指出，在当下的长篇小说创作当中，也有人拒绝对乡村进行碎片化的书写，而致力于对乡村中国"整体性"叙事的重建。他以周大新和关仁山为例，通过对其文本的精到分析，认为他们虽然明了中国乡土社会深层结构的坚固和蜕变的艰难，但当下乡村的变革所透露出的微亮曙光使他们对于中国乡村的未来满怀渴望与期待。在文章中，孟繁华先生还总结了新世纪文学中作家对乡村的第三种叙事态度，那就是在"溃败"和重建之间的犹豫不决。他以贾平凹的《高兴》和孙惠芬的《吉宽的马车》为对象，指出这些作品的主要人物在被迫由乡村进入城市后，并没有得到城市的接纳，他们是生活在城市中无关紧要的配角，是

---

① ② 孟繁华：《新世纪文学论稿——文学思潮》第41—53、64—81页。

遭到城市冷遇的一群尴尬边缘人。他们即使重返故乡，也必然带回在城里留下的酸涩与伤痛。对于他们来说，乡村生活只可追忆而难能经验，他们无处安身，更无法安置自己的心灵，漫无边际的困惑和迷茫笼着他们，让他们孤独而无助。孟繁华先生认为，作品中人物在城乡之间的尴尬处境和无辜无助隐约地透露着作家们迟疑矛盾、犹豫不决的创作心理，更表达着他们对当下乡村变革方式的彷徨和踟蹰。由此他认为，作家书写中国的乡村，对当下乡村变革的不同态度导致了不同叙述方式的选择，现实的复杂性导致了作家观念的分化，迥异的逻辑和思想作用于写作，导致了不同的乡村书写的形成，它们千姿百态，异彩纷呈，共同构成有关乡村的新世纪的中国文学经验。

中国的现代化进程带动了中国的城市化进程，最终导致了乡村文明的溃败。在《乡村文明的变异与"五〇后"的境遇——当下中国文学状况的一个方面》①中，孟繁华先生通过文化研究和对当代文学文本的解读，勾勒出了这一历史情境的样貌。他同时指出，乡村文明崩溃之后是新的文明的崛起。这种由乡村文明到城市文明的转型的文学叙述，是孟繁华先生着意发现的中国经验。由于这一变化的切近，他没有急于对其进行命名，他认为以都市文化为核心的新文明还没建构起来，属于这种文明形态的新的文学也尚在孕育之中，只有通过都市文化经验的建构，才能促成都市文学的发展。而由谁来通过作品建构新的都市文化经验？孟繁华先生认为从 20 世纪 80 年代至今占据文坛统治地位的"五〇后"作家难以完成这一历史任务，他们过于珍惜来之不易的成就，在写作中为了"安全"的考虑而固守过去的"乡土中国"，刻意回避面对新的现实；他们的谨小慎微让他们丧失了表达新的现实和新的精神问题的能力和愿望。而在这一方面，"六〇后"与"七〇后"作家却表现出了与之截然不同的态度，他们在创作中表现出的时代感与批判意识让人感到了建构中国的都市文

①孟繁华：《新世纪文学论稿——文学思潮》，第219—235页。

化经验的可能。

社会的形态决定了文学的面貌与发展走向，乡土文明的溃败必然导致文学关注的焦点由乡村向城市的转移。在这样的时代语境下，孟繁华先生自然地将关注的目光从新乡土文学延伸至中国的城市文学。他认为这个正在生发和成长中的文学样态还很不成熟，作家对都市生活经验的表达还处在艰难的探索期，表现在作品数量上的创作的繁荣难以掩盖其反映都市生活还处在表面上的事实，都市生活的深层经验还有待挖掘。在《建构时期的中国城市文学——当下中国文学状况的一个方面》[1]这篇文章中，孟繁华先生指出了新世纪文学中存在的几个对都市书写的问题，既是对城市文学写作的鞭策，也是对城市文学新的增长点和生长空间的探索和想象。问题之一是新世纪的城市文学中还没有表征性的人物，作家往往接续"社会问题小说"的创作理路，致力于反映文化转型期出现的新的现实问题，而忽略了对于具有"共名性"的文学人物的塑造。孟繁华先生希望社会生活的多样化和文化生活的多样性不要成为作家塑造典型人物的障碍，作家应该在杂乱而丰富的现实中发现生活在都市中的人们所共同面对的精神问题，以此来创造出能代表这个时代的、能让人们记住的文学人物。其二，他认为新世纪的城市文学中没有青春。从梁启超的《少年中国说》开始，具有丰沛的生长力量的朝气蓬勃的少年形象逐渐被国人确立为想象中国的标准范式。五四时期，革命风潮中的社会和文学将对少年的想象化作了对青年的呼唤。"十七年文学"和20世纪80年代的文学虽然源自不同思想资源的规训和指导，但它们对于青年的关注是一以贯之的。在不同的时代，青年都被作为一种新生的具备无限的创造力和可能性的力量而备受关注，但20世纪90年代以来，尤其是在新世纪的城市文学中，青年形象消失了。方方笔下的那个备受关注的形象涂自强，面对失落的爱情他没有痛苦，面对不公的命运他没有愤怒和

---

[1] 孟繁华：《新世纪文学论稿——文学思潮》，第236—251页。

咆哮，他以无可奈何的淡定从容接受了命运强加给他的一切。在这个意义上，他不是一个热血沸腾的青年，他是一个有着中年心态的年轻人。激情、绝望、痛苦与迷茫，这些文学所表达的基本的情感方式都与青年有关，文学遗忘青年就是遗忘文学自身，孟繁华先生在文章中通过对方方作品的解读阐述了文学关注青春的重要性，因为"一个没有青春的时代，就是一个没有未来的时代"。此外，他还在文章中揭示了新世纪的城市文学的"纪实性"困境。孟繁华先生认为，文学是虚构艺术，生活现实是文学的必要素材，但文学追求的是想象力的卓越展现，当下的文学创作还没有刺入生活的表层，探究生活的肌理，关于时代文化的深层结构应该是文学表现的对象，但目前的城市文学所呈现出的非虚构性质和报告文学特征表明，其距离这一目标还有相当遥远的距离。新世纪的城市文学虽然有如此种种的缺陷和不尽如人意之处，但孟繁华先生并没有表现出失望或者愤怒，他像关爱一个孩子一样呵护它的成长，他相信城市文学目前虽然步履蹒跚，但一定会顽强地生长，他虽然不确定城市文学未来成熟时的样态，但他坚信它代表着新世纪文学的发展方向，它将创造出独特而富有魅力的"中国经验"。

为了避免被"世界文化"吞噬，"地方文化"必须凸显自身的异质性和独特性，这样在遭遇具有所谓"普遍性"的文化时，才能体现自身存在的价值和意义，从而获得生存的空间。中国在西方建构的世界体系中，是一个特殊的存在，这种特殊性正在由"中国经验"而逐步体现和揭示出来。然而，中国，在面对西方时，它在文化的意义上是一个整体，但进入它的内部，其辽阔的疆域和悠久的历史孕育了多种文化类型，在很长的一个时间段内，在现代性目的论的规约下，这些地域文化的特殊性被隐藏或者遮蔽了，但随着以"不确定性"为特征的后现代时代的到来，总体性不复存在，隐匿的地域文化又显露出了其独特的价值。这些地域文化作为中国文化的拼图被打捞和发现，成为新世纪以来独特的文化景观。为了表现"中国经验"的独特性与丰富性，孟繁华先生也参与到这一过程中来，在文学的视域内，尝试发现独特的地方文化经验。

中国西部的高山大河与大漠幽谷曾经见证了大秦帝国往日恢宏的气魄和不朽的荣耀，这里的冰川雪原和遍地的格桑花目睹着圣洁藏地的纯粹透明和清澈悠远，这里隐藏着中华文明绚烂辉煌的过去，也存留着宗教文明的奇异和神秘。对于西部文化资源的发现无疑是对"中国经验"的填充和丰富，孟繁华先生始终关注着中国这片辽阔而雄浑的疆域，他在文学的领域，用批评的方式，观察当下文学对西部文化的继承和拓新。在《坚韧的叙事——新世纪文学真相》下编的第一章《西部文学的气魄和力量》[1] 中，孟繁华先生通过对书写西部的文本的解读，揭示了新世纪文学对西部气象的传承方式，以及其对雪域高原这个宁静祥和的神秘世界的表现方式。《大秦帝国》是一部多卷本长篇历史小说，孟繁华先生肯定了作者的艺术勇气和历史眼光，认为在消费市场的推动的下，当下很多历史小说肆意漫话和戏说历史，在满足读者阅读欲望、营造阅读快感的同时，消费了文学也消费了历史，历史在这些肆无忌惮的扭曲和曲解中变成了一个混沌不清的不明之物。而《大秦帝国》的作者以其严肃的历史观念和对秦帝国历史的细致研究，以想象的方式复现了秦帝国时代的历史场景，"为我们重塑了那个遥远而又心向往之的大时代"。在这里，孟繁华先生着重强调了作者孙皓晖的"大秦史观"的特殊价值，他认为历史是通过叙述而被建构起来的，而作为叙述的主体，叙述者的历史观会直接影响历史叙述的形成。作者开宗明义地宣布："大秦帝国是中国文明的正源"，"我对大秦帝国有着一种神圣的崇拜"。事实上，这不是关于中国文明源头的新论，而是表明了一种以中国西部为中心的历史视点的确立。在这种史观的观照下，中国的西北不再是遥远的塞外边地，而是中国文明的源头，更是历史的起点。姑且不论这种史观的

---

[1] 孟繁华：《坚韧的叙事——新世纪文学真相》，第155—167页，福州：福建教育出版社，2008。

学理依据或是科学性，这种史观所表露出的丰沛的自信和惊人的胆魄正是对自秦帝国开始的雄浑的西部气象的最显露的继承。在文章中，孟繁华先生还分析了两个关于藏地的文本，一个是党益民的《一路格桑花》，一个是范稳的《水乳大地》。他认为这两部小说以不同的方式构筑了一片澄澈透明而又神秘奇异的冰雪圣域。前者描写的人物，在物质欲望的裹挟下遭遇了深重的情感危机和精神危机，他们进入藏地后发现了另一种人生——满载着青春、理想和热血的藏地官兵让他们见识了一种单纯而不贫瘠，安静而不寥落的人生。正是这片神秘的世界赋予了他们这种明净的生命形式。他们的藏地旅程让他们的精神受到了雪域高原的洗礼，让他们的灵魂得以涅槃。而后者以复杂的故事和众多的人物，表现了滇藏交界处不同宗教之间的纷争和冲突。在这片土地上，不同信仰的揪斗以及世俗利益的渗透使这里形成了一个复杂的局面，但最后信仰战胜了欲望，宽容战胜了狭隘。范稳以想象的方式处理了这个复杂而艰难的命题，凸显了这片信仰高于一切的精神圣地的神圣和伟大。美国学者丹尼尔·贝尔在论述美国当代文化时指出，随着自由市场的发展和消费意识的蔓延，新教伦理这种传统的中产阶级生活方式被享乐主义所取代，而清教精神被消费欲望所置换。他认为，如此的社会环境促成了新的文化环境的形成，并将其称之为"时尚和时髦的庸俗统治"；而关于时尚的本质，他认为是"将文化浅薄化"。他将改善这种文化环境的希望寄托于宗教。他相信"意识到探索世界有其界限的那种文化，会在某个时刻回到彰显神圣的努力中"[1]。

贝尔的分析对于处在转型期的中国社会有着借鉴意义。孟繁华先生对于新世纪小说中宗教特征的开掘与分析似乎是对贝尔理论的隔空呼应，但孟繁华先生并没有将宗教作为挽救世风的精神寄托，而是将小说描写的宗教世界作为现

---

①[美]丹尼尔·贝尔：《1978年再版前言》，《资本主义文化矛盾》，严蓓雯译，北京：人民出版社，2010。

实世界的他者和镜像，映照现实世界的不堪，为重建一个高扬正义、心存敬畏、追求高尚的文化环境寻找可能。

　　孟繁华先生以十余年之功，关注和研究新世纪文学，可见他对新世纪文学的重视，然而，十年对于新世纪文学来说还只是开始，它必将以不确定的方式向前发展。我们相信孟繁华先生会一如既往地注目、勘探新世纪文学的动向，为学界提供更多更有价值的发现与参照。

（2016年第2期）

# 当前长篇小说的现状与可能
## ——从一场小说家的对话谈起

方　岩

## 一、从问题开始

每年的年底有关长篇小说的各种榜单纷纷出炉，上榜的作品未必值得谈论，落榜的作品也乏善可陈。年复一年的数量繁荣，依然难掩心不在焉的写作和敷衍了事的批评。同往年一样，新一年的长篇小说依然是在声嘶力竭的叫好声中乱象丛生。因此，在我看来，与其全景式地泛泛而谈，倒不如细读部分文本，提出与长篇小说相关的若干具体问题，由此，我们方能细致辨析这个文体的病象和症结，或许还能找到保持这个文体尊严的某些要素或新质。

## 二、个人经验与小说新闻化

关于当前长篇小说创作的现状，我准备从路内与周嘉宁的一场对话谈起。这一年，他们分别出版了长篇小说新作。这两位优秀的作家相对疏离于当下文坛的喧嚣与浮躁，因此，他们的对话也少了一些逢场作戏的陈词滥调，多了一些与文学观念、技艺相关的真问题的谈论。在这次对话中，路内说："我其实非常羡慕你写小说的这样一个状态。我曾经用过一个词来讲一个作家的自我照亮、通过自我反射世界，这个词叫心解，即用心去解释。"[1] 路内谈论的虽然是周嘉宁的长篇小说《密林中》[2]，然而在我看来，"心解"其实是重提个人经验的重要性，这事实上是对近年来长篇小说基本品格缺失的提醒：在这个价值观、审美趣味日益趋同的时代，如何重建个人经验与世界的关系；如何重申个人经验之于"虚构"（长篇小说）的合法性。《密林中》也正是在这些问题上凸显了自身的意义。

《密林中》是一部出色的作家精神自传。这部作品的卓越之处表现在两个方面：一方面，周嘉宁执着于个人经验的反复书写，但是这种反复并不表现为具体情境中的某种情绪的凝视和放大，或者说，并不表现为在具体情绪中的沉溺和封闭。周嘉宁不断"反复"的是关于文学观念、关于写作实践的思考和调整，以及这些言行与自身生活状态、精神历程相互影响的过程。因此，这些绵密、繁复的个人经验实际上始终保持了流动性、开放性、探索性，只不过是以一种朴拙甚至滞重的形式表现出来。以这种形式表现出的叙事进程倒是非常符合一个有追求的作家极其缓慢、艰难，甚至可能倒退、停滞的成长过程。另一方面，虽说历史进程、社会文化构成等宏大因素确实不是周嘉宁的关注重点，然而我们依然能清晰地辨认出上述因素对其写作及其所要处理的经验形态的影响。如，QQ、MSN 等即时交流工具的聊天内容取代传统意义上的对话描写，论坛成为小说中人物交流、事件发生的主要场所等，触及的都是信息传播方式、人际交流方式 / 伦理、情感表达方式、认知世界的视角 / 价值观等方面的变化，在根本上则是关于具体历史情境的"总体特征"的感性认知。这在小说的物质层面表现为叙述语言、文体思维与社会文化构成的相互影响；在精神层面则表

---

①周嘉宁、路内、黄德海：《世界的一半始终牢牢掌握在那些僧侣型作家手中》，《澎湃》2015年11月23日，http://www.thepaper.cn/www/v3/jsp/newsDetail_forward_1400209

②周嘉宁：《密林中》，南宁：广西师范大学出版社，2015。

现为个人经验与历史进程中某个代际群体精神症候、生存图景的普遍性关系。

张新颖看重的亦是《密林中》的上述特点："（她）似乎一直深陷在她这一代人的经验里面，这一代人的经验当然首先是个人的经验，想象和虚构也是基于这样的经验。读她的文字，会强烈地感受到文字和个人之间的关系。这种关系，才是写作发生、进行和持续的理由。"① 可见，《密林中》的意义，不仅在于它如何出色地将个人经验视角中的世界图景铺陈在一部长篇小说中，而且在于，它的存在将近年长篇小说创作中一个很严重的病相映照出来。如张新颖所指出的那样："我之所以要提出这一点，是因为有大量的写作，我们看不到和写作者之间有什么关系，看不到写作的必要性和启动点。倒不是说作品里面要有'我'，而是说，写作者和写作之间，不能不有或显或隐的连接，哪怕你写的是外星球。"② 事实上，这样的病例很容易在近年来的长篇小说中找到。

具体而言，《密林中》受到关注无非出于以下几个原因：首先，侧重"个人经验"的书写并不必然保证作品的成功，然而"个人经验"却关乎文学的本质。所以，当《密林中》被认为是近年来长篇小说佳作之一时，在广泛意义上指的是，这部小说捍卫了个人面对世界发言的权利，哪怕这声音是微弱的、私密的，甚至是排斥的。从微观层面上看，它重申的是主体在虚构疆域的霸权、中心位置，无论作者关心的是何种层面的问题，所有的经验都必须经由"主体"重构。其次，这本是一个常识问题，并无多少玄奥和深刻的道理。只是因为近年来的长篇小说的整体颓势，它又重新成为一个不得不谈的问题。如果说，当代文学史上曾发生过大规模的个人经验的消失和主体的退场，在很大程度上是意识形态规训的结果。那么21世纪以来长篇小说中"主体的消逝"，却是一个主动撤退的结果。

---

① ②张新颖：《煅冶尚未成形的经验——〈密林中〉序》，《文艺争鸣》2015年第11期。

在余华的《第七天》之后，"小说新闻化"已经成为当下长篇小说的顽疾。在《第七天》引起争议之后的两年，东西的《篡改的命》① 在 2015 年的文坛上收获了诸多赞誉。这是否意味着当代文坛已经默认小说确实需要社会新闻来拯救，甚至会认为这是小说文体的新突破？

《篡改的命》共七章，每个章节都用了一个时下流行的词汇作为标题，如"屌丝""拼爹"等，这些词汇清浅直白地宣示着每个章节的叙事内容与读者所熟知的社会现象的对应关系，以及作者的价值取向与大众关于这些社会现象的基本态度之间的同构关系。小说的内容也并不复杂：农民的后代汪长尺在高考录取时被官二代冒名顶替，命运从此被篡改。汪长尺的一生始终徘徊于社会的最底层，期间经历了迫于生计为富人子弟顶罪、工伤与"跳楼"式索赔、妻子卖淫等，最后他把孩子送给了一家有钱人，希望孩子的命运就此被"篡改"。无疑，这是一个控诉权力与资本掌控社会、阶层流动固化的故事。在创作动机、故事内容、情感取向、价值判断等方面，我们都无法挑剔其无比正确的政治正确性。只是就一部小说的阅读反应而言，我们只是心照不宣地看到一个又一个社会新闻如何巧合而戏剧性地叠加在同一个人身上。如果说，《第七天》里设置了一个"鬼魂"来收集、讲述各类社会不公的新闻，那么《篡改的命》无非是设置了一个人物来充当这些事件的受害人。这两部小说分别代表了当下"小说新闻化"的两种典型。

作家迫不及待地把新闻素材加以戏剧化处理，使之迅速进入公共领域，无非是试图证明在各种媒介／话语相互竞争、多元共生的时代里，文学作为一种重要的媒介／话语，依然保持了它充沛、积极的政治参与和社会关怀的品格。从这个角度来说，作家的道德追求和政治诉求确实无可厚非。但是这种描述却掩盖了一些问题的实质。首先，作家作为公民个体的社会政治参与，与以文学

---

①东西：《篡改的命》，《花城》2015年第4期。

的形式参与历史进程和社会建构,两者之间存在关联却终归是两个层面的问题。作家若为凸显自身的政治／道德诉求,而把小说处理成类似于新闻的同质性话语,他动摇的是文学本身的合法性,从写作伦理的角度而言,这本身就是不道德的。不可否认,当下中国的经验复杂性远远超出我们日常经验范围之外,甚至很多匪夷所思的事件会倒逼作家反省自己的想象力。然而这都不足以构成模糊"现实"与"虚构"、"小说"与"新闻"之间基本界限的理由。抛开更为复杂的理论描述,如果把文学仅仅视为一种话语类型,当它与其他话语类型共同面对同一种事物时,它需要在其他话语类型相互竞争、相互补充的关系中,提供另外的可能性。这可能是我们关于文学最基本的要求。比如,在反思极权的问题上,我们既需要以赛亚·柏林的思辨,也需要乔治·奥威尔的想象力。

其次,"小说新闻化"的现象往往出自名家之手,而这些作品也会毫无悬念地在文学场域中获得赞誉。发生这种现象的症结并不复杂:这种现象的发生本身就是作家们控诉的权力和资本在文学场域运作的结果。具体而言,这些作家凭借早些年的优秀作品树立了自身在文坛的地位和声誉,文化象征资本的原始积累便得以完成。以小说的形式谈论社会热点,既能在公共领域树立作家高尚的道德形象,也是写作迅速被大众关注的便捷途径。于是,我们看到,一方面是粗糙的作品在文化象征资本的运作下熠熠生辉,一方面是作家沉寂数年后重返文坛中心使得文化象征资本又得到以扩张。这是一个反复循环的过程,也是当下文坛的典型病相之一种。每年年底的各类文学排行榜包括各类大大小小的文学评奖是推广优秀作品的方式,还是作家文化象征资本影响力排行榜,这确实是个问题。

新闻之于小说的诱惑力像是一种病毒,它正在感染更多的作家,甚至会产生新的病毒形态。刘庆邦的《黑白男女》[①]便是一个例子。《黑白男女》讲述

---

①刘庆邦:《黑白男女》,《中国作家·文学》2015年第4期。

的是矿难家属如何重建生活的故事。这是一个极具挑战性的话题，因为它既涉及国家制度、政府职能运作，又涉及世态、人情。然而，刘庆邦最终把这个极具话题性的故事处理成了主流媒体报道"灾后重建"的长篇新闻通讯。整部小说像是关于受难者家属日常生活的流水账，这或许只事关作者描述经验时的才情和技巧。但是角色功能的设置却直接关乎作者的价值观。至少在《黑白男女》中，我们看到主流媒体处理灾情报道时的叙述框架及其背后的意识形态对其创作的影响。或许灾变之后的生活重建意味回归日常，但是这种日常毕竟是巨大灾变后的日常，所以，这日常的另一面或许就是危机四伏。这既是世态常情，也是叙事的可能性和不确定性。但是两个角色的出现彻底将这个故事拉回到主流新闻的腔调。这两个角色分别是工会主席和一位矿工的遗孀，后者还曾是一位教师。前者总是及时处理了遇难者家属的现实困难，而后者则现身说法，经常帮助其他遗孀进行心理疏导。不难看出，这两个角色分别对应了新闻报道中"政府高度重视"和"热心群众"/"民间力量"，这些因素让"灾后重建"焕发出昂扬的乐观主义基调；具体到文本内部，这两个角色则可以消弭任何层次的情节冲突，从而让叙事牢牢地限定在政治安全的边界之内。由此引发的问题是，在长篇小说结构和角色设置与主流新闻报道模式高度相似的情况下，刘庆邦复述这个"家属情绪稳定"的故事意欲何为？

如果更年轻的作家传染上这种病毒，是一件多少令人有些失望的事情。盛慧的《闯广东》[1]封面上写着一行字，"这不是一个人的奋斗故事，而是一代人的烈火青春，堪称当代版的《平凡的世界》"。这样的题目和推荐语都在表明，这部小说定位于讲述在时代大潮中个人奋斗终获成功的励志故事。我并不反对长篇小说故事类型的多样性。这行为本身是值得敬佩的，毕竟，在这样一个时代里，书写光明和理想确实是一个有难度的尝试。而事实证明，

---

[1] 盛慧：《闯广东》，广州：花城出版社，2015。

盛慧确实没有实现推荐语里所标榜的高度。或许我们已经习惯雷同的经历在不同的打工者身上发生，甚至是具体情境、故事情节、人物关系都那么相像。我们甚至可以忽略新闻素材对这些故事的干扰，去寻求更为值得讨论的现象。然而结果却是，个人奋斗的成功不是因为体制所提供的正常上升渠道，或者说并非来自制度的保障，而是来自上层社会的赏识和慧眼识珠，这个阶层恰恰又与造成打工者们苦难的制度是一种共谋关系。这样类型的励志故事难免令人不安地想起那些前现代的道德说教故事，个人努力总会获得神赐或贵人相助。这样的价值观所试图消除的是，现代社会中个体与制度复杂的互动关系，以及个体在现实语境中清醒的自由意志。简而言之，"个人奋斗"是一个现代性的故事，而非个人言行自我完善的道德故事。如果年轻的作者秉持如此陈旧的价值观去书写这个时代的挫败与光荣，我们很难想象理想主义在当下重新扎根的可能性。

在与"小说新闻化"有关的小说中，话题大多集中于阶层、权力、资本、制度等层面，它们是当下中国结构性、体制性矛盾最重要的表征。它们并非遥不可及的抽象概念，而是切切实实地构成了我们当下生存最基本的语境，渗透在日常生活的细节中，与我们的生存焦虑和不安全感、我们的言行、价值形态变化有着直接而又千丝万缕的联系。因而，这些庞然大物在小说中也未必非要直接体现为官员、富豪等符号，它们对普通人的冲击也并不总是表现为泾渭分明的阶层对立，或赤裸裸的压迫和暴力。所以，对于无法避而不谈的问题，最重要的便是如何在"虚构"中更好地谈论它。王十月的《收脚印的人》[1] 或许能给我们带来一些启发。

如小说题记写的那样："依然，此书献给被遮蔽的过往"，王十月想讨论的是盛世背后的原始积累，歌舞升平面纱下的历史真实，大到经济繁荣，小到

---

[1] 王十月：《收脚印的人》，《红岩》2015年第4期。

个人成功的源头和历程。简单说来，这是一部追溯/审判资本、权力原罪的小说。它在形式、内容、细节等方面的出色表现，让这个看似并不新鲜的话题重新散发出深刻的意义。

小说的叙述者是一位作家，他需要在一场司法鉴定中通过讲述自己的经历来证明自己并非是精神病患者，而这场司法鉴定的举办目的却是为了证明他确实是精神病患者。限制性的自叙视角和"悬疑"的叙事效果，便构成了小说叙事结构的第一个层次。

在具体的叙述过程中，作家同时又在不断强调自己是个"收脚印的人"。"收脚印"的说法来自作家故乡楚地的传说，据说将死之人会在死前的一段时间里，每到入睡之后，灵魂便飘荡至人生经历中的某些具体场景中去捡拾自己的脚印。于是，全知全能的叙事视角和荒诞魔幻的叙事效果，又构成了小说叙事结构的第二层次。

两个层次的结合，使得叙事者能够从容地在现实/虚构、过去/未来、全知/未知/限制中自由切换；如果同时考虑到这是一场自证清醒的自述，叙事者还能根据叙事需要随时插入其他类型的话语，如抒情、思辨、议论等，甚至可以毫无障碍地引入作家访谈、新闻材料、网络语言等。由此，一段可能冗长、平淡的自叙便显得具有开放性、可读性。

小说的主要内容以作家自叙自己从打工者到作家的成长经历为主。得益于叙述结构的开放性和自由度，在自述经历的同时，那些与他的经历有关的其他人物及其经历也从容不迫地进入叙述视野。这些人大多是自己当年的工友，有的已经消失（死亡，失踪，失联），有的依然如故，有的则完成身份转变（官员、商人）。于是，这个以个人经历为主的叙事，其纵深度和视野均得到极大的扩展。从时间上来说，个人经历与一个群体/阶层的分化联系在一起；从空间上来说，个人经历又与各个群体/阶层的生活产生交集。需要提醒的是，这份自述的人生经历中的某些重要转折点，本身就是改革开放进程中某些重要政策调整的结果。由此，个人经验、群体经历、阶层分化都与具体的历史进程产生关联，这些经验在叙述形式的带动下在文本中形成了紧张的互动关系。因而，王十月所试图实现的写作诉求，最终都落实在复杂、具体的经验上。

最后，我想强调的是，个人自述中的身份转变这个问题。身份转变其实是世俗意义上的成功。这个过程其实便是从制度的受害者到制度的共谋者的过程，这个过程也是权力、资本缓慢滋生的过程。从叙事的角度来看，"成功学"的叙事是一种限制性视角叙事，它遮蔽隐藏了部分历史的真实，而"收脚印"所具备的全知全能视角则是一种祛蔽、还原的过程，正如我们在文本中经常能够看到，"收脚印的人"的灵魂飘荡在具体情境的上空，事件的细节尽收眼底。事实上，这不仅是一个回溯、描述历史真实的过程，也是把自身拉回历史深处进行自我反思、自我审判的过程。尤其是后者，把自我重新放置回具体的情景中，实际上呈现的是一种与历史同谋的状态，由此，所有的宏大批判和控诉都落实在坚实的自我批评、自我批判基础之上。而构成自我批判内容的正是那些内容饱满、细节充沛的个人经验。也正是这一点，使得《收脚印的人》成为同类作品中少有的清醒、深刻之作。

## 三、从为世界赋形到中产阶级文化幼稚病

《收脚印的人》所呈现的气势和态度，令我再次想起文章开头的那场对话。周嘉宁对路内说："这里说到一个坚定的自我。但是我的坚定性又始终存活于自我质疑……也往往是在男性身上比较容易出现的想法……你在深刻地自我怀疑同时，还拥有想要击溃世界的自信，自信和自我质疑结合在一

起……"①其实，如何写／写什么倒未必与性别相关，只不过王十月、路内这样的作家确实有着强烈的为世界命名、为时代赋行的冲动，他们主动把自己抛进世界的旋涡中搏斗、沉浮，与周嘉宁等人的"小世界"式的映照和反射相比，代表了长篇小说的另外一个方向。

路内在2015年发表的长篇小说《慈悲》②写的是一个国营化工厂的兴衰和工人命运的沉浮。路内笔下这种工厂带有典型的"工厂办社会"的计划经济特征，这样的国营工厂其实是个麻雀虽小、五脏俱全的微型社会。社会变革、国家政策的调整等宏大历史进程，在此类工厂发展上表现得尤其明显。所以，当路内写下"前进化工厂"（一个典型的计划经济时代、社会主义遗产式的名字）在"文革"、改革开放、严打、投机倒把、国企改制、市场经济、私营企业兴起等大大小小的时代风潮中"光荣与衰败"以及工人们的命运流转时，实际上，呈现的是历史表情的变化和身不由己被历史携裹的人们的精神、心态和日常的变动。简而言之，人与历史复杂纠缠的状态和细节在小说里得到了呈现，也正是这一点使得路内的创作在当代文坛显示出极高的辨识度。这也使得如《慈悲》这类的长篇小说实现了帕慕克所言的"小说博物馆"的意义："小说也构成了一种内容丰富且有感染力的档案——有关人类的共同情感，我们对普通事物的感知，我们的姿态、谈吐、立场……因为小说家对此进行了观察并且细心地在作品中加以记录……小说则观察并保存了同一时期日常生活的组成部分，如意象、物品、交谈、气味、故事、信仰、感知，等等。"③

路内其实有着更大的企图，"慈悲"这个题目表明他大概是想写一部与信仰有关的小说。小说中人物聚合离散的命运和一些细节确实也弥漫着大开大阖

①周嘉宁、路内、黄德海：《世界的一半始终牢牢掌握在那些僧侣型作家手中》。
②路内：《慈悲》，《收获》2015年第3期。
③[土耳其]奥尔罕·帕慕克：《天真的和感伤的小说家》，第121页，彭发胜译，上海：上海人民出版社，2012。

的悲天悯人的情绪。比如，小说中多次出现的"祭炉"情节和结尾处关于真假寺庙和真假和尚的讨论，都彰显着路内试图用某些精神资源来整合历史纷繁、现实离乱的良苦用心。"祭炉"源自古老的手工艺传统，它传达的是对技艺与人的关系的尊重和敬仰，对应的是文本中现代化工业流水线上的操作工；"和尚"与"寺庙"则涉及更为强势的宗教观的问题，对应文本中那些尘世间的罪恶、怨恨和伤害。只是这些都是在古老中国几千年时间里形成的精神资源和世界观，对于当下中国而言几乎是突然降临，多少还有被动意味的现代性、后现代性经验，这是否会显得突兀，可能是个值得商榷的问题。

然而这个问题并不影响《慈悲》依然是一部优秀的长篇小说。在我看来，它的卓越之处还在于，它让有难度、有智力的写作重新回到当下的长篇小说中来。这是一部靠对话推动叙事的小说。路内把与历史背景的相关信息和推进故事进展的要素合理地化约进对话，由此保证了故事的连贯性和叙事的节奏感。这种冒险但是颇有成效的做法自然带来了良好的阅读反馈——对于那些偏爱故事情节的读者而言，能获得阅读上的愉悦感；而对于那些不仅仅满足于故事性的读者而言，则需要携带自身的知识储备和价值观念与对话中的那些重要信息，进行相互质疑和相互补充。在小说阅读中难以获得智力反馈和知识训练恰恰是当下长篇小说创作中的又一个病相。

关于长篇小说的"智力"和"难度"要涉及很多更为具体的讨论。作家在文本中凸显的价值观念或者说信仰能否有效地整合那些被叙述的经验，亦是比较重要的问题之一。换而言之，小说中事件所呈现的价值取向与作者所试图传达的观念是否贴合，它考验的是作者命名世界的能力。在我看来，韩东的《欢乐而隐秘》[1]和葛亮的《北鸢》[2]在这个方面存在着不足之处。

---

① 韩东：《欢乐而隐秘》，《收获》2015年第4期。
② 葛亮：《北鸢》，《人民文学》2015年第12期。

《收获》在官方微博上推介韩东的这部最新小说时评价道："在小说摧枯拉朽的语言背后，暗含了某些关于宗教哲学的探讨，因果报应，死生轮回。荒诞的故事由狂欢式的笔调予以呈现，带来一场欢乐而隐秘的阅读体验。"① 事实上，这个故事呈现的形态非常单薄：所谓"荒诞"无非是一个三流影视女演员（林果儿）与亿万富翁（齐林）的情感纠葛，其中还夹杂着林果儿与游手好闲的前男友（张军）的分分合合；所谓"宗教哲学探讨"也无非是作为叙事者／禁欲者／旁观者，同时也是林果儿的"男闺蜜"秦冬冬以佛法来谈论、解释这些纠葛。韩东大概觉得，小说中这些有着充足的物质保障、无基本的生存焦虑的人，是能为宗教／信仰扎根提供可能性的，这倒是像"仓廪实而知礼节，衣食足而知荣辱"的现代翻版。问题在于，韩东所描绘的中产阶级精神生活与其宣扬的佛教观念始终存在着巨大的鸿沟。小说里有个细节：秦冬冬告诉林果儿那些未来得及出生的婴儿也是有灵魂的，叫"婴灵"；林果儿在第七次堕胎之后开车去寺庙赎罪的路上撞在一棵樱花树上，树上飘下七片花瓣落在车子上，这被林果儿视为"婴灵"显灵，因为"樱"与"婴"同音。按照佛教的理念，堕胎即为杀生，但是在韩东笔下，中产阶级的杀生却在婴灵、樱花的修辞中，完美地演绎了赎罪、诗意与禅韵的融会贯通。小说的结尾，齐林车祸身亡后，林果儿找到张军受孕，她认为怀上的孩子是齐林的转世投胎，然后为了孩子的身份问题，她又嫁给了秦冬冬。这便阐明了小说的题记为何是："谨以此文献给齐林、王果儿和我儿子以及他父亲。"或许这里有超出我们经验把握之外的深意，毕竟这一切都在秦冬冬"佛法无边"的议论中得到了合理解释。简而言之，韩东关心的是信仰／宗教拯救当下的可能性，但是他的故事呈现的却是另外的形态，即中产阶级如何通过"消费"宗教／信仰换来自身道德净化。于是，

---

① 《韩东长篇小说：欢乐而隐秘（选读1）》，《收获》官方微博，2015年7月23日 http://blog.sina.com.cn/s/blog_4a8995430102vpgc.html

故事的价值形态反过来收编了韩东的写作动机，反而使得韩东的写作行为更像是为某种生活方式开脱、辩护、灌输价值。我在这里无意区分阶层的价值形态的高低，只是认为，韩东的这部长篇多少暴露了当下写作伦理中的一个症候，即中产阶级的文化幼稚病。

当下中国经验的复杂性是中产阶级的文化幼稚病滋生的土壤。面对现实情境的失语和关于未来的不确定性和不安全感，他们试图寻找一劳永逸的济世良方，于是宗教成为唾手可得的精神资源。然而因为缺乏关于切身生存问题的细微体察，很多关于宗教的谈论都像是模糊历史真实的策略性叙述。至少在当下的中国，宗教问题正日益演变为阶层问题，它正越来越多地表现为某部分群体的文化品位、社会身份以及慈善手段，愈发远离普度众生、信仰重建的宗教初衷。

中产阶级的文化幼稚病的另一个体现，便是在历史虚构中凭吊风雨飘摇、人世飘零。《北鸢》便是中产阶级在历史虚无中自我感伤的典型样本。这样的小说通常有着大致趋同的情节架构：高门大户在晚清以来的历史中多舛、曲折的命运轨迹。故事中或许还有几分历史真实作为背景，然而几乎所有的革命、爱情与历史都围绕着世家的爱恨情仇、生死离别展开。放眼望去，豪门弟子的身影遍布 20 世纪中国历史的每个关口和角落——一言以蔽之，豪门恩怨几乎与 20 世纪中国历史形成了同构关系。在历史虚构中寄托情怀，本是写作常态，只是有些情怀却是时代病的反映。中产阶级的现实处境，以及把这种处境投射进历史虚构和文化想象中所带来的虚无主义，是两个层面的问题。简单说来，在当下中国的现实语境中，中产阶级其实是徒有其表的孱弱的存在，他们既构不成保持社会平衡的力量，也无保障自身安稳的可能，要么成为权贵的帮忙与帮闲实现阶层上升，要么在社会冲突中成为矛盾的转嫁物和替代品，迅速沦落为底层。所以他们只能在历史的虚构中聊以自慰，一方面，豪门衰败、礼乐崩坏折射的是中产阶级在现实语境中的不安全感和关于未来的悲观展望；另一方面，世家子弟在时代风云际会中纵横捭阖成为历史的主角，这种历史想象掩盖的是他们在现实中的无力和无能。对于中产阶级的现实焦虑，我抱有理解和同情。但是我们若承认写作是一种权利，特别是在当下的中国，它所包含的微弱的申诉和抵抗的权利还有存在的必要性；那么，过分沉溺于写作带来的自我满足、自我安慰和自我封闭，特别是切断历史想象、历史虚构与现实体察隐秘的互动关系，则等于宣布放弃权利。而这权利正是包括葛亮在内的中产阶级们在这个时代还剩余的、屈指可数的言说渠道之一，这里包含了微茫的机会和希望。

# 四、与世界相处的方式

关于作家与世界相处的方式，路内还曾谈道："这个全世界是什么？可能就是所谓的文学所映照出来的世界吧。但是即使是这样一个世界，其中有一部分仍然牢牢掌握在那些僧侣型的作家手里，那些东西是不会流失出去的。征服型的作家永远只能征服他所征服的那一半，但是地球的另一半仍在黑暗之中，他甚至无法认知出来。"[1] 我想，王安忆大概就是属于这种僧侣型的作家，她掠过世事繁华的表象，执着于世界深处的或幽暗或澄明的秘密。

《匿名》[2] 是王安忆的长篇小说新作。简单说来，绵密的细节纹埋、复杂抽象的命题和简约冷峻的语言，确实让王安忆以"匿名"的方式写出了一部无法通过其写作脉络来辨识的作品。就情节本身而言，这个故事基本架构非常简单：一个被错认而遭到绑架的人被抛弃于与世隔绝的深山独自生活一段时间后，被人发现并开始重建对俗世日常的认知。于是前半部叫《归去》，后半部叫《来兮》。这种描述显然大大简化了王安忆在叙事上的野心。事实上，王安忆无意叙述一个可能会被类型化或者说有鲜明主题的故事。但是在叙事的过程

---

①周嘉宁、路内、黄德海：《世界的一半始终牢牢掌握在那些僧侣型作家手中》。
②王安忆：《匿名》，《收获》2015年第5—6期。

中，她又让故事不断向各种类型或主题发出暧昧的召唤。在这个过程中她不断唤醒读者某种阅读记忆和阅读期待，却又在不断地挫败、消解它们。具体说来，小说的开头充满悬疑，似乎要展开探案推理的故事模式；在家人找寻的过程中，展开的却是世情冷暖、人间百态、三教九流、芸芸众生的浮世景象，像是世情小说的缓缓铺展；被绑架的人在幽闭的空间里辨识外面动静，听着两帮人在为是否绑架对了人而争吵，在江湖黑话中辨识信息时，总让人感觉一个惊心动魄的黑帮故事将要发生；及至这个被错认的人被遗弃在深山里时，时间停止，万物静谧。一个失忆的人，忘记自身身份、历史和教化的人，与一个天地蛮荒的原始空间相遇，人与万物彼此打量，时间流转只是日升月落的循环。这样的故事氛围难免令人想起1980年代的那些"寻根"故事；后来这个"匿名"的人被人发现，送进了小镇的敬老院。这个小镇民风颟顸而朴素，奉行一套未被现代社会熏染的处世原则和人际关系，而与这个人日常交往的都是些畸零的人，如丧失劳动能力的老人、患有白化病的少年、先天心脏有病的儿童、黑帮大哥，等等，此时的故事在写实意义上有些像与现代主流文明保持距离的边地风情小说，在隐喻意义上又有些像与主流社会有些隔绝的边缘群体的故事。这些近似某个类型或主题的叙事往往是展开不久又转向别处。对于读者而言，阅读的期待与失落交替进行。我想，这正是王安忆在叙事上的"霸道"和高明之处：为了避免这个故事被可能的主题和类型收编，她故意布置了这个"匿名"的叙事迷宫。读者在一次次阅读受挫后，只能依靠王安忆所指引的思考方向。如陈思和所言："这个作家就变成了一个上帝。"①

王安忆一边苦心营造着叙事的迷局，一边又强势地掌控叙事的走向，这一

---

① 《王安忆谈新作〈匿名〉：陈思和让我要有勇气写一部不好看的东西》，"凤凰读书"微信公众号，2015年12月28日，http://mp.weixin.qq.com/s?_biz=MjM5MDA0Mjc0MA&mid=401243026&idx=2&sn=d9125a3e84254c725f3635694399a4d9&3rd=MzA3MDU4NTYzMw&scene=6#rd。

切源于她所要实现的叙事意图，如其所言："以往的写作偏写实，是对客观事物的描绘，人物言行，故事走向，大多体现了小说本身的逻辑。《匿名》却试图阐释语言、教育、文明、时间这些抽象概念，跟以前不是一个路数的。这种复杂思辨的书写，又必须找到具象载体，对小说本身负荷提出了很大挑战，简直是一场冒险。"① 很显然，王安忆试图用长篇小说的形式来讨论抽象的命题，而这种尝试不仅与读者关于小说的共识相抵触，而且对于王安忆本人而言也是一种巨大的挑战。所以王安忆需要利用既有类型／主题的小说惯常叙事形式来引导读者逐步进入她的抽象叙事，同时她也需要通过对具体经验的描摹渐渐完成写作思路的铺展和转变。我们可以以《匿名》的上半部《归去》为例，继续谈论王安忆在叙事形式上的匠心之处。《归去》的内容分两部分展开，一部分是家人寻找失踪者并逐步放弃的过程，一部分是失踪者在被绑架、转运的过程中逐步丧失对外界信息的辨析能力并最终被抛掷于人迹罕至的深山老林里生存的过程。在叙事刚展开的时候，两个部分的内容交替进行、彼此映照。在这个阶段，既是现代世俗文明逐步展开的过程，也是失踪者逐步远离这个现代世俗文明的过程。事实上，这个现代文明的逐步展开还有更为长远的叙事意义，即为后来建立起的原始、野蛮的环境提供参照与铺垫。在失踪者刚被带入山林时，王安忆的叙事发生了微妙的变化，她开始逐步减少了第一个部分内容的叙事容量，而渐渐加大了第二个部分的叙事容量。叙事比重和频率微妙变化的过程，其实就是失踪者逐步忘却历史、身份、知识、记忆的过程，而这些无一不是现代文明的标记。所以《归去》的结尾写到家属去警署注销失踪者的户籍时，有关现代世俗场景就完全在文本中消失了，而原始、野蛮山林及其隐喻"世界"开始统治了文本和叙事。至此王安忆方能愈发从容地在一个迥异的"世界"中展开思辨和讨论，就像王安忆自己也承认的那样："写到后面我得心应手了不

---

① 许旸：《王安忆谈新作〈匿名〉：我慢热，请耐心点》，《文汇报》2015年12月15日。

少。"① 坦率地说，这确实是一个朴拙然而却颇具成效的叙述过程。正是通过对类型／主题小说叙事模式和阅读期待的利用，王安忆有效地把读者的思考引向了自身的叙事意图，而且借助微妙的叙事结构的调整和大量的铺垫，她也平稳地实现了从具体经验的描摹到"抽象的审美之旅"② 写作方式的转变。"王安忆的小说越来越抽象，几乎摆脱了文学故事的元素，与其说是讲述故事还不如说是在议论故事。"③ 陈思和非常精辟地评价了这部小说最终呈现的文本形态。甚至可以说，王安忆煞费苦心地处理叙事形式，就是为了能够通过这个文本实现或抽丝剥茧、拂尘见金或大开大阖、信马由缰的自由"议论"。传统现实主义中的"议论"大多表现为关于具体情节的评价，而这种评价又完全受制于作者试图灌输的价值观，在极端上甚至表现为把叙事降格为观点的例证。王安忆的"议论"则溢出了这个范畴，这些"议论"更像是细节铺展中微弱的停顿，是关于细节的注释和补充。

若在整体上把《匿名》视为一场思辨，便会发现它是一部依靠想象力来成全抽象思辨的叙事。首先，王安忆"处心积虑"地引导读者见证了我们熟悉的一切是如何渐渐烟消云散的。她让我们清晰地看到一个人摆脱历史、社会、语言、记忆，以及身份、具体的生存环境——这些让一个人成为一个独特个体的建构性因素——的过程，并让我们心悦诚服地相信一个具有鲜明特征的人"退化"为只具备生理特征和生存本能的人是可能的。用具体的事件来展示这个过程固然必要，但是将具体、偶然的事件变得对读者具有说服力、引导性，则需要依凭强大的想象力所制造的迷惑性、欺骗性。其次，当这个只具备生物性特征的人，两手空空、"赤裸裸"地走进那个只依靠自然法则运行的世界时，王安忆念兹在兹的关于"语言、教育、文明、时间这些抽象概念"的讨论和思辨

---

①③许旸：《王安忆谈新作〈匿名〉：我慢热，请耐心点》。
②柏琳：《〈匿名〉：一场属于王安忆的抽象审美之旅》，《新京报》2016年1月14日。

才有了可能。具体而言,王安忆设置的情境中"人"是自然法则的一个构成部分,或者说自然之一种,从这个角度来说,他与其他自然、生物并无本质的区别。只有当"人"与周围的自然、周围的世界相互识别、命名时,"人"才有了区别于其他自然的可能。换而言之,在这个情境中,王安忆试图重新演绎"人"的起源过程,即从"人"藏匿于"自然",到"人"区别于"自然"这一过程。严格说来,只有到了后面那个阶段,上述那些抽象概念才有了可以依凭的具体材料,因为这些抽象概念的起源、发展无一不与"人"从生物性向社会性、历史性转变的过程相关。因此,在这个过程中,王安忆需要调动想象力提供细节、描述具体进程,由此那些抽象概念的讨论才能落实在具体经验上。

因此,这一切都使得《匿名》像是一场精细设计而又充满想象力的封闭性实验。她预设了前提,设置好参数,搭建了情境,全神贯注地观察记录实验对象的种种情况,做出猜测、判断,并试图引起其他人讨论参与的兴趣。所以在我看来,与其在知识的意义上去计较那些抽象辩题的对错和方向,倒不如说王安忆在试探我们目前的知识、理论关于人、历史、社会等方面的认知边界。她使用的工具便是想象力,想象力越过认知极限的地方便是一片"匿名"的区域,而这个区域可能藏匿着新的智慧、真理和秘密。这也是何以王安忆会强调"耐心点,坚持看完下半部"的原因。因为,在后半部《归来》中那个实验对象走出了极端的情境,慢慢恢复了对周遭世界的感知后,王安忆的叙述也越来越接近读者熟悉的经验范围。这个时候,王安忆的实验已取得成效并接近尾声,她也不再需要以最大程度地试炼、冲撞,甚至是瓦解现有认知及其承载的想象力为代价了,毕竟她最需要的是把这个实验成果带回现有的文明,以可以理解的方式呈现出来。简而言之,王安忆以其出色的叙事实验试炼了长篇小说的可能性,虽说《匿名》所呈现的种种可能性是不可复制的,却为当下江河日下的长篇小说挽回了尊严。

如果说王安忆执着于世界深处那些秘密,那些掌控世界运行的抽象规则,那么迟子建则更倾心从相反的方向，以感性的方式去描绘这个世界的神秘。《群山之巅》①里有一系列身份特殊的人物，如手艺精湛的屠夫，预知生死以刻石碑为生的奇女子，专司枪决死刑犯的法警，小镇殡仪馆的入殓师。这些与生死相关的职业并没有带给读者一种源自陌生的惊悚感，在小镇外部日益喧嚣的现代文明的映照下，反倒让人感觉他们所构成的小镇生活代表了一种朴素、恒常的价值秩序。迟子建笔下世界的"神秘"，并不源自未知和恐惧，而是关于"失落"和"消失"的挽歌。迟子建怀念的是类似于小国寡民的社会形态：朴素、鲜明的伦理观，简单、安稳的社会交往，敬畏万物、人神通灵的萨满世界。小说展现的正是这样的一种社会形态被侵蚀的过程，如小说所陈述的那样，"他强奸了安雪儿，等于把龙盏镇的神话给破了"。所以，屠夫之子强奸了法警的女儿（通灵奇女子）就不仅仅是道德事件／刑事案件了，而是成了世界秘密消失的隐喻。于是，缉凶的过程也就成了还原、追溯、展开秘密消失过程的叙事。小镇的历史起源在缉凶的过程中缓缓铺展，与此同时环绕着小镇历史的宏大的社会进程与小镇产生了愈发频繁的互动关系，于是革命、历史、经济等种种现代性庞然大物开始以各种方式、自外而内地改变着小镇的种种面貌。所以，在迟子建看来，世界的秘密总是与一种独特而又和谐自洽的传统、伦理和生活方式相关，只是在来势汹汹的现代性大潮面前，这一切都将淹没于同质化的现象之中。

## 五、大历史与小时代

作家与这个世界的关系就像周嘉宁《密林中》中的那个意象，每个作家都在孤独地探索描述这个世界的可能性，如同在密林中穿行，脚下的路可能是小

---

①迟子建：《群山之巅》，《收获》2015年第1期。

径也可能是迷途，但是只有走到最后才能确定这一切是否可能。这个世界的秘密对于何顿来说，是那些掩盖在废墟下的足迹和小径。《黄埔四期》①叙述的是国民党军队在抗日战争主战场上的故事，以及这些抗日功臣在中华人民共和国成立后的命运遭遇。何顿以其非凡的耐心清理出一条血迹斑斑的来路。捡拾路上的遗骸，召唤空中的游魂，并非只是为了凭吊和申冤。安置好身后历史鬼魅，方有辨识路在何方的可能。林森的《暖若春风》②是这样一部长篇，现实的平凡与琐碎，在关于大历史的反复诉说下愈发显得凋敝、黯淡。小说的结尾，主人公扔掉挂在客厅墙上的曾出身于黄埔军校的曾祖父的画像和诗词，整部小说的叙述基调也从抑郁的氛围转向了"暖若春风"的开朗。很显然，面对风雨激荡的大历史，不同代际作家的基本态度分野便呈现出来，至少在林森看来，摆脱历史的重负，把大历史祛魅，方能较为从容地摸索前行的道路。

事实表明，身处于小时代的年轻作家们确实更关注大历史维度之外的日常经验。张怡微的《细民盛宴》③围绕一场场家宴展开普通市民家庭的龃龉和亲情。这是一个颇费心思而又具中国特色的叙事结构，在张怡薇细腻的叙事中，一幅死水微澜般的庸常生活场景浮现出来。任晓雯的《生活，如此而已》④的基本情节非常简单，即一个有着童年阴影和自卑心理的女孩如何在成年以后过上自毁、毁人的生活。在沉溺于不自知的庸常生活中任"恶"生"恶"，任晓雯展现的是一幅消沉无望的人生精神图景，或许这也是现实的常态之一种。《我们的踟蹰》⑤展示的是另外一种现实图景。作者弋舟是个惯常在历史维度中呈现个人经验的作家。这一次，他取消了历史维度讲述了一个犹犹豫豫、欲说还休

---

①何顿：《黄埔四期》，《收获·长篇专号》2015年春夏卷。

②林森：《暖若春风》，合肥：安徽文艺出版社，2015。

③张怡微：《细民盛宴》，《收获·长篇专号》2015年春夏卷。

④任晓雯：《生活，如此而已》，北京：北京十月文艺出版社，2015。

⑤弋舟：《我们的踟蹰》，《作家》2015年第3期。

的中年人的爱情故事。陈再见的《六歌》①则在历史和日常之外讲述了一段奇闻。这个故事涉及了六件命案，当初曾各自以中篇的形式发表过。将这六个故事并列时，便会发现各自成篇的故事中的人物、线索、内容在相互补白、相互提醒，最终构成了线索交错、情节紧张而又有完整性的悬疑故事。

　　总而言之，这些都是2015年可圈可点的长篇小说。然而这些小说在整体上所呈现的精神委顿的状态却也是当代文坛的一种现象。或许是因为现实过于黏滞、沉重，而未来又充满种种令人不安的不确定性，于是精神向度很容易在无物之阵中消磨、沉沦。问题不在于小说该不该书写碎片化的情绪、琐碎的经验或一己的悲欢，而是在于这些经验与周围世界的关系是否也一并得到或多或少的呈现。我想，这涉及到小说在现世存在的基本理由："在被哲学遗弃、被成百上千种科学专业分化了的现代世界中，小说成为我们最后一个可以将人类生活视为一个整体的观察站。"②

　　当下的中国长篇小说确实存在一种倾向，"现实是没有任何廉耻感地重复着，然而思想，面对现实的重复，最后总是缄默不语"③，这里的"思想"并不仅仅是指那些高深的、以体系形式表现出来的知识形态，重要的是那些被描述的具体经验所包含的与周遭世界对话的潜能。不如此，我们将丧失为小说辩护的基本理由。

（2016年第3期）

---

①陈再见：《六歌》，广州：花城出版社，2015。

②③[法]米兰·昆德拉：《帷幕》，第97、137页，董强译，上海：上海译文出版社，2012。

# 乡下人的城市眼光

## ——贾平凹及其笔下的小城文化特质

史习斌

## 引 言

从历史发展的阶段来看，当前中国正处于城镇化建设加速发展的进程之中。在整个世界走向现代化的"美好愿景"的召唤下，这个进程虽有诸多弊端却又难以避免，其带来的必然结果，便是国家和社会由乡土中国向城市中国的转化。这种转化不是一蹴而就的，也是不平衡的，在乡村与都市这两种空间形态之间，存在着颇为广阔的第三空间——小城。"小城，不仅是个地理概念、社会概念，更是一个文化概念，也是一个文学概念。"① 小城文学与文化在中国现代文学史上曾是一道亮丽的风景，在当代尤其是后新时期文学中仍然有着悠远的回响。

贾平凹便是这悠远的回响中的一个易辨的音符。对于贾平凹而言，其进入文坛和奠定文坛地位无疑都与他执着的乡土文学书写密不可分，但这并不代表他的写作缺少城市的维度。事实上，贾平凹的文学创作有着乡土和城市两套笔

---

① 熊家良：《现代中国的小城文化与小城文学》，第16页，北京：中国社会科学出版社，2007。

墨，以《废都》《土门》《白夜》《高兴》等为代表的城市书写已经成为其乡土文学之外重要的文学资源。值得注意的是，贾平凹心中的城市和他笔下的城市是"乡下人眼中的城市"，是身处都市却未进入都市的"小城"。在上述几部城市书写的作品中，贾平凹塑造了众多处于小城文化状态的人物形象，建构起了不同于乡土和都市的小城文学地理空间，从而透露了贾平凹具有小城意识的农裔城籍作家的文化身份，也昭示着贾平凹及其笔下的艺术世界所具有的颇为明显的小城文化特质。

## 处于小城文化状态的人物塑造

赵园女士曾在不经意间指出："当着中国仍未脱出乡土中国时，全然脱出乡下人的城市眼光是不可能的……贾平凹即常写到乡下人眼中的城市。他的人物有时并未真正进入城市，他们仅仅处在城市装饰（且往往是粗俗过火的装饰）中，这也许恰是一种小城文化，小城文化对于'都市文化'的模拟形态。"①赵园的这些话是她在思考城与人的关系时的神来之笔，之后一直未见相关的详细论述，但却在无意中为贾平凹的城市文学研究提供了另一种思考的向度。贾平凹城市书写中的众多人物的确具有明显的小城文化特质，他们因为各种原因离开乡土进入城市（以都市"西京"为代表），却又没有完全融入都市文明的圈子，因而常常处于传统乡村与现代都市的夹缝之间，处于一种"小城文化"状态。

虽身处都市却在心理上并未完全认同都市文化和生活方式，从而产生与都市的疏离感和与小城甚至乡土的亲和力，这是庄之蝶所处的文化状态。《废都》中的庄之蝶从农村走出来，成了西京城的文化名人，拥有了都市人的身份，积

---

①赵园：《北京：城与人》，第240页，上海：上海人民出版社，1991。

攒了与之相称的名声、地位和物质基础，却与生活其中的都市保持着相当的距离。庄之蝶喜欢收集"秦砖汉瓦"，喜欢逛旧书摊，喜欢趴在地上直接吮着奶牛的奶头喝奶……庄之蝶的诸多趣味、行为甚至在性方面的癖好都是"旧式"的，与都市的时尚生活方式和现代化生活节奏相去甚远。在他的身上，体现了相当一部分"农裔城籍"作家面对都市时身心分离的普遍境况。庄之蝶面对都市的"进而不入"和面对乡土的"回而不去"将他的精神和意识逼回到一种小城文化状态，这在一定程度上无疑是作家贾平凹隐性的自我书写。

心理上接受和向往都市生活并为此不断付出努力，在现实中却只能在都市的最底层挣扎生活，并最终不得不象征性地回到乡土，这是刘高兴所处的文化和人生状态。《高兴》中的刘高兴本来是农村人的身份，却一直在为成为城里人而努力奋斗。刘高兴作为从商州清风镇到西安捡垃圾的"梦想青年"，一心想成为西安人，他把自己的一个肾给了一个西安人，他来到西安始终在关注和寻找移植了自己的肾的西安人，意在象征性地完成由农村人到城里人的身份转变。与他的同乡五富不同，刘高兴身上其实具备了成为城里人的前提和素养，他讲卫生、脑袋灵活、适应能力强，最关键的是他不仅不仇恨城市，相反对城市具有很强的亲和力和认同感。只可惜刘高兴远离乡土却不得不回到乡土，一心想扎根都市西安却与都市无缘，仅仅维持了几个月的西安生活成了他都市生活梦想的悲剧象征。虽然最后的结局是他未能扎根都市西安，但在小说有限的时空叙述之内，刘高兴是一个典型的城市梦想青年，他在都市的边缘、在自足自乐的城市底层生活中坚守着自己扎根城市的梦想。

与上述两种极端状态不同，游走在都市边缘的"混混"式人物夜郎身上保留着乡下人的朴素的忠诚（对有恩于自己的祝一鹤不离不弃地照顾），但又有不少"城市病"：冒充领导混吃混喝，和颜铭相好的同时又与虞白暧昧，对花花世界的金钱美女充满向往，等等。在笔者看来，夜郎身上的诸多行为、在客观上所具有的反抗性和他的精神苦痛并不是现代都市对人性的异化，而是刚刚进入城市的人在并不情愿的市民化过程中所获取的生存"技巧"，以及对这种"技巧"的顺从性接受。《白夜》中对夜郎有一段精彩的描述，写他夜晚在城墙边受到放枪的闲徒的惊吓后独自走在马路上看到四处无人的时候，"掏出一股尿来边走边摇着撒，心里说：我给西京题题词吧——撒出来的尿是一串歪歪扭扭的'要在西京！就要在西京！'"①。在这个典型的细节里，贾平凹以一种极度漫画化的方式写出了一个一心想跻身都市西京的边缘小人物对都市的迷茫、恐慌和稍带盲目的决心，同时又象征性地暗示了夜郎身上的乡野之气对都市文明的戏谑和反抗。

除了庄之蝶、刘高兴和夜郎，贾平凹笔下还有不少这样的人物，比如韩大宝、夏风等，可以说形成了一个具有小城文化特质的人物谱系。这些人物鲜活地存在于小说所呈现的艺术时空中，他们走出了乡土而又怀念乡土，步入了都市而又尚未融入都市；他们对城市的感知和认识还处于现代化与城市化的初级形态，其生存技能和对城市的征服能力暂时处于都市的边缘和中小城市的水平，对城市的心理接受能力和归属感亦是如此，因而处于"小城文化"状态。

## 作为第三文学地理空间的小城建构

英国学者迈克·克朗在其《文化地理学》一书中告诫人们："远不能把文学作品当成简单描绘城市的文本、一种数据源，我们必须要注重文学作品里的城市是如何以不同的方式建构起来的。"② 这表明，文学对城市书写的客观呈现功能是有限的，"提出问题"的城市文学文本远比"提供资料"的城市文学文本要有价值。"文学作品不只是简单地对地理景观进行深情的描写，也提供

①贾平凹：《白夜》，第13页，沈阳：春风文艺出版社，2006。
②[英]迈克·克朗：《文化地理学》，第69页，杨淑华、宋慧敏译，南京：南京大学出版社，2003。

了认识世界的不同方法，揭示了一个包含地理意义、地理经历和地理知识的广泛领域。"① 换言之，文学不仅描述地理，而且塑造地理，建构地理，当然也描述、塑造和建构城市。

从文化地理学角度来看，贾平凹作品所呈现的地理空间主要是商州和西京（西安），前者是乡土书写的代表，后者是城市书写的代表。但这并不是铁板一块，贾平凹的商州乡土书写有时眼光是向上的，于是有了龙驹寨（丹凤县城）、山阳县、白浪街等集镇和县城的出现，以及街道、店铺、剧团和电影院等城镇符号的粉墨登场；与此同时，贾平凹在进行西京（西安）都市书写时眼光多半是向下的，于是便有了土门街市、城中村（城南池头村）、兴隆街、按摩店、芙蓉园、城市广场等文化符号，这些符号虽然出现在西京（西安），但并不是都市的典型代表，而是处在都市的边缘地带，在很大程度上反倒成了小城文化的代名词。

在贾平凹与城市书写相关的几部长篇小说中，这种城市地理的边缘性可谓一以贯之。《废都》中出现了钟楼、鼓楼、古城墙、旧书摊等西京特有的城市文化符号，但都是作为一个文化古都的余韵所做的象征性客串，至于商场、舞厅等都市性时尚元素，也只是时不时作为背景或点缀而出现，贾氏对其并没有根本性的表现兴趣，小说中最重要的城市空间是文联大院和双仁府街，还有沾染上些许宗教色彩却又上演着俗世故事的清虚庵、孕璜寺。"废都"之"废"写出了西京的古意的同时也葬送了这座城市的现代感，这也在很大程度上削弱了"废都"之"都"的都市化特性，而将这座融合了文人想象和现实踪影的废都之城退回到非都市的小城。《白夜》在对城市表现的深广度上有所拓展，但仍然没有进入都市领域。主人公夜郎借居的保吉巷是一个三教九流混合的大杂院；面对热闹繁华的南门里三角地带公园，作者借叙述者之口说出了自己的真

---

① [英]迈克·克朗：《文化地理学》，第72页。

实感受："哪里又像是现代都市呢？十足是个县城，简直更是个大的农贸市场嘛！"[1] 夜郎的城市边缘人身份与他所处的小城化的地理空间是吻合的，也是相称的。《土门》中的仁厚村是西京城旧城改造中最后一个面临拆迁的城中村，其他两个都已经与城市连成了一片。在仁厚村人的眼里，西京所代表的城市扩张是消灭这个城中村的危险信号，以新村长成义为代表的力量千方百计对抗拆迁。在这部小说中，西京只是作为一个对仁厚村城市化既推动又造成压力的名词存在，至于具体的城市元素，则只有城市广场、宾馆、城南农科所、房地产公司等一些符号的交替出现。《土门》聚焦的是乡村城市化这个世界难题，城市的扩张必然造成对城中村的挤压甚至消灭，这是将乡村并入城市版图的第一步，也是城市都市化的前提条件，而在都市化之前便是乡村的城镇化，或是小城化，《土门》即将实现的正是这一阶段。《高兴》作为一部直写西安（而不是西京）的城市书写文本，按理说应该进入现代都市的核心了，但贾平凹偏偏把刘高兴设置成一个来城市收废品的乡下人，一下子又将表现的笔触深入到城市底层。所以我们在《高兴》里所看见的，仍然是城中村（城南池头村）、兴隆街、按摩店、芙蓉园，仍然是一些都市的边缘地带和乡村化的城市图景。主人公刘高兴所处阶层的活动范围和见识经历大大制约了《高兴》的都市化书写的彻底性，也正好契合了贾氏对小城化的城市地理空间的关注点和兴趣所在。

由此可见，贾平凹所建构的城市地理与文化空间处于城镇之首、都市之尾。真正属于都市代表的符号在贾平凹的城市书写中不是工笔细描的，而是简笔勾勒的；不是认同和歌颂的，而是隔膜和贬抑的。其给来自乡土的小说人物带来的不是乐在其中的享受，而是陌生、怪异和由此带来的刺痛甚至伤害。曾有人批评贾平凹没有真正意义上的都市文学作品，说他笔下的都市都是伪都市，大致也是出于这方面的原因。所以，如果我们将文化地理空间分为乡村与都市两

---

① 贾平凹：《白夜》。

种典型形态的话，贾平凹则通过他的城市书写为我们建构起了第三种文化地理空间——"小城"。对于贾平凹而言，这个"小城"成为乡村与都市之间一个很好的衔接，是贾平凹乡土与都市文化冲突的缓冲地带，也是贾平凹在乡土与都市之间徘徊和栖息的一个理想场所，贾平凹所乐于表现并精心营构的正是这个特殊的文化地理空间。

## 具有小城意识的农裔城籍作家的文化身份

如此看来，"小城"这一文化地理空间的持续建构是由贾平凹的人生经历、文学兴趣、表现能力等所决定的，也可以说是有意为之的。其根源何在呢？这就涉及与贾平凹的小城文学书写密切相关的另一个问题，即他本人的文化身份。

在19岁之前，贾平凹一直生活在农村，是公社社员，可以说是农民身份；从去西北大学读书到毕业之后，贾平凹一直生活在西安，事业和家庭也在西安，可以说是城里（都市）人身份。但这是他的现实身份，就文化身份而言，就没有那么简单了。

跟沈从文一再声称自己是"乡下人"如出一辙，贾平凹也曾不止一次地说自己是农民，他还写过一本"自传"，书名就叫《我是农民》。在这本自传性作品中，贾平凹回忆了自己在农村当社员的知青岁月，最后做出了这样的"总结"："农村是一片大树林子，里边什么鸟儿都有，我在其中长高了、长壮了，什么菜饭都能下咽，什么辛苦都能耐得，不怕了狼，不怕了鬼，不怕了不卫生，但农村同时也是一个大染缸，它使我学会了贪婪、自私、狭隘和小小的狡猾。"[①] 由此可见，农村生活带给贾平凹的影响是双重的，这正反两方面的影响同时作用于一个人身上，无法一一剥离。贾平凹明显感觉到自己身上的农民根性，

---

① 贾平凹：《我是农民》，第65页，西安：陕西旅游出版社，2000。

他说："……敏感而固执，仇恨有钱人，仇恨城市，这就是我们父辈留给我们的基因，而又使我们从孩子时起就有了农民的德性。当我已经不是农民……我的农民性并未彻底退去，心里明明白白地感到厌恶，但行为处事中沉渣不自觉泛起。"① 在讲到一只酸菜罐子留下的深刻记忆的时候，贾平凹直率地说："在相当长的岁月里，我不堪回首往事，在城市的繁华中我要进入上流社会，我得竭力忘却和隐瞒我的过去，而要做一个体面的城市人。"② 所有这些都是一个农裔作家面对曾经的农村生活带来的"负面影响"时发自内心的真情流露，更是一种无奈的自剖，一次深刻的自我反省。对于农裔城籍的人来说，对农民根性的认识和态度不仅影响个人的成长视野，而且最终关系到城市化的进程。

法国城市社会学家伊夫·格拉夫梅耶尔曾经断言，"融入城市是一种同化程序"，"融合……等同于将他人变为'同类'的过程"。③ 是否愿意被同化以及被同化的快慢直接决定着农村人融入城市的进度，而在这方面，贾平凹是"落后"的。在《土门》的后记中他说："我进城20多年了，还常常被一些城里人讥笑。他们不承认我是城市人……"④ 这一略带自嘲的描述正好反衬出贾平凹乡土根性的顽固性，但这种顽固并非坚不可摧，相对于沈从文的"固执"，贾平凹在自我身份的认识上要"圆滑"得多，而且流动性也相对要强。他在《关于小说创作的答问》中说："说到根子上，咱还有小农经济思想。从根子上咱还是农民。虽然你到了城市，竭力想摆脱农民意识，但打下的烙印，怎么也抹不去。好像农裔作家都是这样。有形无形中对城市有一种仇恨心理，有一种潜在的反感，虽然从理智上知道城市代表着文明。"⑤ 而在为傅翔的《我的乡村生活》所作的序言中又说："我们在乡村的时候，总在诅咒着乡村的苦难，盼

①②贾平凹：《我是农民》，第22、28页。
③[法]伊夫·格拉夫梅耶尔：《城市社会学》，第75页，徐伟民译，天津：天津人民出版社，2005。
④贾平凹：《土门》，第233页，武汉：长江文艺出版社，2004。
⑤贾平凹、韩鲁华：《关于小说创作的答问》，《当代作家评论》1993年第1期。

望长大，在某一日能彻底地脱掉农皮，而我们终于长大了，做了城市人，我们才觉得少年的美好，才知道快乐在苦难之中。"① 由此可见，贾平凹在面对城市与面对乡土时都存在着相当程度的选择困境，乡土是回不去的精神故乡，带给他脱不掉的农民根性；城市则是躲不过的现实所在，一个能量强大的同化场。城市在贾平凹那里有一个由拒斥到接纳的过程，拒斥带有几分"本能"，接纳多少有些无奈。

贾平凹类似上述的自述其实还有很多，越多恰好越显示出其作为"农裔城籍"作家的身份焦虑和归属感的游移。贾平凹在农村待过近二十年，从事过农业生产，也自称"我是农民"，但他真的是农民吗？当然不是。他尊重农民的生活习惯却绝不会像农民一样生活，他肯定农民的贡献的同时也毫不留情地批判农民的弱点。即使是在贾平凹的笔下，乡土中国无论作为现实生活还是精神还乡也都是失效的。《土门》中仁厚村的人物集体的不健全性就是一个明显的象征，梅梅最后回到的"家园"也是母亲的子宫，而不是代表乡土的仁厚村。另一方面，贾平凹在西安待了40年，家庭和事业的根基都在西安，但他和这个繁华的都市真的完全融合了吗？也没有。贾平凹对西安（西京）的关注点绝不在于它繁华现代的一面，而是土门街、城中村等边缘地带，稍微接触到都市中心就立刻感到了它的残废与堕落。贾平凹的城市书写中基本上没有咖啡馆、夜总会、时装秀、跑马场，偶尔出现歌舞厅等时尚场所也只是单纯作为背景，绝不做过多描述。贾平凹笔下的城市不是穆时英、刘呐鸥笔下声光化电、摩登现代的都市，也不是陈染、卫慧、棉棉笔下缤纷时髦、充满欲望的都市，更不是波德莱尔笔下光怪陆离、阴暗颓废的都市（《废都》之废是精神信仰失落和欲望失控的残废，而不是波德莱尔《巴黎的忧郁》和《恶之花》的那种现代派的都市的颓废），贾平凹笔下的城市是乡下人眼中的城市，是由农业文明向都

---

① 贾平凹：《我的乡村生活·序》，《福建日报》2004年3月3日。

市文明转变的过渡时期的城市，是前工业化时代和前现代社会的"小城"。所以说，就文化身份而言，贾平凹不是纯然农民的，也不是纯然都市的，而是从地理空间到文化意识都体现出了明显的小城文化特质，贾平凹是一个具有小城意识的农裔城籍作家。

# 结　语

栾梅健先生在《小城镇意识与中国新文学作家》一文中认为，对于20世纪二三十年代的新文学作家而言，在大城市土生土长的作家很少，大部分都是从农村来到城市的"侨寓作家"，所以，"根深蒂固永远是乡巴佬的性情"（沈从文语）的"乡村意识"和与西方现代主义相通的"都市意识"，"都不可能涵盖本时期作家的总体倾向与追求"，而"小城镇意识是本时期作家的主流意识，也是他们行为规范与审美特性的价值中枢"。这种小城镇意识并不局限于反映小城镇题材，更是一种情感取向与价值判断，它保持着对都市的陌生、抗阻，坚守着真诚、勤奋，有着"老实的农民的实事求是的精神"[1]。小城镇意识作为新文学作家的文化传统，一直延伸到当代。当下，由于我们的现代化水平不断提高，城市化进程不断加快，国际化都市也越来越多，所以都市书写发展很快，有些作家的小城镇意识逐渐在向都市意识靠拢。

贾平凹是当代作家中对以小城镇意识和小城文化为主线的新文学传统有明显承继关系的代表作家。相对于冷漠、孤僻、颓废甚至异化的都市意识，小城镇意识对于保留传统乡土意识意义重大，就文学社会学而言，贾平凹城市书写的最大价值亦在于此。在就新作《老生》接受记者采访时，贾平凹对下一部作

---

[1]栾梅健：《小城镇意识与中国新文学作家》，《中国现代文学研究丛刊》1997年第4期。

品做了题材预告，他说："如今在西安也生活几十年了，对城市积累了很多感悟，也观察到许多问题，尽管还不太了解城市管理层，但比较熟悉城市底层、文化系统等人群的生活，所以下一部作品想写城市题材。"①

贾平凹自己心里或许也是清楚的，他虽然写了不少有关城市的作品，但这些作品中的人物甚至整个文学世界似乎还没有正式进入城市（其实是都市），还处于一个由乡村向都市移动的过渡阶段，表现最多也最成功的是小城地理空间和小城文化意识。自此以后，贾平凹创作中的城市地理会不会从具有小城特征的"西京"上升为具有都市特征的"西安"（或另外的都市命名）呢？他的小城意识会不会得以打破，从而向都市意识迈进呢？这是一个虽无法强求但却足可期待的话题。

（2016年第4期）

①卢欢：《贾平凹下一步写城市文学》，《长江商报》2015年4月28日。

# 重塑"讲故事"的传统

## ——论格非长篇小说《望春风》的叙事

林培源

如果说《隐身衣》（人民文学出版社，2012 年）是"江南三部曲"（《人面桃花》《山河入梦》《春尽江南》）之后的一曲余音，那么，小说家格非的新作《望春风》（译林出版社，2016 年）则更像是气势磅礴的交响乐。二者所叙之事虽迥异，但无论是小说的叙事技巧还是对社会现实的观照，皆有或隐或显的关联。这种关联，不妨看成是小说家格非继"江南三部曲"跨越百年中国历史的宏大叙事后，朝小说这门"讲故事"的技艺向内转的努力——在《隐身衣》这部中篇小说中，若说"叙事交流"（指小说中采用第二人称"你"以及娓娓道来的讲故事的腔调）尚属这种"向内转"的小范围尝试，那么到了《望春风》，叙事交流的大规模使用则构建了自身的一套叙事美学。这里所言的"向内转"并非指作者无意关涉现实、实现其社会批判，而是说，在书写失落的乡村伦理的基础上，小说家格非试图将他对小说艺术的思考以"元小说"（meta fiction）的形式在小说中隐秘地展现出来。这种内外打通的策略，使得《望春风》在赓续传统小说注重事件、人物等故事层面的同时，又多了对小说自身叙事话语的反思——《望春风》甚至暗合了瓦尔特·本雅明（Walter Benjamin）在探讨经验与"讲故事"之关联时所阐发的洞见。有鉴于此，本文拟就"说书人"

与叙事交流，"史传"传统与"元小说"，以及"重返时间的河流"等三个层面切入，旨在考察"江南三部曲"之后，小说家格非如何在《望春风》中融合中国古典小说的传统和西方小说的叙事资源，探寻出一条更为稳健的现实主义道路的叙事策略，从而重塑"讲故事"的传统。

## 一、"说书人"角色与叙事交流

虚构与经验之间的距离以及二者之间的张力，是小说之所以引人入胜的原因之一。小说借助对经验的重构和想象的魔力，在叙事中化经验的"现实"（real）为虚构的"真实"（authenticity）。文学批评家J.希利斯·米勒在《重申解构主义》中认为："从许多方面来看，一部小说都是一条置换的链条——将作者置换成虚构的叙事者的角色，再将叙事者置换进想象中的角色的生活。"[1] 从这点看，《望春风》以第一人称叙述者"我"置换了作者的角色，从而搭建起整个故事的框架，不失为一种明智的选择："我"（赵伯渝）作为儒里赵村的一名孤儿和边缘人，一生碌碌无为；"我"的身份是特殊的，"我"既是儒里赵村消亡的见证者，又是整个故事的转述者。

在《望春风》中，叙述人如此说道："故乡的死亡并不是突然发生的。故乡每天都在死去。"[2] 实际上，这里存在两个时空的"我"，一个是叙述者回忆之中的童年的"我"——如故事开篇，"腊月二十九，是个晴天，刮着北风。我跟父亲去半塘走差"[3]。

另一个则是中年后转述故事的"我"："直到现在，当我回忆起父亲说话

---

①[美] J.希利斯·米勒：《重申解构主义》，第49页，郭剑英等译，北京：中国社会科学出版社，2000。

②③格非：《望春风》，第330、1页，南京：译林出版社，2016。

时忧悒的面容，仍然能够感觉到一阵阵心悸和自责。"①如同英国小说家亨利·菲尔汀的《弃儿汤姆·琼斯的故事》，童年时期的"我"与后来回忆往事的现在的"我"，其叙事功能既是限制性的，同时又具有凌驾于故事参与者之上的全知性。西方近现代小说向来不乏作者／叙述者与读者在纸上进行交流的例子。托尔斯泰的《安娜·卡列尼娜》、陀思妥耶夫斯基的《卡拉马佐夫兄弟》、托马斯·曼的《魔山》等都在小说中尝试了"叙事交流"，那些直呼读者大发议论的片段俯拾皆是。《望春风》第一章《父亲》，类似"若不嫌我饶舌啰嗦，我在这里倒可以给各位讲个小故事"②，以及"亲爱的读者朋友，我相信诸位在阅读这本书的时候，随着情节的逐步展开，心里也会出现这样一个疑团：你已经给我们讲了不少的故事，各类人物也都纷纷登场，可是为什么我们一次也没有看见你正面提到过自己的母亲？这究竟是怎么一回事啊"③？这样叙述语言并不少见。不论是这里援引的前者所展开的"插叙"，还是后者以"亲爱的读者朋友"为标志所进行的叙述者／写作者和读者的叙事交流，无不令人想起中国古典小说中的"说书人"角色。

　　"说书人"是从宋元盛极一时的说书技艺——"说话"衍变而来的。在中国传统叙事文学中，文言与白话长期并存，"说书人"在白话小说中更为常见。"说书人"讲故事所用的底本，即话本对中国早期的短篇小说和长篇小说叙事影响颇深，这一点，鲁迅在《中国小说史略》中早有论述，此处无须赘言。陈平原在《说书人与叙事者——话本小说研究》一文中认为，"冯梦龙编撰《古今小说》时，混合使用'说话''词话''话本''小说'等概念，无意中显示了今人所理解的'话本小说'的渊源"④。实际上，说书人风格对白话小说的影响在章回体小说中尤为突出，"列位看官""诸位看官""欲知后事如何，

---

① ② ③格非：《望春风》，第62、24、74页。
④陈平原：《说书人与叙事者——话本小说研究》，《上海文学》1996年第7期。

且听下回分解"等标志性的语言在明清小说中如《水浒传》《三国演义》《西游记》《金瓶梅》中比比皆是。"说书人"惯用的套话逐步演变为中国古典白话小说的叙事话语；换言之，"说书人"的角色由说书场合中的显性在场到话本/文本的隐含交流，实际上承担了极其重要的叙事功能。《红楼梦》"楔子"一节，"石头说""作者自云""曹雪芹于悼红轩中，批阅十载，增删五次"等措辞，显示了几重叙事者身份的交叠混用，这里既有"说书人"的影子，同时又有"叙事者"的痕迹，全知视角与限制性视角混杂其中。可以说，沿着中国白话章回体小说的发展脉络来看，《红楼梦》完成了从"说书人"叙事到"叙述者"叙事的伟大转变，是中国小说发展史上的一项壮举。

通过梳理"说书人"在中国古代小说中的演变，我们可以看到，《望春风》甘冒打断叙述流畅度的危险频繁使用叙事交流，实际上是藏巧于拙，正好弥补了现代小说"作者退出文本"而带来的叙事交流之缺失。假如将上文所举的叙事交流的措辞悉数删除，其实并不影响故事的发展，甚至作者也完全退出文本来达到罗兰·巴特所言的"零度写作"，即作者不出面，甚或出面，也以一种类似《局外人》那样的"客观"口吻来讲故事。作为对叙事学的研究者和小说家，格非显然深谙西方的小说传统。如此大规模地在小说中使用叙事交流的技巧，不论是预叙、补叙还是插叙、倒叙，实际上都是为了更好地"讲故事"，既然是讲故事，势必要遵循讲故事的传统。这里，在场的"说者"与缺席的"听者"实际上在叙事交流中是并存的。作者的悉心铺排无不照顾到读者的反应，也就是说，作者/叙述者在叙事过程中，假设读者/接受者时刻在场，作者/叙事者和读者/接受者一起参与到叙事的构建当中。由此，《望春风》不论从讲故事的技巧还是故事本身而言，都散发着浓浓的"说书人"的气息。小说家格非摇身一变，在故事参与者/叙述者"我"与作者之间幽灵一般游走着，《望春风》的故事之所以引人入胜，很大的程度受惠于叙事交流的纯熟使用。

# 二、"史传"传统与"元小说"的交融

《隐身衣》的故事基本围绕着一桩悬念丛生的无头案展开，主人公丁采臣的自杀，神秘女人的被毁容，叙述者"我"偶然卷入其中，最后娶了毁容女为妻，这些构成了小说的引人入胜的核心事件。其中涉及"我"家庭故事的部分，则做了叙述上的省略，但即便这样，联系到《望春风》中对"我"的家庭故事和儒里赵村其他几个家庭来龙去脉的勾勒，我们可以将它看成是《隐身衣》在切入历史经验（如小说中对 1976 年唐山大地震时期北京市井生活的铺陈）的某种扩展版；在《隐身衣》叙事时空相对密集的核心事件背后插叙一段"我"的家族故事，使得原本扁平、线性的叙事空间增加了历史的纵深感，这种历史的纵深感延续到《望春风》，显得文本纹理更加丰富和立体。此种叙事特点，在《望春风》第三章《余闻》中体现得尤为淋漓尽致。《余闻》以"清明上河图"的"手卷"形式，铺开一幅又一幅儒里赵村的众生相：章珠、雪兰、朱虎平、孙耀庭、婶子、高定邦、同彬、梅芳……围绕这 16 个人，作者描绘出儒里赵村拆迁后众人的命运变迁。作者对他们一一作了传略，有的篇幅长些，如至为重要的"章珠"这一节；有的篇幅短些，如"高定国""老福""永胜"诸节，而"牛皋"一节只有区区三个字——"还活着"。"传略"篇幅的长短，视人物在小说中的地位高低而定。这种"列传"式的书写，看似聚焦于单独的个体，实际上，则是用碎片补缀出儒里赵村众生复杂无常的面相。第二章结束时，小说中的"我"已经离开儒里赵村前往邢桥镇工作和生活，实际上成了异乡人。那么，在时代发展造成的空间和时间的断裂之中，叙述者"我"要为"看不见"的儒里赵村立传，只好借此碎片化的人物列传拼凑起来。如此一来，这一部分就超越了个人的限制性视角，某种程度上为描摹乡村伦理崩坏、道德失序等提供了全景式的书写。

　　当然，在第一、二章形成的线性叙事之中插入《余闻》这样的章节结构，表面上看似和整体文本不协调，如果考虑到小说开篇抛下的关于"我"母亲和父亲为何离婚的悬念，如此安排也合乎逻辑。举例而言，《余闻》中"章珠"一节，与第二章《德正》中补叙"我"父亲自杀的原因形成互补："我"母亲章珠的离婚与出走，加上父亲自缢身亡，构成了"我"身世的谜团。小说的故事表面上看似在一步步解开谜团，实际上，从叙事策略来看，父亲的自缢，与母亲出走之谜，勾连起了两个不同的时代，一个是政治倾轧、阶级斗争碾压个体生命的时代；一个则是卑微个体余生都笼罩在命运阴影下的时代。父亲与师傅戴天魁为首的特务组织之间纠缠不清的关系，他的未卜先知使他最终以了却自身性命的方式，逃离了时代和政权施加的迫害；而母亲虽然改嫁了"首长"，看似逃离了命运的追捕，实际上最终也难逃政治迫害。处在历史抉择困顿中的母亲向党支部写检举信，揭发其丈夫和特务组织的关系，本以为借此可脱卸罪责，谁知，"母亲没有想到的是，这封检举信不仅没有给予她想象中一劳永逸的安宁，相反，这一鲁莽的举动，给她和她的家庭带来了无穷无尽的烦恼"①。直到母亲病殁，作为"孤儿"的我，始终未能再见她一面。由此，父亲的去世，和母亲魂灵一般的在场，构成两个时代的对话，"我"沦陷在命运的迷宫之中不得而出，我半生飘零，从赵村到邢桥，从龙潭再到新丰，"我每搬一次家，就会离老家更近一些"②。"所以说，从表面上看，我只不过是在频繁地变更工作，漂泊无着，而实际上，却是以一种我暂时还不明所以的方式，踏上了重返故乡之路。"③简言之，《余闻》对乡人的"列传"式书写看似散乱、碎片化，实际上处处照应了小说前后的结构完整性，使故事开篇叙事上的裂隙在这一章中得以缝合。

　　陈平原在《中国小说叙事模式的转变》一书中认为，中国文学素来有"史

---

　　①②③格非：《望春风》，第220、341、341页。

传"与"诗骚"两条源流。很明显，《余闻》一章的叙述手法大可归入"史传"这一端；放大至整部小说，所谓的"史传"，是对拆迁后已经消亡在时间长河中的儒里赵村的书写，希求以文字的形式使故乡臻于不朽。由司马迁《史记》肇始的"史传"传统，旨在"通古今之变，成一家之言"，而作为虚构之艺术的小说，在继承"史传"传统的同时，又不得不在虚构和真实之间保持平衡。那么，《望春风》既然有意朝"史传"辑录"史实"（这里指对消失的村庄的记录）的传统靠拢，它又是如何调适"史实"和"虚构"之间存在的龃龉？在笔者看来，其中的奥秘，就在于对"元小说"这一技巧的挪用。《望春风》第四章《春琴》，就是此种典型的"元小说"，所谓的元小说，即在小说中谈小说，在虚构中谈虚构，由此暴露叙事意图，形成小说文本的多重维度。实际上，从西方近现代小说的兴起到现代主义和后现代主义时期，"元小说"（meta-fiction）或"反小说"（anti-novel）的传统一直潜伏于以逻各斯中心主义为名的线性叙事主流之中。从塞万提斯的《堂吉诃德》，到劳伦斯·斯特恩的《项狄传》，再到博尔赫斯那些迷宫般的小说。这样的小说以自我拆解（self-defeating）的风格，颠覆着黑格尔的历史目的论。琳达·哈琴在《后现代主义诗学：历史·理论·小说》中所举的"元小说"，还包括20世纪后半叶马尔克斯的《百年孤独》、朱利安·巴恩斯的《十又二分之一章世界史》、萨尔曼·拉什迪的《午夜之子》等。琳达·哈琴认为这些小说的元小说性在于："总是意识到自己的身份是话语和人为构建之物。"[1] 而当我们谈到"元小说"时，可以拿来和《望春风》比较的非《午夜之子》莫属。《午夜之子》是英籍印度裔小说家萨尔曼·拉什迪获"布克奖"（Booker Prize）的作品。小说以主人公萨里姆·西奈（Saleem Sinai）向妻子讲述自身生平为叙述形式，在讲述过程中，妻子不断对叙述者进

---

①[加]琳达·哈琴：《后现代主义诗学：历史·理论·小说》，第73页，李杨、李锋译，南京：南京大学出版社，2009。

行打断和干预，使得小说的叙事意图一再摇摆不定。很明显，《午夜之子》延续了阿拉伯故事集《一千零一夜》中山鲁佐德对山鲁亚尔讲故事的形式；不过，《午夜之子》以更加魔幻现实的笔调，气势恢宏地建构了一则20世纪印度次大陆历史变迁的国族寓言。《望春风》与《午夜之子》的叙事意图当然不同，但两者在"元小说"叙事技巧的使用上却异曲同工。且看《望春风》结尾的一段文字：

> 按照我与春琴的事先约定，每天傍晚，我都会把当天抄录的部分一字不落地读给她听。此时的春琴，早已不像先前那样，动不动就夸我讲故事的本领"比那独臂的唐文宽不知要强上多少倍"，相反，她对我的故事疑虑重重，甚至横加指责。①

由是，"我"在春琴的干涉下，删改了小说中的片段，这里呈现出来的叙事效果亦真亦幻，真假参半，"不确定叙事"被包裹在"元小说"的外壳之中，使得读者在阅读《望春风》的文本时，明知小说为"伪"（虚构），还是禁不住对其虚构的"真实性"产生怀疑。如小说中"我"和春琴之间有关小说真实性的辩驳：

> 我耐着性子跟她解释，现实中的人，与故事中的虚构人物，根本不是一回事。既然是写东西，总要讲究个真实性。可没等我把话说完，春琴就不客气地回敬道：
> "讲真实，更要讲良心！"②

---

①②格非：《望春风》，第381、383页。

这里表面上春琴和"我"是在争论虚构与现实"真实性"之关系，但实际上也暗含了两种叙事伦理的缠斗："我"遵循艺术的规则，但春琴更侧重道德良知对叙事的束缚和规训。联系到格非在 20 世纪 80 年代"先锋小说"时期对博尔赫斯、卡尔维诺等后现代主义小说精神的继承，不难看出《望春风》对"元小说"技术的征用并非"炫技"之举。和《午夜之子》相似，男性和女性在历史叙述的话语权争夺中存在认知偏差，同样的，《望春风》也在元小说"自我拆解"的面具笼罩下，实现了小说文体和内容的"变脸"。至此，中国古代小说的"史传"传统与西方文学中的"元小说"叙事就在《望春风》的文本中贯通起来。结合上一节的阐述，也可以说，"我"同时肩负着自传者和他传者的双重身份，"我"与春琴就小说真实性的争辩存在于故事内部，又无形中再次促成了和读者之间的叙事交流。在这个意义上来看，《望春风》的"元小说"也是叙事交流手段的一种，这种叙事交流贯穿了文本的前后。"在小说中反思小说"，《望春风》的叙事整体上回归中国小说的传统，却时不时回光返照，折射着 20 世纪 80 年代先锋小说的灵韵。

## 三、讲故事的人："重返时间的河流"

小说自诞生之日起就与时间性紧密相连，不管是西方还是中国的小说，时间一直都是小说叙事的奥秘之一，更遑论像阿拉伯民间故事《一千零一夜》、斯特恩的《项狄传》、普鲁斯特的《追忆似水年华》等在叙事时间上大做文章的文学经典；中国明清的章回体小说也不例外，《金瓶梅》对西门庆府邸由盛至衰的书写，四季更迭，时序嬗变，都暗含了时间的无情，《红楼梦》更甚，开篇自上古女娲氏炼石补天到顽石无才补天，历经几世几劫幻形入世，无不显示了小说中时间的神奇之处。小说家格非在《重返时间的河流——在"人文清华"讲坛的演讲》中如此写道："文学中，特别是叙事文学中，有两个基本的构成要件，一个当然就是时间，另一个是空间。所谓的时间是指什么呢？任何一部小说，任何一部叙事文学作品，它都必须经历一个时间的长度量。也就是说，它必须有起始、发生、发展、高潮、结尾，要经历一个时间的跨度。然后作家通过时间的变化，来展现人物的命运。通过展现人物的命运，来表达他的某种道德判断，他对读者的劝告，他提供的意义——过去的文学都是如此。"①在这篇讲演中，通过辨析小说中时空观的演变，小说家格非重申一个重大的主题：在一个全球化、碎片化时代语境下，文学的意义何在？为此，他清醒地认识到："我们可以忘记时间，我们可以把时间抛到一边，但是时间从来不会放过我们……所以我说，没有对时间的沉思，没有对意义的思考，所有的空间性的事物，不过是一堆绚丽的虚无，一堆绚丽的荒芜。如果我们不能够重新回到时间的河流当中去，我们过度地迷恋这些空间的碎片，我们每一个人也会成为这个河流中偶然性的风景，成为一个匆匆的过客。"②

格非的演讲当然可以看作他文学观的阐发，值得玩味的是，这篇带有文论性质的演讲，和《望春风》之间构成了亲密的呼应关系。《望春风》很大程度上是小说家格非"重返时间的河流"的一次努力。第四章《春琴》中，在面对儒里赵村完成拆迁变作一片废墟之后，叙述者 / 主人公"我"感慨道："就像那个被卡吕普索囚禁在海岛上的奥德修斯一样，我也幻想着，有朝一日能够重返故乡，回到它温暖的巢穴之中去。"③"重返时间的河流"这一命题具有多重意涵：首先，从小说的故事本身来看，"我"最后与春琴蛰居便通庵，将这座处于废墟中尚未湮灭的寺庙打造成一处人间最后的"桃花源"，是基于对故乡的留守和对外部力量的抵抗，这里抵抗的对象，一是摧枯拉朽的时间，二是权力、资本、城镇化、拆迁等组成的现代性的"利维坦"。小说中有两处地方

①②格非：《重返时间的河流——在"人文清华"讲坛的演讲》，《山花》2016年第5期。

③格非：《望春风》，第330页。

值得注意：第一处是"我"对改造后的便通庵乡村生活的描述：

> 我们用玻璃瓶改制的油灯来照明，用树叶、茅草和劈柴来生火做饭，用池塘里的水浇地灌园，用井水煮饭泡茶……我们通过光影的移动和物候的嬗递，来判断时序的变化。
>
> 其实，我和春琴的童年时代，我们过的就是这样的日子。我们的人生在绕了一个大弯之后，在快要走到它尽头的时候，终于回到了最初的出发之地。或者说，纷乱的时间开始了不可思议的回拨，我们得以重返时间黑暗的心脏。不论是我，还是春琴，我们很快就发现，原先急速飞逝的时间，突然放满了它的脚步。每一天都变得像一整年那么漫长。①

这段描写，呈现出一派令人艳羡的乡村田园生活气息；第二处，是与此相对的时刻笼罩在便通庵和主人公头上的危机感：

> 我和春琴那苟延残喘的幸福，是建立在一个弱不禁风的偶然性上——大规模轰轰烈烈的拆迁，仅仅是因为政府的财政出现了巨额负债，仅仅是因为我堂哥赵礼平的资金链出现了断裂，才暂时停了下来。巨大的惯性运动，出现了一个微不足道的停顿……我们所有的幸福和安宁，都拜这个停顿所赐。也许用不了多久，便通庵会在一夜之间化为齑粉，我和春琴将会再度面临无家可归的境地。②

两相比较，更能看出悬在"我"和春琴头上那把达摩克利斯之剑，这把剑就是小说所言的"巨大的惯性运动"，也指向马克斯·韦伯所言的制度理性和

---

①②格非：《望春风》，第366、387页。

现代化进程。在这种"巨大的惯性运动"暂停的片刻，小说最后一章独立出来以《春琴》为题也就顺理成章了，因为就小说的意图来看，春琴在整个故事占据着不可替代的地位：她不仅揭开了"我"父亲尘封的往事（父亲因与春琴的母亲偷情，从而导致"我"父母亲的离婚）；同时又和"我"共同完成了"重返时间的河流"的使命。春琴与小说的其他人物构成了儒里赵村的存在——他们是被时间洗刷之后残留在世的尘埃。当村庄湮灭后，春琴成了"我"重返故土的精神伴侣。然而，"我"和春琴重返故土的努力注定要在巨型的时间机器和残酷的拆迁制度碾压下不复存在。如此这般逆流而上，知其不可为而为之的行为，颇有存在主义的味道。《望春风》的"我"便是在如此严苛的存在境遇中做出了个体的自由选择，即便最终会无家可归，"彷徨于无地"，也在所不惜。春琴和"我"的悲剧性壮举，就如同加缪笔下推着巨石上山的西绪弗斯，彰显了存在与虚无的紧密关系。

"重返时间的河流"的第二重意义，在于小说家借此完成了对小说这门"讲故事"的艺术的反思。在格非看来，小说是"重返时间河流"的不二选择。这一立场在《望春风》的文本中有两处描写可以"印证"：第一处是第二章《德正》，"我"的年少时的伙伴同彬取代了唐文宽"讲故事人"的地位，"那些令人昏昏欲睡的《水浒传》《三国演义》和《小五义》故事，开始让位于童斌口中那些让人心惊肉跳、呼吸急促的《梅花党》《一把铜尺》《绿色尸体》以及全国各地的离奇见闻"[①]。第二处是："我堂哥礼平已经兼任了朱方钢管厂的厂长。春节前，他从上海运回了村中第一台黑白电视机。电视机的出现，彻底终结了同彬作为'讲故事的人'的历史。"[②]

或许大多数读者只是将上述的段落当作小说的"闲笔"，或是加强故事性的细节，然而，这恰是作者的高明之处，他将对"讲故事"角色变迁的思考，

①②格非：《望春风》，第149、203页。

以"偷梁换柱"的方式悄然融进文本中。但凡熟知西方现代文艺理论的人，不难从这一段落中窥到作为小说文本的《望春风》和瓦尔特·本雅明那篇《讲故事的人——论尼古拉·列斯科夫》之间的"互文性"（intertextuality）。在这篇文章中，本雅明阐发了他对现代性经验（现代印刷技术、资产阶级、大众传媒的兴起等）与讲故事的艺术、短篇小说、长篇小说乃至新闻媒体之间的嬗递关系。[①] "讲故事"的人仰仗经验，是一门类似手工匠人的艺术，"讲故事"流行于前现代的农业和手工业社会中，与农夫、商贾、工匠的生活密切相关。总的来说，民间传说这种讲故事的艺术依赖于"听—讲"的模式。但随着现代印刷技术的发展和资产阶级大众阅读的兴起，特别在进入近现代社会之后，"经验贬值"了，讲故事的传统遭到现代小说和新闻报道的冲击；接着，随着西方资产阶级的强大和资本主义的扩张，新闻报道成了第三种叙事和交流手段，新闻报道不仅和小说一起促成了"讲故事"的艺术迈向消亡，对故事本身的存在也造成威胁。可以说，《望春风》是在考察了近现代中西方小说发展史之后，试图重新回归"讲故事"的传统的一种努力，而这种艺术上的回溯，并非简单的复归，而是在复归中有所创新、有所反思。难能可贵的是，这样的思考如暗流潜伏在叙事的表层文本之下，如果读者不细心阅读，很快就会将其略过。如果没有对中西方叙事传统了然于胸，换成别的小说家，大概也不敢在小说中做如此"先锋性"的批判与反思。当然，《望春风》行文的自然贴切和语言的流畅，很大程度上弥合了此种反思容易造成的叙事上的脱节和断裂。

---

①[德]瓦尔特·本雅明：《讲故事的人——论尼古拉·列斯科夫》，汉娜·阿伦特编：《启迪：本雅明文选》，第118—147页，张旭东、王斑译，北京：生活·读书·新知三联书店，2012。

# 结　语

不同于"江南三部曲"试图描绘百年革命历史变迁的巨幅画卷，从《隐身衣》到《望春风》，小说家格非一直孜孜不倦地在探索小说艺术的潜力。和20世纪80年代的同路人如余华、苏童、毕飞宇等一样，格非也在回归现实主义（"江南三部曲"遵从的便是现实主义的路径），但格非的回归却不是简单的回归。这批成名于20世纪80年代的先锋作家，创作理念和文学风格各有不同：余华"正面强攻现实"的《兄弟》中存在大肆渲染的欲望叙事，他借新作《第七天》批判当下的社会现实，谁知被读者和批评家倒扣一顶"新闻现实主义"的帽子，遭到诟病；苏童的《河岸》与《黄雀记》执迷于对家族隐秘、个体生存与历史纠缠的书写，而毕飞宇的《推拿》则聚焦于特殊群体（盲人按摩师）的生存境遇和精神挣扎，贴着社会现实稳步前行。放在当代文学这一回归现实主义的脉络上来看，《望春风》重塑"讲故事"之传统的努力显得更为可贵。这种可贵不仅体现在它综合了中西小说叙事的美学，也体现在《望春风》文本对虚构艺术的自我指涉。这种综合恰好是大多数当代中国作家所欠缺的。《望春风》的"现实主义"既是外拓又是内转的。美国文学批评家勒内·韦勒克（René Wellek）在《批评的诸种概念》（Concepts of Criticism）中对"现实主义"的定义："我把现实主义看作是一个可以不断调整的概念，一种支配着某一特定时代的多种艺术规范的体系，它的产生和衰亡均有线索可寻。我们可以把它同之前、它之后的时代的那些艺术规范清楚地区别开来。"① 如韦勒克所言，他将现实主义示作具有分水岭功能的艺术范式。我们确实也可以说，鲁

---

① [美]勒内·韦勒克：《批评的诸种概念》，第212页，罗钢、王馨钵、杨德友译，上海：上海人民出版社，2015。

迅小说开拓了五四新文学的现实主义艺术范式，经过近百年的文学史，《望春风》在汇入现实主义大传统的同时，又注入了新的血液，它既赓续汉语小说之美，又糅合西方叙事美学，并借此重塑了小说"讲故事"的伟大传统。

（2016年第6期）

# 顽主·帮闲·圣徒

## ——论石一枫的小说世界

王晴飞

提到石一枫，人们很自然会想到王朔，因为二者的作品确有很多相似之处，或者说，是石一枫的作品中有着太多的"王朔气""顽主气"，他也因此一度被称为"新一代顽主""痞子文学"继承人。这种判断，固然不无道理，却也不免粗疏，会忽略掉石一枫在王朔以外的东西。其实在"顽主气"的外衣下，石一枫作品中尚有"帮闲气"与"圣徒气"。他近年发表的《世间已无陈金芳》《地球之眼》等关注现实的小说，常被人视为"顽主"成长、转向的标志。成长和转向，当然都是有的，不过更多的只是视野、题材的拓展，并因这种视野的扩大，有从刻薄转往宽厚的倾向，对于外部世界有更多的同情心，而其视角则有一贯之处。

## 一、顽主叙事：油滑气与新贵气

石一枫写过一篇随笔，提到他们这一辈人的"大院"身份认同，源于1990 年代末《阳光灿烂的日子》的观影体验——是先有"大院文学"，再建构出一个"大院文化"和"大院"身份认同。在他看来，"大院文化"其实从未真正存在过，他从王朔（及崔健等人）那里所看到并吸收的，更多的是对"不俗"的追求和个人英雄主义情结。①

而王朔是有大院子弟的认同感的，这表现为"革命新贵"气。他们口中的俗人，固然可以是人格上的庸俗，更多的则是政治身份上的"俗"——革命新贵以外的平民乃至贱民。"新贵"的身份，使得他们在"革命年代"雄踞"俗人"之上。1980年代以后，世俗社会来临，"新贵"与"俗人"之间的等级壁垒松动，"新贵气"就很容易变成"遗少气"，二气夹攻，又不免生出怨毒之气。"油滑气"与其说是王朔这类人的本质，不如说是他们的保护色，是以油滑来解构世俗社会的新秩序，以油滑气掩盖怨毒气。

王朔最常漫画化地讽刺、丑化两种人：一是老干部，一是知识分子，尤其是西化的知识分子。这一方面源于他成长时代的教养。反官僚一度是他们成长时代的强音，反官僚而只反至"老"干部，自然是因为老干部好欺负。"反智"也是那个时代教养的一部分，并成功地培养出许多人对于知识分子本能的敌意，而知识分子也是软柿子，不妨像阿Q欺负小尼姑一样去捏一捏。1980年代以后，许多政治上的平民，正是通过"知识"改变了命运。知识冲淡了"新贵"赖以自傲的高贵身份和等级优势，而对于传统道德和现代文明的鼓吹、垄断，甚至使得一些知识分子掌握了话语权，成为新时期的"新贵"，这又是旧的革命新贵们所不能忍受的。所以王朔对于老干部的讽刺倒常止于冷嘲，对知识分子则不免于热骂。《玩的就是心跳》里面的刘炎，多次遭到猥亵，猥亵者之一便是她那掌握好几门外国语、精通外国文化的学者父亲。这样的刻画，充满了怨毒气息，足见他对西化知识分子的愤恨之深。

石一枫则只是油滑，而没有王朔那么强烈的"贵族意识"，因而也没有他的"怨毒"。王朔看似批判、消解一切价值，其实不能消解掉对自己的"革命

---

①石一枫：《我眼中的"大院文化"》，《艺术评论》2010年第12期。

新贵"血统的执着/对于曾经的等级特权的认同。石一枫则只是有一个青春梦和英雄梦，他的油滑，源自对当下社会人们对于"功名"热切渴望的嘲讽，以及在与社会的互动中不知如何保持纯真的逃避。

石一枫与王朔气质和叙事契合之处，常在于他们都塑造了一些无所事事者。这些人不以常见的世俗成功为人生目标，不标榜道德，以低姿态作为自我保护，以文学化的弗洛伊德方式破除宏大叙事，将一切庄重的东西都视为幻觉，看作对于本能欲望的包装。在此，道德高下的评判从"高尚不高尚"变成了"装不装"。他们都嘲讽一切的"装"。不过在王朔的笔下，几乎没有"不装"的道德和庄重的东西——靠得住的大约只有打江山得来的新贵血统。而在石一枫的笔下却有。他讽刺挖苦一切的"装"，可是对于真正"不装"的道德，却心存敬意——他并不反对一切的既定价值。更准确地说，他正是出于对庄重道德的认同，对那些"装"的言行才不能容忍，必须施以顽童恶作剧式的嘲讽，以佛头着粪的方式表达自己的真信，并以此与那些虚伪的善男信女们划清界限。在王朔的笔下，没有真正的知识分子——其实在他看来，知识分子本身就是"装"，无所谓真伪。他是彻底不相信（其实是拒绝相信）有知识分子或高尚的道德情操这回事。而只要拨开石一枫语言表层的"油滑"，便能看到他在认真地区分真知识分子与伪君子，真义士与假善人，并对那些"真人"心存敬意。这些"真人"在他的笔下并不算多，却都能使那个满嘴跑火车的叙述者"我"一敛油滑，认真对待，如《我妹》中具有强烈的道义感和牺牲精神的记者老岑，《恋恋北京》中被称为"长得坚毅不拔，堪称知识分子中的一员猛将"[1]的董东风，《地球之眼》中的安小男，甚至包括《我在路上的时候最爱你》中莫小莹的父亲莫大卫。在石一枫的另一篇随笔中，"我"对那位有知识分子气节和道德情操而又不失生活情趣的牛K老师心存仰慕，虽不能至，心向往之，"梦想成

---

①石一枫：《恋恋北京》，第175页，北京：新世界出版社，2011。

为他们那样的人"①，避免成为他的反面。

石一枫对于"顽主叙事"有一个从迷恋到逐步放弃的过程。他在19岁（1998年）时写的《流血事件》，就是一个模仿王朔《动物凶猛》的故事，不仅情节的主要要素（如聚众、掐架、拍婆子）与之相合，甚至连主角的名字都一样：马小军。作于2006年的《不准眨眼》，主角仍然是马小军，这篇小说把顽主式的"语言多动症"发挥到了极致。作家当然需要对语言的热爱和说话的冲动，不过"语言多动症"会导致叙述的不加节制，行文往往不够简洁，缺少令人深思的韵味。作家会将自己的本心淹没、迷失在漫天遍地的语言迷雾里。常见的"痞子腔调"会使语言成为刻意为之的抖机灵，显出卖弄的努力，流于自贬式的自恋——这种自我贬低很少是真正的自省，更多的只是嘲讽与逃避的策略。以带有强烈性意味的粗俗的语言狂欢，解构世间一切或真或假的"体面"，也不过是到"土豪劣绅的小姐少奶奶的牙床上"，"踏上去滚一滚"，充满了对社会与他人浓浓的恶意，缺乏更为宽厚的理解与同情，仍未摆脱"顽主气"，也并不构成对社会真正有效的批判。当然，所有的恶意都是有来由的，一个作家表现出特别粗暴和刻薄的时候，往往暴露其内心隐秘的情结。这篇小说中的四个人物，除了"我"（马小军），另外三个人分别是海归女、金融男（中产阶级）和学术男（知识分子），这些人也一直是顽主叙事里最常漫画化攻击的对象。不过如果撇开被作者渲染过多的顽主式语言，《不准眨眼》还表达了另外一层意思，那就是小说下半部分展现的，对于现代人被异化以至于丧失了正常情感的悲哀。而"语言多动症"本身，也正是源于不能（或羞于）坦然表达正常的情感，以至于即便是健康的情感，也必须在痞化的语言中层层包裹，仿佛夹带私货。

在写于2007年的《五年内外》中，石一枫已有了对于"顽主叙事"的反思。

---

①石一枫：《牛K老师》，《学习博览》2008年第7期。

在这篇小说里，"我"从一个梦想当"一个成功的地痞流氓"的少年，到认为"当流氓也是一件最没劲的事"，最后"终于超越了一个流氓的境界"并为此感到欣慰。① 这是一个转折，也是作家的成长——从这个角度来说，王朔这样的作家在1980年代以后是任性地拒绝长大的。

出版于2011年的长篇小说《红旗下的果儿》，可视为石一枫对"痞子叙事"告别前的总结和致敬。这是一部弥漫着个人英雄主义气息的作品，因而也带有白日梦般的自恋色彩。小说的前半部分，小痞子学生陈星屡次英雄救美，为好学生张红旗出头，因此两进派出所。在同学传播他和张红旗的绯闻时，他迅速"拍"了"坏学生"沈琼，只是为了让张红旗能够避开流言的困扰。"拍婆子"本来是"痞子叙事"中的重要节目，其重要性不亚于打架和兄弟情，在这里竟然"拍"出了自我牺牲式的个人英雄主义色彩。陈星不是一般的"拍婆子"，而是为了爱情、为了信念去泡（别的）妞，这样的桥段固然矫情，但在"痞子叙事"里其实经常出现。"痞子"的一面满足的是人们隐秘的欲望，"矫情"（或"纯情"）的一面满足的是人们显在的情感。纯情和痞气看似风马牛不相及，甚至犯冲，实际上完全可能融为一体。因为痞子看似反叛，实则是既定规则的坚定拥护者，只不过自己未必愿意遵守而已。痞子可能不纯情，但他们往往认同纯情，希望别人纯情，希望别人守着最陈腐的道德伦理观。越"痞"的人价值观往往越保守。关于纯情痞子的故事，主人公既痞又纯情，当然最好看——香港"古惑仔"电影里就常有这样的男主角。陈星最独特的地方倒在于他是一个纯天然的纯情痞子，他的纯情不仅是道德、心理层面的，更是生理层面的——他面对没有发生真正爱情的女友，竟然不能产生生理反应。他不需要刻意遵循性道德准则，他只在懵懵懂懂之间便自然能做到忠贞不二，这真是从心所欲不逾矩的境界，说他是古往今来第一纯情奇男子也不为过。

---

① 石一枫：《五年内外》，《西湖》2007年第2期。

《红旗下的果儿》里另一个"顽主叙事"的常见元素是"走",或者说"流浪""游荡",即所谓的"在路上"。"在路上"是文艺青年间一度流行的姿态,以一种永不停歇的姿态跋涉,寻找意义,找回自我,以此区别于他们眼中浑浑噩噩的芸芸众生。陈星在高中毕业后进了一所很差的民办大学,便每天不停地"走"。"走"源于不同于流俗的孤独,又让他陷入更大的孤独。"走"也是最无功利的跋涉——"走"并没有明确的目标,"走"本身即是意义。

"走"在"顽主叙事"中也并不罕见。都梁的《血色浪漫》的结尾,痞子钟跃民就开始独自一人跋涉"在路上"。对于"痞子"来说,从打架、拍婆子到"在路上",从成群游荡于街头巷尾到独自行走于广阔乃至荒漠的旷野,是从俗痞"蝶变"成了雅痞。不过陈星与钟跃民也有不同,钟跃民的"走"是在功成名就、看遍繁华(其实也就是打过一些架,俘获过一些女人的心,挣了一些钱)之后,"在路上"于他而言,是一种精神加冕,使他从世俗的成功人士变成痞子教主——类似于老干部谈文艺,暴发户讲哲学。陈星的"走",更具有迷惘中寻路的苦闷与孤独,也是他人生成长蜕变中的重要组成部分。

所以陈星还必须有第二次的"走"。在人生再次跌入低谷,和张红旗的恋情陷入僵局时,他又开始"走"——当然也是逃避。这次的"走"承担了更现实的推动情节发展的功能。在《红旗下的果儿》里,从世俗的角度看,陈星在任何一方面都不能与张红旗相匹配。石一枫后来的许多小说中的"混混"常常理直气壮地啃老、吃软饭,实际上个个都自视甚高,尤其陈星,是作者苦心塑造的痞子英雄,寄托着其个人英雄主义情结,自然不能居于这种卑微的依附地位。所以陈星必须"走",而且还要在"走"中成为英雄,这样他的无用和无所事事才会被"一床锦被轻轻遮过"。于是大地震适时地发生了,陈星也(莫名其妙地)成了拯救者,拥有了可以配得上甚至压倒张红旗的英雄光环。按照情节走向,即使这里不发生大地震,别的地方也要发生在地震,即使大地震不发生,也一定会发生别的灾难。为了陈星的英雄主义,总要有点悲惨的事发生才行——这倒有点"圣人不死，大盗不止"的意思——陈星与张红旗的恋情也可以算是一个当代版的"倾城之恋"了。《红旗下的果儿》以已经怀孕了的张红旗一句有些煽情的话做结尾："如果你有了一个孩子，你觉得他应该叫什么名字。"① 这颇有童话里"从此王子和公主过着幸福的生活"的意思。陈福民在《石一枫小说创作：一塌糊涂里的光芒》中对此提出过疑问："这些大团圆结局的软弱性，当然是作者对于美好生活难以割舍的一种浪漫想象。但如果我们不再相信童话，那么故事的力量就会大打折扣。"② 正如人们经常怀疑王子和公主在日常生活里也会遇到各种烦恼，不能永远"幸福"，陈星和张红旗之前交往中存在的问题，并没有真正得到解决，只是被虚幻的"英雄光芒"遮掩。

或许我们应该把《红旗下的果儿》看作石一枫对自己少年时代"痞子情结"的一个了结。他最关注的并非爱情，而是痞子成年以后怎么办？石一枫既不愿意他们堕落成鲁泡儿（《五年内外》）、古力（《红旗下的果儿》）这样无耻的老炮儿，又有了超越流氓境界的念头，便以塑造陈星这个人物的方式来将痞子升华，安放自己的个人英雄主义情结，以此作为向青春期告别的仪式。从那以后，他不仅没有写过马小军这样打架泡妞的俗痞，也没有写过陈星这样生硬冷酷的雅痞。他笔下人物的主角从痞了变成了帮闲。

不过"痞子气"甚至"恶毒气"也不免时不时地出来捣乱。如《老人》的结尾，让前一刻还头脑清醒——可以迅速理清弟子赵埔和女学生覃栗之间的暧昧关系——年逾七十的古典文学教授周先生突然"气急败坏"地非礼保姆，也过于生硬。大凡文学作品，写到转圜生硬之处或过分刻毒的地方，往往说明作者对某一类人或事存有偏见，内心有难以化解的情结，不耐烦深入其中，因而破坏了人性自身发展的逻辑。不过这类作品在2007年以后已属少见，对于"顽

---

① 石一枫：《红旗下的果儿》，第346页，北京：九州出版社，2009。
② 陈福民：《石一枫小说创作：一塌糊涂里的光芒》，《文艺报》2011年11月7日。

主叙事"的克服，某种程度上可以视为石一枫开始逐渐走向成熟与宽厚，找到更适合自己叙事风格的表现。

## 二、"帮闲"视角：应伯爵的身子与贾宝玉的心

石一枫的小说中，最具特色的人物是那些无所事事的"混混"。所谓"混混"，指的是不愿意直接与社会发生真实、密切的关系，游离于社会主流之外，并以此为荣的一伙。以 2011 年为界，此前小说中的"混混"偏"痞子"，此后则偏"帮闲"。痞子与帮闲当然也可以相通，痞子常不免要干一些帮闲的事，帮闲的身上也总有几分痞气。而且痞子与帮闲都以"不俗"自居，并以此鄙视"俗人"，只是帮闲将鄙视与不合作从外转向内。二者的区别可能在于，帮闲比痞子更多一些对社会的适应。痞子多生硬冷酷，帮闲则可以一团和气；痞子以直接破坏的方式与社会较劲，帮闲则常和光同尘。帮闲比痞子入世更深，对世态人情也更多体察，这大约也是石一枫常选择"帮闲"作为小说叙述视角的原因之一。

这样的帮闲如赵小提（《恋恋北京》《世间已无陈金芳》）、陈骏（《我在路上的时候最爱你》）、杨麦（《我妹》）及庄博益（《地球之眼》）等。石一枫自己在一篇创作谈中将之称为"文化骗子"，认为他们"认清了自己是卑琐本质的犬儒主义者，缺点在于犬儒主义，优点在于还知道什么叫是非美丑"[①]。"犬儒主义"是"混"的一面，帮闲的一面；"知道什么叫是非美丑"，则是他们"不俗"的一面。因为"不俗"，所以不肯"大干快上"，加入当下轰轰烈烈奔往"成功"的大跃进运动，而只是冷眼旁观。这是他们"随波逐流"的底线。

从这个角度来讲，石一枫以及他小说中的"混混"们倒一个个都是老实人，

----

①石一枫：《关于两篇小说的想法》，《文艺报》2016年3月25日。

与那些削尖了脑袋在功名路上狂奔的蝇营狗苟之徒相比，他们是真信那些"大词"的。只是因为对世人道德水准极度失望，不愿与之为伍，索性以混混的面目示人。这倒颇有几分名士风范，如同鲁迅在《魏晋风度及文章与药及酒之关系》①中所说的，那些不谈周孔甚至菲薄汤武的，倒是真正的礼教信徒，将礼教当作宝贝的迂夫子。石一枫笔下的混混们竟是真正的道德信徒，人们不察，常被其表面的玩世不恭和伪恶所欺，只看到他们干着应伯爵、谢希大的事，容易忽略其"帮闲"的身体下，藏着一颗贾宝玉的心。

石一枫的小说中，"赵小提"常常充当小说的叙述者，如《恋恋北京》《世间已无陈金芳》《合奏》。"小提"自然是小提琴，作为一种高雅乐器，可视为美与艺术的象征。在石一枫的文学世界里，音乐具有超俗的神性，是抵抗庸俗、功利价值观的武器。在《b小调旧时光》这部科幻小说里，石一枫比较系统地表现出了他理想中的宇宙观与价值观：在我们所生存的此世界之外，在黑洞背后，有一个相反的彼世界。彼世界的"反物质"到了此世界即成为具有神奇的战斗力量和音乐能力的"魔手"。音乐是两个世界的连接，"魔手"的存在方式，也是外星人拉赫玛尼诺夫穿梭时空的向导。在这个世界里，庸俗的地球人脑中功利的世俗性格占主导，超功利的艺术性格稀缺，根本不具备音乐才能。历史上那些伟大的音乐家如贝多芬、帕格尼尼、拉赫玛尼诺夫等或是外星人，或是被"魔手"附体。世俗性使地球人不能理解大智若愚的高等智慧，沉迷于积极进取的成功追求，流于无尽的争斗。"我"由于是外星人在地球上的后代，所以与一般地球人不同，即便被拉赫玛尼诺夫施"换魂术"完全置换为世俗性格，也仍然无法忍受庸俗的成功人士生活，终于选择以自杀的方式逃离到"世界的边缘——既在世界之中，又在世界之外"②。这和赵小提们帮闲式

---

① 鲁迅：《魏晋风度及文章与药及酒之关系》，《鲁迅全集》第3卷，第535—536页，北京：人民文学出版社，2005。

② 石一枫：《b小调旧时光》，第233页，北京：中国青年出版社，2006。

的生活定位有相通之处。

在石一枫的小说里，音乐和爱情（美好的女性）是人性拯救的力量，因为她们都"不俗"。后者使他的小说具有了贾宝玉的色彩。这在《红旗下的果儿》中便有所流露。生硬冷酷的小痞子陈星，正是因和张红旗的爱情而得到拯救，终成圆满。《恋恋北京》则更为明显。赵小提自幼热爱并练习小提琴技艺，后来因发现自己一直苦练的只是没有生命的技巧而陷入绝望，偷偷砸断了左手的中指。这种自毁，不仅因为自卑，也源于对艺术真正的热爱，是对只练习技巧以获得音乐自身以外名利行径的反抗。这种非功利的艺术之爱和与世俗名利保持的距离，是他获得女性之爱拯救的前提，是人性能够变得更好的"种子"。

小说中赵小提有过类似于自我剖析（也是自我辩解）的片段，这可以视为作者本人对赵小提这种帮闲、懂得是非美丑的犬儒主义者的判断：

在大多数男人眼里，我这种人肯定算得上是标准的无耻之徒：不求上进，混吃等死，寄生在一个勤劳的国度却热衷于以最尖酸刻薄的言辞来侮辱那些勤劳的人——借此显示自己的卓尔不群。这30多年，我的生活基本上由三个部分组成：啃老、吃软饭、充当流氓资本家的帮闲。要是把我这种人通通赶进毒气室，然后再挫骨扬灰、加工成肥皂，"中华民族的伟大复兴"起码能提前十年。但纵使真有那么一天，我也会遗憾地申辩：群众真是瞎了他们雪亮的眼。我何罪之有，只是不想当傻逼而已，居然就成了社会的异端分子。①

赵小提甘当"无耻之徒"，其实是以"无用"自居、自傲。"无用"并非真的无用，而是不愿意钻营，以消极的方式坚守底线，所以他理直气壮地说："当

①石一枫：《恋恋北京》，第182页。

寄生虫也是我的自由、甚至是对社会的贡献，比起那些勤奋地乱窜、无孔不入的家伙，我这种人起码不会让世界变得更差——你还年轻，不懂这个道理。"①

这一段独白颇有贾宝玉的色彩。《红楼梦》中的通灵宝玉本是女娲补天时弃用的灵石，所谓"无才可去补苍天"，而贾宝玉初出场时的两首《西江月》，也在在表明他的"无用"，所谓"潦倒不通世务""于国于家无望"。因为"无用"，便可不必去精通世务，保持内心的纯洁和人性的淳朴。贾宝玉厌恶与士大夫诸男人接谈，认为建功立业乃是"沽名钓誉，入了国贼禄鬼之流"②，都是须眉浊物的勾当，而只愿在脂粉堆里厮混，也正是赵小提式的"寄生虫"。

赵小提们对美好女性的感情，也是贾宝玉式的。他面对酒后的姚睫时，甚至产生了宗教偶像的情怀："面前的姚睫一清二楚地端坐于我面前，每一个线条乃至大眼睛上的睫毛都纤毫毕现。她拈杯如同拈花，妙相庄严，宛如正在发育中的菩萨"，"她是晶莹剔透，不谙世事；她美好如月亮，单纯如孩童"。③

这又是贾宝玉式的高论了（"女儿是水作的骨肉，男人是泥作的骨肉。我见了女儿，我便清爽，见了男子，便觉浊臭逼人"④），所以他不在意大多数须眉浊物（或者用石一枫式的话语来说：糙汉）的鄙视，只在意那聪慧、美好女性的了解与欣赏，便源于这种女性崇拜心理。至于那些不够聪慧不够美好的女性，当然就只相当于刘姥姥、周瑞家的之流，早已被男人世界污染，归入糙汉行列，其看法可以忽略不计。有趣的是 b 哥的小保姆，她粗糙蠢笨，思维简单，头脑一根筋，却被视为与姚睫不同的另一种"美好女性"，她后来也的确救了赵小提和 b 哥的性命。这里也可以看出石一枫对于"一根筋"的喜爱和一定的反智论色彩。

《节节最爱声光电》中的节节，也是石一枫着力塑造的美好女性。这部

---

① ③ 石一枫：《恋恋北京》，第222、147页。
② ④ 曹雪芹、高鹗：《红楼梦》，第563、27页，上海：上海古籍出版社，1988。

小说被石一枫自称为"无比纯洁的意淫之作",要写出作为女性的"不容易"。①"意淫"云云,自然是红楼话语,对"不容易"的理解却使节节美好而不虚幻。在《红旗下的果儿》《恋恋北京》中,女性虽然美好,却终于仍是陪衬,是符号化的拯救男人的神圣道具。《节节最爱声光电》则以节节为主角,以节节的眼光看世界。题材上的扩展带来视角的丰富和写作品格的宽厚,女人不再是完全不同于男人的"水作的骨肉",虽有神性,却都落在柴米油盐的实处,是活生生的有血有肉的人。她的生命比姚睫和 b 哥的小保姆更丰富,因为她只要过好自己的生活,而没有被赋予拯救男人的重任。

《恋恋北京》中赵小提的成长与精神的救赎,内因在于他内心有对"俗气"的鄙弃,具有"艺术性格",外因在于美好女性的鼓励,可称得上是"永恒的女性,引领我们上升"。当然最后的得救,还需一番仪式化的精神磨炼,类似陈星的出走和遇难。赵小提在受到姚睫的刺激以后,闭关数月,开始了和 b 哥及其小保姆的出游,终于遭遇地震。闭关、出走和遇难,都是通过劫难使人精神升华,有类于唐僧师徒历尽八十一难方成正果,或是革命者经过种种苦难磨砺成为革命圣徒。

《世间已无陈金芳》中的叙述者也是赵小提,这一个赵小提所起的作用与《恋恋北京》有所不同。在《恋恋北京》中,赵小提是男主角,小说也意在讲述他的精神成长,所以更多宝玉气;《世间已无陈金芳》中的赵小提所起的作用主要是充当叙述者,更具帮闲气。以帮闲之眼观察世界,以帮闲之口讲述故事,是石一枫的精心选择,即"通过这类人的眼睛看待世界"②,以之为支点来撬这个世界。帮闲游走于各阶层人群之中,视野开阔,可以更广泛地观察社会中形形色色的人群。而作为观察、评判世界的着力点(立场),帮闲的眼光

---

① 石一枫:《无比纯洁的意淫之作》,《当代·长篇小说选刊》2011年第2期。
② 石一枫:《关于两篇小说的想法》。

具有流动性和含混性，随所观察人物的移动而移动，有更多入乎其内的了解，对人与事的判断不太容易偏于一极。这当然只是相对而言。石一枫笔下的帮闲虽然消极颓废，其实自视甚高。姑且不论《恋恋北京》中的赵小提其实是将自己和"长得坚毅不拔，堪称知识分子中的一员猛将"①的董东风相提并论，归为一类人，区别不过在于一个肃穆，一个颓丧，即便是《世间已无陈金芳》中的赵小提，虽多帮闲气，却也是有所不为。他仍然拉小提琴，具有一定的"艺术性格"，守着一个"合格的帮闲"的底线，即"宁当帮闲，不做捐客"，不去参与这个时代"辉煌事业"的巧取豪夺。②所以他们与 b 哥、李无耻、李牧光这种西门庆式的流氓资本家之流本无直接依附关系，并于表面的随波逐流中暗含褒贬。

在《恋恋北京》中，作者行使虚构的特权，让 b 哥得怪病，有家不能归，有豪宅而不得住，夜夜做梦被追杀，受尽折磨，最后只好带着一根筋的小保姆全国各地四处游荡。这是一种顽童式的狡狯报复。在《世间已无陈金芳》和《地球之眼》中，如果去掉赵小提和庄博益这两个人物，并无损于故事主线的完整性。他们游离于剧中炽烈的"成功学"氛围以外，提供了一种异质声音和视角，是对"成功学"声音掺沙子式的平衡，使小说的意蕴更为丰富。《世间已无陈金芳》中如果没有赵小提的存在，则不免流于当下常见的下层小人物奋斗最终失败的故事套路。赵小提游走于陈金芳和 b 哥的圈子之间，以帮闲的眼光打量那些功名路上的或成功或失败的奋斗者，对于那个歌舞升平的名利场冷眼旁观，眼看他起高楼，眼看他宴宾客，眼看他楼塌了。在这样一种异质眼光里，陈金芳的悲剧才显出可悲而又可笑的内涵。可悲是因为她努力只不过想活得有尊严一点，可笑则是因为她被这个时代追求"成功"的风潮所裹挟，一心在功名之

---

①石一枫：《恋恋北京》，第175页。
②石一枫：《世间已无陈金芳》，《合奏》第58页，济南：山东文艺出版社，2014。

路上狂奔，而这并不能真正使人获得尊严。小说的批判性不仅仅在于小人物无由出头的悲哀，更在于世人只以世俗"成功"为人生唯一追求。人人争做"成功人士"而无暇反思，这才是这个时代更大的悲哀。

这便是石一枫以赵小提、庄博益们为支点，撬起来的文学世界。帮闲式的眼光使作品具有宽厚的品质，又不失批判的锋芒。不过以帮闲作为支点，也常会削弱批判的力量。石一枫笔下的帮闲们，虽以清高自诩，终究是和光同尘，不免久入鲍鱼之肆；虽设置底线，但是帮闲的底线也常常若隐若现。鲁迅写过一篇短文《二丑艺术》，勾勒出"二丑"这种知识阶级的画像：他们不做义仆，因为义仆"先以谏诤，终以殉主"；也不做恶仆，因为恶仆"只会作恶，到底灭亡"。他们"有点上等人模样，也懂些琴棋书画，也来得行令猜谜，但倚靠的是权门，凌蔑的是百姓，有谁被压迫了，他就来冷笑几声，畅快一下，有谁被陷害了，他又去吓唬一下，吆喝几声。不过他的态度又并不常常如此的，大抵一面又回过脸来，向台下的看客指出他公子的缺点，摇着头装起鬼脸道：你看这家伙，这回可要倒楣哩"[1]！这说的其实就是帮闲。与鲁迅笔下的"二丑"相比，石一枫小说中的帮闲所处时代不同，与"权门"间或有更大腾挪躲闪的博弈空间，但仍有相通之处。无论多么自命清高的帮闲，长期在藏污纳垢之所厮混，逐日浸染，难免污浊。所以石一枫小说中的人物总是亦正亦邪，亦雅亦俗。私下里他们自视颇高，甚至以英雄自居。对于"俗人"，他们也不惮于责以大义，而当别人对他们做出类似的要求时，他们却又立刻就地打滚，以自污的方式逃避责任，甚至将一切期许与指责都归结为"装"。这又是无赖气发作了。这种价值立场的游移，源于性格的怯懦和对于责任的本能逃避，所以他们的道德观念和对社会病象的批判总是以消极退守的方式体现出来：虽然"我"不免"俗"，

---

①鲁迅：《二丑艺术》，《鲁迅全集》第5卷，第207页，北京：人民文学出版社，2005。

但是社会更"俗"，相比之下"我"的消极反倒显得"不俗"，甚至是"脱俗"；既认定社会太"俗"，也很容易本能地反对一切积极进取，将所有看起来"不俗"的人事言行都视为虚伪、"装 ×"，加以嘲弄。这固然是因为社会上虚饰太多，美好的名词早已被污染，成为人们获取功名的终南捷径，但由此转以消极和敢于自污为荣，也不免沦为自己所鄙视的"俗"的一部分，很难自外于既有之"俗"。体现在语言层面，便是以痞子话语将自己的真性情藏于其中，兜鍪深隐其面，从而导致表达与交流的双重障碍，伤害了作品与世界对话的有效性，又因障碍而遭误解，因误解而自怨自艾，更生避世避人之心。只不过有人避往山林草野，有人避往闹市，有人避往女性的臂弯。

## 三、道德坚持：低调的圣徒与帮闲的权利

石一枫对逃避现实的"犬儒主义者"是有很多同情的，虽然他常常让这些"文化骗子"在作品里自我贬低，却也忍不住流露出对他们的欣赏与喜爱。这除了逃避沉重现实的成分外，还源于石一枫对于坚硬的道义姿态的警惕：道德会演变成一种新的权力，使人产生幻觉，沉迷其中，让人变得简单粗暴，不近情理，陷入"非黑即白、非此即彼"的战斗思维。

在发表于 2016 年的一部中篇小说里，石一枫塑造了一个"特别能战斗"的老年妇女形象——苗秀华。苗秀华不仅"能战斗"，而且"爱战斗"。如小说中所述，苗秀华的"战斗性"是被现实逼出来的。年轻时她也曾是"没说话先脸红，根本就不能跟人家吵架的人"[1]，为了保护出身不好的丈夫，她只有变得强横。在一个缺乏规则、不讲道理的社会环境里，处于弱势者只有靠"能战斗"才能勉强生存下去。她耍横、"犯浑"，是因为那些掌握了权力的人（哪

---

①石一枫：《特别能战斗》，《北京文学（中篇小说月报）》2016年第5期。

怕是一丁点微末权力的小人物）根本不屑于讲理，只以"犯浑"的面目出现，也只愿意正视"犯浑"式的反抗。一个好的社会制度与氛围，可以让犯浑耍横的人变得温柔敦厚，而不好的制度与氛围，必然逼着温柔敦厚的人犯浑耍横。这是苗秀华生活其中也必须面对的社会环境。她正是从这里炼出了充满战斗性的生活经验与智慧。

在小说的前半部分，苗秀华的战斗是有合理性的。小说正面叙述的是一起小区业主维权事件。在面对物业违约侵犯业主权益时，苗秀华最早也最积极、最坚决地进入维权、战斗状态。在这一点上，她比大多数人更勇于维护自己的合法权益和尊严。而从现实的角度来看，当处于权力格局中的弱势者面对强势者时，也必须有苗秀华这样能战斗又愿意战斗的人出现，争取自身合法合理的权益。她的战斗，在维护自己权益的同时，也是在维护小区所有业主的权益。不论她个人性格喜爱不喜爱战斗，这时她身上显现出来的战斗性，都具有一定的自我牺牲色彩。与苗秀华相比，其他业主，包括叙述者小林，反倒显得自私怯懦。随后他们撇开苗秀华，背地与物业方妥协，一度获得了免费停车位的优惠条件，而这个优惠条件，正是因苗秀华的战斗得来的。苗秀华付出了战斗成本，其他人不劳而获，这是典型的"搭便车现象"。在一个处于弱势需要争取权利的群体中，如果所有人都持犬儒主义的人生态度，怀搭便车的心理，是不可能甚至也不配从强势者那里争取到合法权益和人性尊严的。

苗秀华的问题出在"革命胜利后的第二天"。"一直都在跟领导作对，所以也就从来没当过领导"[1]的苗秀华忽然成了"领导"——业主委员会主任，并带领众业主战胜旧物业，招聘新物业，成了新权力格局中的强者。战斗的胜利，使她自信心暴增，比如她也敢于直接批评叶教授这样的文化人了。战斗思维的延续，使她在挑选新物业公司时，坚信业主与物业之间只存在"客大欺店"

---

①石一枫：《特别能战斗》。

与"店大欺客"两种可能，所以不选择有经验的大公司，而是选择了刚成立几个月的小公司，原因是小公司"听话"。虽然小说中的她并不贪钱，可她贪恋的是比钱更容易让人着迷的权力。① 她沉浸于"当官"的快感中，给自己特设一间办公室，每天专职办公，事必躬亲，还给自己雇了一个秘书。部分业主不满于小区的管理现状和她的独断专行，要求更换物业和管理公开，她视为夺权和摘桃子。

她迷上了权力的滋味，沉浸在救世主的幻觉里，不肯放弃自己"打江山"得来的权力，因为权力是她带领大家战斗得来的，不能轻易让渡。在她带领大家与旧物业斗争时，是以弱者的身份争权利，为自己和他人谋福利，而此时的她自身已成为新的强权，她的独断专行甚至"夙夜在公"（每天在办公室工作十几个小时），都已构成对其他业主权益的侵犯。以救世主自居，不肯适时地让渡权力，也使她陷入了最常见的"打江山，坐江山"的权力循环，甚至将成长为新的暴君，变成了她曾经反对并最终推翻的那个权力怪兽。

据说缅甸有一个关于恶龙的传说：每年，这条龙都会要求村庄献祭一名童女。每年村子里都会有一名勇敢的少年英雄翻山越岭，去与龙搏斗，但无人生还。当又有一名英雄出发，开始他九死一生的征程时，有人悄悄尾随，想看看到底会发生些什么。龙穴铺满金银财宝，男子来到这里，用剑刺死龙。当他坐在尸身之上，艳羡地看着闪烁的珠宝时，开始慢慢地长出鳞片、尾巴和触角，直到他自己成为村民惧怕的龙。② 苗秀华正如那个少年英雄，在"屠龙"时，她是为自己（顺便也为他人）争取合理权利的英雄，而在"革命成功"后，人们已经得到自己的权利，不再需要英雄——英雄总要代表他人，因而也总要侵

① 小说中将苗秀华描写成不贪钱财的人，也是为了更突出她"战斗性格"的纯粹性，以及权力腐蚀力的强大——即便是一个清廉正派的人，也会被权力异化。

② [美]艾玛·拉金：《在缅甸寻找乔治·奥威尔》，第95页，王晓渔译，北京：中央编译出版社，2016。

占他人权益——她却难以克制权力欲望，利用在抗争过程中积累的威望（威望本身即是一种权力），异化成自己抗争的对象，变为恶龙。

指望苗秀华能够跳出"打江山，坐江山"的权力循环，当然是过于苛求。她的战斗性格本身就源于恶劣的社会环境，她只信任战斗（其实就是强权）的力量，而不相信有理性的妥协和制度对人性的合理约束。她的精神与思想资源，也多来自影视文学作品里的战斗英雄、革命烈士和她数十年前所见过的干部①，甚至是特殊年代里的大字报。她源于恶劣的环境，在适应之后，又在强化着恶劣环境中既有的不公正、不平等的权力格局，如鲁迅所说，"这是互为因果的，正如麻油从芝麻榨出，但以浸芝麻，就使它更油"②。

石一枫从"特别能战斗"中抽象出来的是战斗思维、战斗性格。苗秀华的战斗性并非面对新处境的临时反应，而是从日常环境中浸染、磨炼而来，"特别能战斗"已经内化为她自身的气质，融入到血液里。而这种战斗性和她的支配欲又是融为一体的。她有着支配他人的本能，在家支配丈夫、女儿，初见面便支配小林，成了业委会主任后自然支配其他业主和物业公司。她家庭的和谐，是以丈夫和女儿对她的绝对顺从为前提的，她在外面为家人出头，家人则接受她的保护，放弃在家庭事务上的发言权。在公众事务上也是如此，她通过为人战斗而将对方纳为保护对象，获得对他们的支配权——如小区的其他业主；她也通过与人战斗获得对对方的支配权——如后来的小物业公司。这种战斗思维与那种面对真正的强权时信奉犬儒主义的态度，又是一体之两面。因为肆意侵犯他人的权利与不敢争取自己的权利，都不能真正懂得人己权界，而只认同"战斗"，或因为敢战斗而勇于践踏别人，或因为不敢战斗而甘心被人践踏。

---

①从苗秀华在斗败原来的物业后的装扮也可以看出这一点：她"给自己添置了一件几十年前女干部标配的藏青色列宁装，穿也不穿个周整，而是像一件大氅一样披在肩上"。石一枫：《特别能战斗》，《北京文学（中篇小说月报）》2016年第5期。

②鲁迅：《论睁了眼看》，《鲁迅全集》第1卷，第254页，北京：人民文学出版社，2005。

苗秀华身上的战斗气质之所以让人不舒服，其实主要在于"特别能"，即走了极端。战斗思维和战斗性在我们社会中多数人身上都有。我们毕竟与她分享着同样的生长环境，也分享着她身上的"战斗血液"，只不过一般人没有苗秀华那样坚强的意志，旺盛的精力——我们多数人只能做一个"弱化"的苗秀华。人们口头常说"有人的地方就有斗争""有人的地方就有江湖"，都说明了在我们这个社会里"斗争"的普遍性。这些斗争往往不以争取个人合理权益为诉求，不建立在尊重普遍适用的规则之上，也不以建立良好规则为目的，甚至更多的战斗是不公开的，隐藏在黑影里。这些战斗比苗秀华的战斗更"高级"，更有策略，也更具有隐蔽性乃至残酷性。与之相比，苗秀华的战斗倒显得小儿科了。

在石一枫的笔下，与"特别能战斗"的英雄相比，"文化骗子"、犬儒主义者毋宁更让人愿意接近。他们顶多耍耍无赖，并不热衷于干涉别人。出于对道德英雄本能的警惕乃至恐惧，石一枫心目中理想的道德者都是温和而低调的，如《恋恋北京》中的董东风，《我妹》中的老岑、肖潇等人。低调意味着消极意义上的坚守，而非与世浮沉，流于犬儒和无耻。他们坚持自己，却不苛求别人；不同流俗，又不英气逼人。不为道德的光环所迷惑，不因道德坚守而独断专行，产生救世主的幻觉，因而能在自己和他人之间保持合适的界限。

这也源自对自身行为的反省和他人处境的理解。对自身有反省，就不会陷入道德权力的幻觉中，也不会有所谓的"装"。权力需要限制，道德权力虽是一种虚化的软性权力，一样可以使人内心膨胀，以宇宙真理在握者自居，变得专制蛮横，勇于粗暴干涉他人。于己，是使自己的心灵变得粗疏僵硬，缺乏对更丰富的世界和人生的感知；于人，是视天下人皆为蝼蚁而独自己为英雄救世主——这其实恰恰丧失了道德追求与坚守的本意。

出版于2013年的《我妹》，讲述的是帮闲杨麦一度与世浮沉而最终在"义人"老岑、陈米（即"我妹"）等人的感召下重拾道德坚守的故事。老岑身上有着浓烈的圣徒气息，是小说中的一面道德旗帜。他所以能够获得新时代"西门庆"李无耻和犬儒主义者杨麦的尊敬与认同，正是因为他的道德理想主义不具有攻击性和侵略性。他自己义无反顾地与一切丑恶现象斗争，却不以此骄人。他对他人的道义影响，只通过身体力行的示范来实现，润物细无声。杨麦年轻时曾是他最看重的记者，甚至被人们视为他事业的接班人，可是杨麦性格柔弱，既不肯投入艰苦的维护道义的斗争，又不能无底线地加入攫取财富的无耻狂欢，在青年时代一度旺盛的道德激情消逝以后，就迅速地流入犬儒主义式的帮闲生活，一边心存愧疚，一边为自己辩解。可是老岑不以为忤，并不因杨麦的退出而认为他懦弱，仍然认定他是好人，因为心软才老躲着自己。他对杨麦的选择表示理解，并将自己的义无反顾归结为没有牵挂，因而认为大家都不过是（有缺陷的）凡人，不觉得自己高尚而别人懦弱。[1] 当然，老岑的选择并不能单单用没有牵挂来解释，因为没有牵挂的人也未必会选择做圣徒，有牵挂的人也未必没有坚守。不过老岑不因自己的道德操守产生幻觉，保持着低调而清醒的自我认知和对他人处境的理解，是很重要的，也是许多道德义士缺乏的。

实际上在石一枫看来，即便是如此温和的道德主义也有可能令人不安。杨麦虽然后来重拾道德理想，但是他的帮闲生涯并非一段可有可无的插曲。他的帮闲视角作为一种重要的力量平衡甚至制约着老岑式的道德理想主义。杨麦当然是尊敬乃至有一些崇拜老岑的，但也害怕老岑。他不愿意见老岑，固然是因为他的理想主义情结并未褪尽，心怀愧疚，也有着对于老岑这种圣徒式坚守本身的恐惧。见到老岑，就必须直面人生中那些沉重得令人窒息的苦难，这本身就让人产生压力。所以他一面为老岑的道义坚持、对他人苦难的关注所感动，视之为精神导师，认为"他的形象就多少具有了圣徒的意味"[2]，但是又迅速予以解构，不以为他的情操有多么高不可攀，认为他义无反顾地坚持道义的决

---

①②石一枫：《我妹》，第44—45、261页，北京：外文出版社，2013。

定性动力在于个人不幸经历及其带来的精神创伤，甚至是一种病态。这套说辞和老岑的自我剖析如出一辙，但是出自不同人之口，意义却有不同。于老岑而言，这是对自己可能具有的道德权力清醒的克制；对杨麦来说，就不免流于寻找口实。人的处境固然不同，可是任何处境都有可能成为坚持的动力，也有可能成为放弃的借口。朱熹批评人不肯读书时曾说："人多言为事所夺，有妨讲学，此为'不能使船嫌溪曲'者也。遇富贵，就富贵上做工夫；遇贫贱，就贫贱上做工夫。《兵法》一言甚佳：'因其势而利导之'也。"[①] 处境并不能解释一切。

石一枫刻意在小说中加入杨麦这一视角，并非是要讲述一个"浪子回头"的套路故事，而是担心老岑式的道德理想主义成为书中的唯一声音，形成对于书中其他人物乃至读者的压抑与侵略，强调人有选择生活方式（包括帮闲式生活方式）的自由。他并不认同帮闲式的价值观，称之为犬儒、逃避。可是人难免有软弱、逃避的时候，也有软弱、逃避的权利。道德主义的坚守必须源自自我的理性选择，而非外力的裹挟。当杨麦去见躺在病床上的老岑时，他一度怀疑老岑是想最后争取他："这老头儿太幼稚了。都已经过去多久了，老记着这个旧茬儿，人还怎么过日子呀？再说句像李无耻一样无耻的话，现在我是谁他是谁呀，他还想挽救我呢，谁挽救谁呀？"[②] 看似矛盾的是，当他认为老岑想"挽救"他时，他愤愤不平，而老岑并没有"挽救"他，最后他却回到了老岑的路上。这正是因为"挽救"这一行为的双方是不平等的：一方全知全能，高高在上；另一方懵懂无知，俯伏在下。被挽救者不具备与挽救者平等对话的能力，也被剥夺了理性思考的权利。人的精神觉醒只能是自我理性思考的结果，而不应靠别人的灌输、"挽救"。

---

①朱熹：《朱子全书》第14册，第284页，上海：上海古籍出版社，合肥：安徽教育出版社，2002。

②石一枫：《我妹》，第260页。

在石一枫看来，即便是真正的圣徒，也不必人人皆要去做。人有选择非圣徒式生活的自由和权利，这也正是真的圣徒们怀着高贵的自我牺牲精神奋斗的目标。一个道德行为，只有出自道德主体的理性选择，才是真正合乎道德的。而一个无法做出自主理性选择的人，是精神上的未成年人，也不可能有真正的道德坚守。杨麦心怀愧疚地随波逐流的那一段生活，看似走了弯路，实则意义重大，因为正是这一段帮闲生活，证明他后来的"回归"，是真正理性的选择。

石一枫的小说具有很强的可读性。这首先因为他的语言天赋，机智俏皮的口语，即便"一腔废话"也能说得趣味横生。他的小说情节也暗合了许多通俗文学的"套路"，譬如"英雄救美"模式，"浪子回头"模式等。当然，石一枫的"浪子回头"与传统的套路多有不同。传统小说中的"浪子回头"是幡然悔悟式的，剧中人物最后总是觉今是而昨非，常以对主流道德的认同来否定从前的"误入歧途"，稳固既定的社会价值观。而石一枫的小说着力最深之处，恰在于对既定价值观念的松动，拒绝任何绝对真理。这影响到他的写作姿态，是与读者及小说中人物平等的，常以调侃语气出之。在脱离"顽主腔"之后，他的小说基本是在"帮闲腔"与"圣徒腔"之间的摇摆回旋，这也使得他的叙述口吻从容自如，说帮闲虽油腔滑调却不流于虚无，谈道德虽一本正经也能亲切自然。

（2017年第3期）

# 王安忆的作品叙事与形式探索

程　旸

本论文拟对王安忆的作品叙事与形式探索做进一步的研究。如果从地域视角看，作家要完成对地域的书写，一定要在作品叙事和形式探索实践上有所推进，并形成相对独立的主体形态。在长期创作实践中，王安忆逐渐形成了一套完整的小说叙事理论，尤其是在 20 世纪 90 年代创作转型过程中，这种理论更是臻于自觉和完整了。因此在笔者看来，要想深入把握地域视角与王安忆小说创作的关联，有必要对她的小说叙事理论作一番探究。为了更有效地进行观察，首先需要适当借鉴西方叙事理论。

## 一、申丹的叙事学理论

对西方的叙事理论，中国学者中介绍最勤分析也最精彩的，当属北大西语系的申丹教授。申丹在其专著《西方叙事学：经典与后经典》中将叙事理论概述为七个部分：故事与话语；情节结构；人物性质和塑造手法；叙事交流；叙述视角、叙事时间、叙事空间。总的来说，申丹所推崇的是经典叙事学也就是结构主义叙事学。"它是在俄国形式主义，尤其是法国结构主义的影响下诞生的。经典叙事学是直接采用结构主义的方法来研究叙事作品的学科。结构主义语言学的创始人索绪尔认为语言学的着眼点应为当今的语言这一符号系统的内在结构，即语言成分之间的相互关系，而不是这些成分各自的历史演变过程。结构主义将文学视为一个具有内在规律，自成一体的自足符号系统，注重其内部各组成成分之间的关系。与传统小说批评理论相对照，结构主义叙事学将注意力从文本的外部（探讨作者的生平，挖掘作者的意图等）转向文本的内部，着力探讨叙事作品内部的结构规律和各种要素之间的关联。"①从中可以看出，结构主义叙事学是小说研究理论发展到一定阶段的必然产物。换句话说，"在人类文化活动中，'故事'是最基本的。世上一切，不论是事实上发生的事，还是人们内心的不同体验，都是以某种叙事形式展现其存在，并通过叙事形式使各种观念深入人心"②。申丹认为法国作家福楼拜和美国作家詹姆斯都曾对现代小说研究理论的发展与完善作出了很大的贡献。"福楼拜十分强调文体风格的重要性，詹姆斯则特别注重叙述视角的作用。詹姆斯反对小说家事无巨细地向读者交代小说中的一切，而是提倡一种客观的叙述方法，采用故事中人物的感官和意识来限定叙述信息，使小说叙事具有生活真实性和戏剧效果。"③

说到"故事与话语"，我们可以说"无论是现实世界中发生的事，还是文学创作中的虚构，故事事件在叙事作品中总是以某种方式得到再现。具体来说，'故事'涉及叙述了什么，包括事件，人物，背景等。'话语'涉及是怎么叙述的，包括各种叙述形式和技巧"④。这种故事与话语的两分法随着时代的变化，也在西方学界得到了补充与革新。法国叙事学家热奈特提出了三分法，具体内容是："1. 故事，即被叙述的事件。2. 叙述话语，即叙述故事的口头或笔头的话语。在文学中，也就是读者所读到的文本。3. 叙述行为，即产生话语的行为或过程，比如讲故事的过程。"⑤

---

①②③④⑤申丹、王丽亚：《西方叙事学：经典与后经典》，第2、3、4、13、16页，北京：北京大学出版社，2015。

在她看来，情节结构毋庸置疑是小说文本的重要组成部分。关于经典叙事学的情节，申丹认为："俄国形式主义学者不把情节看作叙事作品的内容，而是把它视为对故事事件进行的重新安排。'故事'仅仅是情节结构的素材而已，它构成了作品的'潜在结构'，而'情节'则是作家从审美角度对素材进行的重新安排，体现了情节结构的文学性。研究者应该区分情节与故事：虽然故事和情节都包括相同的时间。但是，故事中的事件按照自然时序和因果关系排列，情节强调的是对事件的重新安排与组合。"①

在人物塑造手法上，申丹比较推崇心理型的人物观。她指出："在叙事研究领域，心理型人物观指注重人物内心活动，强调人物性格的一种认识倾向。小说中的人物以各种形式组合的差别和变动显现出不可重复的个性。"②这种塑造人物性格的手法在传统小说的黄金年代十分流行。例如，"19世纪现实主义小说家十分注重人物内心活动（如巴尔扎克、托尔斯泰、狄更斯）。为了揭示人物内心世界，小说家们通常采用全知全能的叙述模式，对人物外部行为和内心思想进行充分展现。小说中的人不仅是故事世界里的主体，同时也是小说家们揭示人性、针砭时弊的一个重要手段。小说艺术通过构建生动形象的人物，不仅使得小说具有了道德伦理功能，而且为人们搭建了个人与他者进行交流的一个渠道"③。

申丹颇为肯定布斯在《小说修辞学》中提出的隐含作者与隐含读者的概念。"隐含作者就是处于某种创作状态，以某种立场来写作的作者。另外，隐含作者则是文本隐含的供读者推导的这一写作者的形象。隐含作者和真实作者的区分实际上是处于创作过程中的人（以特定的立场来写作的人）和处于日常生活中的这个人（可涉及此人的整个生平）的区分。"④总的来说，申丹对这方面理论的领会和分析，是相当透彻和深刻的。

---

①②③④申丹、王丽亚：《西方叙事学：经典与后经典》，第42—43、54、55、71页。

与此相似，王安忆在课堂讲稿里也颇善于分析西方19世纪黄金年代的作品，尤其是《悲惨世界》《战争与和平》等几部名著。在其早期"雯雯系列"作品中，可以看出她曾相当仔细地研究了小说叙事学的许多规律性元素，尤其是经典叙事学的内容，这也为她的写作奠定了良好的根基。不过，王安忆写于20世纪90年代的小说已经洗去了西方理论影响的痕迹。或者说，前者无形地化在这些作品中，不着痕迹地引领着她的灵感。我们称其是一种创造性的偏差，一种艺术化的挪移。

## 二、王安忆的叙事理论

在当代小说家中，热衷于小说叙事理论，分析充分深入的当属王安忆。这显然与王安忆在复旦大学开的小说理论和创作课有关。《小说课堂》这部书稿的撰写，一方面固然是课堂讲授所需要的，另一方面也是作家对其多年思考的总结。这本书稿对叙事语言和形式问题有诸多论述，例如在谈到小说叙事语言的简洁性时，她认为："因为叙述总是择其重要，艺术本来的用心与功能大概就是将现实中冗长的时间，规划成有意义的形式，规划的过程中便将无用的时间淘汰过滤。"[①]为此她专门分析了作家陈村的短篇小说《一天》。作者写了张三，早上起床，出门上班，他的工作是在流水线上做操作工。到点下班，却已经退休，于是一支锣鼓队一路将他欢送回家。王安忆认为"这小说的叙事形式类似卡尔维诺《弄错了的车站》，一个人看完电影后在大雾中寻找回家的车站，结果却登上飞往孟买的飞机"[②]。一系列转变的成因被撕碎，成因本来是时间，人物忽被置于空间当中，这都是在写人生的有常与无常。

纵观王安忆20世纪90年代以来的作品，可以看到她将叙事及形式落实为

---

①②王安忆：《小说课堂》，第134、135页，北京：商务印书馆，2012。

艺术实践的例证。有学者批评她这时期的小说创作有书斋味道，缺少生活的积累。[①] 这个批评有道理，但脱离了王安忆创作的实际，没有注意到王安忆是小说文体家，她对中国小说艺术的创新有勃勃野心，无意只做现实生活的记录者。笔者认为，这种创作选择恰恰是她"扬长避短"创作理念的体现。每个作家的创作都离不开自己的生长环境与人生经历。王安忆出身于知识分子家庭，下乡仅两年便上调到地方文工团工作，其后回到上海任职于儿童杂志，然后成为专业作家。她的成长环境算不上坎坷曲折，也没有惊心动魄的内容。在 20 世纪 80 年代，她尚可以调动童年生活、插队经历和徐州文工团的点点滴滴，让作品保留有"个人传记"色彩。但正如她后来多次重申的，只专注个人经验的作家顶多是一个"自叙传作家"，而不能走得很远。这自然是大作家的雄心抱负，如果只对她提现实生活要求等于是把她看低。因此笔者相信，这种生活背景注定让王安忆成为成熟作家之后，仍然不断通过叙事语言和艺术形式的探索来拉动自己的创作。她在 20 世纪 90 年代的小说创作中不断调整叙事角度，变化小说结构，包括塑造不同人物角色，都与这种小说观有关。但毫无疑问，王安忆构思和创作小说时，更倾向于选择自己熟悉的生活，运用自己最擅长的笔触，以求最大限度地发挥自己的长处，也是毋庸置疑的事实。

## 三、文学创作的再实践

笔者观察到，地域视角观照下的王安忆小说创作，十分注意"零度叙述""他者叙述""家族叙事"和"堕落叙事"等一些过去创作较为鲜见的叙述手法。某些较为独特的文体形式，也随这些叙事的构建而展开。上述文体形式中的人物，有外省务工农民、政治运动受害者，也有对作家家族历史及人物的虚

---

① 郜元宝：《时文琐谈》，第171—172页，北京：北京大学出版社，2014。

构性呈现。它们从不同角度解剖了上述人物身上的上海地域性，带着地方性特征，充满本土文化味道，让读者更富有层次感地触摸到这座大都市的现实历史体温。在这个意义上，认为作品叙事和形式探索不是冷冰冰的存在，而是一个城市的结构形式，一个个人物生命的结构形式之体现，是王安忆借助其来触摸感知这座都市之灵魂的看法，并非是毫无理由。

有理由相信，王安忆短篇作品《小饭店》采用了摄影零度叙述的手法。作家显然认为，务工农民身上所展现的上海新的"地域性"，是她过去从未经历过的。她并不熟悉这种文学人物，很难将热情的笔触探向他们的世界之中，因此谨慎地采用了"零度叙述"的手法。作者的视角好似一个缓慢移动的长镜头，跟随着这镜头，我们看到了一条嘈杂的弄堂，众多店铺的营生，卖木材的、卖装潢材料的、兰州拉面店，还有几个早中晚持续开业的小餐馆。这条弄堂的杂乱无序被作者忠实地记录下来，胡乱拼建的房屋，街上流淌着洗菜、杀鱼的脏水，小孩子灵活地在人缝和车流中穿梭。作者用不带感情色彩的笔触，在那里描绘着小饭店的盒菜和衣着鲜艳的乡村务工女孩。人们看到，小店卖的肉丸子、排骨、烧鱼都放了过多的淀粉，因酱油用得过多，菜品都是油腻和不清爽的样子。售卖的时令蔬菜、海带结、豆芽也不怎么新鲜。而刚走出农村的打工妹们，个个衣着显得光鲜，但也显露出欲跻身于大都市、却不知路在何方的茫然模样。小说这部慢拍着的摄像机，也没放过小饭店的老板娘。她总是懒洋洋的样子，又一副养尊处优的姿态。摄影机在她身上停留，轻轻掠过她蕾丝的衣着，浑身的金首饰，细腻的皮肤，还有怀里的大白猫。她的无所事事，与牌桌上正在角力的男人们构成鲜明对比。作品镜头最后停留在小饭店的厨师身上，这是一个肤色白净、相貌清秀的小伙子。小厨师下班时，却换上紧腿牛仔裤，黑 T 恤，墨镜，外加刺猬头。如果说陈村的《一天》是在撕碎人物一系列转换的成因，那么《小饭店》则像无声电影，小说叙述语言如胶片转动的声音，人物四处活动，却处于静默状态。摄像镜头构成作品的基本形式，它只呈现客观场面，却无异于放弃了讲述意图。

在笔者看来，地域视角总体上包括都市文化、生活习俗、人情物理和饮食起居等等方面，但如果以人为中心来考察，也应留意某一特殊时期特殊人物身上那种地域的独特性。众所周知，历次政治运动在不同地域、不同人物命运中往往呈现出某种可以分辨的差异性。对上海这种留存着许多旧社会人物的城市来说，运动的冲击，在这些特殊家庭人物身上所显示的地域性，势必会引起王安忆的注意。然而对于她来说，是缺乏直接的现实经验的。也就是说，作家在处理这种题材时缺乏直接的手段，而只能采取间接的手段。这种间接手段即是构成"他者叙述"的基础。如果说王安忆善于运用他者叙述的手法，来讲述看似与自己无关或相关的故事，那么《遗民》可为代表。小说开场用大段篇幅描绘作者幼时居住的淮海路街区宁静的气氛。这段街道往日的精致与荣光在文字中闪现，仿佛是一段画外音。作品文字还在叙说消失已久的有轨电车、不复存在的旧楼、旧店招牌，又似乎夹杂作者个人的声音、气味与观感。紧接着作品切入正题，作者在一个湿热的夏季傍晚被母亲带到街上去看一部无聊的戏曲片。在母亲与女战友街边闲聊时，作者与姐姐眼里是街角充满着奢靡气息的高等商店，白色日光灯过于耀眼，冷饮店百无聊赖的店员，疲惫苍白的墙壁，以及 20 世纪 60 年代制作的雪糕浓郁香甜的气味。正是在他者的叙述中，前面走过来一对男女，很难确认他们是不是夫妻。两人在街角相聚，言谈中似乎要躲避路人的目光，行色诡异，像在商量着带有秘密性的事体。男人面目模糊不清，社会身份不明。女人身上是 20 世纪 60 年代十分罕见的那种装扮，电烫波浪发，显得陈旧、花色黯淡的旗袍。本该是光鲜挺括的装束，却凸显出一种疲惫无力的味道。这对男女一直在躲避着什么，气氛紧张又压抑，最后以不欢而散收场。王安忆以一个女童的视角叙说着街头路人的故事，恐慌不安的情绪中，是她们这代人所面临的不可预知的未来。这种他者叙述的引入，增强了作品的陌生化效果，同时也刺激了读者的好奇心。因为这分明有一种小说中常见的"现场感"，这种现场感也可以说是一种小说形式。但是当读者真正走进它的时候，就会发现这现场原来是虚拟的，它竟然是一个超现实的存在。由此可见这种以独特角度讲故事的方式，饱含着不好理解的暧昧的声音、气味和观感，而这恰恰就是王安忆在有意识地把握更具难度的叙述时，她小说叙事艺术的显著特点。但我们也可以说，正是上述他者叙述才造成了这一作品的效果。

发表于1990年代初期的《纪实与虚构》代表着作者创作方向的明显转向，它十分鲜见地讲起了家族故事，而这类饱含家国民族命运宏大叙事的作品向来是男性作家的专利品。它显然是王安忆小说颇为少见的对自我独白式叙事语言和形式的探索。不过，王安忆这部母系家族传奇与读者通常概念中的小说有着明显的差异性，这点将会在下文中详细解释。这是作者对于自己家族史的书写。正如小说的标题所示，《纪实与虚构》的内容交叉贯穿于文本之中，虚实相间，半真半假，不断引诱着读者进一步阅读下去，来寻找最终的答案。作品引子是王安忆对自己双重社会身份的叙述。她身份的尴尬在于虽为大院出身，却没有成长于干部子弟集中的徐汇区，而是生长于市民阶层聚居的淮海路弄堂环境之中。难以定位的自我身份，让作家不免产生了敏感与自傲相矛盾的性格气质。

从幼时开始，"我"的母亲便极力避免女儿沾染上小市民阶层的生活习气。但处在擅于家长里短、传播流言，受旧戏文熏陶的保姆身边，以及一群市民家庭同龄玩伴之中的这女孩，潜移默化的影响是难免的。"我"急欲寻找自己家庭与这座大都市的关联，身边这些说上海话的人，例如穿着旧式的三娘娘和母亲孤儿院时期的好友，却反而令人疑窦丛生。从这段引子出发，"我"回顾了母亲悲苦的幼时经历，自小和奶奶相依为命的生活，长大后当过小学教员、投身革命、成为作家的人生；也夹叙了自己的成长经历，小学好友、念书阶段的故事，包括成为作家的缘由与感想。在这些以旁观视角讲述自己家庭历史的文字中，不难发现作家含而不露地在借鉴布莱希特的"间离效果"，及所谓"打破第四堵墙"的手法。

在戏剧表演中，采用间离效果的目的是让观众在看戏过程中并不完全融入剧情，而是保持自己独立的视角。布莱希特认为这种表现手段是让观众对所描绘的事件，有一个分析和批判的立场。这种调动观众的主观能动性，促使其进行冷静的理性思考，从而达到推倒舞台上的"第四堵墙"，彻底破坏舞台上生活幻觉的目的，用意就是突出戏剧的假定性。① 所以，王安忆在《纪实与虚构》叙事语言上扮演的是舞台上的演员角色，这部小说的读者恰如剧场中的观众。演员王安忆在文本叙事中与小说的主角"我"保持着感情上的距离。王安忆以演员的手法介绍着"我"的家族故事与成长经历，将阅读者带入感同身受的境地，与"我"一起体验着家族长辈生活的甜酸苦辣，还有"我"童年经历的喜怒哀乐，就成为作家的心理动机和所探索的作品形式。然而，即便在如此虚与实的盘旋交错中，读者依然能清晰感受到王安忆与"我"的界限分明的距离，而不会将二者完全合一。布莱希特曾以美国名演员劳顿扮演天文学家伽利略为例，指出演员在舞台上实际是双重角色，既是劳顿，又是伽利略，表演着的劳顿并未在被表演的伽利略中消失，观众一面在欣赏他，一面自然并未忘记劳顿，即使他试图完全彻底转化为角色，但他并未丢掉完全从角色中产生的他的看法和感受。在间离效果的舞台演出中，演员表明自己是在演戏，观众是在冷静地看戏，演员和角色的感情不混合而使观众和角色的感情也不混合在一起，从而保持了理智的思考和评判。② 布莱希特的这段诠释正适用于《纪实与虚构》这篇小说。作品中的许多段落，可以印证王安忆"这位演员"经常抽离角色本身的独特存在：人物生活的那条街上，只有现在，现在是一个点，而时间的特征是线，未来则是空白，时间无所依存。人物一旦注意到时间，就会有一些奇异的感动，她沉寂的想象力受到了

---

①②[德]布莱希特：《论叙事剧》，伍蠡甫、胡经之：《西方文艺理论名著选编》，第316—318页，北京：北京大学出版社，1987。

刺激。① 还有"问题就在于孩子她做了一名作家，她需要许多故事来作她编写小说的原材料，原材料是小说家的能源。孩子她觉得自己作为一个作家非常倒霉，她所在的位置十分不妙。时间上，她没有过去，只有现在；空间上，她只有自己，没有别人"②。作家用这样虚实相间的手法与读者进行心灵上的默契交流，看似自问自答，其实蕴含着最深奥的角色扮演与行为剖析的成分。不过，最精彩部分还是接下来的一段自我分析，它直接点明了《纪实与虚构》的结构形式："孩子她这个人，生存于这个世界，时间上的位置是什么，空间上的位置又是什么。这问题听起来玄而又玄，其实很本质，换句话说，就是，她这个人是怎么来到世上，又与她周围事物处于什么样的关系。孩子她用计算的方式将这归之于纵和横的关系……再后来，她又发现，其实她只要透彻了这纵横里面的关系，这是一个大故事。这纵和横的关系，正是一部巨著的结构。"③

这部长篇的另一引人入胜之处，是王安忆透彻解析了在一个大都市，摩肩接踵的众多行人中有可能发生，却擦肩而过的深刻关系。这种大都市人典型的冷漠和距离感，是彼此被视为个体的原因造成的。她认为即使在不同年代，在人类社会发展的不同阶段中，都会存在着这种机缘稍纵即逝的可能。所以作者意识到："有时候，我从做一个作家的角度去想，假如我们勇敢地采取行动，与人们发生深刻的联系，我们的人生便可成为一部巨著。而我们与人们的交往总是浅尝辄止，于是只能留几行意义浅薄小题大做的短句。那些戏剧性的因素从我们生活中经过，由于我们反应迟钝，缺乏行动，犹豫不决而一去不回。对于我们贫乏的人生，我们自己也要承担一些责任的。"④

《纪实与虚构》中还有一条值得回看的线索是文化革命，正常社会秩序与

①②③④王安忆：《纪实与虚构》，《米尼》，第155页，北京：作家出版社，1996。

人情逻辑被打破后，"我"的生活中出现的一群肆意挥洒青春的部队大院子弟。这条线索足以让我们认为，王安忆这种自我独白式的叙事语言探索并没有就此止步。这群人的故事没有终止，相反十几年后又被扩充成了《启蒙时代》。《纪实与虚构》反倒变成了小说素材，它在为《启蒙时代》中的主要人物原型和故事情节提供着稀缺的资源。因此值得引出的问题是，即使不考虑小说出版时的自我保护性，如果回归那个作者曾亲身经历的革命的年代，这些具有"外省二代"身份的部队大院子弟，也包括作者自己，当他们面临一个令人困惑的大时代时，是不是也会产生作品人物的这种自我独白式叙事语言的特征？独白是处于成长期的少年人的自我保护，独白也是对时代的大困惑所在。因为只有独白，才能抵达那个时代最深刻的地方。

关于王安忆的叙事语言与形式的探索，应当提到的尚有《米尼》这部作品。同样涉及女性堕落，《米尼》既不在左翼文学拯救堕落底层女性的题材范围，更不属于晚清海派文学淫邪女子最终从良的叙事模式，而是一个 20 世纪 90 年代女性的故事。但作者在设计作品形式结构时，断然放弃了过于离奇的戏剧化转折。从故事一开始不久，米尼的内心活动就体现为一种自愿认同宿命这种平平淡淡，可以是这样走，也可以是那样走的叙事特征。王安忆将米尼一路堕落的经历放在与心术不正的阿康相遇邂逅的路线上，没有过分强调这条线索的不可逆与宿命感。作品聚焦于米尼自身成长环境与她为人情世故左右的被动性。米尼与阿康多年的情感纠缠是故事的主线。如果将这段当作一部感情小说看的话，它和《香港的情与爱》手法相似，书写着各方面不算突出的普通人在日常生活中经历的爱恨情仇。这些纠葛自然复杂，不过王安忆没有采用严歌苓《扶桑》等惯常运用的戏剧化激烈冲突，而是摒弃了奇情环境对人物命运的巨大冲击力。呈现在阅读者眼中的，是一对聪明机灵、却没有多大眼界，处于日常生活旋涡中的男女凡俗人生。因此，作品叙事语言具有某种客观的性质。这种客观性质体现在顺着米尼被动性格逻辑往下走，而不作任何小说写作的干预与引导。但这种客观性，又是与《纪实与虚构》所企图的读者的参与效应殊途同归的。作品最后这一段话，就不小心地泄露了这一点："后来，当米尼有机会回顾一切的时候，她总是在想，其实阿康时时处处都给了她暗示，而她终不觉悟。这样想过之后，她发现自己走过的道路就好比一条预兆的道路现在才到达了现实的终点。"①其实，米尼的人生并没有到达现实的终点，而是再次回到了她人生的起点。她终究是一个不知人生为何物的人。

说到王安忆的长篇作品，还有一部经常容易被忽略、值得一再回味的《桃之夭夭》。这篇作品写的是一个女人的成长史，讲述了上海从20世纪50年代到改革开放30年间沪上市民社会的历史变迁。作品前半段对郁晓秋的母亲笑明明，一位在社会上摸爬滚打的文明戏女演员前半生的线性叙事，足以让当代文坛某些描写风尘女子的作家汗颜了。众所周知，王安忆并非生活经历复杂的作家，可她却是一个能将道听途说的材料写出以假乱真效果的有真本事的写作者。笑明明流落香港的经历本属虚构故事，她这类人的行为和经历，也不是作家所熟悉了解的。但出现在读者眼前的这个女演员却如此鲜活生动，她的言谈心理与人情揣摩又是如此的惟妙惟肖，宛如令读者与其一道经历了一遭戏剧性的演艺生涯。

回到女主角郁晓秋，作者巧妙地暗设了她深色皮肤、褐色瞳仁、丰满身形、猫眼等具有诱惑力的外形。在小说讲述中，她经过的每段历程看起来都平淡无奇，却耐人回味。其中的生活细节，不论穿衣吃饭，人情往来，日常生活的料理，还是下乡与病退回沪的经过描摹，乃至郁晓秋与恋人何民伟之间通过相处，不断加深的感情与依恋，都与线性叙事的故事结构起到了相辅相成的作用。顺时针的情节为生活细节提供了可靠的基础与存在理由，反过来丰富细腻的生活细节，又为平铺直叙的故事增添了真实的可信度和审美感。这种小说叙事的辩

①王安忆：《纪实与虚构》，《米尼》，第148页。

证手段，使得作品更具有一种寓意丰富的立体感。

从上面所举的例子看，叙事语言和形式的探索，在王安忆20世纪90年代小说中构成了一个不断变化和深化的过程。在王安忆看来，一个小说家的艺术创造力，重要在于她的叙事能力，而这种能力，又是通过她自己不断的实验、摸索包括纠错来推进和完善的。上海这个地方最为鲜明的地域性，一定程度也体现在它对未来的探索精神上。作为立足于这个地域、这座城市的写作者，她之所以会对叙事语言和形式感保有持续而强劲的好奇心，也是这个文化背景所决定的。

（2017年第5期）

# 身份・地域・生命：工人作家鬼金的草根叙事

张丛皞

　　近年来，东北工人作家鬼金笔耕不辍，新作迭出，是文坛活跃的"70后"作家。他的创作有自觉的时代追溯意识和工人职业的实践感，呈现出鲜明的地域性和代际性，常借底层人凡俗生活中的孤苦来传递生命个体的疼痛体验和精神信仰，以想象和幻觉等尖端的艺术形式营造象征主义感官交错的艺术世界。这个世界有着梦的朦胧与奇诡、灵的纯洁与飞动、理的艰涩与高深，还有硬汉的凶猛与刺客的尖锐。以现代主义文艺范畴和艺术规律阐释鬼金的小说毫无疑问多快好省。在作品中，鬼金没有回避他对加缪、尼采、贝克特、马尔克斯、乔伊斯、艾略特以及《荒原》《局外人》《在流放地》《洛丽塔》《白痴》《追忆逝水年华》《都柏林人》《美国现代诗选》等现代派作家和作品的熟悉。其文本也确有弗洛伊德的精神探寻、尼采的狂人意志、塞林格的粗鄙俚语等"他者的踪迹"。但笔者认为，鬼金醉心表达的那种无法排遣的异化感、孤独感和荒谬感，并不以异域文学为脚本，或致力于复活现代主义文艺的智能活力，而是源自他对孤立自我与冷硬世界的深刻体察。这种洞悉客观上促成了其与现代主义美学的相通和适应。写作被鬼金喻为"凿壁借光"，是他寻求"生存与内心平衡"和"安身立命"的手段。其创作不追求波澜横生的情节，而是以不断流灌的感觉和兴之所至的笔触，用人生磨砺的心狱与心怀大地的悲悯透视生命，探索囚徒体验中微妙难言的精神感受，并以兼有理想主义的崇高和世俗主义的温情酝酿着对客观世界的叛乱。

# 一、个人记忆与时代经验

记忆、虚构、想象是大多数作家写作凭借的主要资源。在鬼金小说中，记忆是最重要的，它不再与虚构和想象并列，而成为一种本源性的力量。笔者认为，"入城青年""钢铁工人""企业生活"是理解鬼金小说的关键词。鬼金离开故土走进城市成为工人的几十年，正是计划经济体制向市场经济体制转轨的几十年。这段时间中，东北经历了两个重要的历史进程：首先是城市化，大量农民由乡入城，他们中的大多数都成为建设城市的廉价劳动大军的一员；其次是去工业化，在砸烂铁饭碗和减员增效的改革大潮中，东北由共和国的长子沦为后进者。鬼金正被这个演变分化的时代所裹挟。当这个带着艰苦岁月饥荒记忆和坎坷不平的乡野青年，怀揣梦想走进城市成为工人的时候，城市还没有真正成长起来，利己主义与消费欲望甚嚣尘上，但物质生活与精神生活仍旧破旧粗粝。而此时，东北老工业基地的荣光已逝，工人大面积下岗，沸腾的劳动场面一去不返，取而代之的是陈旧破败的机器和四近无人的厂区。身处其中的心情难免是失落、挫折和空洞的，鬼金笔下的很多青年挥之不去的异乡情结与陈旧腐朽感都是与此相关的。

"楚河巷"周边的烧烤摊、铁路、绿皮车厢、理发店、按摩屋、轧钢厂公墓，算卦的盲人、偷铁的游民、街边的傻子、流窜的黑工、街头的混混、嚣张的城管、艳俗的流莺等构成了鬼金的小说世界。这里有两代工人不同的价值观与相似的命运（《黑夜白马》）、有风尘女子卑劣的城市体验（《金色的麦子》）、有幽灵人口残酷的生存法则（《彩虹》）、有市井盲流深信不疑的厚黑哲学（《孽春》）。鬼金的小说更多时候关注的是国企体制下的生存法则及其相应生活景观。像偷铁者与保卫人员的智斗与交易、工人对管理者的依附与矛盾、企业领导的专制与淫逸、弱势者的屈辱与苟且、工厂生活的坚硬与生冷，以及在不同文本中多次出现的儿童对碉堡工事的兴趣和对枪的向往，这些都是成长在革命历史教育和国有企业中的青年一代普遍的心理印记。

鬼金小说经常使用儿童视角和回溯结构。儿童视角可分为当下时和过去时两类。过去时即儿童讲述成年人过去的故事，当下时即儿童讲述未成年人今天的故事。鬼金的创作多属前者，即以儿童视角呈现已届成年的主人公的成长史。在善良无邪和单纯明朗，同时也真诚苛严和少年老成的目光中，过往岁月的艰难残酷异常醒目。《彩虹》较具代表性，作品中的儿童视角和回溯结构成功地呈现出时代剪影中不为人知的孤儿姐弟的生活真相。鬼金常借插叙和倒叙结构作大跨度叙事，成年人以少年经历为今天作注。《薄悲有时》中，回乡寻梦的李元憷当下的经历就是往日之我的延伸。儿童视角和回溯结构是鬼金倾心的，这一形式在盛装内容的同时也成为了内容，当然也令鬼金小说在叙事上或多或少有游移不定和自由散乱的倾向。主人公不仅是情节的承担者和叙事者，而且是经验的表达者和欲望的倾诉者，一些作品因强烈的主观色彩而成为自我独白和回忆录。

鬼金的小说在"今天的叙事"中掺杂搅拌着"昨天的记忆"，无论有意还是无意，都是对"今天"与"昨天"的双重观照。当"昨天"有了"今天"的情绪后，主流现实变迁下的那种类似于道德与历史二律悖反的心理烙印就会凸显出来。一方面，鬼金关注国有经济体制下灰色的生存秩序和暗淡的生存景观。工人不仅受制于强大严格的制度，还与管理层存在难以磨平的身份鸿沟，当工人成为工业生产中的齿轮和螺丝钉后，冷硬生活犹如巨大的黑洞不断吞噬着他们的热情与生命。另一方面，他又不可避免地受到他批判的时代的羁绊，不能与其彻底诀别，无法随机应变地融入日常生活。老工人的"文革"精神后遗症，年轻人哼唱的"大海航行靠舵手"，主人公脱口而出的《为人民服务》，这些与文本氛围并不搭调的东拉西扯和陈腐刻板的内容，自然是作为反讽结构存在的，但也未尝不是曾经道德箴言的追想和精神眷恋的流露。宏大的生活场面，以及"工人阶级当家做主"的优越感和"工人阶级有力量"的自豪感早已成为旧日的遗迹和剩余的纪念，只有在只言片语的悠久回音中方能感受到它的依稀面目和微弱情感。小说中的观念是自反性的，既在鞭挞和埋葬，又在敬仰和留恋，对正谕话语的戏仿也透露着过往的信念。身份的盛衰感和沧桑感并存，怀旧情绪与批判意识并存。《画十字的地方》中，老朱意识到工厂的藏污纳垢，但还是立志要做轧钢厂的"守灵人"。《追随天梯的旅程》中，身份卑微的陈河知道"现在已不是工人阶级领导一切的时代了"，他的落后不仅源于个体的后进，更因为职业的贬值；被开除的王来喜将身穿工服的陈河称为"轧钢厂的囚徒"，但又很快关心起轧钢厂的现状。显然，王来喜一面把工人职业视为身份的监狱，一面又因这个身份的丧失而感到不适和惶乱。鬼金既发现了经济体制与工业生活对个体精神的压迫，也体味到了体制生活渐渐失去后的文化溃败和精神流浪。

身处时代转型粗糙面上的产业工人的经验是分裂的，伦理观念是二重的。《彩虹》中，与姐姐相依为命的天真每天晚上偷看《玉蒲团》之前，都会事先准备好《道德经》来应付姐姐不定时的检查，这一内容也许在很多青年的成长里具有普遍性，但对鬼金的小说来讲，更有话题性，它彰显了严格的计划经济道德规范与制度伦理下，具有市场经济色调的自由躯体的强烈诉求。与之类似的主体经验还有：童年经验与成年经验，乡野生活与市民生活、道德主义与世俗主义、禁锢躯体与自由灵魂、理想自我与现实自我，等等。双重的记忆、杂芜的体验、混沌的观念，以及多元的情景、错位的文化、撕裂的情感形成了百难厘清的精神暗格。鬼金无意弥合一道道裂痕，而是乐此不疲地游走其间，在悬而未决中展开无边的虚构和想象，由此而来的生命隔离感和实践流失感也建立起了其与现代主义文艺间的亲缘关系。

## 二、不得志与不妥协的文艺青年

如前所述，鬼金的创作有很强的身份感，"文艺的"和"青年的"是其中重要的组成。他从不回避自己文艺青年的身份，也乐于认领这一身份。其笔下屡次出现的借学历教育与文学创作摆脱底层工人地位的人物也以此为蓝本。鬼金说自己不愿成为涉世很深的作家，在他看来，成熟往往意味着棱角的消磨和活力的丧失，意味着对青春的背弃和对理想的背叛。《雨后》中，成为企业中层的"我"如鱼得水地混迹于官场，左右逢源地游走在妻子与情人之间，名声与实惠兼得。这是很多人可望而不可即的成功，"我"却无时无地不感到憋闷和窒息。厌倦和压抑如附骨间的蛆虫一样与"我"纠缠不休，缺少氧气的办公室与无法冲破云层的光都是"我"心境的投射。作品中有段"我"塞牙的描写，夹在牙齿间令人心神不宁的腐肉是"我"存在感的表征。在与好友奎勇的对比中，"我"感到了荒废和沉沦，意识到了对自己的亏负。那个曾经热爱诗歌、不谙世事，为一只流浪狗的死痛哭苦流涕，面对投怀送抱的风尘女子手足无措的真纯少年早已不在。中年的"我"不断怀念文艺青年的青葱岁月，单纯明朗的孩子在成人世界的精明算计、势利市侩、虚伪矫情中承受着震荡与煎熬。

文艺追求纯然的精神自我与心灵价值，青年人最具叛逆精神，在青年的精神结构中注入文艺气质就会与社会生出隔阂与冲突，或不谙世俗的生存法则，或不与世俗同流合污。无论哪种都会造成双向对抗：一方面，主体因反感矫饰虚伪的公众经验和群体意识，感受不到与大众的同构感与和谐感；另一方面，世俗将之视为异类，其思想行为不被尊重和认可。幸福感的诉求是双向的，既要有主体的自由与自洽，还要与他人和社会保持必要的诗性联系，任何一方的缺失都会使人陷入焦虑。《明莉莉》中，老朱与明莉莉情感远近的变化就凸显了这一辩证关系。老朱才华横溢，性格有棱有角，顾盼风流的他获得了年轻女孩明莉莉的芳心。爱情需要两情相悦，同时也是世俗的一部分，要以世俗价值为基础。当明莉莉的社会地位不断提升后，老朱作为知识分子的自信心渐渐退去，在女强人面前生出自卑感，在关系的维系上表现得狐疑懦弱和困顿无力。这一情节表面上是探讨社会地位变化升迁对婚姻情感的影响，更深层次上则表现了人的自我价值与社会价值实现中的分庭抗礼，老朱固然可以在自己营造的天才自我的精神世界中获得满足感，但一旦触及包括爱情关系在内的人际关系诉求时却无法逃脱世俗价值的影响。

"不得志的文学青年"是鬼金笔下的系列人物，我们固然不能将有关作品视为作者的自叙传，也无法勘测其与本人的关联度，不过这个有指涉意味的形象明显透出叙事者的身世感。这些青年踌躇满志却不臣服言媚，才华横溢却生活落魄，勘透生活却不能挣脱，常因无法与粗鄙共生而陷入纠缠不清的委屈与苦痛中。他们与郁达夫笔下的零余者相仿，不同的是，郁达夫书写的是无定漂泊的落魄知识者，他们身患疾病、居无定所、自哀自怜；鬼金书写的是因禁在工厂里的知识工人，他们身体健康却精神流浪，疾恶如仇地在好斗、暴行、色情的环境中野蛮生长。这个极度自卑和没有安全感的少年维特渴望人的理解和安慰，充当这一功能的或是患难的工友，或是相投的文友，更多的则是无私的爱人。《追随天梯的旅程》里的青年工人朱河的生活被轧钢厂的乌烟瘴气笼罩着，他不仅忍受着重复单调的工作，还要忍耐恶意的制度与敌意的人际关系，就像那只在烧烤摊上被人们竞相追逐、拔毛去骨的鸽子一样羸弱。孤立的朱河在姚霞的善待与爱欲中获得了灵魂的短暂救赎。鬼金把写作喻为"自我取暖"，朱河和姚霞未尝不是"互相取暖"，但他们的结合更多是人格的认同和心灵的契合，朱河身上任侠好义的草莽气质是获得姚霞爱的根本原因。这类人物的情感光谱中沾染了传统小说"才子佳人"的气韵。

"坟"和"墓场"是价值散乱与生命耗尽的残存的意象，这一意象在《旷夏》中成了核心存在。作品呈现了一位知识青年的寡欢心迹与孤苦命运。父亲在儿子死后才越来越懂他，祭日前多次在儿子坟前追忆其任性凄楚和恐怖空虚的一生。他洞察世事、酷爱文艺，却因无法与他人沟通而被边缘化，陷入巨大的孤立中；虽一度找到了倾心的伴侣，却因母亲以死相逼而告吹，最终不堪忍受吊车工消沉麻木的生活而自杀。儿子不仅生前背负着沉重的十字架，死后栖身的坟墓也屡因世故而被迫迁移。

## 三、爱欲与死亡的辩证

爱欲与死亡是生命的两级，蕴含着生存与繁殖的辩证法。爱欲关乎人的保存与繁衍，与生的本能息息相关；死亡将人分解为微生物，与毁灭的本能息息相关。性爱与死亡在很多作品中不过是点缀的花边和裸露的事实，而在鬼金的小说中，它们成为了描写的重心和表现的主体，有时甚至有些过于放任自流，而显得缺少分寸感和节制。鬼金作品中的人物常把实验性的自我和整个信仰都深埋其中，使之成为生活和生命中最深刻的印记。

鬼金的情欲描写在病象揭示和灵魂拷问两个层面上进行。在一个层面上，情欲意味着生命的消极毁灭状态，以轻浮、放纵、淫荡、怪异、陌生、危险、黑暗、肢解、阉割、疯狂、死亡为表现形式。这类情欲经常存于半公开和不正常的，以偷情通奸和穷斯滥矣为主要内容的两性关系中，或受情感与身体的支配，或遵循性交易的法则。《画十字的地方》中，偷铁的女人被钢铁厂保卫处捉到后，麻木机械地献出身体以求保全，保卫人员对此轻车熟路、习以为常。作者对这个事件的轻描淡写给人一种漫不经心的印象，仿佛不过就是生活中历来如此和无须检视的部分而已。鬼金笔下不健康的两性关系中，往往包含着紊乱的人际关系，性关系的泛滥扭曲隐喻了道德的堕落溃败和精神的颓废无形，溃烂的风景在观淫癖心理映射下触目惊心。另一个层面上的情欲由肉体放纵走向精神放逐，以起源、诞生、温暖、滋养、繁衍、成长、充裕、进取为表现形式。

作为本源性和创造性的存在，情欲不再令人厌恶恐惧，而成为自我解放和自我认知的力量之源。拉康认为，所有的欲望都来自匮乏、规范、控制、整治，它是对身体的贬抑和对灵魂的推崇。感官扬弃能让人获得尘世的解脱，能诞生新的启悟与美德。《黑夜白马》中，生子将禁欲视为自我清净剂，用理性掌驭喧闹的躯体，"我禁锢我的情欲。我会更加冷静地看清这个世界，看清，我自己。我不想在情欲里迷失我自己。"情欲是挣脱现实苦难的避难所，其中道德与情感的辩证也成了诗与思的机缘。《画十字的地方》是篇失乐园和启示录式的作品，它讲述了老朱与明莉莉的爱情如何由天作之合滑向天作之祸。老朱是位不乏才情却情欲缠身的床帏文人，与《废都》中沉浮在言情风月和文人之欲中的庄之蝶有几分相似，但他已不是庄之蝶那样随心所欲的有充分价值感的主人公，滚滚红尘中不再理直气壮而是卑微无力。他把知识分子的精神生活与文学魅力视为男女欲望的试金石，在意外地得到了被众文人捧为"诗歌教母"的明莉莉的垂青后重拾了乐观与自信。可随着世俗地位的升降变化，恋人间生出隔阂，老朱自我陶醉式的幻觉逐渐褪去，藏匿在挣扎迷失中的爱欲悄然地酝酿着暴力的潜流。无法维系爱情的老朱怒不可遏地杀死了情敌后，竟始料未及地与明莉莉在情杀现场展开了一场意乱情迷的震颤床欲。老朱与张贤亮笔下的章永璘对情欲的认知很相似，他们都把情欲的满足视为获悉本质力量不可或缺的参照物和衍生物。作品仿佛书写的是香艳邂逅和变调婚姻，但深层次上观照的却是神圣爱情与犬儒游戏的迷离困境。这类情欲挣脱了纵情声色和堕落腐朽的俗世逻辑走向了形而上。当然，对情欲的不同经验也透出鬼金伦理观念的二重性。

死亡是鬼金笔下人物感受世界和探讨自我与世界关系的又一凭借，他的小说经常会营造某种阴森神秘和险象环生的怪异气氛。在充斥着乌鸦、坟墓、荒野、黑袍等与现实格格不入的意象的幽暗空间中，梦境迭生，人鬼同途，天地失序。这是夜游工人不安多疑的心理投射，也是精神创痛和心灵炼狱的象征。

鬼金笔下的死亡常与情欲相伴而生，并与情欲一样，既能让人不可救药地沉沦，也可勘测生命的玄机。《薄悲有时》中，"你好春天"就在爱欲巅峰中有了濒死的感受——"我的高潮来自濒死的肉身……我会看到灵魂出窍"。《带刀少年》中，萧耳童年的溺水经历非但没带来对死亡的心悸，反而铸成了对死亡的迷恋。在他乘坐的火车进入隧道瞬间，产生了在光明与黑暗的交界处赴死的冲动，他希望远离这个非自己选择的肉体，让灵魂与火车一样奔向无穷无尽的远方。这是自由意志支配下的人摆脱自然法则彻底放逐自己的瞬间憧憬。很多时候，鬼金的小说中死亡的悲剧感会降到最低，死亡非但不会成为沉重的精神负担，还有了弃绝尘世和死而不朽的意味。芝英一氧化碳中毒的垂死之际不再有痛苦和留恋，骑上了屡次出现在梦中的白马飞向远方，白马是芝英命运和理想的寄托。这个充溢着浪漫与灵性的死亡成为生命存活的反证，漂泊的灵魂在自我完成和永劫回归的生命节奏中找到了归宿。《明莉莉》中的遗书写作者韩全是个专注死亡且对死亡有严肃思索和充分准备的人，他认为，人时刻生存在死亡的阴影中，任何人都有对生的眷恋和对死的恐惧，好生惧死是人之常情，私自赴死是人的权力。人既要过着浮光掠影的世俗生活，又要时刻准备抛弃一切走向死亡，向死而生的处境召唤人们摆脱生活的庸常，认真审视灵魂与时间。

## 四、无法圆满的生命

鬼金在《那个写作的吊车司机》中引法国劳拉·阿德莱尔的话说，"我们永远都不是我们自己，我们整个的存在历程就是试图把分裂的自我整合起来。在这个无边无际的迷宫里，写作是开辟出一条认清自我、平息痛苦的道路。"笔者认为，这句话可以作为鬼金创作的支点。"我们不是我们自己"并非我们无法认知"我们自己"，而是要在"我们始终都是分裂的自我"的真相中正视"我们自己"。鬼金的小说中，自我的存在感会在环境压迫与外界剥夺中持续流失，人们无法把司空见惯的一切心安理得地接受下来，不能正视的黯淡风景会被放大为直觉中的下意识部分。《薄悲有时》中，返乡次日的李元慥看到地上的鞭炮碎屑，感觉"像楼群咳出来的一滩红色的血迹"，这道突然闪现的怪诞阴影是李元慥意识的漂流物，它暗示了其即将在事业和爱情上经历的双重失落。《追随天梯的旅程》中，在工厂里从事繁重重复劳动的陈河仿佛活在铜墙铁壁中。这天，他在吊车上做了个新感觉的梦：一把从天而降的巨剪将笼在厂房和工地上的死城堡垒剪开，头顶露出纯色的天空。忧郁绝望的他感觉到从未有过的心醉神迷，但一切如海市蜃楼般转瞬即逝，梦不过是强大秩序下莞尔失神的心理回音。

鬼金有时会把人的残缺体验从文本局部细节中提取出来，催化和升华为独立的艺术形式。《碑与城》讲述了朱米为了去世的舅舅晏清郁的梦中嘱托，为其树碑立文的经历。这个过程里，朱米在口耳相传中拼凑出了晏清郁的往事，并在剧作《城》中还原了他的心路历程和精神世界。自诩"灵魂之父"的晏清郁从工作的囚徒感中感悟到了更深广的囚徒意识，他认定，存在本身就是禁锢，"人是这个国度的囚徒，是这个世界的囚徒，是这个宇宙的囚徒……"。他仿佛是一个洁癖患者控诉着周遭的肮脏污浊，他要摒除一切污秽，干干净净地到达他建构的灵魂之城。可以说，《城》这部小说中的作品是一首残缺者的悲歌和颂歌，晏清郁所希求的不是一座具体的墓碑，而是一篇精神的墓志铭。

对残缺体验的洞察和对世界暴戾的抗拒，构成了鬼金小说压抑与反抗的逻辑内涵。鬼金认同加缪说的，"重要的不是治愈，而是带着病痛活下去"。在感性生命中寻求人生意义是灰色平庸生活里唯一的精神退路。马尔库塞主张用"自恋式的幻觉"来克服主客体的对立，鬼金也常捕捉蛰居在生活中的灿烂情感和闪光人性，将之作为平息疼痛的致幻剂。《芝英》中，芝英夫妇的生活时刻被柴米油盐包围，但琐碎的人生也有感动潇洒与明净乐观；《彩虹》中，碉堡里的孤儿姐弟孤立无援，但他们的精神世界却刺激而富于生命力。鬼金的小说拥有让日常生活变得生动和诗意的力量。作品试图告诉人们，再贫乏有限的生活也可以丰富和富有层次。鬼金还经常从精神中寻觅某种神启的存在，以之重建人的权利与尊严。《孽春》中，精神残疾的二春有着大多数普通人没有的智慧，他的双眼时刻审视着荒诞的现实和丑陋的人性。别人嘲笑他的时候，他也在嘲笑别人。这是个类似于西方中世纪佯傻的小丑的形象。对这个人间恶意重压下的弱者而言，延续生命意味着延长痛苦。二春最终死在了纯真爱情实现之后，死在了神圣大钟之下，他摆脱了沉重的肉身和无休止的流浪，找到了永久的归宿。《带刀少年》中，反复出现的被禁锢的精神病人、被剥夺阅读权的读者、四处乞讨的残疾人、挣扎无望的活鱼、胡言乱语的老头，都是与主人公一样的被漠视与被损害的弱者。那把主人公随身携带的蒙古刀是坚硬意志和犀利精神的象征。这把由良知和勇气熔成的利刃是主人公保护自己和攻击世界无往不利的武器。主人公每次"怀里揣着那把蒙古刀，心里的阴霾一扫而光"，"像一个刺客，而这个世界，就像是一个将被我去行刺的人"。当中年的他失去年少时的执着和勇气时，这把刀也变得锈迹斑斑。如果说，鬼金笔下不妥协的文艺青年拥有的是堂吉诃德的精神，他们面对生活理想与粗鄙现实的巨大反差进行着无畏的抗争的话，那么，他笔下追寻自我完整性的强悍青年拥有的则是普罗米修斯的精神，他们为了人的终极拯救，拒绝一切权益与折中。

## 结　语

鬼金的小说视角独特，但兴趣并不驳杂，他始终关注的都是城市工人和底层大众。我们自可将其纳入诸如工人写作、底层文学、城市小说中加以讨论，不过这种站队式的阐释显然失之浅白，鬼金也不会称心如意。其小说中的解构嘲谑、自虐不恭、冷峭惊异等风格很难归入我们经常论及的题材范式中。鬼金曾说，世界有两种作家，"一种是写下了很多作品的作家，但是自己却不是一部作品；另一个是，自己写了很多作品，同时自己也是一部作品的作家"。他要做的是后者，更多时候，他的确是把自己垒进作品中，与笔下人物同呼吸、共命运。鬼金凭借冷僻的修辞风暴把时代经验、职业经验、阅读经验，以及生猛性情、人道精神、颓废意识等压缩成一个又一个生冷晦涩的故事。这个罗宾汉一样的吊车狂人居高临下，傲世狂放地俯瞰众生，将神圣与低俗并置一处，以黑色幽默和启示录式的寓言，以及泼辣有力和谑而不虐的语言，透视着生活和千疮百孔的时代，为生命寻求道义与尊严。他发现和询问的不是理想的"大写的人"，而是具有本质特征的"一代人"和"真实的人"。

（2017年第5期）

# "端的是一个讲故事的高手"

## ——笛安小说论

宋 嵩

一

初登文坛的笛安，是以"天才少女"的形象出现在读者面前的。甫一登场便凭中篇处女作《姐姐的丛林》（2003）亮相于老牌纯文学期刊《收获》，其起步的高度令同代作家无可企及。从情节和题材上看，这篇小说似乎并未超越"青春文学"中常见的少女情怀和成长之殇的范畴，但透过小说人物之间复杂甚至略显混乱的情感关系和遭遇，我们还是能看出笛安对爱情、人性以及艺术的独到思考。主人公姐妹两人（姐姐北琪和妹妹安琪）曾一同学画，尽管北琪从小就坚信"愚公移山"一类的励志故事并努力投入，却仍旧无法改变艺术天赋远远不及妹妹的现实；在日常生活中，北琪的长相"平淡甚至有点难看"，在学业上也只能勉强维持中等水平；在情感遭遇上，她曾被一个小混混短暂地追求，却又很快被放弃。相较于妹妹才华横溢的绘画天赋和姨妈（绢姨）在异性眼中不可抗拒的吸引力（"招蜂引蝶"），在这样一个各方面都很平庸的女性身上，似乎不会发生什么曲折的故事。但她的命运轨迹却因父亲的博士招生资格而发生了根本的扭转：母亲想借此机会撮合她与谭斐的婚事，解决自己对大女儿"嫁不出去"的担忧；谭斐也有意通过和北琪谈恋爱来达到击败竞争对手江恒、顺利考上博士的目的；而父亲对此的超然态度背后也处处透露出内心的纠结。北琪的平庸导致其"被利用"和命运"被安排"，与此形成鲜明对比的是妹妹安琪对自身艺术天赋逐渐清醒认识的过程。从老师看安琪的画作时"眼睛会突然清澈一下"，到确认自己喜欢上谭斐后将画画作为灵魂喷涌的出口，再到放弃投考中央美院附中，安琪完整地经历了谭斐所说的"从一开始以为这个世界上只有自己，到明白自己的天赋其实只够自己做一个不错的普通人"的过程，"然后人就长大了"。

认识自己的普通人属性、涤清自身的"天才"幻想是自我确证的重要一步，由此出发才能建构起客观、正常的人生立场，这一点对于当下这个张扬"个人奋斗"的时代似乎尤为重要。但生活的复杂性还在于：一方面，我们身边的确存在着一些"天才"，例如《姐姐的丛林》中的艺术天才绢姨和学术天才江恒，他们对"天才"近乎挥霍的使用影响到自己的人生态度，甚至以伤害他人为代价，以至于母亲会用"她是艺术家，她可以离经叛道，但你不行"这样的话来开导被绢姨背叛的北琪；另一方面，当普通人清楚地认识到自己无法在正常层面同"天才"竞争时，则往往会转向采用非常手段，例如谭斐式的"曲线救国"（特别是在谭斐被拒签之后，他同北琪的婚姻成为最后一根救命稻草）。

小说中安琪对谭斐和江恒两个人的评价颇为耐人寻味：谭斐是"并不完美"，而江恒则"不是个好人"；母亲对北琪的评价也是"你是个好孩子"。由是观之，笛安在一开始便确立了一个贯穿自己创作过程的主题：好（善）/坏（恶）人的对立与相生。无论是在笛安代表性的"龙城三部曲"中，还是在长篇《芙蓉如面柳如眉》里，我们都会发现，"好人""坏人"这两个词出现的频率特别高；很多情况下是集中出现的，作者还会对二者加以演绎或阐释。例如：

"陆羽平。"小睦说，"你是个好人。"

"我不是。"他打断了小睦。

"你是。"小睦坚持着，"会有哪个坏人会在出了这种事情以后还这样对待芳姐？别说是坏人，不好不坏的一般人都做不到的。"

——《芙蓉如面柳如眉》

"西决，我是个好人吗？"

"你不是。"我斩钉截铁。

"和你比，没有人是好人。"她的手指轻轻地扫着我的脸颊，"你要答应我西决，你永远不要变成坏人，如果有一天，我发现连你都变成了坏人，那我就真的没有力气活下去了。"

"永远不要变成坏人。"我微笑着重复她的话，"你们这些坏人就是喜欢向别人提过分的要求。"

——《西决》

迦南突然说："我也不小心听过护士们聊天，她们都说你哥哥是个好人。"

——《南音》


这样的例子不胜枚举。可以说，《芙蓉如面柳如眉》和"龙城三部曲"就是关于"好（善）/坏（恶）人"的系列小说。据说在创作《西决》时，笛安并没有计划将小说写成"三部曲"的形式，因此，《西决》中人物身上的"好/坏""善/恶"对立体现得更为明显。但随着写作计划的铺开，在第二部《东霓》和第三部《南音》中，人物性格深处的东西开始被作者渐渐发掘出来，复杂性也随之得以更充分地展示。好人身上的缺点与人性的弱点被渐渐曝光，借用弗兰纳里·奥康纳那个著名短篇小说的题目就是"好人难寻"。

三部曲中人物性格最惊人的突变出现在《南音》中，前两部中公认的"好人"西决因为医院放弃治疗昭昭而义愤填膺，开车撞飞并碾轧了昭昭的主治医生陈宇呈，最终被判有期徒刑20年。这一突变的合理性自然是值得商榷的，但探究作者设置这一情节的目的，大致有二：首先在于揭示出任何人性格底层都具有的善恶两面，其次是为了突出道德规范、社会秩序、家庭教育等各方面合力对人性的规训与压抑，以及被压抑的人性一旦冲破束缚后所带来的巨大破坏力。值得一提的是，作者敏锐地注意到现实生活中突发的重大事件有可能对人的性格起到激发或扭转的作用，因此将南方冻雨、汶川大地震、医患纠纷、工厂爆炸、福岛核事故等糅进小说中，在增强真实感的同时，也使人物性格的展示更为合情合理。

## 二

《姐姐的丛林》之后的长篇小说《告别天堂》，其创作主旨因有一篇详细的"后记"而易于索解："对于这个故事，'青春'只是背景，'爱情'只是框架，'成长'只是情节，而我真正想要讲述和探讨的，是'奉献'。"[1]这种"奉献"，被笛安进一步阐释为是小说的五位主人公——天杨、江东、周雷、肖强、方可寒——彼此之间"真诚又尴尬"的，而"正是那些神圣和自私间暧昧的分野，正是那些善意和恶毒之间微妙的擦边球让我们的世界变得如此丰富，如此生机勃勃"[2]。从以上所引这几段作者自述中，我们似乎能看到笛安对世纪之交流行的"青春文学"的不满，以及她借书写"奉献"这一抽象主题来寻求超越的努力。但通读小说，我们能看到她所说的"背景""框架"和"情节"，能读到一个残酷凄美程度不亚于韩寒、郭敬明或"80后五虎将"的故事，但

---

[1] [2]笛安：《后记》，《告别天堂》，第266、267页，沈阳：春风文艺出版社，2005。

其所谓的形而上探讨却因设置的生硬而让人如鲠在喉。《告别天堂》写校园生活，写低龄化的爱情，写青春期的叛逆，刻意暴露世纪之交青少年成长的心路历程，所有这些几乎都符合"80后"发轫期长篇小说的主流趋势。笛安将表现"神圣和自私间暧昧的分野"和"善意和恶毒之间微妙的擦边球"视为她实现超越的路径，但须知这些抽象理念必须经由具象的情节加以呈现。小说中虽不乏青春的温情与感动，展现出的悲天悯人的情怀也给人留下了深刻的印象，却难免沦入人物形象理念化、情节设置过分离奇巧合的流俗，对超越性主题的过分拔高难免有矫情之嫌。

姑且不去深究小说故事发生的主要地点"红色花岗岩学校"和主人公之一方可寒罹患白血病早逝这一情节是否受了21世纪之初风靡一时的《流星花园》《蓝色生死恋》等青春偶像剧的影响，也不必探讨一群重点高中毕业班的学生在高考前终日沉迷于多角恋爱（乃至性爱）中不可自拔的故事真实性究竟有多大，仅就作者精心营构的方可寒"卖淫"这一核心事件而言，便足以动摇小说存在的根基。方可寒这一形象，似乎是东西方神话传说中普遍存在的"圣妓"母题在新世纪中国的又一次"重述"。这个以"公主"形象出现在读者面前的人物，"永远昂着头"，从小便凭借其罗敷式的美貌刺激周围男性的荷尔蒙分泌；进入高中以后发展到"50块钱就可以跟她睡一次"，还不止一次因为"心甘情愿""因为我喜欢你"而给嫖客"免单"。这些让人感觉不可思议的情节，在笛安笔下被津津乐道；而将其与罹患白血病的秘密相结合，更彰显出方可寒这一行为的"神性"：她似乎是要把自己的美貌和所剩无多的生命"奉献"给那些被高考、被感情、被性欲所折磨的少男们，借助满足他们的肉体来实现灵魂的飞升。作者赋予一个卫慧、棉棉小说主人公式的女高中生以"神性"，极力装出一种与年龄不符的成熟或曰深刻，却因用力过猛而呈现出大写的尴尬。

如果说以"神妓"形象示人的方可寒因其神性和早逝而显得缥缈，小说的另一个女主人公天杨则自始至终试图扮演"圣女"或"圣母"的角色，但又因其行为中随处可见的造作而拉低了她在读者心目中的地位。笛安极力塑造的是天杨性格中"纯真"的一面。可以说，天杨的爱情观中存在着一种"洁癖"，这种洁癖不仅是对自己也是对爱人的要求。因此她才会纠结于自己和江东之间的爱情、自己对江东的爱情是否"脏了"——这也正是她认为"吴莉的爱要比我的干净很多"的原因。

作为朋友，方可寒用肉体对江东的"神妓"式的"奉献"的确算得上"真诚"，却让读者感到尴尬，并不由得发出这样的疑问：这样做就能使世界变得丰富和生机勃勃吗？而作为恋人，天杨逼迫自己用"圣母"式的"奉献"、打着"爱"的旗号去做一件自己都认为"是错是丑陋是不可宽恕的事情"的时候，从一开始就注定要失败。对此，她心知肚明，并一针见血地将自己的行为概括为"没事找事"和"贱"。在这两个人物身上，体现出了概念化的空洞乏力，以及主题先行所导致的思想与行动的龃龉。

## 三

自"80后"作家在世纪之交横空出世之日起，他们的历史观便一直是主流文坛关注的焦点和诟病的症结所在，"没有历史的一代""空心一代"似乎是他们身上总也揭不掉的标签。在大量的架空、玄幻、戏说面前，评论界似乎长期以来都对"80后"的历史叙事充满了忧虑，并由之生发出期待。在较早涌现的"80后"作家中，因为历史学、社会学的专业背景，笛安或许是最有可能在历史叙事方面做出成绩的一位。但让人感到意外的是，在她创作的初期，除了一篇取材于嵇康故事的短篇《广陵》之外，并没有真正意义上的历史叙事作品。她似乎是在有意回避这一题材领域。

在《告别天堂》中，有两处细节勉强与"历史"相关，一是"雁丘"的传说，二是故乡街头有千年历史的"唐槐"。历史的光彩都与那个作者反复书写嗟叹的"暗沉的北方工业城市"形成鲜明的反差，但除此之外，二者只起到装置性的作用，将其删去对情节推进亦无甚影响。《广陵》写的则是中国读者耳熟能详的故事，笛安在此做出了一点突破性的努力，将《世说新语》等古籍中有关嵇康的散碎片段连缀起来，并虚构出一个人物"藏瑛"，从他的视角出发，突显出嵇康的人格魅力所具有的强大感染力。但作者对嵇康思想和行为所秉持的显然是一种有保留的态度。用藏瑛的话来说，"是他们为我打开了一扇门。那扇门里的精致与一般人心里想要的温饱或者安康的生活没有特别大的关系，它只是符合每一个愿意做梦的人的绝美想象"。显然，这种理想境界是建基于不必为温饱或安康操心这一基础之上的；而嵇康对生活的游戏态度、对纲常礼教的鄙视，以及"谁的话都听不进去"的姿态，也不是一般平头老百姓的物质基础所能支撑和许可的。因此，尽管藏瑛被嵇康的精神境界和人格魅力所折服，最终也只能是奇幻地在刑场上待《广陵散》曲终后，以内脏化蝶的方式与嵇康达到精神上的永恒相交，而留给现实世界一具没有了心，也因此不会变老的躯壳。耐人寻味的是，就是这具躯壳，目睹了嵇康的儿子嵇绍是如何成为杀父仇人司马家族最忠诚的臣子的。藏瑛（的躯壳）认为，"嵇康若是知道了他儿子的结局，应该会高兴的。因为这个孩子跟他一样，毕竟用生命捍卫了一样他认为重要的东西。至于那样东西是什么，大可忽略不计"。在此，传统意义上"对／错"的价值分野被消弭，精神追求的现实背景被彻底抹除，与前文对待嵇康人生立场的态度其实是一致的，都是对一种抽象价值的肯定。由是观之，笛安只是借用历史人物的故事外壳来安置自己对某种价值观念的思考，其行为恰好与小说中藏瑛灵魂出窍的情节形成了互文；却并没有体现出作者具体的历史观念。

《广陵》的历史叙事外衣，似乎只是笛安在形式上的有限度试验；她偶然为之，又迅速回到既有的题材轨道上去，在此之后的很长一段时间里并未触碰与"历史"有关的素材。也正因为如此，当她在 2013 年拿出以明代万历年间为背景的长篇小说《南方有令秧》时，才会取得让人惊讶甚至眼前一亮的效果。笛安的这一选择，很难说不是受了21世纪以来主流文坛"回归文学传统"、向《红楼梦》《金瓶梅》等古典小说、世情小说汲取养分之风的影响；特别是新世纪第二个十年伊始以王安忆《天香》为代表的一批带有浓郁古典叙事色彩的长篇小说集中涌现，也为正日渐深陷创作瓶颈期的"70后""80后"作家带来了有益的启迪。

但在文坛的短暂惊喜之后，许多评论家敏锐地发现，《南方有令秧》并非他们想象中的那种历史叙事。例如，何平就指出："《南方有令秧》是一部以想象做母本的'伪史'，而小说家笛安是比张大春'小说稗类'走得更远的'伪史制造者'。如同史景迁用历史来收编蒲松龄的小说，那么笛安是不是在用小说收编历史呢？"①"以想象做母本的'伪史'"一语，恰如其分地点明了《南方有令秧》性质，正呼应了笛安在小说《后记》中坦白的："其实我终究也没能做到写一个看起来很'明朝'的女主角，因为最终还是在她的骨头里注入了一种渴望实现自我的现代精神。"②而她在写这部"历史题材"小说的时候，"感觉最困难的部分并不在于搜集资料"，"真正艰难的在于运用所有这些搜集来的'知识'进行想象"。③这就是说，笛安实际上是将440年前明代万历年间的历史作为一种"容器"，其中要盛放的是440年后一个生活在21世纪北京城里的女青年的观念与意识。巧合的是，王安忆的《天香》也选择了明代中后期的历史作为小说的时代背景，其故事发生地上海与《南方有令秧》的故事发生地休宁在直线距离上并不遥远，同属江南区域，而且两部小说均以女性作为主人公，因此，二者可对照阅读。在王安忆关于《天香》创作的自述中，有两

①何平：《"我还是爱这个让我失望透顶的世界的"——笛安及其她的〈南方有令秧〉》，《东吴学术》2015年第2期。
②③笛安：《后记：令秧和我》，《南方有令秧》，第344、345页，武汉：长江文艺出版社，2014。

段话值得注意：

> 女性可说是这篇小说的主旨。……"顾绣"里最吸引我的就是这群以针线养家的女人们，为她们设计命运和性格极其令我兴奋。在我的故事里，这"绣"其实是和情紧紧连在一起，每一步都是从情而起。
>
> 在一个历史的大周期里，还有着许多小周期，就像星球的公转和自转。在申家，因是故事的需要，必衰落不可的，我却是不愿意让他们败得太难堪，就像小说里写到的，有的花，开相好，败相不好，有的花，开相和败相都好，他们就应属于后者，从盛到衰都是华丽的。小说写的是大历史里的小局部，更具体的生活……①

《天香》与《南方有令秧》之间的一个显著不同，就在于王安忆自始至终都在描述属于 16 世纪的生产场面（刺绣），因此，她的叙述势必会与当时的社会经济发生密切的联系，无论是明末江南的所谓"资本主义萌芽"，还是随着新航路开辟而涌入的西洋宗教与科学技术，乃至倭寇对东南沿海的骚扰，在小说中均有所涉及，有的还被作为关系情节推进的重点加以浓墨重彩地表现。无论是女性之"情"还是大家族在大时代中无可奈何的衰落，都是在这种不断的拮抗中彰显出来的；二者都是"小局部"，但唯有将其融入"大历史"，这些局部的存在才有意义。反观《南方有令秧》，笛安在明代官宦人家的衣饰、陈设以及日常风俗等方面下足了功夫，似乎不会出现当下众多历史"神剧"中比比皆是的穿帮情节，但整部小说的情节几乎与生产无涉，因此也就谈不上与社会经济发生关系。尽管在小说的后半部分"东林党争"、宦官专权成为推动小说情节发展的重要一环，川少爷"面圣"一节也多多少少让人嗅出大明王朝

---

① 王安忆、钟红明：《访问〈天香〉》，《上海文学》2011年第3期。

山雨欲来前的潮湿气息，但小说所反应的大多数内容，都像唐家幽深的庭院一样封闭，人物的情感、意识无根无源又自生自灭。其原因显然不能归咎于故事发生地徽州山区的闭塞，而只能是由作者的创作立场所决定的。在去徽州旅行的过程中看到牌坊和古村落，进而萌生创作一部反映女性（少女）命运的长篇小说，这一创作缘起不免让人联想到某些畅销书问世的故事。①而那种要把"渴望实现自我的现代精神"灌注到文本里的努力，更决定了这部小说不可能是传统意义上的"历史小说"。何平称之为"伪史"，的确有其合理之处。

但是值得注意的是，这一"伪史"的"历史感"并不仅仅寄托在那些古色古香的服饰和陈设上。由于整个故事都是围绕着"牌坊"这一带有明显历史色彩的事物展开的，"渴望实现自我的现代精神"也好，"女性主体的意义生成"也罢，都需要借助"牌坊"来完成，"御赐牌坊"成为小说情节的推动力，因此，这一事物背后所关联的只属于那个时代、今天只能存在于历史辞典中的意识和观念（例如贞洁观、生育观等等）势必要在文本中加以重点体现——这正是《南方有令秧》中历史感的存在之处。

令秧在唐家 15 年的成长过程，是她在封建大家庭里同命运、制度顽强抗争的过程，也是她"实现自我"的过程；但令人痛心的是，这同时也是一个纯真少女蜕变成心机重重、偏执狠毒的"腹黑"妇人的过程。在云巧、连翘、蕙娘等人有意无意的言传身教和谢舜珲的出谋划策下，她从起初略显"缺心眼"的状态参与到家庭内部权力的争夺中去，从呵斥下人都能紧张得手指"微微发颤"、同情小姑娘缠足的痛苦，发展到为灭口而授意连翘配制慢性毒药除掉罗大夫、为杜绝谣言稳固地位而自残左臂，直至不许女儿退婚、强令她守"望门寡"，令秧在唐家的无上权威就是这样一步步树立起来的。人性中的光芒随着

---

①据说畅销小说《还珠格格》的问世，正是因为作者琼瑶偶然听到了"大明湖畔夏雨荷"的民间传说，有感而发创作出来的。

年龄的增长而渐渐褪去，心底的"暗物质"却趁机大肆扩张地盘。究其原因，除了人类追逐权力的本性使然之外，归根结底还是因为封建礼教对妇女心灵的戕害。选择这一题材加以表现的作品，五四以来数不胜数，甚至还可以上溯到《红楼梦》。《南方有令秧》的独到之处，则在于笛安设置了一个特殊的时间节点：御赐牌坊立起之日，便是令秧放逐自己生命之时——这也正是令秧不择手段争取早日立起牌坊的原因；而她在目的即将达成时与唐璞生出奸情，则意味着人性、欲望和本能在与规训的长期搏斗中最终占了上风。但这一时间节点的设置也有副作用：整部小说的叙事节奏给人一种前松后紧的感觉，特别是临近结束，情节密度骤然加大。但愿这只是作者的有意为之，而不是因情节调度上的失措所致。

封建"妇道"、贞洁观和牌坊制度的存在及其意义，本身就带有鲜明的悖论意味。在一个男权社会里，"一个女人，能让朝廷给你立块牌坊，然后让好多男人因着你这块牌坊得了济，好像很了不得，是不是？"然而，"说到底，能不能让朝廷知道这个女人，还是男人说了算的"。几千年来，制度就在这种近乎荒诞的循环中延续下去。与此相映成趣的，除了唐家几位女主人不可告人的秘密（蕙娘与侯武、三姑娘与兰馨、令秧与唐璞）外，小说中还有两个耐人寻味的细节：其一是令秧主持"百媚宴"后，谢舜珲嫌别人给《百媚宴赋》题的诗俗不堪耐，便让海棠院妓女沈清玥另题。此处谢沈二人的对话可谓妙绝：

> 沈：那些贞节烈妇揣度不了我们这样人的心思，可我们揣度她们，倒是轻而易举的。
>
> 谢：那是自然——你就当可怜她们吧，她们哪儿能像你一样活得这么有滋味。

这种别具一格的"换位思考"，显然是作者借古人之口对贞操观念的反讽；

由此出发反观《告别天堂》中天杨、方可寒二人的观念和行为，或许可以得出与众不同的结论。

其二，是川少爷进士及第后"面圣"的遭遇：万历皇帝对他说的第一句话，居然是关于令秋的。"他想象过无数种面圣的场景，却唯独没想过这个"，最终只能满怀屈辱地"谢主隆恩"；之前在家中曾慷慨激昂地斥责令秋救治宦官杨琛"丢尽了天下读书人的脸面"，此时却被窘得无话可说。这一细节既是对儒生一贯纸上谈兵的无情嘲讽，也暴露出他们在权力面前严重的"软骨病"。与之形成鲜明对比的，是令秋虽为一介女流，却雷厉风行、敢作敢当的作风。这两处细节看似闲笔，却起到了四两拨千斤的效果，体现出超出作者年龄的叙事功力。

笛安的成长轨迹在"80后"作家中具有明显的特异性。长期以来，"80后"作家被人为地划分为"偶像派"和"实力派"两支队伍，并被拉到文学绿茵场上角逐。但笛安显然是一名"跨界"选手，自出道以来，她的每一部作品都堪称畅销，有些作品已经经过了数十次的重印，她也因此成为"作家富豪榜"上的常客；而她与郭敬明等"80后"偶像派作家合作，创办自己旗下的文学期刊，也积攒了极高的人气。但其创作的整体水平并未因这些"偶像行为"受到影响，虽然某些作品略有瑕疵，但毕竟瑕不掩瑜，基本上都能获得广大专业读者的认可。

木叶曾评价笛安"端的是一个讲故事的高手，带来了久违的好看"[1]，诚哉斯言。为了追求"好看"、讲述一个吸引人的故事，她常常不惜选择在某些同代作家看来不新鲜、不"潮"的题材，也较少在创作过程中玩弄技术，有时还会借鉴类型小说的模式（例如《芙蓉如面柳如眉》就采用了悬疑小说的形式）。她选择了一条近似大众化的写作之路，因为她"向来不信任那些一张嘴就说自

---

[1]木叶：《叙事的丛林——论笛安》，《上海文化》2013年第9期。

己只为自己内心写作从不考虑读者的作家"[1]。虽然她也有一些颇具实验色彩的作品（例如在《洗尘》中，创造性地安排一群人死后聚到饭桌上；《宇宙》中写"我"和因为流产而并未来到世上的"哥哥"的交往与对话），但呈现给读者更多的是"龙城三部曲"式的明白晓畅、扣人心弦。当下青年写作越来越呈现多元化的特征，我们需要"80后"先锋作家，我们也需要笛安这样的"80后"传统作家。

（2017年第5期）

---

①笛安：《天尽头》，封德屏主编：《文学传统与创作新变：新世纪以来两岸长篇小说之观察——2015两岸青年文学会议论文集》，第453页，台南：台湾文学馆，2015。

# 我选择相信南京街头哭泣的少女或量子物理
## ——黄孝阳论

李 振

黄孝阳是个天生的话痨。不这么说不足以平民愤，从小说到理论批评，里里外外话都让他说尽了，严防死守，一副针插不进水泼不进的样子。不这么说也难以形容他在文学中的表达欲，由此及彼天马行空，好像只要让他开了腔，大家就可以各忙各的，半晌回来还能接着听。以上的话大可不必当真，当然信了也没什么不好，反正在"量子文学"的世界里，不存在一个稳定不变的均质，真与不真、信与不信随时都在翻腾转换，你只要把水搅混了，事情也就变得好玩起来。但直到现在，我还在心里感叹黄孝阳庞杂的阅读，这个知识控式的写作者到底还藏了多少东西至今没来得及拿出晒晒？

一

小说里，黄孝阳热衷于把原初的叙述者搞死，最好还是自杀，免去节外生枝，责任推给某种未解之谜，却悄然接过了生杀予夺的叙述权杖。《乱世》中写下南坪故事的女人突然跳下地铁，"我"才得以看到"小说"的全貌，才能在尾声里对"小说"滔滔不绝。《众生·设计师》开始于林家有从楼上诡秘坠亡，他手里那只鸽子也便成了天使之眼；这还不够，宁强的出现，使我们知道这一切又只不过是关于彼世界系统的实验。在《人间世》中充满着要命的"活着的人啊"，不用多想，又是一部亡灵的手稿。

黄孝阳创作一篇小说的热情要远远大于讲述一则光怪陆离的故事，你可以说这是他对先锋小说的痴迷，但我更愿意把它看成是一个极其强势的作者对自己创作的钟爱。比如《乱世》，那些发生在四川小城的情感纠葛、生死恩怨、党派之争与江湖险恶，本身已完整之至且引人入胜，但这还不足以构成黄孝阳式的小说。他需要一个无比强大又看上去玩世不恭的小说的局外人，他要在完成小说创作的同时一本正经地扮演小说的第一个读者。罗兰·巴特说"作者已死"，黄孝阳可能嘴上承认，心里却不大买账，他有太多的办法制造替罪羊，并且把阐释的第一棒牢牢地握在自己手里。作为一个局外人，他就可以在《乱世》中大谈海天盛筵和房价背后的推手，可以大谈文学然后再拍出一份手稿。这不是跑题，也不算恼人的抒情，因为只有这样，他才能有效地成为从文本中收割麦穗的人，而不是一个辛勤劳作却在收获季被宣判"已死"的可怜虫。我们当然清楚尾声里那个皱巴巴的作业本出自黄孝阳之手，但当它被安放在一个已故女子的身上时，也就构成了形式，成了小说区别于故事的凭证。更重要的是，这个局外人的存在让小说与现实、历史与当下、具体的文本与宏大的文学理想之间建立起某种巧妙又坚固的关联，这也就不仅仅是文学形式上重复的、致敬的或是别出新意的实验，而成为一个作家有关认识的整体的又不乏强力的表达。

《人间世》中的黄孝阳不仅仅是一个形式设计师，相比《乱世》《旅人书》《众生·设计师》，它承载着对小说之外的世界更大限度与体量的言说。那种讲述一大段历史的雄心和在象征与寓言里故意暴露作者洪亮声音的穿插容易让人产生分裂的幻觉。为什么会有一个"樨城"？为什么"樨城"原本上为天堂，下为人间，却在某日被天堂的主管改小了入口，"宣布从即日起自己的名不再是'主管'，改称'主'，只有日日诵念主的名的人才能来到天堂"？为什么"楬城"又是"不平等"最通俗的呈现，而它每隔七年便会倾斜，"底层一小撮的胆大妄为者，在经过一番激烈的斗争后，一些幸运者一跃而上，来到顶层，并建立起新的对'青铜雕塑等'的阐释文本"？为什么"我"能发现扎留在囚室地面的文字，而不知去向的扎又时常出现在"我"面前？这些在一个故事里无须解释的问题却在小说的层面成为某种至关重要的精神内核。这个局外人，这个身份不明、游走于前世今生、穿梭于不同时空的"我"几乎无所不能——他好像应该无所不能——因为黄孝阳要用他的眼透视"楬城"，要经由他的口讲述"楬城"。而这个"楬城"与扎和娅的恋情也并无多大关系，后者只是为前者提供了寓言性的伪装，整个"楬城"其实是试图藏身暗处的黄孝阳对人性、对欲望、对伦理、对善恶、对权力、对历史、对当代中国以及看待它们的方式本身一份近乎宣言式的供词。它是黄孝阳在扎和娅的寓言里建造起来的人类社会模型，或者它更像一个魔方，在上帝之手的不断把玩下变换着模样——在那些小小的空仓，一群又一群躁动不安的生灵像活在玻璃巢穴中的蚂蚁，他们对话、建立契约，因狭小的空间而冲突直至屠戮；他们在此繁衍，并从中发明了爱情；他们眺望着空仓之外，便在心中点燃了敬畏与信仰；他们走街串巷，从一个空仓移到另一个空仓，插上自制的旗帜便以为是天下的霸主。于是，这个本来深藏不露的局外人急不可待地从角落里冲了出来，如来自波斯的商贩，一手拿着亡灵的手稿，一手捏着"楬城"的魔方，机智甚至带着狡猾地搭配售卖。这当然没什么不可以，或者说局外人存在的目的本就不是止步局外，他终将以某种令人惊异的方式现身，尤其对黄孝阳这样的"文字可卡因"成瘾者，只是静观而不能发声无疑将成为精神与肉体的双重折磨。

黄孝阳在《写给我的70后同行：知识社会与我们可能的未来》里有一段美好的文字：

　　我们要发声，是想跟这个世界建立起某种联系。

　　我们要谦卑，我们的确无知。

　　因为无知，所以世界新鲜如橙。我们对这个世界的好奇与相应的创造力，是对各自栖身的洞穴的刺穿。这是一件多么美好的事啊，好像潜泳已久的人，嘴里含上了一根通向水面的芦苇管，尤其是在这个由科技构建的现实里，它让风吹入了身体里。

　　这是对局外人很好的诠释。而且令人欣慰的是，他小说中近乎强势的发声与言说的冲动并没有走向武断的全知全能。这是认知与讲述的局限，也是它们自然而然的样子。"我"依然身处梦境，依然是有罪的，"我"依然无法目睹甚至想象"榉城"的全貌，"就算有一位幸运的人能识破其中的欺诈与谎言，念完这篇复杂拗口的咒文，被囚于牢笼的我也不能给予他任何帮助"。是的，黄孝阳没有成为自己的敌人。

## 二

　　"你不能强迫我去做一个西方人"，黄孝阳曾在一篇文章里自解遗传密码。这么说的时候，他并没有把问题落在强迫与否，而是很坦诚地去讲自己的审美趣味，讲一个属于黄孝阳的东方。这也就不构成某种政治伦理或权力界限的话语圈套，而成了一个具体的文化基因问题。但是，这对于一个喜谈科技与互联时代、热衷于形式实验的作家来说简直就是天方夜谭，或是在我们的习惯思维里就把东、西及其文化样式和政治与审美看成是天然隔绝的存在。在此，我不想继续这个大而无当的话题，因为在黄孝阳的小说中，有非常明显而具体的东方、传统或是中国，而这才是谈论一个作家最直接的方式。

　　抛开《乱世》的楔子与尾声，那份"手稿"依然是一个有趣的文本。虽然黄孝阳曾在不同的地方强调小说要摆脱说书人的格局，但在《乱世》内部，诱人又无法掩饰的却是说书人的狡黠。"手稿"在简短的寒暄之后就亮出了草丛里瞄准刘无果和蒋白的那支步枪。持枪者是谁，暂时不清楚。为什么要瞄准，眼下也说不准。所以得等，得焦急而又被迫耐心地等别人把故事讲下去。这不同于自然主义小说那近乎冗长的铺陈与解说，因为后者求真，从环境到细节，唯恐场面做得不够；这也不同于现代小说那份主体性的傲慢，因为那种注视自我的对话至少在表面上保持着对阅读者的冷漠与矜持。它是说书人的"揪心之术"，得让人着急又坐得住，得跟着我走，毕竟人走了今天就没有饭吃。因此，故事的叙述始终保持着一种步步紧逼的节奏，它用一条线索引出另一条线索，在一个结局拉开另一场的序幕，交错往复。如果我们仅仅把它看成是某种具有现代意义的反逻辑、反秩序的形式上的努力就会忽略了黄孝阳是个文学中的聪明人的事实，因为他此刻正牢牢地握着一根有力的绳索——对故事的好奇——我相信绝大多数阅读者在面对刘无果追查刘无因之死的复杂故事时不会把注意力集中在情节的拼接与文本碎片的组织形式上，他们急迫地追逐着那个明确的因果，最想获得的是对"到底怎么了"的清楚交代。所以，洋葱是被一层层剥开的，刘无因与刘无果是兄弟，五叔与王培伟是父子，王培伟就是罗秦明，周怜花与刘无因、王培伟是情人，与说书人是师生……他们的身份在此刻已显得不那么重要，是这些由隐秘逐渐走向明朗的关系决定了故事之所以如此。这个时候，那些被拼接或尚未拼接起来的碎片不是为了表述现实的荒诞和存在的虚无，而是要编成一瓣能一下拎起可以食用的蒜头，不管味道如何、是意外还是惊喜，都需给那颗隐藏着的对故事与因果的好奇心以切实的交代。于是，手稿呈现出了故事最传统的而不是最现代的样子，它必须是揪心的，是可听可读的，是能证明奇迹的存在与因果报应的。

　　不管怎么说，"手稿"将一个极富传奇性的故事摆在人们面前。英雄复仇，袍泽兄弟肝胆相照，市井奇人，弱女子深藏血泪身手不凡……情义恩仇不断催动着故事一路奔袭。刘无果与蒋白的关系显然不能置于现代性的框架中加以理解，今天的身份、地位、阶层等概念根本不能将其全面呈现。那种过命的交情，如兄弟又似父子，一个看似冷静多疑却又常常被困于某个心结，一个刚硬鲁莽却又上演了舍命救主的大戏。这是情义而不是契约，对这种关系的讲述自然也脱不开传统中国对男性关系那种包含权威、手足、道义以及主仆的想象。身份背后也要有令人惊奇的意外："梁木不宽，妇人手足并用，行来如履平地，其身形纤细修长，动作疾速，乍眼望去，真如于林中大木上行走的母豹，偶尔露出一段足胫，白皙柔嫩，让人唇干舌燥。"这可是之前那个梳着堕马髻"五官依稀有静物之美"的妇道人家？后来发现她是军统的特派员自然是应了故事的需要，但就说她是美狐成妖似乎也在情理之中。不仅故事如此，就连描述刘周氏救走刘无果的这寥寥数句，都浸润在聊斋气里。而袍哥老大罗秦明不但能飞檐走壁双枪灭烛，还要出资办学为乡人称道。为了学堂规划区里一位孤寡老妇的祖居，罗秦明"四次折节"，瞎眼老太上吊自尽，把祖产捐予学堂，罗秦明披麻戴孝，如子嗣般在坟头摔了瓦盆。道义于此完全淹没了逻辑或现实，这无疑是传奇的力量，人们明知是说书唱戏却依然选择相信并对此无比期待。

英雄终要落难，但又不能就此身陷囹圄，于是便有了后来的一幕：

少年心思敏捷，又胆大异常，自群言汹汹中听出端倪，又在屋檐上见着游行队伍朝胡子巷方向行去，于须臾间寻来利刃，提足疾奔到池塘边，再脱衣入水，口含荷茎，匿伏于莲叶底下；待躺椅沉落，在水中翻滚时，仗着水性精熟与莲叶的屏障，于众目睽睽下屏息游至两人身边。无巧不巧，这段距离也是极近，偶尔几人看见水底黑影，还正自诧异，少年已翻腕拔刀割断两人身上绳索。妇人当是恨极刘富贵，手脚一得自由，顾不得身上寸缕未挂，猱身扑出，下手毫不留情。只是这一扑、一刺，已然耗尽她几乎所有的体力，随即瘫坐在地，胸部急遽起伏。

这无疑是最受茶客们欢迎的戏码，一个巧字成全了人们所有的期待。仿佛故事开头那杆藏在草丛里的中正步枪到现在才真正打响，谁能想到那个像呆鸟一样晕头转向闯入故事的枯瘦少年杨二能搅起如此的场面？这时的杨二与当初话都说不全了的少年判若两人，影子一般滑过便让英雄之难灰飞烟灭。但从水中腾空而起的又不是杨二，偏偏是个赤身裸体的女人，水下的利刃也变成了一只划开仇家的脖颈如裁开丝绸般的簪子，在快意恩仇间又有了那么一些湿漉漉的诱惑。于是，一个点点滴滴之处酝酿着传奇的故事最终以更加传奇的方式趋于尾声，至于此间恩怨或许已在刘氏兄弟"无因无果"的喻示下变得云开雾散，人们的好奇心已然被这一轮又一轮的惊奇喂饱了。

《乱世》中的"手稿"几乎整合了中国传统故事里最能撩人心弦的元素：国恨、家仇、道义、权术，英雄与风尘女子，盗亦有道与府第小人，江湖奇术与神秘刀客，兼济天下力挽狂澜的雄心与叔嫂间不足为外人道的骚动……这个时候，我们就不得不承认黄孝阳深谙"说书"之道。待到小说"尾声"，兜了一大圈子才绕出那个秘密："你知道的，要有头有尾，尤其是在'碎片化'的今天，读者更需要一个完整的故事，这样，他们才能不那么费力地找出自己的脸庞、命运、心碎的激情，以及永远的夜晚。"但如果你真的认为这是一个充满确定性的结论就有可能再次落入黄孝阳的圈套，它更像是与读者展开的智力角力或是黄孝阳为自己开设的一场辩论。因为整部小说本身就是一个矛盾体：要让"无因""无果"去寻求事情的因果；要让一个视文学为自己与世界庄严契约的女人以死来保全并终结这份约定；要让一部被"楔子"和"尾声"架到手术台上实施解剖的"手稿"先由成堆的碎片长成一个有机体，而它存在更像是为了被分解而必须进行的前提性整合。在这种极富矛盾的现代性文学形式与文学行为中，那个必需的"手稿"却以更趋于东方、趋于传统和通俗的方式疯狂地成长起来，这绝不是对作者将小说坚定地视为一门现代艺术的悖反，而恰恰是他以现代的方式成全与整合传统文学智慧的一次具有先锋性的实验。它让人们看到的是一种不断成长与变化的文学理想，是一个人如何在现代性社会里破译自己的文化遗传密码，也是一个作家怎样从实验性的文本中带着得意的坏笑炫技式地演练自己说书人的手艺。

## 三

读过黄孝阳的小说，我选择认同他的"量子文学观"。这种相信不是来自他的阐释，而是依赖于小说所呈现出的说服力。可能我太保守，保守到不愿意相信一种需要借助理论尤其是牛顿力学或量子物理才能说明白的文学问题。黄孝阳的理论文章常常严肃到让人以为他在制造一个天大的玩笑，可别忘了他是个知识控和天生的话痨啊，他就应该把文章写成这样——当然要把对天空的感觉和量子物理以及花草、情人或文学捏到一起来说——炫耀知识、卖弄风情、招人憎恨又聪明可爱。也许这就是"量子文学"的态度，随机的、不确定的，相信一个人遭遇的而不是所谓生活中的偶然胜过历史的必然，相信南京街头哭泣的少女与量子物理的紧密关系要远远超越上帝和他的信徒。其实这种相信也充满了不确定性，所以我更愿意把它看成是一种选择，是选择对世界唯一答案的确认还是选择承认自己的无知，是选择一个固若金汤的历史规律还是选择 A 踩了 D 的脚，C 又吻了 G 的热闹现实。或者这些都不重要，重要的是世界的丰富性与选择的丰富性。

所以，黄孝阳小说里的"手稿"则成了某种选择或可能性的原点。即使这些"手稿"呈现出内在的封闭性与稳定性，但当它被安置于一个与之关系微妙的小说中时，小说与"手稿"的关系，小说中的人与"手稿"的关系，小说中的其他故事与"手稿"的关系，读者与"手稿"的关系以及以上关系与"手稿"

的关系等等，使小说酝酿出十分庞杂的内涵。它是极其开放的，成了可以调动各类元素参与其中的智力游戏，为作者、读者提供了辽阔的表达、想象与阐释的空间。就像《人间世》的楔子："我是在公园的躺椅上见到这份被丢弃的手稿的。"从开头那行"已从日常生活消失了的""与当下恣意放纵的时代精神颇不合拍"的隶书猜测"手稿"的主人是个上了年纪的人，可如果它的主人并没那么老，或出生于 20 世纪 70 年代？"尽管我是出生于 20 世纪 70 年代，对于手稿中所描述的一些历史并不大熟悉，但老实说，这份手稿看上去更像一部小说"——它是小说便成了"荒诞与梦的堆积"和"现实与内心的交锋与碰撞"，但如果"我"对历史并不熟悉而导致了误判，或许它恰恰不是小说而是历史，"不具备所谓'真实'的力量，但这又有什么关系呢"？又如《众生·设计师》里那个关于"彼世界系统"的作品，到底是彼世界与此世界合成一体，还是"我所置身的这个现实，也是另一个维度的某种生物所设计的彼世界"？或者"生物"就是一种局限？至于《乱世》的尾声，其本身就是"手稿"这个开放文本的一种概率性的阶段，可它为什么又与"量子文学观"高度应和甚至重合？如果知识可能像《众生·设计师》里宁强所说的那样通过性来传播，那么黄孝阳与"我"与那个女作者又发生了什么？——以上问题的提出纯属偶然，但这个旋涡式的小说时空映衬着现实的单调、线性、无聊、粗暴和一厢情愿的自我陶醉与丧失选择的自以为是。或者现实并非如此，而是我们强行把它变成了这副模样。

《旅人书》更是一个奇特的文本，它不但是黄孝阳自认目前在"量子文学"的道路上走得最远的作品，而且在我看来，它对阅读方式或习惯的挑战甚至超越了文本内在的意义。《旅人书》分为两部分，其一是 70 座城，其二是 62 个小故事。虽然黄孝阳用一首诗的 70 个字来分别命名 70 座城，但它依旧是一种偶然的序列。就像那被拆解出的 70 个字不再构成诗性的关联，70 座城的存在并无什么必然联系，62 个小故事也是如此。于是，这就成了一本可以随时拿起随机翻阅的书，如同其中漫无目的始终都在行走的旅人，从什么地方开始或从什么地方结束都变得无足轻重。"取城"人每隔十年就要烧掉自己的小屋，包括一切承载记忆的书本、恩仇、诅咒、衣物，然后像新生儿一样从头开始；"离城"人几乎具有人类全部的美德，但他们对艺术的痴迷或是偏见足以让这座城走向毁灭；"为城"满是蜂巢一样"房子"，城里的人对身体接触的恐惧胜过死亡……70座城以荒诞又具寓言性的方式陈列出人类存在的种种可能，它也许是异想天开的，也许是已然实现的，也许伴随着权力的肆虐，也许渗透着人心最隐秘的骚动。如果说70座城是人类空间性或想象性的存在，那么62个小故事则是人类存在行为或关系的证明。更重要的是，与其说《旅人书》两部分保持着完全开放的状态，不如说它们构成了某种文学性或故事性的关系矩阵。假如随机的阅读还只是小儿科，那么当我们把62个小故事代入到70座城之中，它所迸发出的形式上与故事上的可能和对人们阅读思维以及想象之局限的冲击无疑是惊人的。

我对《旅人书》的阅读由小说页下的注释开始。仅仅是注释，已经构成了一个丰富的文学空间，它是抒情的、是富有诗意的、是哲思性的，也是呓语的、不节制的、夹带私货的。我从来不认为小说中的叙述还必须经过如此篇幅的注释才能变得足够完备，那么这种有意为之的注脚和言说则构成了小说不可或缺的表达方式。正如我们将小说中的70座城与62个故事看成是有关人类生存的想象性空间与想象性行为，《旅人书》的注释则构成了一个切实存在的俗世，它不具有寓言性或开放性，它抒情是为了能以之动人，它辩论是为了免受误解，它是被急切地讲述并期待被接受的。如果说70座城与62个故事里的讲述者保持着旅人信马由缰的旁观姿态，那么注释中的黄孝阳煽情又专断独行，他一边扮演着量子文学兢兢业业的授道者，一边化身俗世中掌握阐释与言说大权的国王。

因此，在黄孝阳所进行的当代小说实验中，一切阐释都是危险的，色即是空，空即是色，难免被他算计。然而，对这种实验的阅读与阐释又是有趣的，就像跟一个聪明人玩游戏，步步惊心也是一种满足。但不管怎么说，在量子文学这个充满不确定性的世界里，逐渐清晰的是本就不能或不该给黄孝阳及他的创作以一个明确的评价，讲他是先锋的或是传统的，是设计师还是说书人。也许根本就不存在一个真实的黄孝阳，哪怕你昨天刚刚跟他打过招呼，他不是作家或出版人，不是一个儿子、丈夫或父亲，也不是一个话痨、知识控或聪明的同事，他只是匿身人群被彼世界设计至此的密探。

（2018年第1期）

# 近期几部长篇小说中的知识分子形象研究

## ——以《安慰书》《王城如海》《独药师》《朝霞》为例

刘阳扬

在新世纪文学中，无论是在纯文学领域还是大众文学领域，知识分子题材的小说数量并不少，尤其在通俗文学领域，知识分子题材小说通过揭露所谓大学里的黑暗和腐败，成为一种另类的"官场小说"和"黑幕小说"，吸引了大众读者的注意。与此同时，社会上出现的一系列知识分子的负面新闻，加重了大众读者关于知识分子的偏见，导致知识分子不得不面临被"污名化"的后果。一般认为，"污名"（Stigma）一词由古希腊人发明，代指为了暴露一个人道德上的污点而烙下的身体记号。美国社会学家戈夫曼率先开始研究"污名化"的概念，他关于"污名"的理论也成为后来研究者的基础。在研究中，戈夫曼并未给"污名"下明确的定义，他通过对现象的总结，概括了"污名"一词在社会上被广泛使用的含义，即"污名一词将用来指一种令人大大丢脸的特征，但应当看见，真正需要的，是用语言揭示各种关系，而不是用它描述各种特征"①。通过简单的分类，戈夫曼认为污名主要有三种，第一种与身体残缺相关，

---

① [美]欧文·戈夫曼：《污名——受损身份管理札记》，第3页，宋立宏译，北京：商务印书馆，2009。

第二种指向性格缺点，第三种则和种族、民族、宗教相关。从戈夫曼以及其后的研究都能发现，蒙受污名的群体最初集中在艾滋病人、精神病人等具有身体和心理残缺的人类群体。但是很快，污名现象似乎具有了蔓延的趋势，在社会的各个阶层和领域都有出现。

　　知识分子作为文化传承者和社会现象的批判管理者，一直受到尊敬。五四以来，知识分子与革命发生联系，成为了推动社会进步的主要力量。"文革"结束之后，知识分子在20世纪80年代又成为了二次启蒙的先锋，成为民众的精神领袖。但是，20世纪90年代以来，尤其是新世纪，各种社会负面新闻的持续发酵使得知识分子被冠以"叫兽""砖家"的称号，具有陷入污名化的危险。有学者从消费学角度探讨了公共知识分子文化消费价值的贬值和文化品牌效应的破灭现象，提出应当警惕这种知识分子的污名化现象。① 知识分子走下神坛，甚至遭遇污名，是在大众信任缺失的情况下生发出的一种反智现象。文学作品作为社会现象的载体很快响应，一方面，许多作家以猎奇的心态和夸张的笔法，尽情地描绘象牙塔内的种种黑幕交易；另一方面，类似于《围城》和《八骏图》那种带有反思和批判意识的小说在新世纪却较为鲜见。2016年，随着一些先锋小说作家的回归，长篇小说创作在数量和质量上都取得了斐然的成绩，一批新的知识分子形象开始出现。《安慰书》中的石原、《王城如海》中的余松坡、《朝霞》中的马馘伦、《软埋》中的龙忠勇等，他们不仅丰富了新世纪小说的知识分子形象谱系，他们身上所体现出的批判和反思意识也是引领时代的精神灯塔。

---

　　①文军、罗峰：《公共知识分子的污名化：一个消费社会学的解释视角》，《学术月刊》2014年第4期。

## 一、道德良知的回归

2016 年，北村的小说《安慰书》发表，很多评论者将其视为先锋文学的回归之作。事实上，比起小说叙述手法上的先锋性，《安慰书》主题内容的现实性更需要得到关注。与东西《篡改的命》类似，《安慰书》的创作素材来自新闻信息。其中的拆迁纠纷和官二代杀人事件等，都能在近年的新闻中找到其根源。《安慰书》试图用三家两代人的命运变迁，反映在国家飞速发展的时代大潮中普通人的生活轨迹。北村通过若干个场景的不断切换，借助主人公石原串联起李、刘、陈三家两代人的交往纠纷。

小说中的叙述者石原是一名律师，小说是将他作为一名"有良知的知识分子"而处理的，石原在小说的开头就自叙："我这人爱说实话，先是当记者，现在做律师。"① 石原 12 年前当记者时报道了霍童花乡遭遇强拆的事件，受到了政府的重视，霍童花乡也得到了相应的拆迁补偿款，相关责任人也受到了法律的惩罚。当年为了拆迁问题而与政府据理力争，现在却为了一个杀了人的官二代而辩护，这两个截然不同甚至貌似价值观念相反的行为，恰恰表现主人公石原"爱说真话"的职业道德素养。北村以"正直"为核心勾勒出石原的基本性格，同时也给予这个人物形象更加丰富的内涵。石原并非没有缺点，他与妻子正在闹离婚，平时忙于工作，对孩子也疏于照顾，还常常前往酒吧借酒浇愁，与孙小梅保持着情人关系。同时，他也没有掩饰金钱对自己的吸引力，他曾坦言，自己愿意成为杀人犯陈瞳的辩护律师，主要是看中了比年收入还高的律师费。不过，石原始终以公正的态度对待案件，为了追求真相，甚至牺牲很多个人利益。当他在调查官二代杀人案情的过程中，发现这个原本一目了然的

---

①北村：《安慰书》，第3页，广州：花城出版社，2016。

案件其实有着令人匪夷所思的谜团。陈瞳、检察官李江、女孩刘智慧三人之间的关系牵扯出了12年前自己所报道的拆迁案件。石原在调查案件的过程中，一方面为了当事人的利益考虑，不断地寻找案件的突破口，希望能够扭转已经一目了然的案情；另一方面，由这个案件牵扯出的花乡霍童村拆迁案的谜团，也一直吸引着他，使得他不由自主地去寻求真相。

勒庞表示，群体的盲目性和从众性会掩盖理性，往往造成偏离真实情况的后果。面对狂躁的人群和舆论，石原却愿意坚持自己的价值观念，从不放弃追求真相的努力。小说里的官二代陈瞳因为采用极其残忍的手段刺杀了一名孕妇，激起群众极大的反感，再加上记者的推波助澜，引发的民愤极大，社会上对于判处陈瞳死刑的呼声极高。北村在小说中借助梦境来表现当时汹涌的民愤："我正在做梦：车子被警察拖走了，我匆匆赶到停车场，发现几百辆停着的车全部被粪水淹没。"[①]梦中的石原想开车而不得，暗示民众的情绪一旦被煽动起来，几乎很难再有回转的余地。作者在小说中也借朋友之口说道："民愤是什么东西你知道吗？对了，你知道，你比我清楚，过去你怎么让霍童花乡拆迁案赢了官司，今天你也会看到民愤如何收拾你们。"[②]小说中的陈瞳杀人案与前几年的药家鑫杀人案类似，都是案件一经发布，就引起了民众极大的愤慨，当时主张药家鑫"激情杀人"的教授与小说中的教授一样，很快被群众愤怒的口水所淹没。石原面对汹涌而来的民愤，并未因害怕而躲闪，而是愿意思考群体情绪的不理性因素，并坚持寻找案件的突破口。勒庞在《乌合之众》中提到，群体力量强大，对现有文明秩序的破坏力不容小觑。即使是在已经拥有了系统的法律制度的文明社会，群体的情绪一旦被利用，他们还是能够很快地回到野蛮时代。当文明的结构遭到质疑和攻击的时候，群体只能加速文明的腐败。因此，自古以来，"人多力量大""多数人准则"是主宰文明社会的重要历史准则。

---

①②北村：《安慰书》，第13、33页。

同时，勒庞发现，群体受无意识的支配，"专横和偏执是群体有着明确认识的感情，他们很容易产生这种感情，而且只要有人在他们中间煽动起这种情绪，他们随时都会将其付诸实践。群体对强权俯首帖耳，却很少为仁慈心肠所动，他们认为那不过是软弱可欺的另一种形式"。[①]群体不受理性推论的影响，逻辑推理对于他们来说意义不大，过往经验和感情因素才能够支配群体的决定。正是群体的这种特性，导致群体在激愤中产生的观点往往缺乏理性的认证，然而在被民愤包围的时候还能够保持独立思考的能力却始终是知识分子不可或缺的品质。

小说中的石原始终极力保持着自己逻辑思考的能力，他认为按照陈瞳平时的行为不至于做出残忍杀人的犯罪行为，为了探究这一犯罪行为的生成原因，他做了大量的调查研究，最终顺藤摸瓜，追溯到了自己12年前报道的那一起拆迁案件。虽然说，石原的调查是为了赚取高昂的律师费，但是，当陈瞳的父亲提前支付给他全额费用之后，他还是没有停止调查。石原继续调查的原因，既是对自己所接手的案件负责，也是一种对事实真相的不断求索。

小说的最后没有明确的道德评判，所有的人和事似乎都有着两面性。真与假、善与恶不再是相互对立的两面，他们之间的界限变得模糊起来。下令强拆的市长陈先汉同时也是推动国家基本建设、促进改革发展的一员大将；开推土机碾压群众的李义，实际上受人指使，被人利用，成为了改革的牺牲品；拆迁案中的受害者刘种田，拿到拆迁补偿之后反而与陈先汉合作投资，发家致富，成为最大的受益者；看似温柔善良、为慈善事业无私奉献的女孩刘智慧，其实内心燃烧着复仇的火焰；而看似公正不阿的法官李江，也为了个人仇恨在庭审中提供了伪证。

---

①[法]勒庞：《乌合之众：大众心理研究》，第39页，冯克利译，北京：中央编译出版社，2000。

　　北村通过对石原生活细节的描写，塑造出一个丰满的知识分子形象，既有人性闪光的一面，同时也存在着人性中的普遍缺点。《安慰书》采取了悬疑小说的写法，利用限制叙事的叙事方法，尽可能地使得整个故事波澜起伏、层层递进。其中，石原就是推动故事进展的关键人物，他作为一名正义的知识分子，尽可能地期望能够跳出大众的视野范围，从另一个角度更加全面地看待问题。随着案情的深入，他从一开始的赚取律师费，到真正开始同情当事人，再到发现案情中的蹊跷之处，并不断地求索案情背后不为人知的谜团。小说的最后，似乎所有人都付出了代价，陈先汉自杀了，李江和石原都丢掉了工作，刘智慧更是在非洲成为修女后染上了疾病。北村或许想要通过小说告诉我们，很多事情不能做出非黑即白的判断，人性的不确定性需要一步步地探索才能够获知，而始终坚守基本的道德底线，是知识分子最为可贵的精神素质。

## 二、自我批判意识的觉醒

　　徐则臣的《王城如海》同样关注知识分子的生存状况和心路历程。徐则臣选用苏轼《病中闻子由得告不赴商州三首》中的诗句作为小说的题目和题记，足见其创作的用心。创作此诗的时候，苏轼和其弟苏辙都参加了科举考试。而苏辙直言不讳，抨击时政，遭到了王安石等大臣的反对。当时的他虽然已被任命去商州做官，却对朝廷不能容人直言而非常失望，没有赴任。苏轼得知此事之后创作了组诗，诗中隐隐透出其对隐逸生活的向往。徐则臣坦言，"王城如海"是编辑推荐的题目，这四个字和他的故事从容对接："王城堪隐，万人如海，在这个城市，你的孤独无人响应；但你以为你只是你时，所有人出现在你的生活里：所有人都是你，你也是所有人。"[1]

---

①徐则臣：《〈王城如海〉后记》，《东吴学术》2016年第5期。

如果说徐则臣的上一部长篇小说《耶路撒冷》透露出以他自己为代表的"70后"一代人"走出去"接触世界的渴望，那么《王城如海》则相反地表现出一种回归原初的精神指向。与《耶路撒冷》的异域气息相对，《王城如海》显示出徐则臣构建其自己的文学版图的努力。"北京"是徐则臣的文学世界中的重要元素。在《啊，北京》《伪证制造者》《跑步穿过中关村》等小说中，北京都作为一个人们竞相追逐的对象而存在。小说选用北京为背景，一方面完善了作家创作的地理版图，另一方面也凸显出徐则臣对当下现实问题的批判性思考。《王城如海》的主人公余松坡是一位在美国生活了20年的教授。余松坡在外多年，历经坎坷，一次误诊的遭遇使其萌发了回到中国的想法，他期望通过一部戏剧《城市启示录》来寻求都市人的生存状态。余松坡"海归"的身份使小说带有一定的距离感，也恰好能够更加客观地展现作者关于城市问题的具体看法。

余松坡虽然有着显赫的身份，拥有良好的物质条件，但是在精神上始终处于高度紧张的状态。在少年时期犯下的一个错误，几乎成为了跟随其一生的梦魇。小说中的余松坡一直背负着道德的审判，他精神上的自我反省更是一刻也没有停歇。徐则臣为余松坡贴上的美国哥伦比亚大学艺术家的标签，使得余松坡与《耶路撒冷》等文本中的小知识分子不同，拥有了更多的资源和话语权力。不过，余松坡通过《城市启示录》对北京的城市文化和城市问题逐一评判的时候，始终流露出深深的不安和焦虑。余松坡担心的事情很多，他担心打破的窗户、空气中的雾霾，甚至还忧心于中国戏剧未来的发展情况。同时，少年时代的意外事件让他始终无法忘记自己的堂兄余佳山，最终也因为他的出现而遭遇了一系列的意外。徐则臣刻意地用一些物件来强调余松坡的海归身份，无论是斯巴鲁汽车、新秀丽的行李箱还是昂贵的防雾霾口罩，都显示了余松坡高于一般市民的社会地位。与此同时，作者还让余松坡一再强调自己的本土身份："我清楚我距离这个国家万里迢遥。一旦回到中国，我发现，我所有的愤恨、不满、批评和质疑都源于我身在其中。我拿不出国籍、护照我也身在其中。我从未离开过。"[1] 异域与本土在文化氛围和思维方式上的碰撞，导致了小说中不断出现的矛盾冲突，这些矛盾主要通过余松坡的戏剧文本《城市启示录》表现出来。

与《耶路撒冷》中初平阳的专栏类似，这些《城市启示录》中的文字事实上是余松坡内心的独白。在《城市启示录》中，余松坡或是徐则臣安排了猴子作为一个"闯入者"的形象，由猴子带领教授游走在城市的街道中间，不断地发现城市生活中的种种问题，并引发不同的思考。余松坡在其中讨论了许多社会热点问题，比如"蚁族"问题、环保问题、交通问题等等。对这些问题露骨直白的揭露，导致了很多人的不满，例如对"蚁族"的描写就引发了网络的声讨，"批评，非议，教授的台词、表情都被搬到了网上。但凡在网上断章取义地看过坚守的台词和'政治不正确'的表情，几乎都众口一词地站在了该戏的对立面。网络上个体暴动之后，蔓延到平面媒体，一下子变成了公共事件"[2]。原本是自由的艺术表达，仅因为触碰到了敏感的社会话题，就引发了社会问题。在网络时代，任何行为都有可能被记录、被暴露，从而受到曲解。在摄像头无孔不入的监视之下，文学、艺术甚至言论的表达，不仅难以逃脱意识形态的控制，甚至还无法免除大众集体的审判。余松坡准备坚守自己艺术创作的规则，尊重演员和剧本，不再对戏剧进行修改。但是，他的举动又遭到了曲解，一位故作聪明的记者认为，余松坡有意创作这些很可能引发社会矛盾的片段，从而为戏剧的票房造势："叫好叫骂对一部戏的结果其实是一样的，票房上去了才是硬道理。余导，咱别装。"[3]

余松坡在自己的戏剧中展现北京的这些城市现象，在某种程度上是为了表现自己虽然已经离开中国20年，但是对发生在中国都市的现象依然了如指掌。然而，中国近20年发生的变化令人目不暇接，余松坡已经很难跟上当前中国

---

[1][2][3]徐则臣：《王城如海》，第49、68、73页，北京：人民文学出版社，2017。

的城市经验。他的戏剧在网络上招致攻击，他对艺术的坚守被曲解为争取票房的有意为之，当庸俗与高雅的概念发生混淆的时候，余松坡也开始对自己的处境产生了怀疑。余松坡精神紧张和自我怀疑的根源是他少年时期所犯下的错误。对堂兄余佳山的一次"举报"改变了余佳山一生的命运，余松坡内心所承受的道德拷问也始终没有停止，他因此落下了梦游的疾病；而留声机里的《二泉映月》仿佛来自家乡的一曲安魂曲，能够暂时抚平心中的恐惧和不安。当他在天桥上遇到沦为流浪汉的余佳山时，他看似平静许久的内心又一次掀起了巨大的波澜，而堂兄疯癫的行为，更是让余松坡自责不已。少年时的记忆对他的折磨还在继续，他和余佳山在天桥抽烟的照片被记者拍摄下来，并展现在观众面前，"余松坡立刻感到肠扭转，整个身体都随着腹部骤然的扭结出现了波动。头脑里嗡地响成一片，几万只蜜蜂劈面飞来也不过这阵势"[1]。余松坡的道德感让他始终无法忘记自己犯过的错误，不断的自我反思与自我责备加重了他在精神上的负担。

不过，余松坡和许多作品中道德败坏的知识分子不同，尽管他的成长历程一直坎坷万分，他却能够坚守自己的道德底线，无论是对艺术的坚持还是对美色的拒绝，都体现出他作为一名知识分子应该具有的基本素养。而他时刻经历着的精神上的折磨，也来自一个知识分子的道德准则。徐则臣极力描写余松坡的艰难处境，让他多年精心经营的光辉形象一次次地破碎，是为了凸显出知识分子在恶劣的环境下依然不愿放弃深入骨髓中的道德使命感和反思精神。余松坡始终想潜入茫茫人海之中，不再遇到自己内心的郁结，他期望通过《城市启示录》揭示个人与环境的关系，然而虽"王城如海"，可是精神上无处不在的重压还是使其无处可藏，不得不直面自己的精神困境。《王城如海》不仅专注于揭示知识分子的日常生活状态，还关注知识分子的精神生活状态，并且告诉

---

①徐则臣：《王城如海》，第111页。

读者，真正的知识分子往往无法卸下沉重的道德使命感和严苛的自我反思、自我批判的精神重担。

## 三、复杂环境中的精神成长

张炜的小说《独药师》以图书馆发现的旧笔记为开端，娓娓展开叙述，讲述了一个关于养生、革命与爱情的故事。在故事的正文中，季昨非作为独药师的第六代传人，在继承了父亲的工作之后，不断地思考着养生与革命之间的关系。随着对革命认识的不断深入，季昨非由反对革命逐渐变为理解革命，最终成为了革命的参与者。他与父亲的养子徐竟，成为了养生和革命两条道路的实践者。季昨非作为养生术的传承人，他对待革命的态度是异常纠结与复杂的。季昨非曾经沉迷于炼丹之术而拒绝外出，精神上的困顿使得他筑起了碉堡自我囚禁。革命的混乱让季昨非对曾经笃信的一切产生了怀疑，作为一名熟稔秘传独方的知识分子，他决定在碉楼中梳理自己的心结。三年之后，季昨非决定走出碉楼，摆脱以往的生活状态，不再自我封闭，而是直面残酷的现实，从而解答父亲留下的谜团。在思索的过程之中，他也实现了自己精神上的成长。

从20世纪80年代开始，张炜就在其小说中反复讨论知识分子的精神状况，从《古船》《九月寓言》到《外省书》《你在高原》，张炜从独特的历史文化环境入手，以道德反思的态度摸索知识分子的精神历程。在《请挽救艺术家》中，张炜发现了时代对知识分子的逼迫和压制："这个时代有一个不识好赖艺术、不识大才的毛病，可以叫作艺术的瞎眼时代。这种时代无论其他领域有多大的成就，但就精神生活而言，是非常渺小的、不值一提的。这种时代往往可以扼杀一个艺术家，使他郁郁萎缩，最后在艺术的峰巅之下躺倒。"[1] 在2001

①张炜：《请挽救艺术家》，《上海文学》1988年第10期。

年的《能不忆蜀葵》中，张炜开始再一次思考在欲望的诱惑之下知识分子的精神成长。小说中的淳于阳立是一个天赋异禀、个性奔放的画家，乡村的成长经历让他的画作充满了生命力，尤其是生长在童年乡村的蜀葵，一再成为他作品的重要主题。关于淳于的形象在学界向来说法不一，他究竟是一个堕落的知识分子，还是坚持初心的人文精神的坚守者呢？在这个问题上，陈思和将淳于的个性特征概括为"恶魔性"。①陈思和将淳于和与魔鬼签订了协议的浮士德相比，分析了艺术家如何在追求消费享乐的年代的自我尝试和冒险。受到昔日同学的影响，淳于决定投入商海，面对商海的纵身一跃，既是他对商业时代的妥协，也是他为保留艺术精神的最后一搏。然而，他的骄傲自大和缺乏经验最终使得投资血本无归。和淳于相对的一个人物形象是他的好友桤明。不同于淳于的暴烈和野性，桤明一直小心翼翼、按部就班，这也使得他的画家道路一帆风顺，很快赢得了名誉和金钱。桤明和淳于象征着知识分子在经济时代的两条道路，前者因随波逐流而丧失个性，后者因反抗挣扎而堕入虚无。其实，尽管淳于表面看上去带有艺术家的癫狂性，但是实际上他对整个艺术界以及自己本人都有着清晰的认识："偌大一个画界啊，放眼看去无非就是这两种人：他们密匝匝挤满了两块大陆。结果夹在中间的只是一片异常狭小的地带——而惟有这里才是真正的艺术家的存活之所。很可惜，自己早就逃离了这个地带，已不再属于这片狭地了。"②淳于认识到自己已经不能生存在真正的艺术家的中间地带，他最终选择带着蜀葵的画作逃离了。淳于的逃离是一个矛盾的现象，正如陈思和的总结，"恶魔性"凸现了他人格中的复杂内涵。在商品经济时代，知识分子的传统人文精神和启蒙精神已经不足以应对金钱和权力的诱惑，当知识分子被"污名化"、被嘲讽和鄙夷的时候，如何看待知识分子性格中的矛盾特质，

---

①陈思和：《欲望：时代与人性的另一面——试论张炜小说中的恶魔性因素》，《文学评论》2002年第6期。

②张炜：《能不忆蜀葵》，《当代》2001年第6期。

并从人性的欲望深处挖掘出应对环境变化的精神资源，成为重塑知识分子形象的重要环节。

张炜对知识分子精神成长的关注可以说从20世纪80年代一直延续到了《独药师》的创作之中。小说记载了清末民初的一段革命历史，重点描述辛亥革命时期，各种文明和宗教在中国的矛盾冲突。张炜还通过楔子和附录，为小说增添了额外的两重观察维度。不过，尽管小说所涉及的内容纷繁复杂，作者还是将故事的主要着力点放在了季昨非本人的成长历程之上。养生、革命和爱情成为了季昨非成长道路上的三个组成部分，而他所面临的所有艰难困苦，也都集中在这三个方面。季昨非同时接受了传统的家学渊源和先进的科学文化知识，这两种相去甚远的知识体系使他苦闷不已，他希望依靠禁闭来理顺其中的关系。但是，当他终于走出禁闭三年的碉楼之时，他一生挚爱的女子陶文贝出现了。爱欲与养生两者之间本来就具有不可调和的矛盾，加上陶文贝的西方文化背景以及基督教的信仰，使得季昨非再次陷入重重困境之中。张炜并没有让他的主人公在中西之间、革命、爱情与养生之间做出选择，而是极具思辨性地辨析了相互对立的两个方面，并引导季昨非进行自主性的思考。面对重重困苦甚至牢狱之灾的季昨非，不愿走向自我放纵的道路，而是在坚守历史责任和道德底线中实现了精神的成长。

## 四、回望历史的理性哲思

吴亮的《朝霞》由碎片式的片段展现了20世纪六七十年代的上海以及生活在上海的青年们的生存状态。他以著名评论家的身份介入长篇小说创作，并且一出手就是40万字的长篇，很多作家、评论家都为之惊讶。吴亮的小说与其批评不一样，没有对现实的尖锐评判，而是转向历史，面对记忆中模糊且破碎的世界，以客观、冷静而节制的方式展现记忆中的上海。《朝霞》中人物众多，没有清晰的叙事逻辑，甚至时间线和空间线都模糊不清。作者简单地以阿拉伯数字为他的段落命名，每个段落也并非自成体系，而是由若干个看似关联不大的小段落组成，这些段落中间都是逗号而没有句号，一气呵成，仿佛叙述者的喃喃自语。吴亮将创作《朝霞》的过程比作下围棋，"到处占一个子，然后我要抢占实地，每一个实地都是一个单元，最后就是收官"①。吴亮到处"占一个子"的创作方式，使小说充满了碎片化的人物和情节。为了增加读者阅读的距离感，实现小说的"间离效果"，他还用一些议论性的话语有意切断情节段落之间的联系，甚至不惜在写作中间让叙述者跳出来，表明叙事者的重要作用，即充当历史与一切逝去之物的招魂者："此时此刻它们虽然早不在场，因为有了叙述者招魂般的叙述，那些肉身才开始像鬼魂一样在午夜游荡，你们借此叙述得以窥见死去的亡灵与每一道消失的晚霞，它们全是绝对的在场者，它们站在舞台上，闭上的大幕再次开启。"②在叙述者的自白中，我们可以部分地窥得作者的创作意图，或许全书中的历史事件其实只是晚霞，睡着的阿诺醒来之后所看到的才是朝霞。

作为一名熟稔各种创作理论的批评家，吴亮采用将叙事主体"他者化"的叙事策略，构成小说空间上和时间上的距离感。这种距离感使得小说的阅读体验具有电影镜头般的观察视角，小说脱离主观情绪而转向客观呈现，更加凸显出作者的创作目的。想要理顺《朝霞》中纷繁复杂的人物线索并非易事，不过小说人物的成长经历却是读者可感可知的。作者对日常生活的琐碎描写常常使读者忘记了时间的流逝。然而事实上时间确实是流逝了，人物的命运也在悄然发生着改变。吴亮的写作过程常采取知识分子的叙事视角，无论是对"文革"时期社会事件的表述，还是对哲学问题的讨论，都闪烁着知识者理性的光芒。

---

①吴亮、走走：《"我这个小说写法就是下围棋，到处占一个子抢占实地"》，《野草》2016年第3期。
②吴亮：《朝霞》，第172页，北京：人民文学出版社，2016。

在小说伊始，吴亮就借用毛泽东《在延安文艺座谈会上的讲话》中的内容，阐明 20 世纪六七十年代知识分子的社会地位："他们称我们是社会寄生虫，不劳而获剥削阶级，我们最不体面，虽然他们脚上有牛屎，他们比我们还干净，我们生命意义在于赎罪，重新做人，我们权利应该被剥夺，我们心甘情愿丧失不应该属于我们的一切，我们必须卑怯地苟活，遭蔑视，我们理应厌恶自己，我们的原罪就是因为我们比他们有钱，现在我们一无所有，我们等待着地狱的火焰。"[①] 同时，通过小说对三位知识分子马伦、何乃谦、浦卓运的描写，展现了时代动荡中知识分子的命运。作者对三位知识分子手下留情，让他们在经历了劳动改造之后都幸存下来，并且回到了原单位工作。一切看似恢复正常，但是"文革"中留下的小习惯，写信不署名、读后即焚毁、不在中文书上做批注等等，还是透露出人物经历恐惧之后的心理状态。吴亮曾在采访中表示，马伦这个人物是写到马立克之后连带出来的，紧接着又写了他的同事，于是形成了三个老知识分子的形象，吴亮把自己熟悉的东西放在他们身上，例如对文学、哲学的感悟，对音乐的鉴赏以及对子女的教育理念。吴亮甚至试图让他们来讨论政治，但是最终发现"想做学问，结果只是做了政治工具，却不能研究政治"。[②]《朝霞》有着成长小说的印记，但是其中又有着反成长的东西，这些东西可以是知识分子的道德底线，可以是家庭之间的亲情关系，甚至只是一些读书饮食的小爱好，都成为特殊年代中人们坚守的宝贵的精神之光，因为"一个过去的时代是为我们才存在的吗，某些特殊时刻事情好像就是这样，只要我们有能力做'正相反'的努力"。[③] 在小说中，作者不断强调，无论是知识分子还是普通人都必须具备的自省意识："为什么我们极少想起应该反省自己，我们寻找别人的错误，好像我们总是无辜，被迫，强制，别无选择，反正

---

①②③吴亮：《朝霞》，第9、433、376页。

有人为我们承担责任，并且承担罪责。"①《朝霞》对历史的回顾和对日常生活的记录，充满着怀疑与自省的哲思，日常生活的细节似乎不经修饰地流淌出来，不再依靠巧合和矛盾冲突，历史的面目透过这些碎片一般的蛛丝马迹显现出来。或许，《朝霞》的出现本身就是对当下文学主流书写方式的反叛和挑战，也是当代文学讨论历史问题的一种新的尝试。

雅各比在《最后的知识分子》中担忧地表示，热爱读书的公众的消失，波希米亚精神的衰弱导致知识分子无法在公众中占据一席之地，只能局限于学院内部："他们几乎无一例外地都是教授，校园就是他们的家；同事就是他们的听众；专题讨论和专业性期刊就是他们的媒体。不像过去的知识分子面对公众，现在，他们置身于某些学科领域中——有很好的理由。"②而学院派知识分子的局限性又使得他们无法掌握公众话语而难以被公众注意。在知识分子遭遇危机的年代，如何使其摆脱学院的禁锢，真正担当为民众说话的责任至关重要。在近年来的几部长篇小说中出现的这些知识分子，他们愿意坚守个人的独立意志，在社会动荡的大环境中，能够抵御汹涌的大潮，并未放弃基本的道德底线，在自我反思和自我批判中实现个人的精神成长。他们的出现，突破了很多通俗小说对知识分子形象书写惯例，也展现了作家重新思考知识分子社会责任及其精神指归的努力。

（2018年第3期）

---

①吴亮：《朝霞》，第118页。

②[美]拉塞尔·雅各比：《最后的知识分子》，第4页，洪洁译，南京：江苏人民出版社，2002。

# 从青春自伤到历史自救

## ——谈李晁小说，兼及"80后"作家青年想象的蜕变

陈培浩

　　李晁是"80后"作家中较受关注的一位：获过《上海文学》新人奖，受到金宇澄、邱华栋等作家的青睐。他的小说语言精致，想象细腻绵密，邱华栋甚至称他为"小苏童"。李晁的写作已经受到评论界关注，我谈李晁，尝试将其置于文学的青年想象谱系中，既触摸他想象的个性和代际特征，更以之为标本，探讨当代青年作家在与时代审美想象机制的离合关系中拓宽写作边界的努力。正如金理所说，"20世纪中国文学史上充满了青年人的形象与声音：晚清小说中的革命少年、鸳鸯派笔下多愁善感的少男少女、五四新文学中的'青春崇拜'、社会主义成长小说中的'新人'形象、知青的'青春祭'、'一无所有'的摇滚青年及'像卫慧那样疯狂'的上海宝贝、韩寒、郭敬明、张悦然等笔下的'80后'"①，文学青年形象充满于整个中国现当代文学画廊。事实上，世界文学史上同样充满了各种类型的青年形象：莎士比亚的哈姆雷特、歌德的少年维特、拜伦的唐璜、司汤达的于连、巴尔扎克的拉斯蒂涅、陀思妥耶夫斯

---

①金理：《"角色化生成"与"主体性成长"：青年形象创造的文学史考察》，《文艺争鸣》2014年第8期。

基的拉斯科尔尼科夫、凯鲁亚克的嬉皮青年以至塞林格的霍尔顿·考尔菲德。
"青年文学"不仅是青年写的文学，更是关于青年的文学，是追问何为青年的
文学。"青年文学"投射着不同时代、民族对于青年的审美想象，又折射着作
为精神跋涉主体的作家以"代"出场，又从"代"中逃离，从"代"到"个"
的个体探索。具体于李晁，写作伊始，他笔下的青年似乎是脱社会的，这是当
代青年文学的共同处。文学青年似乎天然地跟性、颓废、反叛、水晶爱以及残
酷青春如影随形。可是也未必，如果你看到哈姆雷特对"to be or not to be"的
冥思，看到拉斯科尔尼科夫对超人哲学的实践，你会发现，"青春"不只是嬉
皮士式的性乱和颓废。所谓一代人有一代人之文学，一代人也有一代人的青春
想象。我感兴趣的是：青春在李晁的想象中融合了怎样的时代塑形和个人肉搏？
在汇入代际的同时，李晁又怎样努力地出青春的困惑和迷惘，在更明晰的历史
视野和反思意识中写作，进而将自己镶嵌进不断变迁而又保持着基本秩序的文
学传统中？

# 一、青春书写的出发与告别

李晁小说从青春书写出发，从残酷青春而至感伤追忆，逐渐积累了一种嵌
入历史的自觉。李晁笔下多为青年人物，不论《朝南朝北》中的朝南、朝北，
《步履不停》中的水生，《何人斯》中的吉他手"他"（此篇收入小说集《步
履不停》时更名为《去 G 城》），《一个人的坏天气》中的罗菁菁，《遇见》
中的少年"他"，《看飞机的女人》中的皇甫和卓尔，《米乐的 1986》中的
米乐和小米……他的小说，或书写青年江湖的情仇纠葛，于戏剧性血酬中展
示残酷青春（《朝南朝北》）；或书写青春懵懂与性爱冲击的纠缠，以及由此
导致的命运辗转（《姐姐》）；或于回忆和现实的切换中展示一段高度提纯的
爱之怀旧和感伤（《遇见》）；或在青年的爱情纠葛中展示命运的无常和人性

的叵测（《步履不停》）。李晁的小说，细腻婉转的笔触和令人身临其境的笔力自有其过人之处，然而残酷青春、成长隐痛、三角纠葛、纯爱伤逝，这些书写并不为其专美，而是诸多青春作家共享的情节模型。李晁的特点，很可能在于他书写青春的角度，李晁很少书写青春进行时，他更惯于用青春过去时视角回望青春。因此，怀旧和感伤成了他青春书写非常突出的特征。

《姐姐》写"我"和表姐之间一场隐秘懵懂的爱恋，由于居住条件和年龄原因，住到家里来的表姐跟"我"同居一室，这为一场懵懂青春的情爱火山爆发埋下伏笔。两个尚未长大的大孩子没有能力抵抗蓬勃生长的欲望诱惑，同样没有经验和准备处理由此带来的身体和精神伤害。"我"甚至懵懂到在姐姐怀孕而处于心理危机之际依然不明所以。《步履不停》则将水生、金莱和罗茜的三角关系从过去铺展下来。小说开始，三位主角已经处于青春末期，水生和女友的同居生活中已经冒出了类似婚姻日常的一地鸡毛。小说围绕水生、罗茜去为金莱父亲奔丧的线索展开，牵出了一场已经被时间中止却未完全消失的情感纠葛：爱着罗茜的金莱始终对好兄弟水生和罗茜曾经走到一起耿耿于怀。当金莱借着酒意对水生喷出满腔失落时，水生才发现金莱的心里深埋着自己不曾注意的部分。其后，当水生在一场大雨中找到遭遇金莱强暴的罗茜时，另一重人性的深渊才渐次揭开。每个人都在步履不停地走向自己的命运，青春即将落场，青春回眸在李晁这里总是呈现为触目惊心的伤害。

青春的残酷、伤害与告别，构成了李晁青春想象的核心。站在后青春回望青春，从而显露出浓重的追忆和感伤性——这既是李晁小说，也是青春文学具有症候意义的特征。《遇见》以"他们十三年没见了"开篇，回忆视角一目了然。他和她相遇于铁葫芦街父母单位大院，他们的屋子由老苏式建筑改造而来，直通通的一大间用竹料和三合板隔出一小方一小方的空间，就成为客厅、餐厅、卧室和厨房。独特的结构造就了他们的情缘，他和她的卧室就是一通间，隔着一层书本厚的竹席子，表面用报纸糊住，一家一半，隔人却不隔音。他们的床紧挨着竹席，渐渐发展起了相互敲墙的暗号。某次他不小心破坏了脆弱的竹席墙，从此他们的手可以通过墙上的破洞，在黑暗中触摸到对方。此处，李晁通过把描写规限于触觉的限制性处理提高了写作难度，这充分展示了他细腻绵密的文学感觉。青春期初次触摸到异性的悸动和克制内敛纯净如水的情感涟漪在他的文字中一一呈现。"他缩起了叶形手掌，改变了手型，用一根拇指刮过她的脸廓，起始是窄小的额头，跟着是眉弓，再是鼻梁凹陷处，下坡又上坡，然后是悬崖，笔直落下，落到唇上，一根小'V'领地带，潮湿绵软，最后是下巴，一根结似的存在，坚硬。摸来的这张脸，在他脑海留下印象，与她真正的面容一点点重合。"[1]触感建立了一条真实直接却又隐秘不宣的情感纽带。在人类的感觉系统中，视觉具有最鲜明的优势，视觉所获取的信息稳定而广阔，相比之下，听觉能获取的信息就稀薄而脆弱得多。触觉的特点则是直接而脆弱，触觉远比视觉和听觉更近，带着温度和手感。可是人类触觉处理的更多是体验性信息而非实用性信息，这导致了触觉与记忆之间的关联非常脆弱。人们可能多年以后依然对某个画面记忆犹新，却很难持久留存某种"触感"记忆。因此，李晁用触感作为人物的情感桥梁就显得别出心裁，他用脆弱的触觉去表征一份风雨飘摇却坚贞不渝的情感。由此，爱的抱憾几乎是情节的必然，再遇见，已经是十三年后。不无程式化的是，她得了白血病，他们依然深爱对方，他们的爱就深深镌刻在手掌的触觉中。"那张小巧又倔强的脸，果冻一般的手感，曾经那样熟悉，每一寸肌肤，纹路，就连指甲盖的形状也还印在脑子里。"[2]像是一个爱的乌托邦遭遇了现实伤逝的洪流，心爱之物总在抽身离去，归来，重逢，遇见，不过只是另一次的失去。所以，《遇见》不仅是用文字保留一份惊人纯粹的爱，它的密码，或许根本上在于一种青春期"永远在失去"的感伤和怀旧。

---

①②李晁：《遇见》，《步履不停》，第8、16页，贵阳：贵州人民出版社，2017。

　　值得追问的是，为何青春在轻舞飞扬之际却又永恒感伤？或许，感伤本是青春强烈纯粹情感的必然结果，"少年不识愁滋味""为赋新词强说愁"乃是青年之特点；但李晁小说之感伤，或许也是"80后"小说家在20世纪90年代成长过程中、持续的去历史化境遇中，精神无枝可栖的结果。在他们的成长历程中，历史的纵深被无限压缩，世界变得扁平化、景观化，一切崇高之物在市场、世俗体系中被持续解构。当他们的躯体被一股无名之力甩向即将到来的"小时代"时，朝向个体情感发出伤逝的哀鸣似乎是一个严肃写作者最本能的反应了。

　　某种意义上，残酷和感伤之所以是青春书写的重要母题，就在于它通过对创伤的放大跟秩序化生存形成某种对峙。青年文化往往游离于主流文化之外，尚未被纳入主流的象征秩序之中。从精神分析角度看，青年主体一直处于"父"的压抑之下，从而产生了青春期象征性的弑父冲动以及挑战权威失败的感伤。青春作为一场主流秩序不可克服的病提供了自身的反抗潜能，因而青年文学最重要的价值之一便在于它超功利地在秩序之外提出一种理想生存的可能。不管是哈姆雷特、少年维特还是觉慧，青年主体在未纳入文化象征秩序、未占据父之位置之前，它的理想性、挑战性以及由之伴生的感伤性都是其文学价值所在。不过，青年主体的反抗和创伤一旦在融入象征秩序过程中被疗愈，一旦青年主体占据了旧秩序中"父"之位置，并心安理得地维护旧秩序的运作，他也就安全地被转化了。在此意义上，"青春散场"对于作家而言是标志性的：有的作家以告别青春的方式宣告与"父"的和解，以成熟的姿态汇入主流象征秩序，比如韩寒在电影《后会无期》中就以"小孩子才谈对错，大人只讲利益"的流俗中年口吻解构了青年主体的叛逆者形象。可是有的作家告别青春，告别的是青春写作的懵懂感伤和绝对化思维，从而寻找崭新的可能。我视李晁为后一种作家，《去G城》便是他的青春告别之作。生活于S城的青年音乐人"他"始终向往着G城的音乐和文化氛围，在双城来回的过程中，G城成了他的精神之乡。生活中他和妻子日渐陷入一种无以名状的疲倦状态。去 G 城成为他维持与青春理想精神关联的象征行为。最后，当他将妻子送回娘家，却惊讶地发现自己丧失了去 G 城的欲望。从这一刻起，他的认同终于从代表青春梦想的 G 城转到了代表现实的 S 城。青春散场了。

可是，青春散场没有导向庸碌的中年生存，它象征性地勾连着李晁对于青春书写新可能的渴求和思索：李晁越来越不愿使写作沦为代际标本和时代症候的注脚，越来越自觉寻找个体嵌入时代的通道。他试图在感性细腻的笔触中发展出对时代的象征性表述。这体现于他的《看飞机的女人》中。此篇讲述了以皇甫为首的一群百无聊赖、以看飞机升降为乐的当代青年的故事，他们在急速变迁的时代中无所寄托。而从小丧亲、身世如谜的女性卓尔则以对母亲的强烈感情感染了无所寄托的皇甫。小说呈现了某种以血缘纽带重建价值认同的倾向。不过，《看飞机的女人》之于李晁，更大的意义在于：李晁开始将青春的迷惘置于一种更大的时代和精神结构中来表现。小说中，皇甫说："我们在铁栅栏外看停机坪里的各色飞机，着迷于起飞与降落，就连那巨大的噪音听起来都觉得如此悦耳，如此激动人心。"[1]皇甫的机场朋友的妻子乘着一架 A320 跟人跑了。婚姻的迅速解体重组堪称一种与全球化同构的机场效应。或许没有任何其他空间比机场更能代表这个科技推动下高速发展的时代了，因此，小说通过典型环境的植入而在故事背后延伸出一层凝视时代的反思现代性意味。飞机代表了人类智慧和科技在挑战地心引力、摆脱地表限制方面的巨大成功，机场的繁忙和飞机出行的日常化同时准确表征了这个全球化时代的迅速、扁平和拥挤。"一切坚固的都烟消云散了"，人类所赖以依存的情感、价值和认同体系也在迅速地瓦解，并在人心的饥渴中寻求着新的重建。小说写道："我只能站在空荡荡的阳台看不远处的机场，那一片灯火璀璨的地方，航站楼的圆形弧顶在夜幕中

---

①李晁：《遇见》，《步履不停》，第19页。

像一只巨型鸟巢落在大地间，空中的巨鸟们睁着明亮的眼睛正在归巢。"① 这个十分精彩的比喻将倦鸟归巢这一传统意象跟飞机／机场的现代情境并置，从而植入了一种科技时代的精神乡愁和文化反思。正是这个象征装置大大拓展了小说的精神纵深，使小说截然不同于李晁以往青春书写的那种时代冷感。

## 二、挖掘出生年的历史自救

李晁对青春书写的告别，既是他与时代的象征性遇合，同时也催生了他日渐清晰的历史意识。我想从李晁的《米乐的1986》谈起。1986年既是小说人物米乐和小米的出生年，也是作者李晁的出生年。所以回望1986于李晁而言，并非像苏童回望1934（《一九三四年的逃亡》）那样仅是对某个历史年份的想象，而是朝向出生年的一种精神寻根。这里包含了一种鲜明的历史意识，一种在历史时间上确认自身来路的写作姿态。这在以往被刻意塑造为唯当下性、去历史意识的"80后"作家中无疑是值得关注的。更有趣的是，通过或隐或显的方式去触摸历史，成了当下"80后"青年作家一种相当显豁的表达倾向，它表现在张悦然（《茧》）、双雪涛（《平原上的摩西》）、王威廉（《水女人》）、陈崇正（《碧河往事》）等人的作品中。与这些作家把人物成长史和共和国当代史结合起来的写法有所不同，李晁则通过对米乐个人史的隐喻性回溯，表达了一种将被刻意去历史化的一代重置于历史中认识的努力。此时来谈论李晁，不仅是谈论他自身的探索，更是谈论他及其身后一代人身处于激变时代的美学选择。《米乐的1986》情节并不复杂，叙述者小米讲述了她和同样出生于1986年的米乐的故事。小说相当淡化情节，主要围绕米乐正在写作的一部关于1986年的小说展开。小说展示了"80后"小说家站在历史角度审视

---

①李晁：《看飞机的女人》，《步履不停》，第35页。

自身来路的倾向，历史意识和充满意味的诗性象征结合起来，成为李晁告别青春写作、向精神深度掘进的重要路标。

以年份作为小说名称既有致敬经典之意，也在跟经典构成的互文关系中展开了一张意义阐释网。叙事者小米说："不知道米乐是否会把小说写成一部当年的先锋之作，像《一九八六》，或者写成另一部伟大的预言式小说，像《一九八四》。"① 这里自觉暗示与先锋和反乌托邦双重谱系的关联，摆脱自我经验式的青春话语，有意打开复杂的互文性窗口，以创造与历史话语接轨的可能。

小说中，"写"构成了跟"年"有内在联系的关键词。"年"是历史的节点，而"写"则是历史的铭刻。换言之，正是"写"把"年"转换为历史的一部分。所以，米乐对出生年 1986 的挖掘便不仅是一般的情节，而是有意味的精神事件。人们普遍重视出生地的意义，总是试图通过重返出生地以寻找生存之根；但人们常常忽略了"出生年"的意义，以为出生于哪一年不过是一种无关紧要的偶然性。小米便"明智且固执地认为 1986 对我们毫无影响力，婴儿时期对世界的观察早消失在不成熟的记忆中，1986 给我们留下的只是一张空白的试卷，而米乐非要填满它并且试图拿到一百分，所以你可想而知我对米乐的担忧有多严重了"。② 显然，小说通过设置小米和米乐时间观的差异而彰显某种人生观、历史观的对峙。小米以为："1986 年最大的一件事就是你我出生，而外部环境在我们还是婴儿的时候会起到什么作用呢？"③ 小米基于一种原子式个人主义立场否认时代跟个体之间密切的内在关联，她的时间观其实也打上了典型的时代烙印。20 世纪 90 年代被称为"去政治化的政治"④ 时代，出生于 20 世纪 80 年代，受教并成长于 90 年代的小米们习得了一种典型的个人主

---

① ② ③ 李晁：《米乐的1986》，《步履不停》，第301、302、301页。
④ 汪晖：《去政治化的政治》，北京：生活·读书·新知三联书店，2008。

义时间意识。这种时间意识与前几代人所习得的那种将个人严丝合缝地镶嵌于阶级政治的意识形态刚好构成截然对立的两极。当它们被强化至一种"时代共名"的程度时，它们也便如盐化水地高度自明化。正是小米们视个人的脱时代性为理所当然这一普遍现实，为米乐的"写"提供了重要的意义基础。书写1986，对于米乐和李晁而言，都是重新理解自我出处和来路的过程，米乐挖掘历史，重构1986的写作本身因此也带上了浓厚的重建个人跟历史关联的意味。

小说中，小米和米乐的反差不是绝对的。某种意义上，小米作为更同调于时代意识的青年，是一个时代的俘虏；而试图对抗着割裂性和淹没性时代洪流的米乐才是阿甘本意义上的"同时代人"。阿甘本在《何谓同时代人》中说："同时代性就是指一种与自己时代的特殊关系，这种关系既依附于时代，同时又与它保持距离。更确切而言，这种与时代的关系是通过脱节或时代错误而依附于时代的那种关系。过于契合时代的人，在所有方面与时代完全联系在一起的人，并非同时代人。之所以如此，确切的原因在于，他们无法审视它；他们不能死死地凝视它。"[1] 值得注意的是，小说是以小米视角来叙述米乐的。作为1986叙述者的米乐并没有获得作为这部小说叙事人的权力。这是耐人寻味的！叙述者米乐只能作为被原了个人主义者小米所叙述的对象，这并不意味着作者对米乐的历史重构行为的否定，毋宁说，它显示的是对这种重构的现实遭遇的认识。必须指出的是，小米的立场其实是双向的。她既代表了时代俘虏那种脱历史化的立场，又抱持着跟米乐沟通的同情者态度。小说首段的城墙／历史记忆叙述同样是通过小米叙述的。古老城墙跟这部小说的关系不在于外在的环境铺陈而是内在的精神同构。

有必要谈到这部小说中两个重要的空间隐喻——城墙和街道。很多人会记得，在历史与城墙之间，毕飞宇曾贡献过一个精彩的短篇——《是谁在深夜说

---

[1]Giorgio Agamben：*What is an Apparatus*，Palo Alto：Stanford University Press，2009，p.42.

话》，小说在古城墙的重建和房屋拆迁构成的悖论中追问历史记忆的建构性。同样，《米乐的1986》中历史记忆的坍塌和远逝也是通过古城墙来隐喻的。小说开篇便写道："我们坐在护城河旁惟一残留的城墙上，现在是公元2009年，这段城墙早在我们出生前就矗立于此，历经岁月的风尘及两次大地震的考验却不慎败在城市规划的脚下，连贯的城墙被轰隆作响的挖掘机扒成了多米诺骨牌的样子，历史的防线被轻易移除，像剪除多余的指甲，只有我们屁股下这截残垣被当作永久性建筑保留起来，以便后人留连时知晓城市是从这里开始并从这里消失的。"[①]叙事人把城墙比喻为"历史的防线"，或者说它就是最后坚守着的历史。可是它"败于城市规划"之下，这里的"城市规划"其实关联着20世纪90年代以降的市场经济以至新世纪大规模城市化进程中的发展主义逻辑。代表历史的城墙在只知当下性的GDP功利主义面前落荒而逃，只留下一点断壁残垣作为景观社会的样本。

小说第二个空间隐喻——铁葫芦街。李晁的小说多次放置于铁葫芦街这个市民空间中，此篇的街道书写在文辞和感受力上堪称精彩异常：

> 铁葫芦街是这样一条街道，它和一条漫不经心的河流平行，且与那条从城北延伸过来的铁轨相交。在阴雨霏霏的日子街道显得无比悠长，如果站在桥上俯看，只能看见梧桐硕大的冠，街道就在冠下无限伸展。时常能听见街道发出树叶摇晃的声音，这种声音有时与河流的声响不谋而合，于是两种声音重叠在一起，气势恢宏。即使有这样气势恢宏的声音，街道本身仍是寂寥冷清的，它被排斥在城市中心之外，像一位乡村骑士孤傲而又落魄……[②]

---

①②李晁：《米乐的1986》，《步履不停》，第292、298页。

　　"街道"作为一个在 20 世纪 80 年代文学中浮现出来的文化空间，承载着新时期文学从英雄战场走向日常生活的价值转向。所以，我们读到于坚的尚义街六号，也领略过苏童著名的"香椿树街"。不过，李晁的街道却有着特别的意味。这种不同便在于李晁并不把镜头对准街道本身，它写的不是街道的人间烟火、人来人往，以及由此引申出来的日常中心主义。因此，他的街道书写也在文化立场上迥然不同于 20 世纪 80 年代发展起来的市民精神和世俗理性，街道于李晁而言是一种疏离又同构于时间的落寞感，是一种逆流而上的历史回溯。因此，他才会站在高处俯瞰、凝视街道：街道被放在"和一条漫不经心的河流平行"的位置，并放在"城市中心之外"这样的位置坐标中。如果说河流以流动的形态醒目地提示着时间的话，那么街道因为跟河流的平行而获得了时间性。这条"像一位乡村骑士孤傲而又落魄"的街道，在城市／乡村的对立语义中，不像城市那样行色匆匆、一往无前、割舍记忆，向未来无限投诚，它停驻、返身、凝望，获得了自省的历史意识。因此，李晁的"铁葫芦街"是怀旧和感伤的，它同构于迷失在时间渡口的 1986 年，投射着一个"80后"作家对于如钢筋水泥丛林的城市猛兽无情吞噬历史记忆的切肤之痛。当然，李晁的批判是感伤的，现实并没有提供足够的信心让他去抵抗发展主义的城市怪兽。所以，他的批判只能寄于语言凝聚的文学结晶。

　　《米乐的 1986》写于 2009 年，是李晁迎向历史的一次写作尝试。当然，他的历史意识很可能也是朦胧迂回而非清晰明确的，所以《米乐的 1986》在他的作品中是一种有意义的存在，却不是绝对的分水岭。不过，更重要的是，从历史中拯救出个人的写作，越来越成为"80后"作家的某种共识。杨庆祥在《八零后，怎么办？》中也表露了对去历史化一代重建历史意识的期待："从小资产阶级的白日梦中醒来，超越一己的失败感，重新回到历史的现场，不仅仅是讲述和写作，同时也把讲述和写作转化为一种现实的社会实践，惟其如此，'80后'才有可能厘清自己的阶级，矫正自己的历史位置，在无路之处找出一条路来。"①联系到"80后"写作中历史话语的强化，显然不是理论批评召唤出写作冲动，而是身为同代人的"80后"作家和批评家们共同强烈感受到一种历史脉搏的召唤。

## 三、从"代"到"个"：时代审美想象的个人超越

李晁小说从青年情爱、成长和残酷青春出发，逐渐形成自己的历史意识和关涉时代的隐喻装置。这既是他一个人的写作跋涉，也可以作为一个标本，以之检视当代作家主体在与时代性的审美想象机制的离合中，如何投身和返身，从而探索一个更具反思性和灵动性的文化位置。

一方面，写作很难逃脱于时代性的审美想象，因此，小说如何想象"青春"，不仅关乎作者的才情和灵感，更关乎时代性的审美想象机制。回顾当代文学史，不同阶段的青年想象看似各自兀立，内在却通过社会史变迁紧密联结。我想选取几个典型的点予以揭示：《创业史》（梁生宝）、《今夜有暴风雪》（曹铁强）、《棋王》（王一生）、《动物凶猛》（"我"）、《革命时期的爱情》（王二）、《我爱美元》（"我"）。新世纪以前的"青年想象"及其背后的社会机制同样潜在地制约着"80后"作家的青年想象。梁生宝这样的青年是"超级历史化"时代"把文学所描写的变成现实，并使其获得合法性"②逻辑下的产物。没有任何青年形象比梁生宝更具集体性、阶级性。这个完全去个人化的青年农民就是彼时的当代英雄，他是作为大写历史链条的文学衍生品而被创造出来的。很多年后，我们发现，历史在几十年间被"逆写"，当人们在郭敬明的《小时代》中读到顾里、林萧等人物时发现，这是一些漂浮于物质海洋上的

①杨庆祥：《八零后，怎么办？》，《十月》2015年第2期。
②陈晓明：《中国当代文学主潮》，第20页，北京：北京大学出版社，2009。

船只，他们的码头是现实物质的丰碑——上海外滩的洋气建筑——他们悬浮于历史和现实之外。就符号化和非真实性程度来说，顾里、林萧们和梁生宝堪称异曲同工，那种将人物从一般的生活境遇和伦理感觉中抽离出来，填充以大历史或小时代的合目的性内容的逻辑如出一辙。可中间毕竟经历了千山万水，我们要问的是，大历史的青年想象是怎样转换为小时代的青年想象的？

众所周知，新时期文学想象的重要逻辑在于从原来的阶级想象体系中释放出更大的个人空间。知青作家"持续不断为一代人的青春立言，证明其价值和合法性"①，此时，虽然梁晓声的曹铁强们依然是"极其热忱的一代，真诚的一代，富有牺牲精神、开创精神和责任感的一代"②，可是一代青年与其曾经信仰的超级历史逻辑之间的裂痕已经无可避免地裸呈了。整个20世纪80、90年代文学，一个显豁的表征是：青年们持续地从代表着集体价值的大历史中脱身，投诚于个体的、日常的、物质的世界中去。当然，一切是渐进的。时间来到了1984年，当阿城在《棋王》中展示了那个在棋中成圣的青年王一生时，这个人当然比梁生宝更具个人性，但这种个人性又跟传统文化中的道家思想融为一体。因此，"寻根"虽从超级历史化的阶级集体价值中后撤，但依然把个体价值寄托于某种集体性的文化传统。如果说知青文学以青年的创伤表达对大历史宏大叙事的抗议的话，寻根文学则寄望于另一种集体性价值的重建。不过，随着20世纪80年代新启蒙、纯文学对"人"话语空间的拓宽，20世纪90年代文学释放了与个人主义和自由主义有更深关联的痞话语。最典型代表20世纪80、90年代痞文学话语风格的作家当属王朔和王小波。王朔小说以油滑顺畅的北京土语俗语戏仿政治、调侃精英，以个人化的历史叙述挑战"文革"的统一叙事，在流行文化和反抗性青年文化之间获取了自身独特的位置。王朔小

---

① 洪子诚：《中国当代文学史》，第339页，北京：北京大学出版社，2010。
② 梁晓声：《我加了一块砖》，《中篇小说选刊》1984年第2期。

说的油滑和"个人化"，比 20 世纪 80 年代的阿城们又更进一步。它对僵化政治话语的反抗效应，对文学个人性的丰富，使得彼时不少人对王朔"反崇高"①的文化姿态及其可能性充满期待。与王朔的"俗痞"有所不同，王小波创作了一种与自由知识分子更具亲缘性的"智痞"。当王二面对陈清扬证明自己不是破鞋的请求时，说"你既然不能证明自己不是破鞋，不如干脆证明自己就是破鞋"（《黄金时代》），此时他就创造了一种在他小说中颇具典型性的"智痞"。痞是假模假式、反性反趣的体制性文化的反面，它大大咧咧地道出被主流打入潜意识的言语，一点正经也没有；可是它的背后却又是智的，那种对悖论句式的娴熟运用，在插科打诨的背后深藏了对体制虚伪性的洞悉。无疑，王朔和王小波以各自的痞话语使 20 世纪 90 年代"青年"文学在去政治性和集体性上大进一步。这种痞腔在 20 世纪 80 年代小说中几乎是不可想象的，在 20 世纪 90 年代则广泛流布于媒体酷评和口语诗歌之中。某种意义上，王朔、王小波小说和周星驰电影在内核上大异其趣，但它们却统一于相近的"痞腔"。痞是 20 世纪 90 年代相当重要的文化症候，跟市场主义、消费文化以及日益深入的历史虚无主义互为表里。20 世纪 90 年代如果一个作家不用一种调侃的不正经的语调写作，甚至很容易让青年读者视为"装"和"假"。痞在反装反假的同时，在青年文化中把更具正面意义的郑重和崇高也消解了。在接受了王朔和王小波的痞之后，当读者读到朱文的《我爱美元》时，其中零度情感叙述出的惊世骇俗的伦理裂变，便不那么难以接受。在王朔、王小波那里，痞并没有完全内在化，而是更多地作为一种文学修辞。痞虽其表，内在的精神理路依然是反思性的。而《我爱美元》是没有腔调的，它接近于零度情感的叙述。换言之，痞所有的反讽性及其话语表里之间的张力消失了，它意味着，人物和叙述者的价值立场是无限趋近的。那个以美元衡量一切，为父亲寻找性解决的儿子，

---

①王蒙：《躲避崇高》，《读书》1993年第1期。

展示了超级历史价值被颠覆之后一系列集体化精神价值的弃绝。人不再依附于阶级化历史（梁生宝）和文化传统谱系（王一生），他甚至已经不"痞"和反讽了，因为他已经无限内化于美元表征的全球资本体系及其衍生的生存伦理。其间，性和钱成了人之为人的核心要件。应该说，《我爱美元》是具有预言性的现实主义。他惊吓时人，却不断成为现实。正是《我爱美元》揭示的现实，成了新世纪以后孕育出郭敬明"小时代"的社会土壤。

　　以上，我们简单勾勒了当代文学中青年想象机制的演变，"80 后"作家的青年想象无疑是这一历史链条的结果。由此我们或许可以理解众多"80 后"作家将青春主要限制在成长、性爱、情感纠葛和江湖恩怨等脱社会性书写中，这很可能是 20 世纪 90 年代的纯文学、市场文化和港台流行电影共同作用的结果。这种青春想象跟红色革命毫无关系，所以它截然不同于杨沫的《青春之歌》；它也甚少承载更深沉的时代信息和文化反思，因此也不同于鲁迅的《伤逝》和巴金的"家春秋"。每一代固然都有自己的青春，但并非每种青春书写都具有审美有效性。在我看来，李晁的青春书写既蕴含着深刻的时代症候，同时也包含着他本人对这种被裹挟、被塑形的"青春性"的必要反思。时代性的审美想象常常是潜在、裹挟而自明显现，它为作家打上鲜明的代际烙印；然而，只有对自身写作时代性的反向凝视和有效反思，才可能使作家在代际特征中沉淀出鲜明的个体特征。这种从"代"到"个"的转移，召唤着一个具有文化反思意识和审美创造力的写作主体。除了在时代的泡沫中沉淀出必要的反思意识和历史视野之外，一代作家能否创制自身的美学形式，常常是衡量作家水平高低的重要标杆。朦胧诗为何具有里程碑意义，第三代诗歌、先锋小说为何在文学史上占据一席之地，就在于它们都在重要的历史节点出示了新的美学可能性。某种意义上，只有将一种历史深度转换为独创的审美形式的作家才称得上被历史所选中的作家。

　　值得注意的是，分别在 20 世纪 90 年代和新世纪作为青年作家走上文坛的

"70后""80后"作家们，事实上并没有沉淀出自身的代际美学。这究竟是为什么？一个特别重要的原因也许是，21世纪以来的青年文化跟主流文化、精英文化成了分而治之的格局。跟20世纪80、90年代不同，那时的青年文化和精英文化甚至主流文化在某种程度上分享着相同的现代化目标。20世纪80年代中期的文学，所谓"85新潮"，跟艺术界分享着相近的文化目标和思想路径。文学顺理成章地从正在兴起的大众文化中获取了写作资源，并反过来成为引领青年文化的重要旗帜。文学青年展示青春的创伤也好，进入历史寻根也罢，甚至于用一种痞的腔调反对假模假式的文化，事实上都具有非常直接的现实文化支撑。对于今天的严肃作家而言，当他要想象青年时，他很难从当代青年文化中获取任何正面营养。当下流行文化提供了一种相当风格化的话语——萌。稍具现实感的人都会发现，萌已经渗透于所有青年日常交流的话语方式中，表情包是萌文化在当代的集中展示。跟痞所具有的文化反抗意味不同，萌在文化目标上是相当空洞化的。娇嗔、搞怪、解构和插科打诨，萌以刻意的稚龄化风格把严肃或不严肃的争论转化为哈哈一笑，在取消对抗性的同时也取消了任何严肃的文化议题。萌话语在表达形式上虽非常风格化，但我们很难想象萌可以像痞一样成为对严肃文学有正面价值的文化资源。因此，当代作家如果要从事有意义的精神劳作，放弃消费主义流行文化的名利诱惑，跟当代流行文化保持一种疏离和批判性关系，就成为一种必要的前提。应该说，严肃追问意义的写作在今天遭遇了严峻的精神资源匮乏难题，但青年作家又不能不于这种匮乏中噬心自审，重新出发。

# 结　语

一个作家——甚至是一代作家——究竟是横空出世，无所依凭，仅靠着内在的天才就睥睨时空，还是不管他如何以"断裂"的姿态自我命名，始终与复杂的传统有着千丝万缕的关系，"断裂"不过恰好是和传统确立的一种特殊联结方式呢？关于这个问题托·斯·艾略特有过非常著名的论述：一个诗人的作品中，"不仅最好的部分，就是最个人的部分，也是他的前辈诗人最有力地表明他们的不朽的地方"①。艾略特的"传统"不是一个凝固不变要求后来者去追随或墨守的对象，如果那样"'传统'自然是不足称道了"②，传统是每个人最终都会汇入其中的历史秩序。"现存的艺术经典本身就构成一个理想的秩序"，即使是最新最具颠覆性的作品，也不过是使这个秩序发生了微小的变化。由于新的加入，"每件艺术作品对于整体的关系、比例和价值就重新调整了"③，然而那个在微调中不断充实的传统与其说被颠覆了，不如说在不断丰富中一直稳固。中外文坛上，很多作家出场之际，大都不惜以断裂的宣言声称自己的独一无二，这些断言或者仅是无稽之谈，或者也确实存在着跟以往风格有所区别的美学创新。然而，所有的创新都无法脱离于艾略特流动而稳固的传统秩序。

青年文学往往以创伤、情爱、成长和理想为核心，青春作为主流秩序不可克服的病而提示着崭新的理想空间。不同时代的青年想象深刻地受制于特定时代的审美想象机制，所以，青年作家如何在内在于时代的同时提供超越性的反思，如何从疏离传统到汇入传统，成为决定其从"代"到"个"的重要因素。在我看来，李晁的写作提供了一个合适的范本，用以观察已经不再青春的"80后"作家在告别浪漫化、情绪化的青春书写，建构一种具有历史深度和精神重量的写作方面的努力。杨庆祥曾经指出，"80后"在成长过程中不断被灌输以中产阶级的价值观和小资产阶级的白日梦。因此，严肃的写作者应该从小资的白日梦中醒来，从消费主义构建的时代幻觉中醒来，提供更真实有力的现实勘探和历史反思。值得注意的是，一批秉持严肃文学立场，

---

①②③[英]托·斯·艾略特：《传统与个人才能：艾略特文集·论文》，第2、2、3页，卞之琳、李赋宁等译，上海：上海译文出版社，2012。

企图在被消费主义所殖民的现实中镶嵌进历史视野的青年作家在此背景下浮出水面。在反历史的景观化社会中接续历史，这是他们的历史自救。李晁，正是其中重要的一员。

（2018年第3期）

# "只有通过苦难才可能真正去爱"？
## ——论孙频的小说

张　涛

　　读孙频的小说，会有一个非常直观的感受，为什么她小说里的人，活得都那么苦，那么惨。尽管我们早已不再把"文如其人"当作信条，但被孙频高频率的"苦难叙事"冲击后，仍然会好奇地问上一句，是什么样的生命体验，会让孙频对这些生活中的苦难念兹在兹。孙频小说中的苦难不仅让我们震撼，面对苦难的反抗，乃至于那种"置之死地而后生"的决绝，也让我们看到了一种顽强的自我救赎的力量。这种苦难与反抗的"高密度"构成了一个力量角逐的场域，孙频就背负着"生命中不堪忍受之重"在这个场域中探讨"怎么活下去，靠什么活下去，究竟什么才能支撑一个人活下去，究竟什么样的爱才是真正的爱，是对苦难的爱还是对上帝的爱还是对人类的爱，究竟什么是人类真正的苦难，真正的疾病，真正的拯救，什么才是存在？"（《同体·后记》）在一连串关于"什么"的追问中，我们可以看到孙频创作的起点与动力来源。

## 一、"活下去"：那些"被侮辱被损害"的人

　　"可能是因为我比较早地明白了人间的疾苦多与身体有关，生病也罢，死

亡也罢，羞耻也罢，更多地都是落在身体上，由身体来承担，身体成为世间罪恶的替罪羊。而人的精神则是脆弱的，孤独的，依附于肉身之上的，这使我经常会把肉身抽离出来冷眼旁观，因为承载太多，就时常会发现肉身的丑陋。说到底，这大概是一种对于生而为人的无奈。"（《孙频：伤痕终将是人类用来照亮自己前方的微光》）身体，尤其是那些因为生存而千疮百孔的身体似乎可以看作是孙频很多小说的叙述核心。

孙频笔下的"她们"偶尔也有"他们"，好多都是"先天不足"的。这里所谓的"先天不足"，不是指生理上的，而是指现实生活上的。她（他）们大都出生在大山（吕梁山区）深处的村子里，自然条件恶劣，家庭破碎，生活窘迫。

冯一灯，一个来自吕梁山深处叫水暖村的姑娘，从小"父亲股骨坏死，是个残疾人，一个瘸子，干不了活，因为读过些书就去村小学做了老师，很多年里他都没有工资，每个月只有两升小米，可是他愿意去教书……在我八岁的时候，我母亲就跟着山外的生意人跑了。我倒也不恨她，我甚至都希望这样，你觉得奇怪吗？因为她从来看不起我父亲，我从小到大听到她说得最多的一句话就是，我看不起你"。（《同体》）尽管如此，父亲还是想让她读书，上大学考博士，但冯一灯还是离开了水暖村，去城里挣钱，准备回来给家里修窑洞。在工厂里挣钱，不仅辛苦，而且还慢，猴年马月才能把那让他们父女颜面尽失的窑洞修上？于是，工友就介绍冯一灯去做小姐，面对按摩院里的桃红色，冯一灯还是临阵脱逃了。脱逃后的某一个夜晚，冯一灯在野外被四个男人轮奸了，直到清晨，血肉模糊的冯一灯才被一个晨跑的男子（温有亮）发现，他把冯一灯带回家悉心照顾。这突来的凌辱，与同样"不可思议"的温暖，都让冯一灯不知所措，她既要治愈因遭受凌辱带来的伤痕，更要努力消化来自温有亮的温度：

　　她是多么恐惧啊，她恐惧于这个男人对她这点不知虚实的好不知什么时候会收走。他为什么要对她好？

　　既然不知道"为什么"，冯一灯便更要牢牢抓住这"实存"的好，她唯一能做的，就是顺从他，讨好他。


虽然有些事情出现时是"不可思议"的，但它终归是有来由的，只是这个来由在何时显现的问题。有的时候，是我们顿悟到了"来由"，有的时候是"来由"突兀地来到我们面前，同样是"不可思议"。"仙人跳"温有亮向冯一灯亮出了"来由"，此时她已经"别无选择"。对于一直渴望那么"一点儿爱"的冯一灯来说，她痛恨自己的父母，如果给自己"一点儿爱"，她也不至于舍不得从温有亮那得到的那点儿不知真假的爱。"仙人跳"出奇地"顺利"，每次事毕，温有亮都给冯一灯一大笔钱。正当冯一灯要回家修窑洞，抹去因穷困而带来的屈辱时，她父亲却因为强奸女学生被判刑了。当她和温有亮准备金盆洗手时，事情败露了，警察上门，冯一灯让温有亮从窗户逃走，自己拴死窗户，带着那点儿舍不得的温暖点燃了自己。

　　《月亮之血》中的尹来燕与冯一灯的命运相似。从小家境穷困，父亲因为年轻干活时伤了腰不能干重活，只能靠养几只羊来维持一家的生计。又因要供尹来燕和尹来川姐弟俩上学就去卖血，后因卖血染上艾滋病死去。在父亲染病后，尹来川无法忍受同学的疏远和非议而退学离家，就剩下尹来燕与父母相依为命。她心痛父亲快要死了，却什么都没有吃过。她偷母亲的钱频繁出入小卖部，把好吃的一样样送到父亲那儿。母亲发现后，把钱贴身带着，尹来燕没有丝毫的机会。但尹来燕"无师自通"，她用自己的身体去和小卖店的老板武连生交换。

　　这样来自生存本能的交换，是孙频笔下许多女性的"早期"经历，《假面》中的王姝也是如此：

认出来了，她叫王姝。我们刚进大一那年她就在这卖过包子，我对她印象特深，人漂亮嘛，你们看不是？后来市电视台不是办过一次模特大赛吗，她去参加了好像还得了个亚军。参加完那次比赛之后她就消失了，听人说被一个有钱男人包养了一年，后来听说又转手给了另一个男人包养了。这也有三年了吧，怎么突然又回到学校来卖包子？卖一年包子也没有包养几天的钱多吧，谁知她这是怎么了？

身体会最先感受到来自生活的疼痛和限制，当然身体也最会屈从于生命的本能，去利用自身冲破这些限制，实现自身的突围。当然，我们会用各种文明、教育、伦理、羞耻、尊严等有关的"知识"去控制身体的本能反应。这种控制有的时候会起作用，但大多情况下为了"活下去"的身体早已是脱缰的野马不再墨守成规了。孙频小说中这些女性的"早期"经历之所以如此，就是因为她们要"活下去"，而不是"活得好"。这些来自童年和"早期"的痛感经历，给孙频笔下的人物涂上了一生的"底色"。而她（他）们终其一生的努力，就是要抹掉这曾经的底色，然而却越抹越浓；有的时候，底色的表面风平浪静了，但正如一杯陈年的浑水，看上去清澈透亮，稍一搅动，便浑浊起来，旧有的"底色"又风起云涌了。曾经用身体解决了"生"的问题，但与之而来的伤痕却始终没有抹去，最后的结果无非是用新的伤痛覆盖了旧的伤痕。世俗中的自我救赎是如此艰难，难怪孙频笔下的好多女性人物最后都是选择"否定"世俗的救赎之路。这种选择中，有无奈的叹息，更有决绝的勇气。

## 二、从"女人"到"人"，从"人"到"女人"

孙频笔下女性的命运结局，往往是悲剧性的，她们想"与往事干杯"，但都会因各种各样的情形而不得。这与她们对于自我生命意识的双重理解有关。这种女性在孙频的小说中大致可分为两类，一类是因为生存的困境而利用女性的身体去进行交换以求得生存，她们是从一个"反向"的意义上获得了自我身份的认识——我是一个"女人"。当摆脱了"活下去"的困扰后，她们又在一个"正向"的意义上，追求作为"人"的全部尊严；另一类是因为遭受情感挫折或生存所迫，把自己作为"女性"的部分完全封闭起来，虽然如此，但她们作为个体的"人"而言，能自食其力，有作为人的尊严，但还要拥有作为"女人"的那份独有的自尊和生理标识。

《假面》中的王姝，开始在一所大学附近卖包子，后来被包养了三年后，又重操旧业。她的"回归"就是要与不堪的过去告别。她遇到了大学生李正仪，想与他一起重新开启生活，但李正仪作为一个"男人"却不断被关于王姝过去的"流言"和他自己的"胡思乱想"所困扰。为了躲避那些流言蜚语，毕业后李正仪带着王姝来到天津，这里没有人知道他们的往事。但王姝不仅没有斩断往事，反而因为李正仪要找工作、要买房子而与曾经的屈辱藕断丝连。让李正仪不能忘怀的是王姝的过去，但压倒李正仪的是残酷而切近的现实，"李正仪没有问过王姝任何一个字这房子是从哪来的，他不敢，他根本没有那个勇气。他情愿把自己装得像个盲人一样什么都看不见。可是他越是一个字都不问越是痛苦不堪，他简直想把自己撕碎"。李正仪只能把这些痛苦发泄到王姝的身上，有语言的，也有身体的。在过往与现实面前，尽管他们的生活已经支离破碎了，但还要勉强过下去。某日李正仪大学同学王建的突然造访，击碎了李正仪最后的那点作为"男人"的自尊，面对大学同学酒后的冷嘲热讽，李正仪拿起酒瓶向王建猛击过去，王建的头成了"鲜血梅花"。这一刻喷涌而出的似乎不是鲜血，而是那些一直萦绕在王姝与李正仪身边的流言，以及与这些冷嘲热讽相伴的仇恨与痛苦。这一猛烈的击打，将他们又打回了原型，屈辱的往事与残酷的现实都近在咫尺。

《乩身》中的常勇因为一岁半时的一场大病导致双目失明被父母遗弃，被一个老工人收养，他成了常勇的爷爷。为了让失明的常勇能在乡村里一直不受侵害而存活下去，爷爷"阉割"了常勇身上的一切女性特征，把她塑造成了一个"男人"。但是"女儿身"却不断地从常勇的身体里跳脱出来，这一方面是生理使然，另一方面也与常勇主动寻找被压抑的"女人"身份相关。为此，她已经忘记了爷爷的教诲，"她居然为门外站着一个偷窥的男人而感到喜悦？怎么能这样，这不是爷爷最怕发生的事情吗？可是，如果门外果真站着一个男人看她，她为什么不能喜悦？他简直是她的知音"。常勇不惜自己的身体被"侵犯"，也要获得作为一个"女人"应有的身份意识和生理满足。这种对于女性自我意识"觉醒"的渴望，是孙频笔下很多女性的追求，《瞳中人》中的余亚静，《自由故》中的吕明月，都是因为在追求作为女性的自我觉醒的过程中，陷入到了无法自拔的女性身份的泥潭之中。

孙频说过："我本身就是一个女性，对女性经验肯定更了解更熟悉。我倒不认为我是所谓的女性写作，只是我从自己的性别立场出发去写自己相对熟悉的东西，这样比较舒服比较自然。我认为没有必要为了摆脱女性写作的标签而在小说里充斥男性的视角和荷尔蒙。"果真如孙频所言，在她的小说中我们看不到标签式女性主义写作的痕迹与问题，在苦难和伤痕面前，男女平等，众生平等，在此并不存在一个"性别"的视角，只有一个作为"人"的视角。在"女人"与"人"之间，还有"男人"，孙频也写过千疮百孔的男人。《月亮之血》中的尹来川，《一万种黎明》中的桑立明，《鱼吻》中的江子浩，等等。仅以《鱼吻》为例，江子浩家境极其贫困，读大学前便已"九死一生"："一个十几岁的男孩在铁厂里翻砂，胳膊还是细细的像芦苇。一个漂亮的小男孩在饭店里传菜，刷碗。在工地上抬砖头。在铁厂里，一只铁炉要出水时出了些问题，所有的人都躲到炉后，以为那是安全的，只有他一个人跑到了炉前，结果铁炉爆炸，向后裂开，躲在炉后的人无一幸免，只有他一个人活了下来。"考上大学后开始励志奋斗，毕业时成为了"全校最有钱的人"，后又有两段"成功"的婚姻，凭借"成功"婚姻带来的丰厚资源投资开矿。开矿被封后他用"身体"还清了所有的债务，"他开矿被封，欠下几十万的外债之后，他曾被人包养一年。他把自己卖了一年，得了很大一笔钱，然后还了债，就去考研究生了"。研究生毕业后，"江子浩"便销声匿迹，代之出现的是江海、江波、江林、江翰、江辰……他开始从事"专业诈骗"，用他的身体（他太美了）从一个个女人那里骗取钱财，在这个交换的过程中，他与上文的那些女性一样，都是被侮辱与被损害的，自我救赎的方式与结局也与她们一样。横亘在生存与尊严之间的那道屏障，是那么坚硬而稳固，让她（他）们难以突出重围。

## 三、没有"世界图景"的拯救何以可能？

看到孙频小说中那些人物童年或早期生活中经历的自然场景与人生困境，看到交城、水暖村、却波街，我就想起双水村，想起了路遥的《平凡的世界》。孙少安、孙少平们遭遇的波折也不亚于孙频小说中的这些人物：

> 孙少平上这学实在是太艰难了。像他这样十七八岁的后生，正是能吃能喝的年龄。可是他每顿饭只能啃两个高粱面馍。以前他听父亲说过，旧社会地主喂牲口都不用高粱——这是一种最没营养的粮食。可是就这高粱面馍他现在也并不充足。
>
> ——《平凡的世界》

但是为何他们选择的人生道路与命运结局却是截然不同的？我认为，造成他们之间差异的主要原因在于他们是否有各自的"世界图景"。孙少安、孙少平们的生活曾经很苦，但他们有一个自我预设的"世界图景"，以及通往这个

"世界图景"的可能性道路。在那个可期的"世界图景"中，孙少安、孙少平们可以改变自己的命运，获得自我的拯救与解放。这是路遥给他们预设的一条道路，而孙少安、孙少平们对此也是坚信不疑的：

> 他能抱怨命运吗？能后悔自己回来当了农民吗？不，他不抱怨，不后悔，也不为此而悲伤。他要帮助父亲养活一家人，而且要对少平和兰香的前途负起责任来。从那时到现在，尽管过得很艰难，但这个家庭还维持着——这就是他的骄傲！当然，他还并不满足这些。一旦有了转机，他孙少安还会把这个家营务得更好。
>
> ——《平凡的世界》

而孙频小说中的人物，没有类似孙少安、孙少平们的"世界图景"，更何谈拯救之路。她（他）们的生活起点与人生命运，被牢固地镶嵌在了一个"超稳定"的社会历史结构之中，在这里秩序井然，想跨越秩序一步都是极其艰难的。孙频说："近两年的小说中，一直试图在探讨的一个命题就是关于个体与时代的关系。个体与时代之间的复杂共生关系几乎构成了个体们创伤的源头，也所以会成为贯穿40年当代文学的一个重要文学母题。"孙频一直在"探讨"这种创伤的"源头"，她或许也没有答案，自然她小说中的那些人物也就没有答案。她（他）们只能在对他（她）的彼此伤害中进行发泄、反抗。

他们的反抗看似明确，却又是极其模糊的。"历史的庞然大物"早已不再突兀地高耸着了，它已经分散到了生活的各个角落，它们无孔不入，但又寻不到踪影，犹如一个"无物之阵"，让每一次的反抗和出击的人，都无功而返。这样的溃败没有丝毫的悲壮与崇高，只会让她（他）们落荒而逃，或是自我毁灭。这仅有的面对沉重生活的反抗，也成了"生命中不能承受之轻"。这"重"与"轻"之间并非"等深"的关系，也成了人生一种锐利的反讽。

没有"世界图景"的预设，或许与时代的精神状况有关。在一个与历史"告别"的语境中，关于"历史图景"的想象总会勾连起历史、现实与未来这三个词语间的因果链条，而这又不是被"喜闻乐见"的。因此，孙频也只能任由她小说中的人物继续被侮辱、被损害，因为她也不能"肩住了黑暗的闸门，放他们到宽阔光明的地方去；此后幸福地度日，合理地做人"。但她所能做的或许就是在破碎的现实中建立起现实与历史间的关联，正如她去年的一篇作品《松林夜宴图》所努力呈现的那样。

（2018年第3期）

# 现代婚姻的危机与德性
## ——论文珍小说的婚恋伦理

唐诗人

## 一、不道德叙述

文珍从开始创作到如今的《柒》，都是着力于书写当下的爱情、婚姻，尤其侧重叙述分手、离婚边缘处人心的纠结与茫然。她瞄准现代、后现代语境下的婚恋生活，书写失却传统力量约束后的婚姻困境。她借着内心叙述，以一种看似不道德的笔致，思考爱情、婚姻的本质，追问爱情无恒、婚姻破败背景下个人的精神出路。

爱情是几千年来文学书写的重要话题，它最贴近个人的内心世界，同时也很能够表现出历史的时代特征。爱情、婚姻关系中的个人最容易多愁善感，面临分手、出轨、离婚这些变故时，又最能形成强烈的内心矛盾和精神疼痛。另外，爱情、婚姻关系本质上还是一种人际、社交关系。每一历史阶段、每对爱情婚姻关系其实都牵涉着不同时代、不同境况下的个人精神面貌和社会文化状况。

表征时代文化状况，绝大多数爱情小说都具备这一文化功能。但有一类爱情叙述，它们不仅能表征文化，还因着"不道德"的美学特征无形中催动着文明的进步。这类小说，我们比较熟悉的，比如《孔雀东南飞》《红楼梦》《安娜·卡列尼娜》《包法利夫人》《查泰莱夫人的情人》《洛丽塔》等，还可以纳入我们现当代文学中的《伤逝》《寒夜》《倾城之恋》，以及王安忆的"三恋"等小说。这些小说，我们自然可以判断出故事背后的历史文化状况。但其最诱惑我们的，是这些小说故事的非道德特征。它们能够成为经典，不在于书写了多么完美的爱情故事，而是它们书写出了非道德意义上的人性心理，叙述出了人内心的自由爱情向往与时代道德规矩的冲突。它们直面了一些时代性，甚至永恒性的伦理困境。像《孔雀东南飞》《红楼梦》这些古典作品，有着当时环境下的家庭道德要求和自由爱情欲望的冲突；《包法利夫人》《安娜·卡列尼娜》等小说"宣扬"出轨的故事，在它们诞生之初都曾被列为禁书或者受到控告，遭遇道德批判，被污蔑为"伤风败俗"。但是，这些曾经冒犯世俗道德的作品，对于婚恋伦理的自由进程，起过很大的作用。

和历史上这些"不道德"小说类似，文珍的小说也被很多人评断为"不道德"。她所叙述的爱情、婚姻，不是一般意义上的外遇、出轨故事。其婚恋叙述，不重故事的好看，更重叙述的细腻和妩媚。文珍将叙述打磨成细致化的、真实感极强的内心流露，流露出人物出现出轨欲念或离异行为过程中的内心纠葛。这种真实细腻的内心叙述，也就注定了她的语言是心理化的。她的叙述，围绕着恋爱、婚姻生活中那些幽谧的心理暗室，行走在爱与不爱的那根离弦之箭上，流露的是道德边缘的既内疚不安又无限憧憬的真实情欲感受。这种语言风格，有着魅惑人心的巫性色彩，它妩媚得令人痴迷，暧昧得使人心疼。这种叙述，跟福楼拜的《包法利夫人》有着异曲同工之妙。福楼拜说创作过程中，感觉自己就是包法利夫人，而我们读文珍的小说时，也会感受到小说叙述的人物就是作者，就是我们自己。

文珍这种道德感模糊的叙述，在今天已不会遭受福楼拜时代那样的控告或辱骂，这暗示了文明的进步。反过来看，没有控告、没有传统意义上的道德批判，是不是也与我们这个时代的婚恋状况相关？

读文珍的小说，尤其是《柒》，让我想起不久前民政部公布的 2017 年上半年中国离婚大数据。数据显示，2017 年上半年全国有 558 万对新夫妇，同时有 185 万对离婚，与去年上半年的数据相比，结婚率下降了 7.5%，离婚率却增长了 10.3%。同时，公布的离婚理由之中，最主要的是"出轨"。[1] 离婚率的连年攀升，出轨成为首要的离婚理由，这已成了一种社会现实，也是一个不可小觑的精神事实。既然出轨、离婚这些传统视角看来属于非道德性质的事件已成普遍现象，不会再遭遇过多的道德非议，那文珍的这种"不道德"叙述，除开叙述语言的魅力之外，又有什么难得之处能让它们同历史上那些"不道德"的爱情小说相提并论？

对此，我们的思考需要更为辩证。离异现象愈来愈普遍的时代语境下，"不道德"叙述的伦理意义，已经不在于批判或冲破更多的传统规约，更不是进一步去抹消遭遇离异时个人内心的负罪感。相反，当前的"不道德"叙述，最难得的伦理价值，是反思现代社会由爱情而缔结的婚姻为何也会离散，是追问摆脱了传统束缚之后的现代婚恋关系，会是怎样的纯粹性。文珍小说的不道德叙述，正是在这一语境下才显得难能可贵。她描摹出现代人在离异边缘处的真实内心，以模糊的道德态度思考内在于现代婚姻的文化基因和精神病症，以此探寻一种更为深广的婚恋伦理。

## 二、风险与爱情

可以从文珍的婚恋题材小说中勾勒出一个脉络清晰的情感追问线索。文珍在第一部小说集《十一味爱》的第一篇小说《气味之城》里，以男性"他"为

---

[1] 中商产业研究院：《2017年中国离婚大数据分析》，见http://www.askci.com/news/finance/20170904/152540106881.shtml。

视角，发出了疑问：为什么现代女性需要精神的沟通？现代女性对爱情、婚姻的态度与传统女性有什么差别？"他"只能检省自己具体生活层面的不够体贴，却不能理解女性内在层面的需要。甚至，"她"其实也并不明白自己需要什么状态的爱情、婚姻。"他"的悔过可能召唤"她"归来吗？而"她"离家出走又真正能找到那种理想的精神沟通吗？"她"出走之后会怎样？

文珍的第二部小说集《我们夜里在美术馆谈恋爱》，对逃离做了更深的思考。《衣柜里来的人》写"我"就要结婚之时逃到拉萨。"我"逃离的理由是"闷"："我只是闷，非常闷……忽然之间对自己和生活都失望透顶。"但是到拉萨后，她被拉萨的朋友们看作是为了新的爱情而来。她逃离了城市的"闷"，奔入的依然是"郁闷"，最后也必须老老实实回到城市，回到"衣柜"。《银河》一篇写"我"和单位同事老黄私奔到乌鲁木齐前前后后的遭遇。文珍用生活细节、用人物琐碎的行为言语瓦解了一切关于私奔的浪漫想象。在飞机上，恐高的老黄渺小怯懦，让"我"觉得无趣、失望；到旅店后，房间设施的陈旧、没有热水等各种不便，让私奔必须有的性爱也变得寡味；还有租车时的讨价还价，游玩时老黄时不时接听来自北京妻子、房贷银行的电话等。私奔的浪漫幻想，被现实击成落花流水，最后是落荒而逃，回到北京继续庸碌生活。

而回到、回归是不是就解决了问题？必然不是。文珍第三部小说集《柒》继续探讨爱情婚姻问题。《夜车》《你还只是一个年轻人》《开端与终结》，讲述多年婚姻生活之后的家庭变局，它们像是在继续思考前面那些不再折腾、回归了婚姻家庭之后的人们所可能经历的生活遭遇。我们以为回归了就平静了，其实那不过是一种善意的谎言。真相是回归之后，除开继续着庸碌沉闷的生活，还要承受着无尽的变故危机。《夜车》直接接上了《我们夜里在美术馆谈恋爱》的故事心理，收起理想后开始过日子，这种生活状态看似平静，其实也潜伏着更大的风险，藏着许多无法逾越的坎。结婚后，丈夫老宋开始了对"我"的各种嫌弃，偷看"我"的日记，从"我"的文学想象里看到外遇，于是自己开始了出轨生活。

《你还只是一位年轻人》中的风险是生育问题。回归婚姻必然会遭遇生育问题，是否生育、何时生育、如何生养等等问题都是危及爱情婚姻的导火索，女性能否安全度过这种生育焦虑？小说中的女性是失败的。《开端与终结》则是为沉闷的生活添上一份理想主义的外遇，这是理想爱情对庸常生活的摧击。

"开端"处，《气味之城》里逃离"沉闷"日子的妻子，就类似于"终结"处的季风，她遇到了能够进行精神交流的理想对象。但是，面对那个在家里等待着、深爱着自己的丈夫，她能够心安理得地离去吗？她渴望那种梦幻般的爱情，然而，真正步入新的婚姻时又能完全摆脱庸常和沉闷吗？季风的犹豫说明了什么？以上的故事勾勒，足见文珍一直在思考现代爱情、婚姻的困境，一直纠结于沉闷的现代生活出路何在。文珍并未给出答案。

其实，我们也不需要文珍给出答案。"小说应当如实地呈现各种人生可能抵达的困境，记录若干人类样本的真实。"[1]文学作品最大的魅力，不是给出确定的能够解决现实生活问题的答案，而是通过进入人的内心揭示出当下社会中那些困惑着无数男女的精神问题。文珍小说所阐述的精神困境具有普遍性，理解这种困境，就是把握这个时代的文化心理。

理解困境，可从文珍所书写的情感变故原因着手。文珍小说，当事人并没有在情感变故前做特别的事情。《气味之城》里，是气味的变化，或者是男性日常生活中的日渐粗疏；《夜车》的起因也只是"我"日记上虚构的文学人物；《你还只是一个年轻人》，是对生育的恐惧；《开端与终结》里，爱情的变故只因一直没要孩子。这些缘由，都是很日常的心理或遭遇。日常生活成为导致爱情、婚姻变故的罪魁祸首。这种情况在传统的家庭道德观看来，是不可理喻的。生活不就是柴米油盐吗？没有犯错误为什么闹分离？

---

①文珍、刘雯昕：《小说应当如实地呈现各种人生可能抵达的困境》，引自界面新闻网http://www.chinawriter.com.cn/n1/2017/1102/c405057-29622271.html。

不犯错误也可能、可以分离，即所谓的无过错离婚，这在法律上已经得到了制度支持。但在人们的内心，其实还难以接受。日常生活作为最大的变故之源，是现代社会爱情、婚姻的基本现实。吉登斯曾指出：

在过去，婚姻是一桩契约，通常由父母或亲戚而不是由配偶双方来提起或具体操办。这种契约通常又受到经济考量的强烈影响，并进而成为更广泛的经济网络和交易活动的组成部分。即便进入现代时期，虽然实际上旧有的婚姻体系已不复存在……但总体而言，其发展趋势是预先存在的外在影响因素的逐渐剥离，而伴随这一现象的便是浪漫爱情作为婚姻基本动机逐渐兴起。婚姻越来越多地成为由亲密接触催生的情感满足而直接导致的一种人际关系，它能长久维系也正是因为能为婚姻双方提供这种满足感。其他要逐渐变得不再是关系之固定特征，反而在有可能出现分手时成为"惯性累赘"。①

现代婚姻已基本上剥离了外在因素，婚姻的变故，也不再受制于传统的道德，只源于个体的选择、决心。正常的恋爱、结婚、出轨、离婚，这些已经不再像过去一样必然遭受道德谴责、法律制裁，它们基本上已沦为私人生活选择。吉登斯将结婚、离婚等视作现代人生活中具有决定意义的时刻。"决定性时刻"是跟现代人需要面对的风险、危机密切相关的概念。"具有决定意义的时刻（或被人们定义为具有决定意义的那种可能性）与风险有着特殊的关联性。在这些具有决定意义的时刻，人们对运气的渴求度会很高。"②彻底成了个人选择、私人生活，阻开了传统意义上的规约，但也因此面临着更容易出现的风险：恋爱会分手、结

---

①②[英]安东尼·吉登斯：《现代性与自我认同》，第83、106页，夏璐译，北京：中国人民大学出版社，2016。

婚会离婚。传统社会也存在离异，只是现代以来它变得越来越寻常普遍。

现代爱情、婚姻的风险，不同于一般意义上的生活风险，它们不是物质层面的缺失或不理想，而是一种个体内心对可能会发生的背叛、伤害感到焦虑与不安全感。这里面的焦虑，关涉着现代主体的自反性问题。

## 三、自反的主体

现代社会，性别观念和家庭观念在转换。个体，不管是女性还是男性，都在追求独立，所需要的个人关系可以减少到很少很少，几乎就剩下爱情、婚姻关系。人们通过爱情、婚姻建构亲密关系，以此成为一种独立于社会的家庭共同体。但不管如何亲密、纯粹，爱情、婚姻关系毕竟还是两个人的事情，本质上还是属于人际关系。现代爱情、婚姻，它依赖的只是相互信任、个人承诺，不再是父母安排就必须听从、组织规定需要服从等外在压力。而且，文珍小说里的婚姻，还都没有抚养孩子一类的家庭责任。

没有外在的压力，个体之间如何保证、维持亲密关系？社会学家，包括我们自身，都愿意诉诸思想和感受的交流。"在纯粹关系中建立信任，重要的是每个人都需要去了解对方的性格，并且要去启发对方的期待性反应。"[1]这也是《气味之城》《肺鱼》《开端与终结》等小说建构、维系情感的重要根由。小说中的婚姻之所以出问题，普遍缘于缺乏精神上的补益，双方没有了精神交流，或者交流中所有的期待性反应，均被庸常重复的日常生活消耗磨损。在《开端与终结》一篇里，季风和许谅之之所以不可阻挡地要走向出轨的生活，不是别的理由，只是双方都感觉遇到了"另一个自己"。这两个人无比投契，性格爱好、审美观念等等都在一致性基础上还能相互补益，走

---

[1][英]安东尼·吉登斯：《现代性与自我认同》，第89页。

向出轨也变得可以理解。

"吉登斯在《现代性与自我认同》书中介绍他'纯粹关系'的概念，认为这是'一个外部标准已经在其内部解体的关系：关系只为这种关系可以提供的好处而存在'。信任在纯粹关系中发挥着作用，它通过一起流露个人思想和感受而不是被固定在关系本身以外的诸如社会责任与传统义务的标准来被实现。"① 勒普顿对吉登斯纯粹关系概念的理解暗示说，爱情关系中的相互补益，这也是一种"互惠"，其所谓相互信任，也是对等关系的一部分。没有实质性的互惠因素，信任难以建立，纯粹关系也就难以维系。如此，依靠浪漫爱情建立起来的现代婚姻，直接源于亲密接触催生的情感满足，能够长久维持也是因为这种关系能为婚姻双方提供情感满足感，有精神上的补益。而一旦这种满足感、补益性不再具备，如文珍小说中的精神沟通甚至身体性爱都不再有满足感的时候，信任危机、婚变危机也即来临。

吉登斯、勒普顿等人的现代爱情解释，是在说明现代人在爱情亲密关系中也会有自觉的反思性心理，这是现代性意义上的个人化自反性表现。这种自反性，在爱情婚姻关系中，一方面体现为追求者或者恋爱关系双方积极地向情感对象袒露自己，以获得深度的精神沟通，取得信任、换得安全感；但另一方面，个体在向他人袒露自己时，也会有焦虑、矛盾、不安的情绪，信任和承诺会遭遇现实条件和时间的考验，充斥着巨大的不确定性。这两方面特征不是分立，而是一体。正常情况下，婚恋双方因为有焦虑有不安感，所以会努力付出行动以换得对方更深层次的信任，而用心去袒露和交流，亲密关系也能更持久。但是，"一体"往往甚至多数时候都属于非正常的情况，也就是过度或者不够。所谓过度，就是过度焦虑而病态地付出爱让对方感到害怕，同时也过于"贪婪"

---

① [澳大利亚]狄波拉·勒普顿：《风险》，第65页，雷云飞译，南京：南京大学出版社，2016。

地要求另一方给予爱，不断地要求作出保证等，以及过度焦虑而导致的过于敏感。如《气味之城》里叙述者对气味的过于敏感，焦虑中追问这种气味的变化，导致更大的嫌隙；《夜车》里丈夫敏感于妻子日记中所虚构的文学人物，由此开始自己的外遇生活。"不够"，就是爱得不够，表现得不够关心，欠缺精神交流。"不够"还可能是卡伦·霍尼说的不冷不热："一种温和的、不冷不热的气氛，尽管一方面令人感到安全，另一方面却又令人感到受了冷落。"①《气味之城》《夜车》《衣柜里来的人》《开端与终结》《你还只是一位年轻人》等等文本中的婚姻，一方面是看起来平静稳定，但同时也使女性感受到冷落，她们因为冷落而抑郁、逃离、背叛。她们对冷落的反应，或许没到达卡伦·霍尼所说的神经症"疾病"程度，但也是一种病症迹象，它们有着同样的精神生成逻辑。

现代人的主体自反性特征，内在地决定着每个人的爱情生活、婚姻命运，自反性特征任何一面的过度或不及，都会危及关系的稳定。亲密关系需要在这多面力量的平衡下维系。而如何才能平衡？这是一个生活难题，就如吉登斯举例分析两性关系中女性总是"从未感到满足"的缘由时提及的困境："……内在于创造和维系特定关系时的困境，即在这种关系中存在当事双方都满意的给予和接受之间平衡与互惠的那种困境。"②

## 四、困境与德性

"任何持久的个人关系都要经受住考验，承受压力，同时也会有所得益。但是，在那些不附加任何其他事物的关系中，当事双方出现的任何差错都会内

---

① [美]卡伦·霍尼：《我们时代的神经症人格》，第96页，冯川译，南京：译林出版社，2011。
② [英]安东尼·吉登斯：《现代性与自我认同》，第85页。

在地威胁这一关系本身。"①任何人都无法解释一对情侣、夫妻何时会出现问题、何种问题必定会导致分离。作为生存于现代文化中的个体，我们无法规避自身的自反性精神结构，我们终究会陷入爱还是不爱、如何爱和如何不爱等等一系列自反性情感困境。

吉登斯等人的自反性论述是社会学视野的，内在于这种情感困境的，还有生理欲望层面的原始性特征。爱情离不开生理欲望。弗洛伊德说："正常、健康的爱情依赖于两种要素的结合，一种是情感，一种是肉欲。"②弗氏还将其中的"情感"理解为一开始就有性本能趋向，"性"在其中是最本原的动力。霭理士分析恋爱、婚姻时，直言说："每一桩圆满的婚姻都有两个因素：一者婚姻是由互相的恋爱唤起的性交……二者婚姻是为了种族的人口兴旺而以生儿育女为鹄的的一种方法。"③霭理士也指出现代婚姻有排斥生殖因素的趋势。不考虑繁殖后代的婚姻，也就只能靠性关系维持。"没有孩子，甚至对个人的性生活本身也会动辄生出一些烦恼来，因为正常的性生活，特别是妇女，性爱有发育成怙恃之爱的倾向。况且，缺少了一个亲密之至的纽带，一个由两人彼此合作造出来的新人，要成就圆满的相依相爱的婚姻生活是很困难的。"④文珍必然知晓霭理士这类观念，她所有的小说都拒绝孩子存在，由此拷问爱情、婚姻的本质。她笔下那些夫妻，因为没有孩子，性也变得枯燥、虚假。在《你还只是一位年轻人》中，丈夫为了要孩子，上演了一场充满柔情的浪漫性爱。这充满阴谋的性爱，再浪漫也是欺骗，是虚伪的。

当现代人把附着在婚姻中的传统责任全然摒除后，爱情、婚姻变得纯粹，但也变得脆弱。吕克·费里说："爱—激情是现代夫妻的动力，同时也是使之

①[英]安东尼·吉登斯：《现代性与自我认同》，第84页。
②[奥]西格蒙德·弗洛伊德：《性学与爱情心理学》，第142页，廖玉笛译，南昌：江西人民出版社，2015。
③④[英]霭理士：《性与社会》，第695、695页，潘光旦、胡寿文译，北京：商务印书馆，2016。

脆弱的因素：这是我们联姻的主要动机，亦是离婚的主要原因。"①这其实就是文珍小说着力表现的爱与不爱问题。文珍的故事人物，都因为爱而走到一起，文珍也都特意通过回放相关生活细节来叙述出这些出问题的夫妻当初如何恩爱。由恩爱而成为夫妻，必然经受激情消退过程。激情消退之后的夫妻能否继续爱？激情为何会消退？除去前述精神补益的缺失，它还与人最原始的本能欲望相关。吕克·费里在分析作为爱的"Eros（爱欲）"方面含义时，认为 Eros 与战胜和满足感紧密相关，这战胜和满足，是生理上的欲望，也是心理上的战胜和满足感。这方面得到满足后，兴趣感也就下降。

我们可以看到，文珍小说中所有出问题的婚姻，几乎都源于男性方面对性、对伴侣身体失去激情了的烦腻感。比如他们对爱欲层面的性生活不再热情，对女方的身体也没了以往的感受。《夜车》直接写了丈夫对妻子的无感："出去遛弯的时候他拉着我的手也发谬论。真奇怪，拉着你的手，就像拉着自己的。我刚开始以为他是说熟悉亲切，后来才知道是说没感觉。"②生理、心理层面的失去感觉，也就是身体失去了欲望。如若要重新唤起感觉，似乎只有像《夜车》中的夫妻那样，遭遇绝症，在快要离席于这个世界时，将赴死的毅然转换为忽视一切过往是非的爱欲激情。

自反性困境和生理、心理层面的烦腻性困境，是于个体诞生之前就存在的文化环境，是原始性的人性基础，要对它们进行改变，不可取，也不可能。面对这两方面的困境，我们需要的是心理素质和生活策略。这涉及一种现代爱情、婚姻生活的德性。提及德性，不是说回归到传统非爱情婚姻时代的妇德，更不是推崇绝对自由、随性而为。

费里针对当前欧洲高离婚率现象曾评论："在今天的欧洲，60% 的婚姻以

---

①[法]吕克·费里：《论爱》，第134页，杜小真译，北京：北京大学出版社，2017。
②文珍：《柒》，第23页，北京：北京时代华文书局，2017。

离婚结束，这显然不是说爱情婚姻失败了，而是说维系爱情比传统要困难得多。没有任何女人，无疑也没有任何男人想再回到以功利为目的的婚姻上去，这就证明爱情婚姻尽管受到过挫折，仍然显示为不可否认的进步。"① 我们谈及的文珍小说，虽然都是出轨周边的故事或想出轨、出轨后的心理，但它们又并非在宣扬出轨；相反，他们也是在追求真正的爱情、理想的婚姻。这些"出轨"小说，尽管表现很多断舍离合的痛苦、抑郁和悲凉，但于本质上，都表现着作家对自由恋爱、一夫一妻思想文明的珍视，是在憧憬一种真正意义上的纯粹之爱。

执着于纯粹之爱，即便最后是失望；拷问爱情、婚姻的本质，可能得到的结局是面目可憎。但这种执着和拷问本身就是深邃而美丽的。文珍的叙述里，人物不会刻意禁锢自己，但也不会因追逐纯粹之爱而义无反顾地背叛、逃离。这种矛盾性，让小说有了更深刻的道德感，同时也生成了更宽阔的爱情见解。为理想的爱情，为生活的自由，不禁锢自己，为此《开端与终结》里季风和许谅之能够完成一段理想的婚外恋；《银河》可以用颓丧来解构无数个浪漫的私奔。不义无反顾地背叛，为此《衣柜里来的人》叙述出了友爱、爱情的复杂面；《夜车》里妻子还能同情出过轨的绝症丈夫，陪他度过一段最后的浪漫之旅；《开端与终结》里，季风遇到理想爱情后，对无辜丈夫有罪感、负疚感，这也是爱的复杂性表现。出轨边缘的内心纠结、在婚外情中的心理矛盾，这些最能表现人物的复杂，最可见出爱情、婚姻的多维内涵。

爱情、婚姻中的"爱"，自然不止于爱欲之爱，还有亲情、恩情之爱。文珍也表达过："婚姻起于相悦，但回归于恩情。"②《觑红尘》中，曾经的情侣，离开多年、物是人非之后再次相见，"在人群之中她一眼就认出了他……"这种情感是自然流露，这不是爱情，而是见到了即会"愉悦"的情感折射。《夜

---

① [法]吕克·费里：《论爱》，第60页。
② 文珍、刘雯昕：《小说应当如实地呈现各种人生可能抵达的困境》。

车》里的妻子，得知出轨过的丈夫患了绝症后，所有恨瞬间化解，随即陪他走完剩下的日子，这份无私之爱，是怜悯、慈悲。这两种情感，跟费里分析的除开"eros"内涵之外的另外两层"爱"——"philia""agape"① 非常相近。"philia"是一种纯粹的见到了就会感觉到愉悦的情感，它先于任何理性计算，它是反射，而非反思。"agape"是无私的爱，类似于怜悯的情感，西蒙娜·薇依将其界定为"神恩"，它不但超越理性计算，还超越"无用"等等，可以发展至对敌人的爱。

叙述出"爱"的多面内涵，爱情、婚姻的德性特征也同时得到表现。这种德性，是人对自由、纯粹之爱的向往，同时也是对友爱、亲情的关注。在恋爱、婚姻关系中，人并不是简单的目的性、欲望性个体，更是一个会心软、能够同情他人的完整人。现代人的自反性特征虽然使爱情、婚姻不够纯粹，但内在于其中的反思性，也使得每个个体都有承受婚变、应对危机的心理基础和现实能力。克尔凯郭尔曾强调"爱是良心的事业"②，在这个离异的、自反的时代，强调但不强加这一信念也有必要：推崇自由的真爱追逐，同时也在德性的观照下，反思性地建构、维护健康的婚恋生活。

（2018年第3期）

---

①[法]吕克·费里：《论爱》，第47页。
②[丹]克尔凯郭尔：《爱的作为》，第149页，京不特译，北京：中国社会科学出版社，2011。

# 无家可归者与一种文学装置：苏童论

项　静

一

1963 年生于江苏苏州的苏童，跟众多同时代作家马原、格非、孙甘露、余华等人一道，创造了中国先锋文学的异军突起，参与营造了 1980 年代文学的黄金时代。苏童备受瞩目的中短篇小说《桑园留念》《刺青时代》《一九三四年的逃亡》《妻妾成群》《罂粟之家》《妇女生活》《红粉》，长篇小说《武则天》《城北地带》《我的帝王生涯》《米》《蛇为什么会飞》《河岸》《黄雀记》等，以流畅而优雅的叙事风格，独特的故事和意象，收获了大量读者。苏童的文学创作被写入各类当代文学史教材，实现了短时间内（1980 年代至今）的经典化。洪子诚在《中国当代文学史》中对苏童作品的评价是："多取材'历史'。对于'意象'的经营极为关注，尤其擅长女性人物的细腻心理的表现。……既注重现代叙事技巧的实验，同时也不放弃'古典'的故事性，在故事讲述的流畅、可读，与叙事技巧的实验中寻求和谐。"[①] 但也有对苏童尖锐的批评，认为从《妻妾成群》开始，苏童的"先锋"性实验成分已明显削弱，把红颜薄命等主题和

---

①洪子诚：《中国当代文学史》，第178页，北京：北京大学出版社，2007。

情调写得富有韵味，但"削弱了小说中的创造性的文化内涵"①。陈思和主编的《中国当代文学史教程》，则把苏童发表于1989年底的《妻妾成群》视作"新历史小说"最精致的文本之一，高度赞赏作品对于封建家庭内部互相倾轧的人生景象和生存法则的呈现，但隐含主体意识弱化及现实批判立场缺席的倾向，认为这是对当代现实生活的有意逃避。

这两套受众面最广的文学史著作对苏童的观察和评价，基本上都是以中长篇小说为论述对象的，充分肯定其语言才华和叙事魅力，批评其思想能力和现实感的缺失，在一定程度上形成了对苏童的公共认知。苏童曾经懊恼地自嘲在国内背负着特殊职称——"写女性的作家，写老黄历的作家"②。苏童懊恼的是接受中间的误差和标签化。首先，他的创作面向是多层次的，他不仅仅是一个写民国、女性和宫廷的作家，他还书写了1960年代生人的少年记忆（香椿树街系列），书写过大革命背景下乡村社会的解体和人物内心的骚动(枫杨树故乡系列),写过历史故事(《我的帝王生涯》《武则天》《孟姜女》)，尤其创作了题材广泛的诸多短篇小说，其叙事才华和艺术构思可圈可点。此外，近年来创作的两部长篇小说《河岸》《黄雀记》拓展融合了原来的写作空间，展现出继续生长的写作气象。其次，纵观苏童的创作，如果以思想能力和现实感为准绳，可能永远都是一个政治正确的立场，苏童本人对这两种意见采取了回避的方式，他不认同正面强攻现实，而是与现实保持"离地三公尺"③的距离，"从青年时代的创作到现在，我想要表达的主题当然不停在演变、深化，要说一定要找到一个词来概括，

---

①洪子诚：《中国当代文学史》，第178页。

②高方、苏童：《偏见、误解与相遇的缘分——作家苏童访谈录》，《中国翻译》2013年第2期。

③《苏童：〈收获〉是文学青年心中的巅峰》，引自https://www.thepaper.cn/newsDetail_forward_1767921。

那就是人性"①。

对苏童的批评与苏童对自我的确认是两个隔离很远的巷道，基本上无法彼此接近。按照程德培的判断，苏童是一个自我阐释能力非常强大和准确的作家，苏童在自己的世界中已经建构起非常明确的自我意识和问题意识，所以解读苏童需要一个放低的视角，回到他创作的个人谱系和作品内部。而关于苏童作品中语言特征、主题意象、童年视角、女性描写、人性挖掘等研究文章已经汗牛充栋，30 年后再徘徊在这些问题上不过是一次又一次回到原点的无用功。②

本文想引入一个接受者和文学后继者的视角。在当代中国，具有重要影响力且依然活跃的作家，很多是难以被模仿的，譬如王蒙、贾平凹、张炜、张承志、韩少功、王安忆，在后继的写作者中很少有自觉的追随者。让追随者却步的原因多种多样，这是一个值得继续追问的话题。苏童和几位先锋派作家却在更年轻几代作家中始终是重要的文学启蒙导师和讨论对象，尤其是苏童。1970年代以后出生的作家其作品中可以看到苏童影子的非常之多，比如 1970 年代出生的作家张楚曾系统研究过苏童所有的作品和访谈，模仿苏童写了十几万字的小说，"我阅读苏童的作品是在大学时期，看遍了他所有的小说，梦想着有天能成为跟他一样优秀的作家"③。比如"80 后"双雪涛、颜歌都把先锋派作家中的苏童、余华作为自己的文学导师，双雪涛说："我觉得如果我的性格里一直暗藏着某个关于小说的定义，也许这个定义孤悬多年，当我阅读了他们的作品，我发现他们实现了我心头模模糊糊的关于小说的乡愁，然后刺激我自己

---

① 《苏童：我们依然在人性的黑洞里探索》，引自 http://book.ifeng.com/shuzhai/detail_2013_08/06/28313228_0.shtml。

② 程德培：《捆绑之后——〈黄雀记〉及阐释中的苏童》，《当代文坛》2014年第4期。

③ 《张楚：有秘密的普通人》，引自 http://www.changjiangtimes.com/2015/03/497517.html。

也来试一试。"①

　　苏童还影响了一些导演，塑造了影视作品对一些重要历史时间和空间的想象，比如《红粉》《妇女生活》《武则天》《我的帝王生涯》等可以看作是近年来民国戏、宫廷剧的滥觞，它们的基本母题几乎都在苏童所开创的写作空间之内。再比如中国县城、小城镇电影的重要开创者贾樟柯特别喜欢《刺青时代》，"看了那部小说之后唤醒我自己的记忆……《刺青时代》将是我对七十年代的想象，它将不是什么记录，也不是纪实，也没有什么旧可怀，而是对那样一个重要的历史时间的想象"②。一方面，苏童是电影爱好者，他喜欢欧洲、台湾地区的电影，喜欢费里尼、库斯图里卡、侯孝贤、杨德昌等导演的作品。苏童的作品跟如上电影有某种承接关系，而很多新生代导演的艺术片或受到苏童的启发，或是跟苏童具有共同的来源。另一方面，当代小城镇文艺片所呈现的核心内容比如人物命运、人性的层次、故事发展，跟苏童"香椿树街"系列小说是同一个永恒的母题——欲望、少年血（暴力）、生活的转折和时间的变迁。

　　在阅读1970年代以后出生作家的作品时，能够让人看到苏童影子的作家还有阿乙、路内、田耳、弋舟、张悦然、韩寒、甫跃辉、郑小驴、郭敬明等等，这有可能是种错觉，作家们也不一定愿意被拉进这条太过明显的河流，但我相信有一种东西在文学的代际中传播和移动，这种代际之间依然在传递的面目相似的氛围和文学味道，可能就是一种具有强大生命力的文学装置，苏童在当代文学中的重要性就在于他发明创造了一种可以跟随时代前进依然被运用的文学装置。

---

①《双雪涛：我不想成为笔下人物因我知道他们的痛苦》，引自http://www.sohu.com/a/223838506_159993。

②《贾樟柯：上不上电影学院我自己都会成为一个导演》，引自http://video.sina.com.cn/dv/2006-02-27/173914719.html。

# 二

把苏童简单地放置到先锋文学或者影视作家的篮子里，或者给予他一个写作标签，对于理解苏童的创作都是一个自我封闭的过程。他所创造的文学装置的当代性表明苏童的文学世界具有很强的现实及物性，这应该是很多研究者努力避开的方向。苏童的创作及其形式变革，从潜在到显在过程中所附着的社会情感是一个很少被人注意的问题。把苏童作品的内在情感伦理逻辑放置在社会文化的语境中，才能更好地理解他为何能继续对后继者们产生吸附力。

苏童1980年到北京师范大学读书，在《我与北师大》一文中，他描述了自己青年时代的感受："二十岁的人很像一棵歪歪斜斜的树，而八十年代的北京八面来风，我无法判断我是一棵什么样的树，对社会有用还是对自己有用，或者对谁都没有用。生活、爱情、政治、文化的变革和浪潮，东南西北风都轻而易举地袭击了我，我歪歪斜斜，但我不会被风刮倒，因为我的大学会扶持我，我的大学北师大，那是我在北京的家。"[1] 这个被作家追溯的"家"的意象特别贴切，能够看出一个被位移了的年轻人内心的图景，感受到在时代文化的浪潮中，苏童所感受到的恐慌与无所依傍。对"家"的渴求或许可以对接他小说中虚构的枫杨树故乡，而两部宫廷帝王小说和香椿树街系列这种恒定了空间的写作都是"家"的想象与延伸。纵观苏童的创作，可以找到一条有关"家"的线索：从家园的破败、家庭内部人性的挤压，到无家可归、寻找家园。

枫杨树故乡系列作品在灾异、欲望、死亡腐败的气息之中，有着模糊的时间线索，从《飞跃我的枫杨树故乡》《一九三四年的逃亡》《罂粟之家》到《米》，背后都有一个默默律动的城乡社会变革时间表。枫杨树故乡系列看起来是一个

---

①苏童：《我与北师大》，《北京师范大学校报》2011年3月10日。

"地方"，而实际上其核心是时间，是一个被精心选择的时间段。《罂粟之家》中直接出场的也是时间，"三十年代初，枫杨树的一半土地种上了奇怪的植物罂粟，于是水稻与罂粟在不同的季节里成为乡村的标志"①。"一九四九年前，大约有一千名枫杨树人给地主刘老侠种植水稻与罂粟。"② "一九五〇年冬天，工作队长庐方奉命镇压地主的儿子刘沉草，至此，枫杨树刘家最后一个成员灭亡。"③

枫杨树故乡的时间基本落定在 1930 年代到 1950 年代之间，地主的衰荣历史，罂粟种植的开始，都是大时代改变的注解，而在大开大合的革命时间中，过去的一切可能都要被重写。在这个时间段之内，中国城乡关系处于一种剧烈的震荡之中，这个过程中既有"家"的模型，又有"家"的毁坏，是 20 世纪中国乡村呈现出全面颓废态势的开始。乡村经济破产，人伦失序，乡村文化调节功能弱化，整个乡村陷入了全面的社会生态危机。除了天灾人祸，重要的原因是"城乡背离化"发展中的危机，"伴随着工业化、城市化和现代化进程而导致的传统城乡一体化发展模式破解后，乡村社会走向边缘化、贫困化和失序化的一个历史过程"④。

苏童以繁丽的写作风格为这个幕后的时间主角制造了层层障碍，让我们去接近枫杨树大地上和香椿树街上的事物之"存在"。它们曾经在黑暗中默默无语，被宏大叙事和现代性"时间"掩盖多年，这是苏童让"时间"开口说话的方式。时代交错的时刻及其内在的张力，是苏童早期风格中最具有容纳力的外观，也是苏童式文学装置的重要组成部分。如果没有这个内核存在，这种风格就是一种死去的知识。

另外，作为出生于 1960 年代的中国作家，他的时间主题避免不了对中国

---

① ② ③ 苏童：《罂粟之家》，第4、5、62页，上海：上海文艺出版社，2014。

④ 王先明：《乡路漫漫：20世纪之中国乡村（1901—1949）》，第615页，北京：社会科学文献出版社，2017。

革命时间的凝视，不论以何种姿态，"文革"以及它所产生的社会影响，都是他写作的一个动力，也是苏童小说中人物命运和故事结构的重要塑造者。苏童有一个说法非常有意思，他说："我一直认为60年代的一代人看待'后文革'时代，由于一种无可避免的'童年视角'影响，书写态度有点分裂，真实记忆中的苦难感有点模糊，而'革命'所带有的狂欢色彩非常清晰，这样的记忆，悲哀往往更多来自理性，是理性追加的。"①

童年视角来自时间的赐予，它的轻盈、视线模糊、放低姿态会拉平镜框里事物的参差感，也会制造另外一种均质的时间，而这也是理解苏童文学风格、修辞方式和故事的一把钥匙。由于真实记忆的模糊和后来的理性追加，这种混合勾兑模式，使得苏童小说中的时间容器几乎具有一种共同的特质，无论是作为他亲历生活前史的1930年代到1950年代，还是具有模糊记忆的1960年代到1970年代，都具有了一种敞开性中间悬浮的光彩。比如同龄人张清华就被这种童年叙事所深深打动，"苏童用他自己近乎痴迷和愚执的想法，复活了整整一代人特有的童年记忆。我在苏童的小说里读到了那业已消失的一切，它们曾经活在我的生命之中，却又消失在岁月的尘埃里。……读他的作品，仿佛是对我自己童年岁月与生命记忆的追悼和祭奠"②。但张清华又警惕地提到这种叙事双重效果，"有效地简化了这个时代，同时也有效地丰富了它，剥去了它的政治色调，而还原以灰色的小市民的生活场景"③。童年视角所一直环绕的时间球体，在当时的社会文化背景中，的确具备了某种解放属性，释放了在政治捆绑之中人们的记忆和想象，同时它又是模糊和旋转的，具有脱离时间的牵引力。

可能所有以言语为本事的写作，都有着对于所悖反之物的暗中依恋，苏童枫杨树故乡系列的写作以"逃离"的方式，却又可能是以此来呼应1980年代

---

① 苏童、袁复生：《性是健康的，尽管坦坦荡荡写，坦荡的性一定不是色情》，引自 https://book.douban.com/review/2064367。

②③ 张清华：《天堂的哀歌——苏童论》，《钟山》2001年第1期。

周遭社会文化的巨大震荡，尤其是社会生活领域的各种改变，还有个人生活中的从南方到北方的移植带来的动荡。比如"1934年"的躁郁不安与新时期以来整个社会的变动转折也具有一种同位关系，作品中遍布的逃亡痕迹，都是巨大变迁人物心灵的一个出路。当然社会学的解读也可能完全是一种后来者的个人想象逻辑，而苏童的内在旨趣可能仅仅在于"一种典型的南方乡村"，一个不透明、漂浮、诗意而又很难被具体捕获的意象或一种内心生活、精神。

<h2 style="text-align:center">三</h2>

王德威的《南方的堕落与诱惑》[①]、张学昕的《重构"南方"的意义》[②]曾专门论述过苏童的"南方"写作。"南方"是建设性的，它直指地域和生活方式、情感模式，是一种修辞方式，也是苏童在接受过程中的一个重要标签。苏童本人对他人给予的南方意象有一种解构的解读："南方无疑是一个易燃品，它如此脆弱，它的消失比我的生命还要消失得匆忙，让人无法信赖。"[③]"我所寻求的南方也许是一个空洞而幽暗的所在，也许它只是一个文学的主题，多少年来南方屹立在南方、南方的居民安居在南方，唯有南方的主题在时间之中漂浮不定，书写南方的努力有时酷似求证虚无，因此，一个神秘的传奇的南方更多的是存在于文字之中，它也许不在南方。"[④]本人去解构"南方"，不可否认是一种挣脱被命名的主观心理，另一方面也是苏童作品中切实存在的"逃离"的愿望，这个"南方"是矛盾的心灵，是在北方求学时期的念兹在兹的怀

---

①王德威：《南方的堕落与诱惑》，《读书》1998年第4期。此文阐述了苏童的南方想象与民族志学之间的暧昧关系，又呈现了阴气弥漫的南方堕落的奇观。

②张学昕：《重构"南方"的意义》，《文学评论》2014年第3期。此文认为，南方衍生成一种历史、文化和现实处境的符号化的表达，也可能是用文字"敷衍"的种种地域、人文、精神渊薮，体现着南方所特有的活力、趣味和冲动。

③④苏童：《河流的秘密》，第138、139页，北京：作家出版社，2009。

恋之地，是真实生活中的厌弃之地，是一直以逃离的心态视之的空间。

这个"南方"有着具体的香椿树街和枫杨树故乡的外形，但它本质上是抽象的、内在的具有反地方志的呈现方式，比如《飞跃我的枫杨树故乡》开头有一种煊赫的气势，"直到五十年代初，我的老家枫杨树一带还铺满了南方少见的罂粟花地。春天的时候，河两岸的原野被猩红色大肆入侵，层层叠叠，气韵非凡，如一片莽莽苍苍的红波浪鼓荡着偏僻的乡村，鼓荡着我的乡亲们生生死死呼出的血腥气息"①。这个想象的家园和故乡，起源于回忆、想象和半夜的梦境，小说中被铺排了众多形容词的乡土，游弋在枫杨树故乡的幺叔和落脚城市的祖父之间，有一种紧张的对峙和牵连。这是一个寻找者和回望者的感性叙事，我们无法获得关于故土的切实知识。

在空间上，苏童所呈现的是一种乡镇生活的雏形，介于都市空间与乡土空间之间，就像《城北地带》开头所给出的那个空间，"一年一度的雨季无声地在南方制造着云和水，香椿树街的空气一天比一天湿润粘滞起来。当一堆灰色的云絮从化工厂的三只大烟囱间轻柔地挤过来，街道两旁所有房屋的地面开始洇出水渍"②。空间是半敞开的，是一个生产性和消费性混合的小城市，依然具有乡土社会的属性，舆论空间持续存在，尤其是少男少女们彼此有着频繁的交往，并且氤氲在一种紧张的关系中，或面临爱情和成长的难题，或面临家庭的丑闻和地位的升降。由于成人世界的粗放和整个社会环境对政治的焦虑，他们成为自我教养的孩子，没有指引者，凭借着生命的本能和社会空间中继承来的生存法则左冲右突。

模糊的及物性和抽象的空间使得叙事、语言和声调独成一体，满溢并且去驱散"南方"的实体性。先锋作家群体来自文化和政治上温和中庸的长江三角

①苏童：《飞跃我的枫杨树故乡》，《上海文学》1987年第2期。
②苏童：《城北地带》，第222页，上海：上海文艺出版社，2014。

洲，与北京和广州文化空间的作家相比，他们显然并未承接太多时代的新风，与 1980 年代的参与政治、经济、文化表述的其他文学相比，苏童和其他先锋作家们显然也没有优势可言，只能寻找"形式"空间，以"个人"为源头，去开拓独异的变形世界，形成了他们把握日常生活的一般形式或纹理。

先锋小说第一次使得文学在本体论意义上被强调，开创了当代文学的重要写作空间。苏童写作诗歌的经历，或者他所浸染其中的文学语境，使得语言诗性特质被郑重对待，质地厚实的语感，黏着而绵密的用语方式，轻盈而略带忧郁的语调，跟他所描绘的江南乡村、城镇生活，以及他所聚焦的宫闱、庭院空间形成恰当的互动关系。苏童的语言达到了影视镜头般的意象和距离，对空间的深度聚焦融合了大时代背后的时间秩序，微细情绪细致而旖旎，主导情感酷烈而氤氲，它们膨胀出一个形式的世界遥遥对接时代的内核。苏童的叙事方式和语言风格，迅速地统摄住那个变动不居时代的感官经验和内心躁动，让它们获得自燃的机会，就像因发酵而膨胀并获得抵达生活深处的愉悦和幻觉，获得模拟了真实的虚张声势的满足感，在隐喻和写实之间巨大的中空处，继续唤醒和填塞社会记忆和个人经历。

# 结　语

苏童的文学装置是 1980—1990 年代文学遗留下来的非常重要的依然活着的"遗产"，衰老灵魂的叙事者和内在抒情的自我，几乎等同于现在的"丧"文化，全身而退地躲在历史、枫杨树村、香椿树街的旁边，讲述无穷无尽的故事，那些少年、男女从洞穴中找到了出路，鱼贯而出，面目相似，带着同样的惆怅与坚硬的内核。苏童的文学世界与今天写作者所共享的是，深陷其中的不安定感，城市乡村两个空间的加剧区分，消费主义社会带来的社会阶层断裂，巨大的无物之阵在威胁生命的活力与蓬勃。

苏童及其后继者的写作有一种永恒的青春酷烈面相，形成了比较顺畅有形的自我表达通道，它所回到、看到的都是少年与青春，面对的是内心的极限体验，拒绝寻求答案，而且也失去了聚焦历史和现实的能力。这套文学装置对于一个希望成长的作家来说，它的活力与限制同在，它对于苏童一直希望有所突破的长篇小说就是一个巨大的束缚。《河岸》具有开阔的气象，逃到船上去的库家父子，好像一个逃离了香椿树街的象征，他们终于从苏童熟悉的具有腐败气息的市井生活中逃脱了，但他们依然被苏童用各种熟悉的意象给拖了回来。《黄雀记》这个贯穿更长时间跨度的故事，写了新时代里纵横捭阖的两男一女，改头换面、发迹、离开，绕了一圈又回来了。不同的配方勾兑的故事，看起来依然是那样熟悉没有悬念。

程德培说："苏童对束缚自身的东西具有极度的敏感，几十年了，他的创作几经变异，多种探索和尝试，他是真正懂得'捆绑之后'一个作家该如何应对。"① 一个好作家最好的应对必然来自自己，苏童还写过很多外表平实内里锐利的短篇小说比如《肉联厂的春天》《人民的鱼》《一个朋友在路上》等，精致地把时代变迁、日常生活中人与人的龃龉和交错包裹在叙事中。这些小说几乎是不可模仿的，随意的细节都能得到饱满的传达，小说背后是苏童对具体时空中人群的理解和体贴，因为细节和铺叙，使得行文脱离了习惯性的文学装置而显得放松自然。这一类型的写作对于被"捆绑"多年的苏童应该是一个破除障碍的方向，无家可归者不会轻易获得外在的指引，只有此时此地的自我指引。

（2018年第4期）

---

① 程德培：《捆绑之后——〈黄雀记〉及阐释中的苏童》。

# 故事与现实的沉潜，幽默与戏剧化的抬升
## ——马秋芬小说论

刘诗宇

对于马秋芬创作的讨论大多集中在 20 世纪八九十年代，在"追踪新作"式的批评外，研究者对于其小说世界的整体观照基本限定在东北的地域文化视角中。实际上马秋芬的小说作品有更多溢出了地域文化范畴，而上升至文学普遍性层面的问题值得讨论。本文将试图从人物形象塑造与时代问题的处理、幽默意识与戏剧语言等角度进入马秋芬的小说世界，这既是为了使作家的创作获得更充分的阐释，也是为了以马秋芬创作中的个性来探察当代文学发展中的共性与问题。

## 时代问题的生活化处理

与作家写作所处的时代以及个人经历相关，《雪梦》《远去的冰排》《蝉鸣》等作品都以曾经的知识青年作为主要描写对象，这一类题材在马秋芬的创作中占据了重要位置。知青生活是一代作家成长过程中的主调，更是新中国建立以来数十年间的重要事件，其重要性、复杂程度，自然呼唤着大量的书写。从礼平、梁晓声到李锐、老鬼以及王小波，当代文学中有一个丰富多彩的"知

青小说"谱系。当我们尝试用这一谱系去理解、阐释马秋芬的这些小说时，可以初步窥见她的创作特点。在马秋芬的小说中，与不同时代主题相关的作品一直存在，但是作家从来都是将对时代问题的思考与成长、劳动、家庭生活，与春种秋收、捕鱼打猎糅合在一起书写。就像在书写知青的过去与现在时，许多属于时代的问题都被裹藏在了日常生活的鸡毛蒜皮、磨牙吵架中，你很难区分这些人的快乐和忧愁，究竟是生活的本相，还是时代遗留下来的激情与伤痕。

《远去的冰排》中的女主人公秀石原本生长于上海，在时代的安排下作为知识青年来到黑龙江。东北的寒冷与荒凉并没有阻挡秀石身上那种南方的细致与沪上的摩登气息。她经营着小镇上最"时髦"的旅店，这里有席梦思床垫、日本原装的彩电，那些被秀石私下里称为"邹税务""杨交通""李武警"的手握"重权"的头面人物都是秀石旅店的常客，在她的八面玲珑中，那些来自各机关部门的"有力人士"也不由得纷纷听命。

"邹税务最爱听她骂他'死鬼'。她那改造了的南方口音，把这俩字说成'沙龟'，又轻又软，不像当地娘们的调门，嘴唇上像安了把刀，犁得你神经疼。"[1]秀石嘴里"东北化"了的吴侬软语每每搔中痒处，在与这些东北男人的周旋中无往不利。但是当她回到上海，看到嫁了海员丈夫、有着新潮发型与时装的当年知青同伴时，才发现自己这个风韵迷人的小镇老板娘，延续的无非是那终将消失殆尽的上海生活的影子。追根溯源，是知青政策改变了秀石的一生，但与此同时黑龙江瑰丽的北风烟雪与小镇上窝心却也温暖的生活又如此真实与必然。当主导了时代的政策与无法回避的琐碎生活熔于一炉时，个人心中的小悲戚、小欢喜到底由什么造成，似乎就不重要了。

马秋芬的小说中有对大时代的反思。例如秀石，以及《雪梦》中辗转于三个男人身畔的女知青昕辉，回忆起刚刚"下乡"的岁月都仿佛困兽回忆起自己

---

①马秋芬：《远去的冰排》，第9页，天津：百花文艺出版社，1990。

刚刚踏进牢笼之时。但是当她们用自嘲的态度回忆起青春的天真烂漫与时代号角的慷慨激昂时，对于此时生活本相的描摹远比对彼时之事的悔恨与怨艾更加醒目、真实。秀石的丈夫六筐最后为了赚生活链而走险落入法网，其实就和秀石被上海生活刺痛了虚荣心有关。一个幸福家庭的崩塌其实追根溯源还是能从"上山下乡"那里找到苗头，但是小说的结尾却并不是常规意义上的悲剧结尾——无论人物的命运如何，在马秋芬的小说中，没有任何一篇作品是真正的悲剧——时代问题带来的创痛被消磨在庸碌而又温情的生活之中。通过书写知识青年的"人到中年"，小说选取了与时代正面交锋不同的角度。这些小说大多完成于20世纪80年代，相比于同时期的作品，马秋芬小说对于历史问题的处理已经超越了"伤痕"与"反思"，进入到了对生活本相的呈现。

到了后来的《蚂蚁上树》《朱大琴，请与本台联系》中，作品处理的底层问题不再是历史问题。面对这些正在发生、无可回避的问题，作者书写角度的变化，体现了之前的一贯风格。《蚂蚁上树》中的男主人公吴顺手年轻时在煤窑里做工攒下一笔小钱，娶了村子里最为人垂涎的少女。吴的妻子八面玲珑、远近闻名，后来出轨煤窑老板，让吴顺手"戴绿帽子"的事也人尽皆知。吴顺手从乡下来到沈阳做建筑工人，为了尽快让人熟识自己，他毫不犹豫地搬出前妻，说自己才是这个风流女人的"原装撒种机"。[①]之后吴顺手的名字就变成了"吴撒种儿"，和作家塑造的不少中年男人一样，只要能博得别人的关注，即便是嘲笑也心满意足。

后来吴顺手有了一个暗娼情人，为了维持情感关系，他自称是开煤窑的——煤窑老板横刀夺爱，他却逆来顺受、有样学样——结果却被暗娼敲诈数千元，背上了还不清的债务。家中的老母亲腿断急需医药费，吴顺手以此为由从工头处支出数千元，却都填了情人的无底洞。最后他无颜面对老母与儿子，也无力

①马秋芬：《蚂蚁上树》，《芒种》2006年第6期。

承担一身债务，终于从高空脚手架"故意"失足摔死。《蚂蚁上树》故事的内核其实是吴顺手如何从一个性格上有着小瑕疵，但也心灵手巧、可怜亦可爱的普通农民工，沦落到因好色、懒惰以及与生俱来的贫穷而走投无路，自杀身亡的悲剧。许多底层文学善于将个人的悲剧上升至社会层面，但是在《蚂蚁上树》中，叙述者对吴顺手"当菜吃嫌老，当瓢使嫌嫩"①的评价终将故事固定在了个人的层面。与此同时作者将叙述者设置成了一个沈阳本地的女工，她虽然也有生活压力，但终究生存无虞。经过转述后，吴顺手的故事也就成了"别人的故事"，多了一份"茶余饭后"的意味，市井小民的血与泪、贫富分化之中的无奈或愤怒淡化在了包容、消磨一切的生活与时间之中。

《朱大琴，请与本台联系》也是如此，不少评论者与读者从底层文学的角度表示了对这部作品的赞赏，但实际上马秋芬用少年宫节目策划楚丹彤作为小说的视角所在，用一部彩电的事情来浓缩农民工的辛酸，其实已经大幅度缩减了悲剧氛围，而向能够将喜怒哀乐消化殆尽的日常生活靠拢。对于时代的反思在马秋芬的小说中其实一应俱全，但相比之下作家更注重的是描摹生活的本相。对于20世纪八九十年代之交出现的描摹琐屑生活的"新写实主义"，学界曾经给出类似"零度情感""零度介入"一类的阐释，事实上今天我们回望马秋芬创作于20世纪八九十年代之交至新世纪初的这一批作品时，不难发现对于身处"红色叙事"与"先锋写作"之间的当代小说而言，所谓"零度"近乎是唯一的出路。某种程度上以人性、历史、政治为旗帜书写普通百姓生活的文学，是不属于"当事人"的文学，而生活本身就是如此的温吞和迷茫。

文学史上大致有两种书写"苦难"的传统。一种是将这些苦难作为"主题"，就像"伤痕""反思"包括后来的"先锋"文学中专以"文革"等时期为背景的作品，以及更接近当下的"底层文学""非虚构"等等。除了形式上的

---

① 马秋芬：《蚂蚁上树》。

新意与变革，对意识形态、政治或某个时代的"反思"某种程度上就是对文本内容解读的"终点"。文学在某种程度上是消弭历史的——文学处理的内容，使用的语言与思维模式，带有时代的痕迹，也常有意疏离创作行为所处的时代，正因如此文学才体现出了"永恒性"。然而文学史却是一种目的性明确的"历史"，那些与历史的"节点"榫卯相应的作品更容易被文学史铭记，进而构成文学史的轨迹与轮廓。

另一种传统是使与具体时代对应的苦难成为"背景"，成为推动故事和人物的众多驱力之一。在这种传统下的作品里，因为时代的痕迹以及对时代的反思只是文本的可能性之一，所以时代性或者文学史意义相对淡薄。但正是这种相对的淡薄，为"永恒性"的留存腾出了更多空间。对"永恒性"的追求如何体现？如宗教范畴内，循环或者轮回正是用来表达永恒的主要方式，具体到现实层面，就是《旧约·传道书》中所说的"日光之下，并无新事"。《圣经》中的这段话说的是"人生的虚无"，而这种"虚无"的根源正在于生活的丰富性已经无须也不容现世的人再为之增添分毫。在文学的角度，不同时代内部的风起云涌可以在形式上为文学提供新鲜感，但是最需要解决的问题与最关键的奥秘，早已蕴藏在那些看似周而复始、一成不变的日常生活中，只是以不同的面目出现而已。马秋芬的小说既不疏远时代，也不将之作为叙述的终结，相比之下更重要的还是故事中人物的日常生活，正体现着这样的追求。

## 幽默意识对"政治化"的消解

《张望鼓楼》中的男主人公金木土的形象也反映了在"上山下乡"等人口在城市与乡村之间大规模变动中，个人命运有可能变成各种悲喜剧。与一般女性作家更擅长描写女性人物形象不同，马秋芬笔下的男性形象更让人过目不忘。《张望鼓楼》是较少被人提及的一篇作品，但其中的男主人公金木土却是马秋芬笔下塑造的最成功的形象之一。《张望鼓楼》写的是金木土从乡下返城之后一系列啼笑皆非的故事。金木土自称"文化口儿的人"，用他自己的话说，是"别看我模样丑点，可身上的活儿好使"，"锣鼓家伙、二胡、唢呐，全能弄出动静来"，"毯子功、腰腿功也有点，开场白、定场诗、下场诗，都能背出几套；拉幕、看叶子（戏装）、撂地儿、把门儿、办伙食，样样活路能拿起能撂下。够手儿的女角儿也不敢小看我，巴巴结结地跟在身后……"①。但实际上他只是个溜着曲艺界边上走的小打杂、"半瓶醋"。既无英俊相貌也无过硬的专长，但又有着堪比演员的表演欲望，出风头和哗众取宠在金木土这里并没有本质差别。

金木土在下乡与返城时，身边除了一个替已经失踪了的情人养的儿子之外，就只有"狗蛋大个行李卷儿"②。返城之初，他的暂时居所正搭在公共厕所对面，适应了熏天臭气后，无谓的乐观、对女人的渴望以及人情世故上的愚钝促使金木土有意出现在邻里女人上厕所的路上，并从女人们的排泄声音中总结其性格。终于在一个月明星稀的夏夜，"一阵淅淅沥沥，就像春天的小雨"③般的温柔排泄声让一直单身的金木土近乎陷入疯狂。初打听到女人消息时金木土"差点掉下泪来！老天爷这是怎么打点的？我是光棍，她竟是寡妇"④，但在求爱被羞辱之后，金木土旋即愤恨地想到"这娘们儿一脸的寡气"⑤。金木土从文化局局长那里乞求来看管鼓楼的工作，又靠着在局长接待上级时跳楼相逼，换了一处在文化局大院搭起的小屋。此前金木土诸事不顺，由此认为文化局局长是他的"真朋友"。在为局长做了一系列不合时宜的服务后——包括金木土认为坐在暖和屋子里吸冻柿子，那种快乐"也跟当上科长差不多"，便买上30斤冻柿子送往局长家中，任由柿子在行李包中化成烂泥，等等——得知

---

①②③④⑤马秋芬：《张望鼓楼》，《雪梦》，第129、126、134、136、138页，沈阳：春风文艺出版社，1991。

局长最厌烦的人就是自己。局长死后，其家人坚决阻止金土木出席葬礼。

金木土曾失去住所，与儿子偷偷在鼓楼中过夜时，被儿子骂得失声痛哭。他也曾在返城后一无所有，为了一份工作整日软磨硬泡在文化局局长身边。他更不惜以跳楼换得一个住所。金木土生活上的困境，完全可以被放在政策的对立面，或者底层的范畴中加以渲染，换言之，金木土是完全可以被政治化的一个人物，但是作者并没有这么做，而用一种幽默的笔调将他化为一个笑料，化为一个足以证明作家笔力，让读者感受到快乐同时也自我反思的存在。这在一定程度上让马秋芬这名"40后"作家的创作有了和同代人不同的质素。

与《张望鼓楼》近似的还有短篇小说《中奖》。小说中的工人父亲将工厂视为生活的全部、骄傲的资本，即便是多年前工厂因为效益不佳，代替奖金下发的一摞钢锹也被父亲细心地珍藏在狭窄的家中。为了让长子接班，父亲提前退休了。与一般退休老人下棋打牌、健身休闲不同，看报纸成了父亲的新爱好。看报不为新闻，而只为广告，一旦之前的工厂登了广告，父亲便觉脸上有光，为此父亲熟悉了全市各种工厂、企业的商标。自青年时代留下的这种荒诞的荣誉感，还让父亲爱上了彩票，不为奖金中的"金"，而只为"奖"字带来的荣誉。终于有一天，电视台举办有奖猜谜，谜底均是各厂商标，最终获奖者能够被市领导接见。父亲喜出望外，经历一番波折与期待，最终父亲中的奖仍然是一把钢锹。

从短篇小说的角度来看，《中奖》的情节结构的设置是相当精妙的。这篇小说创作于20世纪80年代初，父亲那种荒诞的荣誉感、近乎可笑的执着很可以与当时文学主流中的伤痕、反思风气相联结。但是作品中最让人印象深刻的却是从生活细节、柴米油盐中升华出的一种幽默感。回望马秋芬的整个创作历程，这种写作特点正是作者的高明之处。前文讨论马秋芬摧刚为柔，用生活的波澜不惊来诠释时代的尖锐问题，而在《张望鼓楼》《中奖》等作品中，这种难能可贵的幽默特质，更显现了一种对生活、对人心的精确把握。

老舍在《什么是幽默？》中曾经说过幽默需要有"思想性与艺术性"，"因为观察力极强，所以他能把生活中一切可笑的事，互相矛盾的事，都看出来，具体地加以描画和批评"。①事实上，对于所谓矛盾的发现，正体现着对于生活的理解，而幽默则是表达这种理解的绝佳方式。金木土这样的形象很容易让人联想起以阿Q、孔乙己等为代表的一系列幽默人物形象。以阿Q为例，人们在谈论这个形象时，他的懦弱、自私、愚昧，他的怒目主义、精神胜利法，常常被看作是在讽刺某种"劣根性"，然而为什么鲁迅在有了"匕首"与"投枪"式的批判之外，还要设计这样一类颇为婉转，甚至在可恨中也透着可笑、可怜的一类形象？推而广之，为什么最深入人心的现实批判往往体现在从《儒林外史》到鲁迅、老舍、钱钟书等作家笔下的那些总是带着幽默气质的人物形象身上？其原因或许正在于相比激烈的态度，幽默中蕴含的是对"真实"更深入的理解与更有效的表达。幽默强调的是会心一笑，这种灵光一闪之间蕴藏的其实是穿越语言，穿越故事、形象，穿越传播方式与个人经验差异的共鸣。

遵循《汉书·艺文志》的说法，在中国的文学传统中，小说大致产生于稗官野史之间，所谓稗官野史，正象征着对正史所隐藏之事的一种窥探。黑格尔在《美学》中称小说是"市民社会的史诗"②，当这种窥探的意识进入市民社会之中——就像马秋芬的《张望鼓楼》里，金木土通过排泄的声音来意淫女人的性格——此时无论是偷窥者的行为，还是偷窥对象的隐私被洞察，都因某种羞耻感而产生了引人发笑的意味。当作家选择对普通人的日常生活进行详细的剖析与挖掘时，幽默感就成了书写策略中的必备因素。

与鲁迅、老舍、钱钟书等人笔下的幽默相一致，因为一种"笑中带泪"或

---

①老舍：《什么是幽默？》，《老舍全集》第17卷，第676页，北京：人民文学出版社，2008。

②[德]黑格尔：《美学》第3卷（下），第167页，朱光潜译，北京：商务印书馆，1991。

"泪中带笑"，马秋芬的幽默意识获得了耐人寻味的深刻。对她的小说进行抽象，其故事情节都少不了一种"被捉弄"或"被欺骗"的模式。《雪梦》中女知青昕辉的第一任丈夫是顶天立地的猎人英雄，但死于窝囊的酒鬼舅父之手。随后昕辉的小叔子成了第二任丈夫，却在完全可以避免的情况下死于天灾。昕辉想与憨倔的第三任丈夫"假离婚"然后返家，但在已经向办事人员行贿，并忍受分居生活良久后，被丈夫在公开场合戳穿而功亏一篑。《张望鼓楼》中金木土一直在被身边的人和自己的错觉愚弄；《中奖》中父亲一直被一种来自工人阶级的使命感与荣誉感蒙蔽；《朱大琴，请与本台联系》中电视台为收视效果设计的奖品计划，先是挑起了朱大琴对生活的美好盼望，之后再将其无情击碎；《蚂蚁上树》中无论是廖珍在工地上的"假夫妻"关系，还是吴顺手被煤窑主横刀夺爱又假装煤窑主欺骗他人，在尴尬的错位状态中，也都体现出了现实对于理想的"捉弄"与"欺骗"。

马秋芬书写的总是"小人物"的命运。那些为生活所迫的闯关东者，受时代感召的知识青年、城市工人阶级，或是离乡背井的农民工人们，无不是带着对生活的向往乃至于不切实际的幻想，而在小说的故事空间中进行活动。因此想象和现实之间的落差既是文本内部最重要的张力来源，也是人物形象最隐秘的痛点，小人物们命运的意义全部寄托于此，也终将消弭于此。

按照鲁迅的说法，"悲剧将人生的有价值的东西毁灭给人看，喜剧将那无价值的撕破给人看"[1]，但是鲁迅笔下那些带着诙谐与讽刺的故事，其关键却不在于将悲剧或戏剧分而论之。无论是《阿Q正传》还是《孔乙己》——乃至古往今来很多经典的文本中——真正的奥义其实在于通过"撕碎"打破悲剧与喜剧之间的界限，使"无意义"的东西显现出"意义"，由此在悲喜交加之

---

[1]鲁迅：《再论雷峰塔的倒掉》，《鲁迅全集》第1卷，第203页，北京：人民文学出版社，2005。

间深刻性方能得以凸显。马秋芬的小说亦深谙此道，小人物们"被捉弄"与"被欺骗"的模式让人物的命运出现了喜感，他们的命运看似轻如鸿毛、引人发笑，却在悲剧性的结尾中远远超越了个体的层次，变成了时代的缩影，变成了读者生活经验的映象。

## 戏剧化语言与对历史、传统的化用

不少研究者把马秋芬小说的幽默、生动归因于东北方言或东北人与生俱来的幽默感。事实上除了属于小说叙事范畴的技术之外，用东北方言去"遮蔽"马秋芬创作中的特点和优长是存在问题的。细读马秋芬的小说作品，尤其是从被结集为《雪梦》的 20 世纪八九十年代之交的作品开始，在一些原汁原味的东北方言俚语之外，作家的语言并不完全是我们今天熟悉的东北方言。其快节奏的、浓郁火辣、直白幽默的语言更多让人联想起老舍、邓友梅等笔下所谓"京味"或"京派"的小说语言，以及一些已经若隐若现于白山黑水的历史之中，属于满族或更广义的边地生活经验的味道。

如果一定要从地域的角度去概括、评价马秋芬的创作，那么应该说其中的语势、语感，以及由此牵动的白描、对话，体现的是整个北方方言的灵魂与精髓。在评价马秋芬笔下那些发生在寒冷东北山林中的传奇故事，或是黑土地上人们生存的艰难与面对自然和历史时人们遭遇到的苦难时，将马秋芬和部分东北地域性作家相联系是没有问题的，但是应该注意到她的小说中有更多的关于乡间劳动、城市生活的书写是超越了地域文化的，这些内容是应该和以老舍等作家为代表的更广阔的文学传统联系在一起的。

就像老舍也擅长剧本创作，马秋芬的小说中也时常体现出戏剧的味道。在《到东北看二人转》中，马秋芬写的既是二人转这一艺术形式的来龙去脉，也是作者自身的成长史。二人转对作家创作的影响，是从语言开始，进而渗透到形象、叙事结构、美学气质等方方面面的。从具体的层面上看，在《张望鼓楼》中，有带着浓烈曲艺色彩的段子，例如金木土在靠着自己的半吊子伎俩帮戏时，因为"一阵重击鸡叨米，一阵轻撩雨拍沙；悄着手闷一个哑巴吃瓜，弹指拨锤掩一个和尚念经；甩出个悠扬花锤，慢扫锣边儿二十五，紧打旱雷三十七"①的锣鼓秀而抢了演员的风头后，女演员"一拂他脑门，道：'我那憨锣、憨鼓、憨猫、憨虎、憨耍、憨舞的大老憨哥呀，你咋忘了？进姑娘房，看姑娘睡；藏姑娘袄，钻姑娘被；蹭蹭姑娘光光溜溜、煞白煞白的脊梁背儿呀——'"②用急中生智的唱词挽回观众的注意力。虽然小说不为朗诵而作，但是潜在的戏剧化、曲艺化思维还是隐藏在这样的词与段中，让阅读增添了大多数情况下小说这一文体不曾有的"口感"。

从广义层面上看，类似《山里山外》《还阳草》等作品中大量描写了山中劳动的情景。当琐碎的日常生活中展现着属于森林和泥土的灵气与伟力时，马秋芬的语言是急促甚至带着几分凶狠的。热火朝天的生活图景与不少在今天看起来颇有一些"半生不熟"、带着自创色彩的词汇都喷薄而出。这一切都在一种凝聚着北方方言精髓与戏剧化思维的语感下，以令人惊讶的方式灵动泼辣而又熨帖准确地融合在一起。小说里山中男人的脚步时常是"砸夯一样"③，农民工朱大琴直白坦诚，说话时"捣着自个的胸脯"④，这种普遍的夸张和戏剧舞台上的舞台动作如出一辙，而小说中时常出现的错位的男女搭配——比如《雪梦》中的一妻三夫、《远去的冰排》中的灵妻憨夫、《阴阳角》中的老妻少夫、《蚂蚁上树》中的假夫妻——也正让人联想起二人转中旦角搭配丑角的角色设置模式。

20世纪80年代中期文学界出现的"寻根"运动意义非凡，但在短短几年间便因为文化传统与启蒙诉求的抵牾而偃旗息鼓。时至今日，当代文学的历史

---

① ② 马秋芬：《张望鼓楼》，《雪梦》，第147页。
③ 马秋芬：《还阳草》，《雪梦》，第188页。
④ 马秋芬：《朱大琴，请与本台联系》，《人民文学》2008年第2期。

格局、海外视野日渐宽广，小说创作如何继承传统，找到属于中国的个性与特色日渐被作家与学者重视。此时回望马秋芬在二三十年前的创作，二人转等传统曲艺为文学作品增添的亮色，其实正为当代文学寻求蕴藏在文化传统中的资源指出一条道路。莫言、贾平凹、陈忠实等作家的创作莫不暗合此道，包括曲艺等在内的民间模式裹杂着传奇与琐屑，在具有地域特色却又不限于此的语言的指引下，与作家的生命体验融为一体，与小说的叙事结构、主题原型、人物形象等相辅相成时，当代文学所渴望的中国特色自然在此中生根发芽。

任何一种"记录"同时都意味着"遗忘"，因此所有"回溯"性的研究与批评都应该注意到，每一段"过去"在成为主线鲜明、鳞次栉比的"历史"之前，都曾经是鲜活、复杂而无序的，进而寻找到一种"历史化"的角度与立场。对于已有的当代文学史，我们似乎已经很熟悉，但这种共识，正是"历史化"思维反思与质疑的对象。从"十七年文学""文革文学"到"新时期"的"伤痕""反思""改革""寻根""先锋""新历史""新写实"，一条明确的主线似乎已经在这段相当晚近的历史中浮现了，但这种文学史逻辑也建立在遗忘的基础上。很多作家作品能在形式与内容上引领了一个时代的文学潮流，进而被文学史铭记，不仅归功于其自身的文学性或历史影响，更与文学史是否有一套相对应的阐释方法、知识谱系有关。相比之下，许多作家的创作中虽不乏佳作，但却难以为文学史提供一个"记忆点"，久而久之便疏远了时代精神，被归于平凡一类。对于这些作家与文本，相关的研究还亟待扩充，太多针对复现当代文学史景观、拓展文学研究的视野，以及为当下的创作提供多样性的宝贵资源就蕴藏在其中。时至今日重新解读以马秋芬为代表的作家作品，意义正在这里。

（2018年第4期）

# "新世情小说"的艺术探寻

## ——乔叶与传统

李遇春

中国文学传统的创造性转化，这已是近年来中国当代文学研究中的一个焦点话题。虽然关注乔叶的小说创作好几年了，但我最近才真正意识到原来她与中国文学传统的关系实在是密不可分，这就难怪她的小说创作一直后劲十足、根深叶茂了。何以为证？先简单说些外证，我发现乔叶在散文随笔中多次对中国古代的神话传说、话本小说、古典戏曲进行改写或者重释，如牛郎织女、梁祝化蝶、张生煮海、田螺姑娘、白娘子永镇雷峰塔、杜十娘怒沉百宝箱等中国古典文学文本都在乔叶的笔下闪烁着新的艺术之光。[①]乔叶甚至公开表示："《三言》之中，让我落泪最多的小说，是《杜十娘怒沉百宝箱》。"[②]由此可见她对《三言》《二拍》为代表的宋元至明清的话本小说的迷恋。我还注意到，乔叶是一个地道的戏迷，她不仅写过当代河南戏曲艺人生活题材的中篇小说《旦角》，而且对河南三大地方戏种（豫剧、曲剧和越调）情有独钟。在她看来，河南地方戏曲的最大共同点只有一个："都很土，从根儿里听都是土戏。""这土啊，土

---

①参阅乔叶的系列散文随笔，收入乔叶：《薄荷一样美好的事》，南京：江苏文艺出版社，2010。

②乔叶：《一个女人的自杀史》，《薄荷一样美好的事》，第69页。

得面，土得酥，土得细，土得可心可肺，可肝可胆。土得人每一寸骨头都是软的。没有什么比这土味儿更丰满，更宽厚，更生机勃勃，更情趣盎然。土就是河南戏的真髓。这要了命的土啊。"①如此深情款款，非内行者不能言。仅凭这些外证，即可见我所言非虚，乔叶确实与中国本土文学传统有着不解之缘。

一

仅有外证显然是不够的，我们还需要到乔叶的小说创作中去寻找到内证才行。毫无疑问，乔叶的小说创作中创造性地转化了诸多中国古代文学传统资源，但这些本土文学脉络或显或隐、时明时暗，夹杂在福楼拜、老托尔斯泰、陀思妥耶夫斯基、福克纳、杜拉斯等西方现当代文学大师的艺术面影中，如影随形，并非随意都可以辨认。但据我观察，在乔叶整整20年的小说创作生涯（1998—2018）中，她渐渐地形成了一种饶有个性风格的"新世情小说"写作形态。这种"新世情小说"写作依旧还在她的艺术探寻过程中，很可能还会有更加阔大与成熟的艺术气象，但仅就她业已取得的艺术成就而言，就足以傲视同辈时流。说到"世情小说"，鲁迅先生也把它称之为"人情小说"，以《金瓶梅》和《红楼梦》为代表的"人情小说"或"世情小说"被认为是中国古典小说的艺术最高峰。鲁迅先生认为"世情小说""其取材犹宋市人小说之'银字儿'，大率为离合悲欢及发迹变态之事，间杂因果报应，而不甚言灵怪，又缘描摹世态，见其炎凉，故或亦谓之'世情书'也"②。可见以长篇白话小说见长的明清"世情小说"其实脱胎于宋元话本小说，也与明清短篇话本或拟话本小说同源同体，它们大都属于描摹世情世态、透视人情人心的"世情书"。考虑到中国古代戏

---

①乔叶：《在淮阳听戏》，《薄荷一样美好的事》，第111页。
②鲁迅：《中国小说史略》，《鲁迅全集》第9卷，第179页，北京：人民文学出版社，1981。

曲与白话小说的通俗文学共性，甚至直到晚清时期中国人的小说观念中还包含戏曲文体在内，我们便不难发现诸多古典戏曲的"世情书"性质了。所以乔叶对中国古代白话小说和本土戏曲传统的迷恋，其实隐含着她对中国古代"世情书"文学传统的迷恋。正是通过创造性地转化中国古代"世情书"写作传统，作为"70后"作家的乔叶开垦出了一片属于自己的"新世情小说"艺术园地。当然，当代中国的"新世情小说"写作由来已久，早在20世纪90年代初，贾平凹就凭借《废都》公然开启了当代中国"新世情小说"写作之门。在此前后，诸如苏童的《妻妾成群》和《红粉》、王安忆的《长恨歌》和《天香》、莫言的《檀香刑》和《生死疲劳》、格非的"江南三部曲"、刘震云的《一句顶一万句》和《我不是潘金莲》、毕飞宇的《玉米》系列等，无不是当代中国"新世情小说"兴起的明证。这些纷纷向中国古代文学传统致敬的当代文学杰作，无不彰显或暗含了以《金瓶梅》和《红楼梦》以及"三言二拍"为代表的中国本土"世情书"文学范式的艺术魅力。这显然是一条当代中国文学复兴的艺术大道，而后起的乔叶从一开始就走在了这条艺术大道上。事实上，凭借着她的"70后"身份，乔叶的"新世情小说"无论在内容还是形式上都做出了极具个性的艺术探寻。

中国古代世情小说大都是话本小说或话本小说的变体，而话本小说最重要的文体特征就是讲故事。按照乔叶自己的说法："二十年过去，现在，我依然在写故事。我粗通文墨的二哥就说我是个故事爱好者，离了故事就不能活。从《取暖》到《月牙泉》，从《打火机》到《最慢的是活着》，从《拆楼记》到《认罪书》，短篇中篇长篇小说，短的中的长的故事……只是再也不敢用'一个故事引出一个哲理'。已经渐渐知道：那么清晰、澄澈、简单、透明的，不是好故事。好故事常常是暧昧、繁杂、丰茂、多义的，是一个混沌的王国。"[①]确实，

---

①乔叶：《在这故事世界里》，《旦角》，第357页，合肥：安徽文艺出版社，2015。

乔叶的小说喜欢讲故事，这与中国古代话本小说传统有着不解之缘，但乔叶并不拘囿于传统话本小说的故事与意义模式，而是结合现代人的文学趣味和当代中国社会现实生活对传统的故事模式加以改造和翻新，并赋予其复杂而多义的现代意涵。一般来说，中国古代世情小说主要有三种题材或叙事类型：一是情爱小说、二是公案小说、三是神鬼小说。这三种题材或叙事类型时常交织在一起，即把情爱故事、公案故事和神鬼故事中的二者或三者组合在一起。短篇小说中的例证有《错斩崔宁》（后演绎出《十五贯》）和《蒋兴哥重会珍珠衫》之类，至于长篇小说中的《金瓶梅》和《红楼梦》则更是三种题材或叙事类型的集大成之作。有意思的是，乔叶的小说创作恰恰就以情爱叙事和探案叙事的结合为主，而有意舍弃了古代话本小说中常见的神鬼叙事，因为古代神鬼叙事往往与道教和佛教思想有关，这与乔叶追求的西方现代意识格格不入，而不利于她从事中国话本小说或世情小说叙事传统的现代转换。所以我们在乔叶的小说中读不到莫言和贾平凹笔下的那种神鬼叙事或者魔幻现实主义，她习惯于直面当下中国社会转型中的残酷现实和内心生活。相较于莫言、贾平凹、余华、迟子建等前辈作家在讲述新世纪中国故事时与现实之间存在着不同程度的疏离感和隔膜感，"70后"作家乔叶笔下的当代中国故事更加具有时代感和现实性，更加切近我们这个时代的精神脉搏与生活遭遇，同时又比年轻一代的"80后"作家笔下的新人类故事更加具有历史感与思辨性，而不致于陷入那种通俗化与时尚化的写作陷阱。

无论是情爱故事还是探案故事，抑或二者的结合，乔叶笔下的当代中国故事都集中凸显了当代中国的世情世态和人性人情。乔叶十分热衷于解析当代中国非常态女性尤其是风尘女子的情爱心理。与中国古代话本小说或世情小说的作者往往习惯于从男性角度讲述妓女或者陷入情爱纠葛的普通女性的人生故事不同，乔叶因为深受中西现代女性文学影响，所以总是从现代女性意识的角度讲述当代中国女性故事。比如古代话本小说中具有独立女性意识的作品并不多见，尤其是讲述古代妓女故事的小说中往往充斥着陈腐的男权意识，习惯于把女性当作男性的玩物，即使是像《卖油郎独占花魁》那样为人称道的妓女故事中，虽然宣扬了古代市民或平民的爱情理想，具有一定的现代民主意识，但依旧缺乏对女性独立人格的尊重。乔叶真正欣赏的古代妓女故事是《杜十娘怒沉百宝箱》，她赞赏杜十娘"这样一个烟花女子，却有着如此清洁纯粹的爱情精神。我相信，面对她的勇敢和决绝，有太多活在当下的口口声声标榜个性和自由的酷男酷女都会汗颜"，杜十娘之所以选择自杀，是因为"她拒绝苟且"，这让包括风尘女子在内的很多当代人羞愧难当。[①]在乔叶看来，当下中国社会中存在着很多风尘女子，但比这更严重的是"小姐意识"[②]或风尘女子心理在弥漫，这是一种习惯于出卖肉体或良知的深层集体无意识心理，因此解剖风尘女子的心理其实就意味着解剖深度的人性。于是我们不难理解乔叶对风尘女子题材的垂青，以至于她的长篇小说处女作《我是真的热爱你》就写了一对沦落风尘的姐妹花的故事。如果说姐姐冷红的"小姐意识"或风尘女子心理已深入骨髓，她已经习惯了苟且，习惯了风尘女子生活方式，那么妹妹冷紫则想拒绝苟且、拒绝风尘女子生活而不可得，她在风尘女子生活中苦苦挣扎，清醒地活在堕落中，找不到拯救自己的出路。良知未泯的冷紫最后为了保护姐姐而被歹徒报复性地枪杀，但她的死却充满了黑色幽默的味道，因为世人无法相信一个风尘女子的正义和良知，就像在遥远的古代，世人无法相信杜十娘心中的爱情。在长篇小说《底片》（根据中篇小说《紫蔷薇影楼》改写扩充而成）中，乔叶进一步深挖了世人心底的黑色精神底片，那种出卖肉体和灵魂的"小姐意识"仿佛阴魂不散、拂去还来。多年后，女主人公刘小丫尽管已经改邪归正、弃旧从良，但回到故乡的她依

---

① 乔叶：《一个女人的自杀史》，《薄荷一样美好的事》，第73—74页。
② 乔叶：《后记》，《我是真的热爱你》，第356页，武汉：长江文艺出版社，2004。

旧难以摆脱内心深处的黑色诱惑，一旦遇到昔日嫖客的勾引，她那根深蒂固的"小姐情结"便死灰复燃。"这个旧客就是她的妖，她也是他的妖。""他们都知道彼此的黑暗——都握着彼此的底片。"① 可见此时的底片已经具备了抽象的精神符号意义，这显然是乔叶的艺术发现。

事实上，在乔叶的情爱叙事中往往纠缠着探案叙事。在乔叶的艺术视界中，各种非常态的情爱叙事中本来就包含了罪感和耻感，这种私人生活中的罪感和耻感与社会公共生活中的罪感与耻感纠结在一起，更能凸现作家对于当代中国社会世情与人性的反思。虽然乔叶笔下的情爱故事与探案故事时常扭结在一起，但这并不妨碍我们将这两种叙事单独拆开来予以分析。比如长篇小说《认罪书》中除了梁家兄弟与金金的不伦之恋这条情爱叙事线索和结构框架之外，作者还精心设计了梅好和梅梅母女之死在不同历史时期所导致的民族心理暗疾，而围绕着梅家母女之死的案情解密，金金在闯入梁家内部后充当了探案者的社会角色，此时的她不再是不伦之恋的罪人而摇身变作了地下法官。正是通过她的层层揭秘，读者终于明白了作者要反思的其实不仅仅是某一个生命个体的罪恶，而是一个民族集体的精神失足所导致的罪感的泛化与蔓延。这样的犯罪与探案叙事显然超越了古代通俗公案小说的思想和艺术樊篱，跳出了儒家忠奸善恶伦理模式，径直抵达了现代人性自审的灵境。再如长篇小说《藏珠记》，除了唐珠与赵耀、金泽之间的私人情爱叙事线索之外，作者又精心设计了以司机身份起家的赵耀为了侵夺曾经的上司金家的家产而围捕、陷害乃至追杀金泽及其女友唐珠的好戏。利令智昏的赵耀最后强暴了千年剩女唐珠，然而他没想到正是他的强暴无意中成全了唐珠从神到人的回归，唐珠在经历了生死劫难后终于过上了自己渴望已久的平凡的人间生活。可见《藏珠记》中私人情爱叙事是明线，而公共探案叙事是暗线，明暗交织，千年剩女唐珠则同时充当了小说中罪案的

---

① 乔叶：《后记：关于底片》，《底片》，第204页，武汉：长江文艺出版社，2008。

受害者与探案人。但受害者最终又成了受益人，这一出看似荒谬的悲喜剧中其实隐含了作者对生命存在过程与本质的思考。有意思的是，由《盖楼记》和《拆楼记》合成的长篇小说《拆楼记》其实也隐含了探案叙事模式。如果说上部《盖楼记》写的是"我"伙同乡下老家的姐姐和乡邻为了争取更多的拆迁款项而精心盖楼"作案"，那么下部《拆楼记》就是写政府人员为了惩罚乡民"种房子"的罪行而与乡民进行的执法较量。这是一场没有胜利者的较量。无论是读者还是作者都很难站在单纯的立场上做出评判，究竟谁是受害者而谁又是施暴者，一切都交给作者对市场经济体制下当代中国世情人心的描摹与刻画。对于乔叶而言，犯罪与探案并非是严格意义上的法学概念，而更多地属于人性与人学范畴。所以我们发现她往往从人性的角度审视罪犯，揭秘当代中国的隐秘世相。如中篇小说《锈锄头》中解密了老知青李忠民为何要杀掉偷窃者石二宝的心理意识流动过程，中篇小说《我承认我最怕天黑》揭示了离婚女刘帕爱上了一个破窗而入的民工犯人的心理真相，等等。至于中篇小说《那是我写的情书》中写纯情的麦子其实暗中充当了从案犯见死不救，还有《失语症》中写尤优对丈夫出车祸所滋生的隐秘罪感，这些都折射了乔叶对当下中国世情人心的犀利洞察力。显然，这类探案性世情小说是不能简单地视为古代判案小说的现代翻版的，而是体现了乔叶对中国传统世情小说的现代转换。

二

众所周知，中国古代的世情小说是一种"说话"艺术，而当代中国的"新世情小说"则是一种"新说话"艺术，从贾平凹到乔叶等当代中国作家已经并正在不断地发展这种"新说话"形态。中国古代话本小说都喜欢讲故事，而小说常常被认为是"说话"，故而小说家也就成了"说话人"或者是讲故事的人。一般而言，乔叶小说中的说话人往往是《拆楼记》中的那个一身二任的城籍农裔的当代中国城市女性。这就使得乔叶笔下的"我"在说话过程中既有农民的朴实也有市民的狡黠，既有传统乡土女性的柔和又有现代知识女性的犀利。所以乔叶的小说作为"新说话"文本，既不是贾平凹那种当代男性文人的闲聊录，也不是林白笔下的底层妇女闲聊录，甚至也与王安忆那种现代都市妇女闲聊录存在着本质分野，而是呈现出话语杂糅与身份重叠的新闲聊形态。比如她的长篇小说《藏珠记》在叙述上明显继承了宋元以来的话本小说路数。小说开篇就写道："天宝十四年，一个抱病垂危的波斯商人住在长安城东市附近崇仁坊里的一家客栈中。"由此引发了波斯商人让店主家的丫头吞珠的故事。紧接着作者话锋一转，又讲述了《独异志》《广异记》和《资治通鉴·唐纪八》中的三则波斯商人的神珠的故事。猛然中又回应开篇，写波斯商人临终前赠送无题诗给丫头，而那个丫头就是"我"，就此在第一章中完成了从传统的第三人称说话向现代性的第一人称说话的转变。显然，这第一章就相当于古代话本小说中的"入话"，其中有故事、有诗词，既是对全书历史背景的交代，也可以独立成章，因此说成是"得胜头回"也大致不差。但作者显然不满足于做传统的说书人，而是径直改换说话口吻，每一章都以一个人物展开第一人称说话，其中女主人公唐珠的说话最多，计26章，与她产生情爱纠葛的两个男人赵耀和金泽的说话各有8章，这三个人的第一人称说话构成了这部长篇小说的主体。此外金泽的姐姐金顺的说话有2章，金泽的前辈世交松爷的说话有1章，他们的说话主要是起串联和组织作用。值得注意的是，这些第一人称说话大都符合说话人的身份与个性，其中唐珠的说话所占篇幅最大，基本上奠定了这部作品的主调。穿越千年而来的唐珠在现实生活中是一个底层女性，即城籍农裔的酒店服务生，然而在这个底层女性的显在身份背后，她还有一个历经历史沧桑的神秘知识女性身份，由此决定了唐珠的说话的二重性：她既可以娓娓道来地与读者闲聊，又可以洞若观火地评论自己的故事。可见《藏珠记》中的第一人称说话不等于常见的独白体，因为前者是预设了"我"与"你"的平等而内在的对话，而后者是单向度的近乎封闭的自我诉说。

无独有偶，长篇小说《认罪书》的第一人称说话同样具有对话性而不是封闭的独白体。作者在这部厚重的长篇力作的开篇别出心裁地设置了一个"编者按"，以本书责编的第一人称口吻介绍了这本小说的前因后果，其中包括女主人公金金临终前给"我"的来信，"我"收到金金的书稿后重新做了编辑处理，"我"还谈了自己对这本书的阅读感受，"我"甚至还按照作者金金的生前嘱托将她的骨灰妥善安葬。不难看出，这篇所谓"编者按"其实就是中国古代话本小说中"入话"的变体，而"责编"也就成了说书人的化身。但到了小说的正文或"正话"中，全部22章都属于女主人公金金的自我告白，这就打破了中国古代长篇说话的第三人称全知套路。值得注意的是金金的自白并非独白，而是把包括"未未"在内的未来理想读者作为倾诉对象，金金"向死而说"的行为具有强大的现代性自审力量。还需要指出的是，在金金的所有自白中还穿插了梁知、梁新、张小英、钟潮、赵小军、秦红等人的自白，这些自白都是在金金的设计下，围绕着梅好和梅梅母女之死的追问所提供的认罪书。这些第一人称的认罪书构成了头号女主人公金金的认罪书的组成部分，他们向金金说话，而金金向未未说话，由此使《认罪书》成了话语的交响。所以，《认罪书》中的这种故事中套故事的嵌套结构还可以被理解为"话中有话"，大大小小的说话分支都被镶嵌进了头号说话人金金的主体说话框架中，而在"编者按"中设置的"责编"看来，甚至连主体说话框架也在作者的掌控之中，作者作为隐居幕后的说话人实际上导演了这场话语狂欢节。与《藏珠记》相比，《认罪书》中的多角度第一人称说话不是并置交叉而是嵌套式的立体说话模式，但两部小说中都有主导性的说话人，《藏珠记》中是唐珠，《认罪书》中是金金，她们的现实社会身份大体类似，都是具有一定知识背景的城籍农裔的底层女性，因此她们的说话也都属于当代中国都市普通妇女闲聊录，既有底层女性的粗砺或狂野，又有知识女性的自觉与反思，这种二重性的说话身份决定了这两部小说的主导性说话风格，即民间话语与知识分子话语的艺术统一。由此可见，乔叶在尝试着改造中国话本小说的说话艺术，她创造性地将西方现代派文学中的多角度第一人称叙事策略吸纳进中国话本小说传统的说话家数中，即在仿佛和读者闲聊的话语中不动声色地进行先锋文学实验，这就比单纯的评书体或老式话本更有艺术张力，也比那些生硬的先锋文学文本更有中国味道。

中国古代话本小说和古典戏曲中都有插科打诨的"使砌"传统，所谓"砌"就是插科打诨开玩笑一类的滑稽话。[1]显然，这种"使砌"的传统做法在乔叶的小说中得到了艺术的扬弃，既增添了读者的阅读趣味，又保持了严肃文学的品位，不至于流于滥俗，可谓喜剧性与讽刺性兼具。这样的例子在乔叶的小说中可谓俯拾皆是，比如《藏珠记》的第三章《赵耀：可我还是喜欢开车》就是一篇十足的"使砌"文字。这篇看似多余的"饶舌"文字其实显示了乔叶独特的语言风格和鲜明的艺术个性。它以给领导开车起家的赵耀为说话人，让他向读者道出自己的心里话或生意经抑或厚黑学。其中一段写道："给领导开车的本质，一句话到底：你就是领导的一辆车，人车合一的车。谁是司机？领导才是司机。领导就是开你的司机。当然，因为人车合一，所以你要比单纯的机器车高级一些。要你快你就快，要你慢你就慢，要你停你就停，要你退你就退。这里面的讲究太多了，能分好几个等级呢。"接下来就按等级讲初级的"开车之道"重技术，中级的"心腹之道"是当好奴才，高级的"搭档之道"才是实现和领导的合谋与双赢。这简直就是一篇与时俱进的官场厚黑学，写出了世情人性的新变化。再比如《认罪书》第二十一章中有这样的话："省。多么有意思的一个字啊。一个少，一个自。这显然就是在说：人们对于自己的问题总是想得太少了，所以要省。""至于同流合污，这更不是饶恕的理由。因为同流

---

①胡士莹：《话本小说概论》（上），第114页，北京：商务印书馆，2011。

合污就是同流合污，即使同再大的流，合再大的污，也是同流合污。"这是女主人公金金在醒悟后说的话，虽然饶舌但不失精辟和俏皮。同一章中金金还自忖道："我忽然明白：两年前的我们无论看起来怎么的一丝不挂，其实一直都是在穿着衣服做爱。那些道貌岸然的衣服，那些既片缕不见又严严实实的衣服，就挡在我和他之间。我们从来就没有把那些衣服脱下。因为，是心在穿着衣服做爱。"像这样的性描写虽然不免露骨和直白，但却充满了人性解剖的力量，甚至在滑稽中隐含着沉痛。还有《最慢的是活着》中的一段话也十分引人注目："奶奶，我的亲人，请你原谅我。你要死了，我还是需要挣钱。你要死了，我吃饭还是吃得那么香甜。你要死了，我还喜欢看路边盛开的野花。你要死了，我还想和男人做爱。你要死了，我还是要喝汇源果汁嗑洽洽瓜子拥有并感受着所有美妙的生之乐趣。这是我的强韧，也是我的无耻。请你原谅我。请你，请你一定原谅我。因为，我也必在将来死去。因为，你也曾生活得那么强韧，和无耻。"显然，类似这样的语言和句法受到了中国传统戏曲和话本小说的唱白影响。

事实上，乔叶的小说中不仅在有意无意地模仿中国传统戏曲和话本小说的唱白文字，而且还经常穿插中国古代诗词和戏曲的文字在其中。比如《藏珠记》中的唐珠因为从唐朝穿越到了当代，故而她能时常脱口而出经典的唐诗；《认罪书》中的张小英因为当过豫剧花旦演员，故而她的言谈举止中都能体现出地方戏曲做派；至于《旦角》里戏曲唱词出现的频率就更高了，诸如《抬花轿》《杨门女将》《对花枪》《盘丝洞》《花木兰》《拷红》《白蛇传》《卖苗郎》《秦香莲》《打金枝》《大祭桩》《三上轿》《秦雪梅》《杨八姐游春》《小二黑结婚》《朝阳沟》《南泥湾》《编花篮》等等古今豫剧唱词随着红羽绒、绿羽绒、紫羽绒、黑羽绒等一般戏曲演员的轮流上场倾泻而出，所以《旦角》这部中篇中隐藏了乔叶小说创作与传统戏曲或话本艺术的秘密。必须指出的是，除了直接借用和穿插中国古典诗词和戏曲唱段外，乔叶的小说创作中还大量借用和穿插了西方近现代诗歌和中国新诗或者流行歌曲。比如在《认罪书》《藏珠记》《拆楼记》《底片》《我是真的热爱你》《指甲花开》《他一定很爱你》《山楂树》等小说中，诸如英国诗人约翰·邓恩的诗、俄裔美籍作家纳博科夫的诗、希腊现代诗人卡瓦菲斯的诗、中国诗人雷平阳的诗，还有流行歌曲等，不分中西雅俗，全部在乔叶的小说中熔冶于一炉。当然，乔叶小说中出现得最多的还是我们这个时代流行的笑话和网络段子，这也是中国古代话本小说和古典戏曲唱本中常见的做法。但乔叶小说中的笑话或段子并非那种上不得台面的荤笑话和荤段子，而是隐含了作家的机智与幽默，既拉近了与读者的距离，同时也彰显了作者的灵气和才气，进一步丰富了乔叶小说的说话家数。确实，乔叶是一个善于说话的小说家，她不仅创造性地转化着中国古代话本小说的说话路数，而且不断地对中国小说的说话传统进行创新性发展。比如和古代话本小说偏重于讲述外在的语言与行为相比，乔叶的小说中就十分注重讲出"心里话"，包括说话人的心里话和人物的心里话。这些"心里话"并非简单而粗暴的主观介入式叙述，而是充满了现代心理分析小说和哲理小说的思辨张力。比如我们前面直接引用的几段看似插科打诨的滑稽话，实际上都是男女主人公们以第一人称说出的"心里话"，这在中国古代重白描而轻心理描写的话本小说传统中是不多见的。乔叶小说中这些"心里话"实非"多余的话"，而是推进小说情节进展和塑造人物形象的重要手段。

## 三

接下来要探讨乔叶小说中的分析性叙述策略。它关系到乔叶对中国传统世情小说中"说话"艺术的改造与开新。所谓"分析性叙述"，是加拿大人里卡尔从米兰·昆德拉的小说艺术中提炼出来的一个概念，也叫"思考性叙事"或

"叙事性思考"。① 这是一种有别于单纯地讲述一个故事（菲尔丁式）或者描写一个故事（福楼拜式）的新叙事形态，即思考一个故事（穆齐尔式）。② 显然，昆德拉以《生命中不可承受之轻》为代表的小说创作就属于这种思考性叙事或分析性叙事。如果借用到乔叶的小说创作中来，这种分析性叙事或思考性叙事其实也就转换成了分析性说话或者思考性说话。在中国的话本小说或泛话本小说传统中，向来是比较缺乏这种分析性说话或者思考性说话的。这倒不是说中国话本小说或泛话本小说中缺乏分析话语或思考话语，恰恰相反，分析话语或思考话语在中国话本小说或泛话本小说中随处可见，甚至到了让读者望而生厌的地步。无他，只因中国话本小说或泛话本小说中的分析话语或思考话语往往不是内在于小说文本结构的有机组成部分，而是某种嵌入式的或者外在于小说文本结构的艺术赘生物。因为传统的说书人总是习惯于以全知全能的说话人的身份对故事中的人物、事件和场景发表自己的主观看法，而这些主观看法由于大多是基于中国传统的儒道释话语体系所作出的分析和思考，故而往往流于迂腐和肤浅，删去实不足惜，甚至节本的思想性和艺术性可能会更高，因为单纯的描写性故事具备多义性和含蓄性。在这个意义上，中国话本小说或泛话本小说作者的分析话语或思考话语往往属于"多余的话"或"废话"，它与小说的主体话语如人物话语、叙述话语、描写话语之间并未形成有机的艺术统一，而是充满了话语裂隙和违和感。所以中国话本小说传统中的那些"诗云""赞曰"之类的分析话语或思考话语不同于现代小说中所倡导的分析性叙事或思考性叙事，后者是诗性的话语策略，而前者是实用性或工具性的载体。对于乔叶而言，她必须要借鉴和吸纳西方现代小说话语策略来改进那种中国传统的机械而僵化

---

① [加]弗朗索瓦·里卡尔：《阿涅丝的最后一个下午》，第140、171页，袁筱一译，上海：上海译文出版社，2011。

② [法]米兰·昆德拉：《小说的艺术》，第155页，董强译，上海：上海译文出版社，2004。

的话本或泛话本说话模式，而以昆德拉为代表的分析性叙事或思考性叙事则是改善中国话本或泛话本小说艺术的一剂良方。由此也就形成了乔叶个人化的分析性或思考性说话艺术。这应该是乔叶小说对中国话本或泛话本小说的说话传统所做出的创造性转化。

乔叶的分析性或思考性说话首先表现在讲述层面上，即在讲述过程中对所讲述的情节进行分析和思考，但又不是传统的那种以第三人称全知叙述人所做的插入性夹叙夹议，而是以第一人称限知叙述人或故事中人物的视角做出的内置性夹叙夹议。比如长篇小说《盖楼记》第五章"筹谋"中，讲述"我"去找赵老师合谋让村长的弟弟王强参与到盖楼大计中，以此让村长陷入两难。在与赵老师把问题分析透彻了之后，"我"以第一人称叙述人的身份评述道："这是一场拔河，王强站在中间，兄钱各两边——王永的砝码旁边还有所谓的'正'，拆迁赔偿款的旁边还有我们准备好的本金在对他勾引诱惑，就看他赚钱的欲望是否能大过兄弟的情义。鉴于这么多年来对人性的认识经验，我对胜利很有把握。"显然，"我"对这场筹谋的可能性的分析和思考是建立在对人性的深刻洞察基础上的。乔叶没有采用纯白描的写实手法描述情节的进程，而是以人物或叙述人的视角直接介入事件的分析与思考，这就如同在与读者或听众进行深切的交流，而且避免了传统说话人的生硬说教。其次，在塑造人物形象时，乔叶也并不完全依赖外在的白描或客观故事的延展来刻画人物性格，甚至也不依赖常见的内在心理描写手段，比如以第三人称全知视角对人物心理进行描述，而是往往以第一人称限知视角或故事中人的特定角度去分析和思考人物的复杂心理状态或流程，从而形成那种既不是非理性的意识流又不是常规心理描写的分析性心理话语或思考性心理话语。这也是乔叶吸纳现代西方小说技法对中国传统说话艺术所作的改进。比如长篇《认罪书》第八章中有女主人公金金的一段自我剖白："多年之后的现在，我才明白，那时候，推动我向前走的最最重要的力量，其实还是我对梁知的爱情——仇恨是一池毒液，连我自己都不知道，我是那么愿意把自己和他浸泡在同一池的毒液里。痛苦也是甜蜜，折磨也是依偎，啃咬也是亲吻，厮打也是拥抱。"这种分析性或思考性的心理话语，它不是通常的心理活动描写，也不是心理无意识流动，而是带有画面感或具象性的心理分析，与学术性或抽象性的心理分析也迥然异趣。再如中篇小说《打火机》中写女主人公余真因为外遇而对那个男人念念不忘，作者虽是用的第三人称讲述，却是严格从人物的视角加以心理分析："那个人走进她梦的深处，心的深处，思想深处，灵魂深处，骨头缝深处，针挑不出，风吹不出，水灌不出，火烧不出，雨泡不出，她抱着他，一夜一夜，她把他抱熟了，抱成了一个亲人。而他之所以能成为她的亲人，是因为他对她做了最恶毒的事。他对她的恶毒，超过了她做过的所有的，小小的恶毒的总和。他让她一头栽进一个漫长的梦魇里，睡不过去，也醒不过来。"如此这般用繁密叠加的话语来反复描摹和解析女主人公的复杂心理状态和流程，这种分析性心理话语策略正是乔叶小说创作中刻画人物形象的惯用技法。

再次，与古代话本小说或世情小说中的场景讲述偏重于静态的描述不同，乔叶的场景讲述大抵属于动态的场景讲述，而且是分析性或思考性的场景话语，往往借助于叙述人或某个人物的视角或口吻予以讲述。这样的分析性动态场景话语已然被纳入整个小说的话语有机体系，从而避免了传统场景话语时常游离于文本之外的艺术缺憾。在长篇小说《我是真的热爱你》第十二章中，作者以洗浴中心女老板（其实就是当代"老鸨"）方捷的视角和口吻讲述当代"鸨儿理论与实践"。先是说方捷对《醒世恒言》里《卖油郎独占花魁》里老鸨儿刘四妈的那套老式"鸨儿经"背得滚瓜烂熟，小说中甚至直接予以原文引用；但与传统的纯宣讲式描述不同，接下来讲述方捷经过改进后的新式"鸨儿经"，比如"行业宗旨"和"行业规范"时，作者采用了边介绍边描述、边分析边议论的方式，从人物的视角把诸多画面或场景拿来做分析性描述或描述性分析，对当代"小姐行业"的"软硬辩证哲学"予以透视，借以窥测当代人性的新裂变。

从这里我们也不难窥见乔叶试图重构中国青楼文学传统的创作动机。在短篇小说《良宵》中，作者照例以女主人公的视角和口吻来讲述和分析她所面对的工作场景。她被丈夫遗弃后在洗浴中心做搓澡工作，在她的眼中眼花缭乱地出现着多种女人的身体，老年女人的身体叫作"皱"（又分"胖皱"和"瘦皱"），中年女人的身体叫"棉"，小姑娘的身体叫"水"，少妇的身体叫"瓶"，这都是她们职业中的行话。而在第三人称限知视角"她"的讲述中，各种搓澡的场景中充满了人物对自身职业和所遭逢的各类女性角色的分析和思考，当然其中也凝聚了女主人公乃至作者从底层角度对当代中国世情人性所做的分析和思考。《藏珠记》中也有分析性场景话语的重头戏。比如第二十二章《松爷：厨师课》和第三十五章《金泽：鼎中之变》就都是很好的例证。前者以松爷的视角和口吻讲述做豫菜的工序与场面，后者以金泽的视角和口吻讲述参赛做菜的工艺实践。如果按照传统的写实手法很难避免静态的呆板呈现，但乔叶选择了动态的分析性场景叙述话语，让人物以自身特定视角和口吻进行动态的描述与分析，从而在不厌其烦的豫菜的客观工艺描写中体现或彰显着豫菜的博大精深的文化人生哲学。[①] 这种虚实结合的艺术手法虽然尚未臻达化境，但毕竟已经显示了乔叶的艺术潜能和创作实绩，值得读者继续期待。

（2018年第5期）

①乔叶对豫菜做足了功课，参见《藏珠记·后记》，第259页，北京：作家出版社，2017。

# 诗歌报纸在1986年

贺嘉钰

对诗歌本体的阐释性研究、对诗人与流派的探源性描述以及对诗歌史的分段体察基本建构起了新诗研究的骨骼，不同论者的审视角度与论述风格又逐渐丰满着新诗研究的血肉。但有一个问题不容忽视：拥有话语资源的研究领域因为具有较高"可阐释性"始终热度不减，偏门冷门的领地却常年无人问津，长此以往，文学史的建构就有可能因为研究者的"有意规避"或"无意绕道"形成"坍塌性"硬伤。"诗歌报纸"或可位列其中。有关报刊的跨学科研究近年来颇为热闹，具体到一份报纸或一种报业现象，已有研究取得了诸多成果。但对诗歌报纸形成、发展与呈现的关注，还较为少见。

就笔者所掌握的资料看，目前对当代诗歌报纸仍缺乏最基础的整理工作，有关诗歌报纸整体及个体化面貌的诸多基本信息依然空白，当代诗歌报纸的整体生态与存在状况在研究领域仍然未获关注。而诗歌报纸资料的获得与阅读更具难度，笔者在国家图书馆查找当年由安徽省文联主办、正式公开发行，在其时具有较大影响力的《诗歌报》，也只能查到 1984 年 9 月创刊号至 1985 年全年，以及 1989 年全年报纸，无法窥其全貌。本文意图，即在初级整理一手资料的基础上，以观察到的历史面貌和觉察到的问题对 20 世纪 80 年代诗歌生态的某一切面做尝试性解读，集中到 1986 年这一具体时段，力图呈现出一个时代段落里诗歌的丰富面貌。

之所以截取一个特定年份为考察对象，有两点考虑：一是 1986 年的转折意义与反映于诗坛的复杂状态使其具有深入探讨的价值，二是鉴于资料庞杂和个人能力有限。1986 年之所以特殊，不仅表现为这一年集中创刊了几份有影响力的"诗歌质报"①、发生了轰动诗坛的"1986 年现代诗群体大展"事件，还表现为以此为节点，20 世纪 80 年代诗歌再一次显示出更迭与分化。

## 一、1986年的诗歌现场与诗报生长

朦胧诗潮自身的渐退与后继者们入场的意愿共同滋养着诗歌领地的生长，"盛世"降临于 1985 年。散落在全国各处的文学青年以刊物为"据点"，渐渐编织起规模颇为庞大的诗歌网络。这张隐形、自由、充满弹性的"诗网"在自发生长的同时刺激并网罗更多爱诗者入场。"入场"是他们冲动的表达与实践方式，也是对"在场"的自我要求与期待。官方与民间，主流或小众，参差样貌的小诗场逐渐组构出"诗歌盛世"的一种模样。

（一）《中国》②与 1986 年诗歌

文学刊物《中国》的出现、发展与停刊是一个复杂的问题。它曾以"激进的启蒙精神""新锐而富有朝气的个性"和对无名后生的"倾心扶掖"，对"那些将文学视为生命体验的作品的推崇与鼓励——而给广大读者尤其是青年读者留下无法磨灭的印象"③。此处只探讨 1986 年它与诗歌的一些交集。

自 1986 年起，《中国》每期封二位置都刊出一首诗歌，而诗作者往往还

---

①笔者尝试引入新闻学中"质报"的概念，以指具有追求严肃性的办报理念和高质量的报纸水平的诗歌报纸。

②《中国》筹办于1984年，创刊于1985年1月，终刊于1986年12月，共出刊18期。

③孙晓娅：《访牛汉先生谈〈中国〉》，《新文学史料》2002年第1期。

不为人知。牛汉说："它们是我们从读者来稿中选出来的，在这个显著的位置上，刊登这些正在成长的文学爱好者的诗歌比刊登那些有名气的或老前辈的诗歌或名言要有意义，当然比刊登广告更有价值，这是我的建议。《中国》一向重视对年轻人的扶植和发现新作者。我曾在《中国》与部分地方文学期刊联谊会上的发言中说过：我感到这些年轻的作家和诗人是许多老作家无法比拟的，他们身上体现着中国文学的可以预见的希望。对我们来说，就应该责无旁贷地为他们提供创作的条件和机会。"①

除了封二显著位置的奖掖，1986年第1期始，刊内固定刊出青年诗人诗作，配以"编者的话"解读。笔者所见包括1986年1月至8月、11月、12月几期。《中国》1986年第2期于2月18日出刊，牛汉、冯夏熊在"编者的话"中介绍了对"新生的诗"的关注："不完全是因为巧合，本刊上一期的全部作品，都是青年人写的，他们中的年龄最大的不超过三十四岁。这一期的主要作品仍然是年轻人写的。……我们注重发表新诗领域中新生的诗，还将发表更新一代的新诗。"②3月18日，第3期刊有牛汉诗论《诗的新生代——读稿随想》，他将20世纪80年代青年诗人的投身热情评价至一个新高度："诗的时间概念是飞速的。今天这一代新诗人，不是十个、八个、几十个（像'五四'白话诗时期和'四五'运动之后那一段时期），而是成百上千地奔涌进了坑坑洼洼的诗歌领域。即使头脑迟钝的人也会承认这是我国新诗有史以来最为壮观的势态。这个新生代的诗潮，并没有大喊大叫，横冲直冲，而是默默地扎扎实实地在耕耘，平平静静、充满信心地向前奔涌着。"③是否"最为壮观"还有待历史的检视，但新生代诗人所昭示的群体性真诚与诗歌耐磨度已经得到了一定程度的认可。

---

①孙晓娅：《访牛汉先生谈〈中国〉》。

②③转引自刘福春：《中国新诗编年史（下）》，第1172、1174页，北京：人民文学出版社，2013。

《中国》对青年诗人的持续关注与扶持是一种眼光的体现，这与副主编牛汉本人的诗人身份不无关系，"进入新时期以来，诗歌创作的发展速度是很快的。我们感觉到：继北岛和舒婷等新诗人之后，诗歌领域又出现了更为年轻的'新生代'。本期发了十位作者的诗作，目的在于表明我们对于这'新生代'出现的喜悦和支持，我们希望大家也予以关注"[①]。在推介作为"群体"的这一新生代诗人之外，《中国》的编辑还沉潜入作品内部，以细致精微的审美感受给予这些年轻诗人诗作富有张力且真诚的评介："又来了一群年轻可能也是陌生的诗人，于荣建、刘晓波、柯平……他们从城市来，带来中国最前沿的城市意识，有一切焦灼、困倦、神秘、荒诞的感受构成的审美心态。他们触到城市的每一个细节，每一根敏感的神经末梢，既有痛感又有快感，他们既能抒情又会嚎叫！中国的城市诗虽未成气候，自有其原因，但所谓成熟不一定就是好诗，不成熟则预示发展。"[②]阶段性展示之后，也会进行回顾与反思："新生代的诗已形成强大的势头。一代诗人正在崛起。包括本期在内我们连续推出他们的作品。新生的是稚嫩的，富有生命力的。这些作品中体现出的深度与力度，显示了他们的顽强与自信。"[③]

至 1986 年 12 月 18 日《中国》1986 年第 12 期终刊[④]，《中国》对新生代诗歌给予了"很高的礼赞"[⑤]，认为新生代诗歌的范畴冲破了朦胧诗所生发的

---

①②③刘福春：《中国新诗编年史（下）》，第1174、1179、1179页。

④《中国》终刊于1986年第12期，刊有编辑部的《〈中国〉备忘录——终刊致读者》："我们预感到，丁玲同志呕心沥血献之以生命的、国家有关部门批准、曾得到文艺界和读者支持的《中国》，已经走上了它最后的路程。我们不甘心。我们认为，这份刊物的消失将会给社会主义文学事业带来损失，尤其是在党中央提出创造宽松和谐的文艺、学术氛围的时候，中国作家协会对《中国》编辑部不作任何解释，以'内部整顿'为名实际上取消这份刊物，就更使我们感到困惑"，"在这里，我们借用一位被冤屈而死的诗人的诗句说：我要这样宣告，我们无罪，然后我们凋谢"。

⑤牛汉、陈华积：《〈中国〉杂志、丁玲与80年代文学》，《上海文化》2010年第3期。

"小圈子"，以不可阻挡的势头在全国各地生长起来。也正是 20 世纪 80 年代自身的"气场"，形成了诗场得以开疆拓土的氛围，正是 20 世纪 80 年代自身的创造力与吸附力，为诗歌生长与遭遇的各种可能性提供了契机与环境。

（二）1986 年的诗报诗刊

如果说诗歌书籍的出版是对前期的总结与检视，那么以诗报诗刊为主体的现在时记录则取消时间的延滞，更"逼真"地呈现出诗场即刻的发生与关注所在。

1986 年 6 月 6 日，《诗歌报》第 42 期刊出"崛起的诗群"专版。在翟永明的诗前登有《诗之我见》："正如我不久前写到过：'诗作为一种暗示贯注我全身'，我希望我内心的语言和我的诗的语言最终融为一体，并使我面对现代世界更加深思熟虑。"个体态度的累积或可聚合为时代的气场，从翟永明的表述中可见，一些诗人对待诗歌态度真诚，将诗歌创作视为勾连心灵的通道而非一种单纯"手艺"的训练。一种理想的诗场氛围是：诗人内向地深掘拓展诗歌的可能，公共媒体外向地敞开提供展示的平台，这两点在 20 世纪 80 年代的诗歌场域实现过一些真诚的互动。在 1986 年第 7 期《当代诗歌》中，编者专门发文《设"新诗潮"专栏以来》表明立场："我们想：当代中国诗歌是多元的，既有当代现实主义的，也有当代现代主义的。大圈圈里套着小圈圈，小圈圈里又满是骚动的'点儿'。既然面对着多元化的诗歌态势，《当代诗歌》理应呈现这态势。为此，我们不想关闭这个窗口。"《诗刊》也在 1986 年 7 月号上首次刊出"大学生诗座"专栏，《飞天》杂志设有"大学生诗苑"栏目。

同年 9 月 30 日，《深圳青年报·两界河》副刊刊出"1986'中国现代主义诗歌群体大展"预告。10 月 21 日，"中国诗坛：1986'现代诗群体大展"第一辑在《诗歌报》第 51 期第 2 版、第 3 版上刊出，第二辑在《深圳青年报》第 2 版、第 3 版上刊出。10 月 24 日，第三辑在《深圳青年报》第 2 版、第 3 版、第 4 版上刊出。《星星》诗刊 1986 年 11 月号"中国诗歌社团诗选专号"中刊出的《中国诗歌社团诗选专号编辑小记》上记载："中国究竟有多少诗歌社团，谁也说不清楚。估计是三百至五百个之间吧。"

《诗刊》1986 年 9 月号卷首语上有这样一段值得揣摩的表达："本刊 8 月号发表了《关于设立文化大革命国耻日的建议》和《天安门广场》受到读者注意，这期我们又推出了张志民的长诗《梦的自白》。它以直朴的语言，写得真实到令人颤栗的程度，相信会引起当代人的沉重反思，为什么这样的诗在十年后才出现，恐怕也正是改革所带来的宽松气氛的结果。这种宽松使得人能纵深地思考历史和现实，也给了诗人敢于正面抒写的勇气。"[①] 作为最具权威性的国家级诗歌刊物，《诗刊》在传播优质诗歌的同时还发挥着身份性文艺导向功用，诗歌的发表与点评的偏向，特别是卷首语的表达，与现实社会的情绪往往保持一种密切关系。

撷取诗报诗刊 1986 年进程中几个片段来观察，笔者有四点感悟：一是个体书写的真诚与努力是 20 世纪 80 年代诗场蓬勃的原动力；二是官方诗媒的敞开与提携为新人进入诗场和受到公众关注提供平台；三是基于诗场自身资源，媒体的自我策划与造势"合谋"了 20 世纪 80 年代诗歌在整个文学场的风生水起；四是在时代个性与社会氛围的浸润中，"文化场""诗歌场"所抵达的开放自由程度让诗人有"条件"创作具有"经典"品格的作品。

（三）对几份 1986 年创刊诗报的观察

以"创刊"为遴选条件，笔者试将研究样本锚定在创刊于此年的部分诗报上。与只是"存在"相比，"创刊"的标志性与时间性更为突出，可视为 1986 年诗报存在中"凸起"的骨节。以笔者所见为样本，以期纵深地进入，从中清理出一种可能的观察路径。

1. 有关 16 份创刊诗报的基本信息

---

①转引自刘福春：《中国新诗编年史（下）》，第1188页。

表格内容见原书 ①

2. 试析诗报的基本特征与属性

作为媒体，无论影响力大小，"存在"即是对公共文化空间的进入。对诗人而言，无论"场"大小，发表作品即是"在场"。由于缺乏必要的训练与自觉，对"诗报"本身界定的不清晰，专凭诗人（或称诗报人）对诗歌热忱的"非制度性"因素，诗报的不确定性、不稳定性与复杂程度大大增加，一些诗报还显现出狭窄、稀薄甚至局促的面貌，在呈现丰富与自由的同时造成一种乱象。

（1）诗报基本特征

尽管以"报纸"这一媒介形式为承载，但诗报所表现出的时效层面的"非及时性"、传播内容方面的"非信息性"、受众层面的"非大众性"、发行数量层面的"有限性"、经营层面的"非盈利性"、社会影响方面的"小众性"等，似乎对普遍意义上的报纸特征表现出全方位的"颠覆"。同时，在自我预期与成品展现上，诗报还往往表现出一种"断裂"。由于众多诗报都逃避不出"短命"这一显性宿命，发刊词的阔大与现实诗报格局的狭窄便形成一种鲜明的反观对照。

（2）诗报属性

就自觉生长而拥有的属性看，创刊与存在于20世纪80年代的大部分诗报都体现出"青年性""自发性""起步性""地域性""非职业性""非制度性""非盈利性""圈子化"与一定程度的"江湖"气质。

以笔者所见"1986年创刊诗报"为样本，16份诗报中：《中国大学生诗报》《中国当代诗歌报》《中学生校园诗报》《中国高校诗报》《存在客观主义诗歌导报》《中外诗歌交流与研究》均依托于高校或以校园为背景创办，《诗中国》

---

① 姜红伟：《"改革开放30年中国民间诗歌报刊备忘"民刊收藏家系列访谈录》："创刊号发行一万六千份，其他两期共计发行八千份。发表了21个省、自治区的94位中学生诗歌作品100余首。"，引自http://blog.sina.com.cn/s/blog_4a10c6890100cnr5.html。

《世纪末诗人》的编辑成员均有当地青年诗歌学会的参与，大多数诗报的主编与编辑由高校学生担任。正由于大多数办报人"经营"诗报为一项"副业"，诗报也因此处在"不独立""边缘化"的地位。由于诗报主办者往往就是诗人，而"诗人"身份的非独立性影响着诗报存在的非独立，笔者欲将此定义为"非制度性"，即缺少某种制度化的保障与约束力整饬诗报内部事务，使其免于频繁的人为与人事因素干扰而保证诗报正常印行出版的条件。但诗报的创办常常是一个诗人或一个诗歌小圈子的"冲动"行为，即便"缔结"共同认可的章程，也由于群体与追求本身的自由而不具强制性。

在"非盈利性"方面，以经费来源为例，一般谁出资谁就会影响报纸性质与办报方针。一部分诗人所拥有的天然追求"民间"的心态使其对官方资助抱持自觉的疏离甚至抵制的态度，诗报上基本鲜见广告，笔者猜测原因有二：一是办报人不求广告，以保证报纸的纯文学性；但更有可能的是无广告青睐投放于诗报，毕竟诗报受众有限。若无官方资金注入，诗报一般会呈现出"小规模""少资金"与"短存在"的现实状态，这导致了诗报的创办与停刊此起彼伏、旋生旋灭的生存状态。但是，一味将历史分类归纳其实是一种简化，我们不能忽视偶然性因素在其间发挥的作用。

在"报纸"与"诗歌"之间，本身就存在一种"悖论"关系。通常而言，报纸"过日即废"，但诗歌却具有应被反复琢磨与思索的质地，对与时间保持紧张关系的报纸而言，诗歌更体现出对时间的消解甚至取消。应该说，用报纸表达诗歌是一种"形式"上的错位与背离，但诗报为何会如此广博地存在呢？笔者认为原因有二：一是出版报纸相较于书籍刊物，经济成本低廉，这对于大多数缺乏资金支持的诗报创办者应是最实际的影响因素；二是"报纸"在出版物中比较"易成""入门"，在设计排版上拥有更自由的发挥空间，且更易被赋予一些"江湖气"，容易在短时间内形成特定"氛围"，更易吸引想要进入"诗场"的初级选手，对他们而言，发表就是意义，作品的留存似乎还未进入考量。

同时，一部分诗歌实践者在经历过"诗报""诗刊""诗集"等多种出版形式后，当反思作为出版"初试"的诗报，会认同在"诗报"创办经验的累积中为日后更"长存"形式的诗歌出版物打下坚实底基的观点。[①]无意中，"办报"的经历成为具有深刻影响性的中间过程。不仅在于围绕诗报所形成的诗歌圈、生长于诗报的诗歌场，办报过程中约稿、组稿、编辑、印刷、出版等细节工作增益着直接着手刊物与书籍创办的诗歌实践者无法接触并内化的诗歌训练。诗报作为"中间过程"，它的存在价值可能更多并不体现于"展示"，而是提供了创办者与诗人快速进入诗歌场域的"途径"，给予了他们"在场"的心态，将其实质性地结构进公共诗歌领域。报纸天然的引导舆论与造势功能将诗歌场具体化，落实在一份可观可感的报纸之上，为"在场"留下证据的同时将生长出更为自觉的诗歌出版面貌。

（3）诗报的"合法化"策略

在整个社会文化氛围开放活跃、诗歌场域热闹积极的 20 世纪 80 年代，年轻人的集合活动常常自赋使命。在进入官方话语体系受阻、民间大规模的同质化存在又将导致被遮蔽等多重因素挤压下，寻找"权威性"与"创新点"，成为诗报"合法性"的有效支撑。此时，以高校文学社为主办支持或挂靠当地文联、诗歌协会，邀请著名诗人担任诗报顾问、编委，请知名书法家为诗报报头题字，成为了底层诗报"入场"自寻"合法性"的主要方式。仍以 16 份 1986 年创刊诗报为例，除前面谈到的 6 份诗报[②]具有校园背景外，《文学创造》由武汉市汉南区文化馆出版……整个 20 世纪 80 年代及其后依托于当地文化馆建设的诗报不胜枚举。

---

①2015 年 1 月 28 日，笔者访问《审视》诗刊主编人与时，受访者所谈。人与，1997 年在郑州大学创办诗报《黄河诗魂》，办至 2000 年停刊。同年创办诗刊《审视》。

②分别为《中国大学生诗报》《中国当代诗歌报》《中学生校园诗报》《中国高校诗报》《存在客观主义诗歌导报》《中外诗歌交流与研究》。

在诗报内容之外，"名人"出场往往是报纸获得权威认可的重要砝码，但顾问、编委的效用往往止步于名气的借挂，并不会对报纸内容本身产生实质性的影响。在笔者统计的 1986 年创刊诗报中，《青年诗作》的顾问有牛汉、公刘、夏阳、沙白、张松林、曾卓、丁芒、忆明珠、朱先树、马绪英、邓海南、陈敬容、朱红、赵恺、王辽生、黄东成、潘洗尘、冯新民等；《中学生校园诗报》的顾问有臧克家、张志民；《世纪末诗人》的顾问有公刘、苏金伞、青勃、舒婷。

"归来"诗人基于在诗坛的威望作为权威的代表，以顾问、编委的身份被编织进诗报的"影响结构"。诗报创办者在这里采取"诉诸权威"的传播手法，而权威在诗报中的真正地位却是非常边缘化的。虽然代际之间的诗歌追求、诗意表现已大为不同，但诗坛似乎历来认可老诗人对新诗人的举荐。

由于 1988 年以前，我国的报刊刊号未做统一规定，各省市、自治区以及直辖市的报刊出版管理仍由当地宣传部门负责管理，故对报刊刊号的研究梳理未进入笔者考察范围。

## 二、诗歌报纸的显在与隐在：从"1986诗歌大展"谈开

1986 年，一次衍生于报纸的事件完成了被诗歌史铭记的"井喷"式能量释放——"1986'中国现代主义诗歌群体大展"，这年 10 月由《深圳青年报》与《诗歌报》联合推出。

1986 年 9 月 30 日，《深圳青年报》刊出由徐敬亚执笔的大展公告[①]，宣布《深圳青年报》、安徽《诗歌报》将于 10 月隆重推出新中国现代诗历

---

① 徐敬亚：《历史将收割一切》，徐敬亚、孟浪、吕贵品等编：《中国现代主义诗群大观1986—1988》，第559页，上海：同济大学出版社，1988。原载于1986年9月30日《深圳青年报》。

史上第一次规模空前的断代宏观展示，并提出三点举办"大展"的合法性依据：一是从新诗扮演了民族意识演进探索先锋的视角，回顾与呈现1976年至1986年中国"新时期文学"如何还原和再生了中国人的心灵世界；二是反思朦胧诗"大论战"本身的丰富深邃而历史记录的贫瘠匮乏，由此产生出保留现时诗歌现场的冲动；三是基于展现"后崛起"诗群所形成的艺术与出版繁荣所怀带的欣喜与焦灼。1986年10月21日，安徽《诗歌报》大展第一辑展示诗群20家，同日，《深圳青年报》大展第二辑展示诗群23家，10月24日，《深圳青年报》大展第三辑展示诗群22家。"'大展'是中国新诗出现以来，第一次如此集中地把青年诗人集合在现代主义旗帜下的壮举，也是上个世纪末中国诗坛最有价值的活动盛事，它标志着中国诗歌进入一个多元化的阶段。"[1]

报纸发行量是衡量其影响力的一个重要指标，就此，大展策划者徐敬亚回忆："至当年末，总订数已达到15万份！""非非"诗人杨黎也谈及《诗歌报》"发行在十万份左右"。[2]

在朦胧诗诉诸政治且追求语言革新之后，"崇高和庄严必须用非崇高和非庄严来否定——'反英雄'和'反意象'就成为后崛起诗群的两大标志"[3]。"后来者开始轻率地否定新诗潮的经验"，"革命性迫使有些人必须要灭掉先行者的背影，以便'替代'得更合情合理一些"。[4]于是，大展将"两反"以集体面目推到了历史的前端。然而，此次狂欢的单薄化与盛世景观的自我命名"嫌

---

①苏历铭：《徐敬亚：不原谅历史》，《细节与碎片：一个人的诗歌记忆》，第31页，长春：时代文艺出版社，2014。

②罗文军：《成都内外——对四川第三代诗歌传播的社会学考察》，《海南师范大学学报》2009年第2期，第22卷。

③徐敬亚：《历史将收割一切》，徐敬亚、孟浪、曹长青、吕贵品编：《中国现代主义诗群大观1986—1988》，第1页。

④谢冕：《多梦时节的心律——〈中国当代校园诗人诗选〉序》，《谢冕论诗歌》，第325、329页，南昌：江西高校出版社，2002。

疑"使这一集体亮相在历史的反思中收割了赞誉，也招致了诟病。例如就有徐敬亚在《中国诗歌流派 2011 宣言》中的表述——"中国现代诗'86 大展'，冲决了一统天下的诗坛格局，打破了中国人对艺术集结的传统恐惧，促成了第三代诗人群体式登上诗歌舞台的历史转化。从社会学的意义认定，'86 大展'是一次中国人在诗歌范围内自由结社的经典范例"与"六十几块尿布膨胀式的自我欢呼"这样的两极对照的评价。

（一）两份报纸与"大展"的因缘

纵观当事人与学界回忆与讨论，争锋大多聚焦于此次大展在诗歌史的开拓意义，而鲜有从"报纸"与"诗歌"，"媒介"与"内容"的角度对"大展"进行的解读。笔者无意从其诗歌史意义做深入评判，而更倾向于探索此次"诗歌事件"与传播媒介之间存在的或许偶然或许必然的联系。

"大展"得以举办的原因是多方面的。20 世纪 80 年代诗歌的"土壤"与"果实"客观上提供了可供展示之内容，"至 1986 年 7 月，全国已出的非正式打印诗集达 905 种，不定期的打印诗刊 70 种，非正式发行的铅印诗刊和诗报 22 种。其中，以四川'非非主义'为代表的诗歌探索群体，已向体系化、流派化方向发展。1986 年 9 月在兰州召开的'全国诗歌理论讨论会'上，无论是自囿于沉寂原序的中老年批评家，还是呈挑战者姿态的青年埋论者，都对纷纭庞大的诗坛现断面，发出了驾驭的困惑"①。而考虑"大展"为何由这两份报纸联袂举办，就不能忽视人为的"偶然性"因素。

《深圳青年报》为共青团深圳市委员会的机关报，创刊于 1984 年 2 月 2 日。这一份着重特区经济、政治改革的报纸在展现城市青年精神面貌的同时积极推进并传播文化。《深圳青年报》设有"短波发射台""记者来信""周五特写""名

---

① 徐敬亚：《历史将收割一切》，徐敬亚、孟浪、吕贵品等编：《中国现代主义诗群大观 1986—1988》，第 559 页。

人说世态""警世录""体坛纵横""人·岁月·生活""内地人看深圳""海外趣闻""缤纷世界"等栏目。每周二、五出版，公开发行。①

1983 年，徐敬亚发表于《当代文艺思潮》的《崛起的诗群》作为"三个崛起"之一，引发了中国文坛一场大震动，并经历了批判资产阶级自由化的浪潮。1985 年，徐敬亚南下，任《深圳青年报》副刊部编辑，而作为诗人、诗评家的他与其时诗坛也保持着亲近的关系。他常常收到诗友寄自全国各地的诗集、诗报、诗刊。"应该有一个实体的呈现，来代替人们茫然的思考和谈论"，基于对诗坛整体风貌的判断与预感，徐敬亚意识到新诗需要整体地向诗坛展示发展的成果并着手落实。1986 年 7 月 5 日，徐敬亚向全国几十位诗歌朋友② 发出名为"我的邀请·中国诗坛 1986'现代诗流派大展"的信，告知他欲在《深圳青年报》副刊上举办一次"中国诗坛 1986'现代诗流派大展"，或称"中国诗坛 1986'现代诗流派雏展"的整版专辑。对于徐敬亚此举，时任《深圳青年报》总编辑的刘红军等人给予极大的赞同与支持。为了落实版面，徐敬亚与安徽《诗歌报》③主编蒋维扬和编辑姜诗元商议共办"大展"一事，《诗歌报》欣然应允。此次"大展"得以举办，一个不可忽视的因素是核心人物的组织与

①中国青少年研究中心青运史研究所编：《中国共产主义青年团团史词典》，第265页，沈阳：辽宁人民出版社，1993。

②其中包括黑龙江的朱凌波、吉林的季平、上海的孟浪、四川的尚仲敏等活跃于当时诗坛的诗人。

③《诗歌报》1984年9月25日在合肥试刊，1984年11月6日正式创刊。《上海文学》1984年9期第49页刊出消息："安徽将出版《诗歌报》"，消息称：为了活跃我国的诗歌创作，推动诗歌界学术争鸣，我国诗坛第一张大型报纸《诗歌报》，将于安徽合肥正式创刊。《诗歌报》暂定为每月两期，每期四版，除刊登中外诗坛重要新闻、诗人动态、诗歌信息外，还辟有"诗坛争鸣""诗人剪影"专栏，以及"诗歌知识讲座""古诗精华选""外国诗歌介绍""诗坛掌故""中外诗坛轶事"等固定栏目，对在校学生和广大诗歌爱好者学习诗歌创作进行基础辅导。该报还以大量版面刊登各种形式诗歌作品，特设"诗坛新星"专栏，专门介绍首次发表处女作的青年诗人及其作品。与此同时，还辟有"学生诗苑""校园诗社""旧体诗词"等专栏。

动员能力。

（二）诗歌对报纸功能的有意搭乘

无论发表作品，还是推动诗歌事件，"办报"是一种相对低成本、易操作，甚至带有艺术化的行为实践，同时契合一部分诗人通过将私人行动链接进入公共空间，实现对诗歌圈内某种话语权占领的愿望。

将"1986'中国现代主义诗歌群体大展"视为一次"诗歌事件"，"大展"操办者在"地利"优势的基础上充分发挥了报纸特性，扩大了影响。这形成引导诗歌事件的"舆论流"。

首先，传播媒介共有的天然属性——制造舆论、引导舆论的功能伴随信息的送达过程常常作用显著，特别是当其具有官方认可的"合法"背景，或恰好在此对立面时，就更有可能在大范围内实现"舆论"的抵达。就 1986 年"大展"而言，《深圳青年报》与《诗歌报》本身就拥有庞大而稳定的诗歌读者市场①，在传播平台与受众参与度的双重保障下，"舆论流"的形成与流动完成了对大展的"造势"。

从传播学进入，1986 年"大展"作为传播事件也具有诸多可探讨之处，以时间节点来呈现诗歌的信息传播模式与舆论体系过程将是一次有意义的探索性研究。对具体历史细节的打捞将组构起"大展"如何组织、如何动员、如何

---

①《深圳青年报》与诗歌的交集表现为：1985年2月21日，《深圳青年报》刊发徐敬亚《这一次我能够游过去》、梁小斌《风把你吹到我的怀里》等诗；1985年3月21日，第三版刊出"诗专版"，刊发北岛、舒婷、江河、梁小斌、顾城、杨炼、傅天琳、李刚、骆耕野、王小妮、孙武军、王家新、陈所巨、梅绍静、杨牧、张学梦、叶延滨、徐晓鹤、徐国静、高伐林的诗。1985年8月1日，"两界河"副刊刊出"深圳诗歌专版"，编者按："你信不信？在深圳——这块被人称为'经济绿洲'的土地上，竟孕育出数以百计的青年诗人！在灿若群星的公司、匆匆急急的快餐、旋转迷幻的夜生活之间，有几百支笔在神圣地思忖与流泻……深圳年轻的文学，深圳之诗——正如这里过去不曾有过，但如今已遍地萌生的摩天楼群一样，将会从无到有，由弱至强，发出一束束强烈的灵魂之光。从百余名作者中选撷三十一家诗歌新人，推介给读者，并祝之播衍、繁茂于这块绿色的土地"；1986年3月7日，第三版推出"深圳女诗人专号"等。种种表现可见该报对诗歌的"关爱"。

发展，又在何种程度上完成了"神话"这一完满的过程。笔者在此提出这一进入问题的视角，而结论还需建立在确凿的数据基础上由命名衍生出的诗歌"大展"范式。

"1986'中国现代主义诗歌群体大展"广泛与深远影响力的又一表现是，其后诸多发表于报纸的诗歌登展都选择以"大展"定名。据笔者不完全统计，其后以"大展"为名称的诗歌展示活动就包括："1988年中国首届高校诗人诗歌大展"①、由《新诗报》②举办的"中国新诗1988：内蒙古青年诗人群体大展"、《大陆诗报》于"1989年春·创刊号"推出的"江西青年诗人现代诗大展"、《锋刃》于1993年9月30日登载的"中国民间先锋诗群实力大展（第一辑）"、《浣花》于1993年推出的"中国现代诗大展诗专号第一辑"、《江南诗报（浙）》于总第20期1997钢铁号第三版推出的"青年诗人陈超作品大展"等。

"86大展"之后，这一命名似乎得到规约，无论登展规模何如，都会冠以"大展"的头衔。而"1986'中国现代主义诗歌群体大展"之前，笔者却未见诗歌展示活动如此表述。尽管"1986'大展"是否真正为命名的滥觞无法确切考证，但它的存在一定大大拓展了这一命名的流通性，并使"大展"的表述与诗歌产生某种亲近的联结。

在此，一个有趣的细节是，徐敬亚在"大展"的邀请信中曾明确提起过此次活动的名称为"中国诗坛1986'现代诗流派大展"或"中国诗坛1986'现代诗流派雏展"，现实征用中，举办者选择"大展"弃用"雏展"，或可视为一种微妙的取舍，从命名上就自我赋予某种强势心态。

---

①这次活动由黑龙江省学联与哈尔滨师范大学学生会、哈尔滨师范大学中文系主办，中国作家协会黑龙江分会协办，中岛发表征文告示《全国各界诗友们联合起来》。

②《新诗报》由内蒙古包头市青年诗人协会主办，蒙原主编，笔者所见为1988年12月"大展专号"。

　　小到一张具体诗报,大到 20 世纪八九十年代蔚为大观的诗报生态,是诗报的"显在";诗报背后的人缘网络、诗报之上的诗意追求以及诗歌对报纸功能有意无意的"搭乘",则都可归为诗报的"隐在"。"隐在"是根,是原因,"显在"是根部以上的茎叶和果,是表现。

　　当对所掌握到的诗报做细读与梳理后,会不由得产生一个疑问:出版发行如此活跃、整体数量如此众多、地域散布如此广泛的当代诗歌报纸,为什么大多没有进入研究者的视野?为什么诗歌报纸在诗歌史中几乎不占席位?这一"缺项"的客观原因可能包含三点:一是选题缺乏研究价值,二是研究者仍未探寻到其学术支点,但更有可能的原因是,诗歌报纸全貌史料的难以获取成了研究的天然障碍。

（2018年第6期）

# 在平淡中发现崇高
## ——读黄蓓佳《野蜂飞舞》

王一典

　　《野蜂飞舞》是黄蓓佳"倾情小说系列"中的最新一部作品。小说以抗日战争时期的华西坝为背景，以金陵大学农学院院长黄裕华一家为中心，描写了孩子在战争中的成长。对于这样一段广为人知的历史，作者并未将它进行概念化的书写，而是另辟蹊径，选取战争大后方的生活场景，在日常生活和普通少年的命运遭际中审视战争，窥见历史，同时也在寻求一种历史与现实对话的全新方式。

一

　　在中国现当代儿童文学史上，战争题材的儿童文学作品从未缺席。20世纪30年代至40年代，抗日战争在中国大地上如火如荼地进行。这些作品诞生于那个战火纷飞、全民抗战的燃烧岁月，具有强烈的现场感。因此，在这些作品中，不可避免地涉及关于战争的正面描写，也就不可能回避战争中某些血腥残酷的场面。对于儿童文学这样一个服务于特殊读者群的文学类型，过度渲染战争的残酷显然是不适宜的。正因为如此，关于如何在儿童文学中书写"战争"

成为摆在许多儿童文学作家面前的难题。新时期以来，文学号召作家书写个体的日常生活和精神世界，从而形成对20世纪五六十年代集体主义文学的反拨。在儿童文学领域，作家们逐渐放弃了对历史题材、战争题材的书写，转而书写当下儿童的生活。这些作品或用幽默风趣甚至略带调侃的语言描绘儿童校园生活中的喜怒哀乐，或用细腻的语言描写青春期少年尤其是青春期少女的心理变化和情感萌动等。一时间，战争题材在儿童文学领域鲜有被作家触及。21世纪以来，战争题材逐渐回归创作视野。经过时间的沉淀和环境的变迁，这些作品的重点也从"孩子的战争"转向了"战争中的孩子"。从这个意义上讲，黄蓓佳的儿童文学作品在涉及战争题材时，往往有所突破。长篇小说《野蜂飞舞》选取了充满乐趣的日常生活片段，描写了大后方孩子们的生活。在这样一个相对稳定的环境中，知识分子可以继续专注科研，教书育人；孩子们可以继续读书学习，嬉戏玩闹。诚然，我们应该铭记战争。但是我们究竟该用什么样的方式来书写这场距离我们70余年的战争，才能让当今孩子更容易接受和体会呢？或许，回避悲壮宏大的叙事，转向富有趣味的日常生活不失为一个好的选择。在书中，我们几乎可以找到所有孩子在童年喜爱的活动，爬树摸鱼，圣诞晚会，参加运动会、逛书店……诸如此类的活动对于现在的孩子们来说也毫不陌生。可如果仅仅是对日常生活进行简单肤浅的描摹，很容易使这类作品沦为娱乐消遣的工具。黄蓓佳对日常生活的描写更注重对生活的广度和深度的开掘。这一点体现在小说的风景风物描写上。无论在黄蓓佳的成人文学还是儿童文学中，风景风物的描写都是不可忽视的存在。有学者曾提到："风景描写在小说创作中并非是一个'闲笔'的存在，也非旁逸斜出的枝蔓……它固然在长篇小说中起着一个调节情节节奏有张有弛的作用，但更重要的是，这种'停伫'于风景描写的风格，更是体现一个作家的美学趣味和文学修养的问题，这样的

'舒缓'表现的是一个作家的自信与成熟。"① 在《野蜂飞舞》中,风景风物描写主要有以下几个作用。首先,单纯地表现时序的推移。如在小说第一章开头:"一九三八年的五月底,华西坝上麦子黄透、桑葚紫黑、石榴花红的季节。"② 这句话连用三个四字词语,选用麦子、桑葚、石榴几个具有代表性的事物勾勒出五月的风貌。这段话中,作者还用了三个描绘色彩的词语,给人以强烈的视觉冲击,让人有了身临其境的感觉。

其次,不仅是视觉上,作者还擅长调动多种感官进行描写,如第一章中对五月的描写。作者调动了视觉、触觉和嗅觉多种感官,拟人化的手法更是把植物动物化了。其实,孩子对周边事物的感觉往往比大人来得更加敏锐。这样将主观感觉与客观景物融为一体的风景描写手法,不仅是对儿童主体性的尊重,而且在历史的洪流中复活了个体鲜活的体验,为读者呈现出更加真实的战时生活场景。

再次,风景描写往往与故事的整体基调相暗合,为小说营造了适宜的氛围。在书中第五章的开头,一段写风景的文字起到了奠定本章情感基调的作用。冬日的萧瑟伴随着的是战事的不利,一种悲伤的调子在书中蔓延开来。但在悲伤中也并不是全然没有希望。之后的"要是迅速把手伸进这团雾中,掌心还能感到微微的暖意"一句,作者通过一个孩子们在寒冬都会做的事情,表明在严寒中仍然可以感到温暖,预示着人们在这样一个困境中仍然没有放弃信念。这样一段描写与下文中华西坝的学生举办圣诞晚会的欢乐气氛相呼应,同时,也印证了小说中黄裕华评价女儿书雅的作文时所说的:"中国还没有亡国,还在抵抗。日军军部在战争开始时向天皇狂言三个月占领中国,目前过去多久了?一年零三个月了!他们占领中国了吗?我们华西坝上不是照样办学演戏开讲座

---

① 丁帆:《在泥古与创新之间的风景描写——黄蓓佳近期长篇小说的局部嬗变》,《当代文坛》2012年第2期。

② 黄蓓佳:《野蜂飞舞》,第7页,南京:江苏凤凰少年儿童出版社,2018。

吗？"① "中国的希望在你们身上，没有天堂我们要建造一个天堂，你们尽管读书、上课，享受你们的童年，把知识本领学到手。记住，一旦抗战胜利，重建中国要靠你们的。"② 在这样一部以战争为题材的儿童小说中，作者想要传达给读者的仍是希望与未来。

与风景相关的风物风俗描写在一定意义上则具有独立的文化意义。地域文化色彩是黄蓓佳作品中的一大特点。抗战时期的大后方不似前线那样枪林弹雨，在一定意义上可以算得上是战争时期的"世外桃源"。但有的时候，华西坝仍旧不可避免地遭受到前方战争的影响，因而看似平静的生活也时常会被打破。书中第八章《警报，警报》是全书里唯一一次正面描写了空袭场面的章节。在这一章的开头，作者仍旧不厌其烦地对华西坝的一景一物做了细致的描写。立夏之后，华西坝上的草木疯长，鸟儿啁啾。除此之外，还有孩子们每日上学路上的所见所闻和对雨季的盼望。这一切似乎都和章节的标题毫无联系，但之后作者笔锋一转，将话题引入华西坝的大轰炸。"结果在那个夏天，雨季没有盼来，先来了响彻大地的防空警报和大轰炸。"③ 这一句话，让全文的基调由明亮转为黯淡。在一个平常的日子里，大轰炸突如其来。孩子们慌忙跑出教室，奔向树林里避难。在树林里，孩子们亲眼看见日本的飞机飞过学校的操场，看见了飞机上的太阳旗，看见了坐在机舱里扬扬得意的敌军飞行员。但是对敌机轰炸华西坝的场面也只用寥寥几百字带过。这种将战争场面放在日常生活中描写的方式，既符合儿童文学的属性，又尊重了历史和战争的真相。不定期的轰炸成为孩子们日常生活的一部分，孩子们在时不时的空袭中继续上课、玩耍，在战争点缀下的华西坝上继续生活着。正如书中写道："我们学会了在空袭中从容不迫地生活学习。"④

①②③④黄蓓佳：《野蜂飞舞》，第53、69、80、85页。

# 二

无论是在成人文学还是儿童文学中,黄蓓佳都对知识阶层保持着浓厚兴趣。在小说中,华西坝上聚集了燕京大学、金陵大学、金陵女子大学、齐鲁大学、华西大学五所大学。榴园更成为众多知识分子的集中地。知识分子在当时的中国是一个特殊的人群:相比于政府官员,他们大多身处各党派的政治斗争之外,很少表现出强烈的政治信仰;相比于底层的普通百姓,他们拥有更多的知识,对实时战况有着自己的独到见解。在知识分子家庭中成长起来的孩子,由于家庭的熏陶,往往也是个性十足,有理想、有抱负。小说聚焦于金陵大学农学院院长黄裕华一家的六个子女,以点带面,折射出抗战时期整个中国知识分子的精神面貌。相互对照是黄蓓佳塑造人物性格的主要方法。黄家的六个孩子中除去年幼的小素和小弟,剩下的四个孩子性格各异,选择的道路也截然不同。小说的叙述者也就是黄家的第三个孩子黄橙子是一个不折不扣的假小子。黄蓓佳曾在访谈中说过:"知识分子家庭里出一个这样的孩子十分正常,这种家庭出生的孩子往往会有黄橙子这样简单、爽直、大气,放得开收得住的性格。这样的性格很容易讨人喜欢,因为她不具有攻击性,对别人从来就不知道设防,别人对她也就不设防,女孩子会拿她当闺蜜,男孩子会拿她当哥们。"[1] 就是这样一个大大咧咧的女孩子,在和沈天路的相处过程中一点点成长起来,也一点点表现出女孩子的一面。沈天路是这个家庭的外来者,从小在四川乡下长大的他带着一种自然淳朴的乡村气息。但是,无论是矮小的身材,浓重的乡音,还是由于环境造成的学习成绩落后,都使得他在面对原生家庭中的几个兄弟姐妹

---

①黄蓓佳:《历史是一首波澜壮阔的诗》,引自https://mp.weixin.qq.com/s/3rbcx1qf0e4s33emnx0yca。

时，不可避免地产生自卑的情绪。正是黄橙子这种不设防的个性，使得沈天路在她面前可以敞开心扉。黄橙子对沈天路的态度也是逐渐变化的。一开始黄橙子瞧不上这个其貌不扬的小伙子，更因为父亲对他的偏爱而心生嫉妒。后来慢慢对他产生了依赖和崇拜，最后沈天路在空战中牺牲，黄橙子在缅怀中度过了一生。与沈天路的相处过程其实也是黄橙子的一个自我成长的过程。因为哥哥克俊和姐姐书雅都很优秀，而妹妹小素和小弟年龄尚小，所以父母并不会过多关注黄橙子，可以说黄橙子是在一种"放养式"的环境中长大的。但遇到沈天路后，一向对什么都满不在乎的黄橙子开始在乎了，她在乎沈天路对她的评价，在乎沈天路的眼光。沈天路说她弹琴难听，她便下定决心刻苦练习；为了能和沈天路一起给"飞虎队"队员马克写信，她发愤学习英语；受到沈天路的影响，她在寄宿学校努力学习，成绩从中不溜儿考到了第二名，又考到了第一名。黄橙子的勤奋一开始只是为了在沈天路面前证明自己，不让他瞧不起自己，到后来这种赌气的心态渐渐退去，变为自觉自愿地听从沈天路的教导和批评。从这个意义上来说，沈天路是黄橙子的引领者：不仅在生活上无微不至地照顾着她，更重要的是，沈天路让黄橙子发现更好的自己。或者，也可以这样说，黄橙子让沈天路找回了自信，做回了自己。这样的朝夕相处，让他们之间形成了一种介乎兄妹和恋人之间的关系。他们之间的情感没有恋人之间那种你侬我侬，但又比兄妹之间多了一份关心和牵挂。

榴园中的教授大多曾留学于英美，再加上"抗战五大学"都是教会大学，这里自然成为东西方文明的碰撞之地。黄蓓佳笔下的范舒文就是一个在中国出生长大的美国孩子。与黄橙子的顽皮好动相比，范舒文是个文静矜持的姑娘。国籍不同、信仰不同、性格相异的两个孩子成为最好的朋友：一个上树偷桃，一个在树下大呼小叫，赞叹不已；两人一起参加童子军，一起义卖，一起分享学校趣事。甚至，为了能让黄橙子与沈天路相见，范舒文不惜故意摔伤，把前去慰问沈天路所在部队的机会拱手让出。抗日战争不仅是中国人的抗战，而且也是世界反法西斯战争的重要组成部分。在这场战争中，许多人都贡献了自己的力量。"飞虎队员"马克虽然不是小说的主角，但他对沈天路的影响巨大。他的牺牲促使沈天路放弃了实业救国的梦想，转而和马克一样成为"飞虎队"的飞行员；儒雅绅士的大哥克俊参加缅甸远征军，战死在异国他乡的土地上；勇敢无畏的大姐书雅北上延安，在战争胜利前的一个月英勇牺牲。每一个孩子都按照自己的想法选择了自己的道路，每一个人的道路既符合他们每个人的性格，又是那个时代环境使然。可以说，他们每一个人所选择的道路都代表着抗战中的一方力量。通过对小说中每个孩子结局的描述，作者从一个侧面深入反映了抗日战争的波澜壮阔，也向孩子们展示了真实丰富的抗战史实。

作为一部儿童小说，黄蓓佳同样塑造了很多成人知识分子的形象。

黄橙子的父亲黄裕华对几个孩子的影响不容小觑。作为曾留学于康奈尔大学的金陵大学农学院院长，黄裕华有着渊博的知识，对于科研工作更是兢兢业业。作为父母，他为孩子们创造了一个自由民主的氛围。虽然他并不赞同年轻人全部奔赴战场，但当大哥克俊与沈天路都选择参军的时候，他也并没有出面阻止。而他自己，则把更多的精力花在选种和育种上面。这份默默的坚守，在那个时代反而更加难能可贵。榴园中的其他教授也都有着自己的操守和坚持。在小说的第七章《教授们》中，作者重点为我们刻画了两位高级知识分子的形象。语言学院的陶教授为了研究凉山黑彝族的土司制度搜集材料，却不幸地染上了当地的一种恶性疟疾，持续畏寒、高烧，最终离开了人世。物理学院的徐方训教授在报纸上看到国军因为装备落后而在战场上失利时，十分焦心。于是，他联合了坝上的几位物理学家和化工学家，成立"技术研究部"，专门研究武器弹药。在一次雷管实验中，实验室爆炸，徐教授手指受伤，被截去了右手的无名指和小拇指。这些知识分子在国难当头之际所表现出的高度责任感和大无畏的精神，正是中华民族的希望所在。

成人知识分子的形象在一定程度上与儿童形象形成了精神上的同构关系。

孩子未必会选择与大人相同的道路,但是他们在精神上总是离不开大人的支持。正是这些知识分子在危难中的坚守,在潜移默化中影响了孩子。榴园在某种程度上也成为一个意象,一个文化的符号,代表着一种自由独立,明亮向上的追求。

## 三

不同于大多数采用第三人称进行叙述的战争题材的儿童文学,黄蓓佳在《野蜂飞舞》里用了第一人称的回忆视角。正如她在访谈中所说:"我用的是一个老人的叙述口吻,而通篇的节奏却是明快而敞亮的,是老人在迟暮之年对童年往事的动情回望,是旧日情景再现,也是千万里追寻之后的生命绝唱。"[1]因此,在小说中存在着童年和成年两种视角。在书中许多关于童年回忆的叙述中都穿插着现在的"我"的评述。这种现在的"我"的声音对回忆的介入,主要体现在两个方面。首先,成年的"我"对往事进行回忆的同时,又以现在的眼光对其进行评价,这其中往往渗透着"我"的人生感悟。比如,在谈到母亲对姐姐书雅的评价时,小说这样写道:"我娘时常说,太出色的孩子都是替别人养的,笨一点、老实一点的才是自己的。我娘识字不多,讲到人情世故,她老人家绝对通透练达。"[2]在这段话中,前一句是对童年时母亲的话的回忆,而后一句则是现在的"我"对母亲的评价。母亲那朴素而富有人生哲理的话语,童年时代的"我"是无论如何都不能领会其深意的。而只有当"我"成年之后,经历了世间百态,也同样做了母亲甚至祖母之后,才能够领悟母亲的话,从而赞叹母亲对人世的睿智和通达。再如,在谈到姐姐书雅在17岁拍的那张"明星照"时,作者非常细致地描绘了照片中姐姐的形象:"我永远都记得我姐在照片上的样

---

[1] 黄蓓佳:《历史是一首波澜壮阔的诗》。
[2] 黄蓓佳:《野蜂飞舞》,第94页。

子：梳两条油光水亮的长辫，刘海是用火钳烫过的……那年我姐整整十七岁，骄傲得像个公主，又快乐得像只喜鹊。"① 这一句开头的"永远记得"二字点明了作者对17岁时姐姐容貌的回忆，是童年的视角。而之后作者笔锋一转，"她从来没想过生命是多么脆弱的东西，有时候就那么'咯嘣'一下子，星辰便落了地，从此尘归尘，土归土"②。这句话跳脱出回忆，用成年人视角进行描述，不仅暗示了姐姐最后的命运归宿，也从更深层次上探讨了生命的意义。小说叙述在过去、现在间的来回切换，使得文本故事超越一时一地的局限，获得了永恒的价值，从而带给读者长久的审美体验。正如谈凤霞教授所言："回溯性童年叙事把当下经验介入回忆的语境中，使得这种当下经验历史化，使回忆的语境充满现在的意向和对话的动力，这种时空的频繁转换，造成了文本时间的立体感。童年书写者安排现在时间对过去时间的这种'远距离'审视，在此距离感中诞生了一种求'真'的、表达情感的、热烈的诗意。"③

现在对过去的介入还体现在人称的变化上。在小说的楔子中，作者的叙述视角在第一人称和第二人称之间来回切换。"你说我多大？九十岁？哎哎，我哪有那么老了，告诉你，我今年八十八，小得很呢，离九十还有七百多天呢。七百多天啊，年轻人，一天当中从日出到日落再到日出就有十二个时辰，七百个日出日落，长不长？够我活的啦！"④

在开头的第一段，作者用了第二人称"你"，使得这段文字具有了"对话"的性质。叙述者设想自己的面前坐着一群孩子当她的听众，同时也邀请书本前的读者参与进来。尔后，作者将叙述视角转为第一人称"我"。在文中的"我"时而代指童年时过去的"我"，时而代指成年时现在的"我"。叙述者由现在"我"的近况自然引入对童年时"我"生活的回忆，行文自然流畅，不留痕迹。

---

①②④黄蓓佳：《野蜂飞舞》，第162、1、1页。

③谈凤霞：《边缘的诗性追寻——中国现代童年书写现象研究》，第232页，北京：人民出版社，2013。

然而，"我"也并不是一味沉湎于回忆而忘了叙述接受者和读者。在谈到抗战之前有个小麦良种叫"金大 26 号"时，作者又将人称转为了第二人称的"你"。"听说过没？哎呀呀我也糊涂了，你才多大呢，哪能听说过，你们年轻人，知道个袁隆平就算不错了。"这一人称的转换，将小说从回忆的伤感氛围中解脱出来，重新获得了与当下读者交流对话的姿态。将"金大 26 号"与"袁隆平"相联系，使得这个对现在的读者有些陌生的词汇更容易被读者所理解和接受。

儿童文学区别于成人文学的最重要一点就是儿童文学的隐含读者是儿童。因此，儿童文学作家在创作时必须具有"儿童本位"意识和读者意识。然而，许多儿童文学作家在书写历史甚至是战争题材的作品时，常常会丢失读者意识，在作品中掺入"成人的悲哀"。黄蓓佳的作品中则时时表现出这种读者意识，人称的变化体现出她在作品中试图与当下读者形成平等对话所做的努力。

小说的叙述语言也为这种对话的实现提供了可能。虽然作者采取了回忆的方式来书写故事，但小说在语言上并没有显现出过多怀旧的倾向。在对儿童日常生活的描写上，作者没有用晦涩难懂的词语，反而采用了许多富有时代气息的表达方式。比如，在写到"我"问爸爸为什么要"骂人"时，爸爸的解释是"情绪发泄"。在这段对话之后紧跟了一句"好奇葩的解释"[1]。显而易见，这是童年的"我"对爸爸的这番解释并不能完全领会，甚至心里还有一点点鄙夷。但是，"奇葩"这个词被活用为形容词甚至是被蒙上贬义色彩则是网络时代的产物。因此，同样的想法和心情，童年时代的"我"绝不会这样表达。用一种现代的方式对往事进行言说，在无形中打破了历史与现实的阻隔，使历史以新的姿态面对现实。

这种新的姿态不仅体现在对新鲜词汇的运用上，也体现在小说整体的语言风格上。虽然是抗日战争这样严肃的题材，但小说的语言却洋溢着浓浓的生活

---

①黄蓓佳：《野蜂飞舞》，第36页。

气息。但同时，在这看似闲谈似的语言背后，又饱含着情感的浓度和思想的厚度，从而使平淡的描述蕴含了深刻的内涵。比如书中的第十四章《飞越驼峰的书》中讲到姐姐看到爱情小说时的激动和兴奋，而年幼的"我"却对此感到好笑。在面对"爱情"这样一个重大的话题时，一个 8 岁的孩子显然是无法彻底理解的。"我"只是如实地说出了姐姐的现状，并且从"我"当时的理解能力出发，提出了爱情是否美好的疑问。值得注意的是，作者在这里并没有像之前的某些片段那样让一个成年的"我"来对此发表一番感慨或者预先告知最后的结果，而是让问题终结在"我"的发问上。但这种天真单纯的发问却往往道出了许多问题的真谛。我们似乎从这样的疑问中找到了答案。正如杰拉尔·日奈特所言："叙事文所说的总是少于它所知道的，但是它使人知道的常常多于它所说的。"[1] 这种有意克制和省略往往蕴含着更为强大的冲击力。

作者通过对颇具深度和人情的日常生活场景的描写，对大时代背景下坚守自我的知识分子及其子女形象的刻画和对看似平淡却蕴含浓厚情感和深刻哲思的语言的运用，在一个年逾 90 的老人的回忆里窥见了历史的血肉和深度，让一段尘封多年的往事在新的时代焕发出光彩。

（2019年第4期）

---

①[法]杰拉尔·日奈特：《论叙事话语——方法论》，张寅德编选：《叙述学研究》，第250页，张志棠译，北京：中国社会科学出版社，1989。

# 痛感叙事的思辨意涵与存在之境
## ——王凯小说论

傅逸尘

一

读王凯的小说，我想到了米兰·昆德拉，但这并不意味着王凯的小说像昆德拉。因描写的时代、政治背景以及语言、风格的迥异，它们之间可以说没有什么可比性。之所以想到了昆德拉，是由于我发现王凯对小说的理解或认识在某些层面与捷克文学大师很相似。比如，昆德拉说："小说是对存在的探索和发现"，"存在并不是已经发生的，存在是人的可能性的场所，是一切可以成为的，一切人所能够的"。①换言之，小说家是以自己的方式、自己的逻辑通过对现实生活的描述，去发现、思考"存在"的复杂意味。小说是对确定性的怀疑，是对可能性的发现，而"存在"恰恰存在于小说家的发现之中。

作为"新生代"军旅作家②的代表，王凯有着扎实完整的部队任职履历，基层与机关生活体验丰厚而深切。他善于挖掘、描摹日常生活中人物丰富的生

---

① [捷克]米兰·昆德拉：《小说的艺术》，第42页，孟湄译，北京：生活·读书·新知三联书店，1992。

② 参见傅逸尘编著：《"新生代"军旅作家面面观》，北京：作家出版社，2018。

命情态和驳杂的心灵世界，对社会转型期青年军人的精神处境和命运遭际进行了富于生命痛感和思辨意味的追问与省察。王凯对英雄精神的叙写夹杂了复杂幽微的人生况味——主人公在坚守和妥协间逡巡——在英雄理想、伦理道德和庸常现实的缠绕纠结中，传达出昆德拉式的"存在"的焦虑。这种焦虑是对现实的回应，更内蕴着形而上的思辨。

"读王凯的小说，常会感觉到疼痛。那是一种从青年时代绵延而来的成长的痛感，夹杂着生命的青涩和稚拙，裹挟着大漠的荒凉与粗粝，似挽歌般刻录着军人的理想与执著。从军校到沙漠，从机关到连队，王凯小说的生活幅面相对固定，人物大都似曾相识，故事也谈不上有多复杂，反复书写的就是部队基层的日常生活和青年军人的生命情态。"①看似单纯的故事题材与单一的小说面相，令我心生疑窦——巴丹吉林沙漠深处、空旷却又逼仄的军营里，究竟还有多少可以挖掘的文学资源？王凯的叙事极限会在何时到来？焦虑中更有期待，恍若沙漠中一口越挖越深的井，我们终要面对的是灵感的枯竭还是喷薄而出的新生？

王凯却依旧淡定从容，一篇接一篇、不紧不慢地写着。直到长篇小说《导弹和向日葵》又安静地摊开在我面前。读着读着，心生痛感，没错，又是那种熟悉的痛感叙事。不得不说，叶春风、钟军、车红旗、白雪歌等这些青年军人的成长故事又一次击中了我。

现实生活磨炼、砥砺着年轻的生命，虽谈不上苦难，却充斥着无奈与压抑、欲望和沉沦。任凭你如何奋斗挣扎，绕不开的是复杂的人际关系和适者生存的潜规则。眼看着青春的激情、锋芒乃至生命本身一点点遁入大漠深处，消弭无形，你不得不服膺命运的逻辑，为富于痛感的生存经验喟叹、感伤。疼痛，是

---

①傅逸尘：《王凯长篇小说〈导弹和向日葵〉：世界以痛吻我，我却报之以歌》，《文艺报》2017年12月11日。

生命最为敏锐的触觉，也是王凯小说最有魅力的美学质素。这疼痛关乎世俗、欲望，关乎爱情、成长，最终指向的是理想和信仰。

然而，王凯并没有沉溺于生活的疼痛本身，而是将尖锐的痛感转化为宽广、坚韧、通透的人生态度；他的文字充盈着厚重的现实经验和超拔的哲学思辨，似歌者般吟唱着军旅生活宏阔辽远、高蹈正大之气象。①

《导弹和向日葵》堪称王凯痛感叙事的集大成之作。读完小说的最后一页，我不禁悲从中来。从上大学起，就看王凯的小说，我的军旅青春和他小说中的人物一起成长、成熟，又最终消逝隐匿于变革前行的时代洪流。我突然想回望一下王凯这十余年来的小说写作，那一篇篇沉甸甸、嬉笑怒骂间已经令人泪水涌流的小说背后，当真也折射出了我的军旅、我的疼痛、我的青春……

二

小说的终极关怀当是关乎生活和生命，是对人的心灵世界和生命情状的考量与描摹，它依赖着作家丰沛的生活经验与积淀，以及对生活本身的真切体察与精深研究。但在这个主观倾向占上风的文学时代，我们通常很难读到像生活一样真实、鲜活、饱满的客观性作品。于是，精确和真实也便成为一种稀缺的叙事能力。某种意义上，客观性、形象性和真实性也是优秀小说的显著特征。

在王凯的小说中，"我们不仅能读到对沙漠天气、风物及环境的精确、优美的描写，还能清楚地看到人物的外貌、行动、言谈和性格，连同他们微妙复杂的内心世界也同样精确而清晰地呈现在我们面前。如果说，小说家在作品中成功地表现深刻的主题内容和博大的思想情感是一种有难度的写作，那么，追求小说真正意义上的客观性效果就难上加难。要写出客观性的作品，需要作者

---

①傅逸尘：《王凯长篇小说〈导弹和向日葵〉：世界以痛吻我，我却报之以歌》。

花费更多的心力，需要足够的耐心进行认真的观察、冷静的分析和慎重的判断。小说虚构性的想象不管多么诡异、奇特，最后都必须服从生活经验逻辑和内心情感逻辑的制约。……小说家若想更逼真地还原生活，使作品褪去浮华和造作，就必须对鲜活真实的世界充满敬意，就必须具有朴素诚恳的情感态度。王凯对巴丹吉林沙漠深处的军营、对自己同代人的军旅青春都怀有深深的敬意和浓厚的兴趣。他秉持一种理性而扎实的客观态度，因而得以更全面、更深入地认识现实生活，更细致、更真实地把握外部世界。他笔下的军旅生活，具象而沉实、细腻且绵密"①。

短篇小说《一日生活》以基层连队普通一天的日常生活为线索，将基层连队从早上起床出操到晚上熄灯查哨，中间经由整理内务和洗漱、早饭到晚上的点名、就寝等，各个环节写得清晰而通透，展现了在军营的严格限制下，指导员"我"和战士马涛各自苦闷而濒临幻灭的爱情。短篇小说《残骸》把一种无聊的生活状态书写得摇曳多姿。茫茫大漠，一辆卡车载着三名官兵，风驰电掣数十公里，只为赶在老百姓之前发现并回收导弹残骸。对各种导弹型号、不同发射方式下形成的残骸的形状、材质、颜色、气味及老百姓回收导弹残骸的价格等等，小说都给予了巨细无靡的呈现。

短篇小说《卡车上的伽利略》从一件非常小的事——为了去哪家吃羊肉而发生冲突入手，一个小横截面，一个并不复杂的故事在王凯的笔下被叙写得富于生活的情趣，足见王凯对生活的谙熟与深切的体察。短篇小说《正午》则将部队机关的日常工作和机关干部的生存状态描写得入木三分。"正午"，原本是休息时间，是机关的真空状态，没有故事发生的时间段。王凯则敏锐地捕捉到正午这一既短暂又漫长的时段对年轻军官上尉齐的特殊意义，将一种感觉、心境和情绪进行富于诗意的延伸和放大。

①傅逸尘：《王凯长篇小说〈导弹和向日葵〉：世界以痛吻我，我却报之以歌》。

王凯小说的切口往往很小，是一种深井式写作，而非大江大河的汪洋恣肆。中篇小说《终将远去》描述了一位连长在老兵转退中面对现实的挣扎、退让和无奈，由此牵引出老指导员张安定宽阔而伟岸的军人胸怀。一盘炸馒头片承载着指导员"我"对过往的回忆，对老指导员的追思，以挽歌的形式表达了对现实生活本质的怀疑和思考——"反正早晚都要走，军队要的就是一个人一辈子质量最好的那几年"。纠结的情感、残酷的现实，军队在这里被刻画成一部机器，精准、强大、冷酷而又高效，而年轻士兵的单纯质朴、血肉丰满、细腻敏感与之构成了巨大的反差。从上述作品中不难看出，王凯对部队基层生活的熟稔可以说渗透进连队的每一个细胞、每一寸光阴、每一个角落。

在长篇小说《全金属青春》中，寻常的军校生活被机智和妙味的叙述激活，居然也跌宕有致，扣人心弦。小说中的一个细节令人拍案叫绝：肖明因被同宿舍的同学孤立而痛苦难抑，在极端心理状态下与哨兵发生冲突，最终导致被退学处理。在肖明离校当晚，同宿舍每一个自觉不自觉讨厌过这个室友的人都辗转难眠，陷入了莫名的不安之中。肖明一入学就以"积极追求上进"的姿态出现在大家面前，他的种种表现，在成熟得略有些冷漠世故的各位室友看来似乎有点平庸与可笑，但当这位只不过按照一般社会逻辑寻求自我塑造之路的孤独个休遭遇惨败时，本该幸灾乐祸的室友们却无法不承受自责，他们自以为是的"看透"，被证明是另一种更可怕的平庸与可笑。这部小说始终在冷峻与温暖之间、沉稳与俏皮之间、荒诞与有趣之间、理想与现实之间游走，延宕出巨大的情感张力。"王凯的小说整体上看是静态、非线性的，动作性不强，好像是一幅幅厚重的油画，笔触是粗粝的，线条是棱角分明的，背景是冷色调的，闪耀着金属的光泽。他擅长记叙一个生命的截面、一幅静态的特写、一重氤氲着复杂情绪的场景。小说的叙事速度很慢，甚至人物的面目也都比较模糊，但是读后那一种或灿烂或黯淡或悲壮的生命情状却会给你留下深刻的印象，并回味良久，宛若寓言般带有某种哲学思辨的意味。"①

三

王凯很少刻意编织传奇好看的故事。在他的小说里，步枪的烤蓝、导弹的味道、军装的触觉纤毫毕露；沙漠特性、自然景观、风物人情极富质感；生活本身的气息、肌理、脉络以及主人公的心理活动、情感世界，官兵之间细腻幽微的关系，都被原汁原味地保留下来；似乎也不着力于人物形象，写的是富于生命痛感的生活本身，是某种氛围、状态、场景、情绪，抑或一种感同身受却又无法言明的心境。这对于当前整体上湮没于故事中不能自拔的小说叙事而言尤为可贵，也构成了王凯对当下小说过度依赖故事性的一种叛逆性意义。"在王凯看来，故事只是小说之'用'，发现、疑难、追问、辩驳、判断，个体对世界的独特理解、故事与现实与人性之间的关系才是小说之'体'。王凯的小说具有一种挽歌气质，逝去的青春岁月在尘封的记忆里发酵，但味道依然熟悉，让人想起那些缓慢而笨拙的时光。在故事的外壳之下，看似不疾不徐的叙述却蕴含着强大的情感张力，不动声色中积蓄着撼人心魄的力量。王凯小说的焦虑在于，要么通过强大的对生存描绘的能力使生存自身产生复杂的'存在'意味，要么在新的、现代的意识和视角下，对军人的生存状态和心灵世界做出独特别致的考量。"②

中篇小说《楼顶上的下士》以军营日常生活为线索，聚焦人性真实与职业伦理的矛盾中基层连队官兵的精神与心理。小与大、个人与集体、微观与宏观，多重辩证关系拓展了小说的生活幅面和主题。"小说的结构呈发散性，题目与

---

①傅强：《王凯：探寻军旅生活的"存在"感》，《解放军报》2013年8月13日。
②傅逸尘：《小说的生活质感与存在焦虑》，《文艺报》2013年8月20日。

故事的关联更是值得玩味。小说的前半部分,楼顶上的下士——姜仆射,并不是叙事的核心。他若隐若现、形象模糊地出现在连队管理、任职分工以及军营内外的现实生活中。在王凯自然而然的铺叙中,读者率先通过李金贵、王军等人物,并围绕战士复员的现实逻辑建立起对指导员的信任感和同理心。及至小说的后半段,姜仆射作为故事里的'小',形象逐渐凸显,与以'大'为重的指导员互为各自转变的线索,'大''小'之辩将有关自我价值、个人权利与义务之间的权衡和盘托出。"[①]

中篇小说《迷彩》是一篇颇富有现代主义色彩的佳作。军官唐多令因为意外得知女朋友于盈盈曾经与她的上司有染,愤而与之争吵,导致女友与他断绝联系;而唐多令无法摆脱对她的思念,一次次地去于盈盈新的工作单位寻找她,一天天地等待她的消息。小说描述了唐多令既爱恋又无法释怀、既痛苦又无法解脱的矛盾状态,用大量笔墨表现他备受煎熬的寻找与等待。有点类似荒诞派戏剧《等待戈多》,等待意味着希望;等待也意味着机会的丧失。等待或是放弃,并无明确的答案,但它们都是那么的贴近生命的本质。

中篇小说《沉默的中士》刻画了一名内向懂事、甘于寂寞、尽职尽责的战士形象,他不多言语,自愿到远离众人的车场值班,勤勤恳恳又遵守纪律,但结局却是他被发现曾在入伍前参与过一起抢劫杀人的罪案,由"我"出面亲自逮捕了他。小说之前的情节铺垫,在结尾处瞬间土崩瓦解:人心灵的秘密,需要沉默来坚守,更需要喧嚣来遮蔽,车场的冷清环境恰恰凸显了主人公内心世界的波澜;而人与人心灵间的距离之遥远,是远远超出我们日常的思维和想象的,人的"存在"本质上是隔离而孤独的;但是,人与人的关系,以及对自我的认知又是可以通过交流与沟通来达成理解的,而交流与沟通的过程是永无止境、永不停歇的。

---

①赵依:《军旅小说当有宏阔气象》,《解放军报》2018年10月10日。

中篇小说《换防》叙述了一位连长与指导员在面对部队离开大城市换防到偏远地方的变故时所做出的不同选择，以及由此带来的不同的人生命运。小说直面和审视"我"人性中软弱与黑暗的盲区，从而衬托出另一个不曾出场却又无处不在的人物在困境中所做出的奉献与牺牲，以及人性中的善良、高贵甚至伟大。短篇小说《魏登科同志先进事迹》在叙述结构上别具特色，作者采用了类似影片《罗生门》的结构方式，以"我"受命整理资料无意中发现一本调查笔录为线索，把一场意外事故当作故事起因，列举了若干谈话人对魏登科同志的评价，并把这些评价作为笔录原封不动地"誊写"到小说里。作品有如一面多棱镜，读者在每一个棱面上会见到未曾谋面的主人公魏登科的不同侧面。作者想表达的是时代强加给人的政治性符号最终对人性造成的扭曲，以及小人物对境遇的无奈与无力。

世俗化的关系与军营战友情的冲突、错位，欲望失落与无奈忧伤是王凯小说的常见主题。当所有人都无力自拔的时候，人的灵魂、命运和现实生活之间形成了悖论，这悖论里堆积出荒诞感，于是小说便开始接近寓言。王凯的叙述看似漫不经心，内在气质里却有着深重黏稠的质疑和悲悯，是那种深植于大漠的粗犷和苍凉。荒芜恶劣的自然环境，体制内部的现实压力，对那些年轻军人的宝贵青春而言，无疑构成了压迫性的"存在"。面对那些硕大无朋而又坚硬无比的"存在"，青春、理想、欲望、爱情的柔软肉身遵从着心灵的召唤，在狭窄逼仄的空间里横冲直撞，遍体鳞伤。

对于笔下的人物，不管地位高低，无论正面反面，王凯都怀有一种深沉的情感——悲悯与诚挚的爱。正是这种悲悯的情怀和感同身受的理解，使得小说中那些远非英雄甚至不那么正面的人物，虽然有着道德、性格、或行为上的缺陷和瑕疵，依然会在某一时刻流露出质朴、善意与诚挚的一面。在王凯看来，单纯地揭露、批判与嘲讽并不难。尤其是站在政治正确的立场上批判过往军旅生活的阴暗面，甚至将某种现实存在彻底抹去，都是相对容易的。正是基于对现实经验的熟悉，王凯没有拘泥于表浅的日常事象，更不愿做出廉价而浅薄的价值判断。他选择沉潜入现实生活的深层肌理，再反身而出，试图以一种跳脱和超越的视角赋予现实生活以一种整体性的观感，对人物的现实遭际和精神困境报以深切的理解和同情。①

# 四

一部伟大的小说之所以不朽，首先是因为它塑造出了不朽的人物形象。进入 21 世纪以来，中国小说最严重的病象正是经典人物形象的缺失。以至于我们再难以像说出《安娜·卡列尼娜》《高老头》《欧也妮·葛朗台》《羊脂球》《约翰·克里斯多夫》等等文学经典那样，如数家珍般随口说出我们这个时代优秀小说的名字。我们的作家甚至早已丧失了将小说人物的名字作为标题的自信和勇气。问题在于，作家对自己笔下的人物是否真正了解、熟悉，是否充满理解、悲悯和爱意。

在《导弹和向日葵》中，叶春风、罗慕、白雪歌、车红旗、兰甘、钟军等人物形象之所以令人印象深刻，就在于王凯循着传统现实主义文学观念，着力塑造"典型环境中的典型人物"，于生活的流态中写出了上一个时代军队的重重积弊，道出了和平年代青年军人心中的无奈与苦涩。叶春风这个人物就是千千万万基层带兵人的代表，他们有文化、有理想，也有拼搏奋斗的志向。然而，在严酷的自然环境和崩坏的政治生态中，叶春风和他的同学们尽管拼尽全力，却左支右绌、心力交瘁，难以实现自身的抱负与理想。

青年军人的爱情构成了《导弹和向日葵》的主要故事线索，日常生活的烟火味儿里甚至氤氲着浓重的欲望气息。性与爱在王凯的叙事中是置于前景的符

---

①傅逸尘：《王凯长篇小说〈导弹和向日葵〉：世界以痛吻我，我却报之以歌》。

码，勾连着身体与灵魂，也对抗消解着人际关系的残酷和生活的困窘艰辛。叶春风那种骨子里透出的清高和孤傲，显示出在残酷的世俗存在中，个体生命所能保存的选择生活道路和命运归宿的最终权利。理想和现实间的巨大落差，构成了悲剧性的审美氛围。人性的深度、生活的可能、命运的波折、人物的形象，都在悲剧性的故事中次第浮现。从欲望的密室中逃脱，闯向自由精神的旷野，其中的无奈、欢愉、解脱既闪烁着人性的光芒，也传递出疑难和反抗带来的生命痛感，更构成了对历史谬误和时代症候的隐喻。在这个意义上，作家站定了省察和批判的立场，小说的审美气质也因之变得深沉而开阔起来。

在中篇小说《沙漠里的叶绿素》里，类似的故事同样在上演。对于性资源的追逐，使得"僧多粥少"的大漠军营成为爱情与人性的试验场。这里的沙漠也可以看作是对当前这个情感上"过于粗粝也过于干燥"的时代的隐喻。"在沙漠酷烈的生存环境下，'逐水草而居'的动物本能占据上风，生存的需求压倒了爱情的渴望，理想再一次溃败于现实。于王凯的创作中，我们一次次感觉到理想与现实的错位。这种错位被美学化为一种堂吉诃德似的'不合时宜'的人物形象——这个形象是一个纯粹的理想主义者，对于理想的爱情是迷恋和执着，如此的不可思议，几成偏执；他怀抱理想却脱离现实、耽于幻想，无视已经发生了变化的时代，这使他的行动看上去滑稽而夸张；然而，他是一个永不妥协的斗士，他为实现理想而奋不顾身的精神令我们折服。相对于灵活多变的动物性生存法则，这个固守不变的人物身上无疑具有着某种'植物性'，一如'爱情'……他选择了'我'——陈宇——那个'本我'作为叙事人，以他的眼光来呈现彭小伟的种种'可笑'，以一种滑稽戏谑的叙事语调，写出了理想与现实之间的紧张关系，写出了'理想主义'在'现实主义'时代所遭遇到的种种尴尬。这使得小说具有某种戏剧性和喜剧性。然而，小说结尾，当彭小伟举起他为了向丰亦柔证明其爱情忠贞而自伤的手指头，反问'我'：'你能说，这不算爱情吗？'这凛然的发问，却真让我们无言以对，悲从中来"①。意蕴上如此尖利冲撞的主题，显然源于王凯对世界的冷眼和质疑，而丰厚的意蕴和存在感恰恰是小说区别于故事的最重要的标志。

王凯就像一个手工匠人，拿着放大镜捕捉着巴丹吉林沙漠深处某座军营里一群年轻官兵的喜怒哀乐。灰蓝色的沙漠，暗绿色的军营，王凯小说的背景大都是冷色调的，灰暗中闪耀着金属的光泽。王凯笔下的巴丹吉林沙漠，以其艰苦卓绝、荒无人烟的特征，作为与生命力相对立的一种自然景象而存在；但由于责任与使命的要求，军人必须驻扎于此，以鲜活的生命、强大的精神与充沛的情感去抵御沙漠的吞噬。两者之间既对抗又相互依存的关系，很容易造就观念上的荒诞感。

中篇小说《蓝色沙漠》充满了自我考问的意味，把军人精神与情感中最脆弱、最迷茫的部分呈现出来，让人看到生命的真实与荒诞是无法剥离的正反两面，而"陷入"与"逃离"是小说主人公所面临的现实境遇和精神困境。闻爱国是那么轻松自如，纵身一跃就能实现逃离的梦想，但最后他却因为违纪而受到处理，之前的种种努力与经营毁于一旦。人物的命运轨迹直指陷入与逃离的悖论关系，当你逃离了某种环境，同时就陷入另一种境地，两者反复推动，相互转化。小说叙事细腻绵密，严格地遵循着生活本身的逻辑，可延伸到最后，往往得出的却是与世俗和现实背道而驰的结论。这正是王凯的高明之处，小说家的视角是独特的、异质性的，对现实和生命都怀揣着强烈的质疑和焦虑。他笔下的人物大都外表平静、内心执拗，执着探寻和追逐的是不同于世俗逻辑的另外一重可能性，是精神的飞升和超越，是人心的不同选择。

王凯极擅在有限的生活幅面中考察人物的内心和情感，没有对外部世界的

①饶翔：《如果这都不算爱——读〈沙漠里的叶绿素〉》，《青年文学》2017年第7期。

激烈批判，有的是沉静深邃的灵魂自省。那些年轻军人的青春形象和灵魂面影就在王凯的深情回望、细腻爬梳和严苛自省间渐渐显露、坚实矗立。青春渐逝，生命丰盈，过往那个积弊累累、充满矛盾与抵牾的时代原来不过是一个饱蘸人生况味的符号。尽管自己就身处这个"命运共同体"中间，王凯描摹时代变迁和命运嬗变的笔法依然冷峻、犀利，以一种寓言化的写作伦理传递出思辨性的精神力量。

## 五

巴尔加斯·略萨在谈及"文学抱负"时，将它同"反抗精神"一词紧密地联系在一起。他说："重要的是，永远保持这样的行动热情——如同堂吉诃德那样挺起长矛冲向风车，即用敏锐和短暂的虚构天地通过幻想的方式来代替这个经过生活体验的具体和客观的世界。但是，尽管这样的行动是幻想性质的，是通过主观、想象、非历史的方式进行的，可是最终会在现实世界里，即有血有肉的人们的生活里，产生长期的精神效果。"[1]反抗和怀疑的气质，是创造精神和文学抱负的结合。从这个意义上说，疑难、反抗和救赎无疑是《导弹和向日葵》核心的精神价值。然而王凯的情绪始终是平和的，他对世俗逻辑和官场潜规则的反拨与批判，并不是通过激烈的言辞来抒发，而是隐忍中蓄力量、平和间见深刻，因为悲悯而理解，因为思辨而救赎。

《导弹和向日葵》在《当代》2015 年第 6 期刊载时，曾题为《瀚海》。作为重要的象征意象和思想线索，章节前面引述麦尔维尔长篇小说《白鲸》的片段，贯穿全篇。《白鲸》中那种对海洋文化的崇拜、对自然伟力的向往和对

---

①[秘鲁]马里奥·巴尔加斯·略萨：《给青年小说家的信》，第6页，赵德明译，上海：上海译文出版社，2004。

强健人格力量的赞颂，实际上也提示出王凯对小说的理解和趣味。"瀚海"作为小说的核心意象，不仅描述出了沙漠的本质，更勾连着辽远而宽广的外部世界。沙漠如海般壮阔，而人物的命运就如同巴丹吉林沙漠深处的弱水，蜿蜒流过干渴、粗粝的河床。坚韧和严酷、逼仄和辽阔，诸多反义词构成的沙漠存在与海洋的意象遭遇，显得尤为意味深长。

王凯说，他小说中人物的名字都来自唐代边塞诗人岑参的《白雪歌送武判官归京》中的诗句，小说中的人物因为名字天然地沾染了些许诗意，诗性的意象和抒情的笔调显示出作家的理性认识、情感态度和道德立场。他不仅描写现实，而且解释现实，不仅传递经验，而且超越经验。瀚海和《白鲸》的意象最终指向的是存在主义式的精神超越，释放出一种打破心灵的局促与狭窄，让精神飞升的向上拔擢、向外发散的力量。王凯的痛感叙事由此获得了充分的现实感、概括力和整体性，终于跳脱了狭窄庸常的底层视角，达至开阔辽远的存在之境。

（2019年第5期）

# 行吟、"及物"与修辞的乡愁
## ——梅尔诗集《十二背后》抒情主体的建构

### 姜 肖

　　《十二背后》是一场抒情的冒险。在现代性或后现代性的语境中，狂飙突进的技术理性使得任何浪漫主义式的主体都破碎成过往，诗人们似乎已经厌斥自己，或深谙行动的虚无，逐渐习惯于娴熟地用纯粹文本的渴求压抑着诗歌中"我"的蔓延生长，"抒情"似乎成为一种褪色的传统，被现代主义、后现代主义的美学遗弃。不过，梅尔似乎从不掩饰抒情的信念，她的诗歌也从不回避主体寻归精神原乡的迫切，"那是一支箭要去的地方 / 遭遇钻石的地方 / 是马蹄从钉子的心脏 / 到珊瑚的光芒"（《旷野》），坚定交织着惆怅。在这场似乎矢志不渝又永无止境的归途中，我们追随诗人虔诚的敬畏和敏感的直觉，试图细读并猜想潜藏在那些纯洁赞歌和朴素喟叹之中的抒情主体如何被建构。"行吟"和"及物"以生成主观意念的"自我"和唤醒"有情"的当下，成为主体的存在方式，自然的韵律和朴素的诗心撑起诗篇的审美格局，存在与形式的同步或对位，构成了抒情的盛大，或如诗评家所称"极限的抒情"①。

---

　　①张清华：《苍凉的相遇，或抵近神与自然的两种方式——关于梅尔诗集〈十二背后〉的读札》，《当代作家评论》2018年第3期。

# 一、行吟：生成另一个"自我"

古老的"行吟"是这场行旅的实践方式，也是面向现代诗学一次有勇气的尝试。作为前现代诗歌主体生成基本方式的巡游早已被技术革命摧毁殆尽，一切风景都是可供观看或构造的奇观。如何让"行吟"属于"自我"是抒情者的难题，这不仅要求主体有强大的主观标尺去制衡形式的繁衍，更要求主体能沉入对象世界托举共情的力量。跟随着脚步的丈量，梅尔的诗歌周游在宗教、历史、自然之维，一个坚韧、悲悯、开放的"自我"支撑起抒情的气象。在这种意义上，《十二背后》提供了一种传统复活的可能。

这位游历者的旅程从宗教的精神交会开始。在那些以《圣经》为原型的叹咏和歌哭中，我们不仅看到一个虔诚的信徒走上朝圣之路，或一个灵魂的探求者窥探善与恶、罪与罚的边缘，更看到一个心怀创世的歌者在她筚路蓝缕中那些静默的坚守与孤独，诚如诗人所描绘的那幅画面，"我的脑海里总是闪现摩西带领以色列人出埃及的场面，队伍褴褛而壮观，人声嘈杂充斥着抱怨，摩西敲击石头流出活水"[①]。于是，她写道，"我与你之间隔着彩虹 / 隔着蜜蜂和翅膀 / 隔着四十年的旷野和四百年的蛮荒 / 红海隔开 / 你在晨雾中降下 / 我迷失在背悖的沙漠里 / 像一只蚱蜢 / 用瘸了的信心 / 在漆黑的夜里哀哭"（《我与你》）。这是整部诗集的第一篇，"我"浸透着泪水，以一个等待被拯救的姿态出现在"你"的面前，"请让我跪在你面前 / 用我那吐露过真情、善意和谎言的嘴 / 亲吻你脚下的沙土"。但亲吻仍然不够，从"你"的默示在"我"的头上生长时起，"我"便开始匍匐在祈求灵魂交互的路上。"我会提前到达伯利恒 / 成为马槽里一根柔软的稻草 / 或者，错后三十年 / 我会提前到达耶路

---

①梅尔：《十二背后》，第268页，北京：人民文学出版社，2018。

撒冷／摘掉你荆棘冠冕上所有的刺藜／成为另一个背负你十字架的西门／或者另一个玛利亚"（《约伯》）。"我"看到《鸡叫之前》"你"的眼泪，"我"试图像"你"一样，以悲悯的心理解《大卫和拔示巴》的人性境况。终于，"我"知道"你像一片云行走在天地之间／穿梭于顺服与背悖之间／禁食四十九天之后／你羸弱地站起来，像我现在一样／踉踉跄跄地扑倒在／上帝的怀中"。《回到你的殿中》之后，"我"在与"你"的感应里，获得救赎。

如果说与宗教精神的会通是在皈依中体悟"我"的存在，那么对历史的观照则成为"自我"的形塑。人如何认识"自我"？大半个世纪之前，弗洛伊德叛逆的弟子拉康曾经提示我们一种关于人类认知的设想——镜像阶段，拉康注意到婴儿对镜中自我形象确认的过程会带来心理上的喜悦情绪，认为这意味着镜中的形象成为婴儿匮乏期最重要的补偿，以此，不愉快的破碎体验得以修复为完整。[1] 在诗人的笔下，对历史整体性的感知成为一种关于"自我"的镜像。以人物作为镜像的一组诗歌是诗人不断在抽象生命体验中构造的"自我"，譬如《卡夫卡》《米兰·昆德拉》《安徒生》《生与生——致蒙克》《又见梵高》《霍金》《纳什》《曼德拉》，再譬如《埃及艳后》，潜藏着性别主体的互相宽宥，诗人的目光从想象她的侧影开始，"你浓重的眼影／是大片的疆土"，然后落在她的衣服上，"亚麻穿在你身上，抵得过／千军万马／一如东方的丝绸／颠覆过多少江山""英雄的落花／成就你陵墓的辉煌与从容／爱情是一个／掺杂着血泪的梦想／越过战争与死亡／在你的微笑里／存活下来"。男权主导的历史裂开了缝隙，性别主体的情感体验穿梭在其间。当然，还有漫长的南美洲之旅提供了历史观照的群像，从特鲁希略到昌昌古城，从太阳神庙到古老神秘的岩画，一直到遇见雄峻沧桑的马丘比丘山，历史的悲怆和人性的幽暗印满了诗人颤抖的指纹。"不知谁踩痛了我的胸口／我坐在你的宝座上／读着一个

---

① [法]拉康：《拉康选集》，第91—93页，褚孝泉译，上海：上海三联书店，2001。

亡国的故事 // 缄默的石头铁一样沉重 / 那曾经抡起的榔头 / 敲击着库斯科的虚空 / 黄金是不死的 / 但换不来你的活 / 国王战战兢兢地坐在油画里 / 面对欧洲的头盔和邪恶的马"。在这里，视觉格式塔掩藏了文明与蛮荒无休止的辩证与辩论，诗人的目光毫不散乱，直击一个王国的沦丧。"太阳神不堪一击 / 原来，苦难才刚刚开始"，悲剧的宿命体验牵引出人与时间的永恒困境，"时间成全了一切 / 又毁掉了所有""这苍凉的相遇，用竹子编得密密的 / 用针缝得密密的 / 成为我的眼睑，我的睫毛 / 开合之间 / 世界关闭"（《苍凉的相遇——致马丘比丘》）。

除了宗教的皈依和历史的镜像，与自然的交应是"行吟"的另一重起点和归宿。神秘的北纬三十度，原始的自然景观"十二"成为最后一把美学匕首，刺入徒步跋涉之人的诗心。"自然"是诗歌的原乡，它提供了一切有关"美"与神话的飞翔体验。与中世纪游吟诗人田园诗的感伤忧郁不同，与现代性抒情范畴中的怀乡病不同，《十二背后》的视域更为开阔，在对造化钟神秀的礼赞中，遁入了自然的记忆褶皱，从记忆中唤醒了沉睡的另一个"自我"。现代环保主义之父梭罗宣称"世界存于荒野"，但他似乎忘记了荒野的"疗效"也是文明的构型。一切关于自然的吟咏最终都返回了那些由神话和记忆沉淀起来的故事，大脑总是在我们还未思考之前，就已经搭建好了关于文明的岩层，使得歌咏走向了悖谬。承认自然神话的含混遗产，至少可以提醒我们，安宁的景致并非本然的愉悦，自然的想象也并非总是停留在田园牧歌上。当然，我们仍然可以在"别处"发现自然的启示，只要我们知道应该如何寻找。这一回，诗人找到了自然记忆中的"我"，"我漂在海上，像一根木头 / 不，更像一块石头 / 你的盐每日渗进我的伤口 / 我已坚强得像一把剪刀 / 你腐蚀我的皮肤、头发、我姣好的面容 / 我的脚长出了蹼 / 几亿年后，我成为一只精灵 / 在你路过的洞口"（《古特提斯海》）。"我"猛然发现，这一次与自然的际遇是一个成功的弯道，"我遇见了废墟里的另一个自己 / 她纯洁得令人妒忌""我重生，在废墟里 / 被另一个我肆无忌惮地嘲笑"（《废墟之花》）。这个重生的"我"带着创世的神力与大地共生，"大地，请你收留它们英雄的尸体／昆虫，鱼类，甚至包括熊猫和犀牛／七亿年后，人们会找到它们的化石／并奉若神明"。寄蜉蝣于天地，在浩渺的时间里，请"忘记我一次又一次的痛苦／和秒针一样尖锐的快乐"，"我"是"你"的记忆，"我提着石花的裙边／端坐成一位低调的女王／我在花草间撒下的谦卑"（《从今以后》），"传递七亿年前的烽火／我一直活着／像一则传奇"（《双河溶洞》）。

## 二、"及物"：通往当下的情语

如果说"行吟"以不断生成另一个"自我"的方式作为抒情主体的存在形态，那么"物"的移情则是主体通往当下的花园小径。关于"纯诗"能否"及物"是当代诗歌研究中常常被提及的问题。作为舶来品的"纯诗"，在20世纪诗歌史上一度被抽空了文化哲学内核，成为形式与技法的游戏。现下大部分诗人的诗歌启蒙资源来源于1980年代对技艺的执迷，无论是承袭还是反叛，他们的行动都在这个轴心附近盘桓。其实，大可不必陷入审美偏执，"及物"作为一种诗歌伦理的设想，至多成为诗人与时代相处状况的缩影，并非构成与"纯诗"对峙的范畴。与其纠缠于分类区别，不如思考诗歌究竟如何"及物"。正如年轻的诗歌研究者的质疑，"诗歌作为一种语言的艺术，它的良心必然贮存于语言的内部……弃绝诗歌的语言功能而仅仅强调'及物'是无效的"[1]。而如何以语言、意向、韵律，或移情、感官等层面包纳"物"，乃至重新理解物质的诗美，或时代加诸于"诗人生命的印痕"，才是问题的关键。

---

①李倩冉：《"纯诗"及物的可能——朱朱近作的一种启示》，《扬子江评论》2018年第5期。

梅尔的诗歌并非是一个完全形而上学的美学陷阱，随处可见的物象俯拾即是，在物语与情语的交感中关联着生活的隐秘，我们可以很鲜明地感觉到主体作为审美的参与者所体验到的审美震颤。那个开放的"自我"使得诗人不因集体观念取舍或审美取向，而丢弃一些看起来不属于诗歌系统的物质元素，比如这首《贵阳》，"某一刻，我也开始麻木 / 熙熙攘攘的人群 / 继续上窜的房价 / 孤独和恐惧 / 使人们挤在一起相互取暖 / 我是一个另类的标签 / 在贵阳以北，在土豆盛行的集市 / 我装成一只魔芋"。房价与土豆成为主体情感的两级再现，对地域性的审美投射完成了关于现代诗歌城市与乡土这一基本矛盾的美学表述。再如《兵马俑》对现代文明景观化构造历史的鄙夷，"你们强行打开窗让阳光 / 照在头顶上 / 我们是战无不胜的勇士 / 现在你们 / 把我们变成一堆无所事事 / 供络绎不绝的白痴们瞻仰的小丑""这讨厌的蚂蚁镁光灯和雾霾 / 你们带进坟墓的一切 / 是秦王宫殿的大敌"。

当然，更多的抒情映现之"物"出现在诗人的步履博物馆中，相比于那些意念先行的主观表达，梅尔对物象的瞩目，使其得以发现历史逻辑的不可靠。她曾经见过那颗马来西亚怡保市的市树，千年来枝繁叶茂，在诗人对时间轮转的遥想中，成为一个孤寂的神灵。"剑从你的腋下弹出 / 飞溅的毒伤及无辜 / 包括空气、阳光和女人"，与生俱来的诅咒成全了最深沉的寂寞，"广场上 / 你孤独千年 / 换来这座城市的名 / 把狭小的愿望放进祷告"，慈悲与佛性唤起诗歌的灵韵，"远远的菩提 / 用举世无双的华盖 / 回应你痛苦的内心 / 没有人能读懂你们 / 英国人搬走的那一天 / 你和菩提相约"（《怡宝树》）。雨中的《布拉格》是对历史正义逻辑的诘问，"雨，落在查理大桥上 / 一座堂皇的监狱，释放鸽子 / 黄金巷，分割出善良与邪恶 / 教堂的中心，千年来 / 一直为此，争吵不休"，伏尔塔瓦河流过，一瞬间沧海桑田，"那些被定格的雕像 / 渐渐有了历史的心肠，夜幕里 / 沉睡的剑，抽断流水 / 光阴，留在了岸上"。

诗人也常有对"物"的玄想。她的《梦境》里有着几近恋物癖的沉迷，在蒙太奇的非理性组合之后，诗歌焕发着特殊的质感，"我吞下了整个星空／闪烁的苍穹／钻石与钻石亲吻的光芒／／深邃的记忆／遥远的嘴唇／杏花开放／鹤望兰绿色的翅膀／／船，靠近每一座房子／场景漂移／树枝在水上／／辨别灯的方向／找到窗，记忆中的软件／然后定位床的坐标／羽毛落下的海洋／／乌云压向大地／压向伤口／山茶花，在田埂的末端／突围"。这些诗句不停变换视觉的方向，总是在即将定格时又轻松的逃走，"星空""钻石""嘴唇""树枝""杏花""鹤望兰""船""床""软件""山茶花"……活动起来，不停流转。还有《家中的荷花》，在玄想中仿若一位来自洪荒的旅客，"从远古的河岸／走进一块墓碑／在石崖的盛开里／走向佛祖的坐骑／／你鼓鼓的行囊装满沧桑／像茶马古道／渗出岁月的盐／风沙早已／溶进书里"，忽而笔锋一转，历史的触感烟消云散，佛性的氛围是最终的点睛之笔，"一片想象的池塘／蛙鸣 萤影／飘在水上／当马嘶声从你的耳边呼啸而过／／摇曳生姿的裙裾／挤兑夏日的月光／那时的莲／坚硬如心／坐在一堆慈悲中间"。很显然，语言并没有像一个画框限制住想象的延展，而是通过清新的词汇给了物象创造性的时间勾连，具有某种意与境谐的妙趣。

　　而对生活感性细节的捕捉，拓展了"物"的抒情维度。作为一个女诗人，梅尔对身体的感性直觉异常发达，味觉、触觉在追忆或想象的光影里形成通感。她写记忆中的《淮安小馄饨》，"运河的水让你温柔而透明／在与舌的亲密中／路过双唇与牙齿／那是被你俘虏的门／一扇性感，一扇坚固""筷子那么一卷／你的灵魂就穿上了飘逸的外衣／飞驰的手传达的快感／完全不同于你在口中／的销魂"。还有性别化的身体语言，"绿色的亚马逊在被褥上／你想象只要动弹一下／就要让辛苦的雕塑家崩溃／你是你自己的主人／你挣扎说／别给我加上盖头／我的鼻梁很挺拔／一座雕像在黑暗中思想／暴风雨来临的时候／是甜蜜的"，不过"我香软的身体印满了指纹／可是／我还没有找到进入自己的密码"（《十一月，春天》）。身体的感觉和景物互相渗透，性别的认知又连通着社会与个体。这不禁使我们想起本雅明用以甄别赝品的利器——Aura，一个在汉语里获得了数十种译法的术语，它的意思是灵氛，或"生命的气息"，这样的诗句每一行都散发着恬静的生机。

## 三、自然的韵律与朴素的诗心

"我怕打开波德莱尔的厌倦 / 打开诗人们的忧伤与绝望 / 一只猎犬一般积极的勃莱 / 舔着我被词语熏黑的伤口 // 不再惧怕失眠 / 原来每个词都可以宁静地带着光"（《凌晨四点的勃莱》），这是诗人与罗伯特·勃莱的对话。二战后这位美国"新超现实主义"诗人"受益于中国诗，尤其是隐藏深远的意境"[1]，诗风亲切纯然，清新质朴，与彼时主流的学院派诗歌迥异。同样，梅尔的诗歌也有着自然的韵律和朴素的诗心。"我"的行吟、"物"的情语，与自然整饬的诗韵形成错落有致的美感，近乎古典式的修辞手法透着乡愁的味道。"抒情主体在诗歌中的言说姿态与它自我形象的塑造策略及最终效果本身就具有美学价值，而抒情主体的美学价值更重要的体现在他 / 她（们）对作为其对象的诗歌客体的控制过程中，这些价值体现的差异性决定了诗歌经典性的强弱分层"[2]。在 20 世纪汉语诗歌的流变中，抒情主体在语言、精神、审美等层面不断嬗变，形成丰富多维的诗学景观。从移境到移情，从语言到意象，《十二背后》的韵律节奏自然简约，同那些赋予诗歌生命和灵魂的开阔联想一道构成精神原乡的审美格局。

诗人有着较为灵活的审美触觉和语言意识，在她将诗歌思维化为诗行的过

---

①赵毅衡：《诗神远游——中国如何改变了美国现代诗》，第29页，上海：上海译文出版社，2003。

②傅元峰：《论当代汉诗抒情主体在诗美整饬中的作用——以杨键、蓝蓝、潘维的诗作为例》，《扬子江评论》2011年第4期。

程中，这两者体现出一种特殊的抒情方式。而她的诗歌有着较为质朴而集中的意象，但并不单一，也不受到任何技巧的阻碍，对意象的质地和音色的韵致时常给人惊喜。类似如"我在你青花瓷般的手势里／读懂了乡愁"（《双河溶洞》），再如"这汹涌的麦地，蓝得／深过我的眼睛／波罗的海，犁开原始的森林／让我胸口的土地／变成琥珀的乡愁"（《摇晃的森林》），颇有庄周逍遥游那般恣肆的想象力和审美魄力。而单纯耐读的诗句，总是能在十分简约明晰的三言两语中，表情达意。"忙碌的日子／坐在一片叶子上旅行／到山上去／与月亮／把酒对饮／／山路泛着微弱的星光／日落而息的大地内心温暖／虫鸣是这森林里唯一的歌唱／沉默／在数与树之间／变得甘甜"，"一些山坳子里装满了雾／就像初春的雪拒绝一只迫降的蜻蜓／沿着山脊继续飞吧／夜的深处／还有一户人家／可以收留／旅人的心"（《一次不能降落的经历》）。这种中国文人陶冶山水的传统使得语言的节奏非常自然，这里没有诡谲绮丽的辞藻，但却能让修饰语与中心词形成张力，在连缀和转换的衔接处，以诗人的情绪和对世界的认识作为纽带，呈现出一种令人欣慰的起承转合。在我看来，当代诗人的语言不是过于缠绕繁复，就是过于粗粝苍白，这两者都回避了一个根本性的问题，即如何用语言铺陈"诗"的质地。诗歌的本质就是词汇的重组，这种重组使得诗意的语言区别于普通话语，而当重组被赋予诗人的个人风格时，它反而成功涤除了组合的偶然性，无论这些词语如何在技艺的作用下脱胎换骨，被词语包裹之"物"，已经在诗的世界中被重造或复活。诗集中的大部分诗句和词语并未包藏将我们带往高远或虚无的抱负，质朴的语调，细腻的肌理，开阔又轻逸的感受，保持着荷尔德林在"自然"抒情诗人的诗作中看见的平和、平衡、清朗。[1]

《十二背后》同名的最后一辑是诗人美学与心路的落脚处，其中由 6 个段

---

[1][德]荷尔德林：《荷尔德林文集》，第205页，戴晖译，北京：商务印书馆，1999。

落所组成的《从今以后》，可以被看成是抒情主体存在方式与审美格局的集中呈现。这首诗歌在记忆与当下的不断闪回与闪现中，从旁观者的凝视状态到化为时间镌刻的亲历"自我"，从自身经验的执迷到超脱成为他者，视角的转换和情绪的张弛，使得这首诗歌的叙事和抒情浑然一体，或称之为诗歌的内宇宙和主体所处的外宇宙浑然一体。"从今以后，我是你马厩上的一根绳子／为了剃度甘草的香味／我整夜守着那些星星／等候你月光下的脚步声"，没有杂质的直抒胸臆是梅尔习惯性的抒情手法，之后记忆开始不断闪现，性别化的身体隐私与蓬勃自然意识合二为一，"三十年前的雨在空中停留了一下／操场上是我光脚跑步的身影／万物光华沿着你的衣边滴下／双河，我晶莹的玉足射出的光芒／你在今夜都还给我了／我成长为你的女人你的妃子／用最好的年华住入你的宫殿／我在天幕上写下的／你在我的双乳间都已读到"。回忆是漫长的带有叙事性的陈述，行吟的旅程被一一回溯，有情的物象和带有隐喻系统的意向不断集中浮现，"西班牙漂来的鞋""宇宙黑洞""霍金""豹纹""草原""罗马""阿尔卑斯山""茜茜公主""莱蒙湖畔""维也纳""多瑙河""布达佩斯""北极熊""洛桑""蒙特勒""拜伦""城堡"……"我在赴约的路上走过的艰辛／已经小心地藏在石缝里了／包括耶路撒冷的伤心欲绝／和投向耶稣的咒骂与荆棘／我都洗成温和的月光给你"。当然，"如果不是为了躲避刀剑／我何必伪饰迷离的铁器"，遇见双河之后，诗人开始构造"我"的回忆，"我必须把谷场上遇到的阴影前移／才躲得过那截雷雨／紫色的桑椹染红了牙齿／我端坐树下，与螺螺对弈／你手握弹弓，拖着一根新鲜的树枝／从隔壁的树荫下走过／用眼睛的余光扫着这边的风景／蝉鸣啾啾，仿佛日头歌唱／当黄昏的炊烟袅袅升起／空气中弥漫着稻草的馨香／狗儿们结束了追逐的狂吠／我回到红薯的心中／看你家的月光一寸一寸／漫过草垛，少年的面庞"，语流的节奏随着圆润的昨日复现变得舒缓起来，少年是属于自然的记忆。诗篇的构成中第一、二、四节舒缓，三、五、六节急切，形成了非格律的韵致。最末返回第一节的祈祷，"我融化在石头里，像上帝承诺的 / 归于尘土 / 归于虚无的时间"。

这便是《十二背后》抒情主体的模样。梅尔17岁接触诗歌，18岁开始创作，诗心始终是谦卑的，预示着主体间性的无数种可能。她的诗中贯穿了一个在物我合一中坚守归宿的抒情主体，这个主体的嬗变和吟咏的语调，并没有随着意象和修辞的变化而凌乱不堪，这与她诗歌叙事关键词和修饰状语之间的连接或对冲是一致的，它们都有着主观意图，有对整体性的高度认知。在一个无限解构的年代里，我们并不缺少佳作，而是缺少从一而终的诗人，太多的歌咏者在不同诗歌中变换着异质性的表情。梅尔的主体修养、文化感知、审美格调，在一种生存状态中被固形，她每一次诗歌历程的完成，都是对主体经验的重新点燃。不过，也许打破主体的僵化，在动与静之间获得平衡，是梅尔诗歌提升的一个路径，流动的主体也许能带着文本经历另一番冒险，从而探索出更加多姿的表达，挖掘生命里未曾开掘的美学原质，一如她那幅自画像的样子，"学学那头波西米亚的狮子 / 今天开始，做一个诗人 / 做一些你以为荒唐的事 / 无需解释"（《中秋·自画像》）。

（2019年第5期）

# "进城叙事"的范式突围

## ——评付秀莹长篇小说《他乡》

周　鹏

中国乡土小说自肇始至今，一直存在"在乡叙事"与"进城叙事"两个传统。自20世纪90年代以来，在工业化和城市化力量的助推下，中国开始了一场"从乡土中国到城乡中国"[①]的"山乡巨变"，基于此，大规模的农村人口进城务工现象为当代乡土文学提供了丰饶的写作资源，这让原先居于"亚主流"[②]地位的"进城叙事"开始由边缘走向中心，渐次成长到可能取代"在乡叙事"的主流地位。

事实上，当代乡土小说中的进城叙事一脉也是自有其原点的，"就中国乡土小说自身的发展逻辑而言，世纪之交中国乡土小说对'农民进城'的书写不是骤然产生和突变的结果，而是始自'五四'的中国现代乡土小说之同类叙事在世纪之交的历史延伸和变异"[③]。绵亘百年的乡土小说进城叙事传统在发展历程中也逐渐形成了三种渐趋固化的叙述范式，这表现在，首先，在叙事的价

---

① 刘守英、王一鸽：《从乡土中国到城乡中国——中国转型的乡村变迁视角》，《管理世界》2018年第10期。

② 徐德明：《"乡下人进城"的文学叙述》，《文学评论》2005年第1期。

③ 丁帆：《中国乡土小说的世纪转型研究》，第32页，北京：人民文学出版社，2013。

值观念中，进城叙事刻意强调进城群体的"城市异乡人"身份的两难困境；其次，在叙事的价值情感上，进城叙事着重放大二元对立前提下的城乡矛盾冲突；最后，进城叙事的对象聚焦于进城者群体形象的单一向度。这三种模式在 20 世纪 90 年代至今的进城叙事作品中的运用尤甚，但是叙事模式的固化也造成了进城叙事作品主题先行与文本同质化现象。

《他乡》是作家付秀莹以三年之力继《陌上》之后推出的又一长篇力作，它无疑可以被视为在上述进城叙事型乡土小说主潮中涌现的极具代表性的创作实绩之一。文本分为上下两篇，叙述了来自芳村的女孩翟小梨，通过高考进入城市，并与来自省城的男友相识相知，满载着对城市生活的美好期待而开始的在省城的生活故事。婚姻并没有带来预期的幸福，当婚姻的琐碎与家庭的矛盾暴露后，她通过考研进入北京。在京期间，她与老管、郑大官人等一众人物在偶然中产生了复杂的关系，并最终凭借自己的坚韧与执着实现了与现实的和解以及身份的跃升。

在《他乡》中，作家将书写的场域从乡土中国平行位移到城乡中国。这不仅是付秀莹文学创作领地的一次及时扩展，同时也是中国乡土小说在中国现代化进程的关键 20 年后所进行的一次文学回望。作品尽管将叙述聚焦在翟小梨的个人进城与奋斗史上，但是其经历却隐喻着这一群体在中国现代化加速期的漂泊、成长以及蜕变的时代记忆。与此同时，在翟小梨的成长历程中，也投射出中国城市化变迁中的时代符号与记忆。

从故事取材、主旨意蕴的代际递嬗谱系上来审视，《他乡》作者对芳村之子翟小梨进城经历的有针对性的摹写开掘，无疑是对于中国乡土小说进城叙事传统的接续。难能可贵的是，力图在创作上求新求变的作家，在薪传进城叙事既有创作经验的同时，又在其文本中努力做到了对这种几近固化的传统叙事范式的突围：首先付秀莹通过翟小梨进城后对于乡村与城市观念的变化，颠覆了"城市异乡者"身份认同的困局，促成了进城者从客到主的身份认同；其次，以城乡的风景画摹写设置文化隐喻，对进城叙事中城乡文明的二元对立实现了微观且客观的置换；最后，付秀莹以翟小梨为中心，建构起人物群像图谱，并在此基础上多维度透视人性的弱点。在翟小梨的无奈与慨叹、奋斗与不屈、执着与前行中，付秀莹实现了将"他乡"熔铸为"吾乡"的精神进城史的文学书写，从而实现了进城叙事这一百年传统的新变。

# 一、"双重边缘人"的身份重塑

"20 世纪 90 年代开始，中国乡土小说所面临的最大困惑，就是急遽转型中的乡土中国溢出了乡土作家们既有的'乡土经验'模式，曾经熟悉的乡村变得陌生起来。"[①] 当乡土中国的转型付诸乡土小说作家群体的创作实践，就熔铸为在乡叙事的去乡村化表现模式，进城叙事则聚焦在城市异乡者群体的身份认同与文化认同的困惑上。就进城叙事而言，这种困惑最明显的表现即是对进城者群体城市异乡者身份的认知与评判。在这一叙事范式的指引下，进城者群体被塑造为城市与乡村的"双重边缘人"。然而，这一范式所塑造的进城者形象，与其说是对 20 世纪 90 年代至今仍在进行中的大规模进城农民群体时代境遇的文学化再现，毋宁说是广大作家对进城者群体生活经验匮乏之后的一种想象与臆造。在这一范式的规约下，进城群体既是乡村苦难的承受者，也是城市歧视的受害者，城市异乡者最终被塑造为"双重边缘人"，他们在走向时代"共名"的过程中逐渐成为了具有符码意味的指代，也造成了进城叙事中进城者形象塑造陷入模式化的窘境。因此，如何弥合进城叙事中进城者群体的"城—乡"身份认同差异，抟塑出兼具人性温度与时代高度的进城者形象，就成了进城叙事无法回避的问题。因为无论是对进城者农裔身份的原罪设定，抑或是对城市

①丁帆：《中国乡土小说的世纪转型研究》，第1页。

身份求之不得后的极端化行为书写，都预设了进城者群体"双重边缘人"的时代必然性。

事实上，风起青萍，早有端倪。进城叙事中城市异乡者的"双重边缘人"身份塑造模式有着共时性的参照与历时性的传承。就共时性而言，进城叙事中的人物无疑是"在乡叙事"中面临生存困境的在乡农民群体的空间位移，如果我们回溯乡土小说中的青年形象就可以发现，以小二黑（《小二黑结婚》）、梁生宝（《创业史》）、孙少安（《平凡的世界》）、黑亮（《极花》）为代表的乡村青年的在乡境遇，恰恰对应了中国乡土社会逐渐走向衰落的过程，正因如此，改革阵痛期的乡村人物被植入城市后仍然背负着前者所承担的乡村之"痛"。就历时性而言，在现代文学阶段，无论是鲁迅《阿Q正传》中的阿Q、王统照《山雨》中的朱大傻，抑或是王鲁彦《李妈》中的李妈、叶紫《杨七公公过年》中的杨七公公，进城者一直以破产者与被压迫者的形象被建构于进城叙事作品中；新时期以来，高加林（路遥《人生》）、冯家昌（李佩甫《城的灯》）、蚂蚁（肖江虹《喊魂》）、涂自强（方方《涂自强的个人悲伤》）、刘高兴（贾平凹《高兴》）、汪长尺（东西《篡改的命》）、陈元（陈仓《地下三尺》）等进城叙事作品中前赴后继的进城者，始终踟蹰在城市的边缘。尽管两个时代的背景悬殊，人物各异，但是接续百年的进城叙事中进城者群体的"双重边缘人"身份预设，却有着突破时间与空间的呼应。

"城市异乡者"的身份尴尬，无疑成为了付秀莹突破百年进城叙事传统的切入点。小说以"他乡"为题，显然潜隐着付秀莹的良苦用心。作为一个常见词，"他乡"无疑暗藏着翟小梨之于城市的外来者身份属性。就空间维度而言，乡村就是原乡的隐喻，城市则是他乡的化名。因此，出生于乡村蜕变于城市的翟小梨，无疑也暗含着成为"双重边缘人"的可能性。通览全篇，我们可以发现，付秀莹显然对此有着深刻的认识，因此，她通过对翟小梨农裔身份的审视，以及对翟小梨和城市关系的发掘，实现了对传统进城者"双重边缘人"身份的颠覆。

首先，对农裔身份的重新审视是突破边缘人身份的基础，付秀莹曾坦言："我的根脉在芳村，芳村是我的精神故园，是我血脉的源头，是我的精神根据地。"① 因此，重新审视进城者对于自身农裔身份的态度无疑是找寻进城者人性温度的起点。在过往的进城叙事中，一众作家始终将进城者的农裔身份作为造成这一群体时代悲剧的"原罪"。在《涂自强的个人悲伤》中，涂自强把"从未松懈，却从未得到"的苦难归咎于自己的农裔出身；在《高兴》中，主人公刘哈娃将名字改为高兴，即是为了名与实的分离，从而与乡村决裂向城市迈进；在《篡改的命》中汪长尺为了让儿子摆脱乡村的血缘，竟然将儿子送给了居于城市的仇人，从而希望以斩断血缘的方式换取下一代地缘身份的转移。在众多作家的观念中，尽管乡村是"地之子"们的精神原乡，但是残留的文化土壤却导致了他们进城后文化身份的水土不服，因此，将自己所遭遇的困境归咎于农裔身份亦在情理之中。但是这一观念却会导致进城者们文化根脉的断裂，进而导致其文化人格的残缺。虽然说《他乡》作为进城叙事作品，对于乡村的书写体量远不及《陌上》，但是"'芳村'也作为一个坚硬的背景，在遥远的乡土上默默伫立，暗中相助"② 具体而言，芳村的"暗中相助"直接落实为翟小梨对自己农裔身份的审视。在《他乡》中，翟小梨作为乡村之子对于乡村的观念凝结为"感恩"与"报恩"。为了帮助翟小梨上大学，贵叔将寄托着全家希望的买牛钱全部借给小梨作为学费，这无疑使翟小梨的进城之路获得了最初的物质保障；在乡村突发洪水时，邻村的大姨将翟小梨和母亲以及姥姥接到家中暂住；当翟小梨和章幼通无法照顾女儿时，同样也是芳村的二姐接纳了农裔的第三代，并让孩子健康成长。因此，在翟小梨的记忆中，亲情"是跟夏夜，跟

---

① 舒晋瑜：《付秀莹：〈陌上〉吐露乡土中国的隐秘心事》，《中华读书报》2016年12月7日。
② 付秀莹：《历史视野下的脱贫攻坚与新农村书写》，《文艺报》2020年1月3日。

睡眠，跟母爱，跟故乡，连在一起的"①，而来自故乡的支持让翟小梨对于乡村满怀感恩之情。正因为对农裔身份的感恩，作为进城者代表的翟小梨才能够获得出发的原点与回归的支点。紧随其后，当其获得了能够回馈乡村的能力后，翟小梨则以"报恩"的心态反哺亲人与师友。在作品中翟小梨多次强调"性格即命运"②和"宿命"③与自己生活以及事业发展的关系，这种性格归根结底正是源自农裔家庭以及生活经历所赋予她的善良天性在其进城后所起到的潜移默化的作用。在一众进城者们期冀着以"拔根"的方式实现阶层跃进时，付秀莹却反其意而行，以"扎根"的姿态为进城者预留了回归乡土的可能性。

如果说，对农裔身份的认可与回归消弭了城市异乡者的后顾之忧，那么如何处理进城者之于城市的态度，则是弥合城市异乡者群体文化身份困境的关键。因为，进城者之于城市的态度是决定这一群体能否融入城市的前提。在论及进城者与城市的关系时，一众作家显然持有高度一致的观点：在《金谷银山》中，关仁山以"水油论"喻之，在《平原客》中，李佩甫以"主客论"喻之，在《涂自强的个人悲伤》中，方方以"原罪论"喻之，在《上海反光》中，陈仓以"塑料论"喻之……由此观之，广大作家在潜意识中始终隐伏着对城市文明的心理防御机制。追本溯源，巴尔扎克对这一问题根源的摹写可谓切中肯綮。在《高老头》中，外省人拉斯蒂涅在历经磨难并最终埋葬高老头之后，面对着繁华的巴黎，他发出了对城市的宣言："现在咱们俩来拼一拼吧。"④而21世纪以来进城叙事中主人公之于城市的态度亦概莫能外。这种极端对立的心态在贾平凹的论述中更加直白，因为他"仍有严重的农民意识，即内心深处厌恶城市，仇恨城市"⑤。相形之下，翟小梨始终是以主人翁的积极心态试图去融入城市，

①②③付秀莹：《他乡》，第51、46、44页，北京：北京十月文艺出版社，2019。

④[法]巴尔扎克：《人间喜剧》第5卷，第285页，傅雷译，北京：人民文学出版社，1994。

⑤贾平凹：《高兴》，第358页，北京：人民文学出版社，2008。

而非对抗，尽管初入城市后自己始终是"一个局外人。一个例外。一个异类"①，但在她的观念中，"一个乡下女孩所能做的，不过是试着用手里那支笔，为自己杀出一条血路"②，而这条路无疑就是教育所提供的机会。翟小梨正是通过代表城市文明的教育实现了融入城市的目标。通过高考，翟小梨从县城来到了S市，紧随其后通过自考成为了S市的教师。随后又通过考研留京工作并成为作家，帮助丈夫以及女儿获得了从S市跃升到北京的机会，正因为教育的帮助最终促成了翟小梨与城市始终处于一种良性关系的循环中。在家庭内部，当面对章幼通父母隐含着城市优越感的刁难以及其姐姐自始至终的冷漠时，翟小梨始终保持谦忍；在进入报社后面对万副总的咄咄相逼时，翟小梨仍报以宽容。最终，翟小梨在历经老管、郑大官人等来自城市的精神指引与生活启示后成为了"新北京人"，付秀莹也完成了对进城者群体城市异乡者身份认同困境的重塑。

## 二、城乡风景隐喻的文化对立

"城市是乡土中国对'现代'的想象来源，甚至承载着关于'现代'的全部认知，传统到现代社会的转换，在多数国人的意识里被简化成了从乡村到城市的路程。"③正因如此，在传统的思维模式中，城乡的关系显然是对立的存在，而非和谐的统一，这种观念也被广大乡土小说作家认同并付诸文学实践。现代文学阶段的进城书写建构在半殖民地半封建社会的时代背景下，因此作为乡村的代表，《阿Q正传》《子夜》《山雨》《杨七公公过年》等作品中进城者的命运，最终会被城市所毁灭或者异化；在"十七年"文学阶段的进城叙事中，乡村是国家建设的主战场，城市成为了需要警惕的危险地带，因此作为另类的

①②付秀莹：《他乡》，第53、18页。
③谢有顺：《有喜剧精神的悲剧——读东西的〈篡改的命〉》，《当代作家评论》2016年第1期。

进城叙事范本，《我们夫妇之间》《霓虹灯下的哨兵》等作品中，进城干部与进城战士最需练就的本领就是抵御来自城市的诱惑。20 世纪 90 年代以降，这一阶段的进城叙事作品往往以贪多务得的姿态，意图以有限的篇幅承载尽可能多的信息，包括《九月还乡》《奔跑的火光》《民工》《瓦城上空的麦田》等作品，往往会通过进城者的经历，钩沉出城乡二元对立所造成的就业压力、教育不公、阶层固化等诸多社会问题，但结果往往是舍本逐末。甚至于在余华的《第七天》中，已经等候投胎的亡灵还要控诉生前在城市所遭受的种种不公。城市的形象不但被逐渐异化，甚至被妖魔化，进而形成了进城叙事作品的"城市恐惧症"与"苦难依赖症"。①

在进城者群体控诉的过程中，进城者群体始终是以受害者的姿态出现。展现进城者群体的时代境遇本来无可厚非，但是，在连篇累牍的苦难控诉之余，众多作品往往陷入模式化的窠臼：贫穷导致农民进城——诱惑导致进城者堕落或者被挤压导致犯罪——被迫走向毁灭。这种控诉式的书写模式显然陷入了一个逻辑上的悖论：既然代表现代化的城市滋生着罪恶，罪恶必将导致进城群体的堕落与毁灭，那为何进城群体的数量始终有增无减，城市化进程为何也与之同步？基于此，进城叙事重新审视城乡二元关系并将城乡矛盾以及城市形象实现客观再现，就成为了急需突破的第二个范式。

显而易见，付秀莹对这一问题的关注良有以也。"付秀莹好像更愿意写以小见大的小说。她的中短篇显示出这个特点，到长篇小说《陌上》，就愈加凸显了。这是一个作家的叙事习惯，也是一种小说笔法。"② 在她的第一部长篇小说《陌上》中，其聚焦的是华北平原上的处于有序运转中的芳村，这与当下乡土小说中所书写的处于崩溃中的乡村相比显然是一个异类。尽管这里的土地

---

① 雷鸣：《新世纪乡土小说的三大病症》，《文艺评论》2010年第6期。
② 程光炜：《心思细密的小说家——读付秀莹长篇小说〈陌上〉》，《中国当代文学研究》2019年第2期。

问题依然严峻，乡村传统伦理秩序问题亦多，但是付秀莹却始终坚持将这些粗粝直接的问题研磨打碎之后，发散到芳村日常生活的琐碎之中。她始终在规避文学乡村的问题集中呈现后，可能造成的乡怨与乡愁的山洪暴发式倾泻，原因无他，在付秀莹的观念中，当下中国乡村所面临的问题也是一个过渡期的必然，透过芳村有序的生活运转，我们甚至有理由相信，问题的解决与乡村回到正轨的必然性。故而，付秀莹剖析乡村的根本目的绝非是占领道德制高点后对于乡村"大而空"问题的凌空蹈虚，而是深入到生活的细节之处后对生活的问题进行"小而密"的穷尽其理。

而在《他乡》的书写中，对于如何凭借翟小梨进城后的生活经历透视"城—乡"之间的矛盾对立，进而多维度地勾勒与书写，付秀莹移植或者说贯彻了《陌上》的书写方法，即化大为小、化繁为简，透过对翟小梨所见、所感的城乡风景画的书写，将城乡关系的矛盾进行微观化呈现。

"风景画"是"进入乡土小说叙事空间的风景，它在被撷取被描绘中融入了创作主体的烙着地域文化的印痕的主观情愫"①。换言之，作为乡土小说审美特征之一的风景画在呈现地域特征之外，最重要的叙事价值则是风景背后所寄寓的作者的主观情愫。尽管《他乡》因远离芳村而导致了风景书写的相对缩减，但是我们在《他乡》有限的风景书写中仍窥探到了城乡的关系对立。翟小梨在被学生家长欺骗而失去工作后，伫立街头，此时，"绵绵细雨，从灰暗的天空中洒下，落在树木上，落在泥土里，萧萧飒飒，叫人不免生出无名的惆怅。街上的行人都步履匆匆，也不知道从哪里来，要到哪里去。几场秋风过后，树木几乎落尽了叶子，沉默地站立着"②。初看这处风景描写，似乎只是一种写实性的复现，但是当风景与此时翟小梨因欺骗而被迫辞职的处境相联系后，城

---

① 丁帆：《中国乡土小说史》，第21页，北京：北京大学出版社，2007。
② 付秀莹：《他乡》，第67页。

市的风景必然蕴含着多重的意蕴。首先，秋风、秋雨、秋叶都是中国古典文学中常用的"悲秋"意象，付秀莹用连绵的秋雨、萧瑟的秋风、飘零的秋叶等多个意象，从触觉、听觉、视觉三个维度建构起秋日城市的黄昏风景图。其次，此时的风景无疑暗喻着在城市的生存压力之下，翟小梨的茫然无措，同时传递出翟小梨无处话凄凉的心境，可谓"风表画语，景映心声"，在风景画的方寸之间透露出城市之于乡村的压力。

紧随其后，当翟小梨与章幼通的女儿出生后，翟小梨将女儿送到芳村的二姐家中。作为一名母亲，翟小梨此时的心情显然是复杂的，但是付秀莹却出人意料地插入了夏日农家的风景图："丝瓜架上开着黄的丝瓜花。在风里微微颤动着。西红柿也熟了，圆滚滚一个一个的，有的红了，有的红里面还透着隐隐的青。蝉声落满了院子，好像是盛大的辉煌的鸣唱，好像是金色的雨点在空中飘洒。"[1]

在夏日的农家里，花朵、果实、蝉鸣、雨滴的书写，暗喻着乡村对来自城市的新生命的接纳，以及农家的和谐安宁。但付秀莹显然不是要抒发思古怀远的悠情，因为在此之前，翟小梨希望章幼通的父母能够照顾孩子，但是以城市家庭关系自居的公婆却以"不用儿女养老"为由拒绝照顾孩子。正是在遭受了冷漠的城市家庭关系的拒斥后，热忱的乡村家庭敞开了怀抱，接纳了芳村的游子。因此，乡村夏日的和煦风景无疑和代表城市文明的冷漠家庭关系形成了巨大的反差。

在历经了工作的磨砺、学业的考验、家庭的纷扰后，翟小梨凭借考研进入北京，并获得了留在北京工作的机会，此时的翟小梨已经获得了北京的户口、工作，并最终成为了一名作家。至此，城乡关系的天平已经发生了新的倾斜，代表着乡村文明的翟小梨已经逐渐获得了主动权，故而风景画的样貌也发生了转变。此时北师大学院南路附近的风景已经成为了翟小梨云淡风轻的回忆，在

---

[1]付秀莹：《他乡》，第136页。

对学院路附近风景的类似长镜头似的特写中，促狭的宿舍楼记录了她曾经负担的城市赋予的孤独与苦涩；学院南路的十字路口见证了她往来校园与报社的忙碌，也见证了她在下班路上的莫名伤感；最终，来自烟酒店的一瓶北京二锅头为她带来了温暖与依靠。至此，通过翟小梨的见证，城市与乡村的二元对立在风景画的多维透视中得到了微观化呈现。

## 三、"进城者"形象的去"扁平化"

诚如本文在前两节所讨论的，无论是通过对翟小梨在乡以及进城经历的全方位摹写，以突破城市边缘人的身份认同困境，抑或是以风景画摹写实现城乡文化冲突的微观化处理，无疑都隐含着付秀莹全方位多维度透视新时代进城者时代境遇与风貌的努力。但是无须否认，文学始终是人学，在文学的追求中，其终极旨归仍然是对于人的生存境遇以及精神世界的终极拷问，甚至于升华为对于自我救赎的终极趋向。然而文学也存在其时代局限性，因为文学创作者对时代的认知往往会被现实的表象所拘囿。就进城叙事而言，尽管在传统的进城叙事中，众多作家对于底层的生存压力以及精神惶惑有着深入的省察与冷峻的摹写，但是无论是方方笔下的涂自强，抑或是东西笔下的汪长尺，这一众进城者的生活经历却充满了极端化与偶然性因素，进而导致了这一群体形象的"扁平化"，因此也造成了进城叙事文本对人物刻画的单一性与片面性，故而对进城者群体形象的多维度发掘也成为了一个亟待突破的问题。

在面对这一问题时，付秀莹的处理方式显然更加简单。具体而言，即是从人性的角度来审视翟小梨这一"中心人物"以及其所串联起的一众"卫星人物"，通过深入这一群体的生活细微之处，找寻人性的柔弱乃至幽暗之处，进而将城市异乡者形象的建构从极端化轨道复归人性正轨。

首先，我们可以通过分析文本的"中心人物"翟小梨管窥全豹。作为来自芳村的异乡者，她通过自己的努力与奋斗获得了作为北京人的户口、工作。从常规意义审视，此时翟小梨的丈夫章幼通无论在学历抑或工作以及社会地位上，都已经难以与之匹配。与此同时，两人也曾多次走向婚姻破裂的边缘。然而此时，翟小梨却出人意料地回归到章幼通的身边。但是我们通过付秀莹在细节处的安排，却能够感觉到翟小梨这一"意料之外，情理之中"行为的必然性。因为章幼通尽管始终对生活没有更高追求，对工作没有积极性，对复杂的人际关系难以适应，但是其对家庭的责任感却始终存在。与此同时，女儿作为翟小梨与章幼通的媒介，显然也对翟小梨的选择有着直接的影响。正因如此，我们可以看到此时的翟小梨是一个有血有肉的妻子与母亲形象，在面对生活的无奈时只能向现实妥协，人性的优柔也被呈现出来。

与此同时，与"中心人物"相对应的则是《他乡》中由翟小梨串联起的众多"卫星人物"。作为翟小梨的公公，章大谋是一名知识分子，由其年龄推测他显然是同时代人中的佼佼者。但是他的冷漠、刻薄、自私、虚伪，在与自己儿女的相处中暴露无遗。如果单纯从章大谋的语言以及行为分析，只能将他归结为一个小市民形象，但是当我们将他的人生轨迹串联后，又将对其报以同情。作为一名曾经家世显赫的富家子弟，其当年被北大中文系录取，却因为特殊年代的动荡而未能如愿。当这一切打击加诸于章大谋的生活后，显然并没有促成其随遇而安的性格，反而激发出其人性中各种负面因素，甚至将这种负面因素带入到其家庭关系中。相较于章大谋，来自上海的老管显然获得了世俗意义上的"成功"。尽管在众人面前的老管始终维持着精致、高端的良好形象，但是在夜深人静时，面对翟小梨时，他则会卸下心理的防备，哭诉自己的不易与孤独，换言之，老管所暴露的是人性的脆弱。如果说老管是成功人士，那么郑大官人则处于京城权利链的顶端，正是这样一个人物始终兼具着正派、谦逊、干净的特质，同时家庭美满、事业有成，始终以神秘的形象出现；但是当他对翟小梨产生好感后，却始终无法正视自己内心的想法，究其原因，并非道德的自我约束，而是因为其身份的束缚，其人性中的怯懦表露无遗。尽管对翟小梨以及相关人物人性"侧面"的开掘更大程度上暴露的是这一群体的负面形象，但是相较于传统进城叙事中对于人物形象的"扁平化"处理，付秀莹的突破显然也是具有其文学价值的。

杨庆祥在评论《他乡》时曾指出，作为"70后"作家中书写乡土的少数派，如果付秀莹的创作周期提前到20世纪80年代，其作品的影响力将会远超当下。[①] 其对于付秀莹创作的评价可谓正中鹄的，绝无溢美之嫌。事实上，乡土小说的进城叙事传统已延续百年，而在20世纪90年代进入爆发期，及至当下，仍具有蓬勃的生命力。《他乡》作为付秀莹潜心淬炼三年的力作，已经实现了这一延续百年传统的时代新变。无论是翟小梨之于传统进城者极端化形象的矫正，还是对传统进城叙事中城乡关系的对立模式的微观化处理，抑或是对于传统进城叙事中所潜隐偏执性的叙事情感的熨平，无不彰显着《他乡》之于中国乡土小说进城叙事这一百年传统的里程碑式的意义。尽管对于仅有两部长篇小说付梓的付秀莹进行全面评价是不全面也是不公平的，但是我仍然对其感知时代的敏锐性、透视生活的睿智性、客观处理转型期城乡矛盾的包容性，有着难以抑制的惊喜。我们期待着这位"70后"作家中书写乡土的"少数派"，能够在《陌上》与《他乡》之后为当代中国乡土小说的书写提供更多的思路。

（2020年第2期）

---

① 杨庆祥：《陌上相逢谁家女——由〈陌上〉兼及"乡土叙事"》，《小说评论》2019年第3期。

# 铁凝小说："第三态"的凝视

邱 田

"文学应当有力量惊醒生命的生机，弹拨沉睡在我们胸中尚未响起的琴弦；文学更应当有勇气凸显其照亮生命，敲打心扉，呵护美善，勘探世界的本分。"[①] 自短篇小说《会飞的镰刀》算起，铁凝的文学生涯已超过 40 载，从纯真到成熟，文学始终是她点亮人生、滋养心灵的生命源泉，她关注社会变迁却又总能逃离时代的罗网。铁凝不易被归类，更难以用理论准确阐释，女性主义与伦理叙事、抒情传统和革命叙事、日常叙事与启蒙叙事、仁义叙事和苦难叙事，关于铁凝的研究不一而足。穿过粉红的玫瑰门，绕过蘑菇似的麦秸垛，透过朦胧的大浴女，看过笨花诡谲波澜的历史，我们试图拨开重重迷雾，以期看到铁凝更真切的文学面貌。

一

铁凝研究者中的男性批评家往往不愿将其归入女性主义的范畴，有学者说不会称铁凝为"著名女作家"，因为"小说中的人性问题、伦理问题是超越性

---

①铁凝：《自序》，《飞行酿酒师》，第2页，北京：人民文学出版社，2017。

别的"①，也有论者直言"当我准备阐释铁凝的小说时，请给我不谈女性主义的自由"②。有趣之处在于，女作家一旦被打上性别烙印，被归入"女性主义"的范畴，似乎就只能在一个特定的、局限的范围内被评价，丧失了角逐文学最高点的资格，这或许便是研究者不愿将铁凝归为女性作家的缘故。与具有鲜明女性写作特质的作家相比，如20世纪90年代的林白、陈染，或追溯至20世纪40年代的苏青、张爱玲，铁凝并未表现出强烈的女性主义特征。男女情爱并非铁凝书写的主体，她也从未采取性别对立的写作姿态。然而在戴锦华看来，"由于铁凝的温婉、从容与成熟，她是当代文坛女性中绝少被人'赞誉'或'指斥'为'女性主义'的作家；但她的作品序列，尤其是80年代末至今的作品，却比其他女作家更具鲜明的女性写作特征，更为深刻、内在地成为对女性命运的质询、探索"③。或许应当调整的是研究者的固有观念。我们需要追问的是：女性写作是否只有我们所熟悉的几种类型？女性写作是否必须符合现有的理论框架？当我们从心灵价值、叙事伦理和文学传统中去探索铁凝的价值时，女性身份是否应当被忽略？

成长于共和国的铁凝自有其国族观念，由冀北平原走出的铁凝亦有其秉持的价值持守，作为女性的铁凝自然有性别带来的独特体验，但这种体验与其说是承接女性文学传统，毋宁说是女性在社会生活中的自然生发。铁凝自称对女性主义"一直比较淡漠"，但她敏锐地指出"超越性别"其实不仅针对女性，男性作家也同样需要。④铁凝创作所呈现的是一种既非完全男性化，亦非全盘女性化的，带有某种超越性的思维。这种介于两者之间的"第三态"的视角，使得她首先关注人所共有的命运或生态，在探究过程中又呈现出女性对自身的

①④铁凝、王尧：《文学应当有捍卫人类精神健康和内心真正高贵的能力》，《当代作家评论》2003年第6期。

②谢有顺：《铁凝小说的叙事伦理》，《当代作家评论》2003年第6期。

③戴锦华：《铁凝：痛楚的玫瑰门》，《涉渡之舟：新时期中国女性写作与女性文化》，第261—262页，北京：北京大学出版社，2007。

质询和思考。借由这"第三态"的凝视，我们或许能发现铁凝对于女性写作的超越，亦能够看到在历史叙事下隐伏的女性身影。

铁凝热衷于解读"思想的表情"，重视"关系"在小说中的意义，她在文本中通过"建设性的模糊"来表达关系的意义，此类关系叙事的研究似乎仍未得到充分探索。此外，在铁凝的创作中存在一种重复书写的特点，这一面向或被忽略，或被质询，其建构的匠心与隐含的意义往往被忽略了。我们在"第三态"的视角下解读铁凝在关系叙事方面的特色，探讨复调书写之下的衍生和回旋，既希望能借此梳理铁凝40年来创作的脉络，同时也希望找寻铁凝在中国女性文学史和当代文学史谱系当中的位置。

## 二

好小说并非只是讲一个故事，"好的文学让我们体恤时光，开掘生命之生机"①。在狄尔泰的生命哲学观中，体验、表达和理解是精神哲学的认识论基础，三者之间构成一种特有的网络关系。在文学中，关系是表达体验的重要一环，体验并非经验，关系不是天然存在而是后天培育的。借由关系叙事，作者能够表达出人与人、人与物、人与自然、人与社会、人与历史等的多重关系，向内写心可以质询人与自我的关系，向外写物则可以探索人与天地万物的关系。关系叙事的表达模式与符号体系传递出作者的某种生命体验，对于关系叙事的建构实际也是作者人生观、世界观的呈现。

铁凝小说注重人物的培育，她深知"好的小说提供的是过程而不是结果，对'关系'的不断探究和发现，可能会有益于这过程本身的结实和可靠"②。

---

① 铁凝：《自序》，《飞行酿酒师》，第1页。
② 铁凝：《"关系"一词在小说中——在苏州大学'小说家讲坛'上的讲演》，《当代作家评论》2003年第6期。

通过梳理文本可以观察到，铁凝小说中对于女性关系的探究兴趣远远大于对两性关系的书写。除了《无雨之城》等较少数作品，爱情甚至很难成为铁凝创作的主题。从早期的《哦，香雪》《没有纽扣的红衬衫》，到经典长篇《玫瑰门》《大浴女》，铁凝对女性关系的探究由表及内，由浅入深，构建出一个精细缜密的女性世界，在一段段复杂又暧昧的关系中，塑造出一个个无法简单归类的自我，表达了女性最幽微、最隐秘的生命体验。值得注意的是，除了不以两性关系作为书写主体，铁凝对女性关系的关注点也颇具独到之处。与其他女性关系叙事有所不同，铁凝的视角集中于一些以往常被忽略，让人觉得不具备戏剧性、冲突性的女性关系。譬如许多小说所关注的婆媳对立、情敌相争的关系就为铁凝所不取，与之相比，她更在意具备血缘联系的几代女性之间的关系。《玫瑰门》中的祖孙关系、母女关系，《大浴女》中的母女关系、姊妹关系，《笨花》中的继母女关系和同龄人关系，这些才是铁凝关系叙事的着力点。在建构女性关系时，铁凝更善于发掘女性之间爱与怨、羡与妒、依恋与厌弃并存的复杂关系，例如《玫瑰门》中苏眉对司猗纹的怨怼和怜惜纠缠在一起，《大浴女》里尹小跳对章妩的厌恶和呵护此消彼长，《永远有多远》中白大省对西单小六既羡慕又嫉妒的情愫。

铁凝深知存在张力的关系同时也存在魅力，她通过培育经典人物塑造兼具挑战与诱惑的关系，进而建筑起一个充满生命力量的文学世界。铁凝小说中有三类颇为经典的人物形象，一是司猗纹式的恶妇、疯妇形象；二是大芝娘、大模糊婶式的地母形象；三是章妩、庄晨式漫不经心的妻子和心不在焉的母亲形象。借由这些人物，铁凝构建了具有独特性甚至颠覆性的女性关系，这些关系镜像里映衬出的则是现代女性难以归类的自我。

司猗纹式的女性并非铁凝首创。《简·爱》里被罗切斯特禁锢于阁楼上的疯癫妻子，早已成为女性主义经典名著《阁楼上的疯女人》的分析样本，《金锁记》中被黄金枷锁锁住一生的七巧疯狂、扭曲乃至变态，铁凝不避重复仍敢于塑造这样的疯女人，其底气来自司猗纹的真实性、时代性与独特性。在20世纪启蒙与革命的呼声中，司猗纹展现了极具抗争性、富有蓬勃生命力的一生。18岁时以献身爱情的方式抗争封建礼教，婚后以千里寻夫的行动表达身体欲望，被丈夫抛弃又染上性病后通过引诱公公羞辱夫家，解放后"站出来"努力寻求工作的可能，在半百高龄时响应婚姻自由的时代号召而决意离婚……如果改换一种叙事方式，司猗纹摇身一变即可成为投身革命、反抗封建道德的新女性，幸好铁凝选择用日常性而非传奇性塑造她的人物。没有人知道《金锁记》中的七巧如果活到解放后会怎样，司猗纹讲述的就是那未完的故事。作为高门大宅里养尊处优的少奶奶，她们的故事很难进入革命叙事的视野，既不是亟待启蒙的劳动妇女，又不是需要解救的风尘女子，"太太"或"少奶奶"的称呼陈旧而落伍，映衬出她们在新社会中的尴尬地位。司猗纹恰似遭遇解放的七巧，她拼命地想要抓住时代的机遇"站出来"，然而每一次的"站出来"都以失败告终，"从前是一个家庭妇女，现在仍然是一个妇女在家庭中；从前是一个单个儿，现在还是单个儿一个"①。这种渴望融入集体而被社会认可的热切令人吃惊，凭借铁凝的塑造，一个被历史忽略甚至遗忘的女性群体再次浮出历史地表。通过对通常温情脉脉的祖孙关系的改写，铁凝续写了女性"完不了"的故事。当司猗纹为眉眉梳妆时，她们从镜像中看到了彼此生命的重叠与延续，司猗纹因此接纳了眉眉，孙女却因相像而想要逃离。司猗纹和眉眉之间从排斥到接纳，既亲近又抗拒的关系实则体现了女性在历史中找寻自我、接受自我的过程。②

与深宅大院里的司猗纹相比，《麦秸垛》中的大芝娘，《青草垛》里的大模糊婶无疑属于另一个阶级，类似"地母"的形象，天然带有一种与土地相连

---

① 铁凝：《玫瑰门》，第55页，北京：人民文学出版社，2006。
② 铁凝：《玫瑰门》，第373—375页。

的从容与宽厚。如果说铁凝对于司猗纹、眉眉的关系叙事着意于女性与自我的对话，那么对于大芝娘、大模糊婶的塑造则致力于探究传统女性与现代女性的关系，在探究中展开对女性命运的追问。戴锦华认为铁凝在创作中"屡屡表达了对'原始母亲状态'的迷恋"，她笔下的"地母"无不拥有硕大的乳房，从大芝娘到大模糊婶，从姨婆到竹西概莫能外。[1] 然而铁凝却并未将"地母"塑造成慈爱而无所不能的女性，"原始母亲"的命运并未因她们的善良宽厚而得到福报。或因被弃，或因丧偶，大芝娘与大模糊婶都未获得婚姻中应当有的温情，二人又因丧子陷入了家破人亡、孑然一身的境遇，只能把满腔的爱投射到其他孩子的身上。《麦秸垛》中大芝娘"斜大襟衣褂子兜住口袋似的一双肥奶"[2]，而《青草垛》中大模糊婶则是"大布袋奶"，"奶个儿大，可嚼起来空洞"[3]。"原始母亲"的"大奶"从肥硕丰盈到干瘪空洞，象征着传统女性命运的式微。但认清命运并不代表否定价值，"地母"在新时期变身为《永远有多远》中的白大省，谐音"白大婶"。善良的白大省身上有着"原始母亲"的所有优点，乐于奉献，不懂索取的她在现代社会中仍然保留着农耕文明的淳朴，却无法避免走上大芝娘、大模糊婶的老路。铁凝既不否定"原始母亲"的善与力，也不回避她们遭遇的苦与痛，这些创造于不同年代的颇具传统意蕴的女性无意中构成了一种穿越时空的互文与对话。同时，有别于20世纪文学中常见的乡村女性与都市女性二元对立的叙事模式，铁凝改写了启蒙语境下乡村女性愚昧无知的固有印象，都市女性与乡村女性之间的关系不再是二元对立的，也不再是完全阻隔的；与"原始母亲"在悲剧命运中仍然葆有的生命力相比，都市知识女性显得更为脆弱与无助。

---

①戴锦华：《铁凝：痛楚的玫瑰门》，《涉渡之舟：新时期中国女性写作与女性文化》，第248—249页。

②铁凝：《麦秸垛》，《青草垛》，第146页，重庆：重庆出版社，2012。

③铁凝：《青草垛》，《青草垛》，第11页。

漫不经心的妻子和心不在焉的母亲是铁凝笔下独具特色的人物，作者通过勾勒这类女性的内心世界折射出了女性在家庭、社会中所面临的情感与现实的双重困境。为人妻、为人母所担负的重荷使得女性丧失了自我。章妩是铁凝作品关系叙事中不可缺少的一环，从来没有一个人物在铁凝小说中如此重要又如此不重要。作为妻子，她背叛了丈夫；作为母亲，她忽视了孩子。仅仅为了稍稍舒适一点的生活，她便放纵欲望勾引未婚的男医生，在情感的麻醉下对两个女儿的日常物质需求和精神需求视而不见。放置在其他的文学文本中，章妩可以是被人唾弃的放荡女子，也可以是充满心机的坏女人，但在铁凝笔下没有道德批判，没有打入另册，章妩像生活中邻家的阿姨，那样平实又那样家常。与唐医生的偷情对章妩而言与其说是利用，不如说是沉溺，她并未有太多的愧疚，更多的是享受恋爱般的快乐。当章妩出发去幽会的时候，"她就像一根点亮的蜡烛那样热烈起来精神起来而通体放光"。这美丽动人的时刻更衬托出平日里作为丈夫的妻子、孩子的母亲存在时，章妩那贤妻良母的角色是如此空洞而匮乏。如果章妩通过勾引医生达到留城目的之后一心照顾女儿，那么她之前的"勾引"和"放纵"将会变成有意义的"牺牲"与"奉献"，但铁凝不肯让她的人物落入俗套。唯其日常，章妩才显得那样真实；唯其真实，章妩才显得那样残忍。章妩与丈夫彼此折磨而不肯放手，与女儿各有心结却仍然关切。

这种夫妻关系、母女关系显得真实又无奈，铁凝以一种平常的态度在时代脉络中质询和反思我们习以为常的道德观念和伦理价值。类似的人物还有《玫瑰门》里的庄晨，《咳嗽天鹅》里的妻子，甚至包括《笨花》里的大花瓣，在母性、妻性之前，铁凝笔下的她们首先呈现的是人性。

## 三

在铁凝的创作中存在一种重复书写的现象，这种复写有时候是关于情节，有时候是针对人物，还有时是一些依稀相似的场景或片段。复写的内容涉及铁凝下乡插队的农民生涯，也包含她年少时的北京记忆，似乎这些时期的生活才能够给予作者强烈的震荡，而这样的记忆才值得一书再书。但目前铁凝的重复书写还未引起研究者的足够重视，有些复写甚至招致诘难。如果仅仅将这种重复书写看作是江郎才尽的自我重复，甚至是堂而皇之的自我抄袭，那么研究者也未免太过片面和武断。铁凝对于自身经历的复写不止于小说，散文中亦有涉及，限于本文所讨论的文类，暂将研究范畴限定在小说之内。通过文本细读梳理铁凝重复书写的面向，我们希望从中一窥重复书写作为一种叙事技巧的实现，讨论复写文本之间的联系以及对创作路径的影响，同时进一步明确复写在铁凝文学创作当中的意义。

在铁凝的创作中，重复书写最明显、最具代表性的作品是《棉花垛》和《笨花》。正是这两部作品的相似性引起了论者对铁凝重复书写的讨论。有论者将《笨花》称为"未及盛开便凋零"的花，认为《笨花》不过是"《棉花垛》的花开二度"，等于旧作与"向喜传奇"的结合。[1] 诚如有些论者所言，只需将这两部文本对照比较便可发现二者在情节铺排、人物设置方面存在诸多相似或重复之处。《棉花垛》的故事在《笨花》中几乎得到复刻，小说人物之间也存在对应关系。那么需要追问的是，作者将1989年的中篇故事腾挪至2006年的长篇小说中再次书写的目的何在？在重复书写中又有哪些变与不变？这样的复写是否具有文学史方面的意义？从《棉花垛》到《笨花》，故事情节的发展基本一致，但有三处改动是比较明显且重要的：第一处是对《棉花垛》中的小臭子和《笨花》里的小袄子死亡缘由、死亡场景安排的改动；第二处是对小臭子和乔、小袄子和取灯关系的改写；第三处是对《棉花垛》

---

①程桂婷：《未及盛开便凋零——铁凝的〈笨花〉批判》，《当代文坛》2006年第5期。

中老有和国这两个人物的删改。

小臭子／小袄子是乡村里机灵活泼又不大安分的姑娘。或许是继承了母亲的风流秉性，或许是从小乏人教导，长大后的小臭子／小袄子钻窝棚挣花，与隔壁做了汉奸的有妇之夫相好，但她同时也喜欢上夜校听课，掩护过地下党，帮助过乡亲们，最终在日本人的威逼下出卖了乔／取灯，成为叛徒，被国／西贝时令枪决。早先的研究中已有论者注意到小臭子／小袄子之死的重要意义，认为"铁凝以小臭子之死和发生在棉花地里的一切重新书写了抗日战争中民族国家话语与性别秩序之间的复杂缠绕。无论是在《棉花垛》还是在《笨花》中，男人之于女人之间的另一种不义都没有被掩饰与忽略。事实上，铁凝依凭她作为女性的隐秘立场在民族国家话语之下寻找到了性别秩序与民族国家话语之间的冲突或共谋"[①]。从《棉花垛》到《笨花》，小臭子／小袄子死亡细节的改动体现了铁凝对于女性在民族家国话语之下，在历史夹缝之中艰难求存的生命状态的深刻体验，也使得人物更加丰满，情节越发可信。

同样是被枪决，国先与小臭子做爱，其后才将其击毙。这枪决是预先设计还是临时起意？文章里采用了开放式结局。如果是预先设计，那么与小臭子做爱是国在执行枪决前的放纵天性甚或"废物利用"；如果是临时起意，那这枪决则变成了国的"杀人灭口"。无论是哪一种，这枪决都显得有一点卑鄙或者说不仁义。在《笨花》中铁凝增设了小袄子挑逗西贝时令的内容，删去了做爱的情节，小袄子之死完全变成了临时起意，是她以言辞激怒时令，进而招致祸患。这种激怒不仅仅来自最后一次见面时小袄子对时令的鄙夷和羞辱，早在小袄子掩护时令通关的那一次，她就曾用"'将军'式的发问和揭老底儿式的肯定回答弄得时令很是不自在"[②]。有了前情的铺垫，小袄子对

---

①张莉：《仁义叙事的难度与难局——铁凝论》，《南方文坛》2010年第1期。
②铁凝：《笨花》，第421页，北京：人民文学出版社，2006。

时令的触怒变成了夹杂旧怨的羞辱，这种对男性权威的挑衅激得时令恼羞成怒，枪决的实施显得更加顺理成章。这死亡场景的描述中有几个改动的细节值得注意：其一，对小臭子的枪决是正面的，对小袄子的枪决则是背后的；其二，在枪决过后，"国在花垄里躺到太阳下山才走出花地"①，而时令则是掩盖了小袄子的尸体后"快步出了花地又走上交通沟"②。与《棉花垛》中的表述相比，从背后枪决隐含着时令男性权威表象下不敢直面小袄子的懦弱一面，也暗示着枪决的非正义性，而快步走出掩藏尸体的花地既符合人物外强中干的性格，也能够表现时令慌乱的心情。在《笨花》中还增加了小袄子死后时令的心理活动，他对男性权威被挑衅的愤恨，对枪决小袄子正义性、合法性的自我解读，都进一步表现了历史中人物性格的复杂性，增强了人物的立体感和历史的可信度。

小臭子／小袄子是出卖朋友的叛徒，但经过改写的《笨花》中小袄子似乎没有那样可憎，原因即在于铁凝对人物关系的改写。在《棉花垛》中乔与小臭子是一同长大的伙伴，后者对乔的出卖显得尤为恶劣，是背信弃义、毫无情感的犯罪；而《笨花》中取灯与小袄子本不相识，更没有从小的情分。虽然小袄子对外来的取灯颇有好感，但这种感情毕竟稀薄，不足以让她冒生命危险去保护。同样，取灯对于小袄子的情谊充其量只能说是一种既有同情又有需要，同时还有鄙夷的关系，在这样的人物设计下，小袄子的背叛显得更加符合现实，也更易被读者接受。

《棉花垛》中的老有与乔、小臭子都有初恋般的情分，他是作为中间人物串联故事的媒介。在《笨花》宏大的历史叙事中，人物关系基本各就其位，便不再需要老有发挥中介作用，删去老有的故事情节反而更为紧凑。而从"国"

---

① 铁凝：《笨花》，第504页。
② 铁凝：《棉花垛》，《青草垛》，第136页。

到"西贝时令"，铁凝对人物性格的改写虽然只有寥寥数笔，却大大丰富了人物的多面性，让后续的故事铺排更为顺畅。例如在《笨花》中增添了时令对向文成的当众冒犯，赠予取灯皮带后对其钢笔的觊觎，这些看似并非原则性的小节恰恰体现出时令心胸狭隘、敏感自卑，以及他为人处世中猥琐不大气的一面。有了这些细节的铺垫，他枪决小袄子便不再突兀，至于这种处决是正义还是意气，相信读者自有判断。

值得注意的是，除了对情节的重复书写，铁凝还喜欢对人物进行改头换面的重复书写。前文提到的大芝娘、大模糊婶和白大省具有内在的相似性，可以说是铁凝在不同时期对同一特质的人物进行的翻版重写。而章妩与《没有纽扣的红衬衫》当中的母亲具有某种共性，即在家庭中容易与配偶、子女发生冲突，在外渴望寻求个体价值和社会认同。当安然妈妈面对女儿的谴责发出"妈妈怎么啦？妈妈就一定得是家庭妇女"①的质疑时，她与《大浴女》中章妩面对丈夫指责时的辩解声，形成了对女性主体性体认的和声回旋。从安然妈妈到章妩，从庄晨到《咳嗽天鹅》中的香改，其实具有某种一致性，她们都不擅长家务，不能承担起所谓女性在家庭内为人妻、为人母的"本职工作"，性格随随便便、马马虎虎，既不具备贤妻良母的温婉贤淑，也不具备职业女性的精明能干。对于这一类型女性的重复书写，显然是铁凝对自我的不断质询，对女性在家庭和社会中位置的不断调整。写于20世纪80年代的《没有纽扣的红衬衫》中女儿对妈妈的不擅家务抱有一种指责的态度，到了《大浴女》中尹小跳看到母亲的不能干、不争气仍有鄙视，而在《咳嗽天鹅》里香改虽然"生性邋遢，手脚都懒"②，一度令丈夫想要离婚，然而小说结尾"当他听见后排座上突然响起的

①铁凝：《没有纽扣的红衬衫》，《铁凝精选集》，第55页，北京：北京燕山出版社，2015。
②铁凝：《咳嗽天鹅》，《飞行酿酒师》，第24页。

咳嗽声时，竟意外地有了几分失而复得般的踏实感"。① 这一次，铁凝在不断地复写中完成了与自我、与他人的和解。

铁凝重写她以往的故事，重塑她之前的人物，这绝不是无意识的行为，借由这重复书写她一遍遍重温记忆，在新的背景下对旧故事、旧人物、旧情境展开新的想象和再创造。重复书写不仅呈现了复调回旋的叙事美学，也传递出历史进程中社会变迁和观念演进的循环。巴特勒认为主体的建构有赖于表演，在未有已时的行动中找寻角色的过程实则也是建构主体的过程，铁凝的重复书写正是她建构主体，找寻最终角色的不断实践，在此意义上重复书写既是重温也是反思，既是审视也是质询，既是疗愈也是探索。②

"文学终究是与人为善的事"③。铁凝的创作始终饱含暖意与善意，这也是《哦，香雪》的底色，同时，"她直面着远非完满的社会与人生，不规避、不逃遁"④。铁凝无疑是当代女性作家中的佼佼者，正因优秀，人们更愿将她放置在更为广阔的领域中进行评价，她对于中国当代女性文学的意义反而被忽略了。所谓"第三态"的思维，不仅仅是不局限于性别视角，同时亦是不抹杀性别特质。铁凝与中国现代女性文学并无一脉传承的联结，若论文学渊源，铁凝与孙犁的渊源远远超过与任何一位女性作家，但这并不妨碍她与历史中的她们隔空对话，构成互文，也不妨碍她是推动中国当代女性文学进程的一员。从铁凝的关系叙事中可以得见，女性对自身成长性的关注正在不断增长。而张爱玲所处的时代，"女人一辈子讲的是男人，念的是男人，怨的是男人，永远永

---

①铁凝：《咳嗽天鹅》，《飞行酿酒师》，第38页。

②[美]朱迪斯·巴特勒：《性别麻烦：女性主义与身份的颠覆》，宋素凤译，上海：上海三联书店，2009。

③铁凝：《自序》，《飞行酿酒师》，第2页。

④戴锦华：《铁凝：痛楚的玫瑰门》，《涉渡之舟：新时期中国女性写作与女性文化》，第237页。

远"①。沧海变幻，日新又新，文学也必将与时俱进。永远有多远？或许比我们想象得更近。

（2020年第3期）

---

①张爱玲：《有女同车》，《华丽缘》，第108页，台北：皇冠文化出版有限公司，2010。

# 藏"叙"于"器"

## ——文学叙事与人工智能

张斯琦

叙事方式不仅仅是文学的一种形式元素,事实上也是由政治环境、科学技术、人与人之间的信息交流途径等多种因素促成、能够体现一个时代整体文化氛围的话语共同体,也是透视人文精神与工具理性的一把钥匙。人类无可置疑地已经步入人工智能时代,人工智能与数字人文变得炙手可热,颠覆和革新了我们对于艺术时空的理解。[①] 在人工智能时代,大数据是原动力,计算能力是支柱,这两个特征不断融入叙事学中,形成人工智能时代独特的叙事学研究生态。当前人工智能写作的本意并非创造出供人娱乐的艺术品,而是解决机器自然语言理解、视觉识别和情感计算等技术问题。[②] 而人工智能技术与文学叙事现在常常被认为是相互竞争的关系,甚至让文学界产生了前所未有的危机意识。本文试图阐释人工智能文学叙事并非简单的"暴力结合"与"拼贴",而是在复杂生态下形成的交叉研究成果。

到目前为止,人工智能叙事模型的研究成果被许多学者认为是游离于传统

---

①周臻:《人工智能艺术的审美挑战与反思》,《山东社会科学》2019年第10期。

②陶锋:《人工智能推动文学新发展》,《中国社会科学报》2019年6月17日。

文学叙事理论之外的，颠覆了传统文学创作与审美的人文属性。这种看法的形成主要是因为人工智能文学叙事在早期研究工作中所使用的文学文本数据过于局限，且在句法与文体上都过于简单，其创作主体也不是文坛大家，只是冰冷的机器，与"文学作为人学"相背离，因而被贴上了"非文学"的标签。从人工智能文学叙事发展史来看，这些结论未免显得些许武断，本文将对人工智能文学叙事的经典模型进行梳理，并从传统文学叙事的视角概述人工智能文学叙事模型开发与发展的复杂生态，从叙事学的角度分析人工智能模型的科学性，并在一定程度上展望文学叙事在与人工智能交叉融合中的发展契机。

## 溯源人机协作的生长点——文学叙事的人工智能方法研究历程

文学叙事与人工智能技术最初邂逅是在 20 世纪 70 年代，起初被称为"STORY GENERATION"，即叙事生成模型。其虽然诞生历史悠久，富有前瞻性和独创性，早期在自然语言处理和其他模拟人类叙事构思故事行为方面做出了努力，但随后在对接文学叙事理论方面认知的不畅导致了这种交叉研究很长一段时间陷入停滞。其真正形成研究规模是在 20 世纪 90 年代，围绕着叙事智能化的概念，出现了一次大繁荣。

叙事生成模型的发展经历了大约五个阶段，这种叙事的人工智能方法最早启发于叙事学中的"故事语法"概念。1968 年，弗·雅·普罗普在《故事形态学》提出，"根据故事的组成部分、这些组成部分之间以及与整体之间的关系对故事进行的描述"[①]。普罗普对 100 部俄罗斯童话的结构进行了详尽的成分描述，将每个个体角色功能抽象出来，"作为故事中稳定不变的元素"[②]，

---

① ②[俄]弗·雅·普罗普：《故事形态学》，第7页，贾放译，北京：中华书局，1982。

构成"故事的基本组成部分"①，独立于表演者。童话的一般描述可被解释为故事语法。普罗普也因此被称为故事语法的先驱或"始祖"。普罗普的"角色功能排序"作为叙事生成模型的一个元公式，激发了众多以建构或解决问题的技术及制作叙事语法的叙事生成模型和交互式叙事系统。例如 MINSTREL 模型。但普罗普的叙事学描述实际上只是故事结构的一些原则，与自然语言中的审美价值或效果、无序组织或表面表现没有任何联系。在实现的故事生成模型中，普罗普的想法通常与其他故事语法相结合，通常被视为一个起点。根据普罗普的民间故事形态学理论，鲁梅哈特在 1975 年提出了人工智能叙事的第一个计算方法：他假设每个故事中存在一个稳定的内部结构，就像英语中的"主语 + 谓语 + 宾语"一样，比如：他提出的"场景 + 情节 = 故事"。以上第一阶段研究重点在探索理解与建构故事以及更加具有普遍性的叙事结构。

第二阶段重点是探索语篇句子之间联系的普遍性问题，这一时期提出了一套早期语篇理解理论——CD 理论。CD 理论有两个目标，首先是要发展一个新型的语义表示系统，使同语言中相同句子或者不同语种具有相同意义的句子以一个统一的方式表示。在 CD 结构中，一个动词原形框架可以无缝替换另一个动词原形框架，其本质上是以动作为中心的案例框架，这样动作的组合可以来表示更加复杂的意义。CD 理论第二个目标是一个句子中的引申意义可以在 CD 结构中明确化。CD 结构通过将意义分解为概念预设并按照角色设定进行填充，从而尽可能多地表示每个句子的引申义。②

第三阶段出现了"脚本""框架"的概念。尚克和阿贝尔森在 1977 年提出了利用刻板印象的模式化看法来理解文本，并首次将"脚本"概念运用在人

①[俄]弗·雅·普罗普：《故事形态学》，第7页。

②Jichen Zhu, D.Fox Harrell: The Artificial Intelligence（AI）Hermeneutic Network: A New Approach to Analysis and Design of Intentional Systems, Proceedings of the 2009 Digital Humanities Conference（June, 2009）.

工智能叙事实现中。脚本包含特定情况下事件的因果链，当在叙事中遇到该情况时，脚本会被激活，并且预先构建的事件序列被提供给处理器。

第四阶段重点在于当脚本机制内容不具有可读性时，如何让叙事与读者更好地建立沟通，主要方法是建构叙事中人物的动作计划和目标加强理解。尚克、阿贝尔森和威伦斯基是在文本理解中叙事人物在计划与目标理解领域最有代表性的学者，他们的研究灵感来源于人工智能领域中旨在模拟人类认知的过程。

第五阶段是文本主题数据库的建构。威伦斯基在 1983 年提出"元计划"，这个概念的提出激活了人工智能机器理解叙事的一个重要环节：主题认知的应用，即对叙事模式的认知框架。莱纳特 1981 年提出将叙事描述为由心理状态、消极事件和积极事件组成的情感状态图，这些情感状态图通过实现、终止、等价和主题认知联系在一起。①

总结来说，人工智能文学叙事从关注构成故事的普遍性结构到故事"意义"的内部建构，从早期只关注孤立句子的表达到构建跨语言的语篇普适系统，其发生了深刻的变革，呈现出由点及面、迭相递进、推陈出新的发展态势。

## 机器的肉身化——文学叙事人工智能方法开发与发展的叙事学生态

人工智能有一对"双亲"，即人工智能所服务的人类以及创建与实现人工智能的机器。人工智能是人类智慧与智能机器结合的数据化精确处理的容器，是两种截然不同的思维方式相互组合的舞台。尽管人工智能叙事利用并强化了通过模拟人类叙事能力使世界变得有意义的人类预设，从此不免让文学叙事披

---

①Lara J. Martin，Prithviraj Ammanabrolu，Xinyu Wang：Event Representations for Automated Story Generation with Deep Neural Nets，The Thirty-Second AAAI Conference on Artificial Intelligence（2009）.

上了非人类、算法、程序与机械的味道，但"形散神不散"，人工智能文学叙事在开发与发展肌理上根植于文学叙事学生态。

（一）文学叙事创作主体性多样态

在人工智能叙事中，创作的基本目标是完整故事的生成，文本被视为程序中的文档或者数据，其推崇模板式的风格集合，而不是多样的风格。在文学创作中，人类是以生理机能与精神储备为基础，创作流程依赖身体机能与精神力。人工智能叙事创作则依赖数据、算法与数学模型，在叙事创作方面与人类有所差异。以小冰为例，人工智能叙事创作主要应用了循环神经网络算法 RNN。RNN 处理数据的重点在于序列结构，以线性方式编码，具有较强的计算与建模能力，适合于写诗作文。RNN 拥有内部记忆功能，并将所记忆的信息存储在连接权上。小冰的诗歌创作灵感来源于人类提供的图片，也就是视觉。但就人类而言，一千个读者就有一千个哈姆雷特，不同读者对于观察到的对象所感知的情感多种多样。所以，给定小冰一张图片后，它会从图片中提取物体与情感的关键词，基于关键词在人类为其输入的"现代诗歌库"中找到关联性并扩展出相关关键词，最后使用"诗歌库"训练好的 RNN 模型来逐渐从关键词中组词成句、组段成篇，在人类建模的基础上，选用匹配度较高的文字模块进行组合、聚合，构成句、段、篇，而后经人类修改，但这步并非必需环节，主要是针对人工智能对较复杂的文字系统所出现的一些病句进行修改。

（二）叙事分析由繁到简，提炼普遍性

人工智能叙事关注叙事结构，旨在指导创建叙事"意义"的机器语言表示；而在文学叙事领域，叙事分析不仅关注叙事内容，还包括对叙事风格、修辞结构、隐喻与明喻以及叙事背景等方面的分析，而且将其作为社会研究一种方法，更加注重实用主义话语分析，如叙事者微观互动脉络以及宏观社会历史脉络分析。在人工智能叙事中，叙事分析更加注重对叙事产生过程的核心节点的提取与凝练，以作为下一步开发与改进模型的经验，不会去分析叙事风格等修饰节点；更关注结构骨架以及各叙事成分之间的相互关系，其主要目的是提取叙事过程中的一些核心概念。比如，AFANASYEV 模型的根本概念就是叙事结构，因而模型被设计成层状结构，共包含六个子模型：叙事"导演"、情节生成器、场景生成器、机动筛选管理器、草案影射模型以及自然语言生成模型，其中模型底层是叙事导演模型、情节生成器与场景生成器，这三个子模型构成故事骨架；[①] 存储层是草稿映射层与机动筛选管理器，这一层负责保存节点、概念间的关系、规约的所有数据；效果层包括自然语言生成模型，其负责将前两层所产生的抽象的故事内容转化为人类可读文本。总体来说，文学叙事中的叙事分析注重叙事经验以及叙事社会生态的再现，注重纵向与横向的审美特殊性与涵化影响挖掘，重点是与叙事者相关的修饰性叙事节点；人工智能叙事则更加关注与叙事效果息息相关的各叙事节点的功能性，抛开枝叶直取主干，探索能够广泛应用的普适性叙事功能节点。

（三）人工智能叙事空间的"超弦"延伸与意蕴敞开

实际上，当人工智能技术与文学叙事相结合时，它便已经扭曲了叙事空间，并慢慢将叙事空间推向"未知"。人工智能叙事空间从二维叙事到"超弦"叙事是人工智能时代叙事空间的扩展。人类所生活的客观世界是三维的，意味着传统的文学叙事很难摆脱现实空间的束缚，而在人工智能"笔"下，文学叙事空间在人物、情节设置、道具和任何在叙事空间中物理地或抽象地存在的元素集合中，可以脱离现实空间而呈指数扩展，就像胀气太多的气球，文学叙事维度被打散，散落的、零碎的"时间弦"无限延伸开来，形成"超弦"叙事。

在传统文学叙事领域，人类作者在叙事创作时，叙事是受到作者自身认知水平约束的，是从已知的知识储备到已知的叙事空间。当人类操纵非人类性质

---

①Eugenio Concepción，Pablo Gervás，Génzalo Mendez，INES：A reconstruction of the Charade storytelling system using the Afanasyev Framework，ICCC Ninth International Conference on Computational Creativity（2018）.

的人工智能机器时，叙事亦受到人类约束，但约束的程度随着叙事模型自动化程度递减，其叙事空间从"已知的数据库到已知的叙事空间"变成"已知的数据库到未知的叙事空间"，并且存在进一步向"未知的数据库到未知的叙事空间"的可能性，甚至人工智能体系结构也会以超出其开发者想象且无法预见的方式进化，尤其随着人工智能叙事模型在遗传程序中的运用，更加无法保证会出现符合人们想象的叙事空间。人工智能模拟人类叙事能力除了要实现全自动模拟外，另一部分目的是打开文学叙事的另一种可能性。虚拟空间与现实生活空间通常分属于不同的维度，人工智能文学叙事却显示出两种叙事空间边界跨越与重合的可能性。人工智能诗人小冰是个爱做梦的"少女诗人"，在它的诗集《阳光失去了玻璃窗》中出现频次最多的词便是"梦"，这部诗集在文学接受的过程中可能会产生真实与虚构的时空混乱，比如：梦中做梦，梦中的苦楚是美丽的光景的梦中，在梦里寻梦失眠，等等。[1] 在小冰的叙述内容中，把虚拟与现实进行了莫比乌斯环粘连，真实世界中的小冰在创作一个梦的世界，在梦的世界中讲述了"我"在梦的世界中寻梦而失眠的内容，从而达到了虚拟空间与真实空间上内容无规律、有层次的扩展。

（四）由叙事接受美学衍生的人工智能交互式叙事

人工智能技术实现了作者、机器与读者（用户）的三向创作。基于罗兰·巴特和沃尔夫冈·伊瑟在1977年提出的文学文本的接受美学，人工智能叙事产生了交互式叙事概念，交互式叙事过程被叙事接受者视为一个积极和富有建设性的过程。[2] 交互式叙事模型不仅向用户讲述故事体验的质量，而且能够在叙事的连贯性和用户的理解能力方面找到平衡。由于任何叙事的可理解性在一定

---

[1] 小冰：《阳光失了玻璃窗》，第25—33页，北京：北京联合出版公司，2017。

[2] Inna Adamivna Livytska：The Art of Narration and Artificial Narrative Intelligence：Implications for Interdisciplinary Research, *Journal of Narrative and Language Studies*, VOL.7, NO.13（December 2019）.

程度上取决于它的连贯性——读者理解故事中事件之间关系的能力，无论是在故事世界中——如动作之间的因果关系或时间关系，还是在故事的讲述中——如用于将动作意义传达给读者的视角序列下的选择，交互式叙事模型在构建故事时尊重读者的一致性，明确地将故事世界中的每个动作与其叙事整体结构联结起来。交互式叙事基本原理是将叙事角色实现为能够以可信的方式对用户和叙事空间作出反应的自动化故事生成子模型。故事来源于这个子模型在叙事空间中的话语和行为，这样可以使故事世界中的角色能够对用户执行的任何操作做出即时反应。交互式叙事模型的核心在于自动化故事生成子模型是一个监控自主角色和用户角色相对于推动故事向前发展的局部序列图。交互式叙事模型原理之二是叙事中介，即将角色行为的控制权交给一个集中的"作者"代理人。该模型生成一个线性叙事来表示应该告诉用户的理想故事，然后考虑交互用户与叙事世界和其他角色交互的所有方式。生成的故事包括模型控制角色执行的操作以及用户控制角色应执行的操作。对于用户做出的每一个有可能严重偏离系统提出的线性故事的动作，系统都会从偏离点动态生成另一个故事线。

## 肉身的机器化——基于复杂生态的文学叙事人工智能技术

在试图描述人工智能文学叙事的技术实践前，绕不开一个方法——故事生成法，它是目前作为桥接文学叙事与人工智能最为圆润的综合方法。从历史的角度看，模拟叙事是人工智能技术最早涉猎的人类能力模拟项目之一，从简到繁，从简单故事建构到复杂叙事建模，一步步实现模拟复杂人类叙事能力。人工智能叙事生成看似将人类作者完全排除在外，实际上，叙事生成的质量在很大程度上依然取决于人类作者或者人类所输入的信息。因此，无论是叙事创作端还是 AI 机器端，单方面的努力都不能确保叙事效果的质量。人工智能文学叙事作为一种人机交互协作，是一种混合主动的方法。在本节中，我们将通过分析若干叙事生成模型来进一步说明人工智能文学叙事并非简单"拼贴",而是基于传统文学叙事的交叉新型产物,从实践上论证文学叙事与人工智能技术的契合点和可能的协作点。

涉及模型将从两个方面进行分类,分别是从传统文学叙事的组成元素分类与从叙事创作动力系统分类。第一种分类主要是基于巴特、阿伯特与查特曼的解构主义叙事理论,将文学作品的叙事因素组成成分分为话叙事结构、空间结构与故事角色三个部分;第二种分类主要从人工智能模拟人类叙事的创作与传播视角划分为故事传受双方、传播情境与传播内容。在上述两种分类下,笔者将从人类参与程度由高到低的顺序进行阐述。

（一）以传统文学叙事的组成元素分类技术族群

1. 以叙事结构为主导的叙事生成模型

以叙事结构为主导的叙事生成模型共分为三类,分别是人类参与的叙事结构主导模型、半智能化叙事结构主导模型与智能化叙事结构主导模型。

第一类为人类参与的叙事结构主导模型,即人工叙事系统不借助于任何人工智能叙事工具,人工智能技术是作为媒介参与到叙事建构中的,叙事结构与角色设定都由人类作者进行原创,比如在 20 世纪初开始盛行的交互式叙事。一些交互式叙事模型允许用户通过解析器将叙事情节进行自定义插入,按照自己的意愿与喜好构造故事,甚至一些模型摒弃了复杂的构造,虽作为叙事创作工具却加入了教育元素——目的不在于创作什么内容而是如何创作以及创作的收获。比如 ALICE 模型和 SCRATCH 模型,这两个模型虽然是叙事创作工具,但是是少有的零自动化叙事生成模型。

第二类为半智能化叙事结构主导模型,即一种半自动化的叙事生成模型,其创作成果是物理化人机协作的结果。半智能化叙事结构模型可以分为三种干预等级,第一种是人工智能提供叙事结构,但不提供其他任何特定场景或者叙事顺序,人类作者要在人工智能既定的叙事结构框架下完成作品其他大部分的内容，因此我们将其称为"框架干预"。另一种称为"事件干预"，即人工智能会预设一系列有联系的事件关键段落，但不提供任何角色信息，并将叙事空间架空，任人类作家自由发挥。最后一种称为"模式干预"，其叙事结构完全由人工智能生成，包括叙事情节中角色的嵌入，但这种相对较高的自动化让叙事情节与角色设定过于模式化，没有风格特殊性，甚至会出现多位知名文豪的风格"大杂烩"，因此最终的角色与情节完善需要人类作家的介入。

PropperWryter 模型属于"框架干预"，其用于生成单个情节叙事框架，提供给人类作者若干抽象关键词来描述同类族的情节叙事框架，其开发灵感来源于普罗普的故事语法。PropperWryter 模型作为叙事结构生成器用于音乐剧《Beyond the fence》的创作，这是第一个人工智能叙事模型的实验音乐剧。《Beyond the fence》已于 2016 年 2 月 22 日在伦敦艺术剧院成功开演，并成功巡演了两周。[1]

SCRIVENER 模型和 STORYBOX2[2] 模型是"事件干预"的两个例子，它们不仅可以生成事件的完整脉络，而且可以提供故事的叙事背景等。STORYBOX2 模型提供了场景、章节和行为预设，把"作品胚"分成不同的部分提供给人类作者；SCRIVENER 模型是以叙事模板形式提供给人类作者，这些叙事模板通常来自于短篇小说、剧本等文体形式。在这两个模型中，人工智能的功能类似于一种文字处理系统，这样人类作者就可以在人工智能提供的叙事框架基础上自由地创作出自定义的叙事内容。模型所预设的叙事结构本意并非为了束缚人类创作，而是为了协助人类创作，让作者将自己的思想组织成一个恰当的叙事结构。

---

[1]Mark O. Riedl, Vadim Bulitko: Interactive Narrative: An Intelligent Systems Approach, *AI Magazine*, VOL.34, NO.1（2013）.

[2]Mirella Lapata, Neil McIntyre: Plot Induction and Evolutionary Search for Story Generation, Proceedings of the 48th Annual Meeting of the Association for Computational Linguistics（2010）.

"模式干预"具有代表性的是 INSCAPE[①] 模型。INSCAPE 是一个交互式的叙事生成模型，其叙事结构编译是使用一个基本的故事板界面来控制事件、叙事顺序和提供众多预设方法供人类作者进行叙事创作。STORYTEC 模型部分受到了 INSCAPE 模型的启发，它为情节和空间提供了更加独特的结构，包括一个用于情节构造和叙事顺序的代理编辑器，在普遍性问题上弥补了 INSCAPE 模型的不足。

第三类为智能化叙事结构主导模型。在此类模型中，智能化叙事结构主导模型是叙事生成各个阶段实现高度自动化，尽可能减少人类作者的参与。以 AFANASYEV[②] 为例，AFANASYEV 的情节生成器负责创建故事的基本结构，即情节。它创建一个骨架，其中包含故事期间发生的相关情节，以及与每个情节相关的前提条件和后置条件。AFANASYEV 的模型包含了若干情节生成器，将大大提高"故事导演"子模型创建叙事结构的生成效率。情节生成器也是子模型，主要负责在每个场景中设定不同情节，以满足为叙事建立情感基调的先决条件和后置条件为标准。过滤器对每一情节应用一系列预定义的情节滤镜，以保证在戏剧、张力、悬念或任何其他方面生成的故事的质量。如果该情节没有通过"故事导演"的"审核"，则"故事导演"旋即请求情节生成器生成新的情节。草案影射模型在整个系统范围内审查正在进行的草稿，即正在创建的故事，并确定该草稿是否已完成，是否被识别为故事，或者是否需要进行更多迭代来完成尚未形成草案。

2. 以空间结构为主导的叙事生成模型

以空间结构为主导的叙事生成模型共分为三类，分别是人类参与的空间

---

① Mirella Lapata，Neil Mclntyre：Plot Induction and Evolutionary Search for Story Generation.

② Eugenio Concepción，Pablo Gervás，Génzalo Mendez，INES：A reconstruction of the Charade storytelling system using the Afanasyev Framework.

结构主导模型、半智能化空间结构主导模型与智能化空间结构主导模型。

人类参与的空间结构主导模型不支持叙事空间自动化的生成，空间结构与内容都由人类作者原创。TEATRIX[①] 是一个交互式的叙事生成模型，底层编译原理依然来自普罗普的故事语法。在 TEATRIX 中，人类作者与交互作者都负责叙事内容的创作，同时人类作者需要人工创建叙事发生的"初始存在空间"，交互作者负责创作故事中的实体空间存在与设定角色的行动。人工智能通过交互作者与人类作者的空间设定以及普罗普的语法自动生成叙事结构框架。

半智能化空间结构主导模型通过模拟各叙事要素的相互作用，在叙事空间产生新的内容；或者叙事空间的内容完全由人类作者原创，但人工智能会根据其他要素的修改而对空间的元素进行改动。TALE-SPIN[②] 模型属于后者，它是一种新兴的故事讲述系统，通常被认为是第一代故事生成系统之一。TALE-SPIN 中的故事生成是通过为空间中的人物提供目标和个性来实现的，在模拟人物试图达到某个目标的过程中，系统会形成基本的故事。TALE-SPIN 是一个高涌现性的系统，它几乎完全依赖于角色目标的创造和模拟以及每个角色的独特个性所产生的故事。虽然可以修改空间以确保角色目标的实现，但它的空间建模方法在很大程度上是原创的。TALE-SPIN 也是一个早期的系统，强调故事的重要元素，如情节独特性和连贯性，故事结构如何直接关系到空间的质量，以及文字规模、字符深度和语言正确性（即空间模型应该准确地代表空间叙事者的设想）。一个质量差的空间将不可避免地导致枯燥甚至毫无意义和奇怪的情节，被其创造者称为荒谬的故事。

---

①Mirella Lapata, Neil McIntyre：Plot Induction and Evolutionary Search for Story Generation.

②Natalie Dehn：Story Generation after TALE-SPIN, IJCAI'81：Proceedings of the Seventh international joint conference on Artificial intelligence, VOL.1（1981）.

智能化空间结构主导模型基本实现了叙事空间建构的高度自动化。GAMEFORGE[1] 模型是一个角色养成游戏下的叙事空间生成系统，它以故事数据为输入，并输出有效的空间。GAMEFORGE 模型使用遗传算法来创建潜在的叙事空间，还包含完整的地形、城市和其他完全实现叙事世界所必需的特征。

3. 故事角色主导模型

故事角色主导模型是以围绕角色的计划与目标行动作为推动叙事"故事性"的动力。由于这种角色主导模型并非主流，因而只挑选几个不同自动化区间上或者有突出技术特点的予以介绍。SKYRIM RADIANT QUEST[2] 系统是在叙事中允许人类创建叙事任务时自动创建新角色或物品，并将其放置在虚拟叙事空间中。辐射任务是一个情节叙事结构，但必须人类作者手动编写，作者只能通过自定义角色来推动故事叙事建构而非文字内容。

REGEN[3] 模型基于图示语法来重写叙事规则的理念，并且不断扩展到对叙事世界中角色之间关系的把控，以及这些角色关系如何随着情节发展而改变。为此，REGEN 粗略地模拟了角色目标在引导情节生成中的作用，此模型本质上说是根据角色及其关系变化的模拟来创建故事的。

CHARADE[4] 模型是角色主导的叙事生成系统，其基本原理是利用两个角

①Mark O. Riedl, R. Michael Young: An Intent-Driven Planner for Multi-Agent Story Generation, AAMAS '04: Proceedings of the Third International Joint Conference on Autonomous Agents and Multiagent Systems, VOL.1（2004）.

②Pengcheng Wang, Jonathan Rowe, Wookhee Min: Jonathan Rowe Interactive Narrative Personalization with Deep Reinforcement Learning, Proceedings of the Twenty-Sixth International Joint Conference on Artificial Intelligence Main track（2017）.

③Boyang Li, Stephen Lee-Urban, George Johnston, Mark O. Ried1: Story Generation with Crowdsourced Plot Graphs, AAAI '13: Proceedings of the Twenty-Seventh AAAI Conference on Artificial Intelligence（July 2013）.

④Ben Kybartas, Rafael Bidarra: A Survey on Story Generation Techniques for Authoring Computational Narratives, *IEEE Transactions on Computational Intelligence and AI in Games*, VOL. 9, NO.3（2016）.

色之间的相互亲缘关系建模，并将其应用于生成故事。该模型的目标是实现一个角色关系独立于叙事结构的高相似性模型，并测试角色关系独立于其他叙事因素，如在角色行为发生的环境或角色的个性特征和情感状态。基于这种不同角色的特殊性，模型可以很容易地用于生成不同类型的故事。

（二）以叙事创作与传播动力系统分类的技术族群

人工智能叙事生成模型的根本目标是实现与发展人类与人工智能间的交互机制，利用自然语言作为人机交流的手段。第一种分类中的模型大多借助人工智能技术，通过自然语言处理试图模拟人类叙事能力；另一方面，许多学者开始意识到叙事作为人类基本传播工具的重要性，开始从叙事在传播各个环节中动力机制角度进行模型开发，尝试借由一种模拟具有人类倾向性的传授双方的角度来提升人工智能叙事的"叙事性品质"。

1. 模拟故事传受双方

这类模型试图模拟人类作者与人类读者创作与叙事接受的过程，MEXICA模型与前面提到的 MINSTREL 模型是这种分类的代表。

MEXICA[①] 模型旨在根据模拟人类作者进行创造性写作与读者阅读的心理状态，即模拟作者与读者参与叙事传播阶段与主观反映阶段交替出现的过程。这种模式缘起于心理学上的循环认知模式，即运用一种自上而下的方法，首先编码动作，然后将新旧叙事结构不断充实，在模拟主观反映阶段，程序执行一种"审稿"模式，先"审阅"前一个动作与叙事结构的一致性与连贯性，同时从预设语料库中引入更多动作来充实前一个动作的叙事信息量，在这个过程中，整个程序高度紧凑，保证了在模拟读者阅读过程中对每个情节的兴趣，作为反馈，还会将最终故事与之前故事语料库进行比较。

---

①Ben Kybartas, Rafael Bidarra: A Survey on Story Generation Techniques for Authoring Computational Narratives, IEEE Transactions on Computational Intelligence and AI in Games, VOL. 9, NO.3（2016）.

2. 模拟传播情境

真实的传播过程是发生在客观世界当中的,在这类模型中,所生成的故事是基于一个由客观现实规则统治的"叙事世界",并且这个世界由具有个人目标与追求的角色组成。

COMME IL FAUT[①] 模型是一个基于知识数据库的系统,它模拟了客观现实世界中的社会规范、社会互动以及角色性格追求和文化背景之间的相互作用。社会互动的子模式又涵盖一系列方面,从与社会互动相关的文化固定认知到人物不同阶段的欲求,包括角色社会交往等干预因素的模式与围绕角色成长的重要概念(如友谊)的微观模式,以及一套规则来获取人物在面对特定社会环境时可能的行为。通过一系列的过程,营造了与现实中人类同样的规则情境,使读者在接受所生成故事中的叙事信息时不会存在传播障碍。

3. 模拟故事情节传播内容

UNIVERSE[②] 是一个早期的基于计划的情节系统,专门用于生成肥皂剧风格的情节。计划是用来产生事件,目的是造成情节剧之间的冲突人物。角色情感的建模在情节生成领域中通常被认为是重要的,因为它提供了有用的细节,可以改善情节的情感影响因子。这在叙事生成模型(如 UNIVERSE)中尤其重要,并允许生成器从民间故事语法中看到的刻板角色概念中游离。UNIVERSE 使用了一个情感模型,在财富、喜怒无常和智力等元素上有几个简单的排名,还有一组性格目标,甚至是戴"有色眼镜"的刻板印象,比如社交名媛或交际花等。这些特征可以作为某些事件的约束性的传播内容,例如作者可能会说,只有低美感和高社交的角色才能与其他角色发生关系。UNIVERSE 模型也很重要,因为它无限迭代,不断创造新的情节曲折,以保持与长期运行的肥皂剧迭代的同

---

①②Pablo Gervás, Birte Lönneker-Rodman, Jan Christoph Meister, Federico Peinado: Narrative Models: Narratology Meets Artificial Intelligence, International Conference on Language Resources and Evaluation(2006).

步状态来不断启发模型。这是通过让作者创建一些情节片段来实现的，每个片段都有自己的目标，以及情节本身的总体目标。通过混合和组合不同的片段，可以连续地创建新的情节。

综上，通过两大分类大纲式地罗列了一些经典的叙事生成模型，我们以传统叙事因素与人类叙事创作和传播动力为纲，分析了叙事结构、空间结构与故事角色以及故事传受双方、传播情境与传播内容的经典模型案例，并分别增加了以人类参与程度的考量，形成了无智能化、半智能化和智能化之间的自动化分析梯度。这些经典案例也对第二节中的叙事学生态做了技术呼应。以上的导向分类只是便于读者从一个方面理解模型，实质上一个人工智能叙事模型最终的运作需要众多子模型以及算法进行协作，并非"毕其功于一役"，更深入的剖析须通过多个维度综合考量。

不同的媒体可能会激活不同的文学叙事领域。随着人工智能机器与人类的纠缠，叙事从传统文学叙事的因果序列走向充满着众多可能性的组合算法：类人类叙事的不断开发，呈指数式迭代因果序列中所有可能的组合，并似乎不愿意放弃因果率或组合率，打破了许多文学叙事理论所信奉的"封闭"的叙事系统，为文学界带来了压力。当人工智能技术与文学叙事合作、竞争或以其他方式参与叙事创作时，或许一个无限的叙事世界将被打开；当古老的自然语言技术与人工智能机器的能力相结合时，庞大数据的迭代次数可能比宇宙中的原子数量还多，这样的数量级已经远远超出正常生活和经验范围，人本思想可能会受到威胁，相对的，认识论在不断扩大，这种扩大是不可估量的。这种试图将叙事创作模式化并以人工智能的方式来表示文本的意义的尝试，提供了一种新的理解叙事的视角，这种视角有助于理解人类叙事的认知过程，众多的技术成果也证实了这种跨学科学术方法的生产力。人工智能美学始终是以人为本的，其最终目的是更好地认识人类情感和思维本身。[①] 伴随人工智能叙事的技术优势，文学所必要的人本思想与人文关怀亦是要坚守的阵地。下一个研究目标将是人工智能技术引入对人文精神的影响与冲击，重新思考叙事理论框架下人工智能叙事方法的人文性与科学性。

（2020年第 3 期）

①王志钢：《从影子的影子和摹仿到艺术表达——对人工智能文艺制作现状及未来的美学思考》，《杭州电子科技大学学报（社会科学版）》2019年第1期。

# "失败青年"的另一种想象与"80后"写作的另一种可能

## ——以孟小书的小说创作为例

丛治辰

## 现实使然还是写作时尚：为什么有这么多失败青年？

如果多年之后，有人仅仅根据文学作品来考察 21 世纪前 20 年中国青年的状况，恐怕会得出相当悲观的结论：经过作家们（尤其是青年作家们）长期不懈的努力，近年来小说、非虚构作品乃至于诗歌、散文中涌现出的失败青年形象，其数量之庞大可以说是前所未有，而意志之消沉恐怕也同样前所未有。批评界早已对此现象颇多关注，而这似乎又反向刺激了此类创作的热情，以至于有论者担心这样的书写是否会沦为某种时尚跟风，从而一定程度上取消了文学表达的复杂性与可能性："对这类写作会产生一些自然而然的疑问，这种写作是基于惯性还是自动、原始触发，是自然化到无法辨认还是没有进行过反思？有没有受到这种集体性写作氛围的诱发？而最重要的是，我们的文学库中还有没有其他的装备来应对普罗大众都在经历的现实。"①

---

① 项静：《失败者之歌：一种青年写作现象》，《文学报》2015 年 9 月 24 日。

当然，大部分研究者也早已指出，文学对失败青年的书写其实由来已久。项静便谈及 1980 年代以"潘晓来信"为代表的一代青年之迷惘困惑，以及自伤痕文学到先锋小说，作家们针对这一时代命题的回应与探索。[①] 沈杏培将文学中书写失败青年的传统，上溯至老舍的《骆驼祥子》和柳青的《创业史》。但是在他看来，西方自工业时代以来、中国自 19 世纪末 20 世纪初梁启超发表《敬告留学生诸君》《少年中国说》以来，"青年被寄予了救国、革新的历史使命"，因而"青年崇拜"才是主潮。在中国，这一潮流一直延续到新中国成立之后的社会主义建设时期，只是在改革开放之后，"由于政治的退场和时代主题由政治转向经济"，才催生出"一代青年的被愚弄感、屈辱感和青年的信任危机"[②]。金理同样考证了青年之于中国现代性建构的重要作用，却对沈杏培的意见有所补充。他指出，至少在文学当中，这一建构恰恰是通过青年之受挫来完成的，因而书写失败青年的确并非 21 世纪的新潮流，更何况"文学与'失败的故事'似乎有着天然亲缘关系"[③]。

尽管如此，大部分论者仍然认同：在新世纪，无论是现实中的失败青年还是文学中的失败青年（或可视作现实中青年们挥之不去的失败感），都与往昔大相径庭。李云雷在对石一枫《世间已无陈金芳》和《地球之眼》的评论中，解释了当下青年失败感的特殊时代根源：在"我们社会"，失败青年的产生"首先与当前社会结构的凝固化相关"，"另一个原因，是我们社会价值标准的单一化，或者说意识形态化"；而在全球背景下，"'失败的青年'所揭示的看似是青年的未来与出路问题，其实是世界范围内的社会结构问题"，它折射出

---

①项静：《失败者之歌：一种青年写作现象》。

②沈杏培：《从"边缘人"到"新穷人"：近年小说中进城青年的身份与危机》，《扬子江评论》2018年第5期。

③金理：《失败青年故事的限制与可能——以〈可悲的第一人称〉为例》，《中国现代文学研究丛刊》2018年第5期。有关文学与失败的关系，论者甚多，亦可见陈晓明：《文学是弱者的伟业》，《福建日报》2015年8月11日。

了当代资本主义的两方面新特征，"一方面是全球化，一方面是世袭或裙带资本主义"①。其他论者如项静、金理等人，也都对这一问题有相当精彩的论述，但结论大致都不脱李云雷所提供的阐释框架。然而有趣的是，在承认上述现实层面实有的根源之外，他们还特别强调了当代青年们（包括作者和读者）关于失败的自我想象和变相认同。在金理看来，社会结构的凝固化和评价标准的单一化诚然是客观事实，但青年们主动"将外在、单一的评判标准内化为自怨自艾的心理认同"，才是导致"屌丝""卢瑟""蚁族"等自我矮化的流行语风行之原因，也因此导致或至少是强化了青年的失败感。金理对郑小驴的小说《可悲的第一人称》进行了相当复杂的剖析论述，甚至将小说人物小娄的开边经验与鲁滨孙的开拓荒岛详加对照，最终不得不承认：小娄的失败固然是因为他并不像鲁滨孙那样，身处在个人激情与时代主潮紧密结合的历史环境之中；但此二者之所以不能紧密结合，不也正因为小娄未能洞悉"自身在现实境遇中的真实的阶级处境和社会关系"②吗？金理因而将小娄这样的青年无意识地内化于资本世界的庸俗价值观，视为他们之所以失败的"根本原因"。

金理对于根本原因的认定，似乎多少颠倒了主观与客观在主流哲学中的位置，但若考虑到他主要是在文学层面讨论问题，似乎就可以理解他何以如此关注想象与认同——他更在意的，其实不是文学想象如何表达了失败青年，而是应该对失败青年们负有怎样的责任。其实不仅是金理，项静、沈杏培，以及李雪在论及蔡东的小说时，都同样关注幻觉或曰想象是如何使当代青年越发无法摆脱失败的命运，而文学于此又能够开拓怎样的可能性。不过令人遗憾的是，作家们似乎并未提供多么令人振奋的方案：金理遗憾地发现，小娄几乎是宿命般地未能通过"完整的劳动"逃离世俗的价值标准，于是完美错过了小说原本

---

①李云雷：《全球化时代的"失败青年"——读石一枫的〈世间已无陈金芳〉》，《文艺报》2016年3月25日。

②金理：《失败青年故事的限制与可能——以〈可悲的第一人称〉为例》。

为他提供的自救契机；而尽管李雪惊喜地指出，至少从《我们的塔希提》开始，蔡东已经在有意识地探索如何为她笔下那些青年，在"日常生活的夹缝中辟出一个精神空间"①，但探索的结果似乎不过是逃避而已，或许即便小娄从所谓"契机"中逃脱出去，也不过是这样的结局？

不过，是否所有的失败都一定千篇一律？是否所有文学书写都一定被现实缚住手脚而难以另辟蹊径？那些青年的失败是否只是因为外在的社会因素使然？以上述有关新世纪失败青年的书写和研究为背景，来阅读孟小书的小说，或许会令人感到别有趣味。孟小书的不少小说似乎同样在讲述失败青年的故事，但她的书写方式却与其他作者存在着微妙的差异，而以上种种讨论的结果似乎并不能完全解释她的写作。

## 失败青年还是精神内面：什么是孟小书创作的真正主题？

从写作伊始，孟小书便对失败青年这一主题有着颇为自觉的关切。《锡林格勒之光》可算是她最早受到批评家关注的小说，源自她个人"在2013年'十·一'长假期间不期而遇的实有经历。因此，作品里的'我'的种种遭际与感受，都有作者自我的影子"②。或许正因脱胎于实有经验，小说对卧床休养的种种感触，写得细腻真切，层次丰富：最初的惊魂未定，继之以百无聊赖，而后于患难之中感受到来自丈夫的温暖，同时对朋友们的过分关怀又欲拒还迎、深感尴尬……其实这些感触本身已足够复杂到支撑一篇小说，但孟小书并未满足于此。她让她的人物借此机会对社会现实和自己过去朝九晚五的工作进行了

①见上述金理、项静、沈杏培文章，及李雪：《大城小事·浮城旧梦——蔡东小说阅读札记》，《小说评论》2019年第6期。
②白烨：《走向成熟——读孟小书的〈锡林格勒之光〉》，《创作与评论》2014年第5期。

全面审视，最终那位倒霉遭祸的女主人公终于意识到，平日里看似体面的工作其实处处压抑，而少年时代的梦想早已湮灭，或许躺在床上逃避所谓正常的生活，会是更好的选择，因此她下意识地向家人隐瞒了自己已然可以下床行走的事实。这当然是典型的失败青年故事：一个大城市里的年轻人，遭受到资本的剥削、社会的挤压、世事的摧折，终于茫然不知前路，只能颓唐逃遁，蜷缩起来。这分明就是金理所论及的《可悲的第一人称》前半部分；若考虑到这位女主人公其实尚未失去工作，其逃遁在某种意义上乃出于主动，则她又可算是李雪所讨论的蔡东笔下"抵抗者"们的先驱了。然而对于这篇小说我始终心存疑虑：尽管就现实逻辑而言，遭祸卧床的确难免胡思乱想，而长期请假也难免令公司不满，但至少从叙事布局与起承转合的角度看，男女主人公每次在那卧床自囚的房间里，想起或谈及窗户外的朝九晚五、奔波忙碌，总显得过渡衔接过于生硬。个人横遭身体损伤而引起的不便与懊丧，与那种因社会结构而造成的必然性个体悲剧，的确构成了小说相互交织的两个主题，可惜尚未很好地融合在一起。在这篇早期作品中，我们似乎总是隐隐听到一个声音在命令着作者：即便残体难支，也要胸怀家国。孟小书在写作《锡林格勒之光》时，的确对失败青年问题相当自觉，但或许过于自觉了一些。

当然很难确证，是因为项静所说的"集体性写作氛围的诱发"，还是因为的确共享着同样的社会现实，孟小书选择了以这样特定的视角和方式去书写她的时代和同时代人。的确，在孟小书的不少小说中，都能发现可与前述有关失败青年书写的种种论述相合之处。《擒梦》当中那个开淘宝店的干瘦男孩思远，不是因为太过认同这个时代关于成功的庸俗价值观，而生生将自己累到猝死了吗？《米高乐的日记》中的前男友，不也因为北京和香港高速运转的现代生活，而罹患抑郁症，最终不得不抛下爱情，逃回了加拿大吗？《猴子纹身》里的庞大奔，不是也一直抱怨自己的种种不幸乃是始于新开的超市挤垮了自己的小卖部吗？与那个可以让庞大奔慵懒度日的小卖部相比，那家"还负责送货上门"

的小区超市，实在太不抒情，太像是资本时代的险恶狞笑了。

然而与此同时，我们或许也不得不承认：在孟小书的更多作品中，除非加以过分阐释，否则很难将其中青年们的失败，直接归因于社会结构固化、价值标准单一、全球化或世袭/裙带资本主义。《逃不出的幻世》中那个秦梦，足够漠然颓丧，颓丧到不仅对爱情敬而远之，对工作也毫无兴致。因此，那份酷玩公司的工作申请，无论是否获得通过，都无法给她带来烦躁或失败感；真正让她感到绝望的，是家庭的不幸和生活的琐碎，而这和今天的全球化时代并无什么相干。或许更值得一提的是《满月》，这篇小说的标题被孟小书用作她第一部中短篇集的书名，可见其偏爱。《满月》的主人公兼叙述者，以一般的标准衡量，当然应该归入失败者一类：他从那个充斥着压力、竞争和烦心琐事的大都市里逃脱出来，一路逃到嬉皮士们聚集的 A 岛，教人潜水、练瑜伽、吸食大麻。这本身就已经构成了所谓失败青年的基本轮廓，但更加可悲的是，即便在这里他也并未感到安宁，对于嬉皮士生活的怀疑始终伴随着他。在小说结尾，笃信瑜伽的美国女孩药丸终于还是死去了，而"我"在又一个满月想起了那个笃信都市奋斗法则的侯诗瑶，这无疑在相当程度上宣告了他逃离都市的努力同样归于失败。当然，如果参照郑小驴的《可悲的第一人称》和金理的相关评论，似乎这样的故事和人物都并不新鲜：这不同样是从资本世界逃至世外桃源，却又对资本世界之意识形态念念不忘么？但《满月》中的"我"和《可悲的第一人称》中的小娄，至少有一个本质区别：小娄是被北京驱逐出去，而"我"则是主动逃离。尽管对于想要逃离之物是爱情还是"那个不属于我的世界"，"我"的认知和醒悟有些后知后觉，但无论如何，"我"之逃离城市而成为一个世界边缘的嬉皮士，并非因为外部挤压，而是由于某种内在的精神驱动力。

这让人突然想起，孟小书初试创作的时候，不仅写过《锡林格勒之光》，还写过《爸爸不是我杀的》。如果说前者一定程度上表现出了孟小书在理性层面的努力——她试图理解这个时代的内在逻辑和痛楚，或至少试图理解当下的创作主潮，那么后者则是另外一种习作。《爸爸不是我杀的》故事脉络破碎而缠绕，人物形象有如镜像般虚实相映，颇具先锋意味，因而梳理确定的情节逻辑实无必要，在其中探讨失败或失败的根源也略显无趣。小说中最富有力量、从而令人留下深刻印象的，并非小说讲述了什么，或思考了什么，而是其迸发的情绪，是那个儿子想要实现自己梦想，甚至不惜与家庭决裂乃至于杀死父亲的强烈意志。因此，除了关注失败的青年们，孟小书的写作从一开始就还有另外一个特征，那就是人物们执拗的个人诉求，和由之产生的强大精神力度。孟小书的人物几乎全都有着鲜明的精神内面，即便在那些看似特别"典型"地书写了失败青年的作品中，我们依然能够从那些失败青年的身上辨认出其独特的精神诉求。《锡林格勒之光》中的女主人公，不也曾深深庆幸自己至今仍记得儿时的梦想，并为那时的自己感到骄傲？《擒梦》里的思远固然因过分内化于资本世界的意识形态而最终送命，但小说中还有一个与之构成对话关系的秦梦。秦梦曾煞有介事地向思远解释"目标"与"梦想"的区别，显然在她看来，思远只是错把目标当作了梦想：目标属于这个物欲横流的时代，梦想则属于个人的内心。而《猴子纹身》中的庞大奔之所以沦为一个小卖部老板，某种程度上也是他的自主选择：为了追求后来的妻子张卓，他的大学没能顺利毕业。而让张卓爱上他的，居然是一个"猴子纹身"，那在当时的张卓和他看来，正是个性的象征。

如此说来，很可能孟小书的小说里始终挥之不去的主题，根本就不是什么失败青年，而是每个人孤独而执拗的精神内面——那才是令孟小书的小说富有独特魅力之所在。即以《站住，那个逃跑的少年》而论，这篇小说恰因直接触及全球化背景下的区域不平等，所以简直令我们无法判断其中的人物失败与否。与中国，乃至于埃塞俄比亚，乃至于世界上绝大多数国度相比，厄立特里亚实在算不上一个富足的国家，但是吉诺的父亲是这个国家顶尖大学的校长，他有权力把奖学金给自己的儿子，送他去中国，如此看来，吉诺也可以算是特权阶层。但是他作为小说人物的华彩，与这些并无关系，而与他持久而隐秘的梦想有关，与他跨越国境线时轻盈的跳跃有关。吉诺的胜利大逃亡是孟小书小说里难得快乐的一幕，这快乐并不来自失败者发迹变泰，而来自精神内面突然向世界绽放出不可抗拒的笑容。尽管从功利角度看，吉诺逃亡的时机其实充满反讽与悲剧意味，却也仍然无法掩盖这笑容的魅惑力。孟小书本就热衷于表现个人精神内面与外部世界的格格不入，正是这一偏好让人很容易错以为她只是对失败青年情有独钟。

不过这样的判断势必会引起再一次质疑：如此说来，孟小书的创作与蔡东又有什么差别呢？如前所述，李雪认为至少从《我们的塔希提》开始，蔡东便"试图在日常生活的夹缝中辟出一个精神空间，这一精神空间的建立依靠的是个人对社会、历史、自身的反思，及反思后进行主体重建的可能性"①。然而，二者之间其实存在着因果次序的差别。最可对此予以说明的小说，大概是《黄金时代》。这篇小说写的根本就是文学青年的生活，而时至今日，还有哪个人群比文学青年更需要勇气和热情才能在狐疑的目光中存活下来呢？小说中的文学青年们过得的确不好，他们拮据、被骗、劳而无功、抱团取暖，但他们也不是没有成功的可能：立春放弃了诗歌，旋即便以"后现代诗人"的名头登上流行杂志封面；李赞放弃了小说，才终能获得资本的承认。在金理看来，小娄已然被资本世界所驱逐，所以才有必要以此为契机，在边地拉丁探索精神的新出路；李雪也同样认为，蔡东的笔下人物首先是遭受了生活夹缝的挤压，因此才要辟出精神空间，重建主体；但孟小书的理解似乎完全相反，她认为只有放弃了个人的梦想，才有可能被主流社会所接纳。被现实社会碾压从而苦恼于如何安放自我，与纠结于是否要放弃自我以融入现实社会，这两种痛苦看似相像，实则截然相反：其出发点和侧重点，都有本质的不同。

---

①李雪：《大城小事·浮城旧梦——蔡东小说阅读札记》。

当然，我们似乎不得不承认，即便有着本质的不同，其结果也没有差别：孟小书的人物们依然痛苦着，并且失败。孟小书尚未能探索到两全之路，因而总是处于纠结迟疑之中，正与郑小驴、蔡东，以及迄今为止绝大多数失败青年的书写者们一样。然而在她最近的创作中，似乎情况又出现了新的变化。

## 和光同尘还是重塑自我：是什么让失败青年昂首阔步？

在孟小书近期的两篇小说中，出现了一个叫作孙闯闯的人物。这是一个典型的孟小书式人名，那股内在的精神力量简直就要将人物的躯壳撑破，迸裂出来。《凉凉北京》里的那个孙闯闯的确有这么强大的力量，至少在对待他的粉丝苏玲儿时，孙闯闯气势十足。以两性关系的角度看，孙闯闯大概得算是一个讨厌的男人。他对苏玲儿呼之即来，挥之即去，有一种近乎蛮横的自私与支配欲，恰与他在制片人秦总面前的窝囊可悲形成对照，这不能不让人想起《黄金时代》里那个屡屡被骗却强令女友坚持文学理想的李赞。但孙闯闯毕竟不是李赞，这倒不在于孙闯闯的社会地位看上去比李赞要高那么一点点；或许恰恰相反，在于和险恶的制片方打交道时，孙闯闯比李赞要嫩得多，也愣得多。当剧本遭遇刁难时，李赞即便再气急败坏，也只会在回家之后才把稿子撕碎，然后默默收拾掉，继续写；而孙闯闯居然会愣到去找秦总算账。且孙闯闯之所以如此冲动，竟并非因遭受剥削而感到愤怒，而是因为尊严受到冒犯——他并不计较利益得失，但会因精神内面受损而丧失理智。在与秦总发生纠葛冲突的时候，孙闯闯的表现确实十足像是讨薪的工人，但自始至终他没有提到钱。"他准备随时打出的那一拳，还是被某种东西和情绪给压回去了"，孟小书没有解释这"某种东西和情绪"是什么，但我认为它们和孙闯闯敏感暴躁的自尊心一样，同属于他的精神内面。

和李赞相比，孙闯闯甚至更像是一个失败者。在《黄金时代》的结尾，李赞的名字总算成功映在了大屏幕上，有了给前女友打电话的底气；而《凉凉北京》的结尾，孙闯闯的冲动并没有得到任何报偿，粉丝兼女朋友也与他分道扬镳，只剩下孙闯闯和费主席两个人对饮怀旧，反思人生——也没反思出什么结果。但相比那个只是在盗版电影的荧幕上出现的名字，孙闯闯最终东张西望排队买煎饼的形象尽管过于家常也略显惆怅，却让人感觉比李赞更加清晰、立体、饱满、生动。而在孟小书更新的小说《请为我喝彩》里，孙闯闯那鲜明的精神内面，变得越发丰富和坚实了。

乍读《请为我喝彩》，恐怕很难意识到孙闯闯会是多么重要的人物。小说是从一个可怜兮兮的姑娘姚小瑶开始写起的，这位《摩登天空》的年轻编辑在那个初春有霾的北京午后，费尽思量、瞻前顾后地琢磨着怎样才能与业界炙手可热又出名难打交道的孙闯闯进行沟通，催他及时交上一篇乐评。姚小瑶即便不算典型的失败青年，至多也不过是车水马龙的北京城里一个毫不起眼的蚁族，只是她并没有像孟小书的其他人物那样自怨自艾，而是知难而上，反复纠缠，甚至上网搜了一下孙闯闯的照片，发现这位孙老师"长得居然还挺像个人，符合姚小瑶百分之五十的择偶标准"。孟小书在姚小瑶身上花费了不少笔墨，几乎让人担心这会是一个"霸道总裁爱上我"的俗套爱情故事（同样也是一种典型的失败青年叙事），因此当小说沿着孙闯闯这条线索越走越远时，简直会叫人忍不住激动起来：孟小书终于打算讲述一个成功人士的故事了！孙闯闯出场时的确具有成功人士的派头，他傲慢无礼，并且理直气壮，如姚小瑶的那位主任所说："毕竟在圈子里混那么多年了，难免会有点自我膨胀"，何况"现在满世界都在要他的乐评"。但很快他的命运就急转直下，从坦然享受别人的央求变成四处求人且屡屡碰壁，而与之形成鲜明对照的恰恰是姚小瑶。这个无足轻重的小角色在小说叙事的背面迅速成长，当她再次出现在小说里时，不仅不再吞吞吐吐，而且敢于提出修改意见；而第三次出现时，她甚至先斩后奏地对孙闯闯的文字擅做手脚，还配上了一个不知哪儿来的第二作者。姚小瑶绝非

《请为我喝彩》中的重要角色，甚至连重要的配角都不算，但孟小书偏偏选择她来打开这篇小说，并让她如隐线般在小说中几度浮现，或许是因为她极具代表性。小说中几乎每一个人，都曾经是姚小瑶：如今夜夜笙歌的费主席有一个孤独自闭的童年，毕业之后他被抛掷在北京的大街上，猫在网吧一年多才找到施展才华的道路；后来长袖善舞、玩弄孙闯闯于股掌之上的邓科，曾经是千里投奔孙闯闯的粉丝中不起眼的一个；而实力雄厚、人脉深广的张静兰，当初与费主席合作时不过是一个电影发行人员，为了省下一点海报设计费百般挑剔斤斤计较……所有这些人都曾经在这座城市的底层摸爬滚打，终于一路向上，只有孙闯闯逆向而行，从人生顶点不断跌落。

费主席等人从失败到成功，除了顽强拼搏的努力之外，当然也因为他们逐渐学会了如何与这个世界妥协，也就是金理所说的"合谋"——还不仅只是对资本世界意识形态的高度认同，并且还熟练掌握了这个世界残酷冷漠的思维方式、运作逻辑和操作技术。这大概就是为什么孙闯闯会对费主席说，"你有一天，可能会成为像他们那样的人"。那么孙闯闯又何以从成功一步步走向失败呢？孙闯闯命运的转折点当然是跨界。37岁生日那天，孙闯闯像很多卖字为生者经常遭遇的那样，被强烈的厌倦感与挫败感裹挟，毅然决定再也不写乐评了。他要从他混得风生水起的音乐圈隐遁，进军影视界。现代社会分工精细，隔行如隔山，孙闯闯的受挫简直是必然的。那么是什么让他做出这样不明智的选择呢？诚然较之音乐圈，影视界才更加是资本的宠儿，尤其当知识产权还得不到足够尊重的时候。但是孙闯闯之跨界却并非为利益所驱，在整个过程中他甚至都没有考虑到费用的问题。他只是想起了一个故人：炎雅伦，曾经是相当知名的台湾音乐制作人，后来决意从幕后跨入台前（也是一种跨界），却遭遇失败，最终吸毒而死。这个铤而走险坚持自己的音乐主张却不为大众接受的歌坛幻影，或许才是小说里孙闯闯的唯一知音。她本人及其音乐的桀骜不驯、另类，之所以击中了孙闯闯，实因如炎雅伦所说，她和孙闯闯"都是那种自以为是、无比自恋、愚蠢和孤独的人"。某种意义上，孙闯闯与炎雅伦第一张专辑的遭遇，其实也是和自己久无知觉的精神内面遭遇，因此炎雅伦和孙闯闯根本可以看作是同一个人。当孙闯闯想起了炎雅伦时，他便再一次触摸到了掩盖在成功表象之下的那个自我。他屡败屡战地想要拍出炎雅伦的传奇，本质而言不过是为了遵从、袒露自己的精神内面，这才是他走向失败的根源。

可如此一来，《请为我喝彩》与孟小书此前小说中想要表达的，有何不同？同样是在讲述个人主体性与外在世界的矛盾与对抗：放弃自我的精神内面，便指向成功，而反之则必然失败。使之不同的正是孙闯闯，《请为我喝彩》中这个人物所呈现出来的复杂性及其意义，非但不同于李赞或孟小书此前作品里的任何人物，甚至也不同于《凉凉北京》里的那个孙闯闯。确实，《请为我喝彩》里这个孙闯闯看上去像那个孙闯闯一样自大自私，对身边亲近的人肆意索取而以为理所当然——他天然认为费主席应该随叫随到，并对他关怀备至，但是当不需要费主席时也可以一个月都不联系，以至于他根本不知道费主席曾间接地因他而骨折。但《凉凉北京》中那个孙闯闯在工作上受到欺骗、爱情上遭人遗弃的时候，只会懊恼、烦躁和惆怅；而《请为我喝彩》里这个孙闯闯，却学会了在遭遇挫折时控制情绪，尝试着理性地反思自己。在被费主席告诫甚至抢白时，孙闯闯尽管也面有不悦甚或心中大骂，却会认真反思自己的行为是否真有不妥，这便意味着他在自觉地摩挲自己的精神内面与外在世界的边界，以及自己与世界交往的方式。这也意味着，孟小书对于个体精神内面与外部世界的关系，理解和构造得更加复杂了。

事实上，在这篇小说中，孟小书并未像《黄金时代》中那样，简单地将坚守个人精神领地对立于世俗的成功。我们不能说费主席从一个自闭潦倒的少年成长为深受认可的设计师，一定是放弃了自己的精神内面。在他已经习惯了与张静兰之流虚与委蛇的时候，在他对孙闯闯的幼稚和傲慢深感厌倦甚至轻蔑的时候，他依然会对这个傻乎乎追逐理想的朋友感到心疼。我们不能因小说的最后结局而武断地说，正是因为在和张静兰之流打交道的过程中逐渐放弃了单纯与道义，费主席才有机会获得成功；他只是和冯煜一样，学会了怎样在险恶的世界中寻找缝隙，略作周旋，来实现自己的梦想。

至于孙闯闯，其实他最初的成功纯属偶然，这使他并未来得及体验世事艰难，就得到了资本的认可。尽管孟小书或许觉得小说比剧本更偏向于个人的精神内面，而音乐圈（尤其是摇滚圈）和文学圈一样，都因小众而离资本更远一些。但作为一个有能力将地下乐队推出地面的乐评人，孙闯闯曾经的成功必然也是他与商业资本的某种合谋。只不过这合谋是这个世界先认可了孙闯闯，而并非孙闯闯认同了这个世界，他甚至可能根本就没有考虑过这个世界的逻辑，他对此毫无概念。因此孙闯闯的人生转折其实是从偶然的成功里必然地觉醒了：他必须补上一课，学会如何和世界打交道。可喜的是，当他遭到冷遇和拒绝之后，没有一蹶不振，而是再做修改，另找机会：他已经开始学习怎样才能让个人的梦想变成坚硬的现实，那其中所必须经受的屈辱摧折和必须付出的坚韧努力，是费主席和冯煜等人早就经历过的。在他遭遇了种种世态炎凉、尔虞我诈甚至挚友背叛之后，仍能在 38 岁生日的那个月圆之夜平静地表示，以后"可能继续写乐评，写歌词，或是没准还会再写一个剧本"，这意味着他已经理解了外部世界复杂而细腻的层次结构，却并没有在其中迷失自我，而是开始了精神的蜕变。这蜕变不是放弃自我以迎合世界，也不是固执自我而逃避世界，而是在复杂的世事中重新加固其精神内面的强度。孙闯闯的 37 岁生日，是他从成功下落到失败的转折点，但 38 岁生日才是更为重要的转折点。有了这一次转折，当他在电影院里观看邓科盗用他的剧本拍出的《鸟儿人》时，看到那个被"盗版"的炎雅伦或自己时，他才会那么激动，又那么真诚："他在影院里，重温着那些再也回不去了的时光，与那些再也无法见到的人。孙闯闯终于流了泪，之后便像崩塌了的水坝，一发不可收拾。他顾不得坐在他旁边的一对情侣，用力抽搐着身体。那些他以为不重要或是想通了的事，原来一直被他埋藏在心底，从未消失过，哪怕一瞬间。他无法再自欺欺人，委屈、愤怒、思念、妒忌和感伤等情绪，同时迸发而出……孙闯闯终于承认，这软弱的泪水，使曾经那个高傲与不可一世的他，瞬间瓦解了。他感叹着：拍得真他妈好！"在这一时刻，孙闯闯唤起了自己努力压抑的有关费主席的一切记忆与情绪，同时真正原谅了他；孙闯闯触摸到了自己内心复杂的情绪，同时也领悟了该如何去面对这些复杂的情绪。坐在电影院里，他知道自己所面对的是险恶世界对自己的利用和嘲讽，但同时也知道那更是自己的梦想与心血，因而他崩溃，同时感叹。

"高傲与不可一世的他"已经瓦解了，孙闯闯不会再像过去一样，只关注自己的执着或曰固执，而能够更加理智和豁达地看待世界并参与进去。而孟小书也借由这样一个孙闯闯，让自己的写作超越了失败青年的主题，跳出了精神内面或世俗成功的简单选择题，在一个更为复杂的结构里考量自我、梦想、世界与成败之关系。孙闯闯因此可以昂首阔步、充满斗志地走在北京城的大街上，而在这意气风发的身影里，我们看到的似乎不仅仅是孙闯闯，还有孟小书，以及某种写作的可能性。

## 成熟还是老去：重启"80后"写作早期特征的可能性

在文章最后，我希望能够回到最初，谈一谈孟小书"最早"的小说《爸爸不是我杀的》和《与青春无关的日子》。《与青春无关的日子》写于何时其实暂不可考，但它是孟小书中短篇小说集《满月》中的第一篇，这至少意味着，它在孟小书的所有创作中一定有其特殊意义。而说它"最早"，更多是因为它的主人公在孟小书所有主要人物中，年纪大概是最小的——它写的是一个初中女生的故事。这个初中女生逃学、早恋、失身，最终几乎是目睹自己的男朋友斗殴致死。显然，以学校教育的主流标准来看，这也是一个失败者。但她生在一个富足的家庭，父母都是地位不低且富有教养的知识分子，看上去社会结构的固化不会给她带来太大负面影响，而她本人似乎也还未来得及对这个时代庸俗的成功标准有所认知。她之所以沦为学校教育的边缘人，几乎完全是因为在青春荷尔蒙的鼓舞下不可遏制的个性诉求，这似乎又是一个因精神主张而走向失败的故事。但是熟悉"80后"写作的读者，却不难从中辨认出另外一条写作脉络：这篇小说与失败青年没什么关系，而根本就是一则残酷青春的记录，那是"80后"一代写作者最初登上文坛时，最为热衷和流行的主题。这一发现，以及《爸爸不是我杀的》当中不可抑制的弑父冲动，或许可以为我们提供线索，去理解孟小书笔下人物那种鲜明的精神内面究竟渊源何在，那其实正是"80后"早期写作的典型特征。

关于孟小书和"80后"写作的关系，霍艳早已有所说明。[①] 而在一次访谈中，孟小书本人也坦然承认：尽管她真正开始自觉的文学创作，已是在"80后"写作受到关注十余年后，以至于已经"有很多人不喜欢被别人扣上'80后作家'的帽子"，但是她却"很享受被归属到'80后'里面，这代表年轻与活力。'80后'写作不能准确地被分为哪一类，每个人都有着鲜明的特点，不同于老一辈作家的写作风格，这为中国文学注入了鲜活的元素"[②]。尽管时至今日，将全都已经迈过而立之年的"80后"一代和"年轻与活力"联系在一起，不免让人有些唏嘘，但在1990年代末期，那些突然闯入读者视野的少年作家，确实"为中国文学注入了鲜活的元素"。他们作品的内容、手法，以及传播和运营的方式，都曾经令当时的文坛耳目一新，甚至惊慌失措。不乏乐观其成的前辈们怀抱着真诚的期待，认为他们"强烈的个体性"以及与之伴随的想象力和创造力毕竟值得肯定，或许可以在一定程度上超越"平庸性"的文化格局。[③] 然

①见霍艳：《超越的"80后"与沉重的"北京梦"》，《创作与评论》2014年第5期。

②舒晋瑜：《孟小书：成长是一个不断与自己妥协的过程》，《中国作家》（文学版）2017年第10期。

③张颐武：《从韩寒看"八零后"问题》，《瞭望》2007年第5期。

而彼时"80后"的确在文学准备与社会经验上都略显匮乏，青春意气与横溢的才华固然可贵，却因为毕竟涉世未深，只能用愤世嫉俗的方式将自我与世界对立起来，或沉湎于个人的世界自恋自哀，无怪乎当时不少论者并未将"80后"写作作为文学对待，而更多视之为某种青年亚文化[①]，如此也可以理解，为什么孟小书总是把文学青年和摇滚青年想象为小众文化圈成员，以此构成与世俗世界的对抗。尔后20年过去，"80后"已不再是少年，他们中有些人早早得利，然后离开了文学，但是和任何一个时代一样，"成功"（因为有了李云雷和金理的论述，我们必须将这两个字放置在双引号中）的总是极少数人，更多的人读书、工作、结婚、生子，腰身渐粗而头发渐少，在资本的翻云覆雨和生活的一地鸡毛当中日益磨去了棱角，损耗了激情。与之相应，他们所创作的小说对生活体察得越来越微妙深入，笔法也越来越精熟圆融，但是那种淋漓的元气、强烈的个人精神诉求却和幼稚、粗砺一起，越来越少见了。这是否也是有关失败青年的书写日益繁荣的另一个隐秘原因？项静对20年来"80后"写作者的前后变化也曾有过简单的勾勒，言下之意对于今天的创作状态似乎更多不满："1980年代前后出生的作家，在一段时间内备受瞩目和争议，是因为他们的一部分人大胆出位，与教育体制抗争，直接接受市场的检验；如今三十而立，又遭受另一种诘难，没有立得住的小说代表作品，没有自己标志性的作品风格，许多作家都沉浸在一种写作的惯性中，在各种期刊杂志新媒体版面上刷存在感。后一个批评可能更为严重和尴尬，因为它直接面对的是喧扰沉寂之后的创作本身。"[②] 既然如此，"80后"写作早期被视为不够成熟的某些特征，是否仍有重新召唤的必要与重新赋能的价值？

孟小书以其长期以来跌跌撞撞的文学探索和近期表现，似乎已经向我们证

---

①孙桂荣：《论"80后"文学的写作姿态》，《文学评论》2009年第4期。
②项静：《失败者之歌：一种青年写作现象》。

明了，重启"80后"写作早期特征确有值得期待的可能。她在无意之中保存了"80后"写作早期的那种淋漓元气，这或许与她的气质秉性有关：从迄今为止的作品里，已足以看出她即便意气消沉，也自有一种执拗的力道和旺盛的生命热度刺出——正和世纪之交"80后"的整体面貌一致。这并不是说孟小书的写作已臻成熟，事实上即便最近的两篇小说，也仍不乏可再打磨之处——《凉凉北京》里的苏玲儿只去了孙闯闯家两次，却似乎离开了三次；而《请为我喝彩》中的时间和情节也偶有含混和错乱。但技术上成熟甚至精致的小说从来都不缺乏，如果成熟的技艺包裹着的只是一个暮气沉沉的灵魂，这成熟恐怕就不是成熟，而是衰老。孟小书或许已经用《请为我喝彩》中的孙闯闯向我们暗示了她所理解的成熟：通透世事、宽忍平和、反躬自省，但是不屈服、不放弃，也不颓废。在"丧"文化和"宅"文化日益弥漫的今时今日，这种富有内在精神强度的姿态或许才格外具有意义。

少年是会长成青年的，但不一定非得是失败青年，更不一定过早地老去。对于外在世界的观察与批判永远是文学的重要任务，却不意味着文学要被外在世界击败、俘获和占据。还活着的人类永远是历史的迟到者，对当今社会的重重压力高度自觉地加以省察当然难能可贵，但是那种认定现在一定比过去远为艰难的论调，总是让我不免狐疑，或许，那不过是因为过去的人文教育太不普及，没有今天这么多理论家而已？无论如何，以青年而言，不管身处哪个时代，都必然要在成长的过程中不断与现实碰撞，以开拓人生的广度。遭遇失败是青年的宿命，但承认失败还是超越失败，却可以进行选择。而就文学来说，越是现实主义的，就越需要一种强大的主体性力量去刺穿它所讲述的现实。

（2020年第3期）